«Saramago ist zweifellos ein geborener Erzähler» («World Literature Today»).

«‹Hoffnung im Alentejo› beeindruckt durch die dargestellte soziale Problematik wie durch den Stil der Darstellung, eine neue Art, Dinge zu erzählen und zu interpretieren: Das Buch nimmt den Leser mit auf eine Reise zu den Ursprüngen und den tiefliegenden Schichten der Identität des Volkes und jedes seiner Bürger» («Diário de Lisboa»).

«Mit seinem Stil, seiner Sprache und seiner Phantasie ist der Roman José Saramagos etwas ganz Neues, ja geradezu Revolutionäres als Fiktion unserer Zeit und des Raums. Seine nahen Verwandten sind die Texte der großen Erzähler des heutigen Lateinamerikas: García Márquez, Nélida Piñon und Guimarães Rosa. ‹Hoffnung im Alentejo› ist ein historischer, gleichzeitig offenkundig politischer Roman. Oder ist er offenkundig politisch, weil er historisch ist?» (Maria Lúcia Lepechi, Professorin für Literatur, Universität Lissabon).

José Saramago, geboren 1922 in Azinhaga, einem Dorf in der portugiesischen Provinz Ribatejo, entstammt einer Landarbeiterfamilie. Nach dem Besuch des Gymnasiums arbeitete er als Maschinenschlosser, technischer Zeichner und Angestellter. Später war er Mitarbeiter eines Verlages und Journalist bei verschiedenen Lissabonner Tageszeitungen. Ab 1966 widmete er sich verstärkt der schriftstellerischen Tätigkeit. Sein 1980 veröffentlichter Roman «Hoffnung im Alentejo», 1981 mit dem Preis der Stadt Lissabon ausgezeichnet, fand bei Lesern und Kritikern eine überwältigende Resonanz. Im Rowohlt Verlag erschien 1986 bereits sein historischer Roman «Das Memorial».

José Saramago

Hoffnung im Alentejo

Roman

Deutsch von
Rainer und
Rosi Bettermann

rororo

Rowohlt

Die portugiesische Originalausgabe
erschien 1979 bei Editorial Caminho, Lissabon.
Die deutschsprachige Erstausgabe
erschien 1985 beim Aufbau-Verlag,
Berlin und Weimar.

Veröffentlicht im Rowohlt Taschenbuch Verlag GmbH,
Reinbek bei Hamburg, November 1987

Umschlaggestaltung Jürgen Kaffer
(Foto: Gernot Hubert)
Gesetzt aus der Walbaum (Berthold tps 8000) bei
Dörlemann Satz, Lemförde
Druck und Bindung Clausen & Bosse, Leck
Printed in Germany
1080-ISBN 3 499 12157 3

Zum Gedenken an die Ermordeten
Germano Vidigal und José Adelino dos Santos

Und ich frage die Politökonomen, die Moralisten, ob sie jemals die Zahl der Individuen errechnet haben, die zum Elend verdammt sind, zur ungleichen Arbeit, zum moralischen Verfall, zur Unmündigkeit, zur erschreckenden Unwissenheit, zur völligen Entbehrung, zum ewigen Unglück, um einen Reichen zu produzieren.

Almeida Garrett

Endlos ist die Landschaft dieser Erde. Soviel an anderem auch fehlen mochte, an ihr war niemals Mangel, ein Überfluß, der nur als rastlos wirkendes Wunder zu erklären ist, war doch die Landschaft ohne Zweifel vor dem Menschen, und doch ist sie vom langen Sein noch nicht erschöpft. Mag sein, weil sie sich ständig wandelt: Es gibt Zeiten im Jahr, in denen ist der Erdboden grün, zuweilen gelb, dann wieder braun oder schwarz. Auch rote Stellen kommen vor, Farbe des Lehms oder des pulsierenden Blutes. Das alles wird davon bestimmt, was man gepflanzt hat und nun hegt oder ob noch nichts dergleichen getan wurde, es hängt davon ab, was ohne des Menschen Hand einfach und natürlich gewachsen ist und erst stirbt, wenn seine Zeit gekommen ist. Nicht so der Weizen, er wird geschnitten, wenn noch Leben in ihm ist. Ebensowenig die Korkeiche, die in vollster Lebensblüte steht – obwohl es wegen ihrer Massigkeit nicht so scheint –, wenn ihr die Haut in Fetzen abgerissen wird. Unter Schmerzensschreien.

Es fehlt dieser Landschaft nicht an Farben. Doch die Farben sind es nicht allein. Es gibt Tage, die zeigen sich so grimmig wie die Kälte, und es gibt Tage, an denen man die Luft vor lauter Hitze nicht spürt; die Welt ist nie vollkommen, wird sie es einmal sein, ist es ihr sicherer Tod. Die Welt ist voller Gerüche, so auch diese Erde hier, die Teil von dieser Welt ist und die Landschaft prägt. Ist im Wald ein Tier verendet, zeigt mit Sicherheit alsbald fauliger Geruch den Tod an. Regt sich kein Lüftchen, so merkt niemand etwas, selbst dann nicht, wenn er nah vorübergeht. Dann bleiben nur die blanken Knochen, vom Regen gewaschen und von der Sonne gebleicht, was stört es sie; war es ein kleines Tier, kam es nicht einmal dazu, weil die Totengräber, Würmer und Insekten, herbeieilten und für das Begräbnis sorgten.

Weit ist dieses Land, wollten wir es beschreiben, so zuerst die Hügel, die kleinen Flüsse, denen der Himmel einmal spärlich, einmal reichlich gibt, und unten breitet sich die Ebene, glatt wie die Innenseite einer Hand, wenn auch viele dieser Hände vom Schicksal des Lebens gezeichnet, durch Hacke, Sichel oder Sense gekrümmt sind. Das Land. Der Handfläche gleich ist es durchzogen von Linien und Wegen, seinen Königsstraßen, den späteren nationalen oder einfach kommunalen Straßen, drei sollen es hier sein, weil es eine poetische, magische und heilige Zahl ist; das ganze Schicksal kann man aus diesen Linien lesen, die wieder zurückführen, Spuren von nackten oder nur dürftig bekleideten Füßen durch Ackerscholle oder Wald, durch Stoppelfeld oder Heide, vorbei an Mauern oder Ödland. Ein so weites Land. Ein Mensch kann hier sein Leben lang gehen, ohne sich jemals zu finden, wenn er verloren auf die Welt kam. So vieles kann ihm den Tod bringen, wenn einmal seine Stunde kommt. Er wird nicht einfach wie Kaninchen oder Ginsterkatze in der Sonne verwesen, doch es ist möglich, daß Hunger, Kälte oder Hitze ihn dort niederwerfen, wo niemand ihn bemerkt, vielleicht auch eine jener Krankheiten, die ihm nicht einmal Zeit lassen, sich derselben bewußt zu werden, geschweige denn Hilfe herbeizurufen; wenn auch spät, er wird gefunden werden.

Durch Kriege oder verschiedene Pestilenzen starb man viel an diesem oder jenem Ort, und trotzdem regt sich Leben, überall: das sei ein unergründliches Geheimnis, sagen einige; die wahren Gründe aber liegen im Boden selbst, liegen im Latifundium, das sich oben von den Hügeln bis zur Ebene dort unten breitet, so weit die Blicke reichen. Ist es nicht dieses Latifundium, so ist es ein anderes, denn nur die Grenzen zwischen beiden interessieren, sie zeigen an, was dir gehört, was mir. All das wurde zu rechter und genehmer Zeit ins Grundbuch eingetragen. Grenzen zum Norden und zum Süden, zum Sonnenaufgang hin und Sonnenuntergang, als wäre es schon am Anfang dieser Welt entschieden worden, da alles noch eine unberührte Landschaft war, mit einigen großen Tieren und Menschen hier und da, und alle gleichsam scheu. Somit sollte die Zukunft ein für allemal festgelegt sein. Wie die verzweigten Linien einer Hand zeigt sich heute die Erde, zerteilt durch die Mächtigen, und zwar je nach Größe, Härte und Schärfe ihrer Schwerter, und aufgeteilt in der Reihenfolge wie hier: König und Herzog und nach dem Herzog der Edelmann, Bischof und Ordensmeister, der rechte Sohn alsdann oder ein Bastard, bedacht wird auch der Sproß aus wilder Ehe, vom Makel reingewaschen und für ehrenhaft erklärt, dann der Gevatter der jüngsten Tochter und schließlich auch der tapfere Mann des Schildes, so wird halbiert, und nicht nur einmal heißt es, meine Freunde, dies ist mein Land, nehmt es, bevölkert es in meinem Dienste und zu eurem Wohl, schützt es vor Ungläubigen und Fremden. Buch der geheiligsten und wunderbarsten Stunden, Buch der geweihten Gelder, die an den Hof und in die Klöster gelangen, in Palästen und bewehrten Türmen wird dafür gebetet, jede Münze ein Vaterunser, zehn ein Ave-Maria, hundert ein Salve regina, ein Maria Dank. Schreine ohne Boden, Speicher, Scheunen, groß wie die Handelsschiffe aus Indien, Bottiche und Tonnen, Truhen, meine Güte, das alles wird gemessen nach Côvados, Varas, Alqueires, Almuden, Moios und Canadas, je nach Brauch.

Die Ströme fließen dahin, die Jahreszeiten stellen sich ein, pünktlich und zuverlässig auch im Wechsel. Die unendliche Dauerhaftigkeit der Zeit und nicht minder die des Geldes ist von allen Größen, den Menschen ausgenommen, die beständigste, beständig im Wechsel wie die Jahreszeiten. Von jeher ging der Mensch kaufen und verkaufen. Jedes Jahrhundert hatte das ihm eigene Geld, Maravedis, Gold- und Silbermark, Realen, Dobras, Kreuzer, Réis, Dublonen und fremdländische Florinen, und jede Dynastie hatte die Menschen, die dafür kauften und verkauften. Wechselhaftes und launisches Metall, ausschwärmend wie Blumenduft oder Weingeist: es fliegt das Geld hierhin und dorthin, als hätte es Flügel, nicht das Bleiben ist seine Bestimmung. Wo Geld ist, ist ein Himmel, ein Altar, hier wechseln Heilige die Namen, wie es gerade kommt, was überdauert, ist das Latifundium. Es ist Ursprung, eine Mutter mit gewaltigen Brüsten für große und gierige Mäuler, aufgeteilt hat es der Mächtigste unter den Großen, der Große seinerseits wird aus Gier nach Besitz zum Mächtigen, sei es durch Kauf oder durch Heirat, durch raffinierten Raub oder pures Verbrechen oder gar durch ein Erbe, von den Vorfahren hinterlassen, Gott hab sie selig. Es hat Jahrhunderte gebraucht, so weit zu kommen, wer zweifelte daran, daß es für alle Ewigkeit so bleibt.

Und diese anderen Leute da, klein und verloren, wer sind sie, die mit der Erde kamen und nicht im Grundbuch registriert sind, nur totes Inventar oder lebende Seelen? Gottes Weisheit, geliebte Kinder, ist unermeßlich: dort ist die Erde und auch jemand, ihr zu dienen, wachset und mehret euch. Wachset und mehret mich, sagt das Latifundium. Aber das alles kann man auch auf andere Art und Weise erzählen.

Der Regen überraschte sie am späten Nachmittag, die Sonne stand zur Rechten eine halbe Handbreit über den niedrigen Hügeln, das ist die Zeit, wenn die Hexen sich kämmen. Der Mann brachte den Esel zum Stehen, und um ihm auf dem schroffen Hang die Last zu erleichtern, stieß er mit dem Fuß einen Stein bis an den Rand des Karrens. Dieser Regen, was hatte dem Herrscher über alle Himmelswasser nur die Sinne verdreht – das ist ein Regen, der nicht in diese Jahreszeit gehört. Sonst nämlich ist der Weg staubig, trocken sind Kuhfladen und Pferdemist, den niemand holen kam, weil es so weit ist zur nächsten Ortschaft. Kein Junge, der sich mit dem Korb überm Arm so weit gewagt hätte, der Spur des natürlichen Düngers zu folgen und vorsichtig mit den Fingerspitzen die runden Gebilde, manche geplatzt wie reife Früchte, aufzulesen. Unter dem Regen, der nun stumm auf den dichten Staub fiel, war der fahle, heiße Boden plötzlich mit dunklen Sternen besprenkelt, bis schließlich ein Platzregen alles überschwemmte. Doch war der Frau genügend Zeit geblieben, das Kind vom Karren zu heben, aus der Kuhle der gestreiften Strohmatratze zwischen den beiden Truhen. Sie schmiegte es an ihre Brust, schützte sein Gesicht mit dem Zipfel des aufgeknüpften Schultertuches und sagte, es ist nicht aufgewacht. Das war die erste Sorge, dann die nächste: es wird alles naß werden. Der Mann schaute zu den hohen Wolken, zog die Nase kraus und verkündete in seiner Männerweisheit, das geht vorbei, ist nur ein Schauer; aber für alle Fälle rollte er eine der Decken aus und breitete sie über den Hausrat, gerade heute mußte es regnen, verdammt.

Ein heftiger Windstoß trieb den Regen auseinander. Der Esel wackelte heftig mit den Ohren, als der Mann ihm einen Schlag gegen die Flanke versetzte, und ruckte kräftig an der Deichsel, der Mann griff unterstützend in das Rad. Weiter ging es die kleine Anhöhe hinauf. Das Kind auf dem Arm, folgte die Frau, beglückt über die Ruhe des Kleinen, blickte sie prüfend in sein Gesicht und murmelte, mein Junge. Links und rechts des Weges erhoben sich Büsche, hier und da standen verloren einige Steineichen mit halbverdorrten Stämmen, schutzlos und wie zufällig geboren. Die Räder des Karrens quälten sich mit einem mahlenden Geräusch durch die feuchte Erde, und mitunter, wenn sich ein Stein zu weit hervorgewagt hatte, sprangen sie hoch und krachten wieder schwer zu Boden. Die Möbel knarrten unter der Decke. Stumm schritt der Mann an der Seite des Esels, die rechte Hand auf die Deichsel gedrückt. So kamen sie oben auf dem Hügel an.

Ihnen entgegen schob sich von Süden her über die strohfarbene Ebene eine gewaltige Wolkenmasse, dicht und wie eingerollt. Der Weg tauchte nach rechts weg, kaum sichtbar zwischen den bröckelnden und von Wettern abgewetzten Markierungen. Weit unten stieß er auf eine breite Straße, hochtrabende Bezeichnung für die miserablen Ortsverbindungen dieser Gegend. Links, fast am tiefen Horizont, wiesen die weißen Mauern eines kleinen Ortes nach Westen. Unermeßlich war die Ebene, wie schon gesagt, gleichmäßig, wie glattgeschliffen, wenige Eichen, einzeln oder paarweis, und wenig mehr. Von jener kleinen Anhöhe aus fiel es nicht schwer, daran zu glauben, daß die Erde endlos sei. Dort, unter dem bleiernen Wolkenschild, lag im gelblich trüben Licht die Ortschaft, das Ziel, unerreichbar scheinend von hier oben. São Cristóvão, sagte der Mann. Und die Frau, die niemals zuvor so weit nach Süden gereist war, erklärte, Monte Lavre ist größer, es schien nur so um des Vergleichs willen dahingesagt, doch vielleicht auch aus Heimweh.

Sie waren auf der Hälfte des Abstiegs, als der Regen zurückkehrte. Erst fielen einige dicke Tropfen, die in Wasserfäden übergingen, als es schon Schauer waren. Dann schor der Wind die Ebene, fegte sie wie mit einem Reisigbesen und wirbelte Stroh und Staub in die Höhe, der Regen rückte vom Horizont her weiter vor, eine dunkle Gardine, die binnen kurzem die Landschaft verdeckte. Es war ein Landregen, Regen, der für Stunden kommt, sich in Strömen ergießt und alles überschwemmt, er kommt und will nicht weichen, und wenn die Erde fast in der Flut ertrinkt, ist es uns gleich, ob es der Himmel ist, der uns durchnäßt, oder die Erde, die uns durchtränkt. Der Mann sagte nochmals, verdammt. Das ist die Art der Menschheit, sich zu erleichtern, wenn sie es nicht auf andere, genehme Weise gelernt hat. Weit und breit kein Unterschlupf, so ungeschützt muß man den Regen denn ertragen, wie er fällt. Bis zum Dorf, den Schritt des müden Esels einberechnet, wird es nicht weniger als eine Stunde Wegs sein, bis dahin wäre es dunkel. Die Decke, die mehr schlecht als recht den Hausrat schützt, rutscht, sie ist durchgeweicht, und von den weißen Stricken tropft das Wasser, wie wird es mit der Wäsche unten in den Truhen bestellt sein, das armselige wandernde Hab und Gut dieser Familie, die ihre Gründe hat, das Latifundium zu durchqueren. Die Frau schaut zum Himmel, es ist ein alter ländlicher Brauch, in diesem über unseren Köpfen aufgeschlagenen Buch zu lesen, jetzt, um zu sehen, ob es aufklart, doch dem war nicht so, statt dessen war die Luft wie schwarze Tinte, vom Nachmittag war nichts mehr zu erhoffen. Weiter rollt der Karren, ein schwankendes Boot in der Flut, es wird alles herabfallen, mit irgendeiner Absicht, scheint es, treibt der Mann den Esel an, es ist die Eile, jene Eiche zu erreichen, die uns vor dem Allerschlimmsten schützen wird. Schon sind sie angekommen, Mann, Karren und Esel, es fehlt nur noch die Frau, sie watet im Schlamm heran, rennen kann sie nicht, weil sonst das Kind erwachen würde, so ist die Welt, daß manche nicht die Kümmernisse anderer sehen, selbst wenn sie so nahe sind wie Mutter und Kind.

Unter der Eiche breitet der Mann mit großer, ungeduldiger Geste die Arme aus, man sieht sofort, daß er nichts davon weiß, was es bedeutet, ein Kind zu tragen, er täte besser daran, die Stricke wieder zu spannen, deren Knoten sich bei dieser Hast bestimmt gelockert haben, sicher sind auch die Möbel verrutscht, das fehlte noch, daß uns das wenige zerbricht. Unter dem Baum regnet es schwächer, doch große Tropfen fallen von den Blättern, das hier ist nicht die Krone eines Orangenbaumes, diese riesigen, knorrigen Arme, es ist wie unter einem Wetterdach voller Löcher, man weiß nicht, wohin, nur gut, das Kind begann zu weinen, da hat man Eiliges zu tun, die Bluse aufzuknöpfen und ihm die Brust zu geben, deren Milch schon fast versiegt ist, es bleibt nur wenig mehr als nötig, den Mund zu täuschen. Kaum daß es angefangen, brach das Weinen ab, Mutter und Kind waren gemeinsam friedlich in das weite Rauschen des Regens eingehüllt, indessen ging der Vater um den Karren, die Knoten lösend und neu knüpfend, indem er das Knie gegen die Karrenwände stemmte, um die Stricke straffzuziehen, während der Esel die Ohren kräftig hin und her bewegte und wie verträumt auf die Wasserlachen und Bäche auf dem Weg starrte. Beinahe hätten wir es geschafft, und plötzlich dieser Regen, meinte der Mann, es waren Worte stillen Zorns, freudlos und bar jeder Hoffnung ausgestoßen, der Regen wird nicht aufhören, nur um mich zu ärgern, dies ist ein Ausspruch des Erzählers, auf den er gut hätte verzichten können. Wenden wir uns dem Vater zu, der endlich fragt, und der Kleine? Er nähert sich und späht unter das gefaltete Tuch, Freiheiten des Ehemannes, doch schamhaft bedeckte sich die Frau so schnell, daß er selbst nicht mehr wußte, ob er wirklich den Sohn oder die entblößte Brust hatte sehen wollen. Jedoch hatte er im lauen Halbdunkel, in der duftenden Wärme der zerknitterten Wäsche wahrnehmen können, wie ihn von dort, aus jener intimen Zuflucht, die so blauen Augen des Kindes ansahen, ungewöhnlich klares Licht, das ihn aus den Tüchern anstarrte, transparent und streng, wie etwas, was sich ausgestoßen fühlt unter all den dunklen Augen, den braunen, in welche Familie bin ich hineingeboren.

Die dicke Wolke löste sich ein wenig auf, der erste Ansturm des Regens war vorüber. Der Mann trat auf den Weg, befragte die Lüfte, drehte sich nach allen Himmelsrichtungen und sagte zur Frau, wir müssen weiter, können nicht bis zur Nacht hierbleiben. Und die Frau antwortete, gehen wir. Sie entzog dem Munde des Kindes die Brustwarze, das Kind saugte vergebens, schien weinen zu wollen, aber nein, es kuschelte sein Gesicht an die bereits bedeckte Brust und schlief mit einem Seufzer ein. Es war ein ruhiges Kind, freundlichen Sinns und seiner Mutter eine Freude.

Jetzt gingen sie nebeneinander, schweigsam wie der Regen und so durchnäßt, daß nicht einmal ein schützender Strohschober sie anzulocken vermochte, es galt allein, das Zuhause zu erreichen. Die Nacht brach herein, sie kam schnell. Im Westen leuchtete ein letztes mattes Licht, das sich schließlich rot färbte, und kaum erglüht, verlosch es auch schon, die Erde wurde zu einem dunklen Brunnen, still und echoschwanger, wie groß ist doch die Welt, wenn die Nacht heraufzieht. Deutlich war das Ächzen der Räder zu hören, das Atmen des angetriebenen Tieres war so unvermittelt wie ein urplötzlich ausposauntes Geheimnis, und selbst das Scheuern der durchnäßten Wäsche glich einer fortgesetzten Unterhaltung, einem Geflüster, dem pausenlosen Gespräch guter Geselligkeit. Meilenweit war kein einziges Licht zu sehen. Die Frau bekreuzigte sich und schlug das Kreuz über dem Gesicht des Kindes. In diesen Stunden ist es ratsam, den Körper zu verteidigen und die Seele zu schützen, denn die Geister erscheinen an den Wegen, sausen im Wirbel vorbei oder setzen sich auf einen Stein, in Erwartung des Reisenden, an den sie die drei Fragen richten werden, auf die es keine Antwort gibt, wer bist du, woher kommst du, wohin gehst du. Der Mann, der an der Seite des Karrens schreitet, hätte gern gesungen, doch es gelingt ihm nicht, all seine Kraft braucht er, um vorzugeben, daß die Nacht ihn nicht erschrecke. Es fehlt nicht mehr viel, sagte er, als sie die Straße erreichten, immer geradeaus, der Weg ist bestens.

Vor ihnen, weit entfernt, leuchten die Wolken auf, wer hätte gedacht, daß sie so niedrig hingen. Dann plötzlich Stille und schließlich ein dumpfes Donnergrollen. Das hatte gerade noch gefehlt. Heilige Barbara, steh uns bei, flehte die Frau, und das Gewitter, vielleicht war es nur das Ende dessen, das schon lange währte, schien eine andere Richtung einzuschlagen, mag sein, daß die beschworene heilige Barbara es dorthin trieb, wo weniger Glauben herrschte. Sie befanden sich bereits auf der Straße, daran erkennbar, daß der Weg nun breiter war, andere Unterschiede wären nur mit viel Geduld und bei Tageslicht zu entdecken gewesen, von Löchern und vom Schlamm kamen sie, über Löcher und durch Schlamm gingen sie, und jetzt war es so dunkel, daß man nicht sah, wohin die Füße traten. Der Esel folgte seinem Instinkt, immer dem Straßengraben entlang. Mann und Frau patschten hinterher. Hin und wieder, wenn eine Biegung kam, eilte der Mann wie blind voraus, um São Cristóvão auszumachen. In dem Moment, als in der Dunkelheit die ersten Mauern weiß aufschimmerten, hörte der Regen plötzlich auf, so abrupt, daß es kaum wahrnehmbar war. Der Regen kam, der Regen ging. Als hätte sich ein großes Dach über die Straße gebreitet.

Verständlich, daß die Frau fragt, wo ist unser Haus, unruhige Neugier derjenigen, die dringend ein Kind zu versorgen hat und, wenn möglich, schon die Möbel aufstellen will, erst dann kann man im Bett die müden Glieder strecken. Und der Mann antwortet, auf der anderen Seite. Alle Türen sind verschlossen, nur das fahle Licht, das durch einige Spalten fällt, weist auf Bewohner hin. In irgendeinem Garten bellte ein Hund. Das übliche, immer gibt es einen bellenden Hund, wenn jemand vorübergeht, und die anderen hören vielleicht auf ihn und nehmen den Laut des Wächters auf, ein jeder Hund tut so seine Pflicht. Ein kleines Fenster wurde geöffnet und sofort wieder geschlossen. Erst jetzt, da der Regen vorbei war und das Heim nah, spürte man richtig den kalten Wind, der durch die Straße fegte und in die kleinen Nebengassen schlüpfte, Laubwerk schüttelte, das über den niedrigen Dächern hing. Der Wind brachte mehr Helligkeit in die Nacht. Die große Wolke zog ab, und hier und da sah man den Himmel leuchten. Es regnet nicht mehr, sagte die Frau zum Kind, das schlief und als einziges von allen vier noch nichts von der guten Nachricht wußte.

Ein Platz, einige heftig rauschende Bäume. Der Mann hielt den Karren an und wandte sich seiner Frau zu, warte hier, und schritt unter den Bäumen auf eine erleuchtete Tür zu. Eine Schenke, drinnen saßen drei Männer auf einer Bank, ein weiterer stand trinkend an der Theke, das Glas zwischen Daumen und Zeigefinger haltend, als würde er für ein Gemälde posieren. Hinter der Theke wandte ein schmächtiger, hagerer Alter den Blick zur Tür, der Mann mit dem Karren war es, der eintrat und der ganzen Runde guten Abend wünschte, das ist der Gruß des Ankömmlings, der Freundschaft sucht mit jedermann, aus Brüderlichkeit oder Geschäftsinteresse. Ich will hier in São Cristóvão leben, heiße Domingos Mau-Tempo* und bin Schuster. Einer der sitzenden Männer witzelte, schlechtes Wetter haben Sie mitgebracht, und der mit dem Glas trank aus, schnalzte mit der Zunge und fügte hinzu, hoffentlich bringen Sie keine schlechten Sohlen, die anderen lachten, denn es gab Grund dazu und kam gelegen. Es waren keine bösgemeinten Worte, es ist Abend in São Cristóvão, alle Türen sind geschlossen, und wenn ein Fremder kommt mit Namen Mau-Tempo, ein Narr, wer das nicht nutzte, zuviel hat es geregnet. Domingos Mau-Tempo steuerte zum allgemeinen Lachen bei, gequält zwar, aber immerhin. Es genügte, den Alten zum Öffnen der Schublade zu bewegen, aus der er einen großen Schlüssel zog, hier haben Sie den Schlüssel, ich war schon in Sorge, daß Sie nicht kommen würden; alle musterten Domingos Mau-Tempo, den neuen Nachbarn, ein Schuster bringt allemal etwas in Ordnung, und in São Cristóvão benötigte man einen. Domingos Mau-Tempo erklärte, es ist weit von Monte Lavre bis hierher, dazu der Regen; eigentlich hätte er hier nicht Rechenschaft über sein Leben ablegen müssen, aber es ging ihm darum, freundlich zu erscheinen, und so verkündete er, ich gebe ein Glas für jeden aus. Es ist dies eine gute und weise Art, Sympathie zu erringen. Die Sitzenden erhoben sich, um dem Füllen der Gläser beizuwohnen, eine wahre Zeremonie, ohne Hast griff jeder nach seinem Glas, mit einer langsamen, vorsichtigen Geste, handelt es sich doch um Wein und nicht um Branntwein, den man so einfach durch die Kehle jagt. Trinken Sie mit, Wirt, fordert Domingos Mau-Tempo ihn auf, und der Alte gibt zurück, auf Ihre Gesundheit, Herr Mieter, er ist Gastwirt und kennt sich aus in den gesellschaftlichen Gepflogenhei-

* Schlechtwetter

ten der Städter. Unter dem Hin und Her von Höflichkeitsfloskeln nähert sich die Frau der Tür, sie tritt nicht ein, die Schenke ist ein Ort für Männer, sanft, wie es ihre Art ist, sagt sie, Domingos, das Kind wird schon unruhig, und die nassen Sachen müssen abgeladen werden.

Sie hat völlig recht, aber es paßte Domingos Mau-Tempo nicht, vor den Männern von der Frau ermahnt zu werden, was werden sie denken, und während er den Platz überquert, schimpft er, wenn du das noch einmal machst, kannst du was erleben. Die Frau antwortete nicht, sie war damit beschäftigt, das Kind zu beruhigen. Der Karren polterte langsam voran. Der Esel war in der Kühle steif geworden. Sie bogen in eine der Gassen ein, wo Häuser und Gärten einander ablösten, und machten schließlich vor einer niedrigen Hütte halt. Ist es hier? erkundigte sich die Frau, und ihr Mann antwortete, ja.

Domingos Mau-Tempo öffnete mit dem großen Schlüssel die Tür. Beim Eintreten mußten sie sich bücken, das ist kein Palast mit hohen Portalen. Das Haus war ohne Fenster. Links befand sich der Kamin mit der Feuerstelle zu ebener Erde. Domingos Mau-Tempo schlug Feuer, blies auf eine Handvoll Stroh und drehte sich mit der flüchtigen Fackel, damit die Frau die neue Behausung betrachten könne. In der Kaminecke lag Reisig. Das war ausreichend. In wenigen Minuten hatte die Frau das Kind in eine Ecke gebettet, sie schob Späne und Scheite zusammen, Flammen züngelten hoch und erleuchteten die gekalkte Wand. Damit war das Haus bewohnt.

Domingos Mau-Tempo führte den Esel mit dem Karren durch die Gartenpforte und begann die Möbel abzuladen und sie ins Haus zu schaffen, stellte sie jedoch nicht eher auf, bevor die Frau dabei mit Hand anlegte. Die Strohmatratze war auf einer Seite durchgeweicht. In die Wäschetruhe war Wasser gedrungen, ein Bein des Küchentisches war gebrochen. Doch es stand ein Topf auf dem Feuer, mit einigen Kohlblättern und wenigen Reiskörnern, der Junge bekam wieder die Brust und schlief auf der trokkenen Seite der Strohmatratze ein. Domingos Mau-Tempo ging in den Garten, um seine Notdurft zu verrichten. Drinnen im Haus wachte Sara da Conceição, Frau des Domingos und Mutter des João, sie beobachtete das Feuer und schien wie jemand, der darauf wartet, daß eine mißverstandene Nachricht wiederholt würde. In ihrem Bauch regte sich etwas, noch einmal. Als ihr Mann eintrat, sagte sie ihm nichts. Sie hatten an anderes zu denken.

Domingos Mau-Tempo wird nicht alt werden. Nachdem er seiner Frau bereits das fünfte Kind gemacht, wird er eines Tages – doch nicht aus diesem alltäglichen Grund – einen Strick um den Ast eines einsam stehenden Baumes schlingen, der fast von Monte Lavre aus zu sehen ist, und sich erhängen. Bis dahin aber irrte er mit Sack und Pack umher, ließ die Familie dreimal im Stich, beim letztenmal kam es nicht mehr zur Versöhnung, da seine Zeit abgelaufen war. Ein unglückseliges Ende hatte ihm der Schwiegervater Laureano Carranca vorausgesagt, als dieser der Hartnäckigkeit Saras nachgeben mußte, die so verstockt war, daß sie schwor, niemanden zu ehelichen, wenn es nicht Domingos Mau-Tempo sein könnte. In seinem Zorn belferte Laureano Carranca, er ist ein liederlicher Tunichtgut, ein Trinker, wie man sagt, ein schlimmes Ende wird er nehmen. So schleppte sich der Familienstreit dahin, bis eines Tages Sara da Conceição schwanger war, ein letztes und zumeist wirksames Argument, wenn Überreden und Flehen nicht helfen. Eines Morgens hatte Sara da Conceição das Haus verlassen, es war im Monat Mai, war über die Felder gelaufen bis hin zum Ort des Stelldicheins mit Domingos Mau-Tempo. Dort waren sie kaum mehr als eine halbe Stunde im hohen Weizenbett geblieben, und als Domingos zurückkehrte zu seinen Leisten und Sara zum elterlichen Haus, pfiff er vergnügt, sie aber zitterte trotz sengender Sonne. Und als sie den Fluß durchwatete, mußte sie sich geduckt unter einigen Weiden waschen, denn das Blut lief ihr unaufhörlich die Beine herab.

João war gezeugt, oder biblisch gesprochen, er war empfangen, was selten ist beim erstenmal, im Augenblick der Verwirrung, wo der Samen zumeist sein Ziel nicht findet, sondern erst später. Kein Wunder auch, daß die blauen Augen, die niemand in der Familie sonst besaß und auch bei keinem näheren oder entfernteren Verwandten je gesehen wurden, Verwunderung auslösten, wenn nicht gar Verdacht, der, wie wir wissen, nicht gerecht war jener Frau gegenüber, die sich nur aus redlichem Motiv für eine Heirat vom geraden Weg der Jungfrau abgewandt und ins Weizenfeld gelegt mit jenem einzigen Mann, dem sie nach ihrem Willen die Beine öffnete, mit vielen Schmerzen. Gegen den Willen ging es jedoch bei jenem anderen Mädchen, fast fünfhundert Jahre zuvor, das eines Tages, allein am Brunnen stehend, um den Krug zu füllen, jenen Fremden sich nähern sah, der mit Lamberto Horques Alemão gekommen war, Oberalkalde von Monte Lavre von König Dom João des Ersten Gnaden, einer, der unverständlich sprach und die Jungfer ungeachtet ihres Schreiens und Flehens in ein dichtes Farngestrüpp zog, wo er ihr zu seiner Lust Gewalt antat. Er war ein stattlicher Mann mit weißer Haut und blauen Augen, das wallende Blut in ihm war allein schuld, doch sie mochte ihn nicht, und als die Zeit gekommen war, gebar sie, wie es ihr beschieden war, völlig allein. So währte es vier Jahrhunderte, die blauen Augen aus Germanien tauchten auf und verschwanden wieder, so wie Kometen, die sich auf ihrer Bahn verlieren und dann wiederkehren, wenn schon niemand mehr mit ihnen rechnet oder weil sich keiner darum scherte, die Flugbahnen zu registrieren und Gesetzmäßigkeiten festzustellen.

Die Familie ist bei ihrem ersten Umzug. Sie kamen von Monte Lavre nach São Cristóvão an einem Sommertag, der regnerisch endete. Den ganzen Kreis durchquerten sie von Norden bis Süden, was hatte sich Domingos Mau-Tempo nur dabei gedacht, so weit zu ziehen, dieser Mann ist ein Flickschuster, ein Tunichtgut, in Monte Lavre hatte er schon Schwierigkeiten, der Wein war schuld und einige Ausrutscher. Herr Schwiegervater, borgt mir Euren Karren und den Esel, ich werde nach São Cristóvão ziehen. Gut, geht und seht zu, daß Ihr zur Vernunft kommt, zu Eurem, Eurer Frau und Eures Kindes Besten, und bringt mir schleunigst Esel und Karren zurück, denn ich brauche sie. Sie waren über einen von Fuhrleuten verstopften Weg gekommen, sooft sie konnten, benutzten sie die Königsstraße, doch bald schlugen sie sich, um abzukürzen, ins Feld, am Fuß der Hügel entlang. Im Schatten eines Baumes aßen sie Mittag, Domingos Mau-Tempo jagte sich eine ganze Flasche Wein durch die Kehle, der sich mit dem Schweiß des Marsches verlor. Zur Linken sahen sie von weitem Montemor, ihr Weg führte nach Süden. Eine Stunde vor São Cristóvão regneten sie ein, Unglück verheißende Sintflut; doch der heutige Tag ist sonnig, Sara da Conceição sitzt im Garten und heftet einen Rock, der Sohn unternimmt indessen unsichere Gehversuche an der Hauswand entlang. Domingos Mau-Tempo ist unterwegs nach Monte Lavre, um Esel und Karren zum Schwiegervater zu bringen und ihm zu sagen, daß sie in einem guten Hause untergekommen seien und die ersten Kunden schon angeklopft hätten, an Arbeit werde es nicht fehlen. Am nächsten Tag wird er zu Fuß zurückkehren; so Gott will, betrinkt er sich nicht, er ist kein schlechter Mensch, er trinkt zwar, doch in Gottes Namen wird er den rechten Weg einschlagen, viel schlimmere Fälle gibt es, wo dennoch Lehre angenommen wurde, es muß so sein, wenn es eine Gerechtigkeit auf Erden gibt, daß der Vater Rücksicht nimmt, angesichts des Kleinen und des zweiten Kindes, das unterwegs ist, ich für meinen Teil will alle meine Kräfte für das Familienwohl opfern.

João war am Ende der Wand angekommen, dort, wo der Lattenzaun beginnt. Er hält sich krampfhaft daran fest, denn mit den Armen ist er sicherer als mit den Beinen, er späht nach draußen. Begrenzt ist sein Horizont, die schlammige Straße mit den Wasserpfützen, die den Himmel widerspiegeln, und eine gelbe eingerollte Katze, die sich auf der Schwelle gegenüber den Pelz wärmt. Irgendwo kräht ein Hahn. Man hört eine Frauenstimme schreien, Maria!, und eine fast kindliche Stimme antwortet, Senhora? Und dann die Stille der großen Hitze, die zurückkehrt, und nicht lange dauert es, daß der Schlamm verkrustet und wieder zu Staub wird, wie vor dem Regen. João löst sich vom Zaun, vorläufig hat er genug gesehen, unbeholfen macht er eine halbe Drehung und nimmt wieder seinen langen Weg zur Mutter auf. Sara da Conceição wird auf ihn aufmerksam, sie legt das Nähzeug in den Schoß, streckt die Arme dem Jungen entgegen, komm her, mein Kleiner, komm her. Ihre Arme bedeuten Geborgenheit, zwischen ihnen und João liegt eine Welt voller Verwirrung und Unsicherheit, ohne Anfang und Ende. Die Sonne zeichnet auf den Boden einen zögernden Schatten, als zitternde Stunde bewegt er sich vorwärts, verrät die Zeit auf dem Latifundium.

Als Lamberto Horques Alemão auf die Terrasse seiner Burg stieg, gingen ihm die Augen über vor lauter Sehen. Er war Herr über Leute und Land, zehn Léguas lang, drei breit, mit Steuer- und Tributfreiheit, und obwohl er die Weisung erhalten hatte, das Land zu bevölkern, war es nicht auf seinen Befehl hin, daß dem Mädchen am Brunnen Gewalt angetan wurde, da es aber nun einmal passiert war, um so besser. Er selbst, verheiratet mit einer tugendhaften Frau und schon mit Kindern gesegnet, wollte, daß sich sein Samen dort ergösse, wo es ihm beliebte, denn dieses Land darf nicht so unterbevölkert bleiben, wie es ist, an den Fingern sind die Orte in dem Besitztum abzuzählen, zahlreich wie Haare auf dem Kopf sind dagegen die dichten Wälder. Wisset, Senhor, diese Frauen sind dunkel, verruchte Überbleibsel aus der Maurenzeit, schweigsam die Männer und nicht selten rachsüchtig, und überdies hat unser König Euch nicht dazu berufen, gleich Salomo fruchtbar zu machen und zu zeugen, sondern für das Land Sorge zu tragen und es zu regieren, daß Leute kommen und sich hier niederlassen. Dies will und werde ich tun, so gut ich kann, denn dieses Land und alles, was zu ihm gehört, ist mein, zu viele dürfen es nicht werden, das könnte, wie man schon sah, Aufruhr heraufbeschwören. Recht habt Ihr, Senhor, und um so mehr, da Ihr Erfahrung sammeln konntet in jener kalten Gegend Eurer Herkunft, wo man viel mehr weiß als in dieser westlichen Verlassenheit der Welt. Gut, daß Ihr mir zustimmt, sprechen wir jetzt von den Abgaben, die für die Ländereien meines Besitztums und den Amtskreis festgesetzt werden müssen . . . Kleine Episode aus der Geschichte des Latifundiums.

Ein Kreuz ist es mit diesem Schuster. Wenn ihm die Arbeit über ist, läßt er Riester Riester sein und wirft alles durcheinander, er pfeift auf Leisten, Ahle und Schustermesser und geht in die Schenke, er streitet mit ungeduldigen Kunden, und alles ist ihm Anlaß, seine Frau zu schlagen. Nicht nur wegen der Riester und des Durcheinanders, sondern auch deshalb, weil er in seinem Innern keine Ruhe findet, er ist ein unsteter Mensch, noch nicht einmal Platz genommen, denkt er schon ans Erheben, noch nicht einmal irgendwo angekommen, denkt er schon an einen anderen Ort. Er ist ein Sohn des Windes, ein Landstreicher, schlecht gelaunt kehrt er aus der Schenke zurück, betritt das Haus, schwankt an der Wand entlang, äugt böse zum Kind hinüber, und warum hast du mir das Zeug hier nicht zurechtgelegt, Weibsstück, hier hast du eine, damit du es lernst. Er macht wieder kehrt und gesellt sich zum Wein, ein Herz und eine Seele mit den Saufkumpanen, setzen Sie das hier mit drauf, Herr Wirt; na gut, Herr Mieter, doch gebt acht, die Rechnung ist hoch; schon gut, ich bin ein Mann, der immer zahlt, bin noch niemals jemandem etwas schuldig geblieben, nicht einmal fünf durchlöcherte Réis. Es geschah nicht nur einmal, daß Sara da Conceição den Sohn zur Nachbarin gab und sich auf der Suche nach dem Mann in die Nacht begab, die Tränen im Tuch und in der Dunkelheit verbergend, eilte sie von Schenke zu Schenke, viele gab es nicht in São Cristóvão, aber dennoch zu viele. Sie trat nicht ein, sie blieb draußen stehen und hielt Ausschau, hatte sie ihren Mann dort in der Schenke entdeckt, zog sie sich in das Dunkel zurück, um still zu warten, wie ein Schatten im Schatten. Es geschah auch, daß sie ihn verloren auf dem Wege antraf, verlassen von den Freunden; dann wurde die Welt plötzlich schön, weil Domingos Mau-Tempo voller Dankbarkeit, aus der schrecklichen Öde mit all ihren Geistern befreit zu werden, den Arm um die Schultern der Frau legte und sich führen ließ wie ein kleines Kind, das er wohl auch geblieben war.

Eines Tages stellte Domingos Mau-Tempo einen Gehilfen an, denn die Arbeit nahm zu, und seine Hände bewältigten sie nicht mehr, nun gab er sich noch mehr den Freuden des Herumstromerns hin, aber dann kam es ihm an einem seiner schlechten Tage in den Sinn, seine arme Frau, die ahnungslose Sara da Conceição, betröge ihn in seiner Abwesenheit, das war das Ende der Zeit in São Cristóvão, der unschuldige Gehilfe mußte vor dem gezückten Messer fliehen, und die in Ehren hochschwangere Sara hatte alle Qualen des elenden Weges zu erdulden, denn wieder einmal wurde der Karren beladen, das hieß erneut nach Monte Lavre, ein mühsamer Weg zu Fuß. Herr Schwiegervater, uns geht es gesundheitlich gut, Eure Tochter ist glücklich, ebenso der Enkel, ein zweiter ist unterwegs, in Torre da Gadanha habe ich bessere Aussichten, dort lebt mein Vater, er wird uns helfen. Und wieder brachen sie auf, nach Norden, doch am Ausgang von São Cristóvão wartete der Wirt, halt an, Mau-Tempo, du schuldest mir die Miete und den Wein, den du getrunken hast, und falls du nicht zahlst, so werden ich und meine beiden Söhne hier dich dazu zwingen oder dir ans Leder gehen.

Die Reise war zum Glück kurz, denn kaum hatte Sara da Conceição das Haus betreten, gebar sie schon das Kind, das, wer weiß, warum, Anselmo genannt wurde. Eine schöne Wiege bekam dieses Kind, denn der Großvater väterlicherseits war Tischler, und dem gefiel es sehr, daß ihm fast Tür an Tür ein Enkel geboren wurde. Er war ein Meister bäuerlicher Kunst, ohne Gesellen, Lehrling oder Weib lebte er zwischen Sparren und Brettern im Sägemehlduft, mit einem eigenen Wortschatz, wie Leiste, Nagel, Latte, Nut und Dechsel. Er war ein redlicher, schweigsamer Mann, der sich nicht dem Wein ergab, und daher sah er auch finster auf seinen Sohn, der seinem Namen keine Ehre machte. Wenig wußte er vom Leben des Domingos Mau-

Tempo, weniger, als man erwarten konnte von einem, der schon Großvater war. Gerade noch konnte er dem älteren Enkel beibringen, daß ein bestimmter Hammer als Nagelzieher verwendet wird, daß dies ein Hobel und jenes ein Stechbeitel ist, als Domingos Mau-Tempo, der ihn weder in seinen Worten noch in seinem Schweigen ertragen konnte, es an der Zeit fand, aufzubrechen, in Windeseile dem Kerker seiner Seele zu entfliehen, nach Landeira, im äußersten Westen des Bezirkes, gleich einem Vogel, der sich mit der Brust gegen die Gitter des Käfigs stürzt. Und wiederum der Karren, diesmal von einem Maulesel gezogen, alles für gutes Geld gemietet, weil der Schwiegervater bestimmt befremdet wäre von so viel Abenteuerei und so wenig Sicherheiten, besser, man schwieg jetzt und ließ es ihn später wissen. Mann, wann kommen wir jemals zur Ruhe, stets geht es nur hin und her wie der Ewige Jude, und das mit den Kleinen, es ist nicht zum Aushalten; sei still, Frau, ich weiß genau, was ich tu, in Landeira gibt es brave Leute und Arbeit, die sich lohnt, und außerdem bin ich einer, der etwas von seinem Fach versteht, nicht einer, der am Stiel der Hacke klebt wie dein Vater und deine Brüder, ich habe ein Handwerk erlernt und bin wer. Ich streite das nicht ab, Mann, ich streit's nicht ab, Schuster warst du, als ich dich heiratete, und so wollte ich dich auch, ich wünschte nur, daß wir in Frieden lebten, daß der Unruhe ein Ende wäre. Dabei erwähnte Sara da Conceição nicht einmal die schlechte Behandlung, es wäre nicht die rechte Zeit gewesen, darüber zu sprechen, wo doch Domingos Mau-Tempo nach Landeira pilgerte, als ginge es ins Paradies, auf den Schultern trug er den ältesten Sohn, er hielt die zarten schmutzigen Fußgelenke umfaßt, was tat's, er spürte kaum das Gewicht, denn vom Ziehen des doppelten Zwirns waren Muskeln und Sehnen wie Stahl. Der Maulesel trabte hinterdrein, Gemütlichkeit schien alles einzuhüllen, sogar Sara da Conceição, die auf dem Karren Platz gefunden hatte. An der neuen Heimstatt angekommen, bemerkten sie jedoch, daß der Hausrat schweren Schaden genommen hatte. Diese Herumzieherei, Domingos, wird uns noch alle Möbel kosten.

In Landeira bekam João zu den Paten aus Monte Lavre einen neuen. Es war der Pater Agamedes, und weil dieser mit einer Frau zusammenlebte, die er als seine Nichte bezeichnete, diente sie sogleich als Patin. Somit fehlte es dem Jungen an nichts, beschützt war er nun im Himmel und auf Erden. Dies um so mehr, da Domingos Mau-Tempo, von Pater Agamedes überredet, die Pflichten eines Mesners wahrnahm und bei der Messe und auf Begräbnissen assistierte. Ebendas war auch der Grund, weshalb der Pater ihn zu seinem Gevatter gemacht hatte und João zu seinem Patenkind. Domingos Mau-Tempo verfolgte mit dem Eintritt in den Schoß der Kirche nur das Ziel, ein annehmbares Motiv zu finden, der Arbeit fernzubleiben und sich über seine andauernden Anfechtungen hinwegzutrösten. Und Gott belohnte ihn dafür, daß er ihn so oft am Altar schwerfällig das übliche Ritual ausführen sah, und zwar damit, daß Pater Agamedes, ein großer Freund des Weines, und sein Meßdiener sich zu einer anderen Opferung zusammenfinden konnten. Pater Agamedes unterhielt in seinen freien Stunden ein kleines Geschäft, nicht weit von der Kirche, und wenn er verhindert war, kam die Nichte herunter und leitete hinter dem Ladentisch die irdischen Geschäfte der Familie. Domingos Mau-Tempo strich vorbei und trank ein Glas, kehrte zurück, um sich ein zweites zu genehmigen, solange der Pater nicht erschien, um ihm Gesellschaft zu leisten. Sie lebten herrlich und in Freuden.

Doch jeder Himmel hat seinen Teufel und jedes Paradies seine Versuchung. Eines Tages begann Domingos Mau-Tempo lüsterne Blicke auf seine Gevatterin zu werfen, die sich darauf in ihrem Ehrgefühl als Nichte getroffen sah; eine Andeutung gegenüber dem Onkel reichte aus, das gute Einvernehmen zwischen dem professionellen und dem Laiendiener der heiligen Mutter Kirche zu trüben. Pater Agamedes wagte es nicht, offen zu reden, damit hätte er womöglich die ihm bekannte üble Nachrede der Gemeinde, die Zweifel an der Verwandtschaft hegte, bestätigt, deshalb berief er sich auf den Ehestand des Beleidigers, um die Gefahr von seiner eigenen Ehre abzuwenden. Vom Zapfhahn abgeschnitten sowie in seinem Liebes- und Schusterstolz gekränkt, wütete Domingos Mau-Tempo zu Hause, daß er sich am Pater rächen werde. Den Grund der Rache nannte er nicht, und Sara da Conceição fragte auch nicht. Sie war gewohnt, zu leiden und zu schweigen.

Die Kirche wurde nur wenig und schon gar nicht regelmäßig besucht. Sie änderte ja nichts zum Guten, was letztlich auch nicht ihre Pflicht war, sie machte aber auch nichts schlimmer. Daran lag es also nicht. Es lag an der unzureichenden apostolischen Tätigkeit, daß die Frömmigkeit nicht zunahm, nicht so sehr, weil Pater Agamedes mit der Nichte zusammenlebte und mit Flüssigem und Festem handelte, denn nur wer nicht zum Volk gehört, wird solcherart Bedürfnisse nicht verstehen, sondern weil er miserabel mit dem Meßbuch umging und weil er Täuflinge, Brautpaare und Verstorbene in der gleichen barbarischen Art traktierte, wie er sein Schwein schlachtete und verspeiste, noch weniger Aufmerksamkeit widmete er dem Wort und dem Geist der Kirche. Das Volk ist empfindlich in solchen Dingen. Indes wußte Domingos Mau-Tempo, wie er auf rühmliche Art die Kirche füllen könnte. Die nächste Messe würde eine feine Sache werden, denn Pater Agamedes hätte sich vorgenommen, von nun an gut präpariert zum Gottesdienst, zu den Gebeten und Gesängen zu erscheinen, töricht, wer fernbliebe, der sollte später nicht kommen und sich beschweren. Pater Agamedes war verblüfft, als er das volle Kirchenschiff sah. Es war nicht der Tag des Schutzheiligen, und auch die Dürre war nicht so schlimm, daß es einer himmlischen Intervention bedurft hätte. Doch er schwieg. Sind die Schafe im Stall, steht der Hirt gut vor dem Herrn da. Immerhin riß er sich zusammen, um nicht undankbar zu erscheinen, und bestätigte damit unbewußt die Vorankündigung von Domingos Mau-Tempo. Doch der als Mesner dienende Schuster, schon an eine erneute Abreise denkend, hatte den Streich vorbereitet. Als es galt, den Heiligen zu läuten, um die Messe einzuleiten, hob er ernst die Glocke und schwang sie. Ebensogut hätte er auch mit einer Hühnerfeder wedeln können. Die Gläubigen müssen angenommen haben, eine allgemeine Taubheit habe sie befallen, einige beugten sich nieder, weil sie der gewohnten Geste folgten, andere blickten mißtrauisch, während Domingos Mau-Tempo in absoluter, dramatischer Stille fortfuhr, mit unschuldiger Miene die Glocke zu schwingen. Der Pater stockte, die Gläubigen wurden unruhig, die Jüngeren fingen an zu kichern. Welche Schande, alle Heiligen schauen zu und auch Gott, der alles sieht. Pater Agamedes verlor die Beherrschung, unterbrach die heilige Handlung aus Gründen höchster Dringlichkeit, packte mit der einen Hand die Glocke und fuhr mit der anderen tastend hinein. Der Klöppel fehlte. Und kein Blitz fährt herab, die herzlose Tat zu ahnden. Schrecklich in seinem religiösen Zorn, versetzte Pater Agamedes Domingos Mau-Tempo einen kräftigen Stoß mit der Hand, hier an diesem heiligen Ort, wie ist das nur möglich. Doch Domingos Mau-Tempo zahlte es ihm prompt mit gleicher Münze zurück, so als gehörte das zu seinen Aufgaben bei der Messe. Es dauerte nicht lange, bis sich das Gewand des Paters mit dem Überwurf des Mesners in einem wilden Wirbel verwickelte, nicht auszumachen, wer oben lag, wer unten, gotteslästerlich rollten sie, sich die Rippen stoßend, die Stufen des Altars herab, unter dem Strahlenkranz der Monstranz. Die Leute traten heran, um die zerstrittenen Mächte zu trennen, und so manch einen gab es, der den Wirrwarr von Armen und Beinen ausnutzte, einen alten Durst zu löschen, auf diese oder jene Art. Die alten Weiber, in eine Ecke gedrängt, beteten den ganzen himmlischen Hofstaat an und rückten schließlich, physisch und geistig gestärkt, gegen den Altar vor, ihren Pater zu retten, wenn der es auch nicht wert war; doch hier waltete, um es kurz zu sagen, der Triumph des Glaubens.

Am nächsten Tag verließ Domingos Mau-Tempo den Ort, die Dorfjungen begleiteten ihn mit seiner Familie lärmend bis an das Ende der Felder. Sara da Conceição hielt den Kopf vor Schande gesenkt. Joãos blaue Augen blickten ernst in die Weite. Der Jüngste schlief.

Es kam die Republik. Die Männer verdienten zwölf oder dreizehn Vinténs und die Frauen um die Hälfte weniger, wie üblich. Beide aßen dasselbe Tresterbrot, die gleichen Kohlblätter und Strünke. Die Republik kam aus Lissabon, rasch, verbreitete sich über Telegraphen, wo es welche gab, und über die Presse für den, der des Lesens kundig war, oder wurde, was das einfachste war, von Mund zu Mund weitergetragen. Der Thron war gestürzt, und der Altar verkündete zunächst, daß dieses Reich nicht seine Welt sei, das Latifundium begriff sofort und blieb, was es war, ein Liter Olivenöl kostete mehr als zweitausend Réis, zehnmal mehr als der Tageslohn eines Mannes.

Es lebe die Republik, sie lebe hoch! Patrão, wie hoch ist jetzt der Tageslohn?; warte ab, was die anderen zahlen werden, das zahle ich auch, sprich mit dem Verwalter; also wie hoch ist der Tageslohn?; einen Vintém mehr; das ist zu wenig für meine Bedürfnisse; wenn du nicht willst, dann laß es bleiben, es gibt noch andere als dich; ach, heilige Mutter Gottes, das reicht nicht zum Leben und nicht zum Sterben, und die Kinder, was gebe ich den Kindern; laß sie arbeiten; und wenn keine Arbeit da ist; rede nicht so viel, Frau, schick die Jungs ins Holz und die Mädchen zum Stoppeln, und jetzt leg dich hin; ich bin die Dienerin des Herrn, sein Wille geschehe, und er ist geschehen, Mann, ich bin schwanger, tragend, trächtig, ich werde ein Kind haben, und du wirst Vater, ich hab es erst spät gemerkt; das macht nichts, wo sieben nichts zu essen haben, stört auch ein achter nicht.

Weil also zwischen dem monarchischen und dem republikanischen Latifundium nur Ähnlichkeiten zu bemerken waren, aber keine Unterschiede, weil man für den Lohn nur so viel kaufen konnte, um den Hunger noch mehr zu reizen, fanden sich gutgläubig einige Landarbeiter zusammen, um beim Kreisverwalter bessere Lebensbedingungen zu erbitten. Ein Schreibkundiger verfaßte ihnen die Bittschrift und hob die neuen portugiesischen Freuden und allgemeinen Hoffnungen als Kinder der Republik hervor, und wir wünschen Gesundheit und Wohlergehen, Herr Kreisverwalter, und warten auf Ihre Antwort. Nachdem Lamberto Horques die Bittsteller entlassen hatte, setzte er sich auf seinen hanseatischen Stuhl und grübelte darüber nach, was für seinen eigenen und den für den Staat verwalteten Besitz am besten sei, ein Blick wanderte über die Karten, auf denen die Güter verzeichnet waren, und schließlich verharrte sein Finger auf dem Gut mit dem zahlreichsten Personal, er rief den Kommandanten der Guarda zu sich. Dieser hatte zur Polizei gehört und zeigte seine kriegerische Figur in einer neuen Uniform, kurz war sein Gedächtnis, und folglich hatte er schon die Erinnerung an die Zeit abgestreift, als er noch ein blauweißes Band am linken Ärmel getragen hatte. Auf Grund seines Eifers und seiner Wachsamkeit hatte Lamberto davon erfahren, daß die Bauern aufgebracht waren, gegen die Fron und andere Zwänge protestierten und sich über die schlechte Kost beschwerten, mit der sie sich wegen der zahlreichen Steuern und sonstigen Abgaben begnügen mußten, das alles drückte sich mehr oder weniger in der Bittschrift aus, deren Ton gemäßigt war, vielleicht nur, um andere, böse Absichten zu vertuschen. Durch alle Güter strich der unheilvolle Wind der Empörung, wie das Knurren eines eingekreisten hungrigen Wolfes, großen Schaden gäbe es, käme er zum Zuschnappen. Daher mußte ein Exempel statuiert, eine Lektion erteilt werden. Nach der Besprechung und den erhaltenen Befehlen zog sich Leutnant Contente in strammer Haltung zurück, und auf dem Kasernenhof befahl er, das Signal zum Satteln zu geben. Die Republikanische Nationalgarde stellte sich in Reih und Glied auf, die Säbel griffbereit, die Zügel straff, blitzendes Zaumzeug, Schnauzbärte, Pferdemähnen, und als Lamberto ans Fenster des Rathauses trat, grüßte die Guarda die Autorität, die mit den Fingerspitzen zum Abschied schnipste, mit einer einzigen Geste Gewogenheit zeigend und die Disziplin lobend. Dann zog er sich in seine Gemächer zurück und ließ seine Frau rufen, um sich mit ihr wie gewohnt zu vergnügen.

Über die Felder eilt die Republikanische Nationalgarde dahin. Im Trott und im Galopp, die Sonne knallt aufs Blechwerk, die Schabracken schlagen an die Pferdebeine, o Kavallerie, o Roldão, Oliveiros und Ferrabrás, glückliches Vaterland, das solche Söhne gebar. Das ausgewählte Landgut kommt in Sicht, und Leutnant Contente befiehlt der Schwadron, in Linie auszuschwärmen, auf das Hornsignal geht die Truppe vor, herrlich anzusehen und so kriegerisch, die Säbel sind gezogen, und das Vaterland ist auf dem Balkon erschienen, den Angriff zu genießen, und wie die Bauern aus den Häusern, Scheunen und Ställen kommen, werden sie von den Pferden umgerannt, erhalten Hiebe auf den Rücken, vorerst mit der flachen Klinge, bis Ferrabrás wütend wie ein von der Stechfliege gepeinigter Stier den Griff des Säbels dreht und zuschlägt und spaltet, kürzt und sticht, blind vor Wut, warum, weiß er nicht. Die Bauern bleiben ausgestreckt auf dem Boden liegen und stöhnen vor Schmerzen, auf sie warteten keine Vergnügungen, als sie sich in ihre Hütten zurückzogen, denn sie mußten ihre Wunden pflegen, so gut sie konnten, mit Wasser, Salz und Spinnweben. Sterben wäre besser, sagte einer. Erst wenn es soweit ist, erwiderte ein anderer.

Die Schwadron der Guarda, liebreizende Tochter dieser Republik, ist schon wieder unterwegs, noch zittern die Pferde, und ihr Schaum fliegt in zerstobenen Flocken durch die Luft, da beginnt der zweite Teil des Schlachtplanes, Baum und Strauch werden abgesucht, Jagd auf jene, welche zu Rebellion und Streik aufhetzten, auf daß die Felder unbearbeitet blieben und das Vieh unversorgt; dreiunddreißig wurden gefaßt, und unter ihnen die Haupträdelsführer, ab ging es in die Militärgefängnisse. Wie Lastesel wurden sie fortgezerrt, unter Peitschenhieben, Faustschlägen und Verwünschungen, ihr Hurensöhne, paßt doch auf, wo ihr mit euren Hörnern anrennt, es lebe die Guarda der Republik, es lebe die Republik der Guarda. Und so zogen die gefangenen Bauern dahin, jeder in seinen Fesseln und alle an einem Strick, wie Galeerensträflinge, man stelle sich das vor, handelt es sich doch um Geschichten, die in barbarische Epochen gehören, in die Zeit von Lamberto Horques Alemão, fünfzehntes Jahrhundert und nicht später.

Und nach Lissabon, wer wird die Anführer der Empörung nach Lissabon bringen? Es trifft die 17. Infanterie, den Leutnant, ebenfalls ein Contente, und mit ihm achtzehn Gemeine, in der Stille des Nachtzuges bewachen achtunddreißig Augen fünf Landarbeiter, die des Aufruhrs und der Anstiftung zum Streik beschuldigt werden. An die Regierung wird man sie übergeben, und unser eifriger Beobachter weiß zu berichten, diese Regierung ist die reine Barmherzigkeit, mit offenen Armen wird sie die Eingelieferten empfangen. Es ist wieder Mai, Senhores. Es fährt der Zug dahin, fährt und fährt und pfeift, fünf Landarbeiter sind unterwegs, um im Limoeiro* zu büßen. In diesen barbarischen Zeiten fahren die Züge langsam, sie halten auf freier Strecke ohne ersichtlichen Grund, vielleicht ein Hinterhalt, ein Todesort, und im geschlossenen Waggon, in dem die Übeltäter transportiert werden, bleiben die Vorhänge zugezogen, falls es Vorhänge zu Lamberto Horques Zeiten gibt, falls so ein Widersinn in Waggons der dritten Klasse üblich ist, die Gemeinen der 17. Infanterie heben die entsicherten Gewehre, womöglich mit Bajonett, Abstand halten, wer hier vorbeiwill; hält der Zug, zehn auf einmal gehen sie nach draußen, um so Überfällen oder einer Gefangenenbefreiung vorzubeugen. Sie haben keine Erlaubnis zum Schlafen, die armen Soldaten, und unruhig starren sie in die harten und schmutzigen Gesichter der fünf Strolche, sie sind dir so ähnlich, Soldat. Wenn meine Zeit bei der Truppe um ist, wer weiß, Bruder, ob sich nicht ein anderer Soldat findet, mich festzunehmen und ebenso nach Lissabon zu schaffen, im Nachtzug, in der Dunkelheit; heute wissen wir, was der Tag uns bringt, doch wer wird es uns morgen sagen; sie geben dir ein Gewehr, aber nie haben sie dir gesagt, daß du es aufs Latifundium richten sollst; deine ganze Schießausbildung ist gegen deinesgleichen gerichtet, auf dein eigenes betrogenes Herz zeigt die Mündung deiner Waffe, du begreifst nichts von dem, was du tust, eines Tages werden sie dir befehlen, abzudrücken, und du tötest dich selbst; hört auf mit diesen Reden, Aufrührer, in Lissabon werden sie es euch schon flüstern, ihr könnt euch überhaupt nicht vorstellen, für wieviel Jahre ihr im Schatten sein werdet; ja, Lissabon ist eine große Stadt, die größte der Welt, hat man uns

* Gefängnis in Lissabon.

gesagt, und dort wohnt die Republik, um des Rechts willen wird sie uns in Freiheit setzen; es gibt Gesetze.

Zwei Gruppen von Landarbeitern stehen sich gegenüber, zehn kurze Schritte trennen sie voneinander. Die aus dem Norden sagen, es gibt Gesetze, wir wurden eingestellt und wollen arbeiten. Die aus dem Süden sagen, ihr erniedrigt euch und verdient weniger, ihr kommt und schadet uns, verschwindet wieder dahin, woher ihr gekommen seid, Feldmäuse ihr. Die vom Norden sagen, bei uns gibt es keine Arbeit, alles nur Stein und Ginster, wir sind aus der Beira, ihr beleidigt uns, wenn ihr uns Mäuse nennt. Sagen die vom Süden, Feldmäuse seid ihr, Mäuse, die kommen, unser Brot zu fressen. Sagen die vom Norden, wir haben Hunger. Die vom Süden, wir auch, aber wir beugen uns diesem Elend nicht, wir verdienen nichts, wenn ihr bereit seid, für diesen Lohn zu arbeiten. Die vom Norden sagen, das ist eure Schuld, seid nicht so stolz, nehmt an, was der Patrão euch bietet, besser weniger als nichts, die Arbeit wird für alle reichen, denn ihr seid wenige, und wir sind gekommen, euch zu helfen. Die aus dem Süden sagen, das ist ein Irrtum, man will uns alle täuschen, wir dürfen diesem Lohn nicht zustimmen, vereinigt euch mit uns, dann muß der Patrão uns allen mehr zahlen. Die vom Norden sagen, jeder ist sich selbst der Nächste, über uns steht Gott, wir wollen kein Bündnis, sind von weit her gekommen, wir wollen keinen Streit mit dem Patrão, wir wollen arbeiten. Sagen die vom Süden, hier werdet ihr nicht arbeiten. Sagen die vom Norden, wir werden arbeiten. Sagen die vom Süden, dies Land ist unser. Sagen die vom Norden, aber ihr wollt es nicht bestellen. Die vom Süden, für diesen Lohn nicht. Die vom Norden, wir arbeiten für diesen Lohn. Sagt der Verwalter, Schluß, genug geredet, jetzt macht Platz und laßt die Leute an die Arbeit gehen. Die vom Süden sagen, folgt nicht. Der Verwalter sagt, folgt, denn hier befehle ich, oder ich rufe die Guarda. Sagen die vom Süden, bevor die Guarda eintrifft, fließt hier Blut. Sagt der Verwalter, wenn die Guarda käme, flösse noch mehr Blut, beklagt euch dann nicht. Die vom Süden sagen, Brüder, hört auf uns, tut euch mit uns zusammen, wenn ihr ein Herz im Leibe habt. Sagen die vom Norden, wir haben es schon gesagt, wir wollen arbeiten.

Mit der Sichel in der Hand nähert sich der erste aus dem Norden dem Weizen, und der erste aus dem Süden packt ihn am Arm, schwerfällig stoßen sie sich, kräftig, hart und roh, Hunger gegen Hunger, Elend gegen Elend, Brot, du kostest uns viel. Die

Guarda kam und trennte die Kämpfenden, sie hieb nur nach einer Seite, trieb mit Säbelhieben die aus dem Süden zurück, als wären sie Vieh. Sagt der Sergeant, wünschen Sie, daß wir alle festnehmen? Sagt der Verwalter, das lohnt nicht, diese Elenden, haltet sie ein wenig in Schach, bis sie sich beruhigt haben. Sagt der Sergeant, einen von diesen Mäusen hat es am Kopf erwischt, es kam zu einer Tätlichkeit, und Gesetz ist Gesetz. Sagt der Verwalter, das ist nicht der Rede wert, Sergeant, Blut von Schafsköpfen, ob sie nun aus dem Norden oder dem Süden sind, ist nicht mehr wert als die Pisse des Patrão. Sagt der Sergeant, da wir vom Patrão sprechen, ich brauche etwas Brennholz. Sagt der Verwalter, Sie werden eine Fuhre bekommen. Sagt der Sergeant, und einige Dachziegel. Sagt der Verwalter, Sie werden nicht in der feuchten Nachtluft schlafen müssen. Sagt der Sergeant, das Leben ist teuer. Sagt der Verwalter, ich schicke Ihnen ein paar Würste.

Die Mäuse sind schon im Feld verschwunden. Die goldenen Ähren fallen auf die braune Erde, welche Schönheit, nach Schweiß riecht es, wann wär auch Zeit zum Waschen gewesen, von fern nähert sich ein Tilbury und hält. Es ist der Patrão. Sagt der Sergeant, danken Sie in meinem Namen, und immer zu Diensten. Sagt der Verwalter, paß Er mir auf die Strolche auf. Sagt der Sergeant, gehen Sie nur unbesorgt, ich weiß mit ihnen umzugehen. Sagen einige vom Süden, legen wir Feuer an das Getreidefeld. Sagen andere, das täte in der Seele weh. Sagen alle, deren Seele kann nichts weh tun.

In Landeira waren sie schon gewesen, in Santana do Mato, innerhalb und außerhalb des Kreises, in Tarrafeiro und Afeiteira, auf einer dieser Reisen wurde das dritte Kind geboren, eine Tochter, Maria da Conceição, dann noch ein Sohn, der nach seinem Vater Domingos genannt wurde. Möge ihm Gott ein besseres Los bescheren, denn von seinem Vater gibt es nur Schlechtes zu berichten, zwischen Wein und Schnaps, zwischen Hammer und Karde, es wurde immer schlimmer. Vom Zustand der Möbel spricht man besser nicht, vom Haus auf den Karren, vom Karren ins Haus, und zwischendurch die Stöße, verursacht durch Huckel und Rinnen, von Ort zu Ort; ein neuer Schuster ist da, Mau-Tempo heißt er, werden sehen, wie er arbeitet, sieh mal an, der trinkt den Wein das ganze Jahr hindurch wie du und ich das Wasser im August, verflixter Kerl, welch besserer Meister könnte er sein. Sara da Conceição, die jetzt mit ihrem Mann und den Kindern in Canha lebt, litt zwei Jahre hindurch an Malariaanfällen, Viertagefieber war es, einen Tag ja, einen Tag nein, wer es nicht wissen sollte. Deshalb ging an den Tagen, an denen die Mutter darniederlag, João Mau-Tempo, der mit den blauen Augen, die keines seiner Geschwister hatte, zum Brunnen, und einmal, beim Eintauchen des Wasserkruges, verlor er den Halt, wer hilft dem armen Kleinen, und fiel ins Wasser, das tief war für seine Siebenjahresgröße. Auf dem Arm der guten Frau, die ihn gerettet hatte, kehrte er nach Hause zurück, der Vater verprügelte ihn, während die Mutter im Bett vom Fieber geschüttelt wurde, daß selbst die Türgriffe aus Messing vibrierten. Schlag den Jungen nicht, Domingos, aber sie hätte auch ebensogut zu einem Tauben sprechen können.

Eines Tages rief Sara da Conceição nach ihrem Mann, doch dieser antwortete nicht. Es war das erstemal, daß Domingos Mau-Tempo die Familie verschmähte und weit vom Kurs abkam. Sara da Conceição, die sich so lange Zeit beherrscht hatte, bat eine schreibkundige Nachbarin, ihr einen Brief aufzusetzen, ihre Seele war wie ausgerenkt, nicht dafür hatte sie ihren Mann gewollt; Vater, ich bitte Euch, holt mich um Gottes willen mit Eurem Eselchen und dem Karren zu Euch in meine Heimat und verzeiht mir die Mühe und die Sorgen, die ich Euch bereitet habe, und auch die Enttäuschung, groß ist meine Reue, daß ich nicht auf Eure wiederholten Ratschläge gehört, nicht diese unglückliche Ehe einzugehen mit einem Mann, der mir nur Bitternis bereitete, das Allerschlimmste blieb mir nicht erspart, Elend, Kummer und Schläge; gut war Euer Rat und schlecht, was ich tat, setzte die Nachbarin in ihrer literarischen Fertigkeit an den Schluß und verband so das Klassische mit dem Modernen in löblicher Vermessenheit.

Was macht ein wirklicher Vater, selbst wenn er die Ärgernisse nicht vergessen hat, was tat Laureano Carranca? Er schickte seinen Sohn Joaquim, einen brummigen und ungefälligen Menschen, schickte ihn nach Canha, die Schwester zu holen und alle Enkel, so viele es auch sein mochten. Nicht, weil sie ihm so ans Herz gewachsen, waren es doch alles Kinder eines trunksüchtigen Schusters, er hegte keine Liebe für sie, Sorgenkinder waren sie, unbequeme Enkel, vor allem, da es andere, liebere gibt. Die schnöde von Mann und Vater Verlassenen kamen in Monte Lavre an, wieder einmal war der ärmliche Hausrat zusammengerafft worden, nur noch Gerümpel, einiges blieb aus verdrießlichem Mitleid im Haus der Eltern und Großeltern, anderes wurde hinten im Strohschober untergebracht, solange keine Wohnung gefunden war. Als sich endlich die benötigte Unterkunft fand, dienten Binsenmatten auf dem Boden als Schlafstatt, und um etwas Eßbares zu erlangen, gingen die Ältesten betteln, auch unser Herr ging betteln, eine Schande ist nur Stehlen. Sara da Conceição arbeitete, wie es sein muß; nicht nur, um Kinder in die Welt zu setzen, lebt man, die Eltern gaben ein wenig von dem Ihren, die Mutter reichlicher, selbstverständlich, Mutter bleibt Mutter. Doch nach wenigen Wochen tauchte Domingos Mau-Tempo auf und schlich in Monte Lavre umher, von weitem der Frau und den Kindern folgend, ihnen jedoch stets aus dem Weg gehend, zerknirscht und reuig nach seinen eigenen Worten, möglicherweise aus seiner Mesnerzeit noch in Erinnerung. Laureano Carranca wurde fuchsteufelswild, die Tochter solle ihm nie wieder unter die Augen treten, schlösse sie sich wieder diesem liederlichen Kerl von Schwiegersohn an, nicht auszudenken. Kleinlaut widersprach Domingos Mau-Tempo, von allen Fehlern sei er frei und von allen Sünden geheilt, nur noch für seine Frau und seine lieben Kinder wolle er dasein; Herr Schwiegervater, das schwöre ich, wenn nötig, auf den Knien. Dessen großer Zorn wurde geringer, besänftigt durch reichlich fließende Tränen, und die Familie zog zu einem nahe gelegenen Ort, Cortiçadas de Monte Lavre, fast in Sichtweite des väterlichen Hauses. Domingos Mau-Tempo mußte sich in der Werkstatt von Meister Gramicho verdingen, denn er hatte alles verloren, was ihm erlaubt hätte, selbständig zu sein, wie er es liebte. Sara da Conceição arbeitete als Schuhnäherin, was das Zeug hielt, um dem Mann zu helfen und die Kinder versorgen zu können. Und das Schicksal? Domingos Mau-Tempo verfiel in Trübsal wie ein verwunschenes Ungeheuer, das ist die schlimmste aller Trübseligkeiten, wie in dem Märchen von der Schönen und dem Tier zu sehen, und man braucht nicht lange zu warten, bis er sagen würde, wir müssen von hier weg, ich fühle mich nicht mehr wohl hier, bleibe du einige Tage bei den Kindern, während ich woanders Arbeit suche. Sara da Conceição, was blieb ihr übrig, wartete zwei Monate, bar jeder Illusion, daß ihr Mann zurückkäme, schon sah sie sich wieder als verlassene

Witwe, da tauchte Domingos Mau-Tempo auf, fröhlich wie ein Rotkehlchen und mit zärtlichen Worten, Sara, ich habe Arbeit und eine sehr gute Unterkunft für uns, wir gehen nach Ciborro. Sie zogen nach Ciborro, und es war kein übler Wechsel, die Leute dort waren friedfertig und bezahlten auch sofort. An Arbeit mangelte es nicht, und der Schuster schien den Sinn nach der Schenke verloren zu haben, vielleicht nicht ganz, niemand verlangte das von ihm, es reichte jedenfalls, um als ehrenhafter Mann zu gelten. Das alles traf sich günstig, wurde hier doch gerade eine Anfangsschule eröffnet, und João Mau-Tempo, der im rechten Alter war, lernte Lesen, Schreiben, Rechnen.

Und das Schicksal? Die Werwölfe laufen ihre wirren, gekreuzten Wege, ein Unstern steht über ihnen, Senhores, was weiß ich, wo das Geheimnis liegt, es sind Zaubereien, an einem bestimmten Tag der Woche verlassen sie das Haus, und an der ersten Kreuzung kleiden sie sich aus, kriechen auf dem Boden, wälzen sich dort und verwandeln sich in das, was gerade eine Spur hinterließ; wie denn, jegliche Spur oder nur die eines Säugetiers?; jede Spur, Senhor, einmal verwandelte sich ein Mann sogar in das Rad eines Karrens, er zog hier herum, drehte und drehte sich, es war eine Qual, doch für gewöhnlich verwandeln sie sich in Tiere, wie im bekannten und wahren Fall jenes Mannes, ich erinnere mich seines Namens nicht, er lebte mit seiner Frau in Monte do Curral da Légua, in der Nähe von Pedra Grande, das Schicksal beschied ihm, jeden Dienstag in der Nacht das Haus zu verlassen, doch war er sich dessen bewußt, und er warnte daher seine Frau, ihm niemals die Tür zu öffnen, wenn er draußen sei, gleich, was sie hören würde, und es war ein Schreien und Lärmen, das das Blut in den Adern eines Christenmenschen erstarren ließ, niemand konnte dabei schlafen, eines Tages faßte sich die Frau ein Herz, denn die Frauen sind sehr neugierig, alles wollen sie herausbekommen, sie beschloß, die Tür zu öffnen, und ach, was sah sie da, Jesus, ein riesiges Schwein, gewaltig wie ein Zuchteber, mit einem Kopf von solcher Größe, so etwa, und das stürzte sich wie ein Löwe auf sie, um sie zu verschlingen, ihr Glück, daß es ihr gelang, die Tür wieder zu schließen, jedoch nicht schnell genug, das Schwein schnappte zu und riß ihr ein Stück Stoff aus dem Rock, stellen Sie sich jetzt das Entsetzen der Unglücklichen vor, als der Ehemann im Morgengrauen zurückkehrte, hatte er im Mund den Stoffetzen, und so kam alles ans Licht, er erzählte, wie er sich jedesmal, wenn er fortging, in ein

Tier verwandelte, diesmal in ein Schwein, und es könne schlimm für sie ausgehen, sie möge beim nächstenmal nicht die Tür öffnen, denn er könne nicht für sich einstehen; großer Gott, was Sie nicht sagen; die Frau sprach dann mit den Schwiegereltern, die von der Kunde, ihr Sohn sei ein Werwolf, erschrocken waren, es sei der erste Fall in der Familie, sie suchten eine weise Frau auf, welche die für solche Unglücksfälle notwendigen Gebete und Beschwörungen sprach und riet, man solle den Hut verbrennen, wenn der Mann gerade Tiergestalt angenommen hätte, und er würde erlöst, so kam es auch, Gott sei gelobt, sie verbrannten seinen Hut, und er genas; meinen Sie, das Schlechte saß im Hut und verschwand durch das Verbrennen?; nun, das weiß ich nicht, da es die Frau nicht erzählt hat, aber ich werde Ihnen von einem anderen Fall berichten, hier bei Ciborro lebte vor kurzem ein Ehepaar auf einem Hof, immer spielt sich alles zwischen Mann und Frau ab, warum nur, sie züchteten Hühner und anderes Geflügel, nun also, jede Nacht, diesmal war es jede Nacht, erhob sich der Mann vom Bett, ging in den Garten und gackerte, stellen Sie sich nur vor, wie der Frau zumute war, als sie von der Fensterluke aus sah, wie er sich in ein riesengroßes Huhn verwandelte; na, bestimmt von der Größe eines Schweins; ach, Sie glauben mir nicht, dann hören Sie mal den Rest, das Ehepaar hatte eine Tochter, und da deren Hochzeit bevorstand, schlachtete man einige Hühner für das Hochzeitsfest, sie besaßen ja genug davon, aber in dieser Nacht bemerkte die Frau nicht, als sich ihr Mann erhob, und so hörte sie ihn auch nicht gackern, Sie können sich nicht vorstellen, was geschah, der Mann ging zu der Stelle, wo sie die Hühner geschlachtet hatten, ergriff ein Messer, kniete vor der Schlachteschüssel nieder und stieß sich das Messer in die Gurgel und sank um, als die Frau entdeckte, daß sie allein im Bett war, ging sie ihren Mann suchen und fand ihn, bereits leblos, inmitten des noch strömenden Blutes, das sind Schicksale, sage ich Ihnen.

Domingos Mau-Tempo kehrte zu seinem alten Leben zurück: zu Wein, Schlendrian und Schlägen, er tyrannisierte die Familie durch Worte und Handgreiflichkeiten. Mutter, es scheint, als wäre Vater verdammt; sag so etwas nicht, mein Sohn, es ist schließlich dein Vater. Das sind so die üblichen Worte bei derartigen Vorkommnissen, man darf sie nicht so ernst nehmen, weder die einen noch die anderen, nicht die der Anklage noch die des Verzeihens. Das Elend zeichnete ihre Gesichter, und die

Kinder, alles schon begreifend, gingen betteln. Es gab aber noch gütige und aufmerksame Menschen, so die Wirtsleute des Hauses, in dem die Mau-Tempos wohnten. Manche Mahlzeit ließen sie ihnen zukommen, aber solche Kindheit ist bitter, die Wirtsleute, wenn sie buken, hoben immer ein Stück Brot für João Mau-Tempo auf, die Jungen dieser Familie, die ebenfalls die Schule besuchten und mit ihm befreundet waren, spielten ihm mit diesem Brot einen bösen Streich, sie banden João Mau-Tempo mit einem Strick an die Futterkrippe, legten das Stück Brot hinein und erklärten, sie würden ihn nicht eher befreien, bevor er nicht das Brot fräße. Und da sagt man, es gäbe einen Gott.

So geschah, was geschehen mußte, Domingos Mau-Tempo machte seinem Unglück ein Ende. Es war an einem Nachmittag, er saß auf seinem Schemel und glättete einen Absatz, plötzlich legte er alles aus der Hand, band sich die Schürze ab, ging ins Haus, rollte seine Sachen ein, nahm aus der Truhe ein Brotviertel, tat alles in den Quersack und ging davon. Die Frau war mit den beiden Jüngsten zur Arbeit, João befand sich in der Schule, und der andere strolchte herum. Es war das letztemal, daß Domingos Mau-Tempo das Haus verließ. Er wird noch einmal zurückkehren, um ein paar Worte zu sagen und einige anzuhören, doch seine Geschichte ist zu Ende. Zwei Jahre hindurch wird er ein Landstreicherdasein führen.

Die Natur erschafft ihre verschiedensten Kreaturen mit bewundernswerter Rücksichtslosigkeit. Sie erwägt, wer tot und wer verkrüppelt sei, und es gibt genug, die davonkommen, um die Resultate ihrer Geschäftsführung zu garantieren, so, auf doppelte Weise gesichert, sind das Zeugen und das Erhalten ihre Hauptaufgabe, und mit jenem reich bemessenen Spielraum der Ungenauigkeiten produziert sie die Abweichungen von dem, was man sagt, was man tut und was man ist. Die Natur zieht keine Grenzen, aber sie bedient sich ihrer. Wenn nach der Ernte Tausende von Ameisenvölkern nicht mehr dieselben Möglichkeiten der Ernährung haben wie vordem, so gehen eben die Gewinne und Verluste alle zu Lasten der großen Buchführung des Planeten, keine einzige Ameise wird ohne ihren statistischen Anteil an Nahrung bleiben. Bei der Aufstellung des Saldos interessiert es wenig, daß sie millionenfach in Wassern ertranken, unter die Hacke kamen oder dem Wettpissen zum Opfer fielen: wer lebte, aß, wer starb, ließ seinen Teil den anderen. Die Natur zählt keine Toten, sie rechnet mit Lebenden, und wenn es ihr zu viele werden, arrangiert sie ein neues Sterben. Das alles ist sehr einfach, ist sehr klar und gerecht, niemand im großen Reich der Tiere, ob Ameise oder Elefant, der dagegen anginge.

Zum Glück ist der Mensch ihr König. Er kann also alles mit Bleistift und Papier berechnen, oder aber er verfolgt sein Ziel auf andere Weise, indem er vor sich hinmurmelt, halbe, fast unverständliche Worte, schiefe Blicke wirft und schnelle Kopfbewegungen macht. Diese Mimik und diese Laute sind eine gröbere Art von Kampfgesängen und -tänzen der Verführung und Verlockung, wie sie gewissen Tieren eigen ist, bestimmte Absichten zu erreichen. Die Rechnerei mit Gewichten und Maßen, die Laureano Carranca, der harte und prinzipienfeste Mann – wenn man bedenkt, mit welcher Intoleranz und mit welch ständigem Unbehagen er der Ehe seiner Tochter Sara da Conceição gegenüberstand –, anstellte, ist nun besser verständlich, da er jetzt den Enkel João aus Gründen eines widerstrebenden Mitleids im Hause hat und noch einen anderen Enkel, José Nabiça, der lieber gesehen ist. Wir sagen auch, warum, selbst wenn es für das Verstehen der Geschichte nicht weiter wichtig ist, nur soviel, damit wir uns gegenseitig besser kennenlernen, wie es kirchliches Gebot ist. Dieser José Nabiça war der Sohn einer Schwester von Sara da Conceição, sein Vater blieb ungenannt, weil er es so wünschte, doch alle Welt wußte um ihn und hätte nur mit dem Finger auf ihn zu deuten brauchen. Nicht selten entsteht in solchen Fällen so etwas wie eine allgemeine Kumpanei, jeder weiß absolut Bescheid, aber alle wollen sehen, wie die Betroffenen reagieren, was man im Grunde genommen nicht verurteilen kann, sind doch der Zerstreuungen wenige. Diese Kinder werden aus Liebe zu Gott gemacht, einsam irren sie umher, manchmal von Vater und Mutter verlassen, werden ausgesetzt, werden ihrem Schicksal überlassen, es holen sie die Wölfe oder die Barmherzigen Brüder. Doch der begünstigtere José Nabiça, trotzdem ihm ein Makel anhaftete, besaß zum Glück einen Vater, der etwas sein eigen nannte, und Großeltern, die nach der künftigen Erbschaft strebten, eine vage Aussicht zwar, doch in jedem Falle etwas Festes, jedenfalls ausreichend, um im Hause der Carrancas gut behandelt zu werden. Dagegen traktierten sie João

Mau-Tempo, als gehörte er nicht zu ihnen, als wäre er ein Niemand: von ihm, dem Sohn eines Schusters und jetzigen Landstreichers, war nichts zu erwarten, kein Geld und auch kein Gut. Den anderen aber, obwohl er das Produkt einer nicht durch Heirat getilgten Schande war, trug der Großvater auf Händen, blind und taub gegenüber dem Gerede und der unzweifelhaft befleckten Ehre, er hoffte auf einen Gewinn, der sich niemals einstellen würde. Es gibt eben eine göttliche Gerechtigkeit.

João Mau-Tempo besuchte noch ein Jahr die Schule, dann war es genug mit der Bildung. Großvater Carranca besah sich den mageren Körper des Kleinen, geriet zum tausendsten Male über die blauen Augen ins Zweifeln, die erschrocken nach unten blickten, und bestimmte, du gehst mit deinem Onkel zum Roden, und sieh zu, daß du dich ordentlich beträgst, wenn es sein muß, bin ich hier, dich zu strafen. Möglicherweise hatte der Name Carranca etwas mit Roden zu tun, um Urbarmachung ging es, darum, die Erde zu lockern, das erforderte rohe Kraft, eine Zumutung für ein Kind, aber es wird ihm guttun, zu erfahren, welches Schicksal auf ihn als Erwachsenen einmal wartet. Roh war auch Joaquim Carranca, der ihn des Nachts auf dem Feld zurückließ, damit er die Hütte bewachte, oder auf der Tenne, obwohl das unzumutbar war für einen so schwachen Körper. Mehr noch, mitten in der Nacht ging er, hinterhältig, wie er war, nachsehen, ob der Neffe nicht etwa schliefe, und warf einen Weizensack auf ihn, daß der Ärmste stöhnte, und als ob das noch nicht bis zum Überfluß genug wäre, stieß er ihn mit dem eisenbewehrten Hirtenstab, und je mehr der Neffe schrie und weinte, desto mehr lachte der seelenlose Mensch. Wahr sind solche Fälle, deshalb fällt es schwer, dem zu glauben, der so etwas als Erzählung festhält. Inzwischen hatte Sara da Conceição eine weitere Tochter zur Welt gebracht, die nach acht Tagen starb.

In Monte Lavre ging das Gerücht von einem Krieg in Europa um, in einer Gegend, von der hier nur wenige etwas wußten. Auch hier gab es Kriege, und nicht einmal kleine, den ganzen Tag über nur Arbeit, wenn es Arbeit gab, den lieben langen Tag schrecklichen Hunger, mit oder ohne Arbeit. Nur waren es nicht so viele Tote, und im allgemeinen kamen die Körper unbeschädigt in die Grube. Für einen jedoch nahte jetzt das Ende, wie bereits angekündigt.

Als Sara da Conceição erfuhr, daß ihr Mann wieder in Corticadas aufgetaucht war, raffte sie die Kinder, welche bei ihr wohnten, und da sie sich des Beistandes durch Vater Carranca nicht sicher wahr, holte sie João und begab sich eiligst zu einer verwandten Familie, um sich dort zu verbergen, den Picanços, die Müllersleute auf Ponte Cava waren, eine halbe Wegstunde vom Ort entfernt. Ein eingestürzter Bogen und Steinbrocken im Flußbett waren die Reste einer ehemaligen Brücke, in dem gestauten Wasser spielte João Mau-Tempo mit seinen Geschwistern Ball, und wenn er, auf dem Rücken liegend, in den Himmel sah, waren alle Himmel und Wasser in seinen Augen. Hier also fand die Familie Unterschlupf und zitterte vor den Drohungen, die bekannte Zuträger aus Cortiçadas überbrachten. Vielleicht wäre Domingos Mau-Tempo nicht nach Monte Lavre gekommen, wenn ihm ein Bote nicht von der überstürzten Flucht der Familie berichtet hätte. Eines Tages nahm er den Quersack über die Schulter und stieg über Stock und Stein hinunter, nur das eine Ziel vor Augen, erschien er gegenüber der Mühle, um Genugtuung und die Herausgabe der Seinen zu fordern. José Picanço ging auf den Weg hinaus, während die Frau im Innern die Schutzsuchenden behütete. Und Domingos Mau-Tempo sagt, guten Tag, Picanço. Und José Picanço sagt, guten Tag, Mau-Tempo, was willst du? Und Domingos Mau-Tempo sagt, ich bin auf der Suche nach den Meinen, die vor mir geflohen sind, man hat mir gesagt, daß sie bei dir sind. Und José Picanço sagt, wer das gesagt hat, der hat recht, sie sind bei mir. Und Domingos Mau-Tempo sagt, also schick sie mir her, es ist Schluß mit der Herumwanderei. Und José Picanço sagt, wen willst du täuschen, Mau-Tempo, mich doch nicht etwa, ich kenne dich zu gut. Und Domingos Mau-Tempo sagt, es ist meine Familie und nicht deine. Und José Picanço sagt, da wäre sie in den richtigen Händen, diesen Platz verläßt niemand, weil niemand dich begleiten will. Und Domingos Mau-Tempo sagt, ich bin der Vater und der Ehemann. Sagt José Picanço, verschwinde, Mann, als ich dein Nachbar war, habe ich sehr wohl gesehen, wie du deine Frau behandelt hast, sie, die unermüdlich arbeitete, und deine Kinder, arme Würmer, welch Elend mußten sie erfahren, und wenn nicht ich und einige andere ihren Hunger gestillt hätten, brauchtest du heute nicht hier zu stehen, denn es gäbe sie nicht mehr. Und Domingos Mau-Tempo sagt, ich bin der Vater und Ehemann. Und José Picanço, ich sag's noch mal, hau ab, dahin, wo dich keiner hört und sieht, wo keiner mit dir spricht, dir ist beim besten Willen nicht mehr zu vergeben.

So schön ist heute der Tag. Sonnig der Morgen, doch hat es schon geregnet, Oktober ist es. Domingos Mau-Tempo scharrt mit dem Knotenstock auf dem Boden, es gleicht einer Herausforderung, einer Kampfansage, und so versteht es auch Picanço, er stellt sich und greift nach einem Knüppel. Es geht nicht um seine eigene Sache, doch wie oft fand sich schon der Mensch, ohne es zu wollen, auf einem ihm vorbestimmten Platz wieder. Hinter sich weiß er vier verschreckte Kinder und eine Frau, die sie mit ihrem Körper verteidigen würde, doch die Kräfte wären ungleich, deshalb scharrt Picanço ebenfalls mit seinem Stock auf dem Boden. Doch es war nicht mehr nötig. Domingos Mau-Tempo spricht kein Wort und rührt sich auch nicht, er hat noch im Ohr, was man ihm gesagt, und wenn er alles richtig verstanden hat, soll er sich fortscheren. Er dreht sich um und geht dahin, woher er gekommen war, folgt dem Weg am Fluß, passiert Monte Lavre. Jemand sieht ihn und bleibt stehen, er aber schaut nicht auf. Vielleicht murmelt er vor sich hin, verfluchtes Land, er würde es nur wegen seiner großen Traurigkeit sagen, denn einzelne Gründe wüßte er nicht zu benennen, es wird auch alles zusammen sein, kein einziger Ort entgeht seinem Urteil, alle sind sie verflucht, angeklagt und anklagend zugleich, welch Elend, geboren zu sein. Eine in hohem Gras stehende Wiese geht er hinab, überquert auf drei Steinen einen wasserreichen Bach und steigt hinauf. Hinauf auf einen Hügel, der Monte Lavre gegenüberliegt, ein jeder von uns hat seinen Ölberg und seinen Grund, ihn aufzusuchen. Domingos Mau-Tempo legt sich in einen kümmerlichen Schatten und starrt gedankenverloren in den Himmel. Dunkel sind seine Augen und tief wie Schächte. Er denkt nicht nach, es sei denn, man nennt dieses langsame Vorbeiziehen von Bildern denken, vor und zurück, und hin und wieder rollt ein einsames, unentschlüsselbares Wort wie ein Stein den Berg hinab. Er stützt sich auf die Ellenbogen, vor ihm liegt Monte Lavre wie eine Weihnachtskrippe, auf dem höchsten Punkt, dem Kirchturm, steht ein riesengroßer Mann und besohlt Schuhe, hebt den Hammer und läßt ihn krachend wieder niedersausen. Solche Sachen sieht er und ist nicht einmal betrunken. Er döst nur und träumt vor sich hin. Jetzt sieht er einen Karren, der vorbeizieht, übervoll mit Möbeln beladen, und obenauf sitzt Sara da Conceição, sie droht zu fallen, er schiebt sie zurück, so eine Last, Pater Agamedes, und um den Hals trägt er eine klöppellose Glocke, man muß kräftig schwenken, daß sie erklingt, sie soll erklingen, doch sie ist aus Kork und taugt nicht für die Messe. Und jetzt tritt Vetter Picanço herbei, nimmt ihm die Glocke vom Hals und hängt an ihre Stelle einen Mühlstein, dem Mann, dem nicht vergeben wird.

Es schien, als wäre der ganze Nachmittag bei diesen Träumereien dahingegangen, doch waren es nur wenige Minuten. Die Sonne ist kaum gewandert, keine Veränderung am Schatten, Monte Lavre ist weder größer noch kleiner geworden. Domingos Mau-Tempo erhob sich und strich mit der rechten Hand über den Bart, und zwischen die Gebärde mischte sich ein Strohhalm, der an den Fingern hängenblieb. Er rollte ihn zwischen den Fingern, dann knickte er ihn und warf ihn schließlich fort. Er griff in den Quersack, zog einen Strick heraus und ging zum Olivenhain, der sich von Monte Lavre aus den Blicken verbarg. Er ging und schaute prüfend, wie der Besitzer, der den Ertrag abwägt; Höhe und Festigkeit schätzte er ab, schließlich bestimmte er den Platz, an dem er sterben würde. Den Strick warf er um einen Ast, band ihn fest, und auf dem Ast sitzend, knüpfte er die Schlinge und ließ sich fallen. Niemand starb durch Erhängen so rasch wie er.

Jetzt ist João Mau-Tempo der Mann im Haus, der Älteste. Majoratsherr ohne Majorat, Herr über nichts, klein ist der Schatten, den er auf den Boden wirft. Er schlurft in Holzschuhen, die ihm seine Mutter anfertigen ließ, doch die schweren Klötze fallen ihm von den Füßen, und so hilft er sich mit primitiven Aufhängern, die unter der Sohle hinweggeführt und an den durchlöcherten Hosensäumen befestigt werden. Eine groteske Figur gibt er ab, die Hacke auf der Schulter ist größer als er, im Morgengrauen erhebt er sich beim öligen, kalten Licht der Lampe vom Strohsack, alles ist so konfus und zäh die Schlaftrunkenheit, die Bewegungen sind so fahrig, und es scheint, er habe sich schon in Holzpantinen und mit der Hacke auf der Schulter vom Schlafsack erhoben, eine kleine primitive Maschine, gemacht für eine einzige Bewegung, das Heben und Niedersausen der Hacke, solange die Kräfte reichen. Sara da Conceição hat ihm gesagt, mein Sohn, aus Mitleid haben sie mir Arbeit für dich beschafft, damit du ein wenig verdienst, denn das Leben ist so teuer, und keiner schenkt uns was. Und João Mau-Tempo, Kenner des

Lebens, meint, dann werde ich roden gehen, Mutter. Sara da Conceição würde nein sagen, wenn sie nur könnte, nein, das wirst du nicht, mein Sohn, du bist erst zehn, das ist keine Arbeit für ein Kind; was aber kann sie tun, auf diesem Latifundium kann man nicht anders existieren, und der Beruf des toten Vaters ist geschmäht. Also erhebt sich João Mau-Tempo noch in tiefer Nacht, Glück für ihn, daß sein Weg zum Gut von Pedra Grande über Ponte Cava führt, den Ort himmlischen Glücks, wie die vorherige Episode zeigte, in der sich die Ärmsten vor dem Zorn Domingos Mau-Tempos retten konnten, ein doppelt seliger Platz, denn es gäbe keine Barmherzigkeit, wenn nicht der Schuster zu dieser Stunde zur Rechten Gottvaters sitzen würde, obwohl er sich so schrecklich selbst ums Leben gebracht hatte und trotz seiner vielen Sünden. Domingos Mau-Tempo war ein unglücklicher, trauriger Mensch gewesen, die braven Seelen werden ihn nicht verdammen. So geht also der Sohn im Dämmerlicht vorbei, die Sonne ist noch fern. Picanços Frau tritt heraus und sagt, hallo, João, wohin des Weges? Und es antwortet der mit den hellen Augen, nun ja, ich gehe nach Pedra Grande, um im Busch zu roden. Und die Picança, ach herrje, du Ärmster, kannst ja kaum die Hacke schleppen, und der Busch ist so groß. Leicht kann man erkennen, daß dies ein Gespräch schlichter Leute ist, eins zwischen einer erwachsenen Frau und einem heranwachsenden Mann, und sie reden von diesen Dingen ohne große Bedeutsamkeit und Geistesflüge, denn wie man weiß, sind sie einfache Leute, ohne Gelehrsamkeit, die sie erleuchten würde, und falls sie sie hätten, erlöschte sie binnen kurzem bei diesem Leben. João Mau-Tempo weiß, wie er zu antworten hat, niemand hat es ihn gelehrt, aber keine andere Antwort würde in diese Zeit und in diese Gegend passen; es sei, wie Gott will, ich werde versuchen, der Mutter zu helfen, der Ärmsten, Ihr kennt ja unser Leben, mein Bruder Anselmo bittet im Namen Gottes um Almosen, dann wird er mir etwas dahin bringen, wo ich arbeite, hat doch die Mutter kein Geld, um mir Essen zu kaufen. Sagt die Picança, also gehst du ohne etwas. Ja, Senhora, antwortet der von Gott vergessene Sohn.

Dies wäre eine Einsatzmöglichkeit für den griechischen Chor, der mit Schreckensrufen eine den erhabenen Einfällen entsprechende dramatische Atmosphäre schaffen könnte. Das echteste Mitleid jedoch ist noch immer das der Armen, so bleibt wenigstens alles unter Gleichen. Picanço war in der Wassermühle beim Arbeiten, die Frau rief ihn, he, Mann, komm mal her. Der Müller kam, sieh mal an, der João. Es wiederholten sich die schon erwähnten Worte, und als alles erzählt und bedacht war, blieb João schließlich an den Tagen, an denen er auf dem Gut in Pedra Grande arbeitete, jenes Haus als Obdach, und Picanços Frau richtete ihm einen Essenkorb her, mitleidiges Wesen, das sie war. Auch sie nun zur Rechten Gottvaters, sicherlich mit Domingos Mau-Tempo ins Gespräch vertieft, beide grübelnd, warum das Unglück so groß und die Freude so klein.

João Mau-Tempo verdiente zwei Tostões, Lohn eines Erwachsenen vor vier Jahren, doch heute ein Hungerlohn, so sehr hatte sich das Leben verteuert. Er stand in der Gunst des Aufsehers, der so tat, als bemerkte er nicht, wie verzweifelt der arme Kerl mit dem Buschwerk kämpfte, das seinen schwachen Kräften widerstand. Den ganzen Tag, Stunde um Stunde, fast verschwunden im Gestrüpp, hieb er mit der Hacke auf die Wurzeln ein, Herr, warum fügst du den Kindern solch ein Leid zu. Dieses Bürschlein da, Aufseher, was treibt das dort, das bringt doch nichts ein, sagte Lamberto im Vorübergehen. Und der andere, es ist eine Gefälligkeit, sein Vater war Domingos Mau-Tempo, ein Jammerbild. Gut, gab sich Lamberto zufrieden und trat in den Stall, nach den geliebten Pferden zu sehen. Dort war es schwül, und es roch nach Stroh. Dieser hier heißt Sultan, dieser Delicado, der Tributo, dieser Camarinha, und dieses Fohlen, das noch keinen Namen hat, soll Bom-Tempo* heißen.

Die Zeit des Rodens war vorbei, und João kehrte zur Mutter zurück. Doch er schwamm in einem Meer von Glück, es vergingen kaum zwei Wochen, da hatte er wieder Arbeit auf dem Gut eines anderen Patrão, der Norberto hieß, er unterstand einem Vorarbeiter namens Gregório Lameirão. Dieser Lameirão war eine der schlimmsten Bestien. Für ihn waren die Tagelöhner nichts weiter als eine aufständische Meute, die man nur mit Stock und Peitsche zu behandeln hatte. Norberto achtete nicht auf derlei Dinge, tatsächlich genoß er den Ruf eines Edlen, war nicht mehr der Jüngste, mit weißen Haaren, vornehm seine Haltung und reich seine Familie, feine Leute, auch wenn sie auf dem Lande lebten, in der Sommerszeit pflegten sie die Bäder von Figueira aufzusuchen. Sie nannten Häuser in Lissabon ihr eigen, die Jüngsten der Familie zog es nach und nach von Monte

* Gutwetter

Lavre fort. Die Welt war für sie eine große Landschaft gewesen, sie redeten über sie, wie sie es gehört hatten, und jetzt näherte sich der Moment, die Füße aus dem Acker zu ziehen und auf die Suche nach dem Pflaster der Zivilisation zu gehen. Norberto widersetzte sich nicht dem neuen Geschmack seiner Nachkommen, es war ihm gleich. Das Latifundium konnte die Familie im Überfluß ernähren, es gab Kork, Weizen und für die Mastschweine Eicheln, alles in bares Geld verwandelt, vorausgesetzt natürlich, daß die Tagelöhner und alle anderen spurten. Dafür aber waren die Aufseher da, die Leutnants Contente in Zivil, ohne Anspruch auf Pferd und Säbel, aber mit der gleichen Autorität. Gregório Lameirão blieb stets unmittelbar hinter der Reihe der Arbeiter, unter der Achsel klemmte die Gerte, Symbol seiner Macht, wachsam machten seine Augen das geringste Zeichen von Schlendrian oder Schwäche aus. Er war ein ordnungsliebender Mann, gelobt sei er dafür, die eigenen Kinder dienten ihm als Exempel. Oft jammerten die einen, bald darauf die anderen, die Jüngsten, selten verging ein Tag, an dem sie nicht ein- oder zweimal Prügel bezogen hätten oder gar dreimal, wenn dicke Luft herrschte. Verließ Gregório Lameirão das Haus oder die Unterkunft, hängte er vorher das Herz hinter die Tür, so ging es sich leichter, nichts tat er, was nicht dem Willen des Patrão entsprochen hätte, was ihm dann auch verdientermaßen das meiste Geld und das beste Essen einbrachte, als Aufseher und Henkersknecht des Trupps. Nachweislich war er ein großer Feigling. Einmal trat ihm der Vater eines seiner unglücklichen Opfer in den Weg und erklärte rundweg, wenn er weiter so blindlings strafte, dann würde er schon sehen, falls er dann noch sehen könnte, denn seine Reste würde er vor der Haustür zusammensuchen müssen. Das wirkte in diesem einen Fall, für die anderen aber wurde es noch schlimmer.

Die Damen im Hause Norbertos waren so vornehm, wie es sich geziemte, sie hielten Teezeit, strickten und übernahmen die Patenschaft für die Töchter der engsten Dienerschaft. Auf den Kanapees in den Salons lagen Modezeitschriften, ach, Paris, dorthin wollten sie, wenn nur erst der dumme Krieg zu Ende wäre, denn der, neben anderen größeren und kleineren Unbilden, verzögerte vor allem dieses Vorhaben. Das sind so Unannehmlichkeiten, die wir nicht vermeiden können. Den alternden Norberto erregten die Meldungen über die Arbeiten auf seinem Gut, die ihm der Aufseher mit gequetschter, erhöhte Aufmerksamkeit verlangender Stimme überbrachte, ebenso wie die Kriegsberichte in der Zeitung. Seine Deutschfreundlichkeit erwuchs aus der Sympathie für das Kaiserreich und einem unbewußten Traditionsgefühl gegenüber dem Vaterland von Lamberto Horques, der vielleicht sein Vorfahre war. Dies vertraute er eines Tages aus reinem Vergnügen Gregório Lameirão an, der mit stumpfem Blick dastand, ohne auch nur ein Wort zu verstehen, roh und ungebildet, wie er war. Für alle Fälle verbeugte er sich jedoch unterwürfig, wie es sich gehörte. Die ältesten seiner Kinder weigerten sich bereits, unter der Fuchtel des Vaters zu arbeiten, sie suchten andere Güter und Verwalter mit mehr Menschlichkeit, bessere Sicherheiten, nicht nur, um das Sterben etwas hinauszuzögern.

Für die Disziplin herrschten gute Zeiten. Sara da Conceição, der das schlechte Beispiel ihres Mannes dauernd vor Augen stand und in der ein Gefühl der Schuld an dem unglückseligen Tod nagte, predigte ohne Unterlaß, benimm dich ordentlich, wenn du nicht parierst, setzt es eine Tracht Prügel, wir müssen zusehen, wie wir durchkommen. Das sagte ihm die Mutter, und Lameirão auf seine Weise, he, Mau-Tempo, streck dich, deine Mutter erklärte mir, von dir braucht sie weiter nichts als die Knochen für einen Stuhl und das Fell für eine Trommel. Zwei Autoritäten, die genau der gleichen Auffassung waren, was blieb João anderes übrig, als ihnen zu glauben. Aber eines Tages, als er von Schlägen und harter Arbeit durchwalkt war, riskierte er die Gefahr, Knochen und Haut zu verlieren, und eröffnete sich seiner entsetzten Mutter. Arme Sara da Conceição, sie verstand die Welt nicht mehr. Da war alles ein Geschrei und Achherrje; verfluchter Kerl der, so etwas habe ich nie zu ihm gesagt, kein Mitleid haben diese Reichen, nicht einmal für seine eigenen Kinder hegt dieser Unmensch Liebe. Doch das wissen wir schon.

João Mau-Tempo hat nicht die Figur, einen Helden abzugeben. Er ist ein mageres Kerlchen, das zehn bittere Jahre auf dem Rücken hat, ein Menschlein, das zu den Bäumen hinaufsieht und sie mehr für Verstecke für Vogelnester hält denn für Lieferanten von Kork, Eicheln oder Oliven. Es ist eine Ungerechtigkeit, daß er sich in tiefer Nacht erheben muß, um noch schlaftrunken und mit leerem Magen den kurzen oder auch langen Weg zur Arbeit zurückzulegen, die bis zum Sonnenuntergang dauert, Nacht aufs neue, wenn er zurückkehrt, todmüde von den Strapazen, die schon eher als Todeskampf zu bezeichnen wären. Doch dieses

Kind, nur aus Gewohnheit sagen wir Kind, denn auf dem Latifundium wird die Bevölkerung nicht unterteilt, sondern die Kategorie als solche gesehen und behandelt, alles Lebewesen, und das reicht, Tote werden einfach begraben, sie kann man nicht arbeiten lassen, dieses Kind also ist lediglich eines unter Tausenden, alle sind sie gleich, alle erleiden sie Gleiches, alle wissen sie nicht, womit sie eine solche Strafe verdient haben. Väterlicherseits stammt er von einem Arbeiter ab, Schuster war jener und Tischler der Großvater, da sieht man, wie das Schicksal seinen Lauf nimmt, hier gibt es weder Nagel noch Ahle, alles ist rauhe Erde, tödliche Hitze und Sterbenskälte, groß sind die Dürren des Sommers und die Nöte des Winters mit dem heftigen Morgenfrost, Klöppelspitzen nennt Dona Clemência die blauroten, rissigblutigen Frostbeulen, und will die geschwollene Hand einen Baumstumpf oder Stein packen, reißt die Haut in Fetzen ab, wer soll, nebenbei bemerkt, dies Elend, diesen Schmerz beschreiben. So geht es das ganze Leben lang, ein Tier auf Erden, gleich den anderen, den gezähmten und wilden, den nützlichen und schädlichen, wird er wie seine Artgenossen auf dem Latifundium als schädlich oder nutzbringend behandelt, je nach Bedarf, jetzt brauch ich dich, jetzt bin ich deiner überdrüssig.

Es herrscht Arbeitslosigkeit, erst trifft es die Jüngsten, dann die Frauen und zuletzt die Männer. Karawanen ziehen dahin auf der Suche nach einem miserablen Lohn. In solchen Zeiten sieht man weder Verwalter noch Aufseher oder Vorarbeiter, noch viel seltener sieht man die Herren, alle haben sich in die Häuser verkrochen oder in die Hauptstadt und sonstige Zufluchtsorte. Die Erde ist nur trockene Kruste oder Schlamm, was soll's. Man lebt von gekochten Gräsern, die Augen brennen, und der Magen knurrt, dann stellen sich die langwierigen, schmerzhaften Durchfälle ein, der Körper will sich aufgeben, die Qual ist unerträglich. Es reift der Wunsch, zu sterben, und manche sterben auch.

Krieg ist in Europa. Krieg auch in Afrika. Mit solchen Dingen geschieht es wie mit einem Schrei vom Berg, wer schrie, weiß, daß er geschrien hat, und nicht selten ist es das letzte, was er tat, nach unten hin aber verhallt der Schrei, und schließlich ist nichts mehr zu hören. Nachrichten über den Krieg gelangten nach Monte Lavre nur durch die Zeitung, und die war nur für den, der lesen konnte. Die anderen fragten erst nach dem Warum, wenn die Preise kletterten oder sogar die dringendsten Nahrungsmittel fehlten; es ist wegen des Krieges, antworteten die Eingeweihten. Viel fraß der Krieg, zu Reichtum kam der Krieg. Ein Ungeheuer ist dieser Krieg, bevor er die Menschen selber verschlingt, frißt er ihren Kuchen weg, Stück für Stück, Münze für Münze, damit ja nichts verlorengehe und alles verwandelt werde, so wie im Grundgesetz der Natur, erst später begreift man das. Auch wenn er satt gefressen ist und schon vor Überfluß erbricht, fährt er im geschickten Zugreifen fort, immer nur von einer Seite nehmend, stets in die gleiche Tasche stekkend. Im Grunde genommen eine Gewohnheit, die ihm vom Frieden her vertraut ist.

In einigen Orten dieser Gegend gab es Trauerfälle, unser Verwandter fiel im Krieg. Die Regierung sandte Kondolenzen, sprach ihr Mitleid aus, es sei fürs Vaterland. Wie üblich wurden Afonso Anriques und Nuno Álvares Pereira zitiert, wir haben den Seeweg nach Indien entdeckt, die Französin hat eine Schwäche für unsere Soldaten, von der Afrikanerin nicht mehr, als was man nicht schon wüßte, der Zar wurde abgesetzt, die Mächte sind besorgt wegen der Vorgänge in Rußland, große Offensive an der Westfront, die Fliegerei ist die Waffe der Zukunft, aber die Infanterie ist die Königin der Schlachten, nichts geht ohne Sperrfeuer der Artillerie, die Herrschaft über die Meere ist unverzichtbar, Revolution in Rußland, Bolschewismus. Adalberto las in seiner Zeitung, sah auf, betrachtete durchs Fenster beunruhigt das diesige Wetter, teilte die Entrüstung der Zeitung und rief aus, das geht vorbei.

Es sind nicht alles Rosen, weder für die eine noch für die andere Seite, obwohl die Verteilung der Stacheln, wie schon erklärt, nach den bekannten einseitigen Regeln erfolgt und ein Sprichwort gänzlich widerlegt, das vielleicht für die Schiffahrt zutreffen mag: großes Schiff, große Not. Aber an Land sieht das anders aus. Winzig ist das Boot der Familie Mau-Tempo und flach, nur durch Zufall und durch das Gebot der Geschichte sind sie noch nicht alle untergegangen. Trotzdem drohte das Boot am nächsten Riff zu zerbersten oder durch Schwäche der Mannschaft zu stranden, und da geschah es, daß Joaquim Carranca, der Bruder Saras, Witwer wurde. Er hatte nicht das Verlangen, erneut zu heiraten, da war auch nicht viel Aussicht angesichts dreier halbwüchsiger Kinder und eines sattsam schlechten Gemütes, und so vereinigte sich der Hunger mit dem Wunsch nach Essen, das heißt, die zwei Geschwister taten ihre Leben und ihre Nachkommen zusammen. Das Geschäft war ausgewogen, einer gab einen neuen Vater, der andere eine neue Mutter ab, alle miteinander versippt, mal sehen, was dabei herauskommt. Es war nicht schlechter, als zu erwarten, vielleicht sogar besser. Die Mau-Tempos bettelten nicht mehr an den Türen, und Joaquim Carranca hatte jemanden, der ihm die Wäsche in Ordnung hielt, etwas, was ein Mann braucht, und überdies auf die Kinder achtete. Und da es nicht üblich ist, daß der Bruder die Schwester schlägt, selbst wenn, dann nicht so sehr wie ein Ehemann die Frau, begann eine bessere Zeit für Sara da Conceição. So mancher wird die Vorteile gering finden. Aber das sind die Leute, die nichts vom Leben verstehen, sagen wir.

Jeder Tag hat seine Geschichte, Jahre wären notwendig, um eine Minute zu beschreiben, die unscheinbarste Geste, Wort und Silbe, jeder Ton seziert, ganz zu schweigen von den Gedanken, die schier endloser Stoff wären, daran zu denken, was gedacht wird oder wurde und was das für ein Gedanke ist, den der andere hegt, wir kämen nie ans Ende. Besser ist es, einfach festzustellen, daß diese Jahre für João Mau-Tempo die seiner beruflichen Bildung sein werden, im herkömmlichen und im ländlichen Sinn, ein Mann der Arbeit muß alles können, mähen und Kork schälen, einhegen und säen, stark in den Schultern muß er sein, damit er schleppen kann, und kräftig im Rücken für das Pflügen. Von Generation zu Generation wird das Wissen vermittelt, keine Prüfung, kein Disput, so ist es, weil es stets so war, dies ist eine Jäthacke, das eine Sense und jenes ein Schweißtropfen oder dickweißlicher Speichel am glutheißen Nachmittag oder ein Hitzedruck auf den Schädel oder eine Ohnmacht vor Hunger. Zwischen dem zehnten und dem zwanzigsten Lebensjahr muß alles gelernt sein, und zwar möglichst schnell, wenn das nicht der Fall ist, finden wir keinen Patrão, der uns nimmt.

Eines Tages sagte Joaquim Carranca zur Schwester, daß es gut wäre, für festen Lohn bei einem Patrão zu arbeiten, sie stimmte zu, wie sie es sich in den Jahren der Unterordnung als Ehefrau angewöhnt hatte, obwohl sie in diesem Fall die Hoffnung lockte, das ganze Jahr über vor der Arbeitslosigkeit bewahrt zu bleiben, das wenige, aber Sichere genügte ihren geringen Ansprüchen, nach mehr verlangten sie gewißlich nicht. In jener Zeit erbten drei Brüder den Besitz von Monte de Berra Portas, weil der alte Patrão gestorben war, Vater dieser drei, die er mit seiner weitblickenden Geliebten gezeugt, diese schien völlig den Launen des Patriarchen ausgeliefert, Schreie gab es und andere Heftigkeiten, doch nach und nach wurde er lammfromm und stimmte der Enterbung der Verwandten zugunsten der unehelichen Söhne zu. Pedro, Paulo und Saul lösten sich im Regiment des Besitztums ab, während Pedro es leitete, nörgelten die anderen herum, es war eine Stichelei, die ihres Witzes nicht entbehrt hätte, wäre nicht jeder Bruder zum Spion der Fehler des anderen geworden, da brüllte Saul, ohne seine Leitung würde alles ruiniert, da geiferte Paulo, nur er verstünde etwas von der Verwaltung, und alle gemeinsam erschöpften sich in häuslichen Allianzen und Verrätereien, wie es in den Familien üblich ist. Allein die Geschichte dieses Triumvirats würde Bände füllen, ganz zu schweigen von der Mutter, die herumschrie, sie würde von den Söhnen ausgenutzt werden, genauer gesagt, beraubt, und das alles, nachdem sie sich so für diese aufgeopfert, sich zur Sklavin dieses alten Schweins gemacht und jetzt Dienerin der eigenen Söhne sei, die ihr die Geldstücke abnahmen und verschlossen hielten. Des Nachts, wenn das Besitztum sich in Schweigen hüllte, um sich so besser vor den Geheimnissen der Dunkelheit zu schützen, hörte man Schreie, als würde ein Schwein geschlachtet werden, und polternde Tritte auf dem Boden, das war der Krieg zwischen Mutter und Söhnen.

Bei diesen Herren verdingte sich Joaquim Carranca, João Mau-Tempo arbeitete weiterhin als Tagelöhner. Alles in allem verdienten sie eine Lächerlichkeit, es reichte, falls es reichte, um nicht vor dauerndem Hunger stöhnen zu müssen, und wenn sich irgendwo ein Vorteil zeigte, dann der, daß alle zusammen waren und ein paar Gemüsebeete nutzen konnten, um ihre Körper auch an Sonn- und Feiertagen zu schinden. Bis zum Ende jeder Periode erhielt Joaquim Carranca einen Lohn von sechzig Kilo Maismehl, einhundert Escudos, drei Liter Olivenöl, fünf Liter Mönchsbohnen, Wohnung und Brennholz und am Jahresende eine entsprechende Zuwendung. Der Lohn der Jüngeren beschränkte sich auf vierzig Kilo Maismehl, eineinhalb Liter Olivenöl, drei Liter Mönchsbohnen und fünfzig Escudos. So war es Monat für Monat: Mit Säcken und Beuteln ging es zum Speicher, mit dem Krug zur Adega*, der Verwalter maß die Anteile an

* Weinkeller.

Lebensmitteln zu, während das Bargeld vom Patrão ausgezahlt wurde, damit hatte man auszukommen und die alltäglich verbrauchten Kräfte zu regenerieren. Jedoch konnten diese, das leuchtet ein, nicht alle wiedergewonnen werden, man beschied sich damit, aber schließlich hinterläßt die Zeit unvermeidlich ihre Spuren, so daß die Schädel sich überscharf unter der Haut abzeichnen, dafür wird man geboren. Joaquim Carranca kam, ohne bettlägerig gewesen zu sein, ans Sterben, eines Tages, als er von der Gartenarbeit zurückkehrte, an einem jener Sonntage, an denen es leichtfällt, gottgläubig zu sein, da braucht es keinen Pater Agamedes, nur die Hacke war heute leider so schwer, und er setzte sich vor der Haustür auf einen Bienenkorb, müde war er wie noch nie, und als Sara da Conceição zum Bruder trat, ihm zu sagen, daß das Nachtmahl fertig sei, war keinerlei Appetit mehr in Joaquim Carranca. Seine Augen standen offen, die Hände lagen erschlafft im Schoß, so friedlich hatte er nie sein können, nein, er war kein schlechter Mensch, Senhor, wenn er auch aufbrausend und gegenüber seinem ältesten Neffen so roh gewesen war, was war, das war. Der Tod ist ein großer Gleichmacher, er streicht über den Scheffel des Lebens und nimmt, was zuviel ist, auch wenn einem mitunter seine Maßstäbe unverständlich sind wie im Falle des Joaquim Carranca, dessen die Familie noch bedurft hätte.

Das Leben aber, oder wer darüber gebietet, verlangt entschieden oder weniger entschieden, daß sich mit der beruflichen Bildung auch die des Gefühls vollziehe. Diese Verknüpfung ist ohne Zweifel mit einem Mangel behaftet, wohl verstärkt durch die Kürze des Lebens, es kann nicht alles zur rechten Zeit und mit Bedacht geschehen, womit man nichts gewönne und an Gefühl verlöre. Jedenfalls läßt sich darin die Welt nicht ändern, und so zog es den sich noch an die Arbeit gewöhnenden João Mau-Tempo zu den Mädchen der Umgebung, wo nur eine Harmonika erklang, sah man ihn beim Tanze, und er war ein von den Mädchen begehrter Tänzer, wer hätte das gedacht. Wie wir wissen, hatte er die blauen Augen seines Urahnen aus dem fünfzehnten Jahrhundert geerbt, der ganz in der Nähe hier im Farnkraut, wie dieses hier, dem Mädchen, das nur Wasser vom Brunnen hatte holen wollen, Gewalt antat, über ihnen das gleiche gefiederte Volk wie heute, das von oben sah, wie zwei im Grünen miteinander kämpften, wie oft haben die fliegenden Wesen das schon gesehen seit Anbeginn der Welt. Diese Augen also rührten das Gemüt der Mädchen von heute, auf einmal, bei einer Drehung im Tanze, wenn João Mau-Tempos Blick einen unergründlichen Ausdruck annahm, schmolzen sie dahin, er selbst ahnte nicht, daß es die beginnende ewige Liebeswut war, die seinen Blick entflammen ließ, so übermächtig ist die Kraft vergangener Taten. Das ist die Jugend. Tatsächlich tändelte João Mau-Tempo viel, aber richtige Abenteuer hatte er kaum. Es ging fast nichts über Gesten hinaus, ein leicht verwegener Griff, wenn er beschwipst war, ein linkischer Kuß, dem noch alle Erfahrung fehlte, die das Jahrhundert damals zum späteren allgemeinen Gebrauch sammelte.

Schäferspiele sind so. Die Schäfer klimpern auf der Laute, und die Schäferinnen winden Blumenkränze, aber João Mau-Tempo mußte einen ganzen Knoblauchzopf vertilgen und auf zehn Schritt im Umkreis die Luft verpesten, um sich so mehr oder weniger erfolgreich die Moskitos vom Leib zu halten, wenn es ihn während eines zehnwöchigen Kontraktes in die Gegend von Salvaterra zum Korkschälen verschlug. Er lernte dieses Geschäft, weil es ihn verlockte, die achtzehn Escudos zu verdienen, die man damals den Meistern im Korkschälen zahlte, zum Glück war er weit von den Mädchen entfernt, die in Sachen Gerüche tolerant waren, aber diesen vielleicht doch nicht mochten. Von solch kleinen Dingen hängt, wie man weiß, das Glück der Leute ab.

Und jetzt geht João Mau-Tempo zur Musterung. Er träumt vor sich hin, schon sieht er sich weit von Monte Lavre, wer weiß, vielleicht in Lissabon, nach dem Militärdienst, dumm wäre er, gelänge es ihm nicht, eine Anstellung bei der Straßenbahn, der Polizei oder der Guarda zu erhalten, etwas lesen und schreiben kann er, wenn er sich ein wenig anstrengt, nehmen sie ihn, er wäre nicht der erste. Ein großer Festtag ist dieser Tag der Tauglichkeitsuntersuchung, Wein gibt es und Feuerwerk, die Burschen werden zu Männern, alle kommen in sauberer Wäsche, und während sie splitterfasernackt warten, scherzen sie nach Männerart, um die Scham zu überspielen, stocksteif und roten Kopfes stehen sie vor dem Arzt, der seine Fragen stellt. Danach tritt die Kommission zusammen und fällt die Entscheidung. Einige waren tauglich; von den vier, die nicht genommen wurden, ging nur einer traurig davon. Das war João Mau-Tempo, dessen Träume von der Uniform zerstoben, vom Platz am Führerstand der Elektrischen, wo er mit dem Fuß die Signalglocke betätigte, oder vom Polizisten, die Straßen der Hauptstadt durchstreifend, oder vom Gardisten, einmal die Felder bewachend, auf denen er jetzt schuftete, letzteres beunruhigte ihn sehr und half ihm, die Enttäuschung zu überwinden. Jedes Ding hat zwei Seiten, und man kann eben nicht an alles gleichzeitig denken.

Was muß wohl in João Mau-Tempo vorgehen? Zwanzig Jahre ist er alt und untauglich für den Militärdienst, er hat nicht sehr ausgelegt seit den Zeiten, als er, ein Zwerg noch, mit den Wurzeln des Gestrüpps in Pedra Grande kämpfte und den Maisbrei aß, den ihm die Picança aus verwandtschaftlicher Nächstenliebe zubereitete. In Salvaterra kaufte er sich seine erste Kutte und stolzierte in ihr so eitel herum wie ein verliebter Kater. Sie reicht ihm bis zu den Fersen, wie eine Tonne sieht er aus, aber die Scholle verlangt keine übertriebene Eleganz, hier gibt es nichts Eleganteres als neue Sachen, mögen sie aussehen, wie sie wollen. Wenn João Mau-Tempo die Hacke in die Erde schlägt, denkt er an die Kutte, an die Tanzfeste, Freundinnen, die festen und weniger festen, so vergißt er den Schmerz, an diesen Boden gekettet zu leben, weit entfernt von Lissabon, falls er jemals wirklich gewagt hatte, an ein Leben dort zu denken, falls es nicht ein Traum der Jugend war, denn um träumen zu können, ist sie uns gegeben.

Es kommt die Zeit der gewaltigen Stürme, einige brechen mit natürlichem Getöse herein, andere gelangen vom weiten Braga her, ganz leise und ohne jeden Schuß, doch von diesen wird erst dann Kunde gegeben werden, wenn schon nichts mehr zu ändern ist. Weil man aber alles zu seiner Zeit behandeln soll, damit nicht ständig die Regeln des Erzählens verletzt werden, sprechen wir vorerst von jenem großen Unwetter, das sich durch Tod und Zerstörung in die Erinnerung gegraben hat. Den Tod von Joaquim Carranca haben wir allerdings vorverlegt, eigentlich starb er erst einige Jahre später, man kann also unter Umständen die Reihenfolge verändern, wenn es der Geschichte nützt. Es war im Sommer, Senhores, da ist man nicht drauf gefaßt, selbst wenn hin und wieder feierlich-ernste Gewitter über die Stoppeln dröhnen, wum, einmal weit weg und schon geschwächt, ein andermal über unseren Köpfen wetterleuchtend und auf die schutzlose Erde hämmernd, was täten wir da ohne Santa Barbaras Schutz. Diese Familie Mau-Tempo scheint vom Schicksal für das Unglück auserkoren, aber wiederum zeugt es von wenig Verstand, so etwas anzunehmen. Schließlich ist bis jetzt nur einer gestorben, und Hunger und Elend gibt es in jeder anderen Familie ebenso, das Volk ist überreichlich damit bedacht. Dieser Onkel also ist nicht einmal ein Blutsverwandter, verheiratet mit einer Schwester von Sara da Conceição. In seiner verfügbaren Zeit beförderte er Frachten, sonst war er Pächter. Augusto Pintéu hatte sein Stelldichein mit dem Tod, doch seht, wie es in der Welt zugeht, dieser schlichte, wortkarge und sanftmütige Mann hatte ein dramatisches Ende mit großer himmlischer und irdischer Besetzung, wie in einer Tragödie. Ihm, dem so Heiteren, war es nicht beschieden, heiter aus der Welt zu scheiden wie Joaquim Carranca. Diese Widersprüche sollten uns nachdenklich stimmen.

Es wurde schon gesagt, daß Augusto Pintéu auch ein Leben als Spediteur führte. Zwischen Vendas Novas und Monte Lavre, um ganz genau zu sein. Es gab die Eisenbahnstation, nach dort gingen Kork, Kohle und Holz, hierher kamen verschiedene Kolonialwaren, Saatgut und wer weiß, was noch. Nicht viele gab es, denen es besser ging als ihm mit seinem Maultiergespann und seinem Karren. Jener Tag hätte, da es Sommer war, sehr klar und lang gewesen sein müssen, gegen Mittag fuhr er los, schwarze Wolken hingen am Himmel, es zog ein schweres Gewitter herauf. Die Schleusen des Himmels öffneten sich und schütteten alle Wasser Gottes aus, Augusto Pintéu sorgte sich nicht sonderlich, denn diese Sommergewitter gehen vorbei, rasch, wie sie gekommen sind, und so kümmerte er sich ums Ent- und Beladen, ohne an Schlimmeres zu denken, als durchnäßt zu Hause anzukommen. Als er Vendas Novas verließ, begann schon die Nacht, Blitze zuckten, als wäre im Himmel Jahrmarkt und gäbe es eine Prozession unseres Herrn. Die Mulis kannten den Weg, sie fanden ihn mit geschlossenen Augen und verfehlten ihn nicht einmal in den überschwemmten Senken. Er hatte sich zum Schutz zwei Säcke über den Kopf gehängt und tröstete sich über den Regen hinweg, daß es wenigstens keine Gefahr gäbe, auf dem Weg überfallen zu werden, wie das vor Zeiten geschehen war. Bei einem solchen Unwetter hockten die Straßenräuber bestimmt in ihren Höhlen, brieten Steaks vom gestohlenen Schwein und hingen am Zapfhahn des Krätzerfasses, anderes raubten sie in der Regel nicht, obwohl es Ausnahmen gab. Zwischen Vendas Novas und Monte Lavre sind es drei Meilen, aber die letzte schaffte Augusto Pintéu schon nicht mehr. Wenn es vorher dunkel gewesen war, so wurde es jetzt, da sie am

Fluß ankamen, tiefschwarz, das Wasser brüllte und toste zum Erschrecken. Bei gutem Wetter watete man hier durch, das Wasser bis zu den Knien, doch gab es für die Fußgänger auch auf jeder Seite eine Holzplanke, die vom Ufer bis zu einer Esche reichte, die dort hochgewachsen war, als das Flußbett noch schmaler gewesen. In der Mitte des Wassers rauschte die Esche und verteidigte mit ihren dicken Wurzeln die Lebensscholle, die jetzt von der Geschwindigkeit und Kraft der Strömung bedroht wurde. Augusto Pintéu war hier schon so oft mit seinem Mulikarren durchgefahren. Noch einmal täte er es nicht. Gleich neben der Furt fiel der Grund steil ab, und weil jedes Ding einen Namen haben muß, nannte man ihn Pego da Carriça. Augusto Pintéu vertraute sich der Heiligen Jungfrau und dem Instikt der Mulis an, so gelangte er bis zur Mitte des Flusses, wo das Wasser um den Karren schäumte. Angst ergiff ihn vor der Flut, die sich gegen das Hindernis wälzte, und zitternd vor Furcht, im Wasser rettungslos zu versinken, riß er die Mulis hoch. Die Tiere widersetzten sich, solange sie es vermochten, gehorchten aber schließlich dem Zwang von Peitsche und Zügel. Plötzlich rutschten dem rechten Muli die Beine weg, ein Rad stand über dem Abgrund, und unter Schreien und Poltern verschwanden Augusto Pintęu, die Mulis, Waren und Pakete samt Karren in den Fluten, tauchten in die schwarze Dichte des Wassers ein, in die Todesstille, es gab keine Rettung. Sie sanken auf den Grund und bewegten sich nicht mehr. Augusto Pintéu in den Zügeln gefangen und die Mulis vor dem Karren, hier herrschte keine Strömung, das Wasser stand still, als wäre es seit Urzeiten so. Am nächsten Tag wurden sie von entschlossenen Männern unter dem Klagegeschrei der Witwe und den Tränen der Kinder herausgeholt, während sich an den Ufern eine Menge ansammelte, die aus der ganzen Gegend herbeigeeilt war. Es hatte endlich aufgehört zu regnen. Kummer über Kummer brachte dieser Sommer. Gewitterstürme fegten Männer von den Bäumen, als sie beim Korkschälen waren, und beim Fallen verletzten sie sich mit den Korkmessern. Wie bitter ist dieses Leben, viel schlimmer, als man es erzählen kann.

Die Mau-Tempos wohnten damals mit ihrem Onkel Joaquim Carranca in Monte de Berra Portas. Im darauffolgenden Jahr, schon waren sechs Monate seit den Ereignissen von Braga vergangen, arbeitete João Mau-Tempo mit seinen Geschwistern Anselmo und Maria da Conceição in der Wintersaison für einen anderen Patrão, der Besitz hieß aus irgendeinem Grund Pendão das Mulheres. Von Monte de Berra Portas aus waren es vier mühselige Wegstunden über schlechte Straßen, von Monte Lavre aus wären es nur eineinhalb gewesen. Aber es sollte viele Mädchen geben, das war der Gradmesser für die Zufriedenheit der Burschen, die ganze Woche über in der Nähe der Mädchen, denn nur samstags ging es nach Hause. Jedenfalls war fast alles junges Blut. Leidenschaften flammten auf, und mancher verbrannte sich. João Mau-Tempo hatte damals ein Mädchen außerhalb, aber wenn es ihm einfiel, tat er, als wäre er frei, sein Ruf als guter Tänzer förderte das noch.

Unter Roden und Vergnügungen vergingen die Wochen, bis er eines Tages auf dem Weg von Monte Lavre das Mädchen traf, das seit den Gebeten der Fastenzeit seine Gevatterin war, nur diesen Grund gab es, er war mit ihr so sehr vertraut, daß sie manchmal ohne Unterlaß miteinander tanzten und um die Wette sangen. Aber Liebelei kam ihm niemals in den Sinn. Halb im Ernst, halb im Spaß nannten sie einander Gevatter João, Gevatterin Faustina, das war ihr Name. Weiter schien es zwischen ihnen nichts zu geben. Jedoch es sollte anders kommen. War es der freimütige, herzliche Umgang, war es, weil einfach die Zeit gekommen war, das Band zu knüpfen, João begann, Faustina gern zu haben, und Faustina den João. So ist das mit der Liebe. Im Glas entdeckt man Kristall, in der Wildnis Blumen. Es wurde Liebe, und João stand nicht mehr der Sinn nach anderen Mädchen, da die beiden es ernst meinten, hielten sie es für besser, der Familie Faustinas vorläufig nichts zu sagen, denn João Mau-Tempo, dem man selbst nichts Schlechtes nachsagen konnte, hatte den schlechten Ruf seines Vaters geerbt, diese Dinge hängen einem an, der Apfel fällt nicht weit vom Stamm, und es ist mehr als normal, sich zu vergewissern. So sicher behütet war allerdings das Geheimnis nicht, daß es nicht an die Ohren der Eltern von Faustina gedrungen wäre, und damit begann eine schlimme Zeit für die Ärmste. Er könne kein guter Kerl sein, das sehe man sofort an diesen blauen Augen, die keiner zuvor gesehen, und dazu noch so einen Vater, unverbesserlicher Trinker, der er gewesen war, nur einmal sei dem etwas gut geraten, nämlich, als er sich erhängte. So etwa spielt sich mitunter der große dörfliche Abendschwatz unter dem Sternenhimmel ab, während das Ginstermännchen munter dem Ginsterweibchen folgt und sich mit ihm im Farn vereint. Das menschliche

Leben ist weitaus komplizierter, aber das macht es ja gerade aus.

Januar war es und kalt, grau verhangen der Himmel, der Trupp bewegte sich in Richtung Monte Lavre, um sich von vierzehn Tagen Arbeit zu erholen. João unterhielt sich mit Faustina, sie zitterte schon vor dem Krach, der sie zu Hause erwartete, und vertraute ihm an, was sie erdulden mußte. Plötzlich war der Weg erfüllt mit zornigem Geschrei und wütenden Gesten einer Schwester Faustinas, die im Haus das Wort führte, da die Mutter schon alt, ihr Hinterhalt ließ das Pärchen erschrekken. Natividade, so hieß sie, zeterte, schämst du dich nicht, Faustina, wie groß ist doch dein Starrsinn, daß nicht Rat noch Schläge helfen, was soll nur aus dir werden. So fuhr sie fort, aber Faustina blieb an Joãos Seite. Natividade stellte sich ihr in den Weg, sie von Richtung und Ziel abzubringen, falls so etwas in schwesterlicher Macht stünde, da nahm João, drücken wir es einmal so aus, die Welt in beide Hände, sie zu wägen, denn von nun an war es mehr als je zuvor eine Angelegenheit von Welt und Mann: Heim und Kinder, eine doppelte Verantwortung. Er legte die Hand auf Faustinas Schulter, das war seine Welt, und er sagte mit vor Erregung zitternder Stimme, so können wir nicht weiterleben, entweder wir trennen uns, damit du nicht noch mehr erdulden mußt, oder du kommst mit zu meiner Mutter, bis ich ein eigenes Heim für uns geschaffen habe, von heute an werde ich alles für dich tun, was in meinen Kräften steht. Wie schon erwähnt, war der Himmel grau und blieb es auch, als gedächte er den natürlichen Beweis anzutreten, von nichts wissen zu wollen, im anderen Fall hätte er sich jetzt in Gloria geöffnet. Denn auch Faustina, das mutige und zuverlässige Mädchen, von dem wir nicht einmal die Farbe der Augen und das Gesicht beschrieben haben, erklärte mit fester und lauter Stimme, João, wohin du gehst, werde ich auch gehen, wenn du mir versprichst, immer gut zu mir zu sein. Ah, du Unglückselige, rief Natividade aus und wandte sich brüsk ab, wie ein Pfeil schoß sie in häuslicher Richtung davon, die Katastrophe zu verkünden. Die zwei Verliebten blieben allein, der Nachmittag war schon vorgerückt, sie folgten den anderen im Abstand, João setzte den Schlußpunkt, solange wir leben, werde ich für dich dasein, ob bei Gesundheit oder Krankheit, und jetzt gehen wir jeder zu den Unseren, wenn wir im Ort sind, treffen wir uns, um die Stunde auszumachen, in der wir uns auf den Weg machen.

Gemeinsam mit João Mau-Tempo waren sein Bruder Anselmo und seine Schwester Maria da Conceição in Pendão das Mulheres gewesen, beide hatten aus der Nähe den Vorfall beobachtet. Jetzt trat João zu ihnen und sprach in nachdrücklichem Ton, geht schon und sagt der Mutter, daß ich mein Mädchen mit nach Hause bringen werde, daß ich mit ihrer Erlaubnis rechne und daß ich ihr später alles erklären werde. Anselmo erwiderte, Bruder, überlege gut, was du tust, zumal in so einer Sache. Und Maria da Conceição fügte hinzu, ich mag gar nicht daran denken, was die Mutter und der Onkel sagen werden, worauf João Mau-Tempo entgegnete, ich bin erwachsen genug und habe mich entschlossen, da sich mein Leben früher oder später verändern wird, kann es ebensogut gleich geschehen. Anselmo sagte, eines Tages wird Onkel Joaquim irgend etwas in den Sinn kommen, und er geht davon, denn es stimmt was nicht mit ihm, dann wirst du zu Hause fehlen. Und Maria da Conceição sagte, wer weiß, ob der Schritt, den du tust, der richtige ist. João Mau-Tempo aber beendete das Gespräch, regt euch nicht auf, Geschwister, so ist das Leben. Die zwei gingen, und Maria da Conceição weinte.

Auf ihren wöchentlichen Wegen zwischen Pendão das Mulheres und Monte de Berra Portas konnten die Mau-Tempos im Hause der Tante Cipriana Rast machen, sie war jene schluchzende Frau am Flußufer des Pego da Carriça, dessen Wasser ihr den Mann genommen hatten, davon wurde schon erzählt. Sie legte Trauer an und trug sie bis an ihr Lebensende, viele Jahre später. Der Vorfall mit dem Neffen weckte in ihr die Freude am Vermitteln von Heiraten, von redlichen und ernstgemeinten, so manche bedrohte Liebe schützte sie, ohne es jemals bereuen zu müssen und ohne öffentlich dafür getadelt zu werden. Aber das wäre schon eine andere Geschichte. Als João Mau-Tempo zu seiner Tante kam, sagte er, ich bitte Euch, erlaubt mir, mich mit Faustina hier zu treffen, bevor wir zur Mutter nach Monte de Berra Portas gehen. Cipriana antwortete, überlege gut, was du tust, João, ich will weder irgendwelche Verantwortung übernehmen noch das Andenken deines verstorbenen Onkels beflecken. João gab zurück, seid unbesorgt, wir bleiben nur, bis es Nacht wird.

Es blieb noch viel Zeit bis zur vereinbarten Stunde mit Faustina, die mit zögernden Schritten, wer liebt, weiß um diese elementaren Taktiken, einer Begegnung entgegenging, von der er sie nicht hatte abhalten können; ohne die Mutter gesehen zu haben, wollte sie nicht fort, auch wenn sie ihr nicht sagen würde, daß sie das Haus verlassen wolle. Aus diesem Grund beschloß João, den Barbier aufzusuchen, sich wie ein Bräutigam herrichten zu lassen, das heißt, sich rasieren zu lassen, um nicht mit einem vierzehn Tage alten Stoppelbart ins neue Leben einzutreten. Diese Gesichter, die fast immer unrasiert bleiben, sehen nach der Bearbeitung mit dem Messer so unschuldig und hilflos aus, das Herz zieht sich einem zusammen vor so viel Schutzlosigkeit. Als er wieder bei Tante Cipriana Pintéu eintraf, wartete Faustina schon auf ihn, noch schluchzend nach den Beschimpfungen der Schwester, dem Tobsuchtsanfall des Vaters und den bekümmerten Blicken der Mutter. Heimlich hatte sie sich fortgestohlen, aber es war mehr als sicher, daß man sie in Monte Lavre suchen würde, um zu erfahren, bei wem sie sich verborgen hielt, Eile war geboten, diesem Vorhaben zuvorzukommen. Cipriana sagte, der Weg wird anstrengend sein und die Nacht dunkel und naß, nehmt diesen Regenschirm und etwas Brot und Wurst für unterwegs, und richtet euch euer zukünftiges Leben mit Verstand ein, da ihr es schon so unüberlegt beginnt. Das war es, was die Cipriana sagte, aber in ihrem Innersten gab sie den beiden ihren Segen, erfreut über die jugendliche Unbekümmertheit, ach, was gäbe man darum.

Von dort bis Monte de Berra Portas waren es zwei Meilen und eine halbe, die Nacht brach herein, und Regen kündigte sich drohend an. Zweieinhalb Meilen und Wege, die es in sich hatten, voller Schatten und Schrecken, es genügt, sich an die Geschichten von den Werwölfen zu erinnern, und dann müssen sie auch noch über den Steg am Pego da Carriça, einen anderen Weg gibt es nicht, ein Vaterunser für die Seele meines Onkels, der ein guter Mensch war und keinen so traurigen Tod verdient hätte. Die Esche rauschte leise, die Wasser, wie dunkle raschelnde Seide, strömten dahin, wer hätte gedacht, daß genau an dieser Stelle . . . kaum zu glauben. João Mau-Tempo hielt Faustina bei der Hand, die schmerzenden Finger zitterten ihm, er führte sie unter die Bäume, vorbei an nassen Gebüschen und Gräsern, bis sie sich auf einmal, ohne zu wissen, wie es geschah, vielleicht durch die Müdigkeit wochenlanger Arbeit, vielleicht durch nicht mehr zu ertragendes Zittern, am Boden wiederfanden. In kurzer Zeit verlor Faustina ihre Jungfräulichkeit, später erinnerte sich João des Brotes und der Wurst, und wie Ehemann und Ehefrau teilten sie miteinander.

Wir wissen bereits, daß Lamberto, sei es der Deutsche, der gewesene Deutsche und jetzige Portugiese, nicht der Mann ist, dieses weite Land mit seinen eigenen Händen zu bearbeiten. Als er es erbte, von Mönchen kaufte oder vor den verbundenen Augen der Justitia raubte, hafteten an ihm, wie das Erdreich an Wurzeln, einige Wesen mit Beinen und Armen, und diese haben von vornherein ihre Bestimmung: das Produzieren von Kindern und deren nutzbringende Verwendung. Nichtsdestoweniger will es der Brauch, die gewohnte Regel oder Etikette, vielleicht auch einfach die Klugheit, daß Adalberto nicht direkt mit jenen verkehrt, die ihm das Land bestellen. Und so muß es auch sein. Wenn schon der König, zur Zeit der Monarchie, oder der Präsident, zur Zeit der Republik, sich weder mit Worten noch Gesten zu übertriebenen Kontakten zu dem niederen Volk herabließe, wie würde es erst aussehen, wenn Floriberto sich zu Vertraulichkeiten hinreißen lassen würde, ist er doch auf dem Latifundium mehr als ein König oder Präsident. Aber halt, die bedachte Zurückhaltung ließ jedoch in jedem Fall gut berechnete Ausnahmen zu, die darauf gerichtet sind, geschickt den Willen zu unterwerfen und perfekte Vasallen abzurichten, die in Hörigkeit Zuckerbrot und Peitsche erhalten und das eine so mögen, wie sie das andere schätzen. Sehr subtil sind die Beziehungen zwischen Patrão und Angestelltem, man kann sie nicht mit einem halben Dutzend Worten abtun und erklären, als Fliege versteckt, müßte man alles sehen und hören können. Rohe Gewalt ist im Spiel, Unwissenheit, Dünkel und Heuchelei, die Lust am Leiden, viel Neid, das Geschick und die Kunst zu intrigieren, es ist wie eine perfekte Diplomatie für den, der sie erlernen will. Jedoch einige Regeln, aus der Erfahrung gewonnen und durch die Jahrhunderte hindurch bestätigt, helfen, die einzelnen Fälle besser zu verstehen.

Das erste, was Lamberto nach dem Land benötigt, ist ein Verwalter. Der Verwalter ist die Peitsche, die die Kanaille in Zucht hält. Auserwählter Hund unter Hunden, um die Hunde zu beißen. Es ist nützlich, daß er ein Hund ist, um so besser weiß er um die List und die Taktik der Hunde. Aus den Söhnen Norbertos werden keine Verwalter. Alberto ist gleich Humberto, Verwalter ist gleich Erster Diener, der in der Lage ist, die Kanaille anzutreiben, der Privilegien besitzt und am Gewinn teilhaben kann. Doch er ist ein Diener. Er steht zwischen den Ersten und den Letzten, ist eine Art menschliches Muli, eine Mutation, ein Judas, der die Seinen für mehr Macht und Brot verriet.

Die große und entscheidende Waffe ist die Unwissenheit. Nur gut, sagte Sigisberto bei Tisch, an seinem Geburtstagsabend, nur gut, daß sie unwissend sind, weder lesen, schreiben, rechnen noch denken können, sich mit der Unveränderbarkeit der Welt abfinden, die für sie nicht anders vorstellbar ist, und damit, daß erst nach dem Tode das Paradies kommt, Sie können das besser erklären, Pater Agamedes, nur die Arbeit bringt Würde und Geld, doch jene müssen nicht meinen, ich verdiene mehr als sie, das Land gehört mir, und wenn der Tag kommt, an dem Steuern und sonstige Abgaben zu zahlen sind, werde ich nicht von ihnen Geld borgen, das gab's noch nie und wird es nie geben, wenn ich ihnen keine Arbeit gäbe, wer gäbe sie ihnen dann, ich und sie, ich bin das Land, und sie sind die Arbeit, was für mich gut ist, ist auch für sie gut, Gott hat es so eingerichtet, das können Sie besser erklären, Pater Agamedes, mit einfachen Worten, die ihre Köpfe nicht noch mehr verwirren, und wenn der Pater nicht ausreicht, bittet man die Guarda darum, daß sie einen Spazierritt durch die Dörfer macht, nur so, um sich zu zeigen, das ist eine Botschaft, die sie ohne weiteres verstehen. Sag mir, Mutter, werden auch die Herren des Latifundiums von der Guarda geschlagen; behüte Gott, dieses Kind ist nicht ganz normal, wo hat man so etwas schon gesehen, die Guarda, mein Kind, wurde geschaffen und dazu angehalten, das Volk zu züchtigen; wie ist das möglich, Mutter, da macht man eine Guarda, nur um das Volk zu schlagen, und was macht das Volk, es hat niemanden, der die Herren züchtigt, die aber können der Guarda befehlen, das Volk zu züchtigen, ich glaube aber, daß das Volk die Guarda bitten könnte, den Herrn des Latifundiums zu schlagen. Maria, ich glaube gar, das Kind hat nicht alle Sinne beisammen, laß es hier nicht herumlaufen und solche Sachen erzählen, zu guter Letzt bekommen wir noch Ärger mit der Guarda.

Das Volk wurde gemacht, damit es schmutzig und hungrig lebt. Ein Volk, das sich wäscht, ist ein Volk, das nicht arbeitet, in den Städten vielleicht, mag sein, ist es anders, da will ich nichts sagen, aber hier auf dem Latifundium ist es über drei oder vier Wochen im Kontrakt und weit von zu Hause weg, Monate mitunter, wenn es Alberto so beliebt, und es ist eine Sache der Mannesehre, daß man sich während dieser Zeit weder Gesicht noch Hände wäscht und den Bart wuchern läßt. Täte einer das Gegenteil, naive Annahme von wenig Wahrscheinlichkeit, könnte er mit dem Spott des Patrão und dem der eigenen Kameraden rechnen. Das ist der Luxus der Zeit, die Leidenden rühmen sich ihres Leids, die Sklaven des Sklavendaseins. Es ist notwendig, daß dieses Lebewesen auf Erden wirklich nur ein Lebewesen ist, eins, bei dem sich des Morgens der Schlaf der Nacht, in den Augenwinkeln verblieben, dem der anderen Nächte zugesellt, daß der Schmutz an den Händen, im Gesicht, unter den Achseln, an den Füßen und an der Körperpforte den Glorienschein der Latifundienarbeit darstellt, es ist notwendig, daß der Mensch unter dem Tier steht, denn dieses leckt sich rein, erforderlich ist, daß der Mensch sich erniedrigt, um weder sich noch seinen Nächsten zu achten.

Damit nicht genug. Die Arbeiter prahlen mit ihren Schwellungen, die sie sich beim Roden zugezogen haben. Bei der Prahlerei in der Schenke wird jede zu einer Medaille, beim Gläserfüllen heißt es, ich habe mir schon soundso viele für Berto und Humberto geholt. Das waren die brauchbaren Arbeiter, jene, die nach der Peitsche eitel die roten Striemen vorzeigten, wenn sie bluteten, um so besser, Großtuer, die dem Abschaum der Städte glichen und glaubten, die Männlichkeit hinge von der Häufigkeit des Trippers und der Syphilis ab, zugezogen auf einer gemieteten Lagerstatt. Ach, du im Honig der Unwissenheit gehaltenes Volk, an Beleidigern hat es dir nie gemangelt. Arbeite, arbeite, arbeite dich zu Tode, arbeite, bis du kaputtgehst, wenn es nötig ist, denn nur so gewinnst du die Gunst von Verwalter und Patrão, wehe dir, wenn du in den Ruf kommst, ein Taugenichts zu sein, niemand wird dich jemals mehr haben wollen. Du kannst vor den Türen der Schenken stehen, bei deinen Leidensgefährten, sie selbst werden dich verachten, der Verwalter oder der Patrão wird mit Ekel auf dich herabsehen, und du wirst ohne Arbeit bleiben, laß es dir gesagt sein. Die anderen haben kapiert, sie schuften sich täglich auf dem Latifundium zu Tode, und kämst du nach Hause, so du ein Zuhause hast, wie wolltest du den Deinen beibringen, daß du keine Arbeit bekommen hast, die anderen ja, du aber nicht. Kehr um, wenn du noch zur rechten Zeit kommen willst, schwöre, daß du schon zwanzig Schwellungen hattest, bekreuzige dich, streck den Arm hin zum Aderlaß, schneide die Venen auf und sprich, dies ist mein Blut, trinkt es, dies ist mein Fleisch, eßt es, dies ist mein Leben, nehmt es hin, in Gottes Namen, bei gesenkten Fahnen, bei der Truppenparade, mein Beglaubigungsschreiben, das Eignungsdiplom, euer Wille geschehe auf der Erde wie im Himmel.

Das Leben ist aber auch ein Spiel, voller Tücke, Spielen ist ein außerordentlich ernsthafter Akt, schwer und sogar philosophisch, für Kinder Voraussetzung zum Heranwachsen, für die Erwachsenen Verbindung zur Kindheit, jedermann zuträglich. Über diese Dinge schrieb man ganze Bibliotheken, und alles solide und gewichtig, nur Dummköpfe ließen sich davon nicht überzeugen. Aber wer glaubt, solche Bedeutsamkeiten nur in Büchern zu finden, der irrt, in Wirklichkeit genügt ein Blick, eine Minute Aufmerksamkeit, um zu wissen, wie Katze und Maus spielen, wie diese von jener gefressen wird. Denn die Frage, die einzig wirklich interessierende Frage ist, wer nutzt tatsächlich die anfängliche Harmlosigkeit des Spiels aus, wie zum Beispiel das folgende, das nur scheinbar harmlos schien: der Aufseher sagt zu den Arbeitern, jetzt laufen wir mal um die Wette, wollen sehen, wer der letzte ist. Und die Ahnungslosen, denn sie sind es, blind gegenüber dem offenkundig falschen Spiel, laufen im Trott, im Galopp, auf allen vieren von Monte Lavre nach Vale de Cães, um den Ruhm zu erringen, als erster anzukommen oder wenigstens mit der erleichternden Genugtuung, nicht der Verlierer zu sein. Denn der letzte – es gibt unvermeidlich immer einen letzten – wird verhöhnt, verspottet von den ausgepumpten, atemlosen Siegern, und das alles noch vor der Arbeit, mit Gelächter ziehen die armen Dummköpfe über ihn her. Ai, João Mau-Tempo war's, der sich übertölpeln ließ, wozu, niemand weiß es, irgendwie eben, man sagt das so, und noch was von wenig schnellen Beinen, nicht Mann sein und somit ein Nichts. Schieb ab, Schwächling, nicht das Brot, das du ißt, bist du wert, Portugal ist ein Land der Männer, nicht ein Land der Letzten in jedem Rennen.

Doch der Spiele ist kein Ende. Der schamerfüllte Verlierer wird der beste Träger sein wollen, da könnte er sich beweisen, man ist dabei, einen großen Kohlenmeiler zu errichten, du sagst, nachdem du einen leeren Sack über den Rücken geworfen hast, um den Schmerz zu lindern, hebt mir diesen Stamm auf, den werde ich nehmen. Der Aufseher schaut herüber, du mußt den Kameraden zeigen, daß du ebenso ein Kerl bist wie sie, und außerdem darfst du die Arbeit für die nächste Woche nicht verlieren, denk an die Kinder, zwei, die im Grunde genommen deine Söhne sein könnten, sie sind es jedoch nicht, zwei also heben den Kloben hoch, stöhnen vor Anstrengung und legen ihn dir über die Schulter, du hast dich wie ein Kamel gebückt, als hättest du schon eins gesehen, und während du die Last spürst, zittern dir die Knie, aber du beißt die Zähne zusammen, straffst das Kreuz, und langsam erhebst du dich, der Klotz ist gewaltig, dir ist, als würdest du auf dem Rücken eine hundertjährige Eiche tragen, du machst den ersten Schritt, der Meiler ist weit, die Kameraden schauen zu und der Aufseher; will doch mal sehen, ob du das aushältst, wenn du das schaffst, bist du ein Kerl. Genau das ist es, ein Kerl sein, den Stamm schaffen, knirschende Schulterblätter, stöhnendes Herz, der Aufseher soll es sehen und dann zu Adalberto sagen, dieser Mau-Tempo ist ein Kerl, sie haben ihm den Kloben auf den Rücken gepackt, Sie werden es nicht glauben, Patrão, ein Mann wie eine Eins, eine feine Leistung. So wird es sein, aber vorerst sind nur drei Schritte bewältigt. Du möchtest die Last abwerfen, es ist der vergewaltigte Körper, der darum fleht. Die Seele, falls du ein Recht auf solche hast, der Geist, falls du ihn in dir zu erwecken vermochtest, sagen dir, daß du nicht darfst, eher soll es dich zerreißen, als daß du in den Ruf gerätst, ein Schwächling zu sein, nur diese Schande nicht. Große Vorträge hält man seit zweitausend Jahren, weil Christus das Kreuz nach Golgatha getragen hat, mit Hilfe des Simon von Kyrene, aber von diesem Gekreuzigten hier wird niemand sprechen, von ihm, dessen gestriges Abendmahl kümmerlich war und der auch heute fast nichts gegessen hat, noch liegt die Hälfte des Weges vor ihm, die Augen trüben sich schon, es ist eine Agonie, Senhores, alle sehen zu und schreien, ai, er schafft es nicht, ai, er schafft es nicht; und du bist nicht mehr du, doch immerhin noch nicht zum Tier geworden, ein großer Vorteil, denn dieses würde sich fallen lassen und bliebe unter der Last liegen, du aber nicht, du bist ein Mensch, bist der betrogene Teilnehmer an einem großen und universellen Falschspiel, spiel, was willst du mehr, der Lohn reicht nicht zum Leben und nicht zum Sterben, aber so ist das Spiel mit Namen Leben; er hat es fast geschafft, hörst du sagen und fühlst dich, als wärest du nicht von dieser Welt, so eine Last, habt doch Mitleid, Brüder, helft, alle zusammen kostet es jeden einzelnen viel weniger, doch nein, das darf nicht sein, es ist eine Sache der Ehre, du selbst würdest dein Leben lang nicht mehr mit dem sprechen, der dir zu Hilfe käme. Du setzt den Kloben genau dort ab, wo er hingehört, welch große Tat, und die Kameraden rufen viva; nun bist du nicht mehr der Letzte, der Aufseher sagt gewichtig, ja, Senhor, eine feine Leistung. Die Beine zittern dir, du bist schweißüberströmt wie ein vollbepacktes Muli, das Atmen fällt dir schwer, das Reißen, mein Gott, das Reißen, was weißt du schon, was du hast, eine Zerrung, einen Muskelriß, du arme Kreatur kennst nur den Schmerz und nicht dessen Namen.

Arbeit über Arbeit. Jetzt geht es weit weg von Monte Lavre, in die Nähe von Infantado, wo neue Meiler errichtet werden, einige nehmen die Familie mit, die Männer ohne Frauen richten sich irgendwie in der großen Baracke ein, die mit Familie trennen die Ehegemeinschaften mit einigen Tüchern oder Kattundecken ab, die Kinder schlafen bei Vater und Mutter, und nicht jeder hat so viel. Die Mücken stechen wie wild, doch am Tag ist es viel schlimmer, in Schwärmen kommen die Moskitos, es sind so viele, so viele, daß sich der Blick verwirrt, sie fallen über einen her, zirren, als regnete es gemahlenes Glas; mit Recht haben die weisen Großmütter gejammert, ai, meine Enkelchen, niemals mehr werde ich sie wiedersehen, sie werden in der Fremde sterben. Sie kennen das Leben und wissen um die schmächtigen Körper der Kinder, eine einzige Wunde, kleine Lazarusse, die sich in der Nacht mit vor Hunger jammerndem Magen auf die Lumpen legen, an allem mangelt es, sie wachsen auf, ohne den kleinsten Trost, wie ihn die Eltern haben, die sich zart berühren, hin- und herbewegen und seufzen, unverzichtbares Beiwerk der Nacht, mehr oder weniger gestillte Gefühle, während sich beim Ehepaar nebenan das Tasten, Bewegen und Seufzen aus eigenem Antrieb oder gut verstandener Anregung wiederholt, und alle Kinder in der großen Baracke sind wach und lauschen, ihre eigenen Gesten und Irrtümer versuchend.

Wenn der Tag klar ist, kann man von den Korkeichen aus Lissabon sehen, wer hätte gedacht, daß es so nahe ist, wir haben doch immer gemeint, am Ende der Welt zu leben, das sind so Irrtümer dessen, der nichts weiß und dem man nie etwas sagt. Die Schlange der Versuchung kam und glitt hinauf bis ins Laubwerk, von dem aus João Mau-Tempo auf Lissabon schaut, sie verhieß ihm alle Herrlichkeiten und Reichtümer der Hauptstadt, für ein wenig Fahrgeld, nicht gerade wenig für die Ersparnisse, doch wennschon gestorben, dann satt, dumm, wer da nicht zugreift. Am Cais do Sodré gehen wir also an Land und sind wie erschlagen, das also ist Lissabon, die große Stadt, und das Meer, schau nur, das Meer, so viel Wasser, dann gehen wir durch jene Straße mit dem Bogen, das ist die Augusta, so ein Gewimmel, wir sind dieses Pflaster nicht gewohnt, andauernd straucheln wir bei diesem Wirrwarr, einer hält den anderen aus Angst vor der Elektrischen zurück, und schon seid ihr zwei hingefallen, eine Gaudi für die Lissabonner. He, Saloio*, he, Manel**, rufen sie. Und dann die Avenida da Liberdade, was mag dieser Zahnstocher*** da in der Mitte bedeuten?, das sind die Restauradores, aha, das wußte ich nicht, und zu mir selber sage ich, jetzt bin ich auch nicht schlauer, aber die Schande, seine Unwissenheit zuzugeben, ist noch schlimmer; mutigen Herzens gehen wir die Avenida da Liberdade hinauf, um unsere Schwester zu suchen, die hier als Dienstmädchen arbeitet, die Straße ist richtig, die Nummer ist sechsundneunzig, sieh du nach, du kannst lesen, das muß ein Irrtum sein, wie ist das möglich, nach fünfundneunzig kommt hier siebenundneunzig, aber wer sucht, der findet auch, hier ist es, sie haben uns ausgelacht, weil wir nicht wußten, daß die sechsundneunzig auf der anderen Seite ist, viel lachen diese Leute aus Lissabon. Hier ist das Haus, in dem unsere Schwester arbeitet, ist das groß, es gehört Senhor Alberto, der im ersten Stock wohnt und manchmal unser Patrão ist, alles gehört derselben Familie, sieh mal, wer hier ist, wird Maria da Conceição sagen, ach, welche Freude, und wie rund sie geworden ist, es gibt nichts Besseres, als in Stellung zu gehen. Wir werden dann alle ausgehen, denn die Senhora ist generös und erteilt die Erlaubnis, vom nächsten Ausgang wird das abgezogen, alle vierzehn Tage gibt es zwischen Mittag und Abendbrot Ausgang. Wir werden einige Vettern aufsuchen, die hier verstreut in Straßen und Gassen wohnen, und überall wird die gleiche Freude sein, seht mal, wer hier ist; dann verabreden wir, alle gemeinsam in die Nachtrevue zu gehen, aber vorher muß man den Zoologischen Garten gesehen haben, die Späße der Affen, das da ist ein Löwe, sieh nur, der Elefant, würde so ein Ungetüm bei uns in der Heide auftauchen, dann würdest du dir vor Schreck in die Hose machen, und die Revue erst, O Burrié**** heißt sie, mit Beatriz Costa und Vasco Santana, ein Teufelskerl, Tränen hab ich gelacht. Wir werden hier in der Küche und im Flur schlafen,

* Bezeichnung für Bauern aus der Umgebung von Lissabon.

** Landarbeiter; auch svw. Dummkopf.

*** Gemeint ist der auf der Praça dos Restauradores mit Bronzefiguren geschmückte Obelisk zur Erinnerung an die Befreiung Portugals von spanischer Herrschaft im Jahre 1640.

**** Die Schnecke

mach keine Umstände, Cousine, wir sind an alles gewöhnt, es ist anders, in Lissabon zu schlafen, die Stille der Nacht hier ist eine andere. Also, habt ihr gut geschlafen? Niemand wagt einzugestehen, er habe schlecht geschlafen, sich die ganze Nacht herumgewälzt; jetzt gibt es erst einmal Kaffee, und dann machen wir einen Spaziergang durch die Stadt, so groß wie eine Grafschaft ist sie, in Alcântara begegnen wir einem Trupp von Männern, die an den Eisenbahngleisen arbeiten und uns zurufen, he, ihr Saloios. Jeder pöbelt uns so an, unser Schwager nimmt sich ein Herz und legt sich mit ihnen an, sag das noch mal und ich lang dir eine; aber dann machen wir doch, daß wir fortkommen, und schämen uns, während die anderen uns nachrufen, seht nur den im Jackett, seht euch nur die Bäuerlein an, obwohl wir gar keine sind, und wären wir welche, wäre es auch kein Unglück. Zurück fahren wir wieder über den Fluß, das große Meer, ein Herr, der im Boot sitzt, erklärt höflich, das hier ist der Tejo, das Meer beginnt erst dort hinten, er weist in die Richtung, und dann sehen wir es auch, kein Land weit und breit, ist das denn möglich. Nachdem wir in Montijo an Land gegangen waren, lagen noch einige Kilometer zu Fuß vor uns, acht sind es bis zur Unterkunft, eine Menge Geld hat das gekostet, aber es hat sich gelohnt, und wenn wir nach Monte Lavre zurückkehren, werden wir viel zu erzählen haben, damit niemand sagen kann, im Leben gäbe es nicht auch gute Seiten.

Wenn sie heiraten, ist manchmal schon ein Kind unterwegs. Zwei werden vom Pater gesegnet, aber der Segen fällt über drei, wie man an der oft schon sehr deutlichen Wölbung des Rockes sieht. Ob es nun so ist oder nicht, ob die Braut jungfräulich ist oder nicht mehr, sehr seltsam wäre es, verginge ein Jahr, ohne daß ein Kind käme. Kaum ist eins draußen, ist das andere drin, wenn es Gott so fügt, kaum hat die Frau geboren, empfängt sie schon wieder. Es sind rücksichtslose Leute, unwissend und schlimmer als die Tiere, denn diese haben ihre Brunstzeit und folgen den Gesetzen der Natur. Die Männer hingegen kommen von der Arbeit oder aus der Schenke und strecken sich auf die Bettstatt, der Geruch der Frau, die Wirkung des Weins und die sanfte Müdigkeit regen sie an, sie legen sich auf sie, anders kennen sie es nicht, keuchen, Rohlinge ohne Zartgefühl, tränken mit ihrem Saft die Wirrnis fraulicher Dinge, von denen sie weder das eine noch das andere verstehen. Es ist richtig, nicht zu fremden Frauen zu gehen, doch die Familie wächst, füllt sich mit

Kindern an, sie haben nicht aufgepaßt; Mutter, ich habe Hunger, das ist der Beweis, daß es keinen Gott gibt, sonst hätte er die Menschen als Schafe erschaffen, die das Gras auf der Weide fressen können, oder als Schweine, die sich von den Eicheln ernähren. Doch selbst wenn sie Eicheln und Gräser essen, können sie es nicht in Ruhe tun, denn dort sind der Flurwächter und die Guarda mit wachsamen Augen und entsicherten Gewehren, und wenn Norbertos Flurwächter nicht zögert, eine Kugel zu schicken, die ins Bein gehen oder auch tödlich sein kann, so verfügt die Guarda, die dies ebenfalls mit oder ohne Befehl tut, noch über die schönsten Strafen, wie Geldbuße, Gefängnisstrafen und Prügel. Doch das, Senhores, ist wie ein Korb mit Kirschen, will man eine herausnehmen, hängen drei oder vier dran, und es gibt hier so manches Latifundium mit eigenem Karzer und eigenem Strafrecht. Hier übt man jeden Tag Gerechtigkeit, wo kämen wir hin, wenn es an Autorität fehlte.

Die Familie wird größer, selbst wenn viele Sprößlinge an Durchfall sterben, die armen Engelchen vergehen, erlöschen wie das Kerzenlicht, Arme und Beine sind dünner noch als dünn, die Bäuche dick geschwollen, so existieren sie, bis ihre Stunde kommt, bis sie zum letztenmal die Augen öffnen und das Licht des Tages sehen oder aber im Dunkel sterben, in der Stille der Hütte, und wenn die Mutter erwacht und sieht, das Kind ist tot, heben die Schreie an, immer dieselben, denn diese Mütter vermögen nichts zu erfinden, wenn ihre Kinder sterben. Was die Väter betrifft, sie bleiben stumm, und am nächsten Tag gehen sie mit einem Ausdruck zur Schenke, als wollten sie irgend jemanden oder irgend etwas töten. Betrunken kehren sie heim und haben nichts und niemanden getötet.

Die Männer gehen weit fort, um dort zu arbeiten, wo man etwas mehr verdienen kann. Im Grunde sind sie alle Umherstreifende, hierhin ziehen sie und dorthin, nach Wochen oder Monaten kehren sie zurück, um ein neues Kind zu zeugen. Inzwischen sind sie beim Roden des Eichengehölzes im Dienste der Pächter, jeder Schweißtropfen ist ein Tropfen verlorenen Blutes, die Unglücklichen sind gestraft, den ganzen heiligen Tag über zu arbeiten, manchmal bis tief in die Nacht, um die Arbeitsstunden zu zählen, braucht man die Finger dreier Hände, wenn nicht sogar eine vierte Hand, schweißnasse Wäsche vierzehn Tage lang. Um auszuruhen, falls so ein Ausdruck hier am Platze ist, werfen sie sich auf ein strohbedecktes Reisiglager, die ganze

Nacht hindurch wälzen sie sich unruhig hin und her, schmutzig und zerstochen überall, das ist kein Leben, kann man da Pater Agamedes' Worten glauben, der vom sonntäglichen Mittagstisch im Hause Floribertos kommt, es war ein gutes Mahl, wie am Rülpser zu hören, der über das Latifundium hallt.

Es ist das die Macht des Himmels. Im übrigen merkt man, daß die Geschichte sich oft wiederholt. Angekleidet und wie zerschlagen liegen die Männer in der Strohhütte, einige schlafen, anderen gelingt es nicht, durch die Ritzen der Halmwände dringt eine ungewöhnliche Helligkeit, der Morgen ist noch weit, nein, das Licht des Morgens ist es nicht, einer von ihnen geht hinaus und verharrt erschrocken, vom Himmel regnet es Sterne, wie Lampions fallen sie herab und erhellen die Erde, wie kein Mondschein es vermag. Die anderen treten ebenfalls vor die Hütte, um sich das anzusehen, und so mancher bekommt es mit der Angst, während die Sterne still herniedersinken, das ist das Ende der Welt oder ihr Beginn, an der Zeit wäre es schon. Einer, der in dem Ruf steht, dieses und jenes zu wissen, sagt, Bewegungen der Sterne, Bewegungen auf Erden. Sie stehen eng beisammen und schauen, die Hälse gereckt, nach oben, und auf die verschmutzten Gesichter fällt der leuchtende Staub der fallenden Sterne, ein unvergleichlicher Regen, der auf der Erde einen neuen und größeren Durst hinterläßt. Ein halbverrückter Landstreicher, der am nächsten Tag vorbeikam, versicherte bei der Seele seiner noch lebenden Mutter, diese himmlischen Zeichen bedeuteten, daß in einer verfallenen Schäferhütte, drei Wegstunden von hier, ein Kind geboren sei, die Mutter sei eine andere und sicher auch nicht Jungfrau und das Kind würde nur nicht Jesus Christus sein, weil man es nicht auf diesen Namen taufen würde. Niemand glaubte ihm, und das erleichterte das Amt vom Pater Agamedes, der am nächsten Sonntag in der übervollen Kirche vor einer ungewöhnlich erwartungsvollen Gemeinde über die Narren spotten konnte, die glaubten, daß Jesus Christus einfach so auf die Erde zurückkäme; ich stehe hier als Pater, um euch zu sagen, was Er gesagt hätte, habe dazu Befehl und Anweisung von der Heiligen Apostolischen Römisch-Katholischen Kirche, habt ihr das alle verstanden, oder soll ich euch das noch in die Köpfe einhämmern?

Recht behielt jedoch jener, der gesagt hatte, Bewegungen der Sterne, Bewegungen auf Erden, die Abessinier merkten es, gleich darauf die Spanier und später die halbe Welt. Hier aber geht alles so weiter, wie es schon immer gewesen war. Der Samstag kommt und bringt den Lohn, aber der ist so kümmerlich, daß man nicht weiß, wie und wovon man in der kommenden Woche leben soll, Schauer laufen einem den Rücken hinunter, obwohl es nicht kalt ist. Die Frau ging zum Krämer und bat, stunden Sie mir bitte den Rest, denn in dieser Woche haben wir wegen des schlechten Wetters nur wenig verdient. Oder sie sagt dasselbe mit anderen Worten, beginnend auf die gleiche Weise, stunden Sie mir bitte den Rest, mein Mann hat nichts verdient diese Woche, weil es keine Arbeit gab. Ein andermal mit schamvoll gesenkten Augen dessen, der nichts hat, womit er bezahlen könnte, Senhor, mein Mann wird im Sommer wieder verdienen, dann rechnet er mit Ihnen ab und bezahlt alle Schulden. Der Krämer schlägt mit der Faust auf das Merkheft und antwortet, diese Reden höre ich schon lange, dann ist der Sommer vorbei, und der Hund bellt das gleiche Lied; das hat Witz, die Schulden sind also Hunde, wer mag sich das nur zuerst ausgedacht haben, dies ist ein Volk von kleinen erleuchtenden Einfällen, man stelle sich die Liste des Krämers oder Bäckers vor, in großen Zahlen steht dort mit Bleistift geschrieben, jener so viel, so viel dieser, ein ganz flauschiges Hündchen noch, das kann wachsen, und dieses Biest hier mit den Wolfszähnen ist eine große Schuldsumme, schon vom letzten Jahr her; entweder sie wird bezahlt, oder es wird nichts mehr geborgt; aber meine Kinder haben Hunger, dazu die Krankheiten und mein Mann ohne Arbeit, wir wissen nicht, wovon wir leben sollen; was interessiert es mich, Sie bekommen erst etwas, wenn alles beglichen ist. In der ganzen Gegend hört man die Hunde bellen, wir hören sie an den Türen, sie verfolgen den, der nicht zahlte, beißen ihn in die Waden, rütteln ihn bis in die Seele, der Krämer tritt auf die Straße und erklärt, hörbar für den, der es hören will, sagen Sie Ihrem Mann ... – den Rest kennen wir schon. So mancher linst hämisch durch die Fensterluken, zu sehen, wer heute beschämt wird, das ist die Grausamkeit der Armen, heute du und morgen ich, man darf es ihnen nicht übelnehmen.

Wenn ein Mensch klagt, tut ihm etwas weh. Wir klagen über die Grausamkeit ohne Namen, und es ist schlimm, daß sie keinen hat. Was machen wir jetzt nur mit diesem bißchen Geld und den vielen Schulden, Wochen sind wir mit dem Zahlen im Rückstand, der Krämer schreibt nichts mehr an, jedesmal, wenn ich hingehe, droht er, daß er für keinen Tostão mehr borgt, ehe wir nicht bezahlt haben; Frau, versuch es noch einmal, der Mensch hat das so dahingesagt, er hat doch kein Herz aus Stein; allein gehe ich nicht, ich traue mich nicht mehr zu ihm, nur wenn du mitkommst; also gehen beide, eigentlich ist das nicht Männersache, wir müssen verdienen, der Haushalt ist Sache der Frau, Frauen sind geübt in solchen Dingen, sie protestieren, schwören, versprechen, schluchzen, werfen sich sogar, wenn nötig, auf den Boden, ach herrje, ein Glas Wasser, die Ärmste hat einen Anfall, der Mann geht mit, aber ihm ist nicht wohl dabei, denn er müßte der Verdiener sein, verdient aber nichts, er müßte der Ernährer der Familie sein, ernährt sie aber nicht; Pater Agamedes, wie kann ich einhalten, was ich bei der Heirat versprach, wie denn? Wir gelangen zum Laden, andere Kunden sind dort, gehen und kommen, nicht alle zum friedfertigen Einkauf, wir stellen uns dort hinten hin, hier in diese Ecke, neben den Sack mit Bohnen, doch Vorsicht, nicht daß er denkt, wir sind zum Stehlen gekommen. Alle Kunden sind gegangen, das ist der Moment, ich gebe mir einen Ruck, bin doch ein Mann, aber die Hände zittern mir, Senhor José, würden Sie mir die Bitte erfüllen, etwas anzuschreiben, doch sehen Sie, in dieser Woche kann ich nicht alles bezahlen, was wir Ihnen schulden, verdiene ich besser, bekommen Sie den Rest, dessen können Sie sicher sein, ich werde Ihnen nichts schuldig bleiben. Man könnte jetzt meinen, diese Worte seien nicht neu, sie seien schon auf der vorigen Seite gefallen, überall im Buch über das Latifundium tauchten sie auf, wie könnte man da erwarten, daß die Antwort anders ausfiele. Nein, Senhor, ich schreibe nichts mehr an; aber bevor der Krämer diese Antwort gab, strich seine Hand das ganze Geld ein, das ich auf den Ladentisch gelegt hatte, in der Hoffnung, ihn zu überzeugen. Da sagte ich mit aller Ruhe, die ich aufbringen konnte, Gott weiß, was es mich gekostet hat, Senhor José, tun Sie mir das nicht an, was soll ich denn meinen Kindern zu essen geben, haben Sie Mitleid. Er sagte, ich will nichts mehr davon hören, ich schreibe nichts mehr an, Sie schulden mir immer noch mehr als genug. Ich erwiderte, Senhor José, geben Sie mir wenigstens etwas für das Geld, das Sie genommen haben, nur so viel, daß ich den Kindern etwas zu essen geben kann, bis ich bessere Arbeit auftreibe. Er erklärte, ich kann Ihnen nichts mehr borgen, was ich bis jetzt erhalten habe, reicht nicht einmal, um ein Viertel Ihrer Schulden zu begleichen. Er hieb auf den Ladentisch, ich verliere die Beherrschung, ich will's ihm geben, mit dem Scheffelholz, oder ich spieße ihn mit dem Messer auf, jawohl, mit dem Krummsäbel, dieser gebogenen Klinge, diesem Maurenschwert. Ai, Mann, du stürzt dich ins Unglück, denk an unsere Kinder, beachten Sie ihn nicht, Senhor José, nehmen Sie es ihm nicht übel, es ist die Verzweiflung des Ärmsten. Bis zur Tür schiebt sie mich, Frau, laß mich los, ich will diesen Gauner umbringen, sage ich, in Gedanken aber, daß ich ihn nicht umbringen werde, ich kann das gar nicht; und er ruft hinterher, wenn ich allen borgen wollte und niemand bezahlte, wie sollte ich da leben. Wir haben beide recht, wer also ist dann mein Feind?

Wegen dieses Fehlschlages und anderer denken wir uns Geschichten von verborgenen Schätzen aus, oder wir begegnen bereits bekannten Geschichten, was von einer großen Sehnsucht nach ihnen, ebenso nach vergangenen Zeiten zeugt, und das nicht erst heute. Es gibt Warnungen, sehr aufmerksam zu sein, denn beim geringsten Irrtum verwandelt sich das Gold in Pech und das Silber in Rauch, oder man erblindet, wie es schon passiert ist. Manche sagen, Träume seien Schäume, doch wenn ich drei Nächte hintereinander von einem Schatz träume und darüber mit niemandem spreche, auch nicht über die Stelle, die ich im Traum sah, dann ist es gewiß, daß ich ihn finden werde. Wenn man aber darüber spricht, ist alles aus, denn die Schätze haben ihr vorbestimmtes Schicksal, sie können nicht nach dem Menschenwillen verteilt werden. Sehr alt ist die Geschichte jenes Mädchens, dem dreimal träumte, im Ast eines Baumes befänden sich vierzehn Vinténs und zwischen den Wurzeln sei ein irdener Topf voller Goldmünzen vergraben. An solche Sachen sollte man stets glauben, selbst wenn sie erfunden sind. Das Mädchen erzählte den Großeltern, bei denen sie lebte, von dem Traum, und sie gingen gemeinsam zu dem Baum. Die vierzehn Vinténs steckten im Astloch, die Hälfte des Traumes hatte sich erfüllt, aber es tat ihnen leid, bis zu den Wurzeln zu graben, weil der Baum so schön war, lägen die Wurzeln frei in der Sonne, würde er sterben, das sind so Gefühlsseligkeiten. Keiner weiß, wie es geschah, aber die Sache sprach sich herum, und als sie sich, eines Besseren besonnen, zur Stelle zurückbegaben, lag der Baum am Boden, und zwischen seinen Wurzeln fanden sie die Scherben eines irdenen Topfes, weiter nichts. Entweder war das Gold durch Zauberei verschwunden, oder jemand, der weniger skrupelhaft war oder weniger Zartgefühl besaß, hatte den Schatz heimlich ausgegraben. Möglich wäre es.

Eindeutiger ist die Geschichte der zwei von den Mauren vergrabenen Steintruhen, die eine voll Gold, die andere voll Pest. Man sagt, daß niemand den Mut fand, sie zu suchen, aus Angst, die Truhe mit der Pest zu öffnen. Wäre sie jedoch nicht geöffnet worden, wäre die Welt nicht so, wie sie ist, so voller Pest.

Die Hochzeit zwischen João Mau-Tempo und Faustina war vollzogen worden, die feierliche Krönung des romantischen Zwischenfalls, bei dem in einer regnerischen Januarnacht ohne Mondschein und Nachtigallenschlag und im Durcheinander der Kleidungsstücke beider Sehnsucht sich erfüllt hatte. Drei Kinder sind nun schon da. Das älteste wurde ein Junge, er heißt António und kommt im Wesen nach dem Vater, aber mit Anlagen einer kräftigeren Figur, blaue Augen hat er nicht, diese sind nicht wiederaufgetaucht, wo mögen sie abgeblieben sein? Die anderen zwei sind Mädchen, sanft und zurückhaltend wie die Mutter. António Mau-Tempo arbeitet schon, er hilft beim Schweinehüten, vorläufig hat er weder das Alter noch die Arme für bedeutendere Aufgaben. Der Oberhirt behandelt ihn nicht gut, das ist so üblich in dieser Gegend und in dieser Zeit, regen wir uns nicht über solche Kleinigkeiten auf. Eine andere übliche Sache soll jedoch nicht verschwiegen werden, das Gewicht des Proviantbeutels, dessen Inhalt für den ganzen Tag reichen soll, spürt António Mau-Tempo kaum, ein Bankett, bestehend aus einem halben Carapau und einem Stückchen Maisbrot. Kaum ist er aus dem Haus, ist vom Fisch nichts mehr zu sehen, denn es gibt einen Hunger, der kein Warten duldet, und dieser hier ist ein wirklich ausgewachsener. So bleibt das Maisbrot für den Rest des Tages, bald ist es nur noch ein Kanten, und die Rinde wird unter tausendfacher Vorsicht mit Speichel angefeuchtet, damit kein Krümchen zwischen die Gräser auf den Boden fällt, wo die Ameisen wie Hunde die Köpfe nach oben recken und alle Hoffnung verlieren, mit nachlässig verstreuten Überresten die Vorratskammer füllen zu können. Der Oberhirt postiert sich autoritär im Weidenrund und brüllt, he, Bursche, los, auf die andere Seite, halt die Tiere zurück, und António rast wie ein Kehrbesen um die Herde herum, als wäre er der Hirtenhund. Zufrieden damit, daß jemand seinen Dienst versah, widmete sich der Oberhirt dem Herabschlagen reifer Pinienzapfen, die er ins Feuer warf, dann schlug er die Schale auf und klaubte die Kerne heraus, welche er schließlich sorgfältig röstete und in ein Säckchen tat, all das geschah in der friedlichen ländlichen Stille des schönen Pinienhains. Die Glut leuchtete auf, in der Hitze der Flamme öffneten sich die harzigen Zapfen, und António Mau-Tempo lief das Wasser im Mund zusammen, wenn die gütige Vorsehung einen in Sichtweite seines gierigen Blickes fallen ließ, am besten wäre es, ihn zu verstecken, damit er nicht eins, zwei, drei zu den anderen käme, wie es schon in einigen dramatischen Fällen geschehen war. In der Kindheit ist die Rache groß und oft gerecht: Eines schönen Tages war der Oberhirt dabei, Pinienzapfen zu rösten, die Gegend war lehmig, und es gab einige Getreidefelder in der Nähe, António erhielt die üblichen Befehle und tat seine Pflicht wie immer für alle zwei, geh, paß auf, daß sie nicht in die Saat laufen. An diesem Tag wehte ein heftiger, scharfer Wind, es war kaum zum Aushalten, noch dazu, wenn man schlecht mit Kleidern versehen war wie António Mau-Tempo, der die Schweine Schweine sein ließ und sich hinter einem Machuco verkroch; was ist ein Machuco?; ein Machuco ist ein junger Chaporro, das weiß jedermann; und ein Chaporro, was ist das?; das ist eine junge Korkeiche; na so was, also ein Machuco ist eine Korkeiche, das muß man natürlich wissen; wo war ich gleich stehengeblieben, ja, also António Mau-Tempo verkroch sich hinter einem Machuco und rollte sich in einen Sack ein, der ihm beim Unwetter als Schutz diente, bei Regen und Kälte war dieser ehemalige Vogeldüngersack sein Umhang, Gott verteilt die Kälte gemäß der Kleidung, alle Welt war zufrieden, die Schweine in der Saat, der Oberhirt beim Pinienrösten, António Mau-Tempo in seinem Versteck, an der Brotrinde kauend; sehen Sie, und da gibt es noch Leute, die schlecht vom Latifundium sprechen; Sie sagen es, doch schlimm war, daß der Oberhirt einen Hund besaß, ein kluges Tier, dem der Aufenthaltsort von António Mau-Tempo befremdlich vorkam und der deshalb unverschämt zu bellen begann; wie wahr ist es doch, wenn man sagt, der Hund sei der beste Freund des Menschen; ein Freund von António Mau-Tempo war dieser mit Sicherheit nicht, denn der Oberhirt wurde durch das Gebell aufmerksam und entdeckte den Arglosen; was, du schläfst also!, und er warf mit einem Knüttel nach ihm; käme er näher, wäre es um António geschehen, der Junge wäre schön dumm, auf den zweiten Teil der Vorstellung zu warten, er ergriff den Knüttel und warf ihn weit weg in die Saat, weg war er, und nun die Beine bewegt und ab; ach, da hat ja die Freude der Schweine nicht lange gedauert; das hat sie nicht, da haben Sie recht, die der anderen auch nicht, es endet immer so.

Das sind Hütegeschichten, Späße einer frohen Kindheit. Man muß nur genau hinsehen und gestehen, wie einfach es ist, auf dem Latifundium zufrieden zu leben. Zum Beispiel die reine Luft, ein Geschenk des Himmels für den, der solche Luft atmen darf. Und die Vögel, die alle über uns zwitschern, wenn wir stehenbleiben, um ein Blümchen zu besehen oder das Verhalten der Ameisen zu studieren oder diesen langsamen schwarzen Hirschkäfer, der vor nichts Angst zu haben scheint und auf seinen Stelzbeinen unerschrocken den Weg überquert und unter unserem Stiefel stirbt, wenn uns danach ist, doch manchmal kommt es uns in den Sinn, jegliches Leben als geheiligt anzusehen, und dann kommen sogar die Tausendfüßler mit dem Leben davon. Kommt die Stunde der Klagen über António Mau-Tempo, wird sein Vater für ihn einstehen, schlagen Sie den Jungen nicht, ich weiß genau, was los ist. Sie rösten nur Pinienzapfen und schwatzen mit jedermann, und er muß den Hund spielen, flitzen und kreisen, der Junge ist kein Hirschkäfer, auf dem man mit dem Stiefel herumtreten kann. Der Oberhirt ging und sah sich nach einer anderen Hilfe um, und António Mau-Tempo hütete die Schweine eines anderen Patrão, solange er noch nicht genug gewachsen war.

Der Männerarbeiten gibt es viele. Einige sind schon genannt worden, zur allgemeinen Illustrierung werden wir nun noch andere anführen, denn die Stadtmenschen meinen in ihrer Ignoranz, daß es sich mit Säen und Ernten auch schon hat, ja, sie blieben unwissend, wenn sie nicht wenigstens lernten, die Bezeichnungen auszusprechen, und zu verstehen suchten, was es bedeutet: mähen, Garben aufladen, sicheln, mit der Maschine dreschen oder mit Blut, Strohmieten setzen, Heu häufeln und Stroh binden, Mais entkörnen, absatteln, Dung verteilen, Getreide säen, pflügen, fällen, roden, Maispflanzen behacken, Saatgut abdecken, beschneiden, beringen, stutzen, umgraben, jagen, Mulden für Dünger oder gar Reblinge ausheben, Wassergräben ziehen, Rebstöcke okulieren, Veredelungsstellen umwickeln, spritzen, Trauben schleppen, in der Adega und auf dem Gemüsefeld arbeiten, Beete anlegen, Oliven abschlagen, in der Ölmühle arbeiten, Kork schälen, das Vieh scheren, Brunnen bauen, bohren und ausschachten, Brennholz machen, Harzschnitte anlegen, Brot backen, Gelände terrassieren, Pflanzen bestäuben, Korn einsacken, großer Gott, was es nicht alles für schöne Wörter gibt, Lexika könnte man damit füllen, glücklich sind die, die da arbeiten, und wie sollte ich es anstellen, auch noch zu erklären, wie man jede Arbeit macht, zu welcher Jahreszeit, mit welchen Instrumenten und Geräten, und warum die eine von Männern und die andere von Frauen gemacht wird.

Also, ein Mann ist bei seiner Arbeit, in diesem Fall zufälligerweise ein Mann, oder besser, er ist gerade von der Arbeit nach Hause gekommen, da tritt ein Hetzhund durch seine Tür, der heißt weder Guadiana noch Piloto, er hat nur zwei Beine und trägt einen Menschennamen, kann beißen und sagt, ich habe hier ein Papier, das Sie unterschreiben sollen, es handelt sich darum, am Sonntag nach Évora zu fahren, dort ist eine Kundgebung für die spanischen Nationalisten, es ist eine Kundgebung gegen die Kommunisten, die Fahrt mit dem Lastwagen ist umsonst, alles wird vom Patrão bezahlt oder von der Regierung, was aufs gleiche rauskommt. Sein Wunsch ist es, nein zu sagen, aber für diesen Wunsch findet sich kein Wort, der Mann druckst herum und tut, als habe er nicht recht verstanden, aber was hilft es, der andere wiederholt alles, und der Ton ist schon nicht mehr der alte, es klingt nach einer Drohung, und João Mau-Tempo schaut zu seiner Frau, die auch zu Hause ist, und Faustina schaut auf ihren Mann, der lieber nicht zu Hause wäre, und der Hetzhund wartet mit dem Papier in der Hand auf Antwort, was soll ich nur sagen, vielleicht, daß diese Sachen mich nichts angehen, daß ich vom Kommunismus rein gar nichts verstehe, obwohl, ganz so ist es nicht, erst letzte Woche lagen da einige Blätter unter Steinen und lugten hervor, als wollten sie winken, ich ließ die anderen vorgehen und zog sie hervor, niemand bemerkte etwas, warum nur bleckt dieser Köter hier so seine Zähne, jemand muß ihm was gesteckt haben, und jetzt kommt er und will sehen, ob ich es wage, zu sagen, daß ich nicht nach Évora will, daß ich nicht unterschreibe, schlimm ist nur, daß dieses Biest, Requinta heißt es, dich anhört und dann alles weiterträgt, alle kennen ihn, und mancher hätte schon Grund zur Klage gegen ihn, aber wenn ich eine Entschuldigung finden könnte, daß ich zum Beispiel Reißen habe oder eine dringliche Arbeit im Kaninchenstall auf mich wartet, wird er es doch nicht glauben, und dann kommen sie mich noch festnehmen; gut, Requinta, ich unterschreibe.

João unterschrieb, wo andere schon unterschrieben oder ihr Zeichen gesetzt hatten, weil sie nicht schreiben konnten, denn das war die Mehrheit. Als Requinta, hochnäsig die Luft schnüffelnd, das Haus verließ, um mit der Unterschriftensammlung fortzufahren, verspürte João Mau-Tempo einen großen Durst und trank gleich aus dem Krug, so die in ihm aufsteigende Hitze, ein Zeichen unerklärlicher Scham, mit Wasser zu kühlen, andere taten es mit Wein. Faustina hatte einiges mitbekommen, und was sie gehört hatte, gefiel ihr gar nicht, doch sie wollte beschwichtigen, so kommst du wenigstens einmal nach Évora, das ist allemal eine Ablenkung, die nichts kostet, hin und zurück mit dem Lastwagen, schade, daß du António nicht mitnehmen kannst, das wäre etwas für ihn gewesen. Das war nicht alles, was Faustina sagte, sie murmelte weiter, ohne auf die Worte zu achten, und João Mau-Tempo verstand sehr gut, daß die Worte letztlich wie Gesten waren, von denen man keine Erlösung erwartete, für die der Kranke aber dankbar ist, sie sind wie eine zarte Hand auf der Stirn oder vielmehr wie eine rauhe, wo glauben Sie denn, wo wir sind. Sei es, wie es sei, es ist in jedem Falle nicht gut, einem Mann Gewalt anzutun, denn das taten sie, ich hätte am liebsten getan, als wäre ich krank. Faustina sagte, laß nur, nimm es als Ausflug, es bricht uns kein Zacken aus der Krone dabei, die Regierung macht bestimmt keine schlechten Sachen. Antwortete João Mau-Tempo, das wird sie wohl nicht. Und sollte jemand wegen dieses Dialogs wehklagen, das Volk sei verloren, dann weiß er nicht, was los ist, und es ist an der Zeit, ihm klarzumachen, daß das Volk weit unten lebt, wo es keine Nachrichten empfängt oder sie nicht versteht, es kennt nur die Anstrengung, die es kostet, sich am Leben zu erhalten.

Der Tag kam heran, zur festgesetzten Stunde versammelten sich die Männer an der Straßenbiegung, einige vertrieben sich die Zeit des Wartens in der Schenke, wo es in den Drittelgläsern schäumte, solange die Westentaschen etwas hergaben, die Kenner schürzten die Lippen, um den blumigen Schaum zu schlürfen, der unter der Nase prickelte, o Wein, wer dich erfand, sei gepriesen. Andere, die entweder klüger oder besser informiert waren, warteten die Herrlichkeiten von Évora ab und hoben sich den Appetit bis dahin auf, aber diese Schlauköpfe sollten sich täuschen, da man sie alle am Tor der Stierkampfarena absetzen und am Schluß der Veranstaltung wieder dort abholen würde. Ein Licht, das vorangeht, erhellt zweimal. Einmal zu nehmen ist mehr wert, als zweimal zu geben, mit solchen geflügelten Worten unterhalten sich die Leute in Erwartung des Kommenden, mancher lebt sogar von solchen Weisheiten, ist glücklich dabei und stirbt nicht daran. Dieses Mal hatten diejenigen recht, die zum Glück schon beschwipst waren, als die Lastwagen eintrafen, die Mägen sangen Hosiannas, die heiligen Rülpser des Weines, dieser herrliche Nachgeschmack, der im Munde bleibt, ist die paradiesische Wonne.

Das ist eine Reise. In den Kurven legt sich das Gefährt auf die Seite, auch wenn es nicht schnell fährt, und die Männer müssen sich aneinanderklammern, damit sie nicht wegrutschen, sie treten sich gegenseitig auf die Füße, der Wind bedroht die Mützen, man muß auch sie festhalten, damit sie nicht davonfliegen, he, Chauffeur, fahr langsamer, Gevatter, sonst geht noch jemand über Bord. Ein besonders Witziger sagte das, so muß es auch sein, wenn man nicht witzeln könnte, bestünde das ganze Leben nur aus Traurigkeit. In Foros hielten sie, um noch mehr Leute aufzuladen, von dort ging es immer geradeaus, Montemor ist in Sicht, doch noch ist es nicht soweit, dann Santa Sofia und São Matias; hierher bin ich noch nie gekommen, aber Verwandte habe ich hier, einen Vetter meiner Schwägerin, der ist hier Barbier und kommt ganz gut zurecht, ein Glück, daß den Männern Bärte wachsen, sonst wären die Barbiere angeschmiert, genauso wie Huren, wenn sie keine Kundschaft haben. Wer so spricht, aalt sich in Vorfreude, es ist nicht jeden Tag Sonntag, seit meinem Hiersein bin ich nicht mehr zu den Mädchen gegangen, nun wird er auf seine Kosten kommen. Das sind die üblichen Gespräche unter Männern. Doch weiter geht es, die Menschheit hat sich bemüht, die Kommunikation untereinander zu erleichtern, sogar auf dem Latifundium gibt es jetzt Fernverbindungen, Évora kann man schon sehen, und Requinta, der auch mitfährt, bestimmt, wenn wir ausgestiegen sind, folgen mir alle; mit diesen fatalen Worten welkt der Appetit nach Wein und Weib dahin, diese Vorfreude auf eine Frau, geträumt in schlafloser Nacht, auf Träume ist doch kein Verlaß.

Der Platz ist voll. Das Landvolk trifft ein wie Vieh, in Gruppen und Herden, manchmal nähert sich ein lächelnder Patrão zum Gespräch, es findet sich immer einer, der den Kriecher macht und den Stolz jener verletzt, die nur aus Angst kamen, die

Arbeit zu verlieren. Im allgemeinen jedoch bemühen sich alle krampfhaft, glücklich zu erscheinen. Es gehört zur sprichwörtlichen Höflichkeit, niemanden zu enttäuschen, der Erquickliches von uns erwartet, auch wenn es noch so wahr ist, daß dies nicht wie ein Fest aussieht, so ist es immerhin auch kein Begräbnis, was soll ich also für ein Gesicht machen, wenn ich schreie, es lebe dieses oder es sterbe jenes, soll ich lachen oder weinen?, na los, sagt's mir. Sie haben auf den Bänken Platz genommen, andere stehen im Rund, es wäre besser, wenn es Stiere gäbe, niemand verstand, was sich da entwickelte, was eine Kundgebung ist; wo ist Requinta, he, Requinta, wann beginnt das Fest? Freunde und Bekannte winken sich zu, die Ängstlichen wechseln die Plätze, um jemanden zu suchen, der sich nicht so herausfordernd zeigt, Requinta sagt, es ist besser, ihr bleibt zusammen und seid aufmerksam, das hier ist eine ernsthafte Sache, wir sind hergekommen, um zu erfahren, wer uns Gutes und wer uns Schlechtes will; schön wäre es, durch die Hand von Requinta zur Erkenntnis über das Gute und das Schlechte geführt zu werden, so einfach ist das, Senhor Pater Agamedes, kaum zu glauben, Erkenntnis erlangen mit dem Hintern hier auf der Bank; wo kann man hier pinkeln, he, Requinta?, doch so zu sprechen ist ein Anzeichen fehlenden Respekts, und Requinta kräuselt die Stirn und tut, als hätte er nichts gehört, jetzt endlich geht es los; meine Damen, meine Herren!; das ist nicht ohne Witz, zu guter Letzt bin ich also ein Herr in der Stierkampfarena von Évora, ich kann mich nicht erinnern, jemals zuvor ein Herr gewesen zu sein, ich wollte nie einer sein, was sagt der Mensch da, es lebe Portugal, ich kann ihn nicht richtig verstehen; wir sind hier versammelt, verbrüdert im gleichen patriotischen Ideal, um der Regierung der Nation zu sagen und zu beweisen, daß wir Unterpfand und treue Fortsetzer der großen portugiesischen Heldentaten und jener unserer Großen sind, die der Welt neue Welten erschlossen, den Glauben verbreiteten und das Reich ausdehnten, und wir fügen hinzu, daß wir auf ein Hornsignal hin uns wie ein Mann um Salazar versammeln werden, den Genius, der sein Leben – hier ruft alles Salazar, Salazar, Salazar –, den Genius, der sein Leben dem Dienst für das Vaterland geweiht hat, gegen die moskowitische Barbarei, gegen diese verfluchten Kommunisten, die unsere Familien bedrohen, die eure Eltern töten, eure Frauen und Töchter vergewaltigen würden, die eure Söhne zur Zwangsarbeit nach Sibirien schicken und die heilige Mutter

Kirche vernichten würden, denn sie sind Atheisten, ohne Moral und Scham, nieder mit dem Kommunismus, nieder, Tod den Vaterlandsverrätern, Tod; man schreit je nach dem Motto, mancher hat immer noch nicht verstanden, wozu sie alle hier sind, andere beginnen zu verstehen und werden traurig, es gibt auch Überzeugte oder Getäuschte, ein Arbeiter spricht, und jetzt folgt ein weiterer Redner, der ist von der Legion, er breitet die Arme aus und bellt, Portugiesen, wer befiehlt, und wer lebt hoch; die Frage ist gut, der Patrão befiehlt, und hochleben wird er wohl auch. Doch die Menge huldigt gehorsam jenem unbekannten Heiligen, und kaum ist der Legionär verstummt, reißt schon ein anderer seinen Rachen auf, viel wird geredet, von Spanien, von Nationalisten und Roten, davon, daß auf den Schlachtfeldern von Kastilien und Andalusien die heiligen und ewigen Werte der westlichen Zivilisation verteidigt werden, und jetzt sagt er, unser aller Pflicht sei es, unseren Brüdern im Glauben zu helfen, das Heilmittel gegen den Kommunismus liege in der Rückkehr zur christlichen Moral, deren lebendes Symbol Salazar selber sei; caramba, wir haben ein lebendes Symbol; mit den Feinden dürfe es kein Mitleid geben; und nun geht es um das liebe Volk dieser Gegend, das hier zusammenkam, Dank zu sagen dem unsterblichen Staatsmann und großen Portugiesen, der sein ganzes Leben dem Dienst am Vaterland geweiht hat; Gott möge ihn uns erhalten, und dem Herrn Kreisvorsitzenden werde ich mitteilen, was ich in dieser historischen Stadt Évora gesehen habe, ich werde ihm versichern, daß diese eure Tausende von Herzen im Rhythmus mit dem Herzen des Vaterlandes schlagen, sie sind das Vaterland, unvergängliches, edles und bestes Vaterland vor allen, denn wir besitzen zum Glück eine Regierung, die über die Interessen irgendeiner Klasse die höheren Interessen der Nation sieht, denn die Menschen vergehen, die Nation aber bleibt, Tod dem Kommunismus, nieder, nieder mit dem Kommunismus, Tod!, was ist denn schon dabei, unter all den Leuten hört man mich kaum, und wir erinnern uns daran, daß das Leben im Alentejo, im Gegensatz zu dem, was viele denken, nicht die Entwicklung subversiver Gedanken fördert, weil die Arbeiter regelrechte Partner der Besitzenden sind, mit denen sie Gewinn und Verlust teilen, zum Lachen das; wo kann ich endlich pissen, Requinta; das ist nur ein Spaß, niemand würde wagen, so etwas in solch ernstem Augenblick laut zu sagen, wo das Vaterland, das niemals pinkelt, von jenem gut auf der Tribüne postierten Senhor heraufbeschworen wird, der jetzt die Arme ausbreitet, als wollte er alle umarmen, und weil er nicht so weit reicht, umarmen sich alle dort oben, der Kommandant der Legion, der Major aus Setúbal, die Abgeordneten, der von der Nationalen Union, der Hauptmann der 5. Kavallerie, einer vom En-i-a-pe, frag doch, wenn du nicht weißt, was das ist, Nationales Institut für Arbeit und Planung, und alle anderen, die aus Lissabon gekommen sind, sie gleichen stelzbeinigen Krähen im Eichengeäst, aber hierin irrst du dich gewaltig, die Krähen sind wir, reihenweise auf den Bänken sitzend, die Flügel schlagend und krächzend, und jetzt gibt es Musik, es ist die Hymne, alle erheben sich, einige, weil sie wissen, daß es sich so gehört, die Mehrheit macht es ihnen nach, Requinta schaut über seine Leute hin, singt alle!; ich wollte schon, doch wer kennt schon die Hymne, wenn es die Marianita wäre, dann ja, oder das Lied Vamos lá saindo*, aber noch ist es nicht soweit zu gehen, besser wäre, zu fliegen, einfach die Flügel ausbreiten und weg über die Felder und von der Höhe aus dann auf die zurückkehrenden Lastwagen schauen, traurig sehen sie aus, ein Jammerbild, unsereins schrie dort herum, als hätten sie uns dafür bezahlt, und ich weiß nicht einmal, ob das schlimmer gewesen wäre, es war wie die Farce eines Bärentanzes; also hast du dich nicht vergnügt, João; nicht ein bißchen, Faustina, wie die Hammel wurden wir hingefahren, wie die Hammel sind wir zurückgekommen. Noch sind wir auf dem Lastwagen, der Tag geht zur Neige, und die Melancholie wächst, einer versucht schüchtern, ein Lied anzustimmen, zwei andere fallen ein, doch der Jammer ist so groß, daß auch die traurige Stimme erlischt, und so hört man nur noch den Lärm des Motors, und alle schwanken schweigend von einer Seite auf die andere, schlecht verschnürte Ladung, Ramschgut, das war keine Männerarbeit, João Mau-Tempo. Bei Monte Lavre werden die Männer abgesetzt, wie ein Schwarm schwarzer Vögel stehen sie herum, als hätten sie das Laufen verlernt, einige gehen noch in die Schenke, um den Durst und die Bitterkeit hinunterzuspülen, andere murmeln zornige Worte, die traurigsten gehen nach Hause, wie Puppen hat man uns hin- und hergeschleppt, wer bezahlt uns den Tag, ich hätte im Garten arbeiten müssen, wenn nicht dieser Teufel Requinta gewesen wäre, eines Tages werde ich ihn zur Kasse bitten; Worte und Versprechungen, die nur den

* Laßt uns gehen.

Schmerz zeigen, der sich dahinter verbirgt, den sie aber kaum ausdrücken können, denn es ist mehr ein wirres Gefühl, das sehr bedrückt. Faustina fragt, bist du krank? João Mau-Tempo verneint, wer so wenig spricht, tut es deshalb, weil er sein Gefühl nicht begreift. Als sie schon liegen, sprechen sie doch noch einmal, also hast du dich nicht vergnügt; nicht ein bißchen; nach diesem Bekenntnis lehnt João Mau-Tempo mit größter Erleichterung seinen Kopf an Faustinas Schulter, und so umfängt ihn der Schlaf.

Die Herren des Latifundiums steigen auf den Hügel, damit sie von der Sonne gewärmt werden, verschwommener Traum João Mau-Tempos, die Herren haben keine Gesichter, namenlos ist der Hügel, und es bleibt so, auch als João Mau-Tempo erwacht, und als er wieder einschläft, kommt ihm eine Prozession der Herren entgegen, er selbst geht voran, zerteilt mit der Hacke die Buschwurzeln, macht für die nette Gesellschaft den Weg frei, zerrt mit der Hand den Stechginster heraus, schon blutet er, die Herren des Latifundiums folgen schwatzend und lachend, sie sind gnädig und geduldig, wenn er beim Roden nicht nachkommt, sie warten und behandeln ihn nicht schlecht, rufen auch die Guarda nicht, sie warten einfach und halten währenddessen Picknick, er rafft alle Kraft zusammen und schwingt die Hacke, nun geht es besser, er reißt die Erde auf und zerhackt die Wurzeln, er ist schon ein Mann, von dort oben, vom Abhang des Hügels aus, sieht er Lastwagen vorbeiziehen, auf denen geschrieben steht: »Was Portugal an Abfall nach Spanien schickt«, nicht den Dreck unterm Nagel für die Roten, für die anderen, die heiligen, die reinen, für die, die für mich eintreten, für mich, João Mau-Tempo, den von der Hölle Gefährdeten, nieder und verrecke; jetzt kommt ein Reiter hinter mir her, das Pferd heißt Bom-Tempo, das einzige mit einem Namen in diesem Traum, Pferde müssen also ein langes Leben haben; wach auf, João, es ist Zeit, sagt die Frau; es ist noch tiefe Nacht.

Andere hatten sich indessen schon erhoben, nicht in dem Sinne, daß sie sich seufzend vom zweifelhaften Komfort des Strohsackes losrissen, sondern in jenem anderen und sonderbaren Sinne, mitten am Tag aufzuwachen und festzustellen, daß eine Minute vorher noch Nacht war, denn die wirkliche Zeit des

Menschen richtet sich nicht danach, ob die Sonne kommt oder der Mond geht, das ist letztlich nur der Landschaft eigen, wie das mit anderen Worten bereits gesagt wurde. Es ist wohl wahr, daß alles seine Zeit hat, und diesem Vorfall war es bestimmt, zur Zeit der Mahd zu geschehen. Manchmal braucht es die Ungeduld oder gar den Aufruhr des Körpers, damit sich die Seele endlich rührt, und wenn wir Seele sagen, möchten wir das benennen, was keinen eigentlichen Namen hat, wer weiß schon, ob es noch Körper, und wenn nicht, dann letztendlich vielleicht der ganze ist. Eines Tages, wenn wir nicht aufgeben, werden wir all diese Dinge wissen und auch den Unterschied, der von den Worten ausgeht, die sie zu erklären suchen, die Distanz, welche zwischen diesen Worten und den Dingen liegt, die das Besagte sind. Wenn es so geschrieben steht, erscheint es kompliziert.

Zum Beispiel scheint auch diese Maschine kompliziert zu sein und ist doch so einfach. Man nennt sie Dreschmaschine, und diese Bezeichnung paßt, denn genau das macht sie, sie drischt die Körner aus den Ähren, das Stroh kommt auf die eine, die Körner auf die andere Seite. Rein äußerlich ist es mehr eine große Holzkiste auf Eisenrädern, die durch einen Riemen mit einem bebenden Motor verbunden ist, der knattert, dröhnt und, mit Verlaub, stinkt. Man hatte sie einst dottergelb gestrichen, doch der Staub und die knallige Sonne haben die Farbe ausgebleicht, jetzt ähnelt sie mehr den Hügeln im Gelände, die in Wahrheit auch keine Hügel, sondern Strohdiemen sind, aber bei dieser Sonne kann man kaum etwas unterscheiden, nichts steht still, der Motor hüpft, die Dreschmaschine erbricht Stroh und Körner, der lockere Riemen schwingt, und die Luft vibriert, als wäre sie ganz und gar der Reflex der Sonne in einem Spiegel, der von Engelchen geschwenkt wird, die nichts weiter zu tun haben. In diesem Dunst bewegen sich einige Gestalten, den ganzen Tag über, auch schon gestern und vorgestern und davor, seit das Dreschen begann; fünf sind es, einer ist älter, vier sind sehr jung, mit ihren siebzehn, achtzehn Jahren zu jung für solche Knochenarbeit. Sie schlafen auf der Tenne, auf Strohballen, der Motor verstummt nicht, bevor es tiefe Nacht ist, und die Sonne ist noch weit, wenn man den ersten Ton dieser Bestie wieder hört, die sich kanisterweise von einer schwarzen, zähen Flüssigkeit nährt, und dann geht es den ganzen heiligen Tag über, der Teufel soll ihn holen mit seinem ohrenbetäubenden Lärm. Er ist es, der den Arbeitsrhythmus bestimmt, die Dreschmaschine kann nicht ohne Futter bleiben, das fällt sofort auf, der Aufseher kommt dann aus seinem geschützten Winkel und flucht. Der Rachen der Maschine ist wie der Schlund eines Vulkans, der ältere von den fünf füttert ihn am längsten. Die anderen reichen die Garben hoch, arbeiten wie die Verrückten in dieser Hölle schwirrender Strohteilchen, umgeben vom harten trockenen Weizen, von kräftigen Halmen, bärtigen Ähren und Staub, wo zartes Saatgrün sprießt, wenn es Frühling ist und die Erde wie das Paradies erscheint. Aber jetzt ist es nicht auszuhalten. Der Ältere steigt herab, und einer der jungen Burschen klettert hinauf, die Maschine ist wie ein endloser tiefer Brunnen. Es fehlte nur noch, einen Menschen hineinzuwerfen, dann würde das Brot seine ihm zustehende rote Farbe bekommen und nicht unschuldig weiß oder neutral grau sein.

Es kommt der Aufseher und sagt, du gehst zur Spreu. Die Spreu, das ist jenes gewichtslose Ungeheuer aus zerstäubtem Stroh, das in die Nasenlöcher dringt und sie verstopft, das durch alle Kleiderritzen dringt und sich in die Haut einfrißt, eine Drecksarbeit, und der Juckreiz, Senhores, und der Durst. Das Wasser, das man aus einem Tonkrug trinkt, wird bald schal und ist ungesund, genauso wie das eines Tümpels, aus dem ich trinken müßte und das voller Würmer und Viecher ist, die wir hier Blutegel nennen. Der Junge geht zur Spreu, wie zur Bestrafung schlägt ihm diese ins Gesicht, der Körper beginnt, sich aufzulehnen, die Kräfte sind fast erschöpft, aber dann wächst die Verzweiflung aus der Schwächung des Körpers, nur wer so etwas schon erlebt hat, kann es verstehen, sie wird übermächtig, und ihre rückwirkende Kraft überfällt den Körper, und stark wie zwei läßt der Jüngere, Manuel Espada heißt er, auf einmal die Spreu Spreu sein, ruft die Kameraden und sagt, ich gehe, das ist kein Arbeiten, das ist der Tod. Auf der Dreschmaschine steht wieder der Ältere, na, wo bleiben denn die Garben, aber sein Ruf verhallt in der Luft, und mit herabhängenden Armen sieht er, wie die Jungen sich gemeinsam entfernen; während sie ihre Sachen ausschütteln, gleichen sie ungebrannten Tonfiguren, grau, die Gesichter von Schweißspuren gezeichnet, wie Clowns sehen sie aus, man könnte über sie lachen, wenn sie welche wären. Der Ältere springt von der Dreschmaschine und schaltet den Motor ab. Die Stille tut den Ohren weh. Atemlos kommt der Aufseher herbeigeeilt, was ist denn das, was soll das, und Manuel Espada sagt, ich gehe, und die anderen sagen, wir gehen auch, die Tenne ist entsetzlich. So, ihr wollt also nicht arbeiten. Man sieht die Luft zittern, die Hitze macht sie flimmern, doch es scheint auch das Latifundium zu zittern, und das nur wegen vier Burschen, die gute Gründe haben, sich zu entfernen, und die noch nicht an Frau und Kinder denken müssen; ihretwegen bin ich nach Évora gegangen, sagt João Mau-Tempo zu Faustina. Die Frau antwortet, denk nicht mehr daran, steh auf, es ist Zeit.

Manuel Espada und seine Freunde gehen zum Verwalter, zu Anacleto, dem Schielenden, sie bitten um den Lohn für die bisher geleistete Arbeit, sie würden nun gehen, da sie es nicht mehr aushielten. Anacletos Schielauge starrt auf die vier Burschen, ah, könnte ich es ihnen doch mit der Rute besorgen, er sagt, für euch gibt es kein Geld, schreibt es euch hinter die Ohren, ich bezichtige euch des Streiks. Was das sein soll, wissen die Ungehorsamen nicht, einmal, weil sie noch jung sind, und zum anderen, weil sie noch keinen erlebt haben. Sie machen sich auf den Weg zurück nach Monte Lavre, das weit entfernt liegt, gehen auf den alten Pfaden, immer geradeaus, und sind weder zufrieden noch voller Reue, es ist eben so gekommen, ein Mann kann sich nicht sein Leben lang unterwerfen, und diese vier Männer, man achte nicht so sehr auf die Übertreibung, unterhalten sich auf altersgemäße Weise, einer erschreckt mit Steinen einen Wiedehopf, der, sich putzend, den Weg überquert, genaugenommen fällt es ihnen nur schwer, die Frauen aus dem Norden nicht mehr wiederzusehen, die mit ihnen auf der Tenne gearbeitet haben, denn in dieser Jahreszeit wurden auch ihre Hände gebraucht.

Gut reist es sich auf Schusters Rappen, man hat für alles Zeit, aber wenn Eile herrscht und noch größerer Durst nach Gerechtigkeit, wenn schändliche Taten und Bösewichter dem Latifundium Übles wollen, ist es doch besser, mit dem Wagen zu fahren, und Anacleto fährt nach Montemor, wo solche Fälle behandelt werden, auf der Wache gibt er an, daß vier Leute aus Monte Lavre in den Streik getreten sind, was soll ich nur tun, wie kann ich dem Patrão vom Drusch berichten, wenn vier Leute fehlen. Seien Sie unbesorgt, tröstet Leutnant Contente, wir werden uns darum kümmern, und Anacleto kehrt beruhigt zur Tenne zurück und genießt das Gefühl, eine Pflicht nach seinem Geschmack erfüllt zu haben, nun hat er es gar nicht mehr so eilig, so daß er von einem Dienstwagen überholt wird, einer der Insassen winkt ihm zu, es ist der Kreisverwalter, und ihm folgt, hallo, Anacleto, der Leutnant der Guarda mit einer Patrouille, sie führen gegen den Feind einen Sherman-Panzerwagen, bestückt mit Waffen allen Kalibers, von der kleinsten Pistole bis zum rückstoßfreien Geschütz, da ziehen sie hin, immer das Wohl des Vaterlandes im Sinn, die Brust den Kugeln entgegenreckend, die Hupe ertönt als Signal zum Angriff, während sich irgendwo auf den alten, schon beschriebenen Wegen des Latifundiums die vier Übeltäter die Zeit damit vertreiben, herauszufinden, wer am höchsten und am weitesten pinkeln kann.

Am Ortseingang von Monte Lavre bellen die Hunde das Fahrzeug an, aber das würde als nicht glaubhaft erscheinen, wenn man nichts Näheres erführe; da die Straße abschüssig ist, steigt die Schwadron aus und geht in Schützenlinie vor, dieses Mal geht die zivile Autorität voran, den Rücken gut gedeckt. Die erste Maßnahme, ausgeführt mit der Genauigkeit dessen, der sich im Manöver befindet und weiß, daß keine Gefahr besteht, führt sie zum Gemeindevorsteher, dem es vor Schreck die Sprache verschlägt, als plötzlich der Leutnant und der Kreisverwalter bei ihm eintreten, während die Patrouille draußen vor der Tür mißtrauisch die Gegend beobachtet. Auf der anderen Seite haben sich schon einige Halbwüchsige versammelt, und von unsichtbaren oder nicht bestimmbaren Stellen rufen die Mütter nach ihren Söhnen, wie es die Mütter auch bei der Niedermetzelung der Unschuldigen taten. Laß sie schreien, es hat ihnen nie etwas genutzt, und wir kehren zum Gemeindevorsteher zurück, der inzwischen seine Stimme wiedergefunden hat, alles an ihm ist jetzt Untertänigkeit und Beflissenheit, Senhor Kreisverwalter, Senhor Leutnant, er sagt nur nicht, Senhores Soldaten, weil das etwas komisch klingen würde, Senhor Soldat; der Kreisverwalter entnimmt den Akten die Daten der von Anacleto denunzierten Verbrecher, Sie werden mir sagen, wo diese hier wohnhaft sind, Manuel Espada, Augusto Patracão, Felisberto Lampas, José Palminha; der Gemeindevorsteher begnügt sich nicht damit, die Informationen zu geben, er ruft die Frau, damit diese Amtstisch und Aktenfach der Dienststube bewache, und gesellt sich der Kumpanei zu, welche sich in die Labyrinthe von Monte Lavre begibt, nach Hinterhalten spähend, genauso wie es die Guardia Civil in Spanien, Gott schütze sie, praktiziert. Monte Lavre liegt menschenleer in der brütenden Hitze, selbst die Halbwüchsigen haben alle Lust verloren, die Sonne glüht, alle Türen sind verschlossen, aber es gibt ja die Ritzen, die für den da sind, der nicht gesehen werden will, und wo auch die Guarda vorbeikommt, folgen ihr die Blicke der Frauen und manch eines neugierigen Alten, wer kann es ihnen verdenken. Würden wir uns jetzt damit abgeben, die Blicke enträtseln zu wollen, du lieber Himmel, diese Geschichte käme wahrlich nie zum Ende, obwohl alles, selbst so Geringes oder scheinbar Überflüssiges, zu ebenderselben Geschichte gehört, man kann eben das Latifundium auf die eine Weise ebensogut beschreiben wie auf die andere.

Es gibt schon komische Sachen, wie diese zum Beispiel, daß bewaffnete Kräfte und die Zivilmacht antreten, um vier gefährliche Aufwiegler zu fassen, und doch erwischen sie keinen. Die Streikenden sind noch weit. Selbst vom höchsten Punkt Monte Lavres würde man sie noch nicht erblicken, auch vom Turm noch nicht, von dem aus einmal Lamberto Horques der Attacke seiner Reiterei zusah, in jenem fünfzehnten Jahrhundert, von dem wir schon berichteten. Nicht einmal die Sonne würde es gestatten, sie in der Wirrnis der Landschaft zu erblicken, die vier winzigen Schicksale, die wahrscheinlich im Schatten liegen und schlafen, um den kühleren Nachmittag abzuwarten. Wem das Ganze gar nicht recht ist, das sind die Mütter, denen der Leutnant und der Kreisverwalter mitteilen, daß sich die Söhne am nächsten Morgen in Montemor einzufinden hätten, oder die Guarda würde sie mit Püffen und Tritten in den Hintern holen kommen, nicht sehr fein ausgedrückt ist das. Der Dienstwagen entfernt sich und hinterläßt Staubwolken auf der Straße, vorher allerdings hatte der Kreisverwalter dem dort mächtigsten Patrão des Latifundiums seine Aufwartung gemacht, was tut es, ob er Lamberto oder Dagoberto hieß, er hat sie alle empfangen, mit Ausnahme der Soldaten, die er zur Adega schickte, Wein trinken, blieben also Leutnant Contente und der Kreisverwalter im kühlen Salon des ersten Stockes, welche Erquickung dieser Schatten, wie geht es den Senhoras und den Töchtern, Eure Exzellenz ist immer noch dieselbe, noch ein Glas von diesem Likör, und beim Abschied entbietet der Leutnant einen perfekten militärischen Gruß wie bei einer Parade, der Kreisverwalter versucht indessen ein Gespräch unter Gleichen, obwohl das Latifundium mächtig ist, ballt Alberto plötzlich die Faust und sagt, laßt sie nicht zu üppig werden, und der Kreisverwalter mit dem seltsamen Namen Goncelho erklärt, wenn es keine Arbeit gibt, schreien sie, es gibt keine Arbeit, gibt es Arbeit, haben sie keine Lust dazu. Das war nicht gerade in gutem Kanzleistil gesagt, kam ihm aber so heraus, und das Latifundium als guter ländlicher Nachbar gestattete es ihm, Norberto lächelte gutmütig, die Ärmsten, nichts weiter als armselige Teufel sind es, die nicht einmal wissen, was sie wollen; undankbar sind sie, sagt der Kreisverwalter, der Leutnant wiederholt seine Ehrbezeigung, etwas anderes kann er nicht, klar könnte er, seine Weisheiten sind damit noch nicht erschöpft, besonders die militärischen nicht, aber es ist hier nicht die Gelegenheit, sie zu offenbaren.

Mit dem Sonnenuntergang kamen die Beschuldigten an. Kaum waren sie da, schrien die Mütter, alles war ein ai, Jesus, was habt ihr nur getan; und sie darauf, nichts haben wir getan, wir haben nicht mehr weitergearbeitet, weil uns die Maschine quälte. Sie hätten nichts Schlechtes getan, und wenn das, was sie getan hätten, schlecht sein sollte, dann sei es nun einmal geschehen; morgen geht ihr dorthin, sie werden euch schon nicht einsperren, sagten die Väter. So verging die Nacht, drückende Schwüle, auf der Tenne würden die Jungen jetzt schlafen, vielleicht würde draußen eine von den Frauen aus dem Norden Wasser lassen und dann verweilen, um die Nachtluft zu atmen oder auf eine bessere Welt zu warten, dann würde es heißen, gehst du, oder soll ich gehen, bis einer sich entschlösse, mit klopfendem Herzen und straffen Lenden, mit siebzehn ist das so, was soll man machen, und die Frau geht nicht fort, sie bleibt, vielleicht wird die Welt wirklich besser, und dieser Platz zwischen den Strohballen scheint wie geschaffen für zwei übereinanderliegende Körper, es ist nicht das erstemal so, daß der Junge die Frau nicht kennt und die Frau den Jungen nicht, es wird sich keiner bei Tageslicht zu schämen brauchen, der in der Nacht keine Scham hatte, und das Spiel ist ein ehrlich gespieltes, in dem jeder Spieler gibt, was er kann, und diese leichte Schwäche, die einen überfällt, wenn man in die Lücke der Strohballen eindringt, dieser so süße Duft und dann die sich bewegenden Glieder, der ganze Körper bebt, aber daran zu denken hieße, die Nacht schlaflos zu verbringen, und morgen muß ich nach Montemor.

Die vier fahren in einem Wägelchen dahin, das von nicht gerade schnellen, aber unverwüstlichen Maultieren, väterlicher Reichtum von José Palminha, gezogen wird, die Jungen sind schweigsam und bedrückt, sie fahren über die Brücke und die Steigung hinauf, jetzt sind sie in Foros, hier und da ein Haus, diese Pächterorte sind so, davor liegt linker Hand Pedra Grande, nach und nach erhebt sich am Horizont dieses warmen Morgens das Kastell von Montemor, die Reste der zerfallenen Mauern stimmen traurig. Ein Mann von siebzehn Jahren denkt über seine Zukunft nach, was wird nun mit mir werden, als Streikender verrufen, von Anacleto angezeigt, und diese meine drei Kameraden, die keine andere Schuld trifft, als daß sie einfach zu mir hielten, schuldig, nicht ausreichende Kräfte zu besitzen, um den mörderischen Dienst an der Dreschmaschine zu versehen, die einen genauso ausdrischt wie den Weizen, dich mit ihrem großen Maul schluckt und blanke Knochen wieder ausspuckt, Stroh, Staub und Spreu bin ich, aber das Korn muß ich zu einem nicht von mir bestimmten Preis kaufen. Augusto Patracão versucht, die Nervosität mit Pfeifen zu vertreiben, aber der Bauch drückt ihm auf menschliche Weise, er ist kein Held und wüßte auch nicht, wie ein Held sein muß, und was José Palminha betrifft, der hat Glück, daß er mit dem Lenken der Maultiere beschäftigt ist, eine vornehme Arbeit, als ob die Mulis edle Rennpferde wären. Felisberto Lampas, Felisberto heißt er nur zufällig, ist in sich gekehrt, er läßt die Beine vom Karren baumeln und dreht seinem Ziel den Rücken zu, er wird es das ganze Leben hindurch so halten. Schon waren sie in Montemor.

Nachdem sie den Karren unter einer Platane abgestellt und den Maultieren Futtersäcke vorgebunden hatten, denen ging es gut, begaben sich die vier zur Wache der Guarda, wo ein schlechtgelaunter Wachtmeister ihnen mitteilte, daß sie sich um eins im Rathaus einzufinden hätten. Ein Schreck durchfuhr die vier, es war noch früher Vormittag in Montemor, selbst wenn sie wollten, bliebe ihnen die Kühle der Schenke versagt, sie waren zu jung dafür, man kann die Stunden vor einem Verhör nicht beschreiben, so vieles denkt man und fürchtet man, so vieles macht man in ihnen durch, jeder einzelne versucht, seine Miene zu beherrschen und seine Aufregung zu unterdrücken, und dieser Knoten im Hals ist weder durch Wein noch durch Wasser wegzukriegen. Manuel Espada sagt noch, ihr steckt wegen mir mit drin, aber die anderen heben die Schultern, was soll's, und Felisberto Lampas antwortet, wir müssen uns zusammennehmen, nur keine schwache Seite zeigen.

Für junge Burschen in diesem Alter war das eine ganze Menge von Vorsätzen. Punkt eins betraten sie den Korridor des Rathausgebäudes und hörten den Kreisverwalter Goncelho brüllen, daß die Wände wackelten, sind die Burschen aus Monte Lavre hier? Manuel Espada antwortete, wie es sich für ihn als Anstifter der

Rebellion gehörte, hier sind wir, Senhor; in Erwartung des Kommenden standen die vier in einer Reihe. Der Kreisverwalter gab in Gegenwart von Leutnant Contente seine Nummer als zivile Autorität zum besten, also, ihr Spitzbuben, habt ihr keine Scham im Leibe, übers Meer werden wir euch schicken, nach Afrika, damit ihr dort lernt, diejenigen zu respektieren, die zu bestimmen haben, komm rein, Manuel Espada; das Verhör begann; wer verleitet euch dazu, wer hat euch so etwas gelehrt, gute Lehrmeister habt ihr, Arbeitsverweigerer seid ihr; und Manuel Espada antwortet mit der ganzen Kraft seiner Unschuld, niemand hat uns angestiftet, wir wissen von nichts, auch nichts von Streiks, die Maschine ist schuld, sie hat viel geschluckt, und die Garben waren sehr groß. Ich kenne euch nur zu gut, man hat euch diese Worte eingeflößt, da verwendet man sich noch für euch, so sprach der Kreisverwalter Goncelho, um das Terrain vorzubereiten, denn als es sich in Montemor herumgesprochen hatte, daß einige Burschen aus Monte Lavre der Arbeitsverweigerung bezichtigt wurden, hatten sich drei oder vier Leute mit gesundem Menschenverstand an den Leutnant und ihn selber gewandt, es lohne sich nicht, diese Dinge ernst zu nehmen, das seien Jungenstreiche, woher sollten sie wissen, was ein Streik ist. Dennoch wurden die vier befragt, und als alle dran gewesen waren, hielt der Kreisverwalter eine Rede, um zu sagen, was er immer sagte, seid vernünftig, lernt es, diejenigen zu achten, die euch Arbeit geben, für dieses Mal sollt ihr noch davonkommen, aber hütet euch davor, noch einmal herkommen zu müssen, dann werden eure Knochen im Verlies vermodern, und laßt euch nichts einblasen, wenn euch irgend jemand mit Papieren oder subversiven Reden kommt, dann benachrichtigt die Guarda, die wird sich darum kümmern, bedankt euch bei dem, der für euch Fürbitte einlegte, und jetzt verschwindet, wünscht dem Leutnant Contente einen guten Tag, denn er ist euer Freund, genauso wie ich will er nur euer Bestes, vergeßt das nie.

So ist dieses Land. Zu Lamberto Horques sagte der König, hegt es und bevölkert es, wirkt eifrig für meine Interessen, ohne die Euren zu vergessen, wohlgemeint ist mein Rat, haltet Ihr es so zu jeder Zeit, werden wir alle in Frieden leben. Und Pater Agamedes sagt zu seinen zu behütenden Schafen, euer Reich ist nicht von dieser Welt, gehorcht, um euch den Himmel zu verdienen, je mehr Tränen ihr in diesem Jammertal weint, um so näher werdet ihr dem Herrn sein, wenn ihr diese Welt voller

Verdammnis, Teufel und sündigen Fleisches verlaßt, stets werde ich ein Auge auf euch haben, denn ihr seid im Irrtum, wenn ihr glaubt, daß Gott, unser Herr, euch im guten wie im schlechten gewähren läßt, nein, alles kommt am Tage des Gerichts auf die Waage, besser ist es, in dieser Welt zu zahlen, als in der anderen Schulden zu haben. Feine Lehren sind mir das, und wahrscheinlich mußten die vier aus Monte Lavre deshalb zustimmen, daß der verdiente, aber nicht ausgezahlte Lohn von neun Escudos pro Tag, zusammen drei und ein Viertel Tag in der Woche der Tat, dem Altenasyl übergeben wurde, wenn auch Felisberto knurrte, als sie auf dem Heimweg waren, vielleicht werden sie unser Geld in Bier umsetzen. Doch dem war nicht so, der Jugend, die so leicht schlecht über jene mit mehr Erfahrung spricht, soll vergeben sein. Dank der einhundertsiebzehn Escudos, die der Kreisverwalter erhielt, bekamen die Alten im Asyl ein besseres Gemeinschaftsessen, eine wahre Orgie war das, und noch heute, so viele Jahre danach, spricht man von dem Festschmaus und zitiert jenen uralten Asylbewohner, der gesagt hatte, jetzt kann ich sterben.

Die Menschen sind seltsame Kreaturen, und die Burschen sind vielleicht noch seltsamer, weil von anderem Schlag. Von Felisberto Lampas wurde schon genug gesprochen, stets hat er schlechte Laune, und die Sache mit dem nichtausbezahlten Lohn war ihm nur ein Vorwand dafür. Doch es kehren alle traurig nach Monte Lavre zurück, so als hätte man ihnen etwas Wertvolleres als den Lohn vorenthalten, vielleicht die Ehre, nicht daß sie sie verloren hätten, aber irgendwie war da zweifelsohne eine Beleidigung im Spiel, sie sind mit Geringschätzung behandelt worden, mußten in Reih und Glied die Predigt des Kreisverwalters anhören, während sie der Leutnant von der Seite her beobachtete, sich ihr Gesicht und ihre Art einprägend. Sie fühlten sogar Wut gegen diejenigen, die für sie eingetreten waren. Möglicherweise hätten ihnen diese Fürsprachen gar nichts genutzt, hätte sich dieser Vorfall nicht zwei Tage vor dem Bombenanschlag auf Salazar, dem nichts dabei geschah, ereignet.

Am Sonntag gingen die vier zum Marktplatz, aber kein Patrão wollte sie. Am nächsten und übernächsten war es genauso. Das Latifundium hat ein gutes Gedächtnis und eine funktionierende Kommunikation, nichts entgeht ihm von den vorüberziehenden Worten, und nur wenn es ihm richtig dünkt, vergibt es das Geschehene, vergißt es aber nie. Als sie endlich Arbeit erhielten, kam jeder woandershin. Manuel Espada mußte Schweine hüten, und bei diesem Hirtendasein traf er auf António Mau-Tempo, dessen Schwager er werden wird, wenn die Zeit gekommen ist.

Sara da Conceição kränkelt. Der Ehemann erscheint ihr im Traum, fast keine Nacht vergeht, in der sie ihn nicht im Olivenhain liegen sieht, mit dem blauroten Striemen vom Strick am Hals, so kann er nicht begraben werden, und so wäscht sie ihn mit Wein, denn wenn es ihr gelänge, daß der Striemen verschwände, würde ihr Mann wieder zum Leben erweckt, am Tage würde ihr dieser Wunsch niemals kommen, aber im Traum ist es so, wer könnte das erklären. Diese Frau, die in jungen Jahren so viel umherzog, lebt jetzt ruhig und schweigsam, aber das war sie in Wirklichkeit schon immer, sie hilft im Haushalt ihres Sohnes João Mau-Tempo und ihrer Schwiegertochter Faustina, kümmert sich um die Enkelinnen Gracinda und Amélia, versorgt die Hühner, flickt die Wäsche wieder und wieder, setzt Hosenböden ein, eine Kunstfertigkeit, die ihr von der kurzen Zeit als Schuhnäherin geblieben ist, und sie hat eine Angewohnheit, die niemand versteht: zu nächtlicher Stunde, wenn sich die Ihren schlafen legen, verläßt sie das Haus. Niemals entfernt sie sich weit. Die Angst würde das auch nicht erlauben, für ihren Zweck genügt ein Ausflug bis zum Ende der Straße. Im Gerede der Nachbarschaft heißt es, die Alte ist halb verrückt, vielleicht stimmt es, denn gingen alle alten Mütter des Nachts aus, damit die Söhne und Schwiegertöchter oder die Töchter und Schwiegersöhne sich ungestört vergnügen könnten, dann würden sie in das Register der kleinen menschlichen Gesten aufgenommen werden, man sähe die Alten im Schatten oder im Mondlicht herumgeistern, an den niedrigen Mauern auf der Erde oder auf den Stufen des Kirchplatzes sitzen, wie sie schweigsam vergangener Freuden gedachten, wie es war, wie es nicht war und wie lange die Freuden dauerten, bis eine von ihnen sagen würde, nun können wir zurückgehen; und alle erheben sich, bis morgen dann; sie kommen nach Hause und schieben vorsichtig den Riegel hoch, das Ehepaar schläft vielleicht, nichts deutet auf eine körperliche Vereinigung hin, man kann es nicht jede Nacht, Frau Mutter. Sara da Conceição zog es vor, lieber einmal mehr umherzuschweifen, nur bei schlechtem Wetter fiel es ihr schwer, dann mußte sie sich unter das Wetterdach im Garten stellen, und weil Faustina Mitleid mit ihr hatte, denn Frauen verstehen nur zu gut, weil Frauen eben Frauen sind, rief sie sie von der Tür aus herein, Zeichen einer unschuldigen Nacht, so unschuldig wie die kalten Sterne, und das war es, was João Mau-Tempo nicht tat, sein angetrautes Weib unter der Bettdecke aufzusuchen.

Vielleicht aber will Sara da Conceição mit diesem ganzen Kommen und Gehen nur den Träumen entgehen, die auf sie warten, aber es ist gewiß und bekannt, daß sie sich des Morgens zum Olivenhain begeben wird, am Tag nachdem sie den Leichnam entdeckt hatten, im Traum geht sie mit einer Flasche Wein und einem Tuch und wiederholt die Bewegungen, reibt und reibt, und der Kopf schwankt hin und her, und immer wenn sie hierherkommt, starren sie die kalten Augen ihres Mannes an, und wenn sie dort hingeht, verliert der Leichnam sein Gesicht, was noch schlimmer ist. In kaltem Schweiß gebadet, wacht Sara da Conceição auf, sie hört das Schnarchen des Sohnes, den unruhigen Schlaf des Enkels, die Enkelinnen und die Schwiegertochter spürt sie nicht, es sind Frauen, und daher sind sie still, und während sie nach den Mädchen sieht, die in ihrer Nähe schlafen, wer weiß, wofür sie so behütet werden, denkt sie an ein besseres Schicksal für diese, als so schlimm träumen zu müssen.

So ging es immer weiter, und eines Nachts verließ Sara da Conceição das Haus und kehrte nicht zurück. Man fand sie, als es aufklarte, außerhalb des Ortes, sie hatte die Richtung verloren und sprach mit dem Ehemann, als lebte er noch. Ein Unglück. Maria da Conceição, die Tochter, die in Lissabon in Diensten stand, half; sie bat tränenreich die Herrschaft, ihr beizustehen, und sie tat es, da rede noch einer schlecht von den Reichen. Sara da Conceição konnte Monte Lavre verlassen und fuhr zum erstenmal mit einem Taxi von Süden nach Südosten, von der Schiffsanlegestelle am Terreiro do Paço zur Irrenanstalt von Rilhafoles, wo sie blieb, bis ihr Leben erlosch, wie ein Docht, dem das Öl ausgeht. Manchmal, nicht oft, denn jeder hat sein Leben zu leben, besuchte Maria da Conceição die Mutter, die zwei schauten einander an, was konnten sie auch weiter tun. Als man einige Jahre später, aus Gründen, die wir noch erfahren werden, João Mau-Tempo nach Lissabon brachte, lag Sara da Conceição bereits im Sterben, umgeben vom Gelächter der Krankenschwestern, an die die arme Unglückliche sich mit der

Bitte um eine Flasche Wein gewandt hatte, um, man stelle sich vor, eine Arbeit zu beenden, ehe es zu spät sei. Das tut einem weh, meine Herrschaften.

Im Inventarverzeichnis der Kriege hat auch das Latifundium seinen Platz, wenn auch einen kleinen. Viel größer ist jener von diesem Europa, wo jetzt ein neuer Krieg begann, und soviel man weiß, viel ist es nicht in dieser weltabgelegenen Gegend, liegt Spanien in Trümmern, so daß es die Seele weinen macht. Aber alle Kriege sind zu groß, würde jeder Tote eines solchen denken, denn tot wollte keiner sein.

Als Lamberto Horques die Ländereien und den Amtsbezirk von Monte Lavre in Besitz nahm, war die Scholle noch frisch getränkt vom Blut der Kastilier, das Wort frisch soll lediglich auf die Metapher einer Schlachtbank hinweisen, denn dieser Vergleich drängt sich auf, wenn wir das noch früher vergossene Blut erwähnen, das der Lusitanier und Römer, das der Alanen, Vandalen und Sueben, falls sie hierhergekommen sein sollten wie die Westgoten und später die Araber, diese teuflische Bande mit den dunklen Gesichtern, dann vergossen auch noch die Burgunder ihr und anderer Blut, manche Kreuzfahrer dazu und dann wieder die Mauren, heilige Maria Gottes, so viele sah dieses Land, und von portugiesischem Blut sprach man nur deshalb noch nicht, weil es dort seinen Ursprung hat oder nach der notwendigen Zeit der Anpassung welches wurde, deshalb sind die Franzosen und Engländer nicht genannt worden, die wirklichen Ausländer.

Seit Lamberto Horques hat sich nichts verändert. Die Grenze ist eine offene Tür, mit einem großen Schritt passiert man den Caia, die Ebene scheint liebevoll und mit Vorbedacht von den Kriegsengeln geglättet worden zu sein, auf daß sich die Krieger gut gegenüberstehen und die Pfeile, später die Kugeln aller Art, nicht abirren können. Klangvoll sind die Bezeichnungen aus dem Arsenal, vom Eisenhelm bis zum Krummschwert, von der Hellebarde über die Hakenbüchse zur Flinte und Haubitze, allein das Wissen darum, daß hier so viele Waffen dahinzogen, zerquetschten, zerschlugen und zermalmten, läßt einen Christenmenschen vor Schrecken frösteln, ein weiterer Schauder wird ihn packen, denkt er an den Verdienst solcher Erfindungen.

Letztendlich ist das Blut zum Fließen da, aus dieser Wunde am Hals oder dem der Sonne preisgegebenen aufgerissenen Leib, eine gute Tinte ist es, um solche Rätsel aufzuschreiben, wie jenes, ob diese Leute wußten, wofür sie starben, und ob sie den Tod akzeptierten. Die Toten wurden von hier fortgebracht oder dort verscharrt, wo sie gefallen waren, das Latifundium wurde gesäubert, und schon war die Erde bereit für eine neue Schlacht. Deswegen muß man die Geschäfte verstehen und praktisch sein, ohne auf die Kosten zu achten, wie es im Falle des Grafen von Vimioso geschah, der haarklein an Seine Majestät schrieb, Senhor, die Bewaffnung der Kavallerie sollte aus einem Karabiner und zwei Pistolen für jeden Soldaten bestehen, die Karabiner sind für Musketenkugeln oder für etwas kleinere, ihr Lauf sollte nicht mehr als drei Handbreit lang sein, das ist ausreichend, denn wegen der Kugeln muß er verstärkt werden, und ein längerer Lauf wäre zu unhandlich, und sie sollten ihre Stichwaffe für den üblichen Pulvergürtel haben, die Pistolen sind für den genauen Schuß, ihr Lauf sollte zwei Handbreit lang sein, die Futterale für sie könnten am Sattel selbst gesichert werden, es wäre gut, wenn ich einige Pistolen und Karabiner als Ersatz für beschädigte erhielte und wenn eine bestimmte Anzahl Waffen nach Vila Viçosa geschickt und den dortigen Waffenschmieden zugeführt würde, ein Teil dieser Waffen könnte in Montemor und Évora verbleiben, das wären meine Vorstellungen von der Kavallerie, doch was Eure Majestät auch immer anordnen werden, wird mehr als willkommen sein.

Doch Seine Majestät zahlten wegen Schwierigkeiten in der Staatskasse nicht immer gut und pünktlich. An der Befestigung von Montemor haben wir bis jetzt mit den zweitausend Cruzados gearbeitet, die Eure Majestät gnädig zur Verfügung stellten, und mit den zweitausend, die die Bevölkerung gab, da nun die Übereinkunft besagt, daß Eure Majestät sechstausend geben und das Volk ebenfalls, schrieb mir der Rat, es wäre notwendig, daß Eure Majestät die nächsten zweitausend gäben, damit die Bevölkerung wiederum ihren Teil gäbe, ich habe geantwortet, daß sie sich um ihre zweitausend bemühen sollen, ich würde Eure Majestät bitten, zu veranlassen, daß die zweitausend geschickt werden. Das sind solche bürokratischen Schriften, die großes Mißtrauen offenbaren und ein gegenseitiges Hin und Her, aber in diesem Spiel feilscht man nicht um Blut, es heißt nicht, geben Eure Majestät ein Liter von Eurem Blut, egal, ob rot oder blau, denn keine halbe Stunde nachdem es in den Boden gesikkert ist, nimmt es dessen Farbe an. Die Völker erkühnen sich nicht, so viel zu erbitten, denn das Blut des ganzen königlichen Hauses, das der Prinzen und Prinzessinnen einschließlich der Bastarde des Königs und der Königin, würde für den Bedarf im Krieg nicht ausreichen. Das Volk gibt Blut und Cruzados, Seine Majestät werden abgezählte Cruzados von denen geben, die ihm das Volk vorher durch Besteuerung und Abgaben zahlen mußte.

Nie fehlt das Unglück. Die Sache mit der Kavallerie, den Cruzados, den Befestigungen und dem Blut, das an allem klebt, ist Unglück aus dem siebzehnten Jahrhundert, viele Jahre ist das her, eine lange Zeit, aber diese Dinge bessern sich nie, als wir im Orangenkrieg Olivença verloren, wir haben es nicht wiedererhalten, marschierte Manuel Godoy ein, ohne einen einzigen Schuß abzugeben, welche Schande, keinerlei Widerstand, und zu unserer Verhöhnung und seiner Galanterie sandte er seiner Geliebten, der Königin María Luisa, einen Zweig vom Orangenbaum, es fehlte nur noch, daß wir für die beiden die Matratze abgegeben hätten. Unglück ohne Ende, Bitternis ohne Trost, das überkam uns erst vorgestern, aus dem neunzehnten Jahrhundert, die Orangen haben irgend etwas Schlechtes an sich und einen bösen Einfluß auf die individuellen und kollektiven Schicksale, wäre es nicht so, hätte Alberto nicht befohlen, die zu vergraben, die in der Kälte herabfallen, und zum Verwalter gesagt, vergrabt die Orangen, wenn einer dabei erwischt wird, daß er sie ißt, ist er zum Sonnabend entlassen. Und wirklich wurden einige entlassen, weil sie heimlich von der verbotenen Frucht gegessen hatten, anstatt die noch guten Orangen in der Erde verfaulen zu lassen, die Ärmsten, lebendig eingebuddelt, was haben wir getan, wir und sie? Aber alles hat seinen Grund, so zu sein, wie es ist, besehen wir die Dinge genauer, gegen Ende des Krieges, der jetzt in Europa begann, wird ein Hitler einem Horques Alemão befehlen, Kinder von zwölf, dreizehn Jahren zusammenzutreiben, damit aus ihnen die letzten Bataillone der Vernichtung gebildet werden, in Uniformen, die ihnen zu groß sind und um die Beine schlottern, mit rückschlagender Waffe und keiner Schulter, ihr zu widerstehen, und genau das gleiche ist es, wenn die Herren des Latifundiums klagen, daß sich keine Kinder mehr von sechs oder sieben Jahren fänden, die Schweine oder Truthühner zu hüten, wohin soll das führen, wenn die Bürschchen ihren Lebensunterhalt nicht verdienen, sagen sie den ungebildeten Eltern, die bereits Blut und Cruzados gaben und noch immer nichts begriffen haben, oder sollten sie allmählich mißtrauisch werden, so wie sie in einem anderen Jahrhundert dem Zögern Seiner Majestät mißtrauten.

Wenn es jedoch nur die Kriege wären. Der Mensch gewöhnt sich an alles, und zwischen dem einen und dem anderen kann man einige Kinder zeugen und sie dem Latifundium darbieten, ohne daß ein Lanzenstoß oder eine Kugel den Lebensfaden zerreißt, vielleicht hat der Junge Glück und bringt es zum Vorarbeiter oder Verwalter oder zum Leibdiener, oder er zieht das Leben in der Stadt vor, wo man langsamer stirbt. Das schlimmste sind Pest und Hunger, sie fallen in einem Jahr mehr, im anderen weniger über das Volk her, die Felder bleiben leer, die Dörfer veröden, meilenweit keine lebende Menschenseele, nur hier und da elende Lumpengestalten auf Wegen, die selbst der Teufel nur auf Menschenrücken nimmt. Sie werden auf verlorenem Pfad wandeln, es ist ein Marsch von Kadavern, und wenn sie sich an die Pest und den Hunger gewöhnt haben, zählt man die noch Lebenden, soweit die Rechenkünste reichen, doch finden sich nur noch wenige.

Das alles sind Übel, große Übel. Wollten wir in der Sprache von Pater Agamedes sprechen, würden wir sagen, daß dies von den drei Reitern der Apokalypse kommt, die einmal vier waren, und wenn wir zu zählen beginnen, und sei es mit den Fingern, wer es nicht anders kann, da hätten wir zuerst den Reiter Krieg, der zweite ist die Pest, der dritte der Hunger, und nun kommt endlich auch der vierte hinzu, es ist der Reiter der Bestien auf Erden. Dieser ist am häufigsten gegenwärtig und hat drei Gesichter, zuerst das Gesicht des Latifundiums, dann das der Guarda, die den Besitz im allgemeinen und das Latifundium im besonderen verteidigt, und dann das dritte. Eine Schlange mit drei Köpfen, aber nur einem Ziel. Wer am meisten bestimmt, ist nicht, wer es am besten kann, wer es am besten kann, ist nicht, wer am besten danach aussieht. Doch sprechen wir besser mit mehr Klarheit. In allen großen und kleinen Städten, in allen Dörfern und Orten existiert dieses Pferd, und seine Bleiaugen schweifen umher, seine Hufe sind Menschenhänden und Menschenfüßen gleich, aber sie sind nicht menschlich. Es ist kein Mensch, der Jahre später zu Manuel Espada während des Militärdienstes auf den Azoren sagen wird, der Bericht wird durch die Vorwegnahme nicht leiden, wenn ich hier fertig bin, gehe ich zur Sicherheits- und Staatspolizei; und Manuel Espada fragt, was ist das? Der andere antwortet, das ist die politische Polizei, du wirst es kaum glauben, aber man geht dahin, und wenn es irgendeinen Kerl gibt, den man nicht leiden kann, nimmt man ihn fest, bringt ihn zur Zivilbehörde, und wenn du willst, knallst du ihm eine Kugel in den Kopf und sagst, daß er Widerstand leisten wollte, fertig. Es ist ein Pferd, das die Türen der Häuser eintritt, am Tisch des Latifundiums zusammen mit Pater Agamedes speist und mit dem Wächter Karten spielt, während das Füllen mit Namen Bom-Tempo nach dem Kopf eines Gefangenen tritt. In großen und kleinen Städten, in Dörfern und anderen Orten treffen sich die Pferde, wiehern, reiben die Mäuler aneinander, tauschen Geheimnisse und Anzeigen aus, erfinden gewalttätige Überzeugungen und überzeugende Gewalttätigkeiten, und genau deshalb können sie nicht zur Rasse der Pferde gehören, wie wir alle schon bemerkt haben, töricht ist Pater Agamedes, der glaubte, es handelte sich wirklich um Pferde, weil er von ihnen in der Bibel las, und töricht ist es, anzunehmen, daß Manuel Espada auf den Azoren von seinem vielversprechenden Regimentskameraden umgestülpt worden wäre. Die Wurzeln des Baumes der Erkenntnis sind nicht wählerisch in der Wahl des Terrains und scheuen auch nicht Entfernungen.

Und auch Pater Agamedes wehklagt, gewisse Männer schleichen hier herum, eure Sinne zu verwirren, in Spanien, Dank sei unserem Herrn und der Jungfrau Maria, sind sie zertreten worden, weiche, Satan, Gott bewahre uns vor ihnen, ich sage euch, meidet sie wie den Hunger und den Krieg, flieht vor ihnen wie vor der Pest, sie sind wie das schlimmste Unglück, das über unsere heilige Erde kommen kann, was sage ich, wie die Heuschrecken in Ägypten, und aus diesem Grund werde ich nicht müde werden, euch zu sagen, daß ihr aufpassen sollt und auf jene hört, die mehr vom Leben verstehen und von der Welt wissen, schaut auf die Guarda als euren Schutzengel und heget keinen Groll wider sie, denn selbst der Vater muß manchmal den Sohn schlagen, obwohl er ihn liebt und er ihm teuer ist, und wir alle wissen, daß der Sohn später sagen wird, ich hatte es verdient, schade um die Ohrfeigen, die danebengingen, und so, meine Kinder, ist die Guarda, ohne von den anderen zivilen und militärischen Obrigkeiten zu sprechen, dem Senhor Präsidenten des Rates, dem Senhor Kreisverwalter, dem Senhor Regimentskommandeur, dem Senhor Kommandeur der Legion und den anderen Senhores, die ein Befehlsamt haben, angefangen bei demjenigen, der euch Arbeit gibt, jawohl, was würde aus euch werden, wenn es niemanden gäbe, der euch Arbeit gibt, wie würdet ihr eure Familien ernähren, sagt es mir, antwortet, ich frage euch, ich weiß sehr gut, daß man während der Messe nicht spricht, doch antwortet bei eurer Seele, ich beschwöre euch, flehe euch an, hört nicht auf diese roten Teufel, die hier herumstreunen und unser Unglück wollen, denn nicht dafür hat Gott die Erde erschaffen, er tat es, damit sie sich im Schoß der Jungfrau Maria, der Allgeliebten, erhalte, und solltet ihr im Glauben sein, daß jemand euch mit süßen Reden vom Wege abbringen will, geht hin zum Revier der Guarda, ihr vollbringt ein gottgefälliges Werk, doch habt ihr keinen Mut, weil ihr Rache fürchtet, bin ich bereit, euch im Beichtstuhl anzuhören, und mit meiner Seele und meinem Gewissen werde ich mich darum kümmern, und nun wollen wir alle ein Vaterunser für die Rettung unseres Vaterlandes beten, ein Vaterunser für die Bekehrung Rußlands und eins für unsere Regierung, die sich so aufopfert und uns so viel Gutes will, Vater unser, der du bist im Himmel, geheiligt werde dein Name.

Pater Agamedes hat völlig recht. Es ziehen Männer durchs Latifundium, zu dritt oder viert treffen sie sich an geheimen Orten, in der Einöde, manchmal mit aller Vorsicht in verlassenen Häusern, manchmal im Schutz eines Tales, zwei von hier, zwei von da, und sie führen lange Reden. Immer spricht einer, und die anderen hören zu, wer sie von weitem sähe, würde sagen, das sind Landstreicher, Zigeuner sind es, Ketzermönche, und wenn sie fertig sind, verschwinden sie in der Landschaft, möglichst auf Umwegen, und tragen Papiere und Entschlüsse mit sich fort. Das Ganze nennen sie Organisation, und Pater Agamedes ist vor Wut rot im Gesicht, es ist der heilige Zorn, verflucht seien sie, ihre Seelen sollen in der tiefsten Hölle schmoren, gefährliche Infektion, nur darauf bedacht, euer Leben zu verschlechtern. Erst gestern sagte mir während eines Gespräches der Senhor Ratspräsident, passen Sie auf, die fatale Krankheit hat unser Städtchen schon angesteckt, es muß irgend etwas gegen die verderblichen Reden unternommen werden, welche die Feinde unseres Glaubens und unserer Zivilisation unter den Familien verbreiten. Undankbare, wißt ihr nicht, daß uns die anderen Nationen um unser Land beneiden, um diesen Frieden und diese Ordnung, und nun kommt mir nur nicht und sagt, daß ihr all dies verlieren wollt, dann ginge es euch zu gut, so ist das.

João Mau-Tempo war nie ein Mann der Messen gewesen, aber seit er in Monte Lavre wohnt, geht er hin und wieder zur Kirche, seiner Frau zum Gefallen und aus Bedürfnis. Er hört die flammenden Reden von Pater Agamedes, vergleicht sie in Gedanken mit dem, was er von der Lektüre der Papiere behalten hat, die man ihm heimlich zugesteckt, macht die Rechnung des einfachen Mannes, und wenn er einiges glaubt, was in den Papieren steht, von des Paters Worten glaubt er kein einziges. Es scheint, als ob selbst Pater Agamedes Schwierigkeiten hat, an sie zu glauben, von so viel Toben schäumt ihm der Mund, was einem Minister des Herrn nicht wohl ansteht. Als die Messe beendet ist, geht João Mau-Tempo mit den anderen Kirchgängern hinaus zum Kirchvorplatz, er trifft sich mit Faustina, die unter den Frauen war, geht mit ihr die Straße zur Hälfte hinunter und schließt sich dann den Freunden auf ein Gläschen an, mehr macht seine Rechnung nie aus, auch wenn sie noch so über ihn lachen, he, Mau-Tempo, du trinkst wie ein Jüngelchen! Er lächelt nur, es ist ein Lächeln, das alles sagt, so daß die anderen verstummen, es ist, als wenn von einem der Querbalken der Schenke plötzlich ein erhängter Körper herabfallen würde. Und einer der Freunde sagt zu ihm, na, hat Pater Agamedes gut gesprochen? Eine Frage, die ohne Antwort bleibt, denn der Fragesteller ist einer von den zwei oder drei aus Monte Lavre, die niemals zur Messe gehen, er wollte nur sticheln. João Mau-Tempo lächelt von neuem, die Predigt ist immer dieselbe, mehr sagt er nicht, er geht schon auf die Vierzig zu und trinkt nie so viel, daß sich die Zunge löst. Aber aus den Händen desselben, der fragte, hat er die Papiere bekommen, und so schaut einer den anderen an, und Sigismundo, so heißt er, zwinkert und erhebt das Glas Wein, auf die Gesundheit.

Als António Mau-Tempo noch Schweine hütete, erschien dort eines Tages Manuel Espada, der gezwungen war, solche niedere Arbeit zu verrichten, weil er keine andere finden konnte, seitdem er im Umkreis von zwei spanischen Meilen zum Arbeitsverweigerer deklariert worden war, er und seine Kameraden. Wie jedermann in Monte Lavre wußte auch António Mau-Tempo von diesem Vorfall, und mit seinen fast noch kindlichen Vorstellungen fand er darin einige Ähnlichkeiten mit seiner Rebellion gegen den pinienzapfenröstenden und stockschwenkenden Oberhirten, aber er wagte nicht, davon zu erzählen, erst recht nicht, weil zwischen ihm und Manuel Espada sechs Jahre lagen, genug, um einen Lausbuben von einem Burschen und einen Burschen von einem Mann zu trennen. Der Oberhirt dieser Herde bewegte sich nicht mehr als andere, aber er hatte die gute Entschuldigung, alt zu sein, und die Jungen nahmen seine Befehle nicht übel, einer muß bestimmen, er über uns und wir über die Schweine. Die Hütetage sind lang, selbst im Winter, die Stunden vergehen langsam, sie haben keine Eile, bevor ein Schatten von hier nach dort wandert, noch dazu, wenn es sich um eine Schweineherde handelt, das Schwein hat wenig Phantasie, immer nur den Rüssel vorneweg, und entfernt es sich etwas, ist es nicht aus Bosheit, gut gezielte Steinwürfe oder einige angemessene Hiebe in die Seite bringen es bald dazu, sich ohrenwackelnd der Herde zuzugesellen. In Kürze hat es sich beruhigt, gelobt sei, daß es nicht gehässig ist und ein kurzes Gedächtnis hat.

Auf diese Weise blieb einige Zeit zum Plaudern, während der Oberhirt unter einer Steineiche schlief oder auf der anderen Seite auf das Vieh zu achten hatte. Manuel Espada erzählte von seinem Streikabenteuer, ohne zu übertreiben, denn das war nicht seine Art, und er gab einige erhellende theoretische Erklärungen, was sich auf den Tennen des Nachts mit den Frauen des Trupps ereignen kann, besonders wenn sie aus dem Norden sind und ohne Männer kamen. Sie wurden Freunde, António Mau-Tempo bewunderte die Gelassenheit des Älteren, die er selbst nicht besaß, immer war er auf dem Sprung, den Ort zu wechseln, wie wir alsbald sehen werden. Das Vagabundieren hatte er vom Großvater Domingos Mau-Tempo geerbt, mit dem erfreulichen Unterschied, fröhlichen Gemüts zu sein, doch nicht so, daß er über alles und jedes lachen würde. Vorläufig hat er die für sein Alter üblichen Freuden und Probleme, an der seit jeher unsichtbaren Schwelle, die das Kind vom Burschen trennt, offenbart eigenständiges Reden und eine gewisse Heftigkeit, und genau deshalb wird er den Anflug eines Landstreichers und unruhigen Gesellen haben. Wie der Vater in seinen jungen Jahren wird er gern zum Tanz gehen, aber Vertraulichkeiten nicht sehr mögen. Ein großer Erzähler von Geschichten wird er sein, von beobachteten und erfundenen, von erlebten und eingebildeten, und er wird die hohe Kunst beherrschen, Grenzen zwischen den einen und den anderen auszulöschen. Doch stets wird er aus seiner eigenen Natur heraus ein guter Arbeiter in allen ländlichen Künsten sein. Das ist kein Schicksal, das wir ihm aus der Hand lesen, es sind elementare Fakten eines Lebens, das auch anderes zum Inhalt hat und einiges, das seiner Generation nicht vorausbestimmt war.

António Mau-Tempo blieb nicht lange bei den Schweinen. Er überließ sie Manuel Espada und widmete sich dem Erlernen von Arbeiten, die der andere, weil er älter war, schon beherrschte. Mit seinen dreizehn Jahren begleitete er die erwachsenen Männer zum Abbrennen des Laubwaldes, zum Pflügen, zum Wehrbau, eine Arbeit, die sehr viel Anstrengung erfordert und Kraft braucht. Bereits mit fünfzehn Jahren lernte er Korkschälen, eine wertvolle Handfertigkeit, in der er Meister wurde, wie in allem, was er anpackte, ohne daß er darüber eingebildet wurde. Er war noch sehr jung, als er den Blicken des Vaters und der Mutter entschwand und in Gegenden umherzog, in denen der Großvater seine Spuren und einige schlechte Erinnerungen hinterlassen hatte. Doch war er so anders als sein Vorfahr, daß niemand den Familiennamen des einen mit dem des anderen in Verbindung brachte. Es zog ihn sehr zum Meer hin, und so entdeckte er die Ufer des Sado, indem er die nicht gerade kurze Strecke zu Fuß wagte, um einige zusätzliche Tostões zu verdienen, mit denen man in Monte Lavre geizte. Und eines Tages, viel später, alles zu seiner Zeit, wird er nach Frankreich gehen, um Lebensjahre in klingende Münze umzusetzen.

Auf dem Latifundium geschieht manchmal nichts, die Tage sind einer wie der andere, oder wenigstens scheint es so, man vergißt, was für ein Tag ist. Es ist wahr, daß wie in ereignisreicheren Zeiten gestorben und geboren wird, daß der Hunger nicht nach der Bedürftigkeit des Magens unterscheidet und daß die schwere Arbeit in fast nichts leichter geworden ist. Die größeren Veränderungen gehen woanders vor sich, mehr Straßen und mehr Automobile auf ihnen, mehr Radioapparate und mehr Zeit, Radio zu hören, zu verstehen ist eine andere Fertigkeit, mehr Bier und mehr Limonade, jedoch wenn sich der Mann zur Nacht niederlegt, entweder in sein eigenes Bett oder in das Stroh auf dem Feld, dann ist der Schmerz des Körpers derselbe, und doch hat er Glück, wenn er nicht arbeitslos ist. Von den Frauen lohnt es sich nicht zu reden, so unverändert ist ihr Schicksal als Gebärende und Lasttiere.

Indessen schauen wir auf dieses wie tot scheinende Heideland, doch nur Blindgeborene oder Ignoranten werden nicht bemerken, wie die aufgewühlten Wasser vom Grund an die Oberfläche drängen, Werk aufgespeicherter Kraft des Gases im Schlamm, zwischen Entstehen, Vergehen und chemischer Umwandlung, bis das Gas endlich befreit hervorbricht. Doch das zu erkennen erfordert, aufmerksam zu sein und nicht einfach beim Vorübergehen zu sagen, hier lohnt es nicht, stehenzubleiben, gehen wir weiter. Wenn wir uns für einige Zeit entfernen, vertieft in andere Landschaften und seltsame Vorfälle, werden wir bei der Rückkehr erkennen, daß sich alles verändert hat, und es schien doch unveränderlich. So wird es uns ergehen, wenn wir jetzt António Mau-Tempo sein Leben leben lassen und den Faden der begonnenen Geschichte wiederaufnehmen, wenn auch Geschichten zum Zuhören kommen, wie die von José Gato, die zu seinem Nachteil ausschließlich von ihm und seinen Gefährten handelt. António Mau-Tempo ist dafür ein guter Zeuge.

Das sind keine unangenehmen Geschichten, wie ich sie über den Brasilianer Lampião gehört habe, auch nicht solche, die sich in unserer Gegend abspielten, wie der Fall João Brandão oder José do Telhado, schlechte oder irregeleitete Männer, wer soll das wissen. Ich will nicht behaupten, daß es auf dem Latifundium nicht Leute mit schlechtem Charakter gäbe, Straßenräuber, die um ein Nichts den Reisenden ausrauben und töten, doch soviel ich weiß, lag der Fall José Gato und seiner Kameraden anders, seiner Bande, besser gesagt. Sie bestand, wenn ich mich recht besinne, aus Parrilhas, Venta Rachada, Ludgero, Castelo und anderen, an die ich mich schon nicht mehr erinnere, ein Mensch kann sich nicht alles merken. Ich glaube nicht einmal, daß es Räuber waren. Landstreicher wäre richtiger. Wenn ihnen nach Arbeit war, arbeiteten sie wie jeder andere, genausogut und genausoviel, Spitzbuben waren sie nicht, aber eines Tages hatten sie es satt, ließen Hacke oder Picke fallen und gingen zum Verwalter oder zum Verantwortlichen, den Lohn für die Arbeitstage zu erbitten, niemand wagte es, ihnen etwas schuldig zu bleiben, und dann verschwanden sie. So war ihr Leben bis zu einem bestimmten Zeitpunkt, jeder für sich war einsam und schweigsam, bis sie sich eines Tages zusammenschlossen und eine Bande bildeten. Als ich von ihnen hörte, war José Gato schon der Anführer, und niemand hätte ihm diesen Platz streitig gemacht. Meistens stahlen sie Schweine, davon gibt es genug auf

Erden. Sie stahlen, um zu essen und natürlich um zu verkaufen, der Mensch lebt nicht nur vom Essen allein. Zu jener Zeit besaßen sie ein auf dem Sado vor Anker liegendes Boot, das ihnen als Fleischbank diente. Die Tiere wurden geschlachtet und für schlechte Tage eingepökelt. Was übrigens das Pökeln betrifft, so gibt es da einen Vorfall, den ich erzählen will, einmal war ihnen das Salz ausgegangen, sie überlegten, was zu tun und was zu lassen sei, José Gato, der nur sprach, wenn es notwendig war, sagte zu Parrilhas, er solle Salz von der Saline holen. Im allgemeinen genügte es, wenn José Gato befahl, das wird gemacht!; es waren die Worte Gottes, unseres Herrn, und schon war's getan, aber dieses Mal, ich weiß nicht, was mit Parrilhas los war, sagte der, er gehe nicht. Das bekam ihm nicht gut. José Gato griff nach seiner Mütze, warf sie in die Luft, und während sie hochflog und wieder zurückfiel, langte er nach dem Gewehr und zerfetzte sie mit zwei Schüssen, dann sagte er mit betont ruhiger Stimme zu Parrilhas, du gehst Salz holen; und Parrilhas sattelte den Esel und machte sich auf den Weg. So war José Gato.

Für diejenigen, die in der Nähe in einem Trupp arbeiteten und Mut genug besaßen, war José Gato der Lieferant von Schweinefleisch. Einmal tauchte Venta Rachada bei dem Trupp auf, in dem ich arbeitete, er kam heimlich, um zu erfahren, ob jemand Fleisch wolle. Ich und noch zwei weitere Kameraden wollten welches, und so wurde vereinbart, daß wir uns an einer Stelle treffen, die Silha dos Pinheiros hieß. Jeder mit einem Leinenbeutel ausgerüstet, zogen wir zum Treffpunkt, für alle Fälle einiges Gesparte in der Unterkunft zurücklassend, es könnte ja sein, daß wir nach Wolle gingen, um selbst geschoren zu werden. Ich nahm fünfzig Mil-réis mit und die anderen mehr oder weniger. Es herrschte tiefste Nacht, der Treffpunkt war ungemütlich, Venta Rachada wartete schon im Versteck auf uns, er erlaubte sich sogar einen Spaß, als wir vorbeigingen, sprang er auf den Weg, wenn ich jetzt wollte, und er legte das Gewehr an; wir lachten, aber der Magen drückte uns, ich sagte noch, viel würden Sie nicht erbeuten. Nun lachte auch Venta Rachada und gab zurück, schon gut, habt keine Angst, gehen wir.

Als sich das zutrug, befand sich José Gatos Fleischbank in den Bergen von Loureiro, in der Gegend von Palma, Sie müssen davon gehört haben. Die Erdbeerbäume hier waren höher als ein Haus, und niemand wagte sich dorthin. In einer alten, verlassenen Pächterbaracke war die Fleischbank. Sie lebten alle zusammen in dieser Baracke, nur wenn es irgendwie durch die Leute aus der Nachbarschaft unruhig wurde oder durch die Guarda, zogen sie weiter. Wir gingen und gingen, bis wir endlich die Baracke erblickten, wo zwei mit Gewehren bewaffnete Burschen Wache hielten. Parrilhas gab sich zu erkennen, und wir traten ein, wir sahen José Gato und die anderen, man spielte Mundharmonika und tanzte Fandango, ich bin kein Kenner, aber ich meine, sie tanzten gut, jedermann hat ein Recht darauf, sich zu vergnügen. Ein großer Kessel hing, mit Drähten an einem der Balken befestigt, über einem Feuer, die Innereien der Schweine wurden darin gekocht. Sagt José Gato, das sind also die Käufer. Antwortet Venta Rachada, das sind sie, mehr sind nicht gekommen. Sagt José Gato, fühlt euch wie zu Hause, Jungs, bevor wir zum Geschäft kommen, müßt ihr von unserer Kesselsuppe essen. Das waren gute Worte, jawohl, denn das Wasser lief mir schon im Munde zusammen, nur vom Duft. Sie hatten Wein, sie hatten alles. Um den Appetit anzuregen, verleibten wir uns einige Brotränfte und Gläser Wein ein, José Gato spielte Mundharmonika und achtete auf die Kesselsuppe, er trug halblange Lammfellhosen mit großen Knöpfen, wie es üblich war, mit der Joppe glich er einem Bauern, dieser Hallodri. In einer der Ecken der Baracke lehnten einige Flinten, das war ihr Arsenal, eine davon war sogar für fünf Schuß, sie hatte Marcelino gehört, doch dazu komme ich noch. Wir waren noch bei derselben Vorspeise, als wir ein Büßerglöckchen bimmeln hörten, dling, dling, ich muß zugeben, daß ich zitterte und dachte, das geht schlimm aus. Da sagt José Gato, der meinen Schreck bemerkte, bleibt ruhig, es sind bekannte Leute, die nur zum Handeln kommen. Es war Manuel da Revolta, der diesen Namen führte, weil er ein Geschäft in Monte da Revolta hatte, es gibt sogar einige Geschichten über ihn, die ich nicht zu erzählen vergessen werde. Es kommt also der Freund Manuel da Revolta, packt sechs Schweine auf den Karren und nimmt sie mit, um sie, wie wir wußten, am nächsten Tag zu verkaufen, er tat so, als wären es seine eigenen, die er geschlachtet hatte, er fuhr bei der Guarda vorbei, jawohl, Senhor, und verkaufte sogar an die Guarda, bis heute weiß ich nicht, ob die Guarda mißtrauisch wurde oder ob es zum Geschäft kam. Danach kam ein Sardinenverkäufer, den wir kannten, er versorgte uns mit Fisch und anderen Dingen, die für José Gato nützlich waren. Dieser nahm ein Schwein auf dem Fahrrad mit, den Kopf ließ er liegen, der interessierte ihn nicht. Nach ihm kam noch einer an, ohne Läuten, er pfiff einige Male, und die Wache antwortete ihm, so war es vereinbart, um sicherzugehen. Er nahm zwei mit, auf jeder Seite des Mulis eins, ebenfalls ohne Kopf, die Schweine natürlich, das Muli brauchte den Kopf, um zu sehen, wohin es trat. So ging es immer weiter, und schließlich blieben nur noch zwei Schweine auf einigen alten Säcken liegen. Die Kesselsuppe brodelte, zur bestimmten Zeit kommt der angebratene Speck hinzu, ebenso Gewürze und Zwiebeln und anderes, dann marschiert das Zeug in den Magen, die Suppe war gut, und vom Wein tranken wir mehr als einen Krug. Na, dann wollen wir mal sehen, wieviel du mithast, sagt José Gato. Das war an mich, an António Mau-Tempo, gerichtet, und ich antwortete, ich habe fünfzig Escudos mit, das ist alles, was ich habe. Sagt José Gato, viel ist es gerade nicht, aber du sollst nicht verärgert von hier weggehen, und er teilt ein Schwein zur Hälfte, es waren bestimmt so viereinhalb bis fünf Arrobas, mach den Sack auf, aber vorher steckte er den Geldschein in einen Beutel. Mit den anderen lief es genauso, alle wurden nur gewarnt, den Mund zu halten, sonst würden wir es bereuen, und so zogen wir, mit dem Fleisch beladen, ab, es war gut, daß wir vorbereitet und gewarnt waren, denn die Schweine waren von dem Gut gestohlen worden, auf dem wir arbeiteten, und der Verwalter hörte nicht auf, zu fragen. Aber wir hielten uns gut, wir drei. Für mein Fleisch grub ich ein Loch in den Boden, ein Bienenkorb kam hinein, unten ein Pfropfen und ein Tuch zum Stauen, das ganze Fleisch habe ich in kleine Stücke geschnitten und eingesalzen. Und es wurde nicht schlecht, stellen Sie sich vor, da hatte ich reichlich für eine ganze Zeit.

Das war ein Vorfall. Wäre João Brandão in der Gegend gewesen, vielleicht war er's auch, hätte ich trotzdem José Gato vorgezogen, ich wußte nicht, was ich von dem anderen halten sollte. Später ging die Bande in das Gebiet von Vale de Reis, wer aus der Stadt ist, kann sich nicht vorstellen, welche Wildnis dort herrscht. Es gab einige Grotten und Höhlen in einer bösen Einöde, wer hätte es gewagt, dorthin vorzustoßen, nicht einmal die Guardas fühlten sich dazu in der Lage. Dort hausten sie und erhielten von Monte da Revolta aus ein Zeichen, wenn die Guarda in der Nähe war, die Mutter von Manuel da Revolta hatte stets einen Stock mit einem Tuch an der Spitze im Kamin bereit, steckte sie ihn aus dem Kamin, wußte man Bescheid. Es gab immer einen von der Bande, der den Kamin im Auge behielt, sah er den Fetzen an der Stockspitze, benachrichtigte er die anderen, dann versteckten sie sich und verschwanden spurlos. Der Guarda gelang es niemals, jemanden zu erwischen. Selbst wir wußten von dieser Übereinkunft, und wenn wir bei der Arbeit waren und das Zeichen von weitem erblickten, sagten wir, sie suchen wieder einmal vergebens.

Gut, und jetzt die Sache mit Marcelino. Marcelino war der Verwalter von Vale de Reis und besaß ein hervorragendes Gewehr, das ihm der Patrão gekauft hatte, damit er, falls er jemanden von José Gatos Bande beim Stehlen ertappte, eine Kugel aufbrennen könne. Aber bevor ich zu dieser Geschichte komme, will ich erst noch eine andere erzählen, auch von einem Gewehr, Marcelino ritt einmal auf seiner Stute durch die Gegend, als ihm José Gato mit erhobener Waffe in den Weg sprang und spöttisch, wie es seine Art war, zurief, brauchst nur die Arme zu heben, ich fang dein Gewehr dann schon auf. Marcelino blieb nichts anderes übrig, schwer genug fiel es ihm. José Gato war von kleiner Statur, aber er besaß das Herz eines großen Schalks. Dann passierte die Sache mit dem Fünfschüsser, man fängt eine Sache zu erzählen an, aber andere Geschichten drängen sich vor. Marcelino kam von der Hochebene herunter, nur Busch ringsum, niemand kümmerte sich um die Gegend, sie schälten den Kork, bestellten ein paar Eckchen, und so blieb der Busch respekteinflößend. Voller Eitelkeit kam Marcelino mit seinem fünfschüssigen Gewehr daher, fünf Patronen darin, und dachte sich, jetzt kann kommen wer will. Kaum gedacht, stand José Gato an eine dürre junge Eiche gelehnt da und blickte ihn an, her damit, so eins brauche ich gerade. So ging auch dieses dahin. Später sagte der Patrão zu Marcelino, ich kaufe dir einen Karabiner, damit du nicht ohne Waffe bleibst, und Marcelino antwortete bekümmert, Patrão, ich will nicht, ich will keinen Karabiner, von nun an halte ich Wache auf der Stute, nur mit meinem Stab, so wacht es sich am besten.

Marcelino hatte wirklich kein Glück mit Gewehren, es schien so vorbestimmt. Sogar sein eigenes Gewehr, das er zu Hause aufbewahrte und nicht vom Patrão hatte, wurde er los. Eines Tages fingen die Hunde des Schweinehirten zu bellen an, sie hatten etwas gewittert, der Schweinehirt kommt zu Marcelino und sagt, die Hunde bellen, hier will womöglich einer Schweine stehlen. Marcelino, der solches hört, greift zu Gewehr und Patronentasche und begibt sich zu den Schweinen, sie zu bewachen. Hin und wieder gab er einen Schuß ab, und die Kameraden von José Gato in ihrem Versteck begriffen sehr wohl, daß dies ihnen galt, Marcelino schoß aufs Geratewohl, und sie antworteten, ohne jedoch viel Munition zu vergeuden. Wo aber war José Gato, er befand sich auf dem Dach, unbemerkt war er hinaufgeklettert, dort blieb er die ganze Nacht, geduckt wie eine Eidechse, damit sie ihn nicht entdeckten, er war ein verwegener Kerl. Bei Morgenanbruch oder schon etwas danach, es fing an, hell zu werden, sagte Marcelino, nachdem die Schüsse von der anderen Seite längst verstummt waren, sie sind bestimmt weg, aber ich komme gleich wieder, will nur einen Kaffee trinken. Und der Schweinehirt, dem das Gespräch Appetit gemacht hatte, dachte, ich werde auch was essen gehen, was andere können, kann ich erst recht. Das Feld war von Feinden geräumt, José Gato springt vom Dach, ich habe vergessen, zu erwähnen, daß Marcelino das Gewehr im Stall gelassen hatte, er springt also vom Dach, greift nach dem Gewehr und einem Paar neuer Stiefel des Schweinehirten und nimmt auch eine Decke mit, möglicherweise hatte er auch Mangel an Decken, und während er damit beschäftigt ist, machen sich die fünf anderen, damals waren es fünf, jeder über ein Schwein her, sie treiben sie in einen Winkel außerhalb des Pferches, so hundert, hundertfünfzig Meter entfernt. Die Schweine haben wie wir eine Falte, schneidet man sie ein, werden die Tiere still, das tat man auch, während einer ständig Wache hielt. Man bemerkte das Fehlen der Schweine und fing an, sie weiter entfernt, die Straße hinunter, zu suchen, niemand vermutete sie in dem nahen Winkel. Des Nachts ging José Gato sie holen. Und so verschwand ein weiteres Gewehr.

In einer anderen Geschichte, einer noch besseren, ging Marcelino ohne Gewehr auf Wache, er hatte keins mehr, und so gedachte José Gato, ihm an die Saubohnen zu gehen, die zum Dreschen bereit auf einer Tenne lagerten. Alles spielte sich in der Nähe des Unterschlupfes der Bande ab, von dem niemand etwas wußte, wir wurden erst aufmerksam, als Bäume in jener Gegend geschlagen wurden, doch da war die Bande längst über alle Berge. Wir fanden die Lager in einigen gut hergerichteten Höhlen innerhalb eines unheimlich tiefen Loches. In einige größere Hügel, alle mit Weidengestrüpp bewachsen, hatten sie einen Gang gewühlt, fast wie die Mungos, und in die Wände waren Löcher gegraben für die Betten aus Binsen und Laub, ein Komfort war das. Und José Gato machte sich also über die

Saubohnen her, so daß Marcelino dort ein wüstes Durcheinander vorfand, ausgedroschene Saubohnen und Bohnenstroh lagen herum. Sagte Marcelino, Hurensöhne, gehen mir hier an die Saubohnen. Was sollte er tun. Ich gehe zu der Mulde dort. Er band die Stute an, nahm einen Sack, denn im Sommer benutzt man statt Decken Säcke, ergriff den Knüppel und legte sich auf die Lauer. Nach einiger Zeit kam jemand, er hörte es rascheln, es war José Gato, der warf drei oder vier Bündel Saubohnen auf ein Tuch, drosch sie mit den Füßen aus, strohtrocken war das Zeug vor Hitze, schüttelte sie in der Luft aus, und dann kam ein Kumpan, um ihm zur vereinbarten Zeit beim Wegschaffen behilflich zu sein, einige hundert Liter Bohnen hatten sie so schon weggeschleppt. Vielleicht wollten sie sie zu Manuel da Revolta bringen, im Tausch gegen Brot oder andere wichtige Dinge, ich weiß es nicht. Während José Gato mit den Saubohnen beschäftigt war, schlich sich Marcelino langsam heran, barfuß; wäre er es, der erzählt, würde es sich so anhören, ich ging barfuß, setzte Fuß für Fuß und kam wirklich bis in seine Nähe, es fehlten nur noch sechs oder sieben Meter bis zu dem Kerl, wenn er mich noch drei, vier Meter herankommen läßt, ziehe ich ihm eins über, aber er spürte mich, empfindsam, wie er war, ich sprang auf ihn zu, strecke ihn mit dem Knüppel nieder, aber nein, er war schon nicht mehr da, das war kein Gato, kein Kater, das war ein Hase, daran lag's, krieg ich dich, so hab ich dich, aber denkste, er schlägt zwei Haken, ich flitze auch nicht wenig, aber er schlägt wiederum zwei Haken und steht mir plötzlich mit einem Gewehr gegenüber. Wie Marcelino berichtet, sagte José Gato folgendes zu ihm, dein Glück ist, daß du gut an einem meiner Freunde gehandelt hast. Das war in der Zeit geschehen, als die Guarda brutal vorging, Marcelino hatte einen aus der Bande freundlich im Hause aufgenommen und bewirtet. Dein Glück, sonst wärst du erledigt, zieh ab! Doch Marcelino war ebenfalls ein mutiger Mann und erwiderte, Moment, nach jeder Arbeit wird geraucht, er zog eine Unze Tabak hervor, rollte sich eine Zigarette, steckte sie in den Mund und zündete sie an, jetzt gehe ich.

Später wurde die Bande festgenommen. Es begann dort bei Piçarras, zwischen Munhola und Landeira, in einer sehr versteckten Gegend. Bei einem Zusammenstoß mit der Guarda krachten Schüsse wie in einem Krieg. Sie nahmen alle fest, doch brachte man sie bei den Bauern unter, Venta Rachada wurde Wächter auf einem Weinberg von Zambujal. Wenn es etwas gibt, was ich gern gehört hätte, dann die Gespräche zwischen den Guardas und den Bauern, wir haben hier einen Mann; ich nehme ihn. Ich weiß nicht, wer sich mehr geschämt hat. José Gato wurde erst später in Vendas Novas geschnappt. Er hatte ein Verhältnis mit einer Frau, die dort Gemüse verkaufte, stets ging er verkleidet, deshalb faßte ihn die Guarda nicht, jemand erzählte, die Frau habe ihn angezeigt, aber ich bin mir dessen nicht sicher. Man fing ihn, als er im Haus der Geliebten auf dem Dachboden schlief, er sagte noch, wenn sie mich nicht schlafend erwischt hätten, wäre es mit Sicherheit nicht dieses Mal gewesen. Danach hieß es, man habe ihn nach Lissabon gebracht, und da sie alle anderen an Bauern vermittelt hatten, sagten sie von José Gato, er sei als Agent der Sicherheits- und Staatspolizei in die Kolonien gegangen. Ich weiß nicht, ob er das angenommen hätte, es fällt mir schwer, das zu glauben, oder ob sie ihn ermordet und dann diese Geschichte in Umlauf gebracht haben, wie es in anderen Fällen schon passiert ist.

José Gato war gerecht, das muß man ihm lassen. Niemals hat er den Armen etwas gestohlen, sein Prinzip war, nur dort etwas zu stehlen, wo es etwas zum Stehlen gab, bei den Reichen, im Gegensatz zu José do Telhado. Doch einmal traf Parrilhas eine Frau, die ein Hühnchen für die Familie geholt hatte, und Parrilhas nahm es ihr ab, der Teufel von einem Kerl. Zu dessen Unglück begegnete die weinende Frau José Gato. Er fragte, weshalb sie weine, und nach der Beschreibung begriff er, daß Parrilhas den Grund gegeben hatte. Die Frau erhielt an Ort und Stelle Geld, das für drei Vögel reichte, und Parrilhas die größte Tracht Prügel seines Lebens. Recht geschah ihm.

Dieser José Gato war ein freimütiger Mensch, klein von Statur, aber fähig zu allem. Es war in Monte da Revolta, einem recht turbulenten Ort, Leute aus allen Teilen des Landes kamen hierher, einer aus dem Algarve, der beim Roden war, baute sich sogar eine Hütte und wurde ansässig, Leute wie er hatten kein Zuhause, und wenn, verrieten sie es nicht. Hier geschah es, daß so ein Typ einen Streit zwischen Manuel da Revolta und José Gato entfachen wollte, indem er Manuel da Revolta erzählte, José Gato hätte gesagt, er sei der Geliebte der Frau desselben. Aber Manuel da Revolta, der viel Vertrauen zu José Gato hatte, stellte diesen zur Rede, der Dingsda hat mir dies und das erzählt. Antwortete José Gato, dieser Hurensohn, gehen wir zu seiner Baracke; dort angekommen, rief er, he, Dingsda, du hast hier zu

Manuel dies und das gesagt, sag das noch mal, damit ich es auch hören kann. Erwiderte der andere, ich war betrunken, deshalb habe ich es gesagt, aber es war gelogen, das ist die reine Wahrheit. José Gato sagte gelassen, also los, geh hundert Schritte vorwärts. Auf diese Entfernung konnte dem anderen nichts Ernsthaftes passieren, dann, zack, zack, schickte er ihm zwei Schrotladungen in den Allerwertesten, nur so, daß einige Körner in der Haut steckenblieben und andere abprallten, er wollte ihn nicht umbringen, versetzte ihm zwei Schläge mit dem Reisigbesen, daß er rückwärts fiel; damit du weißt, wie sich ein Mann zu benehmen hat, aus dem Alter der Jungenscherze bist du wohl schon raus. Ich kenne José Gato immer nur als Mann, der sich in ein solches Leben einlassen mußte, weil er auf andere Art sein tägliches Brot nicht verdienen konnte.

Er kam in diese Gegend, als ich noch ein kleiner Stromer war. Auf den Ländereien von Monte Lavre bis Coruche war er Vorarbeiter. Die Straße diente nur für die Wanderschaft, damals arbeiteten viele so, drei bis vier Wochen, und wenn sie genug Geld beisammen hatten, verschwanden sie, und andere kamen. José Gato tauchte auf, bewies einen guten Blick, wurde Vorarbeiter, aber niemals war er gemein. Ich hütete die Schweine, das war vor der Zeit mit Manuel Espada, und habe es miterlebt. Man hörte, daß er schon Probleme mit der Guarda gehabt haben solle, und so fand die Guarda heraus, oder jemand hat es ihr gesagt, daß er sich in dieser Gegend aufhalte, sie machten Jagd auf ihn und fingen ihn tatsächlich. Aber damals wußten sie noch nicht genau, wer José Gato war. Er ging vor der Patrouille her, sehr folgsam, und die von der Guarda waren zufrieden mit ihrer Jagdbeute, plötzlich machte er einen Satz, schleuderte dem einen eine Handvoll Sand in die Augen, sprang nach hier und nach dort, und weg war er. Bis sie ihn endgültig erwischen sollten, und niemand hat ihn danach mehr gesehen. José Gato war ein ehrbarer Landstreicher. Ich denke aber, er war auch immer ein einsamer Mensch.

Die Welt mit ihrem ganzen Gewicht, diese Kugel ohne Anfang und Ende, bedeckt mit Festland und Meeren, von Strömen, Flüssen und Bächen durchschnitten, durchflossen von klaren Wassern, die kommen und gehen und doch immer die gleichen sind, ob in den Wolken hängend oder in den Quellen unterirdischer Felsen versteckt, die Welt, die wie ein umhergeworfener Rohling im All erscheint oder wie ein still vor sich hin schwingender Kreisel, wie sie die Astronauten eines Tages sehen werden, die Welt ist, von Monte Lavre aus gesehen, ein empfindsames Ding, eine kleine Uhr, die nur so lange geht, wie ihre Feder hält, keine Umdrehung mehr, und wenn sie bebt und zuckt und ein grober Finger die Unruh berührt, selbst wenn dies nur sacht geschieht, dann springt die Feder wie ein ängstliches Herz. Eine Uhr ist in ihrem polierten, nichtrostenden Gehäuse sicher, schlaggeprüft bis zur Grenze des Widerstandes, wasserdicht, damit sie von denen, die über einen erlesenen Geschmack verfügen, mit ins Bad genommen werden kann, all das garantiert für soundso viele Jahre, viele könnten es sein, hätten wir nicht die Angewohnheit, über das zu lächeln, was wir gestern kauften, so hält man die Fabriken in Schwung und den Zufluß der Dividenden. Wenn man der Uhr jedoch ihr Gehäuse nimmt, wenn Wind, Sonne und Feuchtigkeit in sie bohren und schlagen, in die Rubine und Räderwerke, könnte jeder von uns mit Sicherheit darauf wetten, daß die guten Tage bald vorbei sein werden. Von Monte Lavre aus gesehen, ist die Welt eine offene Tür, ihr Inneres ist der Sonne ausgesetzt, sie wartet, daß ihre Stunde kommt.

Der Weizen ist zur rechten Zeit in die Erde gekommen, er ging auf, wuchs, und jetzt ist er reif. Am Rande des Feldes reißen wir eine Ähre ab, reiben sie zwischen den Handflächen, so hat man es schon von jeher gemacht. Die trockene und warme Spreu fällt ab, und in der gekrümmten Handfläche bleiben uns achtzehn oder zwanzig Körner dieses Halmes, und wir sagen, es ist Zeit zu mähen. Das sind jene magischen Worte, die Maschinen und Menschen in Gang setzen werden, dies ist der Moment, in dem die Schlange der Erde, um nicht weiter von einer Uhr zu sprechen, ihre Haut verliert und ohne Schutz bleibt. Man muß sie ergreifen, ehe sie sich wieder versteckt, wenn wir wollen, daß irgend etwas anders wird. Vom hochgelegenen Monte Lavre aus schauen die Herren des Latifundiums auf die gelben Wogen, die sich im Wind bewegen, und sie sagen zu den Verwaltern, es ist Zeit zu mähen. Aus Lissabon gab man auf die Nachricht hin nur lakonisch die Antwort, machen Sie nur; alle vertrauten darauf, daß sich die Welt so wie bisher weiterdrehen würde, daß sich auf dem Latifundium weder Gewohnheiten noch Zeiten änderten, und auf irgendeine Art überließ man stets alles der Erde, die nach dringender Hilfe in ihren Erntewehen schrie. Der Krieg ist gerade vorbei, und die Zeit der allgemeinen Brüderlichkeit wird beginnen. Man spricht schon davon, daß es nicht mehr lange dauern wird, bis die Lebensmittelkarten überflüssig sein werden, diese bunten Papierchen, die zum Essen berechtigen, wenn man auch bezahlen kann oder etwas hat, wofür man Geld bekommt. Im Grunde sind diese Leute hier nicht sehr verwundert darüber. Ihr ganzes Leben lang hatten sie recht und schlecht zu essen, ständigen Mangel mußten sie erleiden, und die Hungermärsche, die hier stattfanden, sind so alt wie die Tradition und die Geschichten vom bösen Blick. Jedoch irgendwann kommt für alles die Zeit. Dieser Weizen ist reif, wie jeder sehen kann, die Menschen ebenfalls.

Der Losungen gibt es zwei, nicht den Tagelohn von fünfundzwanzig Escudos anzunehmen, nicht für weniger als dreiunddreißig Escudos pro Tag zu arbeiten, von Sonnenaufgang bis Sonnenuntergang, denn so muß es noch immer sein, die Früchte reifen nicht alle zur gleichen Zeit. Könnte das Getreide sprechen, würde es verblüfft über das Versäumnis sagen, was ist denn hier los, daß sie uns nicht holen kommen, irgend jemand vergißt da seine Pflicht. Das Getreide ist reif und wartet, es wird schon langsam spät. Entweder der Mensch greift ein, oder die rechte Zeit verrinnt, die Halme beginnen umzuknicken, die Ähren zerfallen, und das ganze herabgefallene Korn wird die Vögel und einige Insekten ernähren. Damit nicht alles verlorengeht, fällt auch noch das Vieh über die Saat her, als wenn wir in einer Gegend des Überflusses lebten. Eine Seite muß nachgeben, denn es gibt keinerlei Erinnerung daran, daß irgendwann einmal das Korn auf dem Halm geblieben wäre, doch wenn es geschehen sein sollte, dann war es die Schwalbe, die keinen Sommer macht. Das Latifundium befiehlt den Aufsehern und Verwaltern, hart zu bleiben, die Sprache ist kriegerisch, keinen Schritt zurück, die große Guarda stirbt, aber sie ergibt sich nicht, das fehlte noch, daß diese hier sterben würden, hört man doch den Widerhall ihrer Hörner, falls es nicht nur der Nachhall von gerade verlorenen Schlachten ist. Die Kokons dieser Guarda beginnen, sich zu öffnen, die Gefreiten und Sergeanten treten an die Fenster des Reviers, um zu sehen, wie die Luft ist, und an anderen Orten werden Gewehre geölt, und die Pferde bekommen die doppelte Ration aus einem zusätzlichen Vorrat. In den

Ortschaften kommen die Männer zusammen, stehen Schulter an Schulter und reden leise miteinander. Die Verwalter erscheinen erneut und fragen, na, habt ihr euch entschieden?; sie erhalten zur Antwort, es ist entschieden, für weniger gehen wir nicht an die Arbeit. In der Ferne halten die Hügel die Wurzeln der Halme fest, heiß ist dieser Nachmittag, und von der Erde geht ein stickiger Dunst aus. Die im Ährenwald versteckten Rebhühner horchen mit feinem Ohr, doch kein Menschenschritt ist zu vernehmen, kein Motorenlärm zu hören, kein erbebendes Neigen der Halme vor der sich nähernden Sichel oder den Flügeln der Mähmaschine. Wie seltsam ist diese Welt.

So geht der Sonnabend dahin. Die Verwalter traten zum Rapport an und erklärten, die sind starrsinnig; und die Herren des Latifundiums, Norberto, Alberto, Dagoberto, antworteten im Chor, jeder an seinem Platz der Landschaft, laßt nur, sie werden schon kommen. Die Männer haben zu Hause ihr Nachtmahl beendet, das tägliche wenige oder fast Nichts. Stumm schauen die Frauen auf sie, und einige fragen, was nun?; manche Männer zucken mutlos mit den Schultern, andere sagen, morgen müssen sie Vernunft annehmen; der eine oder andere hat schon für sich beschlossen, das Angebot anzunehmen, den gleichen Lohn wie im vergangenen Jahr. Es ist schon wahr, daß von überallher Nachrichten eintreffen, daß die Männer, viele von ihnen, es ablehnen, für solchen Hungerlohn zu arbeiten, denn was soll ein Mann sonst tun, wenn er Frau und Kinder hat – diese Gesichter mit vor Hunger großen Augen –, die ihr Kinn über den kärglich gedeckten Tisch recken und die mit angefeuchtetem Zeigefinger die Krümel jagen, als wären es Ameisen. Einige, die mehr Glück haben, obwohl es dem, der von diesen Dingen wenig versteht, nicht so scheinen mag, einige haben sich bei kleineren Patrões verdingt, bei einem Pachtbauern, der nicht den Verlust der Ernte riskieren kann und die dreiunddreißig zahlt. Es wird eine lange Nacht werden, wie im Winter. Über den Dächern stehen wie eh und je in verschwenderischer Fülle die Sterne, selbst wenn man sie essen könnte, sie wären doch zu weit. Beeindruckend ist die Gelassenheit des Himmels, dessen sich Pater Agamedes wieder und wieder bedient, um Wirkung zu erzielen. Dieser Mensch kennt keine andere Rede, ja, da oben würden alle Kämpfe dieses Jammertals ein Ende gefunden haben, und alle wären gleich vor dem Herrn. Die leeren Eingeweide protestieren, sie bewegen sich vergebens, bekunden Ungleichheit. Die Frau an der Seite schläft nicht, doch nicht einmal der Wunsch ist da, auf ihr zu liegen. Vielleicht lassen sich die Patrões morgen zu Verhandlung und Vertrag bewegen, vielleicht findet sich ein Topf mit Libras unter dem Kamin, vielleicht legt das Huhn goldene Eier, silberne wären auch recht, vielleicht wachen die Armen reich auf und die Reichen arm. Doch nicht einmal im Traum erfüllen sich solche Wünsche.

Geliebte Kinder, sagt Pater Agamedes in der Messe, denn es ist schon Sonntag, geliebte Kinder, und er tut so, als würde er die geringe Zahl und das hohe Alter der Zuhörerschaft nicht bemerken, nur alte Weiber und treueste Kirchgänger, geliebte Kinder, und es ist natürlich, daß die alten Weiber dabei verschwommen denken, wieso seine Kinder, doch die Welt gehört den Männern, was soll man machen. Geliebte Kinder, habet acht, aufrührerischer Wind weht über unsere so glückliche Gegend, ich kann nur wiederholen, hört nicht auf . . . Es lohnt sich nicht, den Rest aufzuschreiben, wir alle kennen schon den Psalm von Pater Agamedes. Die Messe geht zu Ende, der Pater legt seinen Talar ab, es ist Sonntag, hochgeheiligter Tag, und das Mittagsmahl, gelobt sei es, wird in der Kühle des Eßzimmers von Clariberto serviert werden, der nur zur Messe geht, wenn ihm wirklich einmal danach ist, oft kommt es nicht vor, mit den Senhoras ist es ebenso, sie haben gerade ihre bequeme Zeit, und Pater Agamedes nimmt es ihnen nicht übel, gibt es doch, wenn die Frömmigkeit ruft und die Angst vor dem Jenseits quält, die Kapelle des Gutes, ausgestattet mit neuen, lackierten Heiligen, mit dem Märtyrer Sankt Sebastian, nach Herzenslust mit Pfeilen gespickt, Gott möge mir verzeihen, wenn es so scheint, als ob dem Heiligen das mehr gefällt, als es die Schicklichkeit erlaubt. Aus der Tür, durch die Pater Agamedes eintritt, kommt der Verwalter Pompeu heraus, in den Ohren klingt ihm noch die tröstliche Nachricht, keinen Tostão mehr. Nichts geht über einen Menschen mit Autorität, auf Erden ebenso wie im Himmel.

Einige dreiste Männer gehen hier umher, und obwohl der Markt erst später beginnt, nähert sich jemand dem Verwalter und fragt, was hat der Patrão beschlossen? Er erhält zur Antwort, keinen Tostão mehr! Die guten und treffenden Formulierungen muß man sich merken, sie machen Variationen überflüssig. Aber es gibt Bauern, die schon dreiunddreißig zahlen; doch Pompeu erwidert, das ist ihre Sache, wenn sie sich ruinieren wollen, wird ihnen das sehr dabei helfen. Da beginnt João Mau-Tempo zu sprechen, und die Worte fließen so natürlich, als kämen sie aus einem guten Brunnen mit sprudelndem Wasser, dann bleibt das Korn stehen, denn für weniger arbeiten wir nicht. Der Verwalter antwortet nicht, denn auch auf ihn wartet der Mittagstisch, und so war ihm nicht nach zweifelhaften Gesprächen. Die Sonne brannte heiß, und ihre Strahlen blitzten wie Guardasäbel.

Wer zu essen hatte, der aß, wer nicht, der nagte am Hungertuch. Jetzt ist es soweit, Arbeitsmarkt, alle Landarbeiter von Monte Lavre sind da, auch die schon eingestellten, aber nur jene, die schon für dreiunddreißig arbeiten, die anderen, welche den alten Lohn akzeptierten, kauen zu Hause an ihrer Schande, sie ärgern sich über die Kinder, die nicht still sein können, geben ihnen grundlos Kopfnüsse, und die Frau, die auch beim Strafen gerecht ist, schließlich sind es die Frauen, die die Kinder gebären, protestiert, man schlägt keine Unschuldigen. Auch die Männer auf dem Markt sind Unschuldige, sie fordern nichts Unmögliches, nur dreiunddreißig Escudos für einen Arbeitstag von Sonnenaufgang bis Sonnenuntergang, das ist keine Ausbeutung, womit sie sagen wollen, daß der Patrão nichts verliert. Aber die Antwort Pompeus und der anderen Verwalter ist hart, doch vielleicht spricht dieser besonders grob wegen seines römischen Namens, was ihr wollt, ist Ausbeutung, ihr wollt die Landwirtschaft ruinieren. Stimmen ertönen, aber mancher zahlt es. Und die Verwalter sagen im Chor, sollen sie doch, wir bezahlen jedenfalls nicht. So wird gefeilscht und gefeilscht, Stich und Gegenstich, um zu sehen, wer zuerst aufgibt, sehr interessant ist dieser Dialog nicht, aber so war er nun einmal.

Das Meer schlägt an die Küste, das ist seine Art zu sprechen, nicht alle werden es verstehen, denn hier gibt es so manchen, der nie so weit gekommen ist, das Meer schlägt, trifft die Sandburg oder die schlecht bewehrten Wälle, wenn nicht beim ersten-, dann beim zweitenmal, die Burg wird weggespült, und vom Wall bleiben nur noch Stöckchen, die von den Wellen hin und her geschwemmt werden, zu machen ist dann nichts mehr. Doch einfacher gesagt, viele Männer akzeptierten die fünfundzwanzig Escudos, und nur einige blieben standhaft. Und nun, wo sie sich allein auf dem Platz wiederfinden, fragen sie einander, ob es sich gelohnt hat, und Sigismundo Canastro, der auch dabei ist, sagt, verliert den Mut nicht, nicht nur in Monte Lavre ist es so, wir werden gewinnen, und alle werden dann den Nutzen davon haben. Woher nimmt er so viel Vertrauen, bleiben doch nur zwanzig Männer, die den Herren nicht fehlen werden. Wenn wir wenigstens mehr wären, sagt João Mau-Tempo etwas mutlos, und es scheint, als ob auch diese zwanzig schon schwach würden und nichts anderes wollten, als nur nach Hause zu gehen, eine schlechte Lage heute, um dabeisein zu wollen. Sigismundo Canastro fährt in seiner Idee fort, morgen werden wir zu den Gutshöfen gehen und die Camaradas bitten, nicht zu arbeiten, denn überall kämpft man für die dreiunddreißig Escudos, und wir aus Monte Lavre dürfen nicht schlecht dastehen, wir sind nicht geringer als die anderen, und wenn es im ganzen Bezirk so gemacht wird, werden wir die Patrões besiegen. Aus der Gruppe fragt einer, und in den anderen Gegenden? Jemand antwortet, es ist Sigismundo Canastro oder Manuel Espada oder sonstwer, da ist es ebenso, in Beja, in Santarém, in Portalegre, in Setúbal, das war nicht die Idee eines einzelnen, entweder wir ziehen alle gemeinsam an einem Strick, oder wir sind verloren. Nach diesen Worten schaut João Mau-Tempo in die Ferne, als würde er in sich selbst prüfend hineinschauen, er gehört hier zu den Ältesten und hat somit doppelte Pflichten, und deshalb erklärt er, so wie es Sigismundo gesagt hat, muß es gemacht werden. Von ihrem Standort aus kann man das Revier der Guarda sehen. Korporal Tacabo erschien an der Tür, um die Frische des Abends zu genießen. Ganz bestimmt war es ein Zufall, daß in diesem Moment die erste Fledermaus, sacht die Luft durchschneidend, in der Abenddämmerung auftauchte. Es ist ein seltsames Tier, fast blind und ähnlich einer Maus mit Flügeln, fliegt wie der Blitz und stößt niemals gegen irgendwas, geschweige denn gegen irgendwen.

Der Junimorgen ist heiß. Zweiundzwanzig Männer sind es, die Monte Lavre verlassen, nicht zusammen, um die Aufmerksamkeit der Guarda nicht auf sich zu lenken. Sie treffen sich am Flußufer, gleich unterhalb von Ponte Cava inmitten des Schilfrohrs. Hier wird besprochen, ob man gemeinsam oder getrennt losgehen soll, und nach einiger Überlegung beschließen sie, da sie nur wenige sind, die Gruppe nicht zu teilen. Sie würden weiter und schneller laufen müssen, aber ginge alles gut, würde sehr bald Gesellschaft hinzukommen. Sie legen die Route fest, zuerst nach Pedra Grande, danach Pendão das Mulheres, dann Casalinho, Carriça, Monte da Fogueira, Cabeço do Desgarro. Das weitere würde sich finden, wenn Zeit und Leute da sind, sie in andere Orte zu schicken. So ziehen sie los und durchwaten die

Furt. An dieser Stelle führt der Fluß wenig Wasser, es ist wie ein kleiner natürlicher Hafen, sie spaßen wie Jungen, doch ihr Lachen ist ernster, oder wie Rekruten, doch rar sind die Waffen. Schuhe aus, Schuhe an, und einer sagt aus Spaß, ich bade jetzt, macht's gut. Drei Kilometer sind es bis Pedra Grande auf schlechten Wegen, dann noch vier bis Pendão das Mulheres, weitere drei bis Casalinho, und von hier ab ist es besser, nicht weiterzuzählen, wir werden doch nicht aufgeben, ehe der erste Schritt getan ist. Dort sehen wir also die Apostel gehen, wie gut würde uns jetzt ein Fischwunder zupaß kommen, auf dem Rost gebraten, mit einem Schuß Olivenöl und einer Prise Salz, genau hier unter der Korkeiche, doch ruft uns die Pflicht, flüstert uns mit dringlicher Stimme zu, so daß man nicht weiß, ob sie in uns oder außerhalb von uns ist, schiebt sie uns, oder wartet sie mit ausgebreiteten Armen da vorn auf uns. Was für ein Christus steht denn da am Wegesrand, wer ist das? Es ist der erste Camarada, der das Getreidefeld nach seinem eigenen freien Willen verlassen hat, ohne auf jemanden zu warten, der ihm die Gründe erklärt, nun sind es dreiundzwanzig, das sind schon eine Menge Menschen. Pedra Grande ist in Sicht und vor uns das Getreidefeld, ein gutes Stück ist schon in wütender Arbeit abgemäht, wer spricht mit ihnen, soll Sigismundo reden, der kann es am besten, Camaradas, laßt euch nicht täuschen, es ist nötig, daß Einigkeit unter den Arbeitenden herrscht, wir wollen nicht ausgebeutet werden, was wir fordern, würde nicht einmal ausreichen, den hohlen Zahn des Patrão zu füllen. Manuel Espada tritt vor, wir dürfen nicht hinter den Camaradas anderer Gegenden zurückstehen, die zur gleichen Zeit wie wir einen gerechteren Lohn fordern. Und es gibt einen Carlos, einen anderen Manuel, einen Afonso, einen Damião, einen Custódio, einen Diogo und auch einen Filipe, alle wiederholen sie an ihrem Ort dasselbe, sie wiederholen diese Worte lediglich, denn es fehlte ihnen bisher die Zeit, sich andere, eigene auszudenken. Nun wagt sich auch João Mau-Tempo vor, zu meinem großen Bedauern ist mein Sohn António nicht hier, aber ich hoffe, daß er dort, wo er ist, dasselbe sagt wie sein Vater, vereinen wir uns, fordern wir unseren Lohn, denn die Zeit ist bereits gekommen, da wir die Arbeit einschätzen können, die wir verrichten, es können nicht immer die Patrões sein, die beschließen, was zu zahlen ist. Mit dem Essen kommt der Appetit, und beim Sprechen lernt man das Reden. Die Aufseher kommen gestikulierend heran, sie gleichen Vogelscheuchen, die

Spatzen vertreiben sollen, verschwindet von hier, laßt arbeiten, wer arbeiten will, Spitzbuben, die ihr alle seid, eine gute Tracht Prügel verdient ihr. Doch die Landarbeiter haben schon innegehalten, die Garben werden nicht vom Boden aufgehoben. Die Männer und Frauen kommen heran, dunkel vom Staub sind sie und von der Hitze gebraten, so daß ihnen nicht einmal mehr Schweiß kommt. Keiner arbeitet mehr, die zwei Gruppen schließen sich zusammen, sag dem Patrão, wenn er uns morgen hier haben will, die Rechnung ist aufgemacht, dreiunddreißig Escudos pro Tag. Christus war auch dreiunddreißig, sagt ein in religiösen Dingen bewanderter Witzbold. Eine Vervielfachung von Fischen hatte nicht stattgefunden, aber die Menschen hatten sich vervielfacht. Nun wurden zwei Gruppen gebildet, die Route so aufgeteilt, daß die einen nach Pendão das Mulheres und die anderen nach Casalinho gingen, ein Ort wurde vereinbart, an dem sich alle wiedertreffen sollten, um sich dann erneut getrennt auf den Weg zu machen.

Hoch im Himmel lehnen die Engel auf den Fensterbrettern oder auf der silbernen Brüstung der endlosen Veranda, die genau über dem Horizont ein weites Rund bildet, an klaren Tagen sieht man es gut. Sie zeigen mit den Fingern, rufen einander zu, leicht ist ihr Sinn, das kommt von ihrer Jugend, einer von ihnen, ein Höhergestellter, läuft, um zwei oder drei Heilige herbeizurufen, die früher mit der Landwirtschaft und Viehhaltung zu tun hatten, damit sie sehen, was auf dem Latifundium los ist, Unruhe, dunkle Menschenhaufen auf den Straßen, wo es solche gibt, oder auf den fast unsichtbaren Wegen durch den Busch, um sich den Weg abzukürzen, oder in einer Reihe am Feldrain entlang, wie eine schwarze Ameisenstraße. Schon lange haben sich die Engel nicht mehr so amüsiert, die Heiligen halten seichte Vorträge über Pflanzen und Tiere, die Erinnerung läßt sie schon etwas im Stich, aber sie können noch erklären, wie der Weizen wächst und wie man Brot bäckt, daß man vom Schwein alles nutzt, denn willst du erkennen dein körperlich Sein, dann schlachte ein Schwein. Die Feststellung ist kühn und ketzerisch, sie stellt die Gewissenhaftigkeit des Schöpfers in Frage, der, nicht wissend, was er noch erfinden sollte, den Menschen machte und dabei das Schwein wiederholte, wenn es so viele sagen, wird es schon wahr sein.

So hoch und so fern von der Welt, in der sie lebten, können die Heiligen nicht erklären, was die Gründe der Lauferei von Casalinho nach Carriça sind, von Monte da Fogueira nach Cabeço do Desgarro, und während einige dorthin gehen, machen sich jetzt andere zu weiter entfernten Ortschaften auf, nach Herdade das Mantas, nach Monte da Areia, alles Namen von Orten, an denen der Herr niemals weilte, und wenn, wo wäre unser und sein Gewinn. Ketzer sind es, wird von nun an Pater Agamedes tagtäglich schreien, und er schreit es schon vom Fenster der Wohnung aus, denn die Pilger treffen in Monte Lavre ein, sollte dies hier das neue Jerusalem sein, es ist eine Prozession wie zu Himmelfahrt. Gerade in diesem Augenblick läuft der Korporal der Guarda über die Straße, wer weiß, wohin er will, jemand wird ihn vielleicht gerufen haben. Der Patrão wünscht mit Ihnen zu sprechen. So setzt er die Mütze auf, und los geht's, noch den Gürtel festziehend, wie es die militärische Disziplin verlangt, denn wenig fehlt dieser Guarda, um Armee zu sein, und gerade wegen dieser Winzigkeit ist er so unglücklich, jetzt tritt er in die duftende Stille der Adega ein, wo Humberto ist; na, wissen Sie es schon?; Tacabo weiß es schon, es ist seine Pflicht, es zu wissen, dafür wird er bezahlt; ja, Senhor, die Streikenden sind die Arbeitstrupps abgelaufen; was machen wir also?; ich habe schon von Montemor Instruktionen erbeten, wir werden herausfinden, wer die Urheber des Aufruhrs sind; bemühen Sie sich nicht, ich habe hier die Liste, zweiundzwanzig sind es, die gesehen wurden, als sie sich in Ponte Cava berieten, bevor sie sich zu den Trupps aufmachten. Während diese Sätze fallen, bedient sich Tacabo mit einem Glas, während Norberto, auf und ab gehend, hart mit dem Stiefeleisen auftritt, Spitzbuben sind es, die nicht arbeiten wollen, wäre dieser Krieg von dem gewonnen worden, an den ich denke, würden sie nicht zucken, mucksmäuschenstill würden sie sein und dafür arbeiten, was wir bezahlen wollen. Dies sagt Alberto, doch der verwirrte Korporal weiß keine Antwort, er mag die Deutschen nicht, doch die Russen kann er erst recht nicht leiden, er hat eine Schwäche für die Engländer, und während er an dies und jenes denkt, weiß er schließlich nicht mehr genau, wer den Krieg eigentlich gewonnen hat, er erhält die Liste, das ist eine gute Information für seinen laufenden Bericht, zweiundzwanzig erwiesene Arbeitsverweigerer, das ist nicht ohne, auch wenn die Engel, diese Lausbuben, dies alles sehr amüsant finden, man kann es ihnen nicht übelnehmen, eines Tages werden sie die nackte Wirklichkeit des Lebens begreifen lernen, nämlich dann, wenn sie beginnen, sich Kinder anzuschaffen, vorausgesetzt, daß es Engelmädchen gibt, wie es gerecht und moralisch wäre, dann muß man die Kinder ernähren, der Himmel wird ein Latifundium sein, und sie werden sehen, wie es ihnen ergeht.

Wie dem auch sei, die Ameisen haben gewonnen. Im Dämmerschein des Abends haben sich die Männer auf dem Markt versammelt, die Verwalter sind gekommen, trocken und wortkarg, aber ergeben, morgen könnt ihr für die dreiunddreißig Escudos an die Arbeit gehen, erniedrigt ziehen sie sich wieder zurück und denken an Vergeltung. In dieser Nacht herrscht allgemeine Freude in den Schenken, selbst João Mau-Tempo riskiert ein zweites Glas, welch großes Ereignis, und die Geschäftsinhaber beginnen, mit der Tilgung der Schulden zu rechnen und über Preiserhöhungen nachzugrübeln. Die Kinder, die vom Geld reden hörten, wissen nicht, was alles sie sich wünschen sollen, und da das Fleisch sensibel gegenüber den Freuden der Seele ist, drängen die Männer den Frauen zu und umgekehrt, alle so glücklich; wenn der Himmel nur etwas von diesen Lebenslinien verstünde, Hosiannas wären zu hören und Posaunenklänge, wie schön kann doch der Mond scheinen, genau wie es im Juni üblich ist.

Nun ist es wieder Morgen. Jeder Arbeitstag ist acht Escudos mehr wert, keine zehn Tostões mehr in der Stunde, ein Nichts pro Minute, so wenig, daß es nicht in einer Münze auszudrücken ist, und jedesmal, wenn die Sichel in den Weizen fährt, jedesmal, wenn die linke Hand das Bund hält und die rechte Hand den brüsken Schlag der Klinge führt, daß sie fast den Boden streift, dann kann nur die hohe Mathematik errechnen, was diese Geste wert ist, wieviel Nullen zur Rechten des Kommas stehen müssen, wieviel Tausendstel den Schweiß messen, das Schwingen des Handgelenks, des Armmuskels, das gepeinigte Kreuz, die vor Müdigkeit verdrehten Augen, die brütende Sonnenglut. So viel Leid für so wenig Verdienst. Trotzdem singt so mancher im Trupp, wenn auch nur für kurze Zeit, denn bald trifft die Nachricht ein, daß die Guarda am Tage zuvor die Stierkampfarena von Montemor mit Landarbeitern gefüllt hatte, wie Vieh festgenommen und hineingetrieben, allesamt. Diejenigen mit einem guten Gedächtnis erinnern sich an Badajoz, an die Menschenschlächterei, die dort geschah, ebenfalls in der Stierkampfarena, das scheint ein Omen zu sein, alle waren dort mit dem Maschinengewehr umgebracht worden, doch hier bei uns wird das sicher anders sein, unsereins ist nicht so brutal. Dunkle Vorahnungen durchlaufen die Felder, die Reihe der Mäher geht unschlüssig voran, ohne Rhythmus, und die Aufseher haben allen Anlaß zu brüllen, als ob es um ihr Geld ginge, ach nein, jetzt, wo ihr mehr verdient, ist das Feld voll von Faulpelzen. Die Leute fühlen sich in der Ehre getroffen, sie wollen dem Patrão nichts schuldig bleiben und bewegen sich schneller, dann aber kommen die Bilder wieder, die Arena von Montemor voll mit unseren Leuten, aus allen Gegenden des Latifundiums, und manch einem wird vor Schrecken die Zunge trocken, und er schreit den Wasserträger nach dem trüben Naß an. Wer weiß, was mit uns noch geschehen wird. Die Guarda weiß es, die dort drüben über die Scholle daherkommt, an jedem Ende der Reihe mehrere, die Gewehre sind angelegt, die Finger am Abzug, falls jemand zu fliehen versucht, geht der erste Schuß in die Luft, der zweite in die Beine, und mehr als ein dritter ist nicht notwendig, selbst den sind die gar nicht mehr wert. Die Mäher richten sich auf und hören die Namen, Custódio Calção, Sigismundo Canastro, Manuel Espada, Damião Canelas, João Mau-Tempo. In diesem Trupp sind das die Anführer, die anderen treiben sie zur selben Stunde zusammen, oder man hat sie schon oder wird sie bald haben, wenn sie gedacht haben, sie müßten nicht für die Auflehnung bezahlen, dann hatten sie sich getäuscht, das hieße, nicht zu wissen, auf welchem Latifundium sie leben. Jene, die im Trupp verblieben waren, senkten den Kopf, die Arme, ja den ganzen Rumpf mit Herz und Lunge, sie überwanden das Kreuz, um den Körper zu unterwerfen, und die Sichel fuhr wieder in den Weizen, um nur etwas abzuschneiden, die trockenen Halme natürlich, was sonst könnte es gewesen sein. Der Aufseher raunzte wie ein Wolf hinter den Tagelöhnern, Glück gehabt, daß ihr nicht alle mitgehen mußtet, das hättet ihr verdient, wenn es nach mir gegangen wäre, hätte es hier ein Exempel gegeben, an das ihr euch noch lange erinnert hättet.

Die fünf Verschwörer gehen inmitten der Guarda, die stichelt, ihr meint, es ginge nur darum, daß ihr euch als Streikführer aufgespielt habt, doch ihr werdet schon sehen, was euch erwartet. Keiner der fünf antwortet, alle gehen mit erhobenem Kopf, wenn sich auch innen der Magen zusammenzieht, nicht vor Hunger, und wenn auch die Füße häufiger stolpern als normal, die Aufregung ist nun einmal so, man kann sie weder wegreden noch wegschweigen, wenn sie uns gepackt hat, alles geht einmal

Als es endlich mehr Geld geben soll . . .

... herrscht allgemeine Freude unter den Arbeitern und ihren Familien. Und natürlich werden viele Wünsche wach.

Beim Geld kommt es immer auf das Etwas mehr an. Pfandbriefsparer wissen das.

vorüber, der Mensch ist ein Mensch, eine Katze vielleicht mehr als ein Tier, Redensarten. João Mau-Tempo will etwas zu Sigismundo Canastro sagen, wir werden nicht erfahren, was, weil die Guarda wie ein Mann, ein Führer, ein Wille zu verstehen gibt, he, wenn ihr die Klappe nicht haltet, setzt es was mit dem Kolben, daß die Zähne den Weg markieren! Dies angedroht, wagt keiner mehr ein Wort, und schweigend erreichen sie so Monte Lavre, gehen die Steigung zum Revier der Guarda hinauf, wie es schien, hatten sie alle anderen schon ergriffen, zweiundzwanzig sind es, seht mal an, jemand hat uns angezeigt. Sie werden in eine Baracke im hinteren Garten gesteckt, alle zuhauf, es ist nicht einmal Platz, sich auf den Boden zu setzen, was macht das schon, die sind es ja gewöhnt, Unkraut vergeht nicht, ihre Haut ist der eines Esels ähnlicher als der von unsereins, um so besser, so werden sie weniger krank, wir mit unserer städtischen Anfälligkeit würden so etwas gar nicht aushalten. Die Tür ist offen, aber auf der anderen Seite stehen unter einem Laubendach drei Guardas mit entsichertem Gewehr, einer von ihnen scheint nicht einmal sehr zufrieden mit dem Wachamt zu sein, er schaut weg, und der Lauf seiner Waffe zeigt auf den Boden, man sieht, daß er den Finger nicht am Abzug hat, und es scheint so, als wäre er traurig oder niedergeschlagen, wer hätte das gedacht. Sie unterhalten sich nicht darüber, auch über nichts anderes, der Befehl war eindeutig, doch Sigismundo Canastro murmelt, Mut, Kameraden. Wenn es zum Verhör geht, immer dieselbe Antwort geben, wir wollten nur verdienen, was uns zusteht, flüstert Manuel Espada, und João Mau-Tempo, habt keine Angst, hier geht es nicht um Leben oder Tod, auch nicht um Verbannung nach Afrika.

Von der Straße her hört man Geräusche, als würden Wellen auf einen verlassenen Strand schlagen. Es sind die Verwandten und Nachbarn, die um Nachricht und sogar um Freilassung bitten wollen, man hört Tacabo schreien, verschwindet alle, oder ich lasse angreifen. Das sind taktische Übertreibungen, wie denn angreifen, wo doch hier keine Pferde sind, man kann sich kaum vorstellen, daß die Guarda mit aufgepflanztem Bajonett vorgeht und in Kinderbäuche sticht, in die Bäuche der Frauen, manche schwanger, ach, unser erstes Kind, und in die der Alten, die sich kaum noch auf den Beinen halten können, schon halbtot sind sie. Doch die Menge löst sich fügsam auf, man hört nur noch das leise Schluchzen der Frauen, die keinen Skandal wollen, aus

Angst, die Ehemänner, Söhne, Brüder und Väter könnten darunter leiden, sie selbst hingegen leiden, jede für sich, was soll aus uns werden, wenn er in Haft bleibt.

Schließlich nähert sich am späten Nachmittag ein Lastwagen aus Montemor mit einer starken Patrouille der dortigen Guarda, die sind anders, an die von hier sind wir schon gewöhnt, was soll's, doch verzeihen können wir beiden nicht, wie ist es nur möglich, daß sie, die ebenfalls dem gepeinigten Leib des Volkes entstammen, sich so gegen das Volk wenden, das ihnen niemals etwas angetan hat. Der Lastwagen fährt hinauf bis zur Straßengabelung, von der ein Arm nach Montinho führt, wo João Mau-Tempo schon gewohnt hat, auch seine verstorbene Mutter Sara da Conceição sowie seine Geschwister, die hier und dort leben, aber keines in Monte Lavre, doch unsere Geschichte handelt von denen, die blieben, nicht von jenen, die gegangen sind, doch ehe ich es vergesse, der andere Arm der Straße ist der von den örtlichen Herren des Latifundiums am meisten benutzte. Der Lastwagen hat inzwischen schon gewendet und kommt rumpelnd herab, hinterläßt Qualm und wirbelt den trockenen Staub des Weges auf. Die Frauen, Kinder und Alten sehen sich von dem schwingenden Kasten zurückgedrängt, doch als er vor der Grundmauer hält, die die Schräge ausgleicht, auf der sich das Revier der Guarda erhebt, klammern sie sich verzweifelt an die Seitenwände, doch das war unklug, denn die Patrouille im Wagen schlägt mit den Kolben auf die dunklen, schmutzigen Finger. Dieses Volk scheint sich nicht zu waschen, Senhor Pater Agamedes; das stimmt, Dona Clemência, aber was soll man tun, sie sind schlimmer als die Tiere. Der Sergeant Armamento aus Montemor schreit, wenn einer näher kommt, fängt er eine Kugel; man sieht doch gleich, wer Autorität besitzt. Die Menge verstummt und zieht sich zur Straßenmitte zurück, zwischen Revier und Schule, dann werden die Verhafteten aufgerufen, die Patrouille formiert sich zu zwei Linien von der Tür der Guarda bis zum Lastwagen oder umgekehrt, es ist eine Art Reuse, in der Fische gefangen werden oder Menschen, denn im Zustand der Gefangenschaft sind die Unterschiede gering. Es kamen die zweiundzwanzig, und jedesmal, wenn einer von ihnen auf den Stufen des Reviers erschien, hörte man aus der Menge einen Schrei und ein unterdrücktes Schluchzen, vom zweiten oder dritten an war alles nur noch ein einziges Klagen, ach, mein lieber Mann, ai, mein lieber Vater. Die Gewehre waren auf die Übeltäter gerichtet, die örtliche Besatzung beobachtete die Menge, um eine eventuelle Revolte abwenden zu können. Es sind bestimmt Hunderte, und sie sind verzweifelt, aber da sind die Mündungen der Gewehre, die sprechen, kommt nur, kommt nur, dann werdet ihr sehen, was passiert. Die Gefangenen verlassen das Revier, sie suchten mit den Augen nach den Ihren, doch sie haben keine Zeit, weiter geht's, und an der Mauer angekommen, müssen sie auf den Lastwagen springen, es ist ein Schauspiel, mit der Absicht, das Volk einzuschüchtern. Inzwischen verabschiedet sich schon der Nachmittag, dort, wo der Schatten fällt, kann man nicht einmal mehr die Gesichter erkennen, kaum war der Erste herausgekommen, waren auch schon alle im Wagen. Der fährt an und führt ein brutales Manöver aus, so als würde er die Menge niedermähen wollen, mancher stürzt, glücklicherweise ohne größeren Schaden davonzutragen, außer einigen Kratzern. Bergab geht es leicht, die Männer sitzen auf dem Boden des Wagenkastens, wie hingeworfene Säcke, die Guardas klammern sich an den Seitenwänden fest, nur der Sergeant Armamento steht mit dem Rücken zur Kabine fest auf den Beinen und blickt auf die Menge, die hinter dem Wagen herläuft, ich seh schon, die Ärmsten werden zurückbleiben, unten kommen sie näher, da ein Lenkmanöver nach links nötig ist, aber dann können sie nichts mehr machen, das Fahrzeug entfernt sich in Richtung Montemor, und die armen atemlosen Leute erschöpfen sich in Gesten und Schreien, die in der Entfernung bald verklingen, man hört sie schon nicht mehr, einige, die besser zu Fuß sind, versuchen noch einen Wettlauf, wozu nur, gleich in der ersten Kurve verschwindet der Wagen, wir werden ihn noch einmal hinten auftauchen sehen, wenn er die Brücke passiert, jetzt, jetzt, was ist das für eine Gerechtigkeit und was für ein Land, warum ist unser Anteil am Leid so groß, es wäre besser, sie würden alle auf einmal umbringen, das Elend hätte so ein Ende.

Jeder denkt sich seinen Teil. Aus den Worten, die sie hörten, als sie darauf warteten, das Revier zu verlassen, entnahmen Sigismundo Canastro, João Mau-Tempo und Manuel Espada, daß sie als die Anführer des Streiks gelten. Von den dreien ist Sigismundo Canastro der ruhigste. Nachdem er sich wie alle auf den Boden gesetzt hatte, legte er den Kopf auf die Arme, die sich ihrerseits auf den Knien abstützten, man kann sich die Stellung gut vorstellen. So will er sich das Denken erleichtern, aber auf einmal kommt ihm der Gedanke, daß seine Genossen wegen seiner ergebenen Haltung denken könnten, er wäre mutlos, das fehlte noch, er nahm die Arme herunter und streckte den Körper, hier bin ich. Manuel Espada erinnert sich und vergleicht. Er denkt daran, wie er vor acht Jahren denselben Weg in einem Wägelchen mit seinen Kameraden, Burschen wie er, zurückgelegt hatte, nur Augusto Patracão ist wieder dabei, Palminha ist vernünftig geworden, er sorgt sich um Dinge nützlicherer Art, und Felisberto Lampas ist auf Wanderschaft gegangen, keiner weiß etwas von ihm. Manuel Espada sagt sich selbst, daß die jetzige Sache ernster ist, sie ist nicht vergleichbar, damals handelte es sich um junge Burschen, jetzt sind alles Männer, das ist eine andere Verantwortung, und ich wette, daß alle sich ihrer bewußt sind. Diese drei jedenfalls, man kann nicht von allen sprechen, sonst kämen wir nicht ans Ende der Geschichte, diese drei hatten ein wenig Mut und ein wenig Schwäche, ein wenig Kraft und doch ein Zittern in den Händen und Beinen, niemand kann diesen Dingen entgehen. João Mau-Tempo befindet sich in einem traumähnlichen Zustand, es ist schon fast Nacht, und wenn sich die Augen mit Tränen füllen, gemach, ein Mann ist nicht aus Stein, wichtig ist nur, daß die anderen es nicht sehen, damit sie nicht ebenfalls schwach werden. Links und rechts der Straße nur Einöde. Nach dem Passieren der letzten Anwesen nur noch Stoppelfeld, bald wird der Mond aufgehen, es ist Juni, da scheint er frühzeitig, dort vorn liegen einige große Steine, welche Riesen mögen sie dorthin gerollt haben, ein guter Ort für einen Hinterhalt, man stelle sich vor, José Gato wäre dort mit seiner Bande, Venta Rachada, Parrilhas, Ludgero, Castelo, alle würden sie plötzlich hinter den Findlingen hervor auf die Straße springen, sie besitzen Übung darin, und rufen, halt!; der Lastwagen müßte scharf bremsen und würde auf der Fahrbahn rutschen, verdammt noch mal, die Reifen werden mir platzen, und dann heißt es, wer sich rührt, fängt eine Kugel. Jeder hat ein Gewehr im Anschlag, und sie spaßen nicht, man kann es ihren Gesichtern ansehen, da ist die Fünfschüssige, die José Gato dem Marcelino abgenommen hatte, Sergeant Armamento versucht noch eine Bewegung, das ist es, was seine Vorgesetzten von ihm erwarten, doch er stürzt von oben herab, mit einem Loch mitten im Herzen, und José Gato drückt die zweite Patrone in die Kammer und sagt, alle Gefangenen runter! Die Guardas haben allesamt die Hände erhoben, wie in Wildwestfilmen, und Venta

Rachada sowie Castelo sammeln die Gewehre und Patronentaschen ein, hinter den Steinen haben sie zwei an Schweinetransporte gewöhnte Maultiere, die können auch diese Schweinerei schleppen. João Mau-Tempo zögert, ob er gleich nach Monte Lavre zurückkehren oder sich hier verstecken soll, bis die Luft rein ist, aber er wird eine Nachricht an die Familie schicken müssen, seid unbesorgt, glücklicherweise ist alles gut ausgegangen.

Alles runter, flott, flott!, das sagt der wiederauferstandene Sergeant Armamento ohne ein Loch im Herzen. Sie befinden sich vor der Tür des Reviers der Guarda von Montemor, keine Spur von José Gato, nicht einmal von seinem Schatten. Die Guardas treten an, sie sind jetzt entspannter, da sie sich zu Hause fühlen, keine Gefahr eines Aufstandes oder bewaffneter Überfälle, und das Eingreifen von José Gato, sicher haben es alle schon erraten, hatte nur in João Mau-Tempos Einbildung existiert. Die Steine blieben am Straßenrand zurück, sie liegen dort seit Jahrhunderten, doch niemand sprang plötzlich hinter ihnen hervor auf den Weg, das Fahrzeug fuhr in seiner mechanischen Gleichgültigkeit vorbei, hat uns hier ausgespuckt und verschwand, nachdem es seine Pflicht erfüllt hatte. Die zweiundzwanzig werden durch einen Gang gestoßen und überqueren einen Hof, zwei Guardas stehen an einer Tür, einer von ihnen öffnet sie, und drinnen erblickt man zahlreiche Männer, einige stehen, andere sitzen auf dem Boden, der mit zwei aufgerissenen Bündeln Stroh bedeckt ist, die dort hingeworfen wurden, um als Schlafstatt zu dienen. Der Boden ist aus Zement, und so ist es im Anbau kalt, das ist trotzdem verwunderlich, wenn man an die Hitze der Jahreszeit denkt und an die vielen Menschen hier drinnen, vielleicht liegt es an der feuchten Wand dort hinten, die an die Mauer des Kastells stößt. Mit den Neuhinzugekommenen waren es etwa sechzig Männer, das ergäbe einen guten Arbeitstrupp. Die Tür schließt sich, und das Quietschen des Schlosses reißt an den Nerven wie Glassplitter, die zertreten werden, genau solche, wie sie das Latifundium auf den Gutsmauern hat, werden sie von den Sonnenstrahlen getroffen, ist es eine Augenweide, alles glitzert und leuchtet. An Orangen fehlt es dort nicht, der schönen Frucht, und wer Orangen sagt, sagt auch Pfirsiche, denn auch das ist eine vornehme Frucht, Rosenstöcke bilden über den Wegen der Plantage Bögen, geht da einer zu seiner Arbeit entlang, dann treibt der Wind ihm die Düfte in die Nase, na, ich weiß nicht, ob die überhaupt in der Lage sind, solche Schönheit zu genießen, Senhor Pater Agamedes. Die Decke des Anbaus ist niedrig, eine elektrische Lampe klebt förmlich an ihr, nur eine, fünfundzwanzig Watt, nicht mehr, wir sind noch immer an die Sparsamkeit gewöhnt, und außerdem könnte man sonst die Hitze nicht aushalten, wer würde das Gegenteil behaupten. Die Männer erkennen sich gegenseitig wieder oder machen sich bekannt, Leute von Escoural sind hier, aus Torre da Gadanha, man sagt, die aus Cabrela seien nach Vendas Novas gebracht worden, und nun, was werden sie mit uns machen? Was es auch sei, meint einer aus Escoural, die dreiunddreißig Escudos können sie uns nicht mehr nehmen, jetzt heißt es durchhalten.

Sie halten durch. Die Stunden vergehen. Hin und wieder öffnet sich die Tür, neue Gruppen kommen herein, der Raum wird zu klein für so viele Leute. Fast alle haben seit dem Morgen nichts gegessen, und nichts deutet darauf hin, daß die Guarda beabsichtigt, den Gefangenen Essen zu bringen. Einige legen sich aufs Stroh, die Zuversichtlichsten und Nervenstärksten schlafen. Es schlägt Mitternacht, man kann die Glockenschläge der Hauptkirche hören, heute wird nichts mehr passieren, um diese Stunde geschieht nie etwas, es ist besser, zu schlafen. Die Eingeweide meutern, aber nicht sehr, und kaum beginnt die Schläfrigkeit sich der Männer zu bemächtigen, die von den Ausdünstungen und der Hitze der Körpermenge erschlafft sind, da wird die Tür aufgerissen, und der Korporal Tacabo erscheint in Begleitung von sechs Guardas, eine Liste in der Hand, der Korporal hält sie, denn die Guardas halten die Gewehre, als wären diese zusammen mit ihnen aus dem Mutterleib gekommen. Der Korporal brüllt, João Mau-Tempo aus Monte Lavre, Agostinho Direito aus Safira, Carolino Dias aus Torre da Gadanha, João Catarino aus Santiago do Escoural. Die vier Männer erheben sich und gehen wie vier Schatten hinaus. Die Kameraden spüren die Herzen bis zum Hals schlagen, wie wird es den Ärmsten ergehen? Und da hört man die Stimme von einem, der nicht mehr länger das Geheimnis bewahren kann, ich habe gehört, daß sie hier gestern einen Mann umgebracht haben.

Dieses Mal gehen sie nicht über den Hof. Zwischen den Guardas geht es eine Wand entlang, und dann werden sie durch eine Tür gestoßen. Das Lampenlicht ist hier wesentlich heller, die Gefangenen blinzeln, um sich vor dem plötzlichen Angriff zu schützen, dem ersten. Die Guardas sind gegangen, nur der Korporal ist geblieben und hat die Liste auf einen Schreibtisch gelegt, an dem zwei Männer sitzen, einer in Uniform, das ist der Leutnant Contente, und ein Zivilist. João Mau-Tempo, Agostinho Direito, Carolino Dias und João Catarino mußten sich in einer Reihe aufstellen, Seite an Seite. Hebt die Schnäuzchen hoch, damit wir sehen, ob ihr euren Huren von Müttern ähnlich seht, sagte der Zivilist. João Mau-Tempo konnte nicht an sich halten, meine Mutter ist bereits gestorben; und der andere, willst du, daß ich dir die Hörner stutze, du hast nur zu sprechen, wenn ich es dir befehle, es hilft nichts, wenn dir dann nicht danach ist, denn genau dann wirst du reden müssen. Leutnant Contente befahl seinerseits, stellt euch ordentlich hin, das hier ist kein Lotterbett für faule Säcke, und hört auf das, was der Senhor Agent euch zu sagen hat. Militärische Umgangssprache, nun ja. Der Zivilist erhob sich und schritt die Bande mit stechenden Blicken ab, verfluchter Kerl, als ob er mich durchbohren wollte, und zur Einschüchterung schaute er jeden einzelnen lange an, wie heißt du?; der Befragte antwortete, João Catarino; und du?; Carolino Dias; wer bist du?; Agostinho Direito; und du mit dem toten Mütterchen, wie heißt du?; João Mau-Tempo. Der Agent lächelte und genoß den Spaß, einen tollen Namen hast du, Schlechtwetter, der paßt genau in die Situation. Plötzlich ging er drei Schritte auf den Schreibtisch zu, zog die Pistole aus der Tasche, legte sie heftig zurück und wandte sich wütend wieder den Männern zu, merkt euch, ihr kommt hier nicht lebend wieder raus, wenn ihr nicht alles auskotzt, was ihr über den Streik und seine Organisation wißt, die euch die Befehle gab, über die Propaganda und über alles, ich will hier alles ausgepackt sehen, wehe euch, wenn ihr nicht sprecht! Leutnant Contente griff nach vier Schulheften, die einsam auf dem Schreibtisch lagen. Jeder von euch wird mit einem Heft in eine Zelle eingeschlossen, dort findet ihr Bleistifte, schreibt alles auf, was ihr wißt, die Namen, die Daten, die Treffpunkte und die Wohnungen, die Übergabe von Materialien, wieviel Zeitschriften und so, habt ihr verstanden, und ihr kommt so lange nicht heraus, bis alles haarklein notiert ist. Der Agent ging zum Schreibtisch zurück, steckte die Pistole wieder in die Hülle zurück, die Machtdemonstration war beendet, wegen euch verliert man die Beherrschung, hier steht ein erschöpfter Mann, der wegen dieses verfluchten Streiks nicht zum Schlafen kam, es ist besser, ihr seid vernünftig und schreibt alles auf, aber verheimlicht nichts, ich werde es herausfinden, und dann wird alles nur noch schlimmer. Sagt João Catarino, ich kann kaum schreiben; sagt Agostinho Direito, ich nur meinen Namen; sagt João Mau-Tempo, ich nur ein bißchen; sagt Carolino Dias, ich auch. Ihr könnt genug für das, was wir wollen, sagt der Agent, wir haben euch ausgesucht, weil ihr lesen und schreiben könnt, wenn ihr nicht wollt, um so schlimmer für euch, ihr werdet es bereuen, daß ihr nicht die Schafe geblieben seid, die ihr sowieso seid. Der Agent lachte über seinen Witz, es lachten der Korporal und der Gemeine, es lachte zufrieden der Leutnant Contente, zufrieden wie sein Name. Der Leutnant befiehlt es dem Korporal, der Korporal sagt es dem Gemeinen, der Gemeine öffnet die Tür, die vier Schwerverbrecher gehen hinaus, draußen stehen weitere Gemeine, ein ganzes Forum Romanum, wie Schweine werden sie von ihnen durch den Gang getrieben, Türen werden geöffnet, und jeder von den vier wird mit seinem Heft in eine Zelle gestoßen, der Dias, der Direito, der Catarino, der Mau-Tempo, dieser Abschaum der Menschheit, Gott möge mir verzeihen, wenn ich so etwas sagte, Senhor Pater Agamedes.

In der Kaserne der Guarda herrscht Stille, hier und da ein Geräusch. Im Anbau stöhnen und seufzen die schlaflosen Männer, aber die Schlafenden auch, das ist gepeinigten Körpern so eigen, es ist das Reißen, das man sich bei der Köhlerei geholt hatte, als man einen Riesenklotz heben wollte, heute müßte das sein, da würde ich ihnen was husten. Was werden sie mit unseren Kameraden gemacht haben, man hört nichts außer den Schritten der Wachposten und den Glockenschlägen vom Turm, wer bringt nur diesen Kauz zum Schweigen, sein Geschrei läßt einen nur auf schlimme Gedanken kommen. Nachdem sie eingesperrt worden waren, machten sie alle vier die gleichen Bewegungen, sie schauten sich um, ein Tisch war da und ein Bleistift, das ähnelte mehr einem Scherz, so als ob man wieder in der Schule wäre und ein Diktat zu schreiben hätte, allerdings war kein Lehrer zum Vorlesen und Notenerteilen da, die Überzeugung mußte den Lehrer ersetzen, sie würde entscheiden, welche Dinge in schiefer und ungelenker Schrift aufgeschrieben würden, und allesamt setzten sie früher oder später auf die oberste Linie der ersten Seite, genau an den Rand, so als wollten sie Papier einsparen für das Kommende, ihren Namen, ich heiße Agostinho Direito, ich heiße João Mau-Tempo, ich heiße João Catarino, ich heiße Carolino Dias, und dann schauten sie auf die zahlreichen Linien bis zum Ende der Seite und auf die folgenden, bis zum Schluß des Heftes, als würden sie, die Sichel in der Hand, auf ein Getreidefeld schauen, aber diese Sichel hier, die ein Bleistift ist, was hat sie nur, daß sie nicht schneidet, es geht nicht voran, sie verklemmt sich in dieser Wurzel, stockt an jenem Stein, Senhores, was nur soll ich schreiben, man erwartet, daß ich schreibe, was ich weiß, hier auf diese schiefen Linien, oder sind sie nur schief wegen meiner Müdigkeit? João Catarino schiebt als erster das Heft beiseite, den Namen hat er geschrieben, mehr wird er nicht schreiben, soll der Name dort stehen, damit man weiß, daß dessen Besitzer nichts weiter als den Namen geschrieben hat, nicht ein Wort mehr, und danach schiebt ein jeder zu verschiedener Zeit mit der gleichen Geste der schweren dunklen Hand das Heft von sich, der eine schließt es, der andere nicht, er läßt es offen, damit man zuerst den Namen sehen kann und nichts weiter, wenn man sie holen käme.

Das Loch leuchtete, so sagt man das auf die poetische und ländliche Art, es leuchtete durch das beschädigte Dach herab, das durch das Nagen der Zeit und wegen der minderen Künste des Dachdeckers Mäuler nach außen aufreißt, Löcher, genauer gesagt, und von hier aus dringt der Schein herein, wenn es tagt, obwohl es auch schon vorher hereingeleuchtet haben könnte, falls irgendein Stern auf seiner Reise mit den Augen eines Schlaflosen gebannt worden wäre. Wahrscheinlich war der Einfall mit den Heften ein Trick des Agenten und des Leutnants, um sich dem Schlaf der Gerechten hingeben zu können, während die Kriminellen gestehen würden, oder es war eine gerissene Art, die Arbeit eines Schreibers zu ersetzen. Die Wahrheit wird nicht herauskommen, es genügt, daß der Fakt der Geschichte vom Gefängnis und vom Verhör bestätigt werden kann. Das Loch leuchtete, wir müssen darauf zurückkommen, denn die Episode blieb unvollendet und der Sinn verschwommen, es leuchtete, als sich die Türen öffneten. Der gestriegelte Agent, ausgeruht und erfrischt, als hätte er in einem guten Bett geschlafen, wurde von Zelle zu Zelle immer wütender, weil ihm jedes Heft nur mitteilte, was er schon wußte, daß dieses Dreckschwein sich João Catarino nennt und dieser Hurenbock Agostinho Direito heißt, daß dieser Pupenjunge Carolino Dias und jener Sohn einer Hure, jawohl, Sohn einer Hure, João Mau-Tempo ist. Das riecht nach Verabredung. Mistkerle ihr, alle herkommen, Schluß mit den Späßchen, ich will wissen, wer den Streik organisiert hat, welches die Kontakte sind, oder mit euch passiert dasselbe wie mit dem anderen. Sie wissen nicht, von wem die Rede ist, wissen auch nichts anderes, sie schütteln den Kopf, wach und doch müde, stolz und hungrig. Kommt der Nebel vor meinen Augen davon? Leutnant Contente, der ebenfalls erschienen war, sagte, ihr werdet noch alle nach Lissabon geschickt werden, es wäre besser, ihr würdet hier in eurer Heimat unter Bekannten gestehen. Der Agent jedoch gab, wer weiß warum, ein wenig nach, schicken Sie sie zu den anderen, danach werden wir weitersehen. Die vier wurden gepackt und fast durch den Korridor geschleift, nach draußen zum Hof hin, der Himmel, schau mal nach oben, Amigo, er ist schon ganz hell, obwohl die Sonne noch nicht aufgegangen ist, dann tauchten sie, über die liegenden Körper stolpernd, in das Halbdunkel des Karzers hinein, wo die Kameraden lagen. Wer schlief, wurde wach oder drehte sich knurrend auf die andere Seite, schließlich beruhigten sich alle, denn die vier schworen bei ihrer Seele, bevor sie sich zur wohlverdienten Ruhe niederlegten, daß sie nichts gesagt hätten, nicht ein einziges Wort. Die allgemeine Müdigkeit dauerte nicht lange, diese Männer sind an wenig Schlaf gewöhnt, sie rollen die Decke ein, wenn die Sonne noch über den Bergen Spaniens steht. Außerdem hat sie eine Unruhe erfaßt, welche sich in allen Winkeln des Unterbewußtseins breitmacht und ihnen keine Ruhe läßt. Es ist ein schreckliches Gefühl, das pressend auf die schmerzende Leere des Magens drückt, in den seit was weiß ich wieviel Stunden nichts hineingekommen ist. Selbst Tiere werden nicht so behandelt.

Es war schon Vormittag, da öffnete sich wieder die Tür und Tacabo rief, João Mau-Tempo, du hast Besuch! João Mau-Tempo, der sich gerade mit Manuel Espada und Sigismundo Canastro unterhalten hatte, erhebt sich überrascht und bemerkt das Erstaunen der anderen, es ist berechtigt, denn jedermann weiß, daß es in solchen Situationen keine Besuche gibt, nie hat man von solcher Güte gehört. Der eine oder andere schaut zweifelnd oder sogar mißtrauisch, hat der Genosse doch geredet, und João Mau-Tempo geht daher durch zwei stumme, ernste Reihen hinaus, und er schleppt die Füße, als würde er bereits alle Schuld dieser Welt auf sich geladen haben. In ihm dreht es sich, Gedanken kommen und gehen, der Himmel ist jetzt sonnenhell, wer wird es sein, der mich besuchen will, bestimmt Faustina und die Töchter, doch das kann nicht sein, der Leutnant würde es nicht gestatten, an den Agenten in Zivil, diesen jungen Hund mit der schmutzigen Schnauze, gar nicht erst zu denken.

Der Gang erscheint ihm viel kürzer, hinter dieser Tür hat er die Nacht damit zugebracht, auf ein Schulheft zu starren, das Lernen muß teuer bezahlt werden, ich heiße Mau-Tempo, und nun, während der Guarda an die Tür klopft und darauf wartet, daß der Befehl zum Eintreten kommt, wird Faustina da drinnen sein, oder werden sie mir sagen, sie sei da, um mich irrezuführen, und ich komme zu einem Verhör, werde vielleicht geschlagen, was wollte der Agent nur sagen, als er drohte, uns würde dasselbe geschehen wie dem anderen, falls wir nicht sprächen, was für ein anderer? Die Gedanken sind schnell, und nur deshalb konnte João Mau-Tempo so viel denken, während er wartete, doch als sich die Tür endlich öffnete, war sein Hirn leer, und im Inneren seines Kopfes gab es nur tiefe Nachtschwärze, und dann die große Erleichterung, denn zwischen dem Agenten und dem Leutnant stand Pater Agamedes, vor dem Pater werden sie mich nicht schlagen, was mag ihn nur hergeführt haben?

So wird es einmal im Himmel sein, ich in der Mitte, wie es meinem geistigen Amt zukommt, das ich ausübe, solange ich mich kenne und Ihr mich kennt, Ihr, Leutnant, zu meiner Rechten, weil Ihr das Recht stützt und den, der es macht, Ihr, Agent, zu meiner Linken, weil Ihr den Rest der Arbeit besorgt, von der ich nichts wissen will, selbst wenn ich müßte. Die Tür dieses wohlgeordneten Hauses öffnet sich, und was muß ich sehen, oh, traurige Augen, daß ihr dafür geboren wurdet, wäret ihr doch blind, sagt mir, daß ihr mich täuscht, daß dies nicht João Mau-Tempo aus Monte Lavre ist, dem Ort, wo meine arbeitswillige Herde lebt. Mann, sind Sie nicht bei Sinnen, der Senhor Leutnant und der Senhor Agent hier, oder besser, der Senhor Agent und der Senhor Leutnant haben mir gesagt, Sie wollen nicht erzählen, was Sie wissen, es wäre wahrlich besser, Sie täten es zu Ihrem eigenen Frieden und dem Ihrer Familie, diese armen Unglücklichen, die keine Schuld an den Verfehlungen und dem Wahnwitz des Vaters haben, schämen Sie sich nicht, João Mau-Tempo, ein erwachsener und angesehener Mann und solche Jungenstreiche, wo hat man solch Widersinn schon gesehen, wie oft habe ich Ihnen und den anderen in der Kirche gepredigt, geliebte Kinder, gebt acht, denn am Ende dieses Weges, den ihr nehmt, warten Verdammnis und Hölle, wo alles nur Heulen und Zähneklappern ist, so oft habe ich es gesagt, ich wurde nicht müde, es zu wiederholen, doch es hat Ihnen nicht gefrommt, João Mau-Tempo, nicht etwa, daß ich mich um die anderen besonders sorgen würde, aber der Senhor Agent und der Senhor Leutnant haben mir gesagt, daß von denen aus Monte Lavre Sie gebeten wurden, in dieses Heft zu schreiben, und Sie haben nichts geschrieben, waren nicht behilflich, wie es scheint, haben ein falsches Spiel getrieben, diese Senhores hier haben so viel Geduld, die Ärmsten opfern die ganze Nacht, kommen nicht zum Schlafen und haben doch auch ihre Familien, die die ganze Nacht über auf sie warten, was haben Sie sich denn gedacht, und wegen Ihrer Halsstarrigkeit müssen sie ihren Familien sagen, ich komme heute später, oder, ich habe nachts zu tun, eßt ohne mich zu Abend und geht schlafen, denn ich komme erst morgen nach Hause. Und nicht einmal dann kommen sie, denn es ist fast Mittagszeit, und der Senhor Agent und der Senhor Leutnant sind noch immer hier, das ist doch nicht möglich, João Mau-Tempo, Ihnen muß doch alle Achtung gegenüber den Autoritäten fehlen, wenn Sie sich so betragen, was würde es Sie kosten, wenn Sie sagten, wer den Streik vorbereitet hat, und die Sache mit den Flugblättern erklärten, wer sie erhalten hat und wer sie verteilt, woher sie kommen und wieviel es sind, ja, würde Sie das etwa etwas kosten, Mann Gottes, es ist ja beinahe lästerlich, Sie so zu nennen, nur die Namen, der Senhor Agent und der Senhor Leutnant besorgen den Rest, Sie gehen nach Hause zu den Ihren, was kann es Schöneres geben als einen Mann bei seiner Familie, nun reden Sie schon, meine Stellung verbietet es mir, Geheimnisse aus dem Beichtstuhl preiszugeben, waren es nicht Fulano und Beltrano, antworten Sie, oder nicken Sie, wenn Sie wollen, nur mit dem Kopf, wenn Sie nicht laut antworten wollen, es bleibt alles unter uns vieren, waren es Fulano und, jawohl, Beltrano, oder waren sie es nicht, ich hab da so was gehört, kann aber nichts mit Bestimmtheit sagen, ich frage lediglich, ein großes Unglück ist Ihre Haltung, João Mau-Tempo, sagen Sie mir wenigstens, ob es Ihnen nicht leid tut, Ihre Familie so ins Unglück zu stürzen, antworten Sie endlich, Mann.

Antworte, Mann, du stehst dem Pater Agamedes, dem Leutnant und dem Agenten gegenüber, es gibt keine weiteren Zeugen, du könntest gut und gerne sagen, was du weißt, viel ist es nicht, aber jeder gibt, was er hat, zu mehr ist er nicht verpflichtet. Senhor Pater Agamedes, ich weiß nichts, ich kann auch nicht bereuen, was ich nicht getan habe, alles würde ich geben, um bei meiner Frau und meinen Töchtern sein zu können, doch um was Sie mich bitten, das kann ich nicht geben, weil ich nichts weiß, und wenn ich etwas wüßte, würde ich es nicht sagen. Aha, Spitzbube, schreit der Agent, jetzt hast du dich verraten. Lassen Sie nur, sagt Pater Agamedes leise, es sind arme Tröpfe, ich werde nicht müde, das zu sagen, wie erst neulich im Haus von Dona Clemência, sehr wahrscheinlich weiß er wirklich nichts, hat sich nur von den anderen mitreißen lassen. Aber er wurde als Haupt des Streiks bezeichnet, sagt der Leutnant. Gut, schicken Sie ihn wieder zurück, befiehlt der Agent.

João Mau-Tempo geht hinaus, und während er zum hundertstenmal den Gang durchquert, kommen ihm aus einer Tür, von einer starken Eskorte umgeben, Fulano und Beltrano entgegen, sie erkennen sich und schauen sich an, die zwei sind übel zugerichtet, die Ärmsten, und João Mau-Tempo spürt, wie sich ihm beim Überqueren des Hofes die Augen mit Tränen füllen, das kommt nicht von der stechenden Sonne, an die ist er gewöhnt, es kommt von einer absurden Zufriedenheit, daß nicht er es war, der Fulano und Beltrano denunzierte, wie gut, daß sie verhaftet sind, Blödsinn, wie schlecht, ich weiß schon nicht mehr, was ich rede und warum mir schon wieder Tränen kommen, erst vor Zufriedenheit und dann vor Kummer, weil ich sie hier gesehen habe und sie mit Sicherheit schon geschlagen worden sind, so sicher, wie ich mich João Mau-Tempo nenne, ein Name, der zu diesen Tagen paßt, wie der Agent gesagt hat.

Im Anbau angekommen, erzählte er, was geschehen war. Man bemerkte seine verweinten Augen und fragte, ob man ihn geschlagen habe. Er verneinte, weinte aber weiter, voller Seelenschmerz, die Zufriedenheit war verflogen, jetzt war er nur noch zum Sterben traurig. Die Leute aus Monte Lavre umringten ihn, die Gleichaltrigen, denn die Jüngeren entfernten sich verschämt, es erschien ihnen nicht recht, in der Nähe eines weißhaarigen Mannes zu bleiben, der wie ein Kind weinte, eine Sache, die auch uns einmal passieren wird. Das sind Besorgnisse, die wir ohne große Analysen und Diskussionen akzeptieren sollten.

Es war früher Nachmittag, als sich die Angelegenheit schließlich zum Guten wendete. Sie wurden auf den Hof geführt, und hier warteten die Angehörigen, die von weit her gekommen waren. Wer konnte, war gekommen, erst vor kurzem war ihnen gestattet worden, in den Vorräumen der Autorität zu warten, vorher hatten sie gegenüber der Kaserne stehen müssen, und eine Patrouille achtete auf Abstand, doch die Seufzer und Klagen wollten nicht aufhören. Als Korporal Tacabo kam und die Erlaubnis zum Eintreten gab, schlugen alle Hoffnungsflammen hoch, und da waren auch Faustina und ihre zwei Töchter Gracinda und Amélia, die zu Fuß von Monte Lavre gekommen waren, vier Meilen, o Leben voller Mühen, und da waren auch die anderen, fast alle Frauen, da kommen sie. Die Guardas lösten den Sicherheitskordon auf. Ach, welch heiße Küsse im Wald wurden getauscht! Halt mal, in was für einem Wald denn, was soll der Käse! Die Unglücklichen umarmten sich und weinten, es war wie die Auferstehung der Seelen, und falls sie sich wirklich geküßt haben sollten, so soll gesagt sein, daß sie nicht sehr geübt sind darin. Manuel Espada aber, der hier niemanden hatte, schaute auf Gracinda, die den Vater umarmte, sie war schon größer als er und konnte über dessen Schultern sehen, natürlich kannten sie einander, es war keine Liebe auf den ersten Blick, und schließlich sagte sie, hallo, Manuel, und er antwortete, hallo, Gracinda. Wer meint, daß viel mehr nötig gewesen wäre, der irrt sich.

Die Angehörigen lagen sich noch in den Armen, als Leutnant Contente und der Agent im Hof auftauchten und zur gleichen Zeit zu reden anfingen, kaum herauszufinden, wer wen imitierte, doch vielleicht gab es auch irgendeinen Mechanismus, der sie mittels elektrischer Leitung mit Lissabon verband und sie folgendermaßen reden ließ, wie zwei Phonographen, Burschen, nehmt euch ein für allemal in acht, dieses Mal könnt ihr noch gehen, aber seid gewarnt, denn wenn ihr euch wieder in Wühltätigkeiten einlaßt, dann bezahlt ihr doppelt und dreifach, laßt euch also nicht von Irrlehren verleiten, seid nicht so blöd, den Feinden unseres Vaterlandes zu glauben, wenn ihr Pamphlete auf den Straßen oder Wegen des Ortes findet, lest sie nicht, und falls ihr sie lest, verbrennt sie sofort, gebt sie an niemanden weiter und wiederholt nicht, was ihr gelesen habt, denn das ist ein Verbrechen, und hernach müßt ihr mit euren unschuldigen Familien büßen, wenn ihr irgendein Problem habt, dann laßt euch nicht auf Streiks ein, sondern wendet euch an die Vorgesetzten, denn diese sind dazu da, um Hinweise und Hilfe zu geben, so wird euch auf diese Weise zukommen, was gerecht und gesetzlich ist, ohne Aufruhr und Ärger, dafür sind wir hier, und jetzt geht in Frieden arbeiten, Gott helfe euch, doch bevor ihr gehen könnt, müßt ihr den Transport mit dem Lastwagen bezahlen, der euch von Monte Lavre nach Montemor brachte, ihr habt schlecht gehandelt und müßt dafür bezahlen, der Staat kann solche Ausgaben nicht decken.

Das geforderte Geld wurde gesammelt, Taschen und Täschchen wurden umgestülpt, Tücher aufgeknüpft. Hier ist das Geld, Senhor Leutnant Contente, so bleiben wir dem Staat wenigstens nichts schuldig, und es würde ihm ja so fehlen, schade ist nur, daß die Rundfahrt nicht länger war, denn den Weg von Monte Lavre nach hier kannten wir schon. Diese Worte wurden nicht ausgesprochen, der Erzähler nahm sich die Freiheit dazu, aber die folgenden Worte des Agenten waren wieder nüchterne Wirklichkeit, jetzt, wo ihr bezahlt habt, kehrt mit Gott nach Hause zurück, und seht her, bedankt euch hier beim Senhor Prior, der sich als euer aller Freund gezeigt hat. Bei diesen Worten hebt Pater Agamedes die Arme, als wäre er auf dem Altar, und die Leute wissen nicht, was sie tun sollen, einige gehen hin und bedanken sich, andere tun so, als hätten sie nichts gehört, andere schauen in die Luft oder beschäftigen sich mit Frau und Kindern, und Manuel Espada, der wer weiß aus welchem Zufall sich an der Seite von Gracinda Mau-Tempo befand, quetscht zwischen den Zähnen hervor, als wenn man ihm einen Stich ins Herz versetzt hätte, man schämt sich direkt noch. Wenn er aber gedacht hatte, die schlimmste Schande sei nun vorüber, wurde er von der fröhlichen Stimme Pater Agamedes' eines anderen belehrt, der sagte, ich habe eine gute Nachricht, kommt mit, unten auf der Straße warten Fahrzeuge auf uns, eure Patrões haben sie bereitgestellt, ihr braucht nichts zu bezahlen, alle können in den Wagen und Karossen der Patrões fahren. Da soll mir noch einer schlecht von ihnen reden. Dort zieht Pater Agamedes an der Spitze hin, die Soutane weht im Winde, ganz in Schwarz führt er in seiner geheiligten Spur die Herde der verirrten Einfältigen mit sich, die an ihrem mitgebrachten bescheidenen Essen kauen, und Manuel Espada, der wer weiß aus welchem Zufall dicht neben Gracinda Mau-Tempo geht, sagt zu ihr, sie wollen, daß wir ihnen auch noch dankbar sind, welche Schmach. Gracinda Mau-Tempo antwortet nicht, und so äußert Manuel Espada seinen Entschluß, mich sollen sie nicht mitnehmen, ich werde zu Fuß gehen. Jetzt aber reagiert das sonst so zurückhaltende Mädchen doch und sagt kühn, so weit . . ., aber sie verbessert sich sofort, da sie nicht weiß, wen sie loben und wen sie tadeln sollte, die, die mitfuhren, oder diesen Revoltierenden, du mußt es ja wissen. Manuel Espada bejaht, er wisse es, und entfernt sich mit drei Schritten, doch nach diesen drei Schritten sagt er noch, ich würde gern mehr als dein Freund sein. Sie antwortet nur mit den Augen, das genügt, und als Manuel Espada bereits hinter der nächsten Ecke verschwunden ist, sagt Gracinda Mau-Tempo auch in ihrem Herzen ja.

An den folgenden Tagen fütterte Pater Agamedes seine nicht gerade leere Speisekammer mit den Dankbezeigungen seiner Kunden, entschuldigen Sie, daß es so wenig ist, aber es kommt von Herzen, für alles, was Sie für uns getan haben. Ein Scheffel Bohnen, ein Säckchen Mais, dieses Legehuhn, jene Flasche Olivenöl, drei Tropfen Blut.

Olé! Auf höhere Weisung steigt der Gehilfe in die Arena hinab und überprüft die Riegel an den Zwingern, zählt die Halfter und stellt fest, daß sie ausreichen müßten, er läuft um das Rund, um alles im ganzen sehen zu können, die Bänke, die Logen, den Platz für die Musikkapelle, den Schatten und die Sonne, der Geruch frischer Kuhfladen steigt ihm in die Nase, und er sagt, sie können kommen. Daraufhin öffnen sich die Tore, und die Herde kommt herein, sie wird heute mit allen Regeln der Kunst bekämpft werden, mit dem Tuch gereizt, mit Bandarilhas gespickt, mit Lanzen gepeinigt, und das Töten wird schließlich vom Stoß des Degens gekrönt sein, denn Spitze und Schneide des Degens werden das Herz durchbohren, olé. Die Guarda hat sie herbeigetrieben, von nah und fern kommen sie, aus Orten, die in diesem Bericht schon erwähnt worden sind, nur nicht aus Monte Lavre, ein purer Zufall ist das, schnell füllt sich die Arena, nicht die Bänke, was für eine Idee, das Publikum werden andere sein, es sind die Guardas, die sich ringsum aufgestellt haben, möglichst in den Schatten, wo dies es erlaubt, doch der Kreis muß geschlossen werden, sie halten die Gewehre im Anschlag, ohne sie fühlen sie sich nicht als Menschen. Die Arena füllt sich mit dunklem Wild, das meilenweit im heldenhaften Kampf der Guarda im Sturmangriff zusammengetrieben worden war, hier kommen sie, die Streiktiere, die Sichellöwen, das Duldervolk, hier ist die Beute der harten Schlacht, zu Euren Füßen, Senhor, legen wir Fahnen und Kanonen nieder, die wir dem Feind abgenommen haben, seht ihre rote Farbe, weniger rot als zu Beginn des Krieges, denn wir haben sie unterdessen in den Staub geschleudert und auf sie gespien, Ihr könnt sie ins Museum hängen oder in die Kapelle der Korporation, dorthin, wo die Rekruten kniend darauf warten, daß ihnen das hohe Glück offenbart wird, von nun an Guardas zu sein, aber vielleicht, Senhor, wäre es besser, sie zu verbrennen, denn ihr Anblick verletzt die Gefühle, die zu empfinden Ihr uns gelehrt habt, nach keinen anderen verlangt es uns. Der Gehilfe hatte mit der gütigen Erlaubnis des Direktors einige Bündel Stroh in der Arena verteilen lassen, auf das sich nun die erschöpften Männer setzen oder legen, letztlich sind es doch Männer und keine Löwen, die Sicheln führen sie nicht mit sich, sie bleiben, in Gruppen geordnet, nach ihren Heimatorten zusammen, dieser Herdentrieb ist unwiderstehlich, doch es gibt auch einige wenige Männer, die von Gruppe zu Gruppe gehen, sie lassen hier ein Wort fallen, legen dort die Hand auf eine Schulter, schicken hierhin und dorthin einen heimlichen Blick oder eine versteckte Geste, bis alles so gut wie möglich abgesichert und geklärt ist, jetzt kann man nur noch abwarten.

Die Guardas stehen auf ihren Beobachtungsposten und schauen, einer von ihnen sagt mit sattem militärischem Lachen, sieht aus wie das Affendorf, wenn ich Erdnüsse bei mir hätte, würde ich sie hinunterwerfen und mich amüsieren, wie sie sich darum rauften. Das will besagen, daß der Guarda viel gereist ist, er kennt den Zoologischen Garten und hat die Regeln vergleichender Betrachtung und exakter Klassifizierung angewandt, na, und wenn so einer behauptet, daß das in der Stierkampfarena von Montemor eingepferchte Duldervolk den Affen gleicht, wer könnte ihm da widersprechen. In der Übermacht stehen sie da und richten die Flintolen auf uns, Flintolen sage ich, damit es sich auf Pistolen reimt, Pistarda hört sich nicht so lustig an, auch wenn es sich herrlich auf Guarda reimt, aber anstelle von Guarda könnte man ja Guardola sagen oder Guardiola, das ginge auch, man redet so vor sich hin, um sich die Zeit zu vertreiben oder um sie anzuhalten, ihr ein Stoppzeichen mit der Hand zu geben und zu flehen, geh nicht weiter, wenn du noch einen Schritt machst, trittst du auf mich, der dir doch nichts getan hat. Doch genausogut könnte ich mich bücken, die Hand auf die Erde legen und sagen, halte an, dreh dich nicht weiter, damit ich die Sonne länger sehen kann. Sie sind mit solchen Gesprächen beschäftigt, ein Wort folgt dem anderen und gebiert selbst ein neues, und niemand bemerkt, daß der Gehilfe herunterkommt und einen Mann sucht, für diesmal nur einen, er ist kein Sichellöwe und kam auch nicht von weit her, gäben sie diesem Mann ein Heft, worin er alles aufschreiben sollte, was er wüßte, so wie es am nächsten Tag mit den vier aus Monte Lavre, Escoural, Safira und Torre da Gadanha geschehen wird, so würde er auf die erste Linie seinen Namen setzen oder auch auf alle Linien, um jedem Zweifel vorzubeugen, schriebe er seinen vollen Namen, Germano Santos Vidigal.

Man hat ihn schon gefunden. Zwei Guardas nehmen ihn mit, wohin wir auch unsere Augen wenden mögen, sie erfassen immer dasselbe Bild, man führt ihn aus der Arena, am Torausgang von Sektor sechs kommen zwei hinzu, und von nun an scheint alles mit Absicht zu geschehen, alles läuft ab, als würden wir einen Film über das Leben Christi sehen, dort oben ist der Berg Golgatha, diese sind die Zenturien mit schwerem Tritt und Kriegerschweiß, sie halten die Lanzen bereit, es herrscht eine erstickende Hitze, halt. Männer kommen vereinzelt die Straße herunter, und der Korporal Tacabo bekommt es mit der Angst zu tun, es könnten wieder einmal José Gato und seine Bande sein, daher sagt er, Abstand halten, dieser Mann ist ein Häftling! Die Passanten gehen mit möglichst großem Abstand vorbei, dicht an die Wand gedrückt, von der keine Gefahr ausgeht, ja, es sieht aus, als ob ihnen Befehl und Information gefallen haben, der Zug hat jetzt nur noch hundert Schritte zurückzulegen, wir sehen, wie dort oben auf der Mauer eine Frau ein Laken auf die Leine hängt, es wäre nicht witzlos, wenn diese Frau Verónica hieße, doch dem ist nicht so, es ist nur Cesaltina, und sie hat mit der biblischen Geschichte nicht viel zu tun. Sie sieht den Mann zwischen den Guardas vorbeigehen und folgt ihm mit Blicken. Er ist ihr unbekannt, aber sie hat eine Vorahnung und birgt das Gesicht im feuchten Laken, als wäre es ein Schweißtuch, dann sagt sie zum Kind, das weiter in der Sonne spielen will, wir gehen ins Haus.

Die Guardas überqueren die zum Kastell hinaufführende Straße dort, wo sie einen weiten Bogen schlägt, daher sieht es wie ein Platz aus, noch einige Schritte sind zu gehen, doch sie verlängern das Leben kaum, wenn Sie annehmen, daß es der Gefangene ist, der dies denkt, dann irren Sie sich, wir wissen nicht, was er denkt und denken wird, darum ist es notwendig, daß wir zu denken beginnen. Würden wir hier auf dieser Seite bleiben und Cesaltina folgen, könnten wir zum Beispiel mit dem Kind spielen, wer mag schon keine Kinder, dann würden wir jedoch nicht erfahren, was weiter geschieht, also bleiben wir auf keinen Fall hier. Zwei Wachen stehen streitgerüstet an der Tür, laß, Herr, heute von neuem zu Glanz und Gloria Portugals die Heilige Jungfrau Maria erscheinen, sie braucht nur ein bescheidenes Wunder zu vollbringen, wir wollen hierher ja keine nationalen Pilgergänge haben. Wahr ist, daß von hier aus etwas Landschaft zu sehen ist, dazu einige Gemüsegärtchen, für mehr ist kein Platz an diesem beengten Ort. Wir gehen ins Haus, sagt Cesaltina zum Kind, wir gehen auch hinein, aber hier entlang zwischen den Wachposten hindurch, sie sehen uns nicht, das ist unser Privileg. Wir überqueren den Hof, nein, dorthin zu dem großen Anbau, einer Art Lagerraum, nicht, der dient für Delikte en gros, morgen werden die Männer aus Monte Lavre und anderen Orten hierhergebracht, bedeutungslose Fälle, hier ist die Tür, doch nicht diesen Gang entlang, sondern jenen, hier biegen wir ab, noch zehn Schritte, Vorsicht, stolpern Sie nicht über diese Bank, hier ist es, wir brauchen nicht weiterzugehen, es genügt, die Tür zu öffnen.

Wir sind nicht rechtzeitig gekommen, um die Einleitung mitzuerleben. Wir haben uns mit der Besichtigung der Landschaft aufgehalten, mit dem kleinen Jungen gespielt, der so gern in der Sonne ist, sosehr ihn die Eltern auch vor ihr warnen, wir haben Fragen an Cesaltina gerichtet, deren Mann zufällig nichts mit den neuesten Ereignissen zu tun hat, er ist Angestellter der Stadtverwaltung und heißt Ourique, und alles, was wir taten, waren nur Vorwände, Verzögerungen, Ablenkungen der Sinne, jetzt aber bemerken wir die abgebrochenen Kanten des Ziegelfußbodens zwischen den vier gekalkten Wänden, wieviel Schritte mögen hier schon getan worden sein, bemerken rundgetretene Stellen und diese interessante Ameisenstraße, die durch die breiten Fugen führt, als wären es Täler, von ihrem Standort aus sieht man, wie sich oben einige riesige Türme bewegen, die sich gegen den weißen Himmel abzeichnen, der eine Decke ist, und gegen die Sonne, die eine Lampe ist, die Türme sind Menschen, die Ameisen wissen das sehr gut, denn seit Jahrhunderten haben sie die Schwere ihrer Schritte gespürt, und unter dem langen, warmen Strahl, der aus einem aus dem Körper heraushängenden Schlauch herabschießt, starben ihrer viele, erstickt und ertränkt an allen Orten der Erde, jetzt jedoch scheinen sie davor sicher zu sein, die Männer sind mit anderen Dingen beschäftigt. Die Ameisen besitzen so ein Gehörsystem und eine musikalische Bildung, die es ihnen nicht erlaubt, zu verstehen, was die Menschen sagen und singen, daher wird es ihnen nicht möglich sein, das Verhör in allen Einzelheiten zu verstehen, aber das macht nichts, morgen werden im selben Revier der Guarda, doch in einem weniger abgelegenen Raum, die Männer aus Monte Lavre, Torre da Gadanha, Safira und Escoural verhört werden, und wir sind dabei und werden dieselben Beschimpfungen hören können, Sohn einer Hure, Hurenbock, Sohn einer Hure, Dreckschwein, Sohn einer Hure, Pupenjunge, wer regt sich darüber schon noch auf, das ist nicht der Rede wert, nicht mehr als die lächerlichen Geschichten, die sich Nachbarinnen anhängen, wen stören die schon, binnen dreier Tage ist der Friede wiederhergestellt, aber in diesem Falle war er es nicht.

Nehmen wir diese Ameise hier, besser gesagt, nehmen wir sie nicht, das hieße sie anfassen, stellen wir einfach fest, daß sie eine von den größten ist und den Kopf wie ein Hund hebt und jetzt mit ihren Schwestern dicht an der Wand entlangläuft, sie wird Zeit haben, zehnmal ihre lange Reise zwischen Ameisenbehausung und dem zu machen, was sie interessiert, wir aber nicht kennen, vielleicht etwas Merkwürdigem oder einfach Nahrhaftem in diesem abgelegenen Raum, bevor die Episode dank dem Tod ein Ende findet. Eben ist einer der Männer hingefallen, er liegt in Höhe der Ameisen, wir wissen nicht, ob er sie bemerkt, aber sie bemerken ihn, und er wird noch so oft fallen, daß sie ihm zuletzt das Gesicht, die Ohrmuschel, den dunklen Bogen der Augenbrauen und den sanften Schatten der Mundwinkel in der Farbe seiner Haare und seiner Augen dekorieren werden, und von alledem wird man später noch lange unter den Ameisen sprechen, es wird zur Veranschaulichung der neuen Generationen dienen, denn es ist gut für die Jugend, zu wissen, was alles in der Welt vorgeht. Der Mann fiel, und sofort zerrten ihn die anderen hoch, jeder von ihnen schrie ihm von seiner Seite eine andere Frage zu, wie wäre es möglich, zu antworten, selbst wenn man wollte, was hier nicht der Fall war, denn der Mann, der gefallen war und wieder hochgerissen wurde, wird sterben, ohne auch nur ein einziges Wort gesagt zu haben. Nur Stöhnen wird aus seinem Mund kommen, und tiefe Seufzer wird seine Seele ausstoßen, doch selbst wenn die Zähne zerschlagen sein werden und es nötig wird, ihre Stücke auszuspucken, was den anderen nur ein Grund mehr zum Schlagen ist, denn man beschmutzt nicht das Eigentum des Staates, selbst dann wird das, was man hört, nur vom Spucken kommen, von weiter nichts, die Lippen bewegen sich unwillkürlich, der auf den Boden tropfende Speichel ist dick vom Blut zur Geschmacksstimulierung für die Ameisen, die einander die Nachricht von diesem neuartigen Manna zutelegrafieren, seltsames Rot, herabgefallen vom so weißen Himmel.

Der Mann fiel wieder. Die Ameisen sagten, es ist derselbe, er hat dieselbe Ohrmuschel, dieselben Augenbrauenbögen, dieselben Schatten in den Mundwinkeln, da ist keine Verwechslung möglich, warum nur fällt immer derselbe Mann, verteidigt er sich denn nicht, kämpft er denn nicht? Das sind Ameisenkriterien, sie entsprechen ihrer Kultur, und sie wissen nicht, daß der Kampf von Germano Santos Vidigal nicht mit dessen Peinigern Escarro und Escarrilho stattfindet, sondern mit seinem eigenen Körper. Jetzt ist der rasende Schmerz zwischen den Beinen auszuhalten, an den Hoden, wie es im Lexikon der Physiologie genannt wird, oder an den Eiern, wie man volkstümlich sagt und es sich leichter merkt, zerbrechliche Bälle, Ballons, gefüllt mit Luft, die uns in der Erregung mit Recht emporheben, den Männern geht es so, sie erheben uns zu einer Reise zwischen Himmel und Erde, doch diese Gequälten nicht, die angstvoll von den Händen geschützt werden, doch jetzt lassen die Hände los, weil ein brutaler Tritt mit dem Absatz die Nierengegend traf. Die Ameisen wundern sich, doch nur vorübergehend. Schließlich haben sie ihre Pflichten, Zeitpläne sind einzuhalten, es ist schon viel, daß sie den Kopf wie Hunde heben und den schwachen Blick konzentrieren, um herauszufinden, ob der gestürzte Mann derselbe ist oder ob sich etwas in der Geschichte geändert hat. Die größere Ameise beendet ihre Runde an der Wand, verschwindet unter der Türspalte, sie wird eine Weile brauchen, bis sie wieder zurückkommt, und dann wird sie alles verändert vorfinden, es sind weiterhin drei Männer, aber die zwei, die nie fallen, vergnügen sich, das ist bestimmt ein Spiel, anders ist das nicht zu erklären, der Junge von Cesaltina sei vor solchem Spiel bewahrt, die beiden vergnügen sich damit, den anderen gegen die Wand zu stoßen, sie packen ihn bei den Schultern und wirbeln ihn gegen das Mauerwerk, wie es gerade kommt, schlägt er einmal mit dem Rücken auf oder kracht mit dem Hinterkopf dagegen oder mit dem schon zerschundenen Gesicht, wird er an die Kalkwand gestoßen und läßt dort Spuren vom Blut zurück, das ihm aus dem Mund und der rechten Wange fließt. Wenn sie ihn loslassen, rutscht er ohnmächtig an der Wand herunter und bleibt gekrümmt auf dem Boden liegen, dicht neben der Ameisenstraße. Die Ameisen erschrecken sich, als diese große Masse plötzlich von oben herabfällt, aber sie werden nicht getroffen, nicht einmal gestreift. In der Zeit, in der sie ihn liegenlassen, hält sich eine Ameise an seiner Kleidung fest, sie will ihn von nahem sehen, dumm ist sie, denn sie wird zuerst sterben. Genau dort, wo sie gerade ist, fällt der erste Knüppelschlag herab, den zweiten spürt sie bereits nicht mehr, aber der Mann spürt ihn, und vor Schmerz krümmt sich der Magen, nicht er, und wieder erbricht er vor Übelkeit, der Magen wehrt sich gegen den brutalen Fußtritt, und noch einer, diesmal in die männlichen Teile, ein nicht so anstößiges Wort.

Einer der Männer geht hinaus, um sich von der Anstrengung zu erholen. Es ist Escarrilho, Sohn einer Mutter und eines Vaters, er ist verheiratet und hat Kinder, doch das will nicht viel besagen, denn der andere, der zurückgeblieben ist, um den Gefangenen zu bewachen, Escarro, ist auch der Sohn eines Vaters und einer Mutter, auch er ist verheiratet und hat Kinder, wie soll man sie unterscheiden, wenn nicht nach dem Aussehen und dem Namen, einer ist Escarro, der andere Escarrilho, sie sind nicht verwandt und gehören doch zur selben Familie. Er geht im Gang auf und ab, stolpert vor Erschöpfung über die Bank und denkt, der macht mich noch fertig, dieser verstockte Kerl, der nicht sprechen will, aber er soll mich noch kennenlernen, oder ich will nicht länger Escarrilho heißen, dem werd ich's geben! Er trinkt einen großen Schluck Wasser, in ihm brennt es wie Fieber, eine wilde Wut packt ihn, und mit neuen Kräften stürzt er in den Raum zurück, rast wie ein Taifun und springt Germano Santos Vidigal wie ein Hund an. Er ist ein Hund und heißt Escarrilho, fehlt nur noch, daß Escarro ruft, faß ihn, und fehlt nur noch, daß der Hund beißt, vielleicht beißt er wirklich, denn später wird man Bißstellen von Menschenzähnen oder von Hunden sehen, es ist seltsam, aber alle Welt weiß es, daß manchen Menschen Hundezähne wachsen können. Armselige Hunde sind es, denen beigebracht wurde, diejenigen zu beißen, die sie achten müßten, und dorthin zu beißen, wo es nicht sein dürfte, hierhin zum Beispiel, an diese Stelle, die mich als Mann kennzeichnet, doch nicht mehr als mein Arm, mein Kinn oder das Herz, das innere

Auge, oder das Gehirn oder die wirklichen Augen. Von klein auf wurde mir gesagt, daß diese unruhige Maschine mein männlichster Teil sei, und obwohl ich das nicht so recht glaube, ist sie mir doch teuer, und es ist nicht gerecht, daß sie von Hunden gebissen wird.

Die große Ameise ist bei ihrer fünften Reise, und das Spiel geht weiter. Jetzt ist Escarro hinausgegangen, um auszuruhen, außer Atem ging er in den Hof, rauchte eine Zigarette und sah ins Dienstzimmer von Leutnant Contente hinein, um sich über die laufende Operation auf dem Lande zu informieren, die großen Manöver, der Leutnant sagte, daß er dabei sei, die Streikenden im ganzen Kreis zu ergreifen, alle Kräfte befänden sich im Einsatz und man hoffe noch auf Verstärkung, er rechne zu guter Letzt damit, die Zahl derer in der Stierkampfarena zu verdoppeln. Hat dieser Germano Vidigal schon geredet?; das fragte seinerseits diskret Leutnant Contente, denn letztlich war es ja nicht sein Rosenkranz, der da gebetet wurde, und Escarro war nicht im geringsten verpflichtet, ihm zu antworten, aber er sagte immerhin, noch nicht, der Kerl ist widerspenstig; der Leutnant sagte voll kriecherischer Beflissenheit, da muß man hart durchgreifen. Dieser kleine Torquemada von Montemor ist ein guter Helfershelfer, er stellt Dach und Schutz und obendrein noch Ratschläge zur Verfügung. Als er sich gerade eine Zigarette anzündete, hörte er die Antwort des verärgerten Escarro, wir wissen selbst sehr gut, was wir zu tun haben. Damit ging er, die Tür hinter sich zuschlagend, hinaus. So ein Klugschwätzer hat mir gerade noch gefehlt. Vielleicht war es wegen dieser Verärgerung, daß er, in den Raum mit den Ameisen zurückgekehrt, aus der Schublade des Tisches einen stahlbewehrten Ochsenziemer nahm, eine tödliche Waffe. Er schob die Schlaufe über das Handgelenk, um besser agieren zu können, und während das Opfer noch benommen versuchte, den Schlägen Escarrilhos auszuweichen, versetzte ihm Escarro einen klatschenden Schlag auf die Schultern und dann auf den Rücken, abwärts, Zentimeter für Zentimeter, als würde er grünen Roggen dreschen, bis zu den Nieren, und hier hält er sich auf, blind mit offenen Augen, es gibt keine schlimmere Blindheit, läßt er die Schläge rhythmisch auf den Mann niedersausen, der auf den Boden gestürzt war. Methodisch drischt er, um sich nicht zu verausgaben, alles wird bezahlt, nur die Überanstrengung nicht, aber nach und nach verliert er die Kontrolle über sich und verwandelt sich nun ganz und gar zu einer Schlagmaschine, die ins Delirium eingetreten ist, ein trunkener Automat, so daß Escarrilho ihm die Hand auf die Schulter legt und sagt, langsam, Mann, übertreibe nicht, der Kerl geht uns sonst noch drauf! Die Ameisen wissen über so etwas Bescheid, sie sind daran gewöhnt, ihre Toten zu sehen und eine Diagnose auf den ersten Blick zu treffen. So manches Mal, wenn sie eine Granne die Ameisenstraße entlangschleppen und über ein zerquetschtes, kaum definierbares Etwas stolpern, zögern sie nicht und drehen die Antennen von einer Seite zur anderen, haben Schwierigkeiten mit ihrer Last, doch ihr Morsen ist völlig eindeutig, hier ist eine tote Ameise. Sieht man für einen Augenblick woandershin und dann wieder zurück, ist der Kadaver bereits verschwunden, so sind die Ameisen, sie entziehen ihre in der Pflichterfüllung gefallenen Toten den Blicken. Aus dem Gesagten wird deutlich, weshalb die große Ameise, die sich gerade auf ihrer siebenten Reise befindet, den Kopf hebt und einen großen Nebelschleier vor ihren Augen sieht, doch dann konzentriert sie sich, justiert ihren Sehmechanismus und denkt, wie bleich ist dieser Mensch, es scheint kaum derselbe zu sein, das Gesicht ist geschwollen, die Lippen aufgeplatzt, und die Augen, ach, die armen Augen, man sieht sie nicht mal in dem Brei, so verändert ist er, seitdem er ankam, aber ich erkenne ihn am Geruch, darauf kann ich mich verlassen. Während sie das denkt, verschwindet das Gesicht aus ihrem Bereich, weil ihn die beiden Männer auf den Rücken gerollt haben, sie schütten ihm Wasser ins Gesicht, einen Krug voll zufällig frischem Wasser, das aus dem tiefen Grund des Brunnens gepumpt worden war, das Wasser wußte nicht, zu welchem Zweck, von weit her war es gekommen, lange Zeit unter der Erde reisend, nachdem es andere Gegenden kennengelernt hatte, die steinigen Wege einer Quelle, die lichte Rauheit des Sandes, die warme Weichheit des Schlammes, die faulige Reglosigkeit des Sumpfes, das Feuer der Sonne hatte es allmählich von der Erde ausgelöscht, niemand konnte sehen, wohin es verschwand, dann sammelte es sich in jener vorüberziehenden Wolke, die einige Zeit darauf plötzlich hilflos auf die Erde niederfiel, schön ist die Erde, wie sie vom Wasser gesehen wird, und wenn es sich den Ort aussuchen könnte, an dem es niederfallen möchte, dann gäbe es weniger Durst oder weniger Überfluß, es fiel plötzlich aus der Wolke auf die Erde, nahm seine Reise auf und reinigte sich zu purem, kristallklarem Wasser, suchte seine Bahn und fand sich im verborgenen Lauf wieder, der zu jener Stelle führte, die ein pumpender Saugrüssel anzapfte. Da ist ein hallendes, dunkles Brunnenloch, und auf einmal schöpft ein Krug das Wasser aus seiner transparenten Falle, was wird seine Bestimmung sein, wird es einen Durst löschen oder nicht, es wird von oben über ein Gesicht gegossen, stürzt brüsk herab und läuft langsam die Lippen herab, über Augen, Nase und Kinn, über die eingefallenen Wangen, über die schweißnasse Stirn, und so lernt es das Gesicht kennen, vorerst lebt dieser Mann noch. Das Wasser läuft weiter zum Boden, betropft alles ringsumher und färbt die Fliesen rot. Zahllose Ameisen ertranken, jene größere blieb verschont, sie war auf ihrer achten Reise, unermüdlich ist sie.

Escarro und Escarrilho heben Germano Santos Vidigal unter den Achseln hoch, sie richten ihn ganz auf, er hatte sie nicht darum gebeten, und setzen ihn auf einen Stuhl. Escarro hat noch immer den Ochsenziemer in der Hand und die Schlaufe um das Handgelenk, doch die Schlagwut ist verflogen, statt dessen brüllt er, elender Hurenbock! Er spuckt in das Gesicht des Mannes, der zusammengesunken auf dem Stuhl sitzt wie eine ausgezogene, leere Jacke. Germano Santos Vidigal öffnet die Augen, und wie unglaublich es auch scheinen mag, was er sieht, ist die Ameisenstraße, vielleicht weil die Stelle, auf die der Blick der sich zufällig öffnenden Augen fällt, am auffälligsten ist, es wimmelt dort von Ameisen, das ist nicht verwunderlich, das menschliche Blut ist Nahrung für sie, sie leben von nichts anderem, wenn man es richtig bedenkt, und hier fielen zusammen drei Tropfen Blut nieder, Pater Agamedes, und drei Tropfen Blut können ein Teich, ein See oder ein riesiges Meer sein. Er öffnet die Augen, wenn man da von öffnen reden kann, schmale Schlitze sind es, in die kaum Licht dringen kann, und das wenige, das einfällt, ist noch zuviel, die Pupillen schmerzen, doch es ist lediglich ein Schmerz mehr, es ist wie ein Messer, das ins Fleisch gestochen wird, wo schon hundert andere stecken und gedreht werden. Mit einem Stöhnen stammelt er einige Worte, auf die Escarro und Escarrilho gespannt lauschen, sie fürchten nun, die Mißhandlungen könnten ihn am Reden hindern, doch was Germano Santos Vidigal, der noch immer den Bedürfnissen des Körpers unterworfen ist, will, ist, seine Blase zu erleichtern, die, wer weiß, warum, sich dringend meldet und Gefahr läuft, sich an Ort und Stelle zu entleeren. Escarro und Escarrilho wollen den Boden nicht noch mehr beschmutzen, als er schon ist, und außerdem hoffen sie, daß zu guter Letzt der Widerstand des Starrsinnigen gebrochen wird und dies das erste Signal dazu ist, einer geht zur Tür, um zu sehen, ob der Gang leer ist, er winkt, geht wieder hinein, und zusammen schleppen sie Germano Santos Vidigal die fünf Meter bis zum Abort, sie lehnen ihn an das Wandbecken, der Ärmste versucht, mit den zerquetschten Fingern die Hose aufzuknöpfen, er muß das gemarterte Instrument suchen und hervorziehen, ängstlich vermeidet er es, die geschwollenen Hoden und den zerfetzten Hodensack zu berühren, dann spannt er alle seine Kräfte an, ruft alle seine Muskeln zu Hilfe, fleht sie an, zu spannen und dann zu erschlaffen, um den schrecklichen Druck loszuwerden, er versucht es einmal, zweimal, dreimal, und plötzlich tritt der Strahl heraus, Blut ist es, vielleicht mit Urin vermischt, wer könnte das schon in dem einzigen roten Strahl unterscheiden, es scheint, als ob alle Adern des Körpers geplatzt sind und hier ihren Ausgang finden. Er will innehalten, doch der Strahl bleibt. Es ist sein Leben, das hier vergeht. Es läuft noch immer, als er sich schwankend zurückzieht und keine Kraft mehr hat, sich die Hose zuzuknöpfen. Escarro und Escarrilho schleifen ihn zum Ameisenraum und setzen ihn wieder auf den Stuhl, während Escarrilho mit hoffnungsvoller Stimme fragt, willst du jetzt endlich reden? Er denkt, nachdem sie ihm diese Erleichterung gestattet haben, wird er sprechen, eine gute Geste wird mit der anderen vergolten, doch Germano Santos Vidigal läßt die Arme hängen, der Kopf sinkt ihm auf die Brust, in ihm wird es dunkel. Die große Ameise verschwindet unter der Tür, nachdem sie ihren zehnten Gang beendet hat.

Wenn sie zurückkommt, wird sie den Raum voller Menschen vorfinden. Escarro und Escarrilho werden noch immer dort sein, der Leutnant Contente, der Sergeant Armamento, der Korporal Tacabo, zwei namenlose Gemeine und drei durch Fingerzeig bestimmte Gefangene, welche bezeugen sollten, daß die benannten Agenten nur eine Minute, nicht länger, dem Gefangenen den Rücken gekehrt hätten, um einige dringende Angelegenheiten zu klären. Zurückgekehrt, hätten sie den Gefangenen mit einem Draht erhängt vorgefunden, so wie er jetzt hängt, ein Ende dort um diesen Nagel gewickelt, das andere zweimal um den Hals von Germano Santos Vidigal, ja, er heißt Germano Santos Vidigal, das ist für die Korrektheit des Totenscheines wichtig, der Gesundheitsbeauftragte muß gerufen werden, der

Tote kniet jetzt auf dem Fußboden, wie Sie sehen, jawohl, er kniet, was ist daran verwunderlich, wenn sich jemand erhängen will, und sei es an einem Bettgestell, so muß er es nur wollen, zweifelt da jemand daran? Ich nicht, sagt der Leutnant, sagt der Sergeant, sagt der Korporal, sagen die zwei Gemeinen und die drei Gefangenen, die aufgrund dieser Aussage wahrscheinlich noch heute in Freiheit gesetzt werden. Unter den Ameisen breitet sich Empörung aus, sie haben alles miterlebt, einmal waren diese dabei, einmal jene, und inzwischen sind sie zusammengetroffen und haben ihr Wissen untereinander ausgetauscht, sie kennen die ganze Wahrheit, auch die große Ameise kennt sie, sie war die letzte, die sein Gesicht gesehen hat, von ganz nahem, es glich einer großen Landschaft, und es ist wahr, daß die Landschaften sterben, weil man sie umbringt, nicht weil sie sich selber töten.

Sie haben den Körper fortgeschafft. Escarro und Escarrilho räumen das Werkzeug ihres Gewerbes auf, den Knüppel, den Ochsenziemer, sie reiben sich die Knöchel der Finger, sehen an Fußspitzen und Absätzen nach, ob nicht ein Stoffetzen oder Blut daran klebt, was die scharfen Augen des Detektivs Sherlock Holmes erspähen könnten und was auf die Dürftigkeit des Alibis und auf die Zeitwidersprüche hinwiese, aber es besteht ja keine Gefahr, Holmes ist tot, so tot wie Germano Santos Vidigal, und so begraben, wie dieser bald sein wird, und über solche Vorkommnisse werden Jahre vergehen und wird Stille herrschen, bis daß die Ameisen eines Tages das Wort ergreifen und die Wahrheit verkünden, die ganze Wahrheit und nichts als die Wahrheit. Wenn wir uns jetzt beeilen, können wir noch den Senhor Doktor Romano treffen, dort vorn geht er gesenkten Kopfes, die schwarze Tasche hängt an seinem linken Arm, und deshalb können wir ihn bitten, die rechte Hand zu heben und die Wahrheit zu schwören, die ganze Wahrheit und nichts als die Wahrheit, bei Doktoren muß das so sein, sie sind daran gewöhnt, die Dinge mit aller Ernsthaftigkeit zu erledigen. Sagen Sie, Doktor Romano, promovierter Beauftragter für Gesundheitsfragen, der Sie den Eid des Hippokrates geleistet haben, sagen Sie, Doktor Romano, hier unter der uns erleuchtenden Sonne, ob es wirklich wahr ist, daß der Mann sich erhängt hat? Der Doktor der medizinischen Wissenschaften hebt seine rechte Hand, schaut mit unschuldigen Augen auf uns, er ist ein angesehener Mann im Ort, pünktlich in der Kirche und gewissenhaft in seiner gesellschaftlichen Aufgabe, und indem er uns seine reine Seele offenbart, sagt er, wenn jemand einen Draht zweifach um seinen eigenen Hals hat, ein Ende am Nagel über seinem Kopf festgemacht ist und wenn der Draht vom Gewicht des Körpers wenigstens teilweise gestrafft ist, dann handelt es sich zweifellos und in technischer Hinsicht um Erhängen. Er senkt die Hand und geht seines Weges. Warten Sie doch, Doktor Romano, Senhor Gesundheitsbeauftragter, gehen Sie nicht so schnell, es ist noch nicht Essenszeit, falls Sie überhaupt noch Appetit haben sollten nach alledem, was Sie gesehen haben, neidisch könnte ich werden auf so einen Magen, hören Sie zu und sagen Sie, ob Sie den Körper des Mannes gesehen haben, die Striemen und schwarzen Flecken, das zerschlagene Geschlecht, das Blut; das habe ich nicht gesehen, man hat mir gesagt, daß der Gefangene sich erhängt hat, und erhängt war er, es gab nichts weiter zu sehen; sollten Sie ein Lügner sein, Romano, Doktor und Gesundheitsbeauftragter, woher und wozu und seit wann haben Sie diese schmutzige Gewohnheit zu lügen? Ich bin kein Lügner, doch die Wahrheit kann ich nicht sagen; warum nicht?; aus Angst; gehen Sie in Frieden, Doktor Pilatus, schlafen Sie in Frieden mit Ihrer Überzeugung, schlafen Sie gut bei ihr, denn sie hat beides verdient, Sie und den Beischlaf; adeus, Senhor Autor; adeus, Senhor Doktor, aber hören Sie auf meinen Rat, meiden Sie die Ameisen, vor allem jene, die den Kopf wie Hunde heben, es sind sehr aufmerksame Tiere, Sie werden es kaum glauben, Doktor Pilatus, aber von allen Ameisenburgen wird es auf Sie schauen, sie werden Ihnen nichts anhaben, sie wollen nur sehen, ob Ihnen Ihre Überzeugung nicht eines Tages Hörner aufsetzt, das wäre Ihre Rettung.

Der Name der Straße, in der wir uns befinden, bedeutet Weingeländer, Parreira, wer weiß, warum, vielleicht hat hier in vergangenen Zeiten ein Rebenspalier besonders guten Weines Schatten gespendet, und da sich kein Name eines Heiligen, eines Politikers, eines Gönners oder Märtyrers fand, um ihn an der Ecke zu verewigen, wird es vorerst bei Parreira bleiben. Was machen wir jetzt, wo doch die Männer aus Monte Lavre, Escoural, Safira und Torre da Gadanha erst morgen kommen werden, um in die Stierkampfarena gepfercht zu werden, die heute geschlossen ist, niemand kommt heute hinein, was also tun wir inzwischen, gehen wir zum Friedhof, wer weiß, vielleicht ist Germano Santos Vidigal schon dort angekommen, die Toten gehen schnell ihren Weg, es ist auch nicht sehr weit. Wir müssen nur dieser langen Straße folgen, der Nachmittag frischt schon auf, dann biegen wir nach rechts ab, als wollten wir nach Évora, es ist leicht zu finden, danach muß man links einbiegen, es ist nicht zu verfehlen, weiße Mauern und Zypressen, wie überall. Die Totenkammer ist dort drüben, aber wir finden sie verschlossen vor, sie schließen aber auch alles zu und nehmen die Schlüssel mit, so daß wir nicht hineinkönnen. Guten Tag, Senhor Ourique, noch immer bei der Arbeit?; so ist es, was soll man machen, nicht jeden Tag wird gestorben, doch jeden Tag müssen die Ruhestätten zurechtgemacht werden, die Wege wollen sauber sein, nun ja; ich habe dort oben Ihre Frau Cesaltina und Ihren Sohn gesehen, Sie haben da ein hübsches Kind; das ist die Wahrheit; ein gutes Wort das, Senhor Ourique; das ist wahr; sagen Sie mir, ob es wahr ist, daß der Körper, der sich in der Totenkammer befindet, durch Mißhandlungen gestorben ist oder nur deshalb, weil sein ehemaliger Besitzer beschlossen hatte, ihn zu erhängen; es ist wahr, daß mein Sohn ein hübsches Kind ist und gern in der Sonne spielt, es ist wahr, daß jener Körper dort drinnen erhängt worden ist, so wahr wie die Tatsache, daß er in dem Zustand, in dem er sich befand, keine Kraft gehabt hätte, sich selbst zu erhängen, es ist wahr, daß sein Geschlecht völlig zerschlagen ist, es ist wahr, daß er ein einziger blutiger Brei ist, es ist wahr, daß nach seinem Tod nicht einmal die Schwellungen, die von den Schlägen herrührten, zurückgehen wollten, groß wie Wachteleier sind sie, und es ist wahr, daß ich bei viel weniger gestorben wäre, und ich bin doch am ehesten an den Tod gewöhnt; danke, Senhor Ourique, Sie sind Totengräber und ein wahrhafter Mensch, vielleicht weil Sie Ihren Sohn so sehr lieben, sagen Sie mir, wem dieser Schädel, den Sie in der Hand halten, gehört hat, vielleicht dem Sohn des Königs?; ich weiß es nicht, er ist nicht aus meiner Zeit; leben Sie wohl, Senhor Ourique, es wird Zeit, das Tor zu schließen, und grüßen Sie Cesaltina und küssen Sie Ihren Sohn, der so gern in der Sonne spielt.

Wir haben uns verabschiedet. Von hier unten sieht man das Kastell dort oben, wer könnte wohl all seine Geschichten erzählen, die vergangenen und die zukünftigen. Es ist ein grober Fehler, anzunehmen, daß heutzutage die Kriege außerhalb der Kastelle geführt werden und die Zeit, in denen sie selbst eine Rolle spielten, vorbei sei, wenn diese auch nur oft eine geringe und gar nicht glorreiche war, wie hieß es doch beim Marquês de Marialva, ich habe Eurer Majestät bereits berichtet, wie unfähig Manuel Ruiz Adibe, der in Montemor regiert, zur Verwaltung dieses Ortes ist, er macht nicht nur alles falsch, sondern verhindert auch noch, daß die Arbeiter für das Geld, das Ihr gebt, an der Befestigung arbeiten, deshalb ist alles so in den Rückstand geraten, daß es augenfällig ist, ich bitte mit der gütigen Erlaubnis Eurer Majestät darum, jemanden zu benennen, der besser für diesen Posten geeignet ist, in der Person des Generalleutnants der Artillerie, Manuel da Rocha Pereira, vereinen sich alle Fähigkeiten, gepaart mit Tatkraft, Eifer und Bereitschaft, zur Ausübung dieses Postens, wenn Eure Majestät ihm die Gnade erweisen würden, die Ausstellung seines Patents mit dem Titel eines Feldmarschalls zu veranlassen, und was Manuel Ruiz Adibe betrifft, er kann seinen Sold so genießen wie die anderen Kavalleriehauptleute, welche Eure Majestät in den Ruhestand versetzt haben, er ist weder so arm, noch hat er so viele Verpflichtungen, daß er alle Bequemlichkeiten aufgeben müßte, selbst wenn er keinen hohen Sold bekäme. So ein verfluchter Kerl, dieser Adibe, der so schlecht die Dienste Seiner Majestät versah und so gut seine eigenen, doch die Zeiten haben sich geändert, heutzutage gibt es eifrige Beamten, die im Revier der Guarda von Montemor töten und dann nach draußen gehen, um eine Zigarette zu rauchen. Sie winken dem Wachposten lässig zu, der tapfer auf den Horizont starrt, ob da auch keine Spanier auftauchen, dann gehen sie gewichtig die Straße hinunter, sicher im Schritt, und rechnen den Tag ab, soundso viele Hiebe und Fußtritte, soundso viel Knüppelschläge, und sie finden ihn gut verbracht, keiner von ihnen heißt Adibe, ihre Namen sind Escarro und Escarrilho, Zwillinge ein und derselben Gesinnung, und dann bleiben sie am Kino stehen, wo der Sonntagsfilm angekündigt wird, morgen ist das schon, die Sommersaison wird mit der interessanten Komödie »Der glorreiche Faule« eingeleitet, man könnte die Frauen mitnehmen, die mögen es, wenn es ruhiger zugeht, er wird nicht schlecht sein, aber ausgesprochen gut war der vom Donnerstag, Estelita Castro, die Göttin des Gesangs und des Balletts, begleitet von António Vico, Ricardo Merino und Rafaela Satorres, in dem herrlichen Musikfilm »Mariquilla Terremoto«, olé!

Es gab Tote und Verletzte, doch diese hier kamen davon. Wir werden sie nicht beim Namen nennen, es genügt, zu wissen, daß einige nach Lissabon in Gefängnisse und Haftanstalten umzogen und die meisten zum Dreschflegel zurückkehrten, jetzt mit neuem Lohn für die Zeit der Ernte. Pater Agamedes ermahnt väterlich die Verirrten, erinnert indirekt, wenn nicht gar direkt, wieviel sie ihm schuldig und somit um so mehr verpflichtet sind, ihre Christenpflicht zu erfüllen, schon deshalb, weil die heilige Mutter Kirche in aller Deutlichkeit ihre Kraft und ihren Einfluß bewiesen hat, sie rührte an die Gefängnisriegel, und diese sind aufgesprungen, die Gitter fielen, halleluja. Er predigt diese hochtrabenden Worte in einer fast leeren Kirche, abgesehen von den alten Weibern, die meisten haben daran zu kauen, was sie die Dankbarkeit gekostet hat, und sie können sich nicht damit abfinden. In Monte Lavre weiß man nicht viel von den Verhaftungen, alles ist unklar, obwohl Sigismundo Canastro beteuerte, daß es viele waren, vom Todesfall wird man erst morgen in den Gesprächen der Trupps von Nachbar zu Nachbar auf der Tenne erfahren, doch die Probleme der Lebenden scheinen noch schwerer zu wiegen als die unabänderliche Agonie, meinem Vater geht es gar nicht gut, ich weiß nicht, was wir mit ihm machen sollen, das sind Klagen, die in jedem Haus zu hören sind, ganz zu schweigen von der Mahd, die nun ihrem Ende zugeht, und was dann? Es wird nicht anders als in den Jahren zuvor sein, nur daß diesmal Norberto, Alberto, Dagoberto durch die Münder der Verwalter fluchen werden, daß diese ganze Bande den Streik noch bereuen wird und daß sie teuer bezahlen werden, was sie zuviel erhalten haben. Adalberto hat schon von Lissabon aus brieflich befohlen, daß nach der Mahd und dem Dreschen nur die Schweine- und Schafhirten sowie der Flurwächter bleiben, er will nicht, daß Streikende und Faulpelze auf seiner Erde herumlaufen, danach wird er mitteilen, was weiter zu tun ist, je nachdem, wie die Olivenernte ausfällt. Der Verwalter wird antworten, es handelt sich hier um laufende Korrespondenz, die niemand für wert hält, aufzubewahren, man erhält den Brief, macht, was darin angeordnet wird, oder antwortet dem Fragesteller, und dann heißt es, wohin habe ich den Brief nur gelegt. Es hätte Witz, diese Schreiben zu ordnen und mit ihrer Hilfe diese Geschichte zu erzählen, das wäre eine andere Erzählart, wir machen den Fehler, nur die großen Dinge für wichtig zu halten, und wenn wir dann einmal wissen wollen, wie es war, wer da war, was man gesagt hat und was nicht, dann kommen wir in Schwierigkeiten.

Sie heißt Gracinda Mau-Tempo und ist siebzehn Jahre alt. Sie wird Manuel Espada heiraten, doch nicht so bald, das Mädchen ist noch jung, sie kann nicht so von heute auf morgen heiraten, ohne daß eine anständige Aussteuer da ist, habt Geduld, ihr beiden. Das ist eine Verpflichtung, die unvermeidlich ist, außerdem gibt es noch keinen Platz, wo man wohnen könnte, denk daran, was es heißt, wenn jemand aus der Familie sich woanders Arbeit suchen muß, du willst es doch nicht wie dein Bruder machen, immer weit weg sein, ja doch, ich weiß, daß es bei dir etwas anderes ist, du bist ein Mädchen, aber es ist wirklich schon genug, daß ich ein Kind aus den Augen verloren habe, ach, dieser Junge! Faustina sagt das, und João Mau-Tempo nickt bestätigend dazu, es gibt ihm stets einen Stich durch die Brust, wenn man vom Sohn spricht, Teufel von einem Jungen, erst achtzehn Jahre alt und schon mit diesem Wandertrieb wie der Großvater behaftet. Gracinda Mau-Tempo wird später Manuel Espada das Wichtigste dieser Gespräche wiedergeben, und er wird ihr antworten, es macht mir nichts aus, zu warten, was ich will, ist, dich heiraten, er sagt das so ernsthaft, wie es bei allen Angelegenheiten seine Art ist, es ist dies ein Wesenszug von ihm, der ihn weit älter als sie erscheinen läßt, und der Altersunterschied ist ohnehin schon nicht klein. Als seinerzeit die Tochter zu Faustina gekommen war, um ihr mitzuteilen, daß Manuel Espada sich als Freier offenbart hatte, sagte diese, aber er ist doch viel älter als du; das ist er, was ist schon dabei, hatte Gracinda gekränkt und mit vollem Recht geantwortet, denn es ging nicht darum, sondern wichtig war, daß ihr Manuel Espada an jenem Junitag in Montemor gefallen hatte, das hätte noch gefehlt, daß man hier beginnen würde, über das Alter zu reden, noch dazu, da ja Manuel Espada sich zu diesem Punkt schon folgendermaßen geäußert hatte, ich bin sieben Jahre älter als du; und sie darauf mit einem Lächeln, doch ganz verwirrt, was ist dabei, ein Mann muß älter sein, kaum hatte sie das heraus, da wurde sie rot, denn sie hatte eingewilligt, ohne ja zu sagen; Manuel Espada verstand das sehr gut und ging schnell zur nächsten Frage über, bist also einverstanden?; sie gab ihm die Antwort, ja, ich bin einverstanden. Von da an trafen sie sich, wie es Brauch war, vor der Tür, denn zum Hineingehen war es noch zu früh. Doch in einem folgten sie dem Brauch nicht, denn Manuel Espada hatte entschieden, sofort mit den Eltern zu sprechen, anstatt wie üblich auf die Bestätigung der Gefühle zu warten. Bei diesem Gespräch war es auch, daß João Mau-Tempo und Faustina erklärten, es gäbe keine Mittel zur Heirat und deshalb müßten sie warten. Ich werde so lange warten, wie es nötig ist, sagte Manuel Espada und war bereit, dafür zu arbeiten und zu sparen, obwohl er auch im Haus der Eltern, bei denen er lebte, helfen mußte. Das sind die kleinen Dinge des Lebens, immer gleichbleibend oder so wenig sich verändernd, daß man durch zwei Generationen hindurch keine Unterschiede bemerkt, und so weiß auch Gracinda Mau-Tempo, daß sie von nun an mit der Mutter darum feilschen muß, wieviel von ihrem Lohn für die Aussteuer zurückgelegt werden muß, so wie es ihre Pflicht ist.

Viel war von den Männern die Rede, wenig von den Frauen, und sprach man von ihnen, dann wie von vorbeiziehenden Schatten, und manchmal waren sie sogar unverzichtbare Gesprächspartner, der weibliche Chor, der gewöhnlich stumm ist wegen der großen Last und der Schwere des Leibes, oder es war aus verschiedenen Gründen von klagenden Müttern die Rede, denen entweder ein Kind gerade gestorben war oder deren Kinder sich als Taugenichtse entpuppt hatten, auch an entehrten Töchtern fehlte es nicht. Es wird weiterhin hauptsächlich von Männern gesprochen werden, doch auch zunehmend von Frauen, nicht wegen dieser Liebesgeschichte und der zukünftigen Hochzeit, denn auch Sara da Conceição, die verstorbene Großmutter, und Faustina, die zum Glück noch lebende Mutter von Gracinda Mau-Tempo, waren zu ihrer Zeit umworben worden, davon war aus bestimmten Gründen nicht oft die Rede, andere Zeiten sind gekommen. Man spürt es daran, daß Gefühle direkt am Gefängnistor deklariert werden oder am Revier der Guarda, dem Todesort, doch für die Sache ist es gleichgültig, wo es ist, immerhin aber verstößt solch ein Tun gegen Tradition und Schicklichkeit, wenn im Moment so großer Not, gemildert durch die wiedergewonnene, aber noch gefährdete Freiheit, ein Bursche zu einem Mädchen sagt, ich will mit dir gehen, diese Jugend ist anders als zu meiner Zeit.

Gracinda war zwei Jahre vor ihrer Schwester Amélia geboren worden, doch diese hatte sich körperlich schneller entwickelt, und so war der Unterschied an Jahren für Nichteingeweihte unsichtbar. Sie waren sich nicht sehr ähnlich, vielleicht weil das Blut sich so oft gekreuzt hatte, und dem Rechnung tragend, waren sie verschieden. Wir denken dabei an jenen Vorfahren aus dem kalten Norden, der der Jungfrau am Brunnen Gewalt angetan hatte, ohne von seinem Herrn, Lamberto Horques, gestraft worden zu sein, der an andere Fortpflanzungsprobleme zu denken hatte. Dennoch, damit wir die Bescheidenheit dieser Welt bestätigt finden, ist hier Manuel Espada und bittet Gracinda Mau-Tempo, die Seine zu werden, neben demselben Brunnen, am Farnkraut, das diesmal nicht gedrückt und geknickt wird, wie es damals geschehen war, bis daß der Körper der Vergewaltigten sich nicht mehr regte. Wenn wir die losen Fäden zusammenknüpfen könnten, wäre die Welt die stärkste und gerechteste aller Dinge. Und wenn der Brunnen sprechen könnte, nehmen wir an, er könnte es, es wäre nur gerecht und verdient, denn so ohne Unterlaß plätscherte sein Wasser durch fünf Jahrhunderte, viel mehr noch wäre es gerecht, falls er ein Werk der Mauren ist, wenn er also sprechen könnte, dann würde er bestimmt sagen, dieses Mädchen war schon einmal hier. Eine entschuldbare Verwechslung, mit der Zeit verwirrt sich auch das Gedächtnis der Brunnen, ganz zu schweigen von dem großen Unterschied betreffs Manuel Espada, denn der ergreift nur die Hand von Gracinda Mau-Tempo und fragt, du bist also einverstanden? Sie gehen wieder hinauf und lassen den Farn für eine andere Gelegenheit.

Diese Kinder haben viel kennengelernt. Zwischen dem Ältesten, António Mau-Tempo, und der Jüngsten, Amélia Mau-Tempo, liegen vier Jahre, mehr nicht. Es gab eine Zeit, da waren sie drei schlechtgekleidete Bündelchen, auch schlecht genährt, so wie heute auch, wo sie schon herangewachsen sind, wenn dieses Wort überhaupt in diese Gegend paßt und nicht zu fein für das Latifundium ist. Als sie noch nicht laufen konnten, sind sie vom Vater oder von der Mutter auf dem Rücken getragen worden, in Körben auf dem Kopf, Huckepack beim Vater oder auf dem Arm der Mutter, wenn ihre Beinchen zu schnell ermüdeten. Im Verhältnis zu ihrem Alter zogen sie mehr umher als der Ewige Jude. Bei den Reisfeldern hatten sie große Kämpfe mit den Moskitos auszustehen, arme, unschuldige Wehrlose, die nicht einmal pfiffig genug waren, die Schwadron von fliegenden Lanzenträgern vom Gesicht zu verscheuchen, die sie mit purer und beißender Freude umsurrten. Doch da das Leben der Moskitos nicht ewig währt und nicht alle Kinder durch sie gestorben sind, sprechen wir jetzt von jenen, nicht aber von den vielen anderen, die am Malariafieber gestorben sind. Wenn es Sieger in diesem Kampf gab, dann waren es die des passiven Widerstands. Das passiert nicht oft, doch es kommt vor.

Sehen Sie sich diese Kinder an oder jenes, irgendeins, den älteren Jungen da oder den kleineren oder die Kleinste hier, in der Wiege im Schatten einer Steineiche liegt sie, während die Mutter in der Nähe arbeitet, aber nicht so nahe, daß man sie genau sehen könnte, und wir wissen, wie es mit den Kindern ist, besonders, wenn sie noch nicht sprechen können, da kommen die Bauchschmerzen, oder es macht sich einfach ein, zum Glück ist es diesmal nicht die Ruhr, als Faustina kommt, ist es Mittagszeit, Gracinda ist völlig besudelt, wie ein Misthaufen ist sie von Moskitos umgeben, Rettung tut not, und sie kommt. Sie wäscht und wäscht, nicht nur der ganze Körper ist bis zum Rücken beschmutzt, auch die ihn einhüllenden Tücher sind es, hoffentlich werden sie hier, auf dem Reisig ausgebreitet, trocken, die Zeit ist verstrichen und der Appetit vergangen. In diesem Moment wissen wir nicht, wem wir uns widmen sollen, der vorläufig sauberen und erfrischten, aber so einsamen Gracinda oder Faustina, die, an einem Stück trockenen Brotes kauend, zur Arbeit zurückkehrt. Bleiben wir also hier unter der Steineiche und wedeln mit einem Zweig über dem Gesicht des Kindes, denn die Fliegen kehren schon zurück, und außerdem wollen wir den Eltern Unliebsames ersparen, sind wir hier, dann wird kein Ritter- oder Königszug vorbeikommen und die Kammerzofe der sterilen Königin, die das Engelchen liegen sieht, um es mit in den Palast zu nehmen. Wie schrecklich wäre es dann, wenn das Findelkind seine wirklichen Eltern nicht kennen würde, weil es jetzt nur in Samt und Brokat geht und in seinem Gemach mit Blick auf das Latifundium Laute spielt. Solche Geschichten wird Sara da Conceição später ihren Enkeln erzählen, und Gracinda würde es nicht einmal glauben, wenn wir ihr sagten, in welch großer Gefahr sie geschwebt hätte, wenn wir nicht zweigwedelnd hier gesessen hätten.

Die Kinder wachsen, wenn sie können. Solange sie noch nicht im arbeitsfähigen Alter sind, bleiben sie bei den Großmüttern oder den Müttern, wenn es keine Arbeit für die Mütter gibt, oder sie bleiben bei Müttern und Vätern, falls es auch keine Arbeit für die Väter gibt, und später dann, wenn sie nur noch wenig von einem Kind an sich haben und alles von Arbeitern, kann es geschehen, daß es keine Arbeit für Väter, Mütter, Kinder und

Großeltern gibt, dann haben Sie, Senhoras und Senhores, die portugiesische Familie, wie Sie sie sich vorstellen, vereinigt im gleichen Hunger. Nun hängt alles von der Zeit ab. Wenn es zur Eichelzeit ist, dann geht der Vater los, wenn Norberto, Adalberto oder Sigisberto nicht gerade die Guarda auf Nachtpatrouille schickt, denn auch dafür ist sie von der Dame Republik von Anfang an formiert worden. Doch das sind andere Geschichten. Die Natur gibt reichlich, eine üppige Brust, deren Inhalt sich in jedes Tal erschüttet, machen wir uns an die Disteln, den Wegerich, die Kresse, und sag uns noch einer danach, es gäbe eine bessere Art der Ernährung! Wer Wegerich sagt, meint Spinat, im Aussehen sind sie sich gleich, nur am Geschmack erkennt man den Unterschied, aber gekocht mit einer Zwiebelschwitze aus der letzten Zwiebel, gibt es nichts Besseres, Verzeihung, wenn ich gerülpst habe. Und dann erst die Disteln, zerkleinere man diese hier, gebe zehn Reiskörner dazu, und fertig ist das Bankett, greifen Sie nur zu, Pater Agamedes, wer das Fleisch genommen hat, der kann auch die Knochen nehmen. Christenmensch oder nicht, ein jeder braucht seine drei Mahlzeiten am Tag, Frühstück, Mittagessen und Abendbrot oder wie man sie sonst benennen mag, wichtig ist doch, daß Teller oder Schüssel nicht leer sind, und wenn es sich um ein Stück Brot und etwas dazu handelt, so ist das immerhin viel besser als nur der bloße Essensduft. Das ist eine ebenso goldene Weisheit wie irgendeine von besonders nobler Art. Essen ist ein Menschenrecht, das für Eltern ebenso gilt wie für Kinder, es dürfte nicht sein, daß ich nur einmal esse, damit sie dreimal essen können, und das eine Mal auch nur, um den Magen in die Irre zu führen. Die Leute reden und reden, aber sie wissen nicht, was es heißt, um den Brotkasten herumzuschleichen und dabei zu wissen, daß der letzte Kanten schon gestern verzehrt worden ist, und trotzdem den Deckel hochzuheben, vielleicht auf ein Wunder hoffend, wie das mit den Rosen, aber das ist nicht möglich, denn niemand, weder du noch ich, hat Rosen in den Brotkasten getan, woher hätten sie auch kommen sollen, denken Sie etwa, daß an den Korkeichen Rosen wachsen? Schön wäre es ja. Heute ist Mittwoch, Gracinda, geh zum Gutshaus und nimm deine Schwester Amélia mit, António geht diesmal nicht. Das ist ja Nötigung zum Betteln, erzieht man denn so seine Kinder? Würde mir bei solchen Reden doch die Zunge gelähmt werden, würde sie doch zitternd abfallen wie der Schwanz einer Eidechse, dann würde ich es wohl lernen, auf meine Worte besser zu achten und nicht mit sattem Bauch über den Hunger zu reden, denn das ist gemein.

Mittwoch und Sonnabend sind die Tage, an denen Gott, unser Herr, in Form von Speck und Mönchsbohnen auf die Erde herabsteigt. Wäre Pater Agamedes hier, würde er diese Ketzerei anprangern und die Heilige Inquisition gegen uns anrufen, nur weil wir behaupten, daß Gott eine Bohne ist oder Schweinespeck, diesem Pater Agamedes mangelt es an Phantasie, er konnte sich Gott nur als Weizenmehlpastete denken, niemals konnte er es sich anders vorstellen, den Vollbart und die dunklen Augen Gottvaters oder auch das Bärtchen und die hellen Augen des Gottessohnes. Welch einen Fall von Brunnen und Farnkraut mag es in der Heiligen Geschichte gegeben haben, daß es zu diesen Unterschieden kommen konnte. Mehr von diesen Verwandlungen weiß Dona Clemência, Ehefrau und Gabenspenderin seit Lambertos Zeiten bis zum heutigen Berto. Mittwochs und sonnabends leitet sie die Verteilung der Almosen, bestimmt und kontrolliert die Stärke der Speckscheiben, wenig durchwachsen soll er sein, reines Fett nährt besser, mit strenger Gerechtigkeit streicht sie die Bohnen mit dem Scheffelholz vom Maß herunter, reine Mildtätigkeit übt sie, kein Neid soll die Kinderlein entzweien, wie du hast mehr als ich; nein, ich habe weniger als du. Eine schöne Zeremonie läuft ab, die Herzen werden weich in heiliger Leidenschaft, kein Auge bleibt trocken, aber auch keine Nase, denn es ist jetzt Winter, und besonders da draußen ist es eiskalt, dort, wo die Kinder von Monte Lavre an der Wand des Gutshauses lehnen und auf die Almosen warten, seht nur, wie duldsam sie sind, die bloßen Füße schmerzen, sehen Sie, wie die Mädchen mal den einen Fuß, mal den anderen heben, um der Kälte des Bodens zu entfliehen, sie würden beide in die Luft heben, wenn ihnen schon zu Lebzeiten Flügel wachsen würden, die sie angeblich nach dem Tode erhalten sollen, wenn sie nur klugerweise früh genug sterben würden. Wie sie die Kleidchen nach unten ziehen, nicht wegen eines verletzten Schamgefühls, nein, denn vorläufig interessieren sich die Jungen noch nicht für solche Sachen, sie tun es wegen der bösen Kälte. Sie stehen Schlange, jeder mit seiner Büchse in der Hand, alle mit der Nase in der Luft, den Rotz hochziehend, keiner will den Moment verpassen, wenn sich oben das Fenster öffnet und der an einem Strick hängende Korb ganz langsam vom Himmel herabkommt, die Mildtätigkeit hat niemals Eile, das fehlte noch, Eile ist plebejisch und gierig. Sie verschlingen die Mönchsbohnen nur deshalb nicht sofort, weil sie noch roh sind. Der erste in der Reihe tritt mit der Büchse an den Korb, es ist wie eine große Machtergreifung, beeil dich, die Kälte schneidet wie ein Rasiermesser, wer kann das aushalten, alle halten es aus wegen dem, was da kommen soll. Endlich erscheint der Kopf der Hausmagd, und da kommt der Korb mit einem Maß obendrauf, um die Neunmalklugen und die Neulinge zu lehren, daß die Größe der eigenen Büchse keinen Einfluß auf die Gabe dieser Wohltätigkeitskathedrale hat. Man könnte meinen, wer seinen Teil hat, der könne gehen, doch dem ist nicht so. Von hier setzt keiner seinen Fuß weg, bis nicht der letzte seinen Anteil bekommen hat und der Korb bis zum Samstag verschwindet, denn noch muß Dona Clemência am Fenster erscheinen. Voller vornehmer Freundlichkeit macht sie eine Geste der Verabschiedung und des Segnens, und der Kinderchor dankt frisch und lieblich mit verschiedenen Stimmen, außer den Verstockten, die nur zum Schein die Lippen bewegen und Schluß. Ah, Senhor Pater Agamedes, Gutes zu tun streichelt meine Seele. Und wenn jemand glaubt, daß Dona Clemência heuchelt, dann irrt er sich sehr, denn sie fühlt den Unterschied, fühlt, wie ihre Seele sich mittwochs und samstags rührt, anders als an den übrigen Tagen. So wollen wir denn die christliche Kasteiung Dona Clemências anerkennen und loben, denn obwohl sie ausreichend Zeit und Mittel besitzt, sich den dauernden und gesicherten Komfort einer unsterblichen Seele zu verschaffen, entsagt sie diesem, indem sie nicht alle Tage Speck und Mönchsbohnen verteilt, das ist ihr Büßerhemd. Außerdem, Senhora Dona Clemência, diese Kinder dürfen nicht falsch auf das Leben vorbereitet werden, stellen Sie sich vor, wenn sie größer sind, wohin sollten ihre Forderungen dann führen?

Gracinda Mau-Tempo ging in ihrer Kindheit nicht zur Schule. Auch Amélia wird nicht gehen, wie auch António nicht gegangen war. Früher, als der Vater der drei ein Kind war, zogen die Propagandisten der Republik umher und riefen in den Ortschaften aus, schickt eure Kinder zur Schule, sie ähnelten spitz- und schnurrbärtigen Aposteln mit Schlapphüten, Aposteln, die eine gute, neue Botschaft verkündeten, zum Kreuzzug riefen sie auf, mit dem Unterschied, daß es nicht darum ging, die Türken aus Jerusalem zu vertreiben und vom Grab des Herrn, nicht um ferne Gebeine ging es, sondern um heutige Leben, um jene, die dann mit einem Beutel aus Sackleinen loszogen, der an einem Bindfaden über der Schulter baumelte, eine Fibel lag drinnen, ein Geschenk derselben Republik, die die Guarda auf ihre Stammväter hetzte, wenn diese einen höheren Lohn forderten. So erhielt João Mau-Tempo sein Buchstabenwissen, es reichte, um in die Fibel von Montemor seinen Namen João Mautenpo falsch einzuschreiben, wenn er auch oftmals, seiner nicht ganz sicher, João Mautempo schreibt, das ist schon viel korrekter, wenn nicht gar exakt, denn Mau-Tempo ist ein deutliches Zeichen grammatischen Dünkels. Die Welt entwickelt sich auf ihre Weise. In Monte Lavre hat sie sich nicht so weit entwickelt, daß die drei Geschwister hätten zur Schule gehen können. Wie soll jetzt Gracinda Mau-Tempo ihrem Verlobten schreiben, wenn der nicht hier ist, das ist eine gute Frage. Und wie soll denn António Mau-Tempo mehr von sich hören lassen, wenn er nicht schreiben kann und monatelang mit wer weiß wem herumzieht, Faustina hatte gehofft, daß er dabei anständig bleiben würde, und er blieb es auch, du warst ihm immer ein gutes Vorbild, sagte Faustina zu ihrem Mann.

João Mau-Tempo nickt, aber in seinem Herzen nagt ein Zweifel. Es schmerzt ihn, den Sohn nicht an der Seite zu wissen, nur Frauen hat er um sich. Faustina hat sich sehr verändert, obwohl sie noch nie eine Schönheit war, die Jugendlichkeit der Töchter hält der Feldarbeit noch stand, schade, daß Amélia so schlechte Zähne hat. Nein, João Mau-Tempo ist sich nicht sicher, ob er stets ein gutes Beispiel war. Sein ganzes Leben lang hat er nur damit verbracht, das Brot zu verdienen, und das nicht einmal für alle Tage, so etwas schnürt sogleich wie ein dunkler Knoten sein Denken ein, da kommt ein Mensch auf die Welt, ohne darum gebeten zu haben, da durchleidet er in seiner Kindheit Kälte und Hunger, daß es auf kein Konto geht, ist er dann erwachsen, verdoppelt sich der Hunger noch wie zur Strafe, daß der Körper so viel ausgehalten hat, er wird von Patrões und Verwaltern, von Flurwächtern und Guardas schlecht behandelt, und mit vierzig Jahren endlich gibt er seinem Willen Ausdruck und wird dafür wie Vieh für Schlachthof oder Markt eingefangen. Dort im Gefängnis ist fast nichts menschlich, selbst die Freiheit empfindet man wie Schläge, wie ein Stück auf den Boden hingeworfenes Brot, sie wollen sehen, ob es aufgehoben wird. Brot heben wir immer auf, wenn es herunterfällt, pusten es sacht an, als wollten wir ihm seinen Geist zurückgeben, und danach küssen wir es, aber ich werde es nicht gleich essen, ich teile es in vier Teile, zwei größere und zwei kleinere, nimm, Amélia, hier, Gracinda, das ist für dich und das für mich, und wenn jemand fragen sollte, für wen die zwei größeren Stücke gewesen sind, dann ist er dümmer als ein Tier, denn selbst das wüßte es.

Die Eltern können nicht alles tun. Sie setzen die Kinder in die Welt, sie kümmern sich um sie, so gut sie es können, doch es ist immer zu wenig, und doch warten sie, daß es zum Besten ausschlagen möge. Das geschieht sogar, wenn sie sich große Mühe geben, selbst dann, wenn die Aufmerksamkeit nicht so groß sein kann, denn ein Vater ist leicht zu täuschen, er hält sich für aufmerksam und ist es nicht, trotzdem hält er es für unmöglich, daß der Sohn ein Landstreicher ist und die Tochter widerspenstig, daß das eigene Fleisch und Blut vergiftet ist. Wenn António Mau-Tempo sich in Monte Lavre aufhält, vergißt João Mau-Tempo, daß er der Vater und der Ältere ist, er schleicht um seinen Sohn herum, als könnte er damit die Wahrheit über dessen Ausflüge herausfinden, wo er nicht überall schon war, in Coruche, Sado, Samora Correia, Infantado und sogar jenseits des Tejo. Was er aus dem Mund des Sohnes über José Gato hört, bestätigt oder verwirrt die Legenden über ihn, wir sagen Legenden, denn alles muß in seinen wahren Proportionen gesehen werden, und so ist José Gato ein Ritter ohne Glanz, er hat die aus Monte Lavre auf ihrer Fahrt zum Gefängnis nicht befreit, doch diese Geschichten sind deshalb von Wert, weil António Mau-Tempo dabei war oder sie ihm erzählt wurden, und so dienen sie als farbiger Beitrag zur Geschichte des kleinen Bandenwesens auf dem Lande. João Mau-Tempo hat manchmal Gedanken, die er nicht auszudrücken vermag, doch es scheint, daß er unter den Vorbildern das von José Gato nicht für das schlechteste hält, obwohl der stiehlt und in wichtigen Augenblicken nicht zur Stelle ist. Eines Tages wird António Mau-Tempo sagen, in meinem Leben hatte ich einen Meister und einen Erklärer, und jetzt in diesem Alter bin ich wieder am Anfang, um alles neu zu lernen. Sollte es nötig sein, schon jetzt etwas zu erklären, nun, dann sagen wir, daß der Vater der Meister war und José Gato der Erklärer, und was António Mau-Tempo lernen wird, das werden viele mit ihm lernen.

Diese Mau-Tempos behalten ihre Lektionen gut. Wenn Gracinda Mau-Tempo heiratet, wird sie bereits lesen können. Ein Teil der Verlobungszeit wurde mit einer von der Gesellschaft

João de Deus gestifteten Fibel verbracht, mit schwarzen und grauen Buchstaben, um die Silben zu unterscheiden, aber es ist nicht anzunehmen, daß sich solche Feinheiten im Gedächtnis neben anderen Sachen einprägten, es reicht, daß sie stockend lesen kann und zwischen den Worten zögert, in Erwartung des Lichtes der Erkenntnis. Hier steht nicht acega, Gracinda, sondern acelga*, das darfst du nicht verwechseln. Manuel Espada besucht sie schon zu Hause, ohne die Fibel hätte er sicher noch einige Zeit vor der Schwelle bleiben müssen, doch es war nicht angeraten, vor den Blicken aller Vorübergehenden den Unterricht zu erteilen, außerdem schien es eine ernste Verbindung zu sein. Manuel Espada ist ein guter Junge, sagte Faustina, und João Mau-Tempo blickte auf den zukünftigen Schwiegersohn und dachte daran, wie dieser zu Fuß, die Wagen und Karren mit Verachtung strafend, von Montemor nach Monte Lavre gelaufen war, weil er seinen Kopf erhoben tragen und denen nichts schuldig bleiben wollte, die ihm selbst das tägliche Brot verweigert hatten. Er verstand es auch als eine Lektion, obwohl Sigismundo Canastro gesagt hatte, Manuel Espada hat gut gehandelt, aber auch wir haben nichts Schlechtes getan, er hat nichts dabei gewonnen, daß er zu Fuß ging, und wir haben nichts dabei verloren, daß wir gefahren sind, jeder tut, was er für richtig hält, und dann fügte er noch mit einem listigen Lächeln hinzu, außerdem hat er jüngere Beine als wir. Nun gut, es mag dreiunddreißig Gründe dafür gegeben haben, daß der Heiratsantrag Manuel Espadas wohlwollend von Gracindas Eltern aufgenommen worden war, wenn João Mau-Tempo aber ganz ehrlich zu sich selber war, so hatten diese zwanzig durchmessenen Kilometer, diese Dickköpfigkeit des Burschen am schwersten gewogen, vier Stunden lang hatte er unter brütender Sonne bewiesen, daß er ein ganzer Kerl war, wie ein Fahnenträger war er auf der Straße marschiert, einer, der sich nicht erniedrigen konnte, indem er die Wagen des Latifundiums benutzte. So lernte der Alte vom Jungen, und das geschieht, seitdem die Welt besteht.

* Mangold.

Der Mai ist der Monat der Blumen. Der Dichter geht seinen Weg, um Gänseblümchen zu suchen, von denen er hat sprechen hören, und wenn er keine Ode oder kein Sonett zuwege bringt, so wird's ein Vierzeiler, das ist leichter. Die Sonne brennt nicht so wahnsinnig wie im Juli oder August, es weht sogar ein kühles Lüftchen, und wohin man auch schaut von diesem hohen Punkt aus, der vormals als Ausguck gedient haben muß, überall sieht man die grüne Saat, es gibt nichts, was die Seelen mehr beglükken könnte, nur ein hartes Herz wäre imstande, den Glücksstrom nicht zu empfinden. In dieser Richtung liegt der Wald, ein Garten ohne Bewässerung und Gärtner, es sind alles Pflanzen, die lernen mußten, sich aus eigener Kraft zu erhalten und sich mit der Natur gut zu stellen. Vielleicht sind wegen der hartnäckigen Energie, mit denen das rohe Gestein den Wurzeln widersteht, an diesem Ort, wo kaum ein Mensch hinkommt, hier, wo sich der Kampf zwischen Vegetation und Mineral abspielt, vielleicht sind deshalb hier die Düfte so stark, und wenn die Sonne auf den Hügel brennt, entströmen ihm alle Wohlgerüche, hier würden wir endlos schlummern, vielleicht mit dem Gesicht auf der Erde sterben, während die Ameisen, die wie Hunde ihre Köpfe heben, durch Gasmasken geschützt, vorbeimarschieren. Ja, auch hier gibt es sie.

Befremdlich ist, daß man hier keine Menschenseele sieht. Die Saaten wachsen, sattgrün, der Wald steht ruhig in seinem Duft, und ehe wir uns richtig umgesehen haben, bemerken wir, daß der Weizen schon seine zarte Farbe verloren hat, eine winzige Spur Gelb breitet sich über das riesige Gelände, kaum sieht man es. Und die Menschen, wo sind die Menschen, die wir in dieser so glücklichen Landschaft nicht sehen? So ist es wohl schließlich doch nicht wahr, daß sie Sklaven der Scholle sind, angepflockt wie die Ziegen an der Stange, um nur zu fressen, was es im Umkreis gibt. Groß ist folglich der Müßiggang, während der Weizen wächst. Man hat den Samen in die Erde gebracht, und wenn das Jahr gut läuft, dann kann man die Glieder ausstrecken, ruft mich, wenn es Zeit zum Mähen ist. Daher ist es gar nicht zu verstehen, warum dieser Mai der Blumen ein Monat finsterer Gesichter sein sollte, es liegt nicht am Wetter, denn das ist angenehm und vielversprechend, und doch sind die Gesichter und Augen düster, und um den Mund legt sich so ein gewisser Zug. Sie sagen uns, es gibt keine Arbeit. Und wenn die Natur fröhlich singt, so soll sie es tun, uns ist nicht nach singen zumute.

Wir machen einen Spaziergang zum Feld und gehen den Berg hinauf, unterwegs war die Sonne auf jenen Stein dort gefallen, und der hatte geleuchtet, worauf wir, die wir leicht ans Glück glauben, sagten, es ist Gold, als ob alles Gold wäre, was glänzt. Wir sehen die Leute nicht bei der Arbeit, und sofort behaupten wir, die haben ein Leben, hier wächst die Saat, und sie sind müßig. Doch es ist gut, daß Sie verstehen, wie ich das meine. Im Winter gibt es, wie gesagt, große Bankette und Gelage mit Disteln, Wegerich und Kresse, mit einer Zwiebel zur Schwitze, einigen Reiskörnern und ein wenig Brot, vom Munde abgespart, damit die Kinder nicht soviel entbehren müssen, es sollte nicht nötig sein, dies zu wiederholen. Man wird denken, wir rühmen uns der Opfer, die wir bringen, was für ein Gedanke, unsere Eltern machten es ebenso wie deren Eltern und die Eltern der Eltern bis zu den Zeiten des Senhor Lamberto und weiter zurück, bis dahin, wohin die Erinnerung schon nicht mehr reicht, immer war es im Winter so, und wenn jemand Hungers starb, dann mangelte es nicht an Bezeichnungen für die Todesursache, eine, die weniger das Schamgefühl und den Anstand verletzte. Es ist jetzt Mitte Januar; mancher gibt schon Weisung, die Bäume zu beschneiden, es ist egal, ob ein Dagoberto oder ein Norberto, man beginnt wieder, ein wenig zu verdienen, aber es reicht nicht für alle, such gute Leute aus, die keine Probleme machen. Wenn dann die Bäume fertig sind und das Reisig am Boden liegt, kommen die Köhler und kaufen hier und dort etwas, dann geht es an die Arbeit der Feuerkunst, und man hört Worte wie Holz zerhacken, Meiler bauen, Erde aufhäufeln, und während wir hier ihrem Klang lauschen, tun jene, was ihr Inhalt besagt, wir haben damit nichts zu tun, wir kennen nur die Worte, wir kennen sie noch nicht einmal lange, denn sie wurden in der Eile gelernt, weil es nötig war, und wenn alles fertig ist, dann geht es ans Einsacken und Abtransportieren, adeus, bis zum nächsten Jahr, mein Name ist Peres, in Lissabon besitze ich fünfundzwanzig Köhlereien und noch einige in der Umgebung, und sagen Sie Ihrer Herrin, daß diese Kohle von der guten Sorte ist, Eiche, sie brennt langsam, und daher ist sie teuer, das ist halt so. Der Meiler brennt, und wir auch, mein Freund. Diese Trockenheit, dieser Staub, dieser Rauch, was gibt es hier Trinkbares, ich nehme einen Schluck von dem schalen Naß, lege den Kopf nach hinten, gurgele mit dem Wasser und gäbe sonstwas darum, wäre es frischer, an den Mundwinkeln läuft es herab und bildet hellhäutige Flüsse mit Kohleufern. Wir alle müßten so etwas oder ähnliches erleben, obwohl das Leben kurz ist, reichte es für so vieles und noch mehr, so mancher hat nur kurz gelebt und all seine Zeit bei diesem Tun verbracht.

Die Köhlerzeit ist vorbei, und was nun? Es ist Blumenmai, und wer Verse schmieden kann, der versuche, von ihnen zu leben. Einige Schafe sind zu scheren, wer beherrscht dieses Handwerk?; ich kann es; ich auch. Wenige können es, und die anderen sind gezwungen, ihr gutes Leben weiterzuleben, das aus mageren Wochen besteht, die, raus aus dem Haus, rein ins Haus, kommen und gehen, bis endlich die Saaten reif zur Mahd sind, hier früher, dort später. Jetzt seid ihr dran, die anderen können warten. Die Ziege ist angepflockt und hat nichts weiter zu tun, als zu fressen. Nun, wie hoch ist der Lohn, das fragen die Arbeiter auf dem Markt, und die Verwalter schreiten die unbewaffneten Bataillone ab, die Sichel ist noch zu Hause, und der Hammer gehört nicht zum Handwerk, dann sagen die Verwalter, während sie vorbeigehen oder stillstehend mit den Fingern an der Westentasche spielen, der Lohn ist wie bei den anderen, wie die anderen zahlen, so zahlt auch unser Gut. Das ist ein uraltes Gespräch, schon zu Zeiten der Herren Könige sprach man so, und die Republik hat nichts daran geändert, das sind keine Dinge, die sich ändern, nur weil man für einen König einen Präsidenten einsetzt, das Schlechte steckt in anderen Monarchien, in denen des Lamberto, aus dem die von Dagoberto erwuchs, aus Dagobertos erwuchs Albertos, aus Albertos erwuchs Floribertos, und dann kamen Norberto, Berto und Sigisberto, Adalberto, Angilberto, Gilberto, Ansberto und Contraberto, was Wunder, daß sie so ähnliche Namen haben, genausogut kann man sagen, das Latifundium und sein Herr, die anderen Namen sagen wenig, und deshalb nennt der Verwalter keinen, er spricht einfach von den anderen, und niemand wird ihn fragen, welche anderen, nur Leute aus der Stadt wären so naiv.

Wo waren wir stehengeblieben? Ach so, beim Verdienst. Der Verwalter läßt sich nicht herauslocken, er sagt nur, das, was die anderen geben werden. Und so schließt sich der Kreis mit dem Spiel, ich habe gefragt, du hast nicht geantwortet. Geht erst einmal arbeiten, dann sehen wir weiter. Mit fast den gleichen Worten sagt der Mann zur Frau, ich gehe arbeiten, dann werden wir sehen; sie denkt oder sagt sogar, so hast du wenigstens eine Beschäftigung. Vielleicht hätte sie es nicht sagen sollen, denn die

Worte tun weh. Am Montag sind sie schon auf den Feldern und arbeiten. Einer sagt zum anderen, wieviel werden sie zahlen, wieviel nicht; keiner weiß es; und die dahinten, auf dem Feld des anderen Bauern?; ich habe sie schon gefragt, sie wissen auch nichts. So wird es bis zum Sonntag gehen, dann wird endlich einer kommen und mitteilen, daß der Lohn soundso viel beträgt. Die ganze Woche über arbeiten sie, ohne den Wert ihrer Arbeit zu kennen, und in der Nacht fragt die Frau, weißt du es schon?; der Mann antwortet mißmutig und widerwillig, ich weiß es nicht, quäl mich nicht, Frau; doch sie, es geht nicht um mich, der Bäcker hat an die Schulden erinnert. Ach, unglückselige Dialoge, und sie haben kein Ende. So wenig nur? Ich kann nichts dafür, hätten die anderen mehr gezahlt, hätte ich es auch getan. Wir wissen, daß es Ausflüchte sind, und diese hier wurden zwischen Ansberto und Angilberto, zwischen Floriberto und Norberto vereinbart, zwischen Berto und dem Latifundium, könnte man sagen.

Jedes Jahr zur gleichen Zeit ruft die Heimat ihre Söhne. Das ist eine stilistische Übertreibung, eine kunstfertige Kopie der Aufrufe, die in Zeiten des nationalen Notstandes üblich sind, oder der Reden, die im Namen des Vaterlandes gehalten werden, wenn es für erklärte oder nichterklärte Zwecke wichtig ist, daß wir eine einzige große Familie sind, ohne Unterschied zwischen Abel und Kain. Die Heimat ruft ihre Söhne, man hört sie rufen und rufen, und du, der du bis heute nichts wert warst, weder das Brot, das den Hunger stillt, noch die Medizin, die die Krankheit heilt, nicht das Wissen, das die Unwissenheit bekämpft, du, Sohn dieser Mutter, die mit dir seit deiner Geburt rechnet, du siehst deinen Namen auf einem Zettel an der Tür des Gemeindehauses. Du kannst ihn nicht lesen, aber einer, der es kann, tippt mit dem Zeigefinger auf die Linie, die sich wellt wie ein schwarzer Regenwurm, das bist du, dieser Regenwurm ist dein Name, den der Schreiber des Rekrutierbezirks geschrieben hat, und ein Offizier, der dich nicht kennt und auch nicht näher kennenlernen will, setzte seinen Namen darunter, das ist ein noch verwickelterer und konfuserer Regenwurm, du wirst nicht einmal erfahren, wie der Offizier heißt, und von nun an kannst du nicht mehr entkommen, die Heimat starrt dich an, sie hypnotisiert dich, das fehlte noch, daß du das Andenken an unsere Großväter und die Entdeckungen beleidigst, geh hin. Du heißt António Mau-Tempo. Seit du auf die Welt gekommen bist, warte ich auf dich, mein Sohn, du sollst erfahren, was für eine zärtliche Mutter ich bin. Wenn ich dich die ganzen Jahre über nicht beachtet habe, dann wirst du es verzeihen, denn ihr seid viele, und ich kann mich nicht um alle kümmern, meine Offiziere werden über dich befinden, man kann nicht ohne sie leben, wie würdest du sonst marschieren lernen, eins, zwei, links, rechts, rechts schwenkt, halt, oder die Handhabung der Waffen, Vorsicht, wenn du den Lauf reinigst, he, paß auf, daß du den Finger nicht mit hineinziehst, ich bin erstaunt, daß du nicht lesen kannst, habe ich denn nicht Grundschulen an strategischen Punkten einrichten lassen? Gymnasien nicht, die würdest du nicht brauchen, wozu auch, und nun kommst du zu mir und sagst, daß du nicht lesen kannst, nicht schreiben und auch nicht rechnen, du machst mir Arbeit, António Mau-Tempo, du wirst in der Kaserne lernen müssen, unter meinen Fahnen dulde ich keine analphabetischen Söhne, und wenn du später vergißt, was dir zu lernen befohlen wurde, dann ist das nicht meine Schuld, der Esel wirst du sein, ehrlich gesagt, meine Armee ist voll von deinesgleichen, zum Glück nur für kurze Zeit, ist der Militärdienst vorüber, kehrst du zu deinen Pflichten zurück, es sei denn, du willst andere, genauso schwere übernehmen, das läßt sich auch einrichten.

Würden die Heimatländer die Wahrheit sagen und könnten wir die Dialoge hören, wie sie sind, müßten wir aufhören, an die Ammenmärchen zu glauben, die uns erzählt werden, die von gestern und die von heute, sei es von Rüstung und Eisenfaust, sei es von Rangabzeichen und vom einfachen Soldaten, wie zum Beispiel jene Geschichte vom Soldaten, der im Schützengraben lebte, gesund dank seiner leiblichen Mutter, denn die himmlische war schon gestorben. Er schaute wieder und wieder auf das Bildnis jener, die ihm das Leben geschenkt hatte. Eines Tages zerfetzte eine verirrte oder eher eine gut gezielte Kugel des Feindes das Bild, riß das Abbild der lieben und teuren Mutter in tausend Stücke. Da sprang der vor Schmerz wahnsinnige Soldat über die Brustwehr und lief mit der Waffe im Anschlag auf den feindlichen Graben zu, nicht lange, und eine Feuergarbe mähte ihn nieder, so drückt man es in solchen Kriegsgeschichten aus, die Feuergarbe empfing er von einem deutschen Soldaten, der in der Tasche ebenfalls das Bildnis seiner teuren alten Mutter hatte, das fügt man hinzu, damit die Geschichten von Müttern und Heimatländern und denen, die sterben oder töten, vollständiger sind.

António Mau-Tempo ließ die Arbeit, die er zur Zeit verrichtete, liegen und machte sich nach Monte Lavre auf den Weg, stieg in Vendas Novas aus dem Zug, schaute von weitem nach der Kaserne, in der er sich in drei Tagen melden mußte. Drei Meilen hatte er vor sich, und da angenehmes Wetter herrschte, ging er mit festem und ruhigem Schritt, ließ linker Hand den Schießplatz liegen, es gibt Flecken, die haben von Beginn an ein böses Schicksal, dieser hier ist durch Sterilität gestraft, wie es bei Menschen auch vorkommt, und schließlich läßt er ihn hinter sich zurück, oder, genauer gesagt, er weiß, daß er vorbei ist, obwohl er ihn nicht sieht. Für eineinhalb Jahre wird er seine Freiheit verlieren, der bloße Gedanke daran beunruhigt ihn. Er erinnert sich an José Gato. Ob dieser den Militärdienst geleistet hätte? Gleich spürt er eine große Erleichterung im Herzen, als hätte das Schicksal ihm eine Tür in Richtung Straße geöffnet und ihm gesagt, laß das alles sein, warum solltest du dich in eine Kaserne stecken, zwischen vier Wände einsperren lassen und erst danach wieder Kork schälen, pflügen und mähen, schön dumm wärst du, schau dir José Gato an, der lebt ein wahres Leben, wer wagt es schon, ihn anzutasten, seine Bande ist bei ihm, er ist der Anführer, und was er sagt, wird gemacht, selbst wenn du nicht gleich Anführer sein kannst, bist ja noch jung und mußt erst lernen, für den Anfang wäre es nicht übel. Das sind Versuchungen, die jeden überkommen, der das Leben kennt. Sie scheinen von wenig Ehrgefühl dieses Jungen zu zeugen, der aus geachteter Familie stammt, abgesehen von diesem Fleck, der durch das Leben und den Tod des Großvaters Domingos Mau-Tempo entstand, man sollte das endlich vergessen und nicht immerzu daran denken, denn der erhebe zuerst den Stein gegen ihn, der niemals von solchen und schlimmeren Versuchungen träumte, um so mehr, da selbst António Mau-Tempo heute noch nicht die ganze Geschichte von José Gato kennt, es fehlt das, was erst noch geschehen muß, vorläufig denkt er nur an den guten Geschmack des Schweinefleisches, das er heimlich von seinem ehrlich verdienten Geld gekauft hatte.

Wenn vor einem Menschen fünfzehn Fußkilometer liegen, dann hat er Muße zum Nachdenken, er hat Zeit, das Leben abzuwägen, gestern noch ein Halbwüchsiger und in Kürze ein Rekrut, aber wer hier festen Schrittes auf der Straße geht, ist der beste Korkschäler unter den neun Jungen, die mit ihm dieses Handwerk lernten, vielleicht wird er einen von ihnen bei der Truppe treffen. Es wird heiß, der Beutel, den er trägt, ist zwar nicht schwer, aber er schaukelt und rutscht von der Schulter. Hier werde ich mich hinsetzen, um auszuruhen, nur einige Meter von der Straße entfernt, nicht sehr weit, aber gut geschützt. Er breitet die doppelt zusammengelegte Manta aus, denn der Boden ist feucht, legt den Kopf auf den Beutel und schläft ein, nach Monte Lavre kommt er noch früh genug. Neben mich hat sich gerade ein uraltes Weib gesetzt, mein Pech, aber ihr Glück, ich weiß nicht, was es mir nützen sollte, doch sie hat eine Kraft, die an Zauberei grenzt, jetzt ergreift sie meine Hand und sagt, ich lese in deiner Hand, António Mau-Tempo, du wirst dich niemals verheiraten und nie Kinder zeugen, fünf große Reisen in ferne Lande wirst du machen, und deine Gesundheit wirst du zerrütten, kein Fleckchen Erde wird dir je gehören außer der deines Grabes, du bist nicht mehr als die anderen, und selbst dieses Stückchen Erde gehört dir nur so lange, bis du zu Staub geworden bist, nur Knochen werden von dir bleiben, wie bei allen Leuten, die irgendwo enden, von ihnen weiß ich nichts zu berichten, doch solange du lebst, wirst du nichts Schlechtes tun können, auch wenn man dir das Gegenteil sagt, und nun steh auf, es ist Zeit. Doch António Mau-Tempo, der wohl wußte, daß er nur träumte, tat, als hätte er den Befehl nicht gehört, und schlief weiter, das war nicht recht, denn so erfuhr er nicht, daß eine Prinzessin weinend an seiner Seite gesessen und seine harte, schwielige Hand gehalten hatte, nachdem sie lange gewartet hatte, ging sie davon und ließ ihr langes Satinkleid über Stechginster und Busch streifen, so jung war sie noch, so jung, und als António Mau-Tempo endlich erwachte, war der Busch voller weißer Blumen, die er vorher nicht gesehen hatte.

Das Leben auf dem Latifundium kennt viele solcher Fälle, die unwirklich erscheinen und doch vollkommen wahr sind. Sei es, wie es sei, von dort bis Monte Lavre ging António Mau-Tempo sinnend, denn er hatte zwei Wassertropfen auf seiner Handfläche entdeckt, und er fand nicht heraus, woher sie gekommen sein könnten. Sie vermischten sich nicht miteinander, sondern rollten wie Perlen jede für sich herab, das sind Wunder, die auf dem Latifundium ebenfalls nicht ungewöhnlich sind, nur die

Überheblichen hegen Zweifel daran. Wir sind sicher, daß António Mau-Tempo die Wassertropfen noch heute besäße, wenn sie nicht von der Hand gerollt wären, als er zu Hause ankam und die Mutter umarmte, sie flogen zur Tür hinaus, mit weißen Flügeln schlagend, was sind das für Vögel?; ich weiß nicht, Mutter.

Mancher hat einen schweren, mancher einen leichten Schlaf, mancher löst sich beim Einschlafen von der Welt, mancher kann ohne sie nicht sein und träumt deshalb. Bei Joana Canastra ist es einmal so und einmal so. Sie kann ruhig schlafen, wenn sie krank ist und die Schmerzen sie nicht allzu heftig plagen, und das ist eine Gabe, die ihr aus der Wiegenzeit geblieben ist, das würden diejenigen sagen, die sie noch aus dieser Zeit kennen. Die dunkelhäutige Wange in die offene Hand geschmiegt, schläft sie müde und erschöpft ein, ein langer und tiefer Schlaf hüllt sie ganz und gar ein. Doch wenn sie zu einer bestimmten Zeit etwas zu tun hat, öffnen sich fünfzehn Minuten vorher ihre Augen ganz von selbst, als würden sie einem inneren Uhrmechanismus gehorchen, und so sagt sie jetzt, Sigismundo, steh auf. Würde das von jemandem, der dabeigewesen ist, erzählt werden, merkte man sofort, daß die Unwahrheiten schon begonnen haben, die einen unfreiwillig und die anderen vorsätzlich im Sinne der waltenden Regeln, denn was Joana Canastra wirklich gesagt hat, war, Sigismundo, steh auf. An diesem Beispiel kann man sehen, wie schmal der Grat der Genauigkeit ist. Doch beide wissen, worum es geht, wie zum Beweis dafür wirft der in Fragen der Orthographie unbekümmerte Sigismundo Canastro die Manta zurück, springt in Unterhosen aus dem Bett und läuft durch die Wohnung, um die Fensterlade zu öffnen und nach draußen zu spähen. Es ist noch dunkle Nacht, nur ein scharfes Auge, das Sigismundo Canastro schon nicht mehr hat, oder die vererbte jahrtausendealte Erfahrung, die er hat, gestatten es, die minimale Veränderung zu bemerken, die es nach Osten hinzu gibt, verstehe, wer kann, diese Geheimnisse der Natur, den etwas stärkeren Schein der Sterne, wo doch das Gegenteil der Fall sein müßte. Die Nacht ist kalt, das verwundert nicht, denn es ist November, der Himmel ist bedeckt, und so wird es bleiben, wie es ebenfalls im November oft geschieht. Joana Canastra ist schon aufgestanden, sie zündet das Feuer an, schiebt den rußigen Topf darüber, um den Kaffee aufzuwärmen, diesen Namen gibt man nach wie vor dieser Mischung aus Gerste und Zichorie oder gebrannten und gemahlenen Lupinenkernen, man weiß nicht einmal, was man trinkt. Sie holt aus dem Kasten ein halbes Brot und drei gebratene Sardinen, viel blieb nicht im Kasten zurück, wenn überhaupt etwas. Sie legt alles auf den Tisch und sagt, der Kaffee ist heiß, komm essen. Diese Worte mögen alltäglich erscheinen, armselige Formulierungen nicht sehr erfinderischer Leute, die niemals gelernt haben, die kleinen Handlungen des Lebens mit Superlativen aufzuwerten. Genauso unterschiedlich mögen die Worte gewesen sein, die Romeo zu Julia oder Julia zu Romeo auf dem Balkon des Zimmers gesagt hat, in dem die Jungfrau zur Frau wurde, und diejenigen, die der blauäugige Deutsche zu jener gesagt hat, die auch Jungfrau war, aber von geringerem Stand, und die auf dem Farnkraut zur Frau gezwungen worden war. Was mögen ihre Worte gewesen sein? Jedenfalls wäre jeder dieser Dialoge dem jeweiligen Umstand angepaßt, so wie jetzt, wo vom Ausflug Sigismundo Canastros die Rede ist, wenn es auch nicht der erste ist. Sigismundo Canastro ißt eine halbe Sardine und dazu ein Stück Brot, ohne Teller und Gabel. Mit dem Federmesser schneidet er hiervon und davon ein Stückchen ab, schüttet über den Brei im Magen den Komfort heißen Kaffeesatzes, es gibt Leute, die schwören, daß die Existenz Gottes durch die Harmonie von Kaffee und gebratener Sardine bewiesen ist, aber das sind schon theologische Fragen und nicht die morgendlicher Ausflüge. Er setzt den Hut auf, bindet die Schuhe zu, zieht seinen schäbigen Schafpelz an und sagt, bis bald, Frau, wenn sie nach mir fragen, du weißt von nichts. Die Ermahnung wäre nicht notwendig gewesen, denn es ist immer dieselbe, und außerdem könnte Joana Canastra nicht viel sagen, sie weiß zwar, aus welchem Grund der Ehemann geht, und den würde sie selbst bei Todesstrafe nicht nennen, sie weiß aber nicht, wohin er geht, also könnte sie selbst bei Todesstrafe nichts sagen. Sigismundo Canastro wird den ganzen Tag wegbleiben, tief in der Nacht erst wird er zurückkommen, mehr wegen der Länge des Weges als wegen der tätig verbrachten Zeit, aber das weiß man nicht so genau. Die Frau antwortet, bis bald, Sismundo. Sie beharrt auf diesem Namen, und wir wollen darüber nicht lachen, nicht einmal lächeln. Nachdem er durch die Gartentür gegangen war, setzte sie sich auf einen Korkschemel neben dem Feuer; und dort blieb sie bis zum Sonnenaufgang, hielt die Hände gefaltet, doch das muß nicht heißen, daß sie betete.

Am anderen Ende von Monte Lavre ist Faustina nicht an so etwas gewöhnt, für sie ist es das erste Mal. Die ganze Nacht konnte sie nicht schlafen, obwohl sie wußte, daß der Mann erst bei Sonnenaufgang gehen würde, sie wunderte sich, daß der von Natur aus so unruhige João Mau-Tempo jetzt so ruhig schlief, wie einer, der nichts zu fürchten hatte, obwohl er es müßte. So schafft der Körper Ausgleich für die erregte Seele. Als João Mau-Tempo bei hellem, aber noch sonnenlosem Tagesanbruch erwacht, packt ihn plötzlich die Erinnerung an das, was er vorhat, so mächtig, daß er die Augen schließen muß, und es ist nicht die Angst, die auf seinen Magen drückt, sondern eine Art von Respekt, wie man ihn vor der Kirche oder vor Grabsteinfeldern oder einer Kindesgeburt hat. Er ist allein im Zimmer, hört die häuslichen Geräusche und die von draußen, den frostigen Gesang eines einsamen Vogels, die Stimmen der Töchter und das Knistern des brennenden Reisigs. Er steht auf, klein und hager von Statur, wie bereits gesagt wurde, mit leuchtendblauen Augen aus der Vergangenheit, und mit seinen zweiundvierzig Jahren lichten sich schon die Haare, während die verbleibenden weiß werden. Bevor er sich völlig erhebt, muß er eine Pause einlegen, um den Körper an das Reißen zu gewöhnen, das durch die liegende Haltung in jeder Nacht wiedererweckt wird, dabei müßte das Gegenteil der Fall sein, wenn der Körper sich wirklich ausgeruht hätte. Er zieht sich an und betritt die Küche, nähert sich dem Feuer, als wollte er die Bettwärme noch bewahren, es scheint nicht so, als ob er große Kälte gewöhnt wäre, er sagt, guten Morgen, die Töchter kommen, um seine Hand zu küssen, es ist eine wahre Freude, die Familie so vereint zu sehen, alle sind sie arbeitslos und müssen irgendwie den Tag verbringen. Sie kümmern sich um die Wäsche, Gracinda hat für die Aussteuer zu sorgen, doch es geht langsam voran, die Hochzeit wird erst im nächsten Jahr sein. Am Nachmittag wird sie mit der Schwester zum Fluß gehen, um Wäsche zu waschen, einen Wäscheberg, den sie vom Gut geholt haben, es bringt immerhin zwanzig Escudos. Faustina, die taub zu werden beginnt, hat ihren Mann nicht kommen hören, sondern gespürt, vielleicht durch das von den Schritten hervorgerufene Beben des Fußbodens oder durch einen Luftzug, den nur sein Körper so verursachen kann. Jeder fühlt auf seine Art, das ist schon wahr, diese beiden leben seit zwanzig Jahren zusammen, da würde vielleicht nur ein Blinder sich irren, doch über ihre Augen kann sie sich nicht beklagen, nur mit dem Gehör will es nicht mehr so recht, und es scheint ihr, als ob die Leute jetzt absichtlich eine lautere Art des Sprechens angenommen hätten, damit entschuldigt sie sich jeden Tag. Das scheinen Sorgen alter Menschen zu sein, sind aber lediglich Sorgen von Leuten, die vor dem Alter müde geworden sind. João Mau-Tempo bricht gestärkt zum Ausflug auf, er hat Kaffee getrunken, der genauso dürftig war wie der von Sigismundo Canastro, er hat vom Mischbrot gegessen, ein wenig Weizen enthält es, und er hat im Magen ein rohes Ei, das er, die Schale an beiden Seiten durchstochen, geschlürft hatte, das ist einer der großen Genüsse seines Lebens, wäre es immer so, könnte man es aushalten. Sein Magendrücken ist vergangen, die Sonne steigt auf und mahnt ihn zur Eile, er sagt, bis bald, wenn jemand nach mir fragt, dann wißt ihr nicht, wohin ich gegangen bin. Das sind keine vereinbarten Worte, es ist die natürliche Art dessen zu sprechen, der so redet, wie ihm der Schnabel gewachsen ist, und der nicht erst lange nach ausschweifenden Begründungen sucht. Weder Gracinda noch Amélia wissen, wohin der Vater geht, und als er gegangen ist, fragen sie, doch die Mutter ist fast taub, wie wir wissen, so tut sie, als hätte sie die Frage nicht gehört. Man darf ihr das nicht verdenken, denn die Mädchen sind jung und leichtsinnig, doch nur weil sie jung sind, nicht aus Charakterschwäche, das wäre eine Beschuldigung, die zumindest Gracinda unrecht tun würde, die ja auch die Abenteuer Manuel Espadas kennt, des ersten bekanntgewordenen Streikenden von Monte Lavre mit seinen Kameraden, damals, als er noch ein Halbwüchsiger war.

Der Treffpunkt ist Terra Fria. Mit Sicherheit gibt man den Orten Namen, die irgendwie begründet sind, aber Terra Fria, Kalte Erde, befindet sich auf dem Latifundium, wo es im Sommer wie im Winter überall gleich heiß wie gleich kalt ist, man müßte bis zu den Ursprüngen forschen, aber diese haben sich bereits im Dunkel der Zeit verloren. Bevor sie aber dort ankamen, trafen sich Sigismundo Canastro und João Mau-Tempo in der Nähe des Hügels von Atalaia, nicht oben natürlich, das fehlte noch, daß sich die Männer den Blicken Vorübergehender darbieten würden, obwohl das Latifundium an diesem Ort und zu dieser Stunde nicht gerade wie der Platz von Giraldo bevölkert ist, Sie wissen doch, wie ich das meine. Sie werden sich am Fuß der Anhöhe treffen, dort, wo ein dichtes Wäldchen ist. Sigismundo Canastro kennt die Stelle gut. João Mau-Tempo weniger, aber ein Mensch kommt auch ohne zu fragen nach Rom. Von dort aus gehen sie gemeinsam nach Terra Fria weiter, über Wege, die Gott niemals betreten hat und der Teufel nur, wenn er mußte.

Niemand ist am Himmelsrund zu sehen, dort, wo sonst die Engel auf der Tribüne erscheinen, wenn es große Bewegungen in der Arena des Latifundiums gibt. Der große und fatale Fehler der himmlischen Mächte besteht darin, daß sie alles nach dem Maßstab von Kreuzzügen messen. Sie mißachten die kleinen Trupps, die gefährlichen Sonderkommandos, die Freiwilligen für diese Mission, die kleinen Pünktchen hier, die zwei Männer sind, einer dort und einer weiter vorn, ein weiterer ist noch weit weg und wird sich sicher verspäten. Alle nähern sich, obwohl man es nicht bemerkt, einem Ort, der im Himmel keinen Namen hat, doch hier unten heißt er Terra Fria. Vielleicht dachte man im müßigen Himmel, daß diese Menschen einfach zur Arbeit gingen, obwohl es keine gibt, was selbst im Himmel durch die gelegentlichen Nachrichten des Pater Agamedes schon bekannt sein dürfte, eigentlich ist es wahr, daß sie zu einer Arbeit gehen. Gesät wird jedoch etwas anderes als sonst. So groß ist die Verantwortung, daß João Mau-Tempo, als er sich mit Sigismundo Canastro getroffen und nach den ersten Schritten oder etwas später seine Hemmungen überwunden hat, fragt, was denkst du, werden sie mich akzeptieren? Sigismundo wird ihm mit der Sicherheit des Älteren und Erfahreneren antworten, du bist schon akzeptiert worden, sonst würdest du heute nicht mit mir gehen, wenn da irgendein Zweifel bestünde.

Einer kommt mit dem Fahrrad. Es wird dort im Gebüsch versteckt bleiben, wo man es einigermaßen leicht wiederfinden kann. Diesmal wird es keine Probleme mit dem Nummernschild geben, da sich alles innerhalb des Kreises abspielt. Es müßte schon aus Gemeinheit oder plötzlichem Argwohn sein, wenn ihn die Guardas anhalten würden, wohin wollen Sie, woher kommen Sie, zeigen Sie Ihre Genehmigung. Das wäre nicht gut, denn dieser Mann heißt für die, mit denen er sich in Terra Fria treffen wird, Silva, doch er heißt auch Manuel Dias da Costa für die Guardas und die Zivilregistratur, für den Pater Agamedes, der ihn weit entfernt von hier getauft hat, heißt er noch anders. Manche behaupten, daß wir ohne unsere Namen nicht wüßten, wer wir sind, das ist ein Spruch, der scharfsinnig und philosophisch zu sein scheint, doch dieser Silva oder Manuel Dias da Costa, der auf einem schlammigen Karrenweg in die Pedale tritt, scheint sich nichts daraus zu machen, er fährt vollkommen zufrieden dahin, hat zum Glück die Straße schon verlassen, auf der gelegentlich die Guarda auftaucht, Vorsicht ist besser als Nachsicht. Man sieht es ihm an, daß ihn diese subtilen Fragen der Identität seiner Person oder seiner Papiere nicht kümmern, genauer besehen, ist es jedoch so, daß er sich seiner sicherer ist als der Dokumente, die ihn benennen. Und da der Mensch immer denken muß, denkt er, wie seltsam es ist, daß die Guardas mehr von einem beschriebenen und gestempelten Papier halten, das schon von dem vielen Falten müde geworden ist, als von dem, was sie nun vor sich haben, nämlich einen Menschen und sein Fahrrad, Sie können weiterfahren; während er in die Pedale tritt, überlegt er, daß es so in der Frühe nicht ratsam wäre, die Straße zu benutzen, eben deshalb ist er zum erstenmal hier entlanggekommen, und er hatte Glück, denn niemand hielt ihn an.

Wer mit dem Zug kommt, steigt in São Torcato auf der Strecke nach Setil aus oder in Vendas Novas oder direkt in Montemor, wenn das Treffen in Terra da Torre ist. Wenn es in Terra Fria ist, dann auf den vorhergenannten Stationen. Wer in São Geraldo wohnt, der hat Glück, denn es ist nur ein Katzensprung nach Montemor, doch wenn heute jemand São Geraldo aus den gleichen Gründen verlassen hat, so muß er weitergehen, das wird wohl kein Zufall sein, sondern eine durchdachte Regel. Um diese Zeit, Vormittag ist es, sieht man das Fahrrad schon nicht mehr, der Zug ist weit entfernt, pfeifend zieht er dahin, und über Terra Fria kreist ein Milan, das sieht beeindruckend aus, aber viel eindrucksvoller ist es, ihm zuzusehen und ihn dann plötzlich schreien zu hören, diesen langen Schrei, den niemand mit Worten beschreiben kann und den wir, sobald er verklungen ist, zu erklären versuchen, das tun wir jedesmal, wenn etwas schreit, an schreienden Tieren mangelt es nicht, Vögel jeder Art äußern sich so, aber dieser Schrei ist anders, so voller Urnatur ist er, daß es einen überläuft, es würde mich nicht wundern, daß, müßten wir ihn ständig hören, uns selbst Flügel wüchsen, man hat noch viel seltsamere Sachen erlebt. Der hoch oben kreisende Milan senkt den Kopf etwas, es ist nur eine Gewohnheit, zum besseren Spähen nach unten bräuchte er diese minimale Annäherung an die Erde nicht, uns haften solche Fehler an, Kurzsichtigkeit, Astigmatismus nennt man es gewöhnlich, in dieser Gegend des

Latifundiums müssen wir die Worte deutlich aussprechen, damit die Engel nicht Stigmatismus verstehen und auf der Veranda erscheinen, um nach Franz von Assisi Ausschau zu halten, denn was sie erblickten, wäre nur ein einfacher schreiender Milan und fünf Männer, die sich einander nähern. Einige sind weniger, andere weiter entfernt von Terra Fria. Wer sie alle wirklich von dort oben sieht, das ist der Milan, doch dieser ist kein Vogel, der etwas sieht und es weitererzählt.

Sigismundo Canastro und João Mau-Tempo trafen zuerst ein, das lag in ihrer Absicht, weil einer von ihnen ein Neuling war. Während sie in der Sonne warteten, um sich langsamer abzukühlen nach dem Marsch, sagte Sigismundo Canastro, wenn du den Hut abnimmst, leg ihn mit dem Futter nach unten hin; warum das? wollte João Mau-Tempo wissen; und Sigismundo Canastro antwortete, wegen des Namens, wir dürfen voneinander nicht die Namen wissen; aber ich kenne doch den deinen; ja, du kennst ihn, aber du wirst ihn nicht benutzen, die Camaradas werden dasselbe tun, es ist für den Fall der Verhaftung, wenn wir keine Namen kennen, sind wir besser dran. Sie redeten noch über dies und das, es war nun ein lockeres Gespräch, aber João Mau-Tempo dachte an das Gesagte, so viel Vorsicht, und dann, als der mit dem Fahrrad ankam, begriff er, daß er von diesem nie den Namen erfahren würde, vielleicht wegen des Respekts, mit dem ihn Sigismundo Canastro behandelte, obwohl er ihn duzte, was ja normalerweise kein Zeichen großer Hochachtung ist. Dies hier ist der neue Camarada, sagte Sigismundo Canastro, und der mit dem Fahrrad streckte die Hand aus. Er hatte nicht die grobe Hand eines Landarbeiters, aber kräftig war sie und fest im Druck, Camarada, Genosse, das Wort ist nicht neu, die Arbeitskollegen nennen einander so, es ist dasselbe Wort und doch ein ganz anderes, die Knie zitterten nicht mehr, der Knoten im Hals verschwand langsam, seltsame Sache für einen Mann, der die Vierzig schon überschritten hat und viel von der Welt und dem Leben weiß. Die drei vertrieben sich die Zeit bis zum Eintreffen der anderen, sie wollten noch eine halbe Stunde warten und dann beginnen. Nach einiger Zeit nahm João Mau-Tempo den Hut ab, und bevor er ihn, dem Rat Sigismundo Canastros folgend, mit dem Futter nach unten ablegte, schaute er verstohlen hinein und las auf dem Band »João Mautempo«, geschrieben vom Hutverkäufer, das war in jener Zeit provinzialischer Brauch, während man in den Städten schon die Anonymität pflegte. Der mit dem Fahrrad, von dem nur wir wissen, daß er mit dem Fahrrad kam, und von dem João Mau-Tempo annimmt, daß er auch den ganzen Weg zu Fuß ging, also, der mit dem Fahrrad trägt eine Baskenmütze, es ist überhaupt nicht gewiß, daß sein Name drinsteht, Baskenmützen kauft man auf den Märkten, bei Kleiderhändlern ohne Geschäftsmarke, die weder eingravieren noch Goldbuchstaben drucken, denen ist es gleichgültig, ob der Kunde seinen Kopfputz verliert, und wenn, ob er ihn wiederfindet.

Nach einer kleinen Pause, die jeder mit seinen Gedanken verbrachte, kamen die beiden letzten an. Sie kannten sich vom Sehen und von früheren Zusammenkünften, außer João Mau-Tempo, der so etwas wie ein Kavalierstuch zum Vorzeigen darstellte, wenn der Vergleich gestattet sei, und die anderen starrten ihn an, um sich sein Gesicht einzuprägen, das war einfach, bei diesen Augen war keine Verwechslung möglich. Der mit dem Fahrrad bat mit ernsten und einfachen Worten um mehr Pünktlichkeit in der Zukunft, obwohl er zugab, daß es bei diesen weiten Wegen schwierig war, die Zeit genau zu berechnen, ich selbst bin nach den Camaradas gekommen und hätte doch der erste sein müssen. Danach wurde mit Kleingeld bezahlt, nur Münzen waren es, und ein jeder empfing abgezählte und eingewickelte Zettel. Wenn es erlaubt gewesen wäre, Namen zu nennen, oder wenn der Milan sie gehört und wiederholt hätte, oder wenn die Hüte sie sich gegenseitig zuflüsterten, dann könnten wir hören, diese sind für dich, Sigismundo Canastro, die für dich, Francisco Petinga, diese nimmst du, João dos Santos, João Mau-Tempo nimmt diesmal keine mit, du wirst Sigismundo Canastro helfen, und jetzt sagt mir, was so los ist, erzähl du. Der erzählen sollte, war Francisco Petinga, und der sagte, die Patrões haben eine neue Mode eingeführt, einen Dreh gefunden, womit sie einen Tag einsparen, wenn sie uns zur Arbeitsverteilung im Volkshaus empfangen müssen. Wenn der Samstag gekommen ist, entlassen sie uns, es bleibt niemand, und dann wird uns gesagt, am Montag geht ihr zum Volkshaus, sagt, daß ich befohlen habe, dieselben Arbeitskräfte einzustellen, das sagt der Patrão, ich weiß nicht, ob du verstehst, denn das Ergebnis ist, daß wir den Montag durch den Gang zum Volkshaus verlieren, und der Patrão bezahlt erst ab Dienstag. Was sollen wir tun? Danach erzählte João dos Santos, in meiner Gegend macht das Volkshaus gemeinsame Sache mit den Patrões, sonst würde es nicht so sein, wie es ist, sie teilen uns ein, wir gehen von dort zu den Gütern, und die Patrões nehmen uns nicht, also gehen wir zum Volkshaus zurück, erzählen, daß man uns nicht angenommen hat, und sie schicken uns wieder los, so verlieren wir Zeit damit, einmal wollen uns die Patrões nicht, und zum anderen hat das Volkshaus keine Kraft, sie zu zwingen, und wer darunter leidet, sind die Arbeiter. Was sollen wir tun? Sigismundo Canastro sagte, die eingeteilten Arbeiter verdienen sechzehn Escudos von Sonnenaufgang bis Sonnenuntergang, aber viele werden nicht eingestellt und haben noch nicht einmal das, der Hunger ist bei allen gleich, die sechzehn Escudos reichen auch nur für ein Nichts, die Patrões lachen über uns, sie haben genug Arbeit und lassen die Güter in einem beklagenswerten Zustand, sie produzieren nicht genug, wir müßten die Ländereien besetzen, selbst wenn wir dabei draufgingen, so würde es wenigstens auf einmal sein, ich weiß ja, der Genosse hat es schon gesagt, das käme einem Selbstmord gleich, aber Selbstmord ist, was hier passiert, ich wette drauf, daß niemand von uns sich rühmen kann, irgend etwas Nennenswertes zu Abend gegessen zu haben, nicht daß man mutlos wäre, doch was sollen wir tun? Die anderen nickten zustimmend, sie spürten den knurrenden Magen, Mittag war schon vorbei, und sie dachten daran, daß sie an Ort und Stelle das bißchen mitgenommene Brot mit Beilage aufessen könnten, aber gleichzeitig schämten sie sich, ihre Ärmlichkeit vorzeigen zu müssen, trotzdem jeder von ihnen wußte, was Elend bedeutete. Der mit dem Fahrrad war so ärmlich gekleidet, daß keine der Taschen etwas Eßbares enthalten konnte. Da die anderen vom Fahrrad nichts wissen können, sagen wir, daß selbst die Ameisen es ablehnen, das Fahrrad hinauf- und hinunterzulaufen, denn da gibt es nicht einen einzigen Krümel zu holen. Der mit dem Fahrrad wandte sich an João Mau-Tempo und fragte, und du, willst du etwas sagen? Die Frage kam unerwartet, eine Aufforderung, die den Neuling aufschreckte, ich weiß nicht, ich habe nichts zu sagen, nach diesen Worten schwieg er, aber alle blieben still und schauten vor sich hin, so konnte es nicht bleiben, fünf unter einer Korkeiche sitzende Männer, ohne einen Mucks zu sagen, und da ihm nichts anderes einfiel, sagte er schließlich, wir schuften uns Tag und Nacht ab, falls es Arbeit gibt, nichts erleichtert unsere Qual des kärglichen Lebens, ich bearbeite ein bißchen Land, wenn sie es mir überlassen, bis spät in die Nacht geht das, und jetzt herrscht überall Arbeitslosigkeit, wo es doch

Arbeit genug gäbe, ich hätte gern gewußt, warum das so ist und ob das so bleiben wird, bis wir alle sterben, es ist nicht gerecht, daß einige immer alles haben und die anderen immer nichts, ich wollte eigentlich nur sagen, daß ihr mit mir rechnen könnt, weiter nichts.

Jeder hatte das Seine gesagt, von weitem ähneln sie Statuen, so unbeweglich sitzen sie da, sie warten darauf, was der mit dem Fahrrad sagen wird. Er geht nach der gleichen Ordnung wie vordem vor, erst spricht er zu allen, dann zu Francisco Petinga, danach zu João dos Santos, ganz kurz richtet er sich an Sigismundo Canastro, doch bei João Mau-Tempo wird es ein langes Gespräch, so als ob Steine für eine Treppe oder eine Brücke zusammengetragen würden, eine Brücke ist besser, über sie werden die Jahre und die Lasten hinweggehen können, und unten ist der Abgrund. Von dieser Entfernung aus ist es eine stumme Szene, wir sehen nur die Gesten, es sind ihrer nicht viele, alles hängt von den Worten und von dem Tonfall ab, auch vom Ausdruck der Augen, von hier aus sehen wir nicht einmal das Blau der Augen João Mau-Tempos. Wir haben nicht den scharfen Blick des Milans, der hoch über der kleinen Korkeiche fliegt und seine Kreise zieht, hin und wieder sinkt er etwas tiefer, weil die Tragkraft der Luft schwächer wird, und dann, mit einem langsamen, elastischen Schlagen der Flügel steigt er wieder auf, um die Nähe und Ferne zu erfassen, dieses und jenes, das weite Latifundium und die Geduld in ihrem wahren Ausmaß.

Das Treffen ist beendet. Als erster geht der mit dem Fahrrad, danach folgen die Männer, gleichzeitig, aber in verschiedenen Richtungen gehen sie davon, zuerst können wir sie alle noch sehen, sie sich auch, wenn sie sich umdrehen würden, doch das tun sie nicht, auch eine ihrer Regeln, dann verstecken sie sich, das heißt, sie verstecken sich nicht, sondern sie werden durch ein Tal unseren Blicken entzogen, oder ihre Gestalt verschwindet mit der Entfernung im Schatten eines Hügels, oder sie verliert sich einfach in der Ferne, und die Kälte, die nun aufkommt, zwingt uns dazu, die Augen zuzukneifen und dahin zu sehen, wo wir unsere Füße hinsetzen, der Mensch kann nicht so mir nichts, dir nichts dahinlaufen. Der Milan stößt einen lauten Schrei aus, der über das ganze Himmelsgewölbe hallt, und entfernt sich nach Norden, während die Engel erschreckt und stolpernd an die Fenster laufen, doch sie sehen schon niemanden mehr.

Die Männer wachsen, es wachsen die Frauen heran, alles an ihnen wächst, der Körper und die Bedürfnisse, es wächst der Magen, um sich der Größe des Hungers anzupassen, das Geschlecht wächst, der Größe des Verlangens angemessen, und Gracinda Mau-Tempos Brüste sind zwei Meereswellen geworden, zwei sanfte Wogen. Von hier an ist es die übliche Lyrik, das Singen von Liebe und Freundschaft, von der Kraft ihrer Arme und der Kraft seiner Arme, wir sprechen von Manuel Espada, denn es gab keinen Wechsel der Gefühle, eher wurden sie stärker, und es sind doch schon drei Jahre vergangen, die Kraft der Arme beider also wird ohne großen Unterschied vom Latifundium genutzt oder abgelehnt, letztlich ist der Unterschied zwischen Mann und Frau nicht so groß, abgesehen vom Lohn für die Arbeit. Mutter, ich will jetzt heiraten, sagte Gracinda Mau-Tempo, hier ist meine Aussteuer, viel ist es nicht, aber es muß reichen, daß sich Manuel Espada und ich in ein gemeinsames Bett legen können, um Mann und Frau zu sein, und er wird in mich eingehen, und ich werde ihm gehören, und obwohl ich nicht viel über die Zeit vor meiner Geburt weiß, erinnert sich all mein Blut an ein Mädchen, das am Brunnen von Amieiro einem Mann zu Willen sein mußte, der blaue Augen wie unser Vater hatte, und ich weiß, daß ich einen Sohn oder eine Tochter gebären werde mit den gleichen Augen, weshalb es so sein wird, weiß ich nicht.

Es fehlte noch, daß Gracinda Mau-Tempo so etwas gesagt hätte, das käme einer Revolution auf dem Latifundium gleich, doch es ist unsere Pflicht, zu verstehen und auch zu wissen, was Worte bedeutet haben, jetzt aussagen und noch aussagen werden. Sie werden nun sagen, daß Sie wohl wissen, welchen Wert Sie den kargen Worten des Alltags beimessen müssen, zum einen, weil man nicht weiß, wie man etwas besser ausdrücken könnte, zum anderen, weil von zwei bekannten Worten oftmals nicht bekannt ist, welches besser zutrifft, und manchmal findet sich kein einziges passendes Wort, und dann warten wir, daß eine einzige Geste alles erklärt, daß ein bestimmter Blick alles bestätigt. Mutter, sagte Gracinda Mau-Tempo, das wenige, was ich habe, wird schon für ein Heim reichen, Mutter, Manuel Espada hat gesagt, es wäre an der Zeit. Vielleicht sagte sie weder das eine noch das andere, vielleicht war es lediglich der Schrei eines einsamen Milans. Mutter, wenn ich nicht heirate, werde ich mich in den Farn am Brunnen von Amieiro legen oder mitten in ein Feld, und dort werde ich auf Manuel Espada warten, damit er meinen Körper besitzen möge, danach werde ich mein Kleid schürzen und mich im Fluß waschen, mein Blut wird ins Ungewisse fließen, doch ich werde endlich wissen, wer ich bin. Vielleicht war es auch so nicht gewesen, vielleicht hat in irgendeiner jener Nächte Faustina zu João Mau-Tempo gesagt und ihn damit bei dem Gedanken unterbrochen, morgen in ein bestimmtes Astloch eines Baumes Zettel zu stecken, es wäre am besten, das Mädchen jetzt zu verheiraten, sie hat ihr Zeug schon beisammen, und João Mau-Tempo hätte geantwortet, es muß eine Hochzeit ohne großen Aufwand sein, ich hätte gern ein großes Fest gehabt, doch das geht nicht, António kann nicht helfen, er ist bei der Armee, sag Gracinda, sie soll sich um die Papiere kümmern, und wir tun, was wir können. Die Eltern haben immer das letzte Wort.

Würde man ihr Häuschen kaufen, könnte man es in die Tasche stecken und mitnehmen, so klein ist es, doch es ist gemietet, das sei vorangestellt, damit keiner darauf kommt, Gracinda Mau-Tempo und Manuel Espada könnten sagen, das ist unser Haus, eher würden sie ablenkend sagen, hier irgendwo wohnen wir. Man ist versucht, Bäumchen wechseln oder Blindekuh zu spielen, wenn das nicht alberne Spiele aus der Schulzeit und aus der Stadt wären, alles nur, damit niemand erfährt, wo ich wohne und wie ich wohne, in diesem Haus, das nur aus Tür und Wänden besteht, unten ein Raum und oben ein Raum, ein Treppchen, das bebt, wenn ich nur den Fuß daraufsetze, alles kalt, solange wir nicht zu Hause sind. Wir werden dort an diesem Hang von Monte Lavre wohnen, mit einem Hausgärtchen, in dem nicht einmal Platz ist, die Hacke zu heben, wenn wir einen Kohlkopf anpflanzen wollen, es stimmt schon, daß den ganzen Tag die Sonne drauffällt, doch was nutzt das, wenn so wenig Platz ist. Wir werden unten schlafen, in der Küche, die damit zum Schlafzimmer wird, und wenn wir aufstehen, wird sie wieder etwas anderes sein, wird während des Kochens zur Küche und wird zur Nähstube, wenn Gracinda Mau-Tempo sich um die Wäsche kümmert, während ich mit verschränkten Armen auf die Hügel gegenüber schauen werde, Wartezimmer ist es dann auch, wir werden schon noch erfahren, worauf da gewartet wird. Diese Wortspielerei ist so eine Sache, man will sich nicht eingestehen, daß es sich überstürzende Erregungen sind, eine jede will zuerst zu Wort kommen.

Wenn wir uns nicht an die Reihenfolge halten und weiter so vorgreifen, werden wir noch bei den Kindern der zwei ankommen und deren Sorgen. Heute ist Feiertag. Manuel Espada und Gracinda Mau-Tempo werden heiraten, so eine Hochzeit hat man in Monte Lavre schon lange nicht mehr gesehen, mit so einem Altersunterschied. Er ist siebenundzwanzig, sie ist zwanzig, doch ohne Zweifel geben sie ein hübsches Paar ab, er ist größer, wie es sein muß, aber sie ist auch nicht gerade klein, sie kommt nicht nach dem Vater. Ich habe die beiden vor Augen, sie in einem rosafarbenen Kleid, das ihr bis zum Knie reicht und am Hals geschlossen ist, es hat lange Ärmel und ist am Handgelenk geknöpft, falls es heiß ist, spürt sie es nicht, höchstens derart, daß es auch Winter sein könnte. Er geht in Schwarz, seine Jacke ist eher ein Jackett als ein Paletot, die Hosen sind so übel nicht, doch die Schuhe könnte nichts mehr zum Glänzen bringen, das Hemd ist weiß, die Krawatte hat ein undefinierbares Muster, wie das Laub der Krone eines unbeschnittenen Baumes, damit hier nichts falsch verstanden wird, die Bäume sind ein Vergleich, weiter nichts, denn die Krawatte ist neu und wird wohl nie wieder benutzt werden, vielleicht sehen wir sie bei einer anderen Hochzeit wieder, falls wir dann eingeladen sein sollten. Das Brautgefolge ist nicht sehr groß, Freunde und einige Bekannte, das Kindervolk läuft hinter dem Bonbonduft her wie immer, und wie immer stehen die alten Weiber an den Türen und sagen irgend etwas, niemals weiß man, ob sie Segen oder Verwünschungen aussprechen, sie tun einem leid, was haben sie schon vom Leben.

Wir heiraten nach der Messe, wie es üblich ist. Trotzdem es zu dieser Zeit nicht an Arbeit fehlt, könnten die Gesichter etwas fröhlicher sein. Der Tag ist schön, und so heißt es, die Braut ist schön, die Burschen können es sich nicht verkneifen, Hochzeitswitze zu reißen, denn schließlich ist Manuel Espada älter, fast dreißig, das ist übertrieben, wie wir wissen, aber wir haben uns diese Situation nicht ausgedacht, selbst die verheirateten Männer wagen Witze, ist doch der Bräutigam kein Jungscher mehr, er hat so etwas Ernstes an sich, so war er schon, als er noch klein war, niemals weiß man, woran er gerade denkt, er kommt nach der Mutter, die im vergangenen Jahr gestorben ist. Der Schein trügt jedoch, es stimmt zwar, daß Manuel Espada ein ernstes Gesicht hat, Antlitz, sagte man früher, doch im Inneren, nicht einmal er selbst könnte das erklären, auch wenn er es wollte, im

Inneren ist ihm, als sänge das Wasser zwischen den Steinen dort in Ponte Cava, einem beklemmenden Ort, wo es einen in der Abenddämmerung überläuft, doch dann am Morgen sieht man, daß es keinen Grund zur Angst gegeben hat, und das Wasser singt dort wirklich zwischen den Steinen.

Große Ungerechtigkeiten werden wegen des äußeren Anscheins begangen, das war auch bei Manuel Espadas Mutter der Fall gewesen, sie schien eine Frau aus Granit zu sein, doch zur Nacht verging sie sanft in ihrem Bett, vielleicht ist das der Grund, weshalb Manuel Espadas Vater jetzt leise weint, einer sagt, es ist vor Freude. Nur er allein weiß, daß es nicht so ist. So etwa zwanzig Leute sind da, und jeder von ihnen gäbe eine Geschichte ab, man kann es sich kaum vorstellen, doch Tag für Tag und Jahr für Jahr häuft sich im Leben allerlei an, wenn jeder über sein Leben schreiben wollte, was für eine Bibliothek ergäbe das, wir wären gezwungen, die Bücher zum Mond zu schaffen, und wenn wir wissen wollten, wer dieser oder jener ist oder war, könnten wir in den Weltraum reisen, um jene Welt zu entdecken, nicht die des Mondes, nein, die des Lebens. Jedenfalls ist es verlokkend, zurückzuschauen und im Detail vom Leben und der Liebe des Tomás Espada und der Flor Martinha zu erzählen, doch da sind die gegenwärtigen Ereignisse und das Leben und die neue Liebe, die des Sohnes und der Gracinda Mau-Tempo, die uns davon abhalten, denn sie sind schon in der Kirche. Erregt und ungeschickt die Jüngeren, man darf es ihnen nicht übelnehmen, so sind sie eben, und dann die Älteren, erfahren in den Ritualen der Kirche, bei solcher Gelegenheit treten sie nacheinander ein in ihrer Kleidung einer vergangenen Epoche. Allein dieses Eintreten in die Kirche und die Art des Verweilens darin, allein diese Gesichter, Angesicht für Angesicht, Runzel für Runzel, wären es wert, einige Kapitel darüber zu verfassen, groß wie das Latifundium, das im Umkreis von Monte Lavre einem Meer gleicht.

Pater Agamedes steht vor dem Altar, ich weiß nicht, was heute mit ihm los ist, welch glücklicher Wind ihm beim Aufstehen ins Gesicht geblasen hat, vielleicht war's der Heilige Geist, nicht etwa, daß sich Pater Agamedes sonderlich persönlicher Zusammenkünfte mit der dritten Person der Heiligen Dreifaltigkeit rühmen würde, er selbst bezweifelt die Einfachheit der theologischen Behauptung, was auch immer der Grund gewesen sein mag, der Teufel von einem Pater ist gut aufgelegt, er ist zwar bedächtig, aber seine Augen glänzen, und das sicher nicht in

Vorfreude auf Völlerei, denn das Mittagsmahl wird nicht darin ausarten. Nehmen wir an, es ist die simple Freude am Segnen, letztlich ist Pater Agamedes ein menschlicher Pater, wie man jederzeit und überall in dieser Geschichte sehen konnte, und er wird es löblich finden, selbst ohne heute an die Notwendigkeit von Arbeitskraft für das Latifundium zu denken, er wird es löblich finden, daß dieser Mann sich mit dieser Frau vereint, daß sie Kinder zeugen werden, die, wenn sie stets hierbleiben, erzogen werden und der Kirche durch Geburt, Heirat und Tod nützlich sein werden, so wie die Anwesenden es waren und sein werden. Es ist besser, daß diese Herde wenig Wolle bringt als gar keine, von diesen Krumen wird Brotkuchen gemacht. Essen Sie davon noch ein Stück, Senhor Pater Agamedes, und trinken Sie dieses Gläschen Portwein; ich kann nicht mehr, Senhora Dona Clemência, ich kann nicht mehr; opfern Sie sich, Senhor Pater Agamedes; von diesem Opfer hier, der heiligen Messe, macht er nicht so viel Aufhebens, nun kommt näher, ich will euch trauen.

Dieses Durcheinander bei den Trauzeugen, niemals weiß einer, an welcher Seite er zu stehen hat, und Pater Agamedes spult die Wörter herunter, er rollt die Stola ein und auf und schickt einen schiefen Blick zum Mesner, der sich verspätet hat, nein, nicht, was Sie denken, es ist nicht Domingos Mau-Tempo, das ist lange her, auch der Pater ist nicht mehr derselbe, die Menschen leben ja nicht ewig. Niemand hat eine Veränderung bemerkt, das Licht ist unverändert geblieben, und die Kirche hat sich nicht plötzlich mit Engeln und Thronen gefüllt, eine Turteltaube, die draußen im Garten turtelte, tut das noch immer, vielleicht ist sie mit anderen Hochzeiten beschäftigt. Gracinda Mau-Tempo schaut auf Manuel Espada und kann sagen, das ist mein Mann, und Manuel Espada kann auf Gracinda Mau-Tempo schauen und sagen, das ist meine Frau, übrigens wird das erst von heute an wahr sein, denn das Farnkraut am Brunnen hat die zwei nicht wiedergesehen, obwohl es scheinbar so vorgesehen war.

Das Brautpaar durchquert bereits das Kirchenschiff, da taucht an der Kirchentür António Mau-Tempo in seiner Militäruniform auf, er kommt verspätet zur Hochzeit seiner Schwester, das passiert, Zugverspätungen, verpaßte Anschlüsse, und er wartet ungeduldig und zählt die noch fehlenden Kilometer, doch zu guter Letzt zählt er nur noch mit Flüchen, die kräftig genug gewesen wären, die bronzenen Lager der Fahrzeuge zum Schmelzen zu bringen, dann geht er eiligen Schrittes auf der

Straße weiter. Zum Glück hält endlich ein vorbeikommendes Fischauto, dem Prestige der Uniform gehorchend, nicht immer geht es mit dem Teufel zu, wohin wollen Sie?; ich will nach Monte Lavre, meine Schwester heiratet dort; er wird direkt an der Straße unten abgesetzt; Glückwunsch für die Brautleute. Wie ein flinkes Zicklein klettert er hinauf, passiert das Gutshaus, ohne es zu beachten, kommt am Revier der Guarda vorbei, diesem Scheißort, und plötzlich denkt er, daß die Hochzeit vielleicht schon lange vorbei ist, aber nein, auf dem Platz sind ja noch Leute, noch ein Zwischenspurt, zwei Sprünge die Stufen hinauf, und da sind auch schon die Schwester und der Schwager, wie gut, daß du gekommen bist, Bruder; selbst wenn ich das Regiment in die Luft hätte jagen müssen ... Sie sind schon auf der Straße, und für eine Minute dreht es sich nicht um die Hochzeit, sondern um António Mau-Tempo, der die Erlaubnis erhalten hatte, zur Hochzeit seiner Schwester zu kommen, und da es nötig ist, alle zu umarmen, Vater, Mutter und Verwandte, löst sich der Zug etwas auf, man muß ein Auge zudrücken, nicht einmal Gracinda Mau-Tempo ist eifersüchtig, sie hat ihren Mann Manuel Espada an ihrer Seite und sich wie bei feinen Hochzeiten bei ihm eingehängt und ist schamrot, Gott im Himmel, diese Sachen kannst du nie sehen, denn die Menschen, die sich einen Gott ausdachten, vergaßen, ihm Augen zu geben, oder taten es mit Absicht, denn kein Gott ist seiner Schöpfer würdig, und folglich darf er sie nicht sehen.

Manuel Espada und Gracinda Mau-Tempo sind nun wieder der Mittelpunkt des Festes, die Unterbrechung währte nur kurze Zeit, António Mau-Tempo blieb mit seinen Jugendfreunden zurück, jedesmal muß er die gelockerten Freundschaften wieder festigen, denn seine Ausflüge in die Gegenden von Salvaterra, Sado und Lezírias, dann mehr nach dem Norden, in die Nähe von Leiria, dauerten lange, und jetzt ist er bei der Armee. Das Hochzeitsfest findet in einem gemieteten Haus statt, Wein gibt es, Lammeintopf und Brautküchelchen, außerdem zwei Flaschen Süßwein und einige gut gewürzte Schweineohren, nicht gerade üppig, es ist eine Hochzeit armer Leute, so armer, daß João Mau-Tempo sich bekümmert an den Kopf greifen würde, wollten wir ihn böswilligerweise an die Ausgaben erinnern, an die vervierfachten Schulden beim Krämer und beim Kurzwarenhändler, die schon bekannten Hunde werden später dem Schuldner nachbellen, doch jetzt bellen die verfluchten Biester nicht, sondern es heißt, überlegen Sie, ob Sie nicht noch etwas brauchen, das Mädchen heiratet nicht alle Tage.

Solange Pater Agamedes nicht eintrifft, beginnt niemand zu essen, verdammter Pater, wenn der meinen Hunger hätte, käme er sofort, und dann dieser Geruch des gesottenen Lammfleisches, der den Magen aufrührt, ich weiß nicht, wie ich das aushalten soll, gestern abend habe ich extra nichts gegessen, um heute besser zulangen zu können. So etwas sagt man nicht laut, das fehlt noch, sich so knauserig zu zeigen und mit Absicht abends nicht zu essen, um es besser auf Kosten anderer tun zu können, doch jeder von uns kennt zur Genüge die menschlichen Schwächen, folglich die eigenen, und kann so die anderer besser entschuldigen. Inzwischen ist Pater Agamedes eingetroffen, er wird zwei Worte an Tomás Espada und an das Ehepaar Mau-Tempo richten, Faustina versteht ihn nicht sehr gut, aber sie nickt kräftig und gibt ihrem Gesicht einen inbrünstigen Ausdruck kindlichen Respekts, nicht daß sie scheinheilig wäre, das liegt nicht in ihrem einfachen Wesen, nein, es ist das Timbre in der Stimme des Pater Agamedes, das ihr in den Ohren summt, wenn das nicht wäre, dann würde sie sehr gut hören. Väterlich ist Pater Agamedes mit dem Brautpaar, er segnet es mit der rechten Hand, von oben nach unten und von links nach rechts, der Hunger war für einige Zeit abgelenkt worden, doch jetzt kommt er schreiend zurück, beginnen wir endlich, die Schüsseln und Terrinen auf den Tisch zu stellen, die allesamt geborgt waren. Allesamt, man sagt das so, zwei waren es aber nicht, angesichts des wenigen Geschirrs von Gracinda Mau-Tempo hatte die Mutter sehr klug bestimmt, zum Hochzeitsfest wird es nicht benutzt, wir werden uns schon irgendwie behelfen, es fehlte noch, daß du die Ehe mit zerbrochenem Geschirr beginnen würdest, das brächte möglicherweise noch Unglück. Nun endlich wurde gegessen, zuerst hastig und dann schön langsam, alle wußten schließlich genau, daß es nicht viel mehr Eßbares geben würde, es war da schon besser, diesem Gesottenen und jenem Schweineohr die Ehre mit diesem Wein zu geben, wohl bekomm's.

Irgendwann erhob sich Pater Agamedes, bat mit einer Geste um Ruhe, einer einzigen Geste nur, er bat nicht einfach, sondern verlangte es durch sein Erheben, groß und hager stand er da wie immer zur Verblüffung seiner Gemeinde, die stets diskutierte, wie wohl all das, was er aß, in ihm Platz fände, und wenig war das nicht, wie es sich gelegentlich bei Hochzeiten und Kindstaufen zeigte. Er erhob sich, schaute auf die Tischrunde, runzelte die Stirn ob des unordentlichen Tisches, keine Kultur haben die, Senhora Dona Clemência, aber dann überkam ihn wahrscheinlich die christliche Nächstenliebe, und er begann zu reden, meine lieben Kinder, ich richte mich an euch und besonders an das Brautpaar, an diesem glücklichen Tag, an dem es mir beschieden war, Gracinda Mau-Tempo und Manuel Espada im heiligen Bund der Ehe zu vereinen, sie, die Tochter von João Mau-Tempo und Faustina Gonçalves, ihn, den Sohn von Tomás Espada und der schon verstorbenen Flor Martinha. Ihr habt das Versprechen von Treue und Beistand abgegeben, wie es die heilige Kirche von dem verlangt, der zu ihr kommt, damit sie den Bund zwischen Mann und Frau segne, solange der Tod sie nicht trennt. Es war nicht richtig von Pater Agamedes, jetzt vom Tod zu sprechen, denn schon hatte Tomás Espada die Augen geschlossen, um die Tränen zurückzuhalten, doch sie lassen sich nicht bremsen, sie sind wie Wasser, das aus einer engen Felsspalte hervortritt, alle tun so, als hätten sie nichts bemerkt, das ist das Beste, was sie machen können, doch Pater Agamedes redet und redet, er ist schon weit vorangeeilt, dieses unser Land ist klein, doch zum Glück gibt es eine große Freundschaft zwischen uns, weder Zwist noch Streit gibt es hier wie in anderen Gegenden, die ich kenne, und wenn es auch wahr ist, daß die hochheilige Mutter Kirche wenig besucht wird, obwohl sie Tag für Tag auf ihre Kinder wartet, so ist es auch wahr, daß fast keiner den heiligen Sakramenten fernbleibt, und diejenigen, die sich verweigern, sind schon seit langer Zeit verlorene Schafe, die unglücklicherweise nicht mehr zu retten sind, Gott vergib mir, denn ein Minister des Herrn sollte eigentlich niemals die Hoffnung verlieren, seine Herde komplett in Gottes Schoß zu führen. Einer der Sünder war anwesend, ebenso dessen Frau, die ihm darin nicht nachstand, das waren Sigismundo Canastro und Joana Canastra, beide lächelten, als wären die Worte des Paters Rosensträuße. Ohne mich hervorzutun, habe ich reichliche Beweise meiner stets eifrigen Hirtentätigkeit gegeben, wie erst vor drei Jahren, ich hoffe, daß sich noch alle daran erinnern, als jener Streik war, einige sind hier unter uns, die ich damals aus dem Gefängnis befreite, sie können es bezeugen, und wenn nicht der gute Ruf von Monte Lavre zu verteidigen gewesen wäre, dann hätte man die zweiundzwanzig in die Stierkampfarena gesteckt, so wie es mit den anderen Männern aus Gegenden geschah, wo man weniger auf den Herrgott und die Jungfrau gibt, deren alleiniges Verdienst es war, nicht etwa meins, da ich ein Sünder, aber ein reuiger, bin.

João Mau-Tempo war bei diesen Ausführungen rot geworden, er mußte irgend jemanden ansehen, und sein Blick fiel auf Sigismundo Canastro, der ernsthaft auf den Pater schaute und nicht mehr lächelte, da hörte man António Mau-Tempo sagen, wir sind auf der Hochzeit meiner Schwester, Senhor Pater Agamedes, und das ist nicht die Stunde, von Streiks und Verdiensten zu sprechen. Seine Stimme war so ernsthaft, daß nicht einmal Verärgerung herauszuhören war, aber er war verärgert, alle schwiegen wie erstarrt und warteten, was geschehen würde. Der Pater trank auf die Gesundheit des Brautpaares, und danach setzte er sich. Das war keine gute Idee, Senhor Pater Agamedes, was haben Sie sich dabei nur gedacht, als Sie an diese Dinge rührten, das ist so, als würde man im Hause des Erhängten vom Strick reden, sagte später Norberto; Sie haben recht, gab Pater Agamedes zu, ich weiß nicht, welche Versuchung mich verleitete, als ich ihnen zu verstehen gab, daß sie ohne uns, ohne Kirche und Latifundium, zwei Dinge der Heiligen Dreifaltigkeit, die dritte ist der Staat, Albentaube, was ward aus ihr, nichts wären, wie würden sie Seele und Körper erhalten, wem sollten sie ihre Stimme bei Wahlen geben können oder verweigern, doch ich gebe zu, daß ich einen Fehler gemacht habe, es ist meine Schuld, meine unverzeihliche Schuld, deshalb blieb ich auch nicht mehr lange dort, schob meine Pflichten vor und ging, ohne Zweifel etwas benebelt, obwohl ich nicht viel von diesem Gesöff getrunken habe, das Zeug hat mir den Magen zusammengezogen, guter Wein ist der aus Ihrer Adega, Senhor Lamberto.

Indessen sprach der Wortführer António Mau-Tempo, Pater Agamedes ist bereits gegangen, jetzt sind wir unter uns, jeder kann sprechen, worüber er will, ganz wie es ihm gefällt und wie ihm ums Herz ist, Manuel Espada soll mit Gracinda, seiner Frau und meiner Schwester, reden, und meine andere Schwester, Amélia, wird auch jemanden finden, mit dem sie Blicke tauschen möchte, wenn sie noch nicht mit ihm sprechen will, und sollte er nicht hier sein, dann denkt sie eben an ihn, und alle werden es verstehen, manchmal kann man nicht mehr tun, und meine Eltern werden sich an ihr und an unser Leben erinnern, an ihre Jugend, und so werden sie uns unsere Fehler verzeihen können, und alle anderen werden sich um sich selbst kümmern und um ihre Nächsten, von denen manche schon gestorben sind, wie ich sehr wohl weiß, doch wenn sie gerufen werden, dann kehren sie zurück, nichts anderes können sich die Toten wünschen als das, und hier spüre ich schon die Anwesenheit von Flor Martinha, jemand hat sie gerufen, aber da ich jetzt gerade das Wort habe, werde ich fortfahren, wundert euch nicht über meine spitze Zunge, bei der Armee lernt man nicht nur das Töten, wer es wirklich will, der lernt auch schreiben und lesen und rechnen, damit beginnt man, die Welt zu verstehen und ein bißchen auch das Leben, das nicht nur aus Geburt, Arbeit und Sterben besteht, manchmal muß man sich darüber hinaus erheben, und genau davon möchte ich gern erzählen.

Die Gespräche in der Runde verstummten, Gracinda Mau-Tempo und Manuel Espada lösten ihre Blicke voneinander, doch nicht ihre Hände, Flor Martinha verabschiedete sich, bis gleich, Tomás, und rundherum wurden die Ellbogen auf den Tisch gestützt, das Volk hat keine strengen Tischsitten, es kümmert sich nicht darum, und falls jemand den Finger im Mund hat, um ein Stückchen Lammfleisch aus dem Zahnloch zu polken, wen kümmert's, wir leben in einer Gegend, wo nichts Eßbares vergeudet werden darf, erst recht nicht, da António Mau-Tempo in seiner Drillichuniform genau davon spricht, vom Essen, es ist bekannt, daß bei uns viel Hunger herrscht, wir sind gezwungen, Gräser zu essen, und laufen mit Bäuchen einher, deren Haut wie das Fell einer Trommel gespannt ist, und vielleicht meinte deshalb der Regimentskommandeur, daß ein Esel, der hungrig ist, auch Disteln frißt, wir sind dabei die Esel, auf dem Kasernenhof hört man nichts anderes als »He, Sie Esel«, man liebt auch andere Worte, die sind schlimmer, als fressen wir Disteln, und ich sage euch, die sind mehr wert als der Kasernenfraß, nur Schweine würden ihn vielleicht nicht ablehnen.

António Mau-Tempo macht eine Pause, er trinkt einen kleinen Schluck Wein, um besser sprechen zu können, wischt sich mit dem Handrücken über den Mund, eine natürlichere Serviette gibt es nicht, und fährt fort, jene meinten, daß wir uns alles gefallen lassen würden, weil wir von jeher an den Hunger gewöhnt sind, doch darin irrten sie sich, denn unser Hunger ist ein ehrlicher Hunger, und die Disteln, die wir uns schneiden müssen, zerstechen unsere Hände, die, selbst wenn sie schmutzig sind, immer sauber bleiben, es gibt keine saubereren Hände als die unseren. Das erste, was wir beim Eintreten in die Kaserne lernten und was nicht zur Waffenausbildung gehörte, war, daß man zwischen dem vollkommenen Hunger und der Schande, das zu essen, was man uns zuteilte, wählen kann. Wahr ist, daß man mich aus Monte Lavre rief, um der Heimat zu dienen, das sagen sie, aber ich weiß nicht recht, was ich darunter verstehen soll, ob die Heimat meine Mutter und mein Vater sind, wie sie auch sagen, denn wer meine wirklichen Eltern sind, das weiß ich, so wie ein jeder die seinen kennt, die sich manches für uns vom Munde abgespart haben, da müßte sich doch die Heimat auch etwas für mich absparen, und wenn ich Gras essen muß, dann soll es doch die Heimat mit mir tun, oder sie macht Unterschiede, die einen sind ihre eigenen Söhne, und die anderen hält sie für Hurensöhne.

Einige Frauen nehmen an dem Vergleich Anstoß, einige Männer ziehen die Brauen hoch, doch man verzeiht António Mau-Tempo wegen seines abenteuerlichen Wesens einiges, vor allem, seitdem er den Pater Agamedes zurechtgewiesen hat, und er sagt Worte, die gut wie der Wein aus der Adega des Senhor Lamberto sind, das ist nur ein Vergleich, denn dieser Wein hat unsere Lippen nie berührt. Also, in der Einheit wurde beschlossen, einen Hungerstreik durchzuführen, nicht ein Krümchen vom Aufgetischten sollte gegessen werden, wie Schweine, die den zu schweinischen Trog ablehnen, es macht uns nichts aus, eine halbe Alqueire Erde pro Jahr mitzuessen, die Erde ist so sauber wie wir selbst, aber das da, das nicht, und ich, António Mau-Tempo, ich hatte die Idee dazu und bin sehr stolz darauf, man spürt das erst richtig, wenn es vorbei ist, ich sprach zu den Kameraden, und sie waren einverstanden, denn schlimmer als das konnte nur noch sein, wenn sie uns anspucken würden, und so kam der Tag heran, das Essenssignal ertönte, wir setzten uns, als wollten wir essen, doch so wie das Essen auf den Tisch kam, so blieb es auch stehen, wie die Sergeanten auch brüllen mochten, niemand faßte den Löffel an, es war die Revolution der Schweine, dann kam der Offizier vom Dienst, hielt eine Rede wie der Pater Agamedes, doch wir taten, als verstünden wir weder die Messe noch das Latein, erst redete er uns mit süßen Worten gut zu, doch die weiche Tour war bald vorbei, er begann zu brüllen und befahl uns, in Reih und Glied anzutreten, das verstanden wir, wir wollten ja aus der Kantine verschwinden, beim Hinausgehen flüsterten wir uns gegenseitig Worte des Mutes zu, nicht aufgeben, weiter so, keiner soll schwach werden, draußen mußten wir uns aufstellen, eine halbe Stunde ließen sie uns so stehen, und in dem Moment, als wir dachten, das wäre die Strafe, sahen wir, wie drei Maschinengewehre aufgestellt und auf uns gerichtet wurden, alles nach Vorschrift, mit Schützen und Schützenhilfen, Kisten und Patronengurten, und dann sagte der Offizier, wir sollten essen gehen, oder er würde Befehl zum Feuern geben, das war die Stimme der Heimat, es war, als wenn meine Mutter zu mir sagen würde, entweder du ißt, oder ich drehe dir den Hals um, niemand von uns glaubte daran, aber es ging so weit, daß wir hörten, wie die Maschinengewehre durchgeladen wurden, und von nun an waren wir nicht mehr sicher, wie es weitergehen würde, ich spreche von mir, denn mir lief es eiskalt den Rücken hinunter, und wenn sie schießen würden, wenn es hier ein Blutbad wegen eines Tellers Suppe gäbe, lohnte denn das die Sache, nicht daß wir schwach geworden wären, aber in solchen Situationen kann man das Denken nicht stoppen. Plötzlich hörte man aus dem Glied, nie kam es heraus, wer es war, nicht einmal die Kameraden, die in der Nähe waren, verrieten es, man hörte eine Stimme, die ruhig sagte, als würde sie nur nach unserem Befinden fragen, Kameraden, niemand rührt einen Fuß. Und eine andere vom gegenüberliegenden Ende rief, schießt doch, dann weiß ich nicht mehr genau, wie das folgende geschah, noch jetzt könnte ich heulen, die ganze Gruppe schrie, es war wie eine Herausforderung, schießt doch, na los. Ich bin Beweis dafür, daß sie nicht schossen, doch hätten sie es getan, ich weiß, daß wir alle dort geblieben wären, und darin bestand unser Sieg, das Essen ist nicht besser geworden, manchmal beginnt man, für eine Sache zu kämpfen, und gewinnt eine andere dabei, und die gewonnene war die bessere von beiden. António Mau-Tempo machte eine Pause, dann setzte er, viel weiser, als sein Alter es vermuten ließ, hinzu, doch um die zweite zu gewinnen, muß man beginnen, für die erste zu kämpfen.

An dieser Stelle weinen die Frauen, und die Männer schlukken, es ist das schönste Hochzeitsfest, das man sich nur vorstellen kann, niemals gab es so eines in Monte Lavre, Manuel Espada steht auf und umarmt António Mau-Tempo und denkt daran, wie unterschiedlich diese Armee ist, wenn er an jenen Kompaniegefährten auf den Azoren denkt, der wer weiß wem schon etwas angedreht hatte und damals sagte, wenn ich hier fertig bin, gehe ich zur Sicherheits- und Staatspolizei, und wenn es irgendeinen Kerl gibt, den man nicht leiden kann, nimmt man ihn fest, bringt ihn zur Zivilbehörde, und wenn du willst, knallst du ihm eine Kugel in den Kopf und sagst, daß er Widerstand leisten wollte, fertig.

Nun steht Sigismundo Canastro auf, groß und schlank wie ein trockener Ast, er prostet den Brautleuten zu, und während jedermann versucht, den jungen Wein mit Genuß zu trinken, kündigt er eine Geschichte an, die der António Mau-Tempos nicht ähnlich, doch vielleicht gleich ist, denn mit den Geschichten und Geschehnissen ist es genaugenommen so, daß man immer etwas Gemeinsames findet, selbst wenn es anfangs nicht so scheint. Vor vielen Jahren, und nach diesem Einsatz macht er eine Pause, um sich zu vergewissern, daß alle aufmerksam sind, und sie sind es, sie schauen ihn an, einige ein wenig ermüdet, doch sie halten sich aufrecht, und so kann er fortfahren, vor vielen Jahren, als ich auf der Jagd war, geschah folgendes; was hast du gesagt, Rebhuhngeschichten, lauter Jägerlatein, doch Sigismundo Canastro ist nicht zu Späßen aufgelegt, er beachtet die Unterbrechung nicht einmal, schaut nur mit einem Gesichtsausdruck in die Runde, als würde ihn so viel Unglaube schmerzen, ob nun wegen dieses Blickes oder wegen des Wunsches, zu erfahren, wie groß die Lüge sein wird, es wird still, und João Mau-Tempo, der Sigismundo Canastro sehr genau kennt, weiß mit Sicherheit, daß dieses Gewebe einen Knoten hat, man muß ihn nur herausfinden; in jener Zeit besaß ich noch kein Gewehr, ich borgte mir eins aus, mal von diesem, mal von jenem, wie es gerade kam, es jagte sich damals nicht schlecht, wirklich nicht, meine Altersgefährten können es bezeugen, da war noch ein Hund, den ich eine gewisse Zeit lang abrichtete, er war eine Perle und hatte eine gute Spürnase. Eines Tages zog ich mit einigen Kameraden los, jeder hatte seinen Hund mit, es war eine ansehnliche Gruppe. Wir streiften weit umher und waren schon eine gute Weile unterwegs, es passierte übrigens in der Gegend von Guarita do Godeal, da schreckt plötzlich ein Malteserrebhuhn hoch, saust wie der Blitz los, ich reiße die Waffe hoch, es fliegt im Sturzflug nach unten, ich drücke ab und bin ganz sicher, daß ich es nicht mit einem einzigen Schrotkörnchen erwischt habe, wie es schien, war kein Jagdgefährte in der Nähe, um so besser bei dieser Schande, doch Constante, das war der Name des Hundes, flitzt in Richtung des Rebhuhns, vielleicht glaubte er, es wäre getroffen worden, er saust durch den Stechginster, das Dickicht war dort unpassierbar wie selten, dazu lagen einige Steinbrokken in der Gegend herum, die die Sicht verdeckten. So geschah es, daß der Hund verschwand, und soviel ich auch rufen mochte, Constante, Constante, wie ich auch pfiff, er tauchte nicht wieder auf, es war eine noch größere Schande, ohne Hund zurückzukehren, ganz zu schweigen von meinem Ärger, denn dem Tier fehlte nur noch die Gabe der Sprache. Die Zuhörer waren sehr aufmerksam, sie hörten und genossen, es gehört nicht viel dazu, einen Mann glücklich und eine Frau zufrieden zu machen, selbst wenn es sich um Jägerlatein reinsten Wassers handeln sollte, so war es doch eine gute Geschichte, und Sigismundo trug sie so gut vor, wie er andere auch schon erzählt hatte. Nach zwei Jahren kam ich zufällig wieder in diese Gegend und sah, daß man den Busch ausgeholzt hatte, aber dann wurde es aus irgendeinem Grund aufgegeben, mir fiel ein, was hier geschehen war, und so versuchte ich, zu den Steinbrocken zu gelangen, das war ein schönes Stück Arbeit, ich weiß nicht, was mir in den Sinn gekommen war, es schien mir, als ob mir jemand zuriet, gib nicht auf, Sigismundo Canastro, und plötzlich sehe ich es, das Skelett meines Hundes, das aufrecht steht und das Skelett des Rebhuhnes bewacht, seit zwei Jahren verharrten sie so, jeder in seiner Hartnäckigkeit, mir ist, als sähe ich ihn vor mir, meinen Constante, die Schnauze gereckt, die Pfote angehoben, kein Wind hat ihn umgestoßen, kein Regen seine Knochen zerstört.

Sigismundo Canastro sprach nicht weiter, er setzte sich. Alle blieben still, niemand lachte, nicht einmal die Jüngsten, denn diese Generation glaubt am ehesten, und dann sagte António Mau-Tempo, die zwei sind noch immer dort, der Hund und das Rebhuhn, ich habe einmal von ihnen geträumt, also muß es wahr sein. Sind sie noch da? Sie sind noch da! Und nach dieser Bestätigung aus der Runde brachen alle in großes Gelächter aus, jeder glaubte es. So verging der ganze Nachmittag, sie unterhielten sich, ich sage was, du sagst was, zusammen trinken wir einen, und der Kasernenhof ist um diese Zeit leer, während die leeren Augenhöhlen des Hundes Constante auf die leeren Augenhöhlen des Rebhuhnes starren, jeder in seiner Beharrlichkeit. Als die Nacht hereinbrach, verabschiedete man sich, einige begleiteten Gracinda Mau-Tempo und Manuel Espada bis zur Haustür, morgen ist ein Arbeitstag, glücklich, wer Arbeit hat;

mach nicht so lange, Gracinda; ich komme gleich, Manuel. Im Garten nebenan bellt ein Hund, der befremdet über die neue Nachbarschaft ist.

José Calmedo ist ein Guarda unter anderen. Wenn er in Reih und Glied steht, fällt er nicht auf, er hebt sich nicht durch seine Gestalt vom Durchschnitt der Korporation ab, und wenn er nicht auf Patrouille ist oder sonstwie Dienst hat, dann ist er ein diskreter, friedfertiger Mensch, als täte er all das unaufmerksam und an etwas anderes denkend. Ganz unerwartet, vielleicht sogar von ihm selbst, wird er eines Tages dem Kommandanten des Reviers von Monte Lavre sein Gesuch um Entlassung zur Weiterleitung übergeben, dann wird er mit Frau und zwei Kindern weit fortgehen, er wird es lernen, den Fuß wie ein Zivilist auf den Boden zu setzen, und den Rest seines Lebens wird er damit verbringen, zu vergessen, daß er ein Guarda gewesen war. Er ist also ein Mann mit Geschichte, die hier leider nicht erzählt werden kann, höchstens die seines Familiennamens, weil sie kurz und amüsant ist und außerdem illustrativ für die Schönheit von Namen und die Einmaligkeit ihrer Geburt, am schlimmsten ist unser kurzes Gedächtnis oder aber eine zu geringe Neugier, was bewirkt, daß wir entweder nicht mehr wissen oder vergessen haben, daß Sousa wilde Taube heißt, wie schön klingt das, nicht wie diese im Geburtsregister eingetragene Banalität, der die Flügel beschnitten sind, es ist gefährlich, das zu schreiben oder auszusprechen, denn so welkt die Schönheit dahin. Wenn schöne Namen von der Vergewaltigung anderer, älterer herrührten oder von dahingesagten Worten, ohne die erklärte Absicht, daß sie einmal zu Namen werden, ist es am besten, so wie zum Beispiel die Umwandlung von dem einfachen Pantaleão zu Espanta Leões, Löwenschreck, glücklich die Familie, die diesen Namen trägt und mit diesem neuen Amt, Löwen aus Busch und Stadt zu vertreiben, in der Welt umherzieht. Doch wir sprechen ja von dem Guarda José Calmedo und der kurzen, aber ehrbaren Geschichte seines Namens, der nun der ungewollten Prahlerei eines Vorfahren entsprang, der, obwohl er hätte Angst haben müssen, sie aus Unkenntnis vor der Gefahr nicht hatte. Von diesem also wollte jemand die Gründe für das Fehlen der Angst wissen, und er gab zur Antwort, was für eine Angst denn? Die Arglosigkeit der Gegenfrage war so natürlich, daß sie Bewunderung hervorrief, und so wurde mit Calmedo der unfreiwillig Tapfere bezeichnet, und dann auch seine Nachkommen bis hin zu jenem Guarda und seinen Kindern, obwohl später noch eine neue Version des Namens entstand, daß nämlich Calmedo große Ruhe bedeutet oder große Hitze, wie jene, die herrschte, als er das Revier in einer Mission verließ. Er trägt geheime Order mit sich.

Drei Kilometer hat er zu laufen, dann noch mal drei zurück. Es sind Aufgaben, die über die Füße gehen, aber so ist das Leben eines Guarda. Denen von der Kavallerie lacht ein anderes Glück, José Calmedo geht von Monte Lavre ins Tal hinunter, er umgeht den Ort von Westen und wendet sich dann nach Norden, indem er die Straße benutzt, die Reisfelder bleiben links liegen. Es ist ein schöner Julimorgen, heiß, wie die einen, oder schwül, wie die anderen sagen, doch nachmittags wird es noch schlimmer werden. Unten gibt es ein Flüßchen, es ist immer so, je größer der Durst, um so kleiner der Fluß, so sagt man, der Stiefel tritt fest am Straßenrand auf, er fühlt sich als starker Mann, der den Straßenrand stampft, während der Kopf lose Wolken denkt, Worte, die einst Sinn hatten und ihn dann verloren haben. Wir befanden uns auf der Fahrbahn, und nun geht es die Böschung nach rechts hinunter, unter dem Viadukt herrscht kühlender Schatten, nun sind wir unter den Zweigen der Eschen, eine Einöde ist das hier, wer hat sie je berührt, wer hat sie je gespürt, der Wasserbehälter ist leer, dort stehen die Ruinen der Wassermühle, und dort oben ist der geborstene Ofen der Ziegelei, es scheint, als ob das Latifundium alles zermahlt, was ihm den Platz streitig machen will. José Calmedo rückt das Gewehr über der Schulter zurecht, er nimmt die Mütze ab und wischt mit einem Tuch über die Stirn, wo sich im Dunkel und in der Helle der Haut die Einwirkung der Sonne zeigt und ihr Fehlen, es scheint tatsächlich, daß ihm der obere Teil des Kopfes nicht gehört, er gehört der Mütze, das ist eine Vermutung dessen, der nach der Realität sucht.

Es ist nun nicht mehr weit, er ist beim Cabeço do Desgarro, voraussichtlich wird er zur Mittagsstunde ankommen. Auf dem Rückweg wird er João Mau-Tempo mit sich führen, geködert mit einem unwichtigen Fall, der nichts mit ihm zu tun hat, der Vorwand muß nicht kompliziert sein, je einfacher, desto glaubwürdiger. Durch die Bäume sieht er den Ruheplatz, die Männer befinden sich am Feuer, der Kessel wird heruntergenommen, ehe es überkocht oder gar anbrennt, es wird schnellgehen, er muß nur hingehen und sagen, kommen Sie mit mir zum Revier, doch José Calmedo geht die paar Schritte nicht, die ihn in Sichtweite bringen würden, falls man in seine Richtung schaut. Er zieht sich hinter ein paar hohe Büsche zurück und bleibt dort und kalkuliert, wie lange João Mau-Tempo für das kärgliche Mittagsmahl brauchen wird, am Himmel ziehen lose Wolken dahin, es sind so wenige, daß sie kaum Schatten spenden. José Calmedo raucht eine Zigarette, er sitzt auf der Erde und hat das Gewehr an einen Baumstamm gelehnt, auch er selbst hat es sich etwas bequemer gemacht, was für ein Leben ist das Guardaleben, kaum Verpflichtungen, und die Tage ziehen vorbei, nur dann und wann etwas Ernsthaftes zu tun, obwohl sich schon mehr erahnen läßt, doch abgesehen davon, kommen und gehen die Monate, es ist Ruhe und Ordnung auf dem Latifundium, Ordnung und Ruhe im Revier und in der Umgebung, Meldungen und Streife, Lageberichte und ewige Streitereien zwischen bösen Nachbarn. So lebt es sich dahin, zum Glück nicht mehr sehr lange, denn er steht vor der Pensionierung. Das sind die Gedanken eines friedfertigen Mannes, kaum vorstellbar, daß hier Gewehr und Patronentasche zu finden sind, geschweige denn die schweren Marschierstiefel. Über José Calmedo singt irgendein Vogel, er trägt seinen Namen an keinem Halsband und hüpft frei von Ast zu Ast, von hier unten sieht man seine Umrisse, ein Büschel von Schwanz und Flügeln. Wenn wir auf die Erde blikken würden, könnten wir das krabbelnde Insektenvolk sehen, die Ameise, die ihren Kopf den Hunden gleich hebt, die andere, die ihn stets gesenkt hält, ein dünnes Etwas, wo mag sie nur die Speise hintun, doch genug der Ablenkung, wir müssen einen Mann verhaften und wollten ihn nur zu Ende essen lassen, wir sind Guarda, doch wir haben Herz, was glauben Sie denn.

Auf dem Latifundium gibt es keine ausgedehnten Mahlzeiten. José Calmedo äugt durch die Büsche, das Essen ist beendet. Er erhebt sich und seufzt, vielleicht wegen dieser oder der kommenden Anstrengung, hängt das Gewehr in den Schulterriemen ein, langsam und bedächtig, nicht etwa, weil es so wichtig wäre, aber es ist das Gebaren eines Mannes, der Stützen braucht, weil er sich zusammenreißt, um sich nicht in der Sinnlosigkeit von Handlungen zu verlieren, dann beginnt er, den Abhang bis zu der Mulde, in der die Männer sind, hinunterzusteigen. Sie sehen ihn schon von weitem, wer weiß, wessen Herz schneller zu schlagen beginnt, die Gesetze des Latifundiums sind streng, ob sie nun das Eigentum an Eicheln oder Brennholz regeln, falls es nicht um etwas Schlimmeres geht. José Calmedo ist schließlich herangekommen, er ruft den Aufseher, weil er nicht in Anwesenheit aller reden möchte, ein Mann ist zwar kein Mädchen, hat aber auch seine Scham, sagen Sie João Mau-Tempo, daß ich mit ihm sprechen möchte.

Das Herz von João Mau-Tempo schlägt erregt wie das eines kleinen Vogels. Nicht weil er sich besonderer Delikte hätte schuldig fühlen müssen, solcher, die nicht mit Geldstrafen oder Schlägen abgegolten werden, er fühlt einfach, daß es um ihn geht, und von dem Moment an, da der Aufseher zu ihm sagt, João Mau-Tempo, der Guarda will dich sprechen, ist ihm so, als würde er versuchen, einen Streifen Korkrinde abzuziehen, er weiß, daß die Anstrengung bis an die Grenze gehen muß, seine und die des Baumes. Den Schrei des Mannes, uha, hört man hier nicht, auch nicht den Schrei des Baumes, krrr. Hier bin ich, Senhor Calmedo, was wollen Sie von mir, während João Mau-Tempo das fragt, ist er so ruhig, als wollte er dem Guarda nur zu dessen gutem Aussehen gratulieren. Zum Glück sind die Herzen verborgen, wenn es nicht so wäre, alle Menschen wären über kurz oder lang angeklagt, wenn nicht wegen ihrer Unschuld, dann wegen ihrer Verbrechen, so ein Herz ist ein offenes Tor ohne Riegel. Wer die Herzen gemacht, verstand wenig von diesem Handwerk, doch ist List erlernbar, nur gut, wie könnte sonst José Calmedo sagen, ohne daß es ihm jemand aufgetragen hatte, diese Nachricht zu überbringen, es ist nichts von Bedeutung, es ist nur zur Klärung eines Falles von zwei Kerlen, die einige Garben Korn gestohlen haben, jedenfalls sagt der Besitzer, daß sie es waren, er schwört, daß sie es waren, aber die zwei behaupten, daß João Mau-Tempo bezeugen kann, daß sie nichts gestohlen hätten, sehen Sie, was das für ein Durcheinander ist, selbst ich verstehe es nicht recht. Es ist immer so, der Mensch verhaspelt sich, wenn er es am wenigsten sollte, die Vorsätze mögen noch so gut sein, und was er sagt, verwandelt sich auch noch unter dem Umhang des Teufels, der genausoviel verdeckt, wie er sehen läßt, des Teufels Umhang ist kurz, noch kürzer bei der Antwort João Mau-Tempos, der in diesem Fall so unschuldig wie nie ist, aber was habe ich mit der Sache zu tun, nicht ich bin dabei gesehen oder erwischt worden; darauf greift die Autorität auf ein entscheidendes Argument zurück und sagt fast vertraulich, haben Sie keine Angst, gehen Sie dorthin, sagen Sie, was Sie zu sagen haben, und dann gehen Sie wieder.

So sei es denn. João Mau-Tempo macht Anstalten, die Geräte und die Reste des Proviants zusammenzusuchen, doch José Calmedo ist in Schwung, und in einer Woge von Erfindungen fährt er fort, es lohnt sich nicht, Sie sind bald zurück, es wird nicht lange dauern. Nachdem er so das Maß seiner Lügen gefüllt hat, entfernt er sich, und ihm folgt der beunruhigte João Mau-Tempo, in seinen offenen Pantinen schlurfend, seinen Arbeitsschuhen. Von dort bis Monte Lavre zeigt José Calmedo ein strenges Gesicht, ganz so, wie es sich für einen Guarda gehört, der einen Gefangenen gemacht hat und ihn mit sich fortführt, doch das war eigentlich nicht der Grund, sondern eher die Traurigkeit über einen so armseligen Sieg. Sind zwei Männer dafür geboren worden? Und João Mau-Tempo, der in Gedanken von nicht geringer Besorgnis vertieft ist, sucht sich davon zu überzeugen, daß es wirklich den Diebstahl einiger Korngarben gegeben habe und zwei Unschuldige, die durch seine Aussage gerettet werden könnten.

Wiederum betritt João Mau-Tempo das Revier, in dem er vor vier Jahren einige Stunden eingesperrt war. Nichts scheint sich verändert zu haben, die Zeit ist hier stehengeblieben. Der Guarda José Calmedo wird dem Korporal melden, daß der Verhaftete schon da ist, keine weiteren Vorkommnisse, die Mission ist erfüllt, aber hebt bitte die Medaillen für eine andere Gelegenheit auf, laßt mich mein Leben so wie bisher weiterleben, mit meinen Wolkenträumen, bis ich eines Tages ein Amtspapier vorlegen werde, gerichtet an den hochverehrten Senhor Oberkommandierenden der Republikanischen Nationalgarde, Seine Exzellenz . . . Korporal Tacabo befiehlt einzutreten und sagt, setzen Sie sich, Senhor Mau-Tempo; man sollte sich nicht über eine derartige Höflichkeit wundern, nicht immer ist die Behandlung grob; Sie wissen, weshalb Sie zum Revier gerufen wurden? João Mau-Tempo will sagen, daß es wegen der Garben ist und er nichts weiß, aber es gelingt ihm nicht, den Mund zu öffnen, um so besser in diesem Moment, er würde sonst José Calmedo als Lügner entblößen, gut nur, daß der Korporal Tacabo sofort weitersprach, je schneller die Sache zu Ende gebracht, um so besser, also, Sie wissen nicht, was Sie dort bei Vendas Novas gemacht haben? Wo? Das muß ein Irrtum sein, ich habe nichts getan. Nun gut, sehen Sie, ich habe hier einen Befehl des Reviers aus Vendas Novas, Sie als Kommunisten zu verhaften.

Das war das Beispiel für einen einfachen, aber ganz direkten Dialog, ohne Zusammenklang oder Harmoniefolge der Saiten, ohne Begleitung oder Unterbrechung durch Gedanken und Spitzfindigkeiten, ja, es scheint sich nicht einmal um ernste Dinge zu handeln, es ist so, als würden sie zueinander sagen, hallo, wie geht's; danke, gut, und Ihnen; ich habe Ihnen Grüße eines Freundes aus Vendas Novas zu überbringen; oh, grüßen Sie ihn von mir, wenn Sie ihm wieder begegnen. In João Mau-Tempos Kopf schlug ganz plötzlich eine Glocke an, und dann erfolgte ein schwerer Knall, als würden die Tore eines Kastells zugeschlagen, hier kommt niemand herein. Doch der Kastellan zittert, es zittern ihm die Hände und die Stimme, halte dich fest, meine Seele. All das dauerte nur eine Sekunde, Zeit genug, um Erstaunen zu simulieren, Überraschung und beleidigte Unschuld, oh, Senhor, sagen Sie nicht so was zu mir, seit vier Jahren habe ich solche Dinge gelassen, seitdem ich als Gefangener nach Montemor mußte, es muß ein Irrtum sein; und der Korporal Tacabo sagt, um so besser für Sie, wenn Sie nicht mit drinstecken, dann wird Sie die Obrigkeit bald freilassen. Vielleicht wendet sich der Fall zum Guten, vielleicht war es blinder Alarm, vielleicht ist niemand am Ersticken, vielleicht löscht das Feuer sich von selbst, ohne daß die Hände verbrennen, vielleicht. Senhor Korporal, ich bitte Sie darum, meine Frau zu benachrichtigen, damit sie kommt, um mit mir sprechen zu können. Nichts ist normaler als solch ein Anliegen, aber der Kommandant, der hier ein Korporal ist, denn Monte Lavre ist kein bedeutender Ort, lediglich ein Dörflein im Latifundium, das nur einen Korporal der Guarda benötigt, antwortet so fest wie ein Hauptkommandant in Lissabon, nein Senhor, Ihre Frau kann nicht kommen, um mit Ihnen zu sprechen, weder sie noch eine andere Person, denn Sie sind als gefährlich eingestuft worden, sagen Sie, was Sie brauchen, ein Gemeiner wird Ihnen das von zu Hause holen.

Als gefährlich eingestuft, er, João Mau-Tempo. Er wurde in einen Raum geführt, der als Gefängnis diente, wiederum war es José Calmedo, der ihn begleitete, es schien, außer ihm gäbe es niemand weiter im ganzen Revier, und João Mau-Tempo sagte noch, bevor sich die Tür schloß, so haben Sie mich also belogen; zuerst antwortete José Calmedo nicht, er fühlte sich beleidigt, denn er hatte es gutgemeint, und so wurde es ihm gelohnt, doch er konnte nicht stumm bleiben, als wenn er ein Verbrechen begangen hätte, ich wollte nicht, daß Sie bedrückt mitkommen.

Dieser José Calmedo verdient tatsächlich nicht die Uniform, die er trägt, genau deshalb wird er sie eines Tages ausziehen und dort ein Leben beginnen, wo man nicht weiß, daß er bei der Guarda war, das ist alles, was wir von seinem Leben erfahren werden.

Faustina Mau-Tempo und die zwei Töchter gehen weinend um das Revier herum. Sie kennen den Inhalt der Anklage nicht, sie wissen nur, daß der Ehemann und Vater nach Vendas Novas gebracht werden soll, und da ein Unglück selten allein kommt, so sagt man jedenfalls, sind die drei gerade nicht da, als ein Jeep aus Vendas Novas mit einer Patrouille, bewaffnet mit Gewehr und aufgepflanztem Bajonett, eintrifft, den Verbrecher zu holen. Wenn sie zurückkehren, werden sie erfahren, daß der, den sie suchen, schon nicht mehr da ist, drei Frauen befinden sich auf dem Weg zum Revier, an der Tür ist eine Barriere; er ist schon nicht mehr hier, wir haben eine Order erhalten, gehen Sie nach Hause, Sie werden zur rechten Zeit alles erfahren. Solche Sachen sagt man den jeweils Unglückseligen, aus Spott wird es sein, wie auch aus Spott die Guardas aus Vendas Novas zu João Mau-Tempo mit behäbigem Lachen sagten, hüpfen Sie ins Auto, wir wollen eine Spazierfahrt machen. Diesen Mann würde die Guarda nicht zu einer Spazierfahrt auf Kosten des Vaterlandes holen, welches, wäre es so, diese Fahrten doch nur auf Kosten unserer Taschen bezahlen würde. Wie gern würde João Mau-Tempo reisen, einmal aus dem Latifundium herauskommen, andere Gegenden kennenlernen, doch handelt es sich hier um einen Gefährlichen, und der muß sich nicht um die Ungelegenheiten kümmern, die er der Guarda bereitet, die gerade ihrer Ruhe bedurfte, er braucht sich nicht um den Verschleiß der drehenden Teile zu kümmern noch auf den Benzinpreis zu achten, im Handumdrehen wird ihm ein Jeep und eine Patrouille mit Gewehr und Bajonett zur Verfügung gestellt, der Bösewicht wird aus Monte Lavre geholt, und unter allen Vorsichtsmaßnahmen reist er nach Vendas Novas; hüpfen Sie ins Auto, wir wollen eine Spazierfahrt machen; wenn das kein Hohn ist, möchte ich wissen, was Hohn sonst sein soll.

Die Fahrt ist kurz und schweigsam, der Witzquell der Guardas war bald versiegt, immer dieselben Witze, João Mau-Tempo grübelt und überlegt und sagt dann zu sich selbst, wer sich verloren gibt, der ist verloren, niemand wird aus seinem Mund erfahren, was andere belasten könnte, die Spiegel sollen da zerspringen, wo ich hinkomme, jedermann soll die Augen schließen, um mein Gesicht nicht sehen zu müssen, falls ich sprechen sollte. Diese Straße birgt viele Erinnerungen in sich, hier starb Augusto Pintéu, als er mit seinem Mulikarren den Fluß durchqueren wollte, und dort hinter jenem Hügel war ich das erste Mal mit Faustina zusammen, Winter war es, und die Gräser waren feucht, doch es machte uns nichts aus, so ist die Jugend. Er konnte fast den Geschmack des Brotes mit geräucherter Wurst im Mund spüren, das sie danach aßen, es war ihre erste gemeinsame Mahlzeit als Mann und Frau gewesen, verheiratet nach den Gesetzen der Natur. João Mau-Tempo reibt sich die Augen, als ob sie brennen würden, wir denken, daß es Tränen sind, und einer von den Guardas sagt, heulen Sie nicht, Mann; und ein anderer piesackt, wenn sie erwischt werden, dann fängt das Gejammer an; ich jammere nicht, antwortet João Mau-Tempo, und er hat recht, obwohl seine Augen voller Tränen sind, es ist nicht seine Schuld, daß die Guardas nichts von Menschen verstehen.

Jetzt ist João Mau-Tempo auf dem Revier von Vendas Novas, die Reise war nur ein Traum, und dieser Zivilist da ist einer von ihnen, eine Täuschung ist nicht möglich, wer einen sah, kennt alle, und João Mau-Tempo hat Erfahrung darin, im Übermaß, dieser Zivilist sagt, während der Revierkommandant in den Zähnen polkt, ha, da ist ja der feine Herr, der mit mir einen Ausflug nach Lissabon machen wird. Was ist das nur für eine fixe Idee dieser Leute, alle sprechen von Ausflügen, von Spazierfahrten, und manchmal sind es Spazierfahrten, von denen es keine Rückkehr gibt, so wird gesagt, doch vorläufig wendet sich der Zivilist nur an einen von der Guarda und befiehlt, bringen Sie den Mann in den Aufenthaltsraum, damit er bis morgen ausruhen kann; der Revierkommandant ist nur hier, um zu gehorchen, er ist ein Befehlsempfänger, ein verlängerter Arm, João Mau-Tempo spürt die rohen Griffe an seinen Armen, er wird hinausgezerrt, ein Garten ist da, die Guarda hat einen ausgeprägten Geschmack für Blumen, vermutlich werden ihr deshalb viele Sünden vergeben werden, sie lieben Blumen, die guten Guardas, vielleicht zeigt das, daß ihre verhärteten Seelen noch nicht ganz tot sind, ein Augenblick der Schönheit und der Grazie tilgt in den Augen des höchsten Richters das schlimmste Verbrechen, jenes nämlich, João Mau-Tempo aus Monte Lavre zu holen und ihn in ein Übergangsverlies zu stecken oder in ein solches für längere Zeit, damit erzählen wir noch nicht, was erst kommt. Jetzt ist es eine Provinzzelle, und dies hier ist eine Pritsche mit einer Binsenmatte und zerlumpten Decken, die Ekel einflößen, auch einen Wasserkrug gibt es, welch ein Durst. Als der Wärter gegangen ist, führe ich ihn an den Mund, das Wasser ist warm, und jetzt kann ich endlich weinen, keiner kann mir das übelnehmen, vierundvierzig Jahre bin ich alt, na wennschon, vierundvierzig Jahre sind bestes Mannesalter, die Blüte des Lebens, auf dem Latifundium ist das schlecht gesprochen, denn mein Gesicht straft solche Reden Lügen, ich fühle mich so müde, und dieses Reißen läßt mich auch nie mehr in Ruhe, und diese Falten im Gesicht, die mir der Spiegel vorläufig noch zeigen kann, wenn das die Blüte des Lebens sein soll, also laßt mich doch weinen.

Wir übergehen die Nacht, in der João Mau-Tempo nicht schlief, vier Schritte hin, vier zurück, auf die Pritsche wollte er sich nicht legen. Als es tagte, war dieser Mann müde und unruhig, was wird mit ihm geschehen? Es schlug neun, und die Tür wurde geöffnet, ein Guarda befahl, geh vor mir hinaus; das ist seine Art zu reden, anders haben sie es ihn nicht gelehrt, draußen steht der Zivilist und sagt jetzt, gehen wir zum Zug, es ist an der Zeit, machen wir unseren Spaziergang; bis zur Tür werden sie vom Revierkommandanten begleitet, darin ist dieser peinlich genau, bis bald, sagt er, und falls João Mau-Tempo unschuldig ist, so doch nicht so sehr, daß er diese Abschiedsworte auf sich bezieht, doch auf dem Weg zum Bahnhof, auf dem verlassenen Vorplatz sagt er hoffnungslos, Senhor, ich schwöre, daß ich unschuldig bin. Wenn es nicht unmittelbar vor Abfahrt des Zuges wäre, könnten wir uns hier hinsetzen und bis zur Aufklärung der Wahrheit diskutieren, was Unschuld und unschuldig sein bedeutet und ob João Mau-Tempo mit seinem Schwur wirklich keinen Meineid geschworen hat. Wir könnten erfahren, wenn wir Zeit genug und Spitzfindigkeit besäßen, welch Unterschied zwischen schuldlos aus Schuld zu sein und von unschuldiger Schuld zu sein besteht, wenn auch solche Feinheiten nicht mit dem Begleiter João Mau-Tempos diskutiert werden könnten, der sagt eben ungeduldig, hör mit dem Gejammer auf, in Lissabon werden sie dich schon betten.

Wir lassen sie jetzt fahren, schließlich ist dieses Kapitel nicht der Geschichte der Eisenbahn in Portugal gewidmet. Der Körper ist so sehr ein absoluter Herrscher, daß João Mau-Tempo beim langsamen Schaukeln des Waggons und dem Schlagen der Räder auf die Schienenstöße eingenickt war, doch bald öffnete er erschreckt die Augen, um jedesmal von neuem festzustellen, daß er nicht träumte. Dann ging es mit dem Fährschiff zum Terreiro do Paço, wenn ich mich jetzt ins Wasser stürzte, wäre ich verschwunden, das sind düstere Gedanken, und an keine heldenmütige Aktion ist dabei gedacht, denn João Mau-Tempo hat nie einen Film gesehen, und folglich weiß er nicht, wie einfach und dazu noch beifallumrauscht ein Sprung mit gefesselten Händen über die Reling ist, danach ein schneidiges Wegtauchen, und weiter geht es mit jener amerikanischen Schwimmart, die den Häftling zum geheimnisvollen Frachter bringt, der draußen mit der verschleierten Gräfin an Bord wartet. Sie hat für alles die heiligen Bande der Familie und die Gesetze des Grafenstandes durchbrochen. Doch wie man erst später sehen wird, ist João Mau-Tempo der eigentliche Königssohn und alleiniger Thronerbe. Hoch lebe João Mau-Tempo, König von Portugal! Das Fährboot legt an, wer geschlafen hat, der wacht auf, und während der Gefangene langsam zu sich kommt, sieht er vor sich zwei Männer; was denn, nur einer, und sein Begleiter antwortet, dieses Mal sind es nicht mehr.

Auch den Weg durch die Stadt übergehen wir ohne genaue Beschreibung, die Straßenbahnen, die zahlreichen niedrigen Tretkarren, die vorübereilenden Passanten. Sie überqueren einen Platz, João Mau-Tempo erkennt die Gegend wieder, einen so großen Platz kann man nicht vergessen, auch die Bögen nicht, größer als die von Giraldo, doch auf einmal ist alles neu für ihn, diese Abkürzungen durch die Gassen, und sämtlich führen sie hinauf, schon kommt ihm der Weg lang vor, als er plötzlich zu Ende ist. Eine Halbtür öffnet sich, die Fliege ist mitten im Netz der Spinne gefangen, treffendere und originellere Vergleiche gibt es nicht.

Nun geht es Treppen hinauf. João Mau-Tempo geht noch immer in der Mitte der beiden, der Vorsicht kann nicht genug sein, höchste Sicherheit, denn er ist als gefährlich eingestuft. An allen Ecken wimmelt es hier, wie in einem Termitenhügel, eine Hast ist das, die Parasiten sind geschäftig, man hört Telefone läuten, doch je höher man steigt, erster Stock, zweiter Stock, desto mehr verebben Lärm und Regsamkeit, es werden weniger Leute, und im dritten Stock herrscht fast völlige Stille, lediglich von der Straße hört man gedämpft die Motoren der Autos und das undeutliche Murmeln der Stadt in der Nachmittagshitze.

Einige Nischen sind hier, der Gang führt zu einem länglichen Raum mit einer so niedrigen Decke, daß man fast mit dem Kopf anstößt. Auf langen Bänken sitzen Männer. Neben wen werde ich mich setzen, ich, João Mau-Tempo, geboren und wohnhaft in Monte Lavre, vierundvierzig Jahre alt, Sohn von Domingos Mau-Tempo, Schuster, und von Sara da Conceição, die verrückt war, als gefährlich bin ich eingestuft, wie mir der Korporal Tacabo vom Revier meines Ortes mitzuteilen beliebte. Die sitzenden Männer schauen auf João Mau-Tempo, aber niemand von ihnen sagt ein Wort. Dies ist das Haus der Geduld, hier wartet man auf das nahende Schicksal. Das Dach befindet sich genau über unseren Köpfen, es summt vor Hitze, als würde es mit kochendem Wasser übergossen, João Mau-Tempo hat schon länger als vierundzwanzig Stunden nichts gegessen. Für ihn existiert deshalb keine Hitze, dieser Tag ist ein Wintertag, er zittert, als wäre seine ungeschützte Haut dem Dezemberwind des Latifundiums ausgeliefert. So zittert er bildlich und tatsächlich, das ist die Bank der Nackten, hier kann niemand dem anderen helfen, bedecke und schütze dich mit deiner Kraft und deiner Festigkeit, denk an die Einsamkeit der Heide, den hohen Flug des Milans, der schließlich doch zur Erde herabsinkt, um die Seinen zu zählen und ihren Mut zu wägen.

Wie dem auch sei, die Opfer müssen ernährt werden, es fehlte noch, daß man sie vor der Zeit verliert. Eine halbe Stunde verging und dann noch eine, bis schließlich irgendein Diensthabender hereintrat, der für jeden Gefangenen einen Teller Gefängnissuppe und zwei Zehntel Wein brachte, das war ein Gruß der Heimat für ihre Stiefkinder, es darf gedankt werden. Als João Mau-Tempo mit dem Löffel auf dem Grund des Tellers angelangt war, hörte er, wie einer der beiden Polizisten, die die Tür bewachten und in Papieren wühlten, zu dem anderen sagte, dieser Kerl dahinten wird dem Inspektor Paveia übergeben, und der andere antwortete, da ist er gut aufgehoben; João Mau-Tempo sagte zu sich, das betrifft mich; genauso war es, wie er später erfuhr, damit er nicht unwissend blieb. Die Teller und Gläser wurden eingesammelt, und das Warten dauerte fort, was wird mit uns werden, es war fast Nacht, als der Marschbefehl eintraf, einige kamen hierhin, andere dorthin, nach Caxias oder Aljube, provisorische Unterkunft für alle, denn weitere Ortsveränderungen ließen nicht lange auf sich warten, stets zum Schlechteren, der Name steht noch mehr für ein Gesicht, wenn es zum

Ziel vor unseren Augen wird. Mit Sicherheit war es die Heimat, die mit der Stimme von Dona Patrocínio sprach, einer Beamtin dieses nützlichen öffentlichen Dienstes, dieser Dingsda kommt hierhin, jener da dorthin, sie hätte keinen besseren Namen für dieses Amt tragen können, genauso wie Dona Clemência, die Dona Mildtätigkeit, die jetzt bestimmt mit Pater Agamedes spricht, was denn, João Mau-Tempo verhaftet?; ja, es ist wahr, Senhora, er hat so viel auf dem Kerbholz, daß er nun alles auf einmal bezahlen muß, und ich hatte mich noch für ihn und die anderen so eingesetzt; er schien mir doch ein rechtschaffener Mensch zu sein; das sind die Schlimmsten, Senhora Dona Clemência, das sind die Schlimmsten; er war nicht einmal ein Freund der Schenke; wenn er das wenigstens gewesen wäre, da haben Sie recht, so hätte es ihn wenigstens nicht zu den Schlechtigkeiten geführt, die er beging; und was war es?; ach, ich weiß nicht genau, was, doch wenn er unschuldig wäre, hätte man ihn ja nicht verhaftet; es wäre zukünftig angebracht, seiner Frau etwas unter die Arme zu greifen; Senhora Dona Clemência, Sie sind eine Heilige, wenn nicht Ihr gütiger Schutz wäre, ich weiß nicht, wie groß das Elend sein würde, doch warten Sie ein wenig, bis jene ihren Stolz aufgeben, er ist der schlimmste Makel, den sie haben, der Stolz; Sie haben recht, Senhor Pater Agamedes, der Stolz ist eine Todsünde; die schlimmste von allen, Senhora Dona Clemência, denn er bringt den Menschen gegen seinen Patrão und seinen Gott auf.

Bei der Rückkehr fuhr der Wagen am Boa-Hora vorbei, um einige Gefangene, die dort auf ihre Verurteilung warteten, mitzunehmen. All das war gut kalkuliert und abgemessen, man konsultiere nur die Dienstvorschrift, alle Gefängniswagen müssen bis an die Grenze des Fassungsvermögens ausgenutzt werden, das ist so, als würde jemand sagen, wer die Vorteile einer guten Zeit genießt, muß die Nachteile einer schlechten ertragen, und bei einem so armen Vaterland wären die Gefangenen als erste dazu bereit, wer weiß, vielleicht haben sie selbst es so vorgeschlagen. Wir fahren am Boa-Hora vorbei, manch einer denkt in dieser Situation, saublöder Name, es werden diejenigen aufgeladen, die vor die verdienstvollsten Richter kommen sollen, und so fahren wir gemeinsam weiter, das ist immerhin eine gute Reisegesellschaft, schade nur, daß keine Gitarre da ist, um den Schmerz zu begleiten. Niemals zuvor ist João Mau-Tempo so viel gereist. Auf dem Latifundium reist man wenig, abgesehen von seinem Sohn António, der jetzt beim Militär ist, der reiste viel, weil das Leben und der Hunger ihn zwangen, das Bündel auf den Rücken zu nehmen, dazu die Hacke, die Sichel, die Axt und die Dechsel, aber die Erde des Latifundiums ist überall gleich, hier und dort Korkeiche, hier und dort Steineiche, hier und dort Weizen oder Reis, hier wie dort Wächter und Verwalter, Vorarbeiter oder Aufseher oder wie sie alle heißen, doch das ist schon wieder eine andere Geschichte. Die Straße ist gut geteert, wenn der Tag lichter wäre, könnte man es sehen. Die Heimat paßt gut auf ihre ungehorsamen Kinder auf, das sieht man an den Sicherheitsvorkehrungen, den hohen Mauern und der Vorsicht der Guardas. Oh, Senhores, wenn die keine Plage sind, überall kann man sie antreffen, es scheint, als wären sie bei ihrer Geburt zu dem Los verdammt worden, stets dort zu sein, wo andere leiden, nicht, um jenen beizustehen, dafür haben sie weder Augen noch Hände, doch um zu sagen, hopp, spring in den Jeep, wir werden ein bißchen spazierenfahren; oder, halten Sie Abstand, geh voran, wir müssen zum Revier; oder, Sie haben Eicheln gestohlen, also zahlen Sie Strafe und bekommen Prügel. Das müssen sie so gelernt haben, wenn es nicht so sein würde, dann wären es keine Guardas, denn als Guarda wird keiner geboren.

Man wird unterscheiden können, was Reflexionen des Erzählers sind und was João Mau-Tempo denkt, doch alles entspricht der Wahrheit, wenn es Ungenauigkeiten geben sollte, dann solche, die ohne Bedeutung sind. Diese bürokratische Registrierung ist von Geburt an dieselbe, Karteikarten und Fragebögen, wir gehen nicht näher darauf ein, vielleicht ein andermal, wenn wir Zeit haben, hierher zurückzukehren, um ganz genau wissen zu wollen, wie es hier zuging, wie man aufräumte und wen man wie behandelte. Auf die obere punktierte Zeile kommt der Name, João Mau-Tempo, Alter, vierundvierzig, geboren und wohnhaft in Monte Lavre; wo liegt denn das?; Kreis Montemor-o-Novo; du mußt ja ein ganz Ausgekochter sein. Sie bringen João Mau-Tempo in einen Raum, in dem schon andere Häftlinge sind, wer kann, der schläft, den Hunger aber muß man ertragen, die Abendbrotzeit ist schon vorbei. Die Tür wird verschlossen, die Welt bleibt draußen. Monte Lavre ist weit, arme Faustina, doch wir wollen nicht beginnen, abergläubische Vergleiche anzustellen wie etwa, daß dies die Stunde der Fledermäuse, der Käuzchen und Eulen sei, diese armen Tiere trifft keine Schuld, daß sie so häßlich sind, so häßlich wie diese Stunde.

Hier wird João Mau-Tempo vierundzwanzig Stunden verbringen. Viel Gelegenheit zur Unterhaltung wird er nicht haben, aber am anderen Tag wird sich ihm ein Häftling nähern und zu ihm sagen, hören Sie, Freund, wir wissen nicht, was Sie hierher verschlagen hat, aber zu Ihrem Besten und als Richtschnur für alle Fälle merken Sie sich folgende Ratschläge.

Dreißig Tage Einzelhaft sind ein Monat, der in keinen Kalender paßt. Soviel man auch hin- und herrechnen mag, jeder Tag mehr ist ein Zuviel. Diese Arithmetik hier ist von Verrückten erfunden worden, die anfingen zu zählen, eins, zwei, drei, siebenundzwanzig, vierundneunzig, und letzten Endes haben wir uns geirrt, nur sechs Tage sind vergangen, während wir bis sonstwie weit zählten. Niemand fragte ihn etwas, sie brachten ihn von Caxias weg, dieses Mal war der Tag klar, so daß man die Landschaft besser durch die Ritzen erblicken konnte, als wollte man die Welt durch ein Nadelöhr besehen, dann der Befehl zum Auskleiden, das verlangt die Heimat so, das verlangten auch schon einmal die Doktoren der Militärinspektion von mir, tauglich, nicht tauglich, doch hierfür tauge ich, sie werden mich nicht wegschicken, sie wühlen in meinen Taschen herum, schauen nach, schauen noch einmal, stülpen sie um, reißen meine Einlegesohlen aus den Schuhen, kluges Volk das, sie wissen, wo die Geheimnisse stecken können, aber sie finden nichts, nehmen mir von den zwei Taschentüchern eines weg, von den zwei Zigarettenschachteln bleibt mir auch nur eine, lebe wohl, Messer, manchmal ist auch die Polizei unaufmerksam, erst jetzt nehmen sie mir mein Taschenmesser ab, man stelle sich vor, ich hätte den Wunsch gehabt, mich umzubringen. Sie halten mir eine Gardinenpredigt, solange Sie in Einzelhaft sind, empfangen Sie weder Besuch, noch dürfen Sie der Familie schreiben, und das ist verboten und jenes nicht gestattet, im Falle einer Zuwiderhandlung werden Sie bestraft. Doch eines Tages, viel Zeit war verstrichen, durfte er schreiben, und es kam gewaschene Wäsche, gewaschen und gebügelt von Faustinas Händen, angefeuchtet mit Tränen, ein sentimentales Volk ist das, und diese Quellen sind ihm immer noch nicht versiegt.

Am fünfundzwanzigsten Tag um drei Uhr morgens wurde der wie immer unruhig schlafende João Mau-Tempo vom Öffnen der Zellentür wach und hörte den Wärter sagen, Mau-Tempo, stehen Sie auf und ziehen Sie sich an, dann verlassen Sie die Zelle; was hast du gesagt, Mann, man will mich freilassen? Die Einbildung dieser Unglücklichen ist grenzenlos, für sie gibt es nur ganz Schlechtes oder absolut Gutes, je nachdem, hoffentlich halten sie das aus. Sie bringen ihn ins Erdgeschoß, dort wird er erwartet, ein finster dreinblickender Hetzhund ist da, und der Wärter sagt spöttisch, hier haben Sie den Ulkvogel für den gewissen Spaziergang. Natürlich sind das wieder diese zweideutigen Reden, wir haben ja schon gesehen, was das für Spaziergänge sind, uns kann man nicht täuschen, aber sie, sie wiederholen und wiederholen es immer wieder, als hätten sie nichts anderes auf Lager, nur manchmal mit kleinen Variationen, so wie jetzt, geh vor mir her, damit ich dir zeigen kann, wo es zur Brigade geht. Der das zu João Mau-Tempo bellte, war der Hetzhund, der Wärter von Aljube zeigt sich witzig, teuflischer Mensch der, selbst zu dieser frühen Stunde und bei all der Not vermag er noch zu wünschen, gute Reise allerseits. Die Sprache wurde dem Menschen nicht gegeben, nein, das hätte noch gefehlt, es ist seine eigene Eroberung, die manchmal schlecht angewandt wird, manche Worte müßten sehr teuer verkauft werden, stellte man in Rechnung, wer sie zu sagen beabsichtigt und bei welcher Gelegenheit, wie in diesem Falle. Eine gute Reise zu wünschen, wo man doch genau weiß, daß sie nicht gut sein wird, die Tiere haben mehr Mitleid miteinander, sie sprechen wenigstens nicht. Dieser Hetzhund aber spricht, er führt mich durch die menschenleeren Straßen, wie schön ist doch die Nacht, auch wenn von ihr nur der schmale Himmelsstreifen über den Dächern zu sehen ist und zur Linken eine Bistumskirche und zur Rechten eine kleinere, die des heiligen Antonius, und gleich weiter unten noch die große Magdalenenkirche, ein Weg voller Kirchen ist das, ich gehe unter dem Schutz des ganzen himmlischen Hofes, dieser Hetzhund spricht, und wahrscheinlich wegen der schönen Nacht spricht er so süßlich, verraten Sie nicht, daß Sie es von mir haben, aber Ihr Fall steht schlimm, ich habe gehört, daß einer Ihrer Genossen Ihren Namen genannt hat, besser, Sie geben zu, was Sie wissen, so kommen Sie schnell zur Familie zurück, mit Halsstarrigkeit erreichen Sie gar nichts. Diese Straße hier trägt den Namen des heiligen Nikolaus und die Gasse dort gegenüber den des heiligen Franziskus, wenn ich irgendeinen Heiligen vergessen habe, nehmen Sie es mir nicht übel, es sind so viele. Ich weiß nicht, wovon Sie sprechen, Senhor Polizist, ich habe nichts Böses getan, seit meiner Geburt heißt mein Leben Arbeit, von anderen Sachen verstehe ich nichts, einmal, ja, da bin ich verhaftet worden, doch das ist lange her, niemals mehr habe ich mich um Politik gekümmert; das waren die Worte João Mau-Tempos, die einen wahr, die anderen gelogen, und dabei bleibt es, das ist das Gute an den Worten, man kann auf ihnen wie auf Steinen einen Fluß überqueren, immer auf die gleiche Weise, vorsichtig, auch die Füße muß man vorsichtig auf die Steine setzen, denn das Wasser fließt schnell, so schnell, daß ihm die Augen nicht folgen können. Jetzt aber bellt der Hetzhund wieder, aha, so ist das mit dir, na, du wirst schon sehen, was mit dir passieren wird; João Mau-Tempo kennt den Platz, den sie jetzt überqueren, dann die Steigung mit den funkelnden Schienen der Elektrischen. Der milde und schöne Morgen leidet unter den Wörtern, die ihm noch zugedacht werden, du bist ein dies, und du bist ein das, Wörter, die auf dem Latifundium kaum bekannt sind. Jetzt spürt João Mau-Tempo, daß seine Kräfte nachlassen, während der fünfundzwanzig Tage in der Zelle hatte er kaum Bewegung, nur von der Zelle zum Abtritt und vom Abtritt zur Zelle, sein geplagter Kopf arbeitet, um Fäden zu knüpfen, die sofort beim angestrengten Grübeln wieder zerreißen, die schlaflosen Nächte machen sich bemerkbar, und nun auch dieser anstrengende Weg, der ihm so lang erscheint und doch nichts ist im Vergleich zu den Entfernungen auf dem Latifundium, das seine Schritte ausgemessen haben, und plötzlich hat er Angst, Angst, nicht durchzuhalten und zu sagen, was er weiß und was er gar nicht wissen dürfte, inmitten des Durcheinanders hört er auf einmal wieder die Stimme des Häftlings von Caxias, hören Sie, Freund, wir wissen nicht, was Sie hierher verschlagen hat, aber zu Ihrem Besten und als Richtschnur für alle Fälle merken Sie sich folgende Ratschläge . . . Zur rechten Zeit erinnert er sich daran, die letzten Meter geht er wie im Traum, er ist schon durch die Tür und steigt die Treppe hinauf, erster Stock, niemand ist zu sehen, eine angsteinflößende Stille, zweiter Stock, dritter Stock, wir sind da, das Schicksal wartet hier oben auf João Mau-Tempo, ohne sich zu rühren, das ist der große Mangel des Schicksals, es tut nichts, es wartet nur ab, wir sind es, die alles tun müssen, zum Beispiel lernen zu reden und lernen zu schweigen.

Der Hetzhund stieß João Mau-Tempo in einen Raum, und

nachdem er dort einige Minuten gewartet hatte, wurde die Tür mit einem Ruck aufgerissen, und ein geschniegelter Herr erschien, frisch rasiert, nach Morgenwäsche und Brillantine duftend, er schickte den anderen mit einer Geste hinaus und schrie sofort los, wegen dieser Kanaille, wegen diesem Kommunistenschwein also komme ich heute nicht zum Gottesdienst; man erzählt diese Wahrheiten hier, an dieser Stelle, vielleicht glaubt sie keiner, doch es ist wahr, wahrscheinlich hat die kirchliche Nachbarschaft, die wir schon erwähnten, als wir von Aljube kamen, Einfluß auf die guten Gewohnheiten, den Gottesdienst zu besuchen, dazu noch die Nachbarschaft der Märtyrerkirche, des Largo das Duas Igrejas, der Kirche Encarnação und der anderen, wie heißt sie doch gleich, zum Teufel noch mal, jedenfalls würde es Pater Agamedes hier gefallen, er könnte dem Inspektor Paveia die Beichte abnehmen, der jetzt so wütend ist, nicht in die Messe gehen zu können, hat die Polizei etwa keinen Hauskaplan? Und jetzt, damit die Konstruktion komplett wird, stellen wir uns vor, daß João Mau-Tempo sagt, oh, Senhor, versäumen Sie wegen mir doch nicht die Messe, wenn Sie wollen, begleite ich Sie. Niemand glaubt das, und João Mau-Tempo würde auch nicht wissen, warum er das sagen sollte, doch uns fehlt im Moment die Zeit, uns mehr um unsere Geistesblitze von Mut oder Unkenntnis zu kümmern, denn der Inspektor Paveia läßt uns keine zum Nachdenken. Er schreit weiter, Mistkerl, Hurenbock, Drecksack; entschuldigen Sie, Senhor Pater Agamedes, doch genau das waren seine Worte, ich trage keine Schuld. Weiter ging es, sei ja ruhig, sonst kommst du aufs Trapez; was das für Zirkuskünste sein sollen, das weiß João Mau-Tempo nicht, er sieht, wie Inspektor Paveia zu einem Tisch geht, der Name paßt gar nicht zu ihm, wenn man daran denkt, daß Paveia soviel wie Garbe bedeutet, die man beim Binden an seine Brust drückt, er nimmt eine Pistole aus der Schublade, einen Knüppel und ein großes Lineal, er wird mich umbringen, denkt João Mau-Tempo; der andere sagt, siehst du das, es ist für dich, wenn du mir nicht die ganze Geschichte erzählst, und merke dir, du kommst hier nur raus, wenn du alles ausspuckst, dort bleibst du stehen, und rühre dich nicht von der Stelle, nicht einen Finger breit, bewegst du dich, dann kannst du was erleben.

Alle drei Stunden geht einer, und ein anderer kommt. Das Opfer wechselt nicht, also, was hast du da in dieser Gegend getrieben?; ich habe gearbeitet, um meine Familie zu ernähren;

erste Frage, erste Antwort. Die eine war ebenso zu erwarten, wie die andere der Wahrheit entsprach, man müßte diesen Mann laufenlassen, er hat die Wahrheit gesagt; gearbeitet hast du also, doch vielleicht war deine Arbeit, die Avante zu verteilen, du denkst wohl, wir wissen das nicht; oh, Senhor, ich habe damit gar nichts zu tun; so, du hast also keine Avante verteilt, sehr gut, den Arsch haben du und deine Freunde also hingehalten, damit euch der Kontrolleur die Doktrin Moskaus einbleut, jawohl, und wenn du nach Monte Lavre zurückwillst, wenn du deine Kinder jemals wiedersehen willst, dann rede und halte nicht weiter den Arsch für deine Versammlungsfreunde hin, denk an deine Familie und an die Freiheit. João Mau-Tempo denkt an die Familie und an die Freiheit, er denkt an die Geschichte von dem Hund und dem Rebhuhn, die Sigismundo Canastro erzählt hat, er antwortet nicht. Wie sagt ihr Kanaillen doch, die Regierung will uns nicht das geben, was wir wollen, doch wir werden mit ihrer Existenz Schluß machen, wir werden uns immer wieder gegen Salazars Gesetze erheben. So sprecht ihr doch untereinander, das wollt ihr doch tun, sag die Wahrheit, verstockter Kommunist, wenn du alles sagst, kannst du schon morgen nach Monte Lavre zu deinen Kindern. Doch João Mau-Tempo ist das Skelett eines Hundes, das das Rebhuhn sichert, er wiederholt, Senhor, ich habe alles gesagt, neunzehnhundertfünfundvierzig wurde ich verhaftet, aber seitdem habe ich nichts dergleichen getan, wenn jemand das Gegenteil behauptet hat, dann hat er gelogen. Er wurde gegen die Wand gestoßen, geschlagen und beschimpft mit allen im Portugiesischen möglichen Schimpfwörtern, wieder und wieder, von allen möglichen Leuten, von dieser Seite und von jener, nur das Opfer blieb stets dasselbe.

Zweiundsiebzig Stunden wird João Mau-Tempo hier Statue sein. Seine Beine werden anschwellen, Schwindelanfälle werden ihn überkommen, er wird mit Knüppel und Lineal geschlagen werden, nicht sehr kräftig, nur so, daß es schmerzt, jedesmal, wenn die Beine nachgeben wollen. Er konnte nicht weinen, doch die Tränen standen ihm in den Augen, und die Augen schienen wie Bojen im Wasser zu schwimmen, selbst ein Stein hätte mehr Mitleid gehabt als die hier. Nach einigen Stunden gingen die Schwellungen zurück, doch jetzt traten die Venen fast fingerstark durch die Haut. Das Herz verließ seinen Platz, es ist wie ein schlagender und betäubender Hammer, dessen Schläge im Kopf widerhallen, und dann schließlich verließen ihn all seine Kräfte, er konnte sich nicht mehr aufrecht halten, sein Körper bog sich unwillkürlich, und nun kniet er, ein armseliger Landstreicher des Latifundiums, der den Rest der letzten Schwäche aus sich herauspreßt. Steh auf, du Mistvieh! Aber João Mau-Tempo kann sich nicht mehr erheben, das war nicht gespielt, das war eine seiner Wahrheiten. In der letzten Nacht hatte er es aus dem Nebenraum schreien und stöhnen hören, gleich darauf war Inspektor Paveia, von mehreren Polizisten begleitet, eingetreten, und während die Schreie wieder begannen und immer durchdringender wurden, näherte sich Paveia mit berechnender Langsamkeit und sagte mit drohender Stimme, also, Mau-Tempo, hast du dich inzwischen besonnen und kannst uns eine Geschichte erzählen? Tief in seinem Unglück, fast auf gleicher Höhe mit den Dielenbrettern, mit zerschlagenen Lenden und verschleierten Augen, antwortete João Mau-Tempo, ich habe keine Geschichten zu erzählen, was ich zu sagen hatte, habe ich schon gesagt. Das ist ein anspruchsloser Satz, so anspruchslos wie das Skelett des Hundes nach den zwei Jahren, er verdient kaum, besonders wahrgenommen zu werden, wenn man an andere denkt, die wie die folgenden verkündet wurden: Von der Höhe dieser Pyramide schauen vierzig Jahrhunderte auf euch; lieber eine Stunde Königin als ein ganzes Leben lang Herzogin; liebet einander. Doch trotz aller Anspruchslosigkeit kochte das Blut in Inspektor Paveia, ach nein, was du nicht sagst, und was ist mit den fünfundzwanzig Avante-Zeitungen, die du in deinem Ort verteilt hast? Wenn du das auch leugnest, mache ich Schluß mit dir! Und João Mau-Tempo dachte, es geht um Tod oder Leben, und so schwieg er. Vielleicht war Inspektor Paveia wieder zu spät zur Messe dran, vielleicht sollten auch zweiundsiebzig Stunden Statue fürs erste ausreichen, jedenfalls befahl er, bringt dieses Schwein nach Aljube, soll er sich dort erholen, dann kommt er wieder her, um die Geschichte zu erzählen, oder er landet auf dem Friedhof.

Zwei Drachen packen João Mau-Tempo bei den Armen und schleifen ihn die Treppen hinunter, vom dritten Stock bis zum Erdgeschoß, und während sie ihn zerren, reden sie auf ihn ein, Mau-Tempo, erzähl die Geschichte, wie sie war, es ist besser für dich und die Deinen, wenn du nicht redest, schickt dich der Senhor Inspektor nach Tarrafal, sieh mal, er weiß sowieso alles, ein Freund von dir aus Vendas Novas hat über dich geplaudert, du mußt es nur noch bestätigen. João Mau-Tempo kann sich nicht auf den Beinen halten, er spürt, wie seine Füße auf die Stufen schlagen, als gehörten sie nicht zu seinem Körper, trotzdem antwortet er, wenn man mich umbringen will, so soll man es tun, aber zu erzählen habe ich nichts. Sie werfen ihn unten in den Gefängniswagen, die Reise war kurz, ein Erdbeben gab es nicht, alle Kirchen standen triumphierend aufrecht, und als sie in Aljube angekommen waren und sich die Tür des Wagens geöffnet hatte, hieß es, hüpf raus. Der Unglückliche stürzte, er hatte das Trittbrett verfehlt, wieder das Gezerre, seine Beine gehorchten schon besser, aber noch nicht genug, sie stießen ihn in eine Zelle, es war dieselbe, Zufall oder Absicht. João Mau-Tempo kroch auf allen vieren zur Pritsche, obwohl vor seinen Augen alles verschwamm, besaß er doch die Kraft, sie aufzuklappen und sich darauf fallen zu lassen, wie tot blieb er achtundvierzig Stunden liegen. Er ist bekleidet und hat die Schuhe auch noch an, eine zerbrochene Statue, die nur durch innere Drähte zusammengehalten wird, ein Hampelmann des Latifundiums, der den Kopf über das Tuch steckt und Grimassen schneidet, während er träumt, der Bart wächst ihm, und vom Mundwinkel läuft ein Speichelfaden herab, der sich langsam einen Weg zwischen Barthaar und Schweiß bahnt. Während dieser zwei Tage taucht ab und zu der Wärter auf, um herauszuschnüffeln, ob der Zelleninsasse lebt oder tot ist, schon beim zweitenmal war er beruhigt, weil der Schlafende die Stellung gewechselt hatte, und das ist ein Zeichen von Leben, selbst wenn es von einer Statue kommt, die schlafen auch so und brauchen ebenfalls kein Essen, doch nun hat sie genug geschlafen, der Schlaf ist auch weniger tief; wach auf, Mann, das Mittagessen steht auf dem Bord; João Mau-Tempo setzt sich auf die Pritsche, er weiß nicht, ob er geträumt hat, in der Zelle ist niemand weiter, doch es riecht nach Essen, er verspürt einen großen, unbezähmbaren Hunger, beim ersten Versuch aufzustehen, knicken ihm die Beine weg, die Augen verdrehen sich vor Schwäche, er versucht es noch einmal, es sind nicht mehr als zwei Schritte bis zum Bord, das schlimmste ist, daß er sich dort nicht setzen kann, denn gegessen wird stehend, damit es schneller rutscht. João Mau-Tempo ist eine kleine Kreatur, die nicht sonderlich ausgewachsen ist, er reicht nicht bis ans Brett heran, und um essen zu können, muß er sich auf die Zehenspitzen stellen, eine Folter für einen so schwachen Körper, wenn er etwas auf den Boden kleckert, kommt er nicht ohne Bestrafung davon. Wer dich nährt, der dich lehrt.

Es vergingen fünf Tage, über die so viel zu erzählen wäre wie über jeden anderen, manchmal muß man die Zeit überspringen, das sind Schwächen des Berichts, der Erzähler hat es plötzlich so eilig wie das Wasser, das über das Wehr hinabstürzt, nicht weil er zum Schluß kommen will, noch ist es nicht Zeit dafür, sondern zu einer wichtigen Stelle wie der, als das Herz von João Mau-Tempo plötzlich einen Sprung macht, nur weil der Wärter in seine Zelle tritt und sagt, Mau-Tempo, mach deine Sachen fertig, du verläßt dieses Gefängnis, die Decken mußt du im Magazin abgeben, auch die Terrine und den Löffel, ich will alles blitzschnell sauber haben, gleich bin ich wieder zurück. Das Schlimme bei diesen Menschen des Latifundiums ist, daß sie alles wortwörtlich nehmen, besonders wenn sie reinen Sinnes sind, Brot ist Brot, Käse ist Käse, und deshalb ist auch João Mau-Tempo so zufrieden und träumt mit offenen Augen von Schönem, vielleicht lassen sie mich frei. Dieser Mann ist nicht ganz gescheit, wie man bald sehen wird. Der Polizist kommt zurück, um ihn zum Magazin zu begleiten, wo er die Decken, den Löffel und die Terrine läßt und die wenigen persönlichen Sachen erhält, die man dort aufbewahrt hatte, und nun heißt es, du kommst in die Gemeinschaftszelle, die Einzelhaft ist aufgehoben, du kannst an die Familie schreiben und dir was schicken lassen. Die Tür wurde geöffnet, dort drinnen befand sich eine Welt voller Leute, alle Nationalitäten waren vertreten, man sagt das so, und es soll bedeuten, daß eben viele aus den verschiedensten Gegenden dort waren, wenn tatsächlich Ausländer dabeigewesen wären, hätte es João Mau-Tempo wegen seiner Schüchternheit und seiner auf den alentejanischen Dialekt begrenzten Sprachkenntnisse wahrscheinlich nicht feststellen können. Kaum hatte sich die Tür geschlossen, umringte ihn schon das portugiesische Völkchen und wollte wissen, weshalb er verhaftet worden sei und ob er Nachrichten von draußen habe. João Mau-Tempo hat nichts zu verbergen, er erzählt alles, was mit ihm geschehen ist, und ist so beharrlich in seiner Erklärung, daß er seit neunzehnhundertfünfundvierzig nicht mehr politisch aktiv war, daß er es selbst hier wiederholt, obwohl es nicht nötig war, es hatte ihn auch niemand danach gefragt.

João Mau-Tempo fühlte sich dort so sehr unter seinesgleichen, daß er einen rauchenden Zellengenossen, den er überhaupt nicht kannte, um eine Zigarette bat. Sofort boten ihm mehrere etwas zu rauchen an, aber das Schönste von allem war, als sich einer, der etwas weiter entfernt dem Gespräch abwartend zugehört hatte, mit einer Unze Tabak, einem Päckchen Zigarettenpapier und einer Streichholzschachtel näherte und sagte, Genosse, wenn du irgend etwas brauchst, dann sag es nur, hier, nimm, solange einer was hat, haben alle was. Man kann sich vorstellen, wie es João Mau-Tempo erging, mit dem ersten Zug verschwamm seine Hand vor den Augen, mit dem zweiten nahm sie wieder ihre normale Größe an, doch schien sie ihm jetzt viel kräftiger, klein, wie er war, stand er inmitten der anderen, die ihm lächelnd beim Rauchen zusahen. Und da es sogar im Leben der Häftlinge glückliche Fügungen und Zufälle gibt, wurde nach zwei Tagen João Mau-Tempo in ein Büro gerufen, wo ihm ein Wärter mit fast freundlichem Gesicht, als wäre es sein eigenes Geschenk, mitteilte, Mau-Tempo, hier haben Sie Wäsche und vier Unzen Tabak sowie zwanzig Escudos, die Ihnen ein Senhor aus Ihrer Heimat gebracht hat. João Mau-Tempo war mehr durch die Erwähnung von Monte Lavre berührt als durch die unerwarteten Gaben, und so fragte er, wer war der Senhor?; der Wärter antwortete, das tut nichts zur Sache, ein Überbringer ist ein Überbringer und weiter nichts; das hatte João Mau-Tempo nicht gewußt. Er ging mit seinem Schatz in die Gemeinschaftszelle zurück, und kaum war er eingetreten, schrie er, daß man es von einem Ende des Latifundiums bis zum anderen hätte hören können, jetzt, Genossen, wer rauchen möchte, hier ist Tabak; laut antwortete ihm eine Stimme, denn solch wichtige Dinge müssen laut gesagt werden, so muß es sein, Genossen, solange einer was hat, haben alle was, hier sind wir alle Brüder mit gleichen Rechten. Normalerweise benutzt man andere Beispiele, um eine so offene Solidarität zu demonstrieren, doch jeder nimmt, was er braucht, und gibt, was er hat, Zigaretten zum Beispiel oder in Zigarettenpapier gerollte Tabakstreifchen, dessen Rand zittert, wenn die Zunge entlangfährt, die typische Kopfbewegung, und fertig ist das Werk, schlecht versteht der die Menschheit, der die Größe solcher Augenblicke nicht begreift.

Einige werden entlassen, andere müssen bleiben, neue Gesichter kommen hinzu, die meisten sind nicht unbekannt, immerzu heißt es, na, bist du auch hier gelandet. Nach Tagen kommt ein Polizist an die Tür und sagt, Mau-Tempo, ziehen Sie die Jacke an, wir wollen einen Spaziergang machen, nehmen Sie nichts weiter mit, denn Sie kommen wieder zurück. Man glaubt es nicht, denkt, es sind alles Redensarten, bis man es selber erlebt, denn João Mau-Tempo stellt fest, daß ihm das Herz tatsächlich bis zu den Füßen gerutscht ist, und das kommt der Wahrheit viel näher als die Behauptung, daß er seit vier Jahren nicht mehr aktiv war. Den Hetzhund an seiner Seite, geht er denselben Weg, dieses Mal ist es ein Jüngling, dem kaum der Bart wächst, er scheint aufgeregt zu sein, denn ständig legt er die Hand an die hintere Tasche, er scheint vielleicht nicht an derlei Aufgaben gewöhnt zu sein, wortlos gehen sie dahin, João Mau-Tempo kann so wenigstens die Passanten beobachten, die wissen werden, daß er ein Häftling ist, er kann die Elektrischen sehen, einen Blick in die Schaufenster werfen, das hier ist ein Fastspaziergang, und er vergißt dabei, daß er Angst hatte, doch auf einmal überfällt sie ihn von allen Seiten, verwirrt seine Gedanken und läßt das Blut gerinnen, er sehnt sich nach der Gemeinschaftszelle, nach der im Kreise der Genossen gerauchten Zigarette und den Gesprächen. Die Ängste der Statue bedrängen ihn, man achtet sonst nicht darauf, aber wer weiß schon, was es diese Bronze- und Marmorfiguren kostet, sich aufrecht zu halten, wie ist es nur möglich, daß sie keinen Krampf bekommen, diese steinernen Menschen, diese in der Bewegung erstarrten Tiere, die weder aufgeben noch sich losreißen, es fehlt ihnen der Wille, den ein Mensch aus Fleisch und Blut besitzt, und dennoch wird dieser schwach, er kniet, und selbst Fußtritte können ihn nicht dazu bringen, sich zu erheben, er flüchtet sich in den Schutz der Krümmung dieser seiner letzten Schwäche, möglich, daß er sich dabei vollmacht, wichtig ist nur, daß die Zunge nicht spricht, es sei denn, um immer wieder dieselben Lügen zu wiederholen. Sich aber vorzustellen, daß diese Tortur sich wiederholen könnte, die Schmerzen zu kennen und vielleicht noch schlimmere aushalten zu müssen, das ist es, was João Mau-Tempo beunruhigt, woran er denken muß, und auf einmal fällt eine tiefe Dunkelheit über die Stadt, obwohl es noch hellichter Tag ist, und es wird so heiß, wie es an manchen unerträglichen Augusttagen ist. Was haben sie mit mir vor, welche Quälereien warten auf mich?

Wieder öffnet sie die Halbtür, und João Mau-Tempo steigt, vom Hetzhund geschoben, die Treppen hinauf, sie betreten einen Raum, sieh mal an, wer da ist, es ist der aus Vendas Novas, der mit João Mau-Tempo die Reise und den Fußmarsch bis zum Terreiro do Paço gemacht hatte, Leandro Leandres heißt er, und der fragt nun in verächtlichem Ton, weißt du, was du uns antust?; und João Mau-Tempo antwortet auf die übliche respektvolle Art, nein, Senhor, ich weiß es nicht; Leandro Leandres darauf, du wirst jetzt die ganze Geschichte erzählen. Von hier an lohnt es nicht, alles zu wiederholen, das wäre, als würde es ins Wasser regnen, immer die gleiche Leier, wieviel Zeitungen verteilt worden sind, warum das Ortskomitee gewechselt hat, und warum es keine Versammlungen mehr abhält, und wie viele es waren, und wer, und hier sei einer, der seinen Namen genannt habe, deshalb stimme alles, wenn er es nicht zugäbe, käme er nicht lebend hier heraus, es wäre besser, er würde reden. Doch João Mau-Tempo ist sich dessen nicht sicher, und selbst wenn er es wäre, würde er wie jetzt sagen, seit vier Jahren habe ich keine Papiere mehr angefaßt, nur was so an den Straßen und Wegen herumlag, davon abgesehen, erinnere ich mich an niemand, der sie mir gegeben hätte, das liegt schon Jahre zurück, ich denke nur an die Arbeit, das schwöre ich. Wenn auch das Gespräch das gleiche war, die Fragen gleich und die Lügen auch, so gab es diesmal doch keine Schläge, und João Mau-Tempo befand sich in einem normalen Zustand, nämlich sitzend auf einem Stuhl, es schien so, als würde er für ein Gemälde posieren, wenn auch die Seele in seinem Herzen wie verrückt vor Angst zitterte, war ihm, als würde sein bedrückter, aber fester Wille ihm zuflüstern, du darfst nichts verraten, lüge zusammen, was du nur willst, aber verrate nichts. Und es gab noch einen Unterschied, denn ein Hetzhund mit niederem Dienstgrad tippte Fragen und Antworten in die Maschine, dann gab es nichts mehr zu schreiben, denn die Unterhaltung verlief, als würde man versuchen, mit Siebkellen das Wasser aus einem Brunnen zu schöpfen, man bewegte sich immer im Kreis, das Muli trat schon auf seinem eigenen Mist herum. Die Sonne war im Sinken begriffen, da hörten die Befragungen endlich auf, und der Schreiber wollte wissen, wohin mit dem Protokoll über diesen Kerl; Leandro Leandres antwortete, leg es zu dem von Albuquerque. Er wurde sich gar nicht bewußt, was er gesagt hatte, wie hatte sich João Mau-Tempo bemüht, herauszufinden, wer seinen Namen genannt hatte, nun wußte er es, Albuquerque war es gewesen, welch stechender Schmerz und welches Bedauern erfaßten ihn, was müssen sie ihm angetan haben, daß er geredet hat, oder war es sein eigener Wille gewesen, ist er gar anderen Sinnes geworden. Manchmal sind die Menschen so, und João Mau-Tempo weiß noch nicht, daß er einige Jahre später den Verräter Albuquerque durch Monte Lavre ziehen sehen wird, denselben, der früher gesagt hatte, wenn sie hierherkommen, verpasse ich ihnen, so wahr ich hier stehe, eine Kugel, und dann war er doch schwach geworden. Nach seiner Entlassung begann er, als Pastor der Protestanten umherzuziehen, wir haben nichts gegen Religionen, doch weshalb predigt gerade er die Errettung der gesamten Menschheit, wenn er noch nicht einmal seine wenigen Genossen zu retten wußte. Wer weiß, was er in der Stunde seines Todes mit sich selbst auszumachen hatte. Heute jedoch empfindet João Mau-Tempo ein großes Bedauern und eine Erleichterung, weil er nicht geredet hatte, vielleicht schlagen sie mich nicht mehr und zwingen mich auch nicht mehr zur Statue. Ich weiß nicht, ob ich es noch einmal aushalten würde.

João Mau-Tempo kehrte nach Aljube zurück, nach einigen Tagen brachten sie ihn von dort nach Caxias, davon wird man endlich auch in Monte Lavre etwas erfahren. Briefe werden hin- und hergehen, alles wird bis ins kleinste mit Faustina abgesprochen, denn diese Dinge sind kein Kinderspiel, es ist erforderlich, daß alles genau abläuft, wenn jemand von weit her zu einem bestimmten Ort und zu einer bestimmten Zeit kommen will, selbst wenn es sich nicht um einen geheimen Treff handelt, sondern die Polizei persönlich die Tür öffnet und sagt, treten Sie ein; man muß mit allem rechnen, von Monte Lavre bis Vendas Novas geht es mit dem Karren, von Vendas Novas bis Barreiro mit dem Zug, vielleicht mit demselben Wagen, der João Mau-Tempo und Leandro Leandres hergebracht hat, und jetzt mit dem Schiff, zum zweitenmal sieht Faustina Mau-Tempo das Meer, diesen Fluß von ungewöhnlicher Größe, und dann wieder mit dem Zug bis Caxias, und plötzlich ist das Meer noch viel größer, herrje, Gevatterin, ist das hier das Meer?; die Bekannte, die am Terreiro do Paço auf sie gewartet hatte und in der Stadt lebt, lächelt verständnisvoll, und wohlwollend angesichts dieses Mangels an Wissen bestätigt sie, ja, das ist das Meer; doch ihre eigene Unwissenheit verschweigt, was das Meer wirklich ist, nicht dieses kärgliche Öffnen zweier Arme zwischen zwei Türmen, sondern eine flüssige und unendliche Sehnsucht, ein ständiges Wogen von glasigen Massen und von Schaum, eine mineralische Härte, die sanft wird und erstarrt, der Ort großer Fische und schauerlicher Seeunglücke. Poesien.

Sehr wahr ist es, daß man nicht alles wissen kann, und die

Reisebegleiterin von Faustina Mau-Tempo wußte nur, daß man den Zug in Caxias verlassen mußte, doch wo ist das Gefängnis, sie will sich keine Blöße geben und entscheidet sich für eine Straße, hier irgendwo muß es sein, es ist August, und mit der glühenden Hitze nähert sich schon jene Stunde, die mühselig ausgemacht und abgestimmt worden war, die Stunde der Besuchszeit, also mußten sie jemanden fragen, der vorüberging, und sie erfuhren, daß sie den falschen Weg eingeschlagen hatten. Voller Ärger gingen sie zurück, Faustina Mau-Tempo zog die Schuhe aus, denn ihre Füße waren dieses Eingeengtsein nicht gewohnt, so lief sie auf Strümpfen weiter, und das machte es noch schlimmer, wir wären herzlos, wenn wir darüber lachen würden, für alle Zeiten bliebe dies im Gedächtnis haften, der Asphalt war von der Hitze aufgeweicht, und schon nach den ersten Schritten blieben die Strümpfe kleben, je mehr Faustina zog, desto länger dehnten sie sich, das scheint eine Zirkusnummer zu sein, die perfekteste der Saison, doch es reicht jetzt, basta, der Clown ist traurig und bringt keinen zum Lachen, wir helfen Faustina Mau-Tempo und bilden eine spanische Wand, damit die Gefährtin ihr helfen kann, die Strümpfe in aller Ehrbarkeit auszuziehen, diese Scham der Frauen vor einem einzigen Mann ist seltsam, nun geht sie barfuß weiter, wir haben unsere Schuldigkeit getan, und wenn jemand von uns lächelt, dann ist es aus Zärtlichkeit. Als Faustina Mau-Tempo an der Festung angekommen ist, sind ihre Füße wund, und sie werden noch mehr gepeinigt, da sie jetzt die Schuhe ohne Strümpfe anzieht, es ist ein Jammer, schwarz von Teer sind sie und blutig von den Steinen, bitter ist das Leben der Armen.

Die Besucher sind schon gegangen, die Besuchszeit ist vorbei, und niemand war zu João Mau-Tempo gekommen, die Camaradas spötteln nach Männerart, sie will nichts von dir wissen, auf sie zu warten lohnt nicht der Mühe. Indessen unternimmt Faustina Mau-Tempo am Eingang alle Anstrengungen, um noch hineinzugelangen; ist das der Ort, wo mein Mann ist, fragt sie, er heißt João Mau-Tempo; einer der Posten antwortet spöttisch, die Person, welche von der Senhora gesucht wird, ist nicht hier; ein anderer hänselt, Sie sind also hergekommen, um es Ihrem Mann im Gefängnis zu geben. Das ist der Zeitvertreib von Leuten, die ein monotones Leben haben, sie können die Gefangenen nicht einmal schlagen, aber Faustina Mau-Tempo kann das nicht unterscheiden, und so fragt sie weiter, er ist doch hier, man hat ihn hierhergebracht, also muß er hier sein; sie regte sich auf wie ein Sperling, zeigte sich als Furie, war aufdringlich wie eine Fliege und halsstarrig wie ein Schaf, nichts half. Doch endlich beginnt einer der Männer in einem Buch zu blättern und sagt, Sie haben recht, er ist hier, im Saal Nummer sechs, doch sehen können Sie ihn nicht, die Besuchszeit ist schon vorbei. Faustina Mau-Tempo hat das Recht auf den nun folgenden Weinkrampf. Eine Säule stürzt ein, wir sehen, wie sich die Risse bilden und die Stücke abfallen, die Füße dieser Säule des Latifundiums sind wund, jetzt darf sie auch deswegen weinen und überhaupt wegen allem, was sie zu leiden hat und noch zu leiden haben wird, es ist an der Zeit, alle Tränen zu weinen, übertreibe, wenn du es kannst, Faustina, vielleicht gelingt es dir, die Herzen dieser Eisendrachen zu rühren, und wenn sie kein Herz haben sollten, so werden sie vielleicht nicht grob werden und dich arme Frau mit Gewalt wegjagen, weine, weine, verlange nach deinem Mann. Sei endlich still, Frau, ich will sehen, ob man eine Ausnahme aufmachen kann. Das ist die Sprache, die Faustina Mau-Tempo nicht versteht, vielleicht heißt dieses Gefängnis Ausnahme und man wird es aufmachen, damit sie ihren Mann sehen kann. Auch durch falsche Gedanken trifft man manchmal das Richtige, nicht mehr als fünf Minuten werden es sein, doch sie genügen vorerst für so viel Sehnsucht, da es nun mal nicht länger sein kann, da kommt João Mau-Tempo mit den Hoffnungen, die ihm seine Genossen mitgegeben haben, bestimmt ist es deine Frau; sie ist es; Faustina, João, sie fallen sich um den Hals und weinen, wie es den Kindern geht, will er wissen, und sie, wie es ihm geht, und schon sind drei Minuten vorüber, und bist du auch gesund, und dir, wie ist es dir ergangen, hast du Arbeit bekommen, und Gracinda und Amélia und António, es geht allen gut, abgemagert bist du, paß auf, daß du nicht noch krank wirst, fünf Minuten, adeus, adeus, Grüße an alle, tausendmal, wir machen aus, wann du das nächste Mal wiederkommst, jetzt weiß ich den Weg und verirre mich nicht, adeus.

Es wird noch weitere Besuche geben, die aber ruhiger verlaufen, die Töchter werden kommen, der Bruder Anselmo, António Mau-Tempo wird kommen und zornig wieder gehen, niemand hat ihm Grund dazu gegeben, aber er ist es, vom Vorplatz aus schaut er mit grimmigem Gesicht auf die Festung, auch Manuel Espada kommt, bedächtig wird er hineingehen und mit einem ernsten Gesicht wieder herauskommen, einige Cousins und Onkel werden erscheinen, von denen einige in Lissabon wohnen, aber diese Besuche finden auf den Gängen statt, hinter einem so dichten Gitternetz, daß man kaum hindurchsehen kann, ein Polizist wandelt ständig von der einen Seite auf die andere, um den Gesprächen wegen möglicher Beschwerden zu lauschen. Die Tage werden vergehen, die langen Tage und die überlangen Gefängnisnächte, der Sommer ist vorbeigegangen, der Herbst ebenso, der Winter kommt, und João Mau-Tempo ist noch immer dort, er wird zu keinem Verhör gerufen, man hat ihn vergessen, wer weiß, ob er nicht für immer gefangen bleibt. Völlig unerwartet erblickt er eines Tages Albuquerque und Sigismundo Canastro, Sigismundo war auch verhaftet worden und wußte nicht, daß ihn Albuquerque verraten hatte, er erfuhr es erst später von João Mau-Tempo, als sie wieder in Monte Lavre waren und sich beide aufatmend umarmten, ich habe nicht geredet, ich auch nicht, es war Albuquerque. Sigismundo Canastro litt darunter, trotzdem lachte er in sich hinein, während João Mau-Tempo eine gewisse Traurigkeit nicht zurückdrängen kann, sie kommt von der ihm zugefügten Ungerechtigkeit. Im Saal sechs unterhält man sich viel, es wird über Politik diskutiert und über andere Dinge. Die einen lernen, die anderen lehren, es wird Unterricht im Lesen und in Arithmetik erteilt, andere zeichnen, es ist eine Volksuniversität, über die es nichts weiter zu erzählen gibt, die Ewigkeit würde nicht dazu ausreichen, finge man damit an.

Heute ist Entlassungstag. Sechs Monate sind vergangen, es ist Januar. Noch in der letzten Woche arbeitete João Mau-Tempo mit den anderen Zellengenossen auf der Zufahrtsstraße, der Regen war kalt wie tauender Schnee, jetzt sitzt er da und überlegt, was ihm das Leben bringen wird, einige sind vor den Richter gekommen, er nicht, doch jemand versicherte ihm, das sei ein gutes Zeichen. Die Tür öffnet sich, und ein Wärter ruft mit der wie stets arroganten Stimme, João Mau-Tempo; João Mau-Tempo nimmt die geforderte Habachtstellung ein, dann sagt der Wärter, bereiten Sie Ihren Kram zum Verlassen des Gefängnisses vor, aber schnell. So viel Freude bei den Zurückbleibenden, wie ist das möglich, als würden sie selbst entlassen, und einer sagt, je schneller man aus diesem Loch kommt, desto besser, hier ist man zur Untätigkeit gezwungen. Die Bemerkung war logisch, ebensogut hätte sie lauten können, je schneller man mir ein Werkzeug gibt, desto eher werde ich zu arbeiten beginnen. Und dann ist alles eine einzige Aufregung, es ist, als würde eine Mutter ihren Sohn ankleiden, einer hilft ihm in die Schuhe, ein anderer hält ihm das Hemd beim Anziehen, sie schütteln seine Jacke aus und meinen wohl, daß João Mau-Tempo zum Papst gebracht würde, so putzen sie ihn heraus, wo hat man so etwas schon gesehen, wie Kinder sind sie, und es fehlte nicht mehr viel, daß alle zu heulen anfingen, bei João Mau-Tempo ist es gleich soweit, als sie ihn fragen, sag mal, Mau-Tempo, du hast doch gar kein Geld, um nach Hause zu kommen, er antwortet, wie ihr wißt, Genossen, habe ich wenig, aber ich werde schon durchkommen; sie aber beginnen, Geld zu sammeln, einer gibt fünf Escudos, ein anderer zehn, alle geben etwas, bis es für die Reise und noch etwas mehr reicht. Jetzt, wo er sieht, wie kleines Geld sich in große Liebe verwandeln kann, jetzt kann er die Tränen nicht mehr zurückhalten, und er spricht, Genossen, ich danke euch, und adeus, viel Glück für alle, und habt Dank für alles, was ihr für mich getan habt. Immer, wenn einer gehen kann, ist es ein Fest für alle, das sind die Freuden im Gefängnis.

Es war bereits Nacht, als der Wagen João Mau-Tempo an der Gefängnistür von Aljube absetzte, als würde die grüne Minna keine anderen Wege kennen, während João Mau-Tempo sich aufmacht, diesmal freien Fußes, sagt der Polizist zu ihm, sieh zu, daß du von hier wegkommst; es scheint fast, als täte es ihm leid, ihn davongehen zu sehen, diese Polizisten sind komisch, sie gewöhnen sich an die Gefangenen, und dann tut es ihnen leid, sich von ihnen zu trennen. João Mau-Tempo läuft indessen die Straße hinunter, als wäre der Teufel hinter ihm her, er schaut sogar über die Schulter zurück, ob ihm nicht jemand folgt, wer weiß schon, ob es nicht ein übler Spaß der Polizei ist, sie setzen einen Gefangenen zum Schein frei, und dann wird große Jagd gemacht, und so schnell der Ärmste auch fliehen mag, er findet sich doch in ihren Netzen wieder, und schon sitzt er im Gefängniswagen, mitten zwischen den Polizisten, die sich die Bäuche halten vor lauter Lachen, wie ulkig, ich kann nicht mehr, hab mich lange nicht so amüsiert, nicht einmal im Zirkus. Es wäre nicht das erste Mal, daß so etwas passiert.

Die Straße ist menschenleer, die Nacht hat sich über alles gesenkt, zum Glück regnet es nicht, aber der Wind fährt zwischen diesen hohen Gebäuden hindurch wie ein geschärftes Rasiermesser beim Barbier, er zieht und zerrt an der armseligen Kleidung João Mau-Tempos, der Wind hat scheinbar gleichfalls

Kleidermangel. Nun rennt er schon nicht mehr, die Beine gehorchen ihm nicht recht, und der Atem geht kurz, nicht einmal laufen kann er mehr und lehnt sich deshalb an eine Ecke, neben ihm der Beutel und der strickverschnürte Koffer, und obwohl alles leicht ist, können die Arme die Last kaum bewältigen, deshalb hat er sie auf den Boden abgesetzt. Wer diesen Mann einst gesehen hat und die Lasten, die er bewältigen konnte, und jetzt schafft er es nicht einmal, eine Katze am Schwanz zu ziehen, wäre es nicht so kalt, würde er sich hier fallen lassen, er hat zuviel aufs Kreuz bekommen, als daß er sich aufrecht halten könnte, und dennoch hält er durch. Leute kommen vorbei, es gibt sie also doch, sie schauen nicht einmal nach ihm, jeder hat mit sich zu tun, nicht einmal im Traum käme es ihnen in den Sinn, daß dieser Mann dort an der Ecke aus Caxias kommt, wo er sechs Monate war, zweiundsiebzig Stunden lang die Statue machen mußte und gefoltert wurde, man glaubt nicht, daß solche Dinge in unserem schönen Land geschehen, wer so etwas erzählt, übertreibt mit Sicherheit. Was soll João Mau-Tempo in einer Stadt, die er nicht kennt, anfangen, es gibt keine Tür, an die er klopfen und sagen könnte, Genossen, gebt mir Unterkunft für diese Nacht, ich bin gerade erst entlassen worden. Er weiß nicht, wo solche Häuser hier zu finden sind, er ist ja in Monte Lavre vom Guarda José Calmedo verhaftet worden, und dort muß er wieder hin, heute nicht mehr, denn es ist Nacht, aber morgen, mit Hilfe des Geldes, das ihm die Männer gaben, die es selbst benötigt hätten, daß dort Genossen sind, das weiß er, dort könnte er an die Tür klopfen, an die vom Saal sechs, doch da müßte er nach Caxias zurück, angenommen, er ginge einfach hinein und könnte sagen, Genossen, gebt mir Unterkunft für diese Nacht, ich bin gerade erst angekommen. Er ist bestimmt verrückt, oder er ist trotz der Kälte eingeschlafen und träumt, er muß tatsächlich eingeschlafen sein, denn er steht nicht mehr, wie er dachte, sondern sitzt auf dem Koffer, und jetzt erinnert er sich, er hat schon vorher daran gedacht, aber jetzt wieder, daß er an die Tür des Hauses klopfen könnte, in dem die Schwester dient, er würde sagen, Maria da Conceição, glaubst du, daß deine Herrschaft mich diese Nacht hier schlafen läßt; aber nein, er wird nicht hingehen, unter anderen Umständen hätte es ihnen vielleicht nichts ausgemacht, sie hätten Maria da Conceição aufgefordert, einen Strohsack in die Küche zu legen, man kann einen Christenmenschen nicht wie einen herrenlosen Hund auf der

Straße schlafen lassen, doch er kommt gerade aus dem Gefängnis, aus einem ganz bestimmten, und war dort aus ganz bestimmten Gründen, und selbst wenn sie es erlauben würden, hätte die Schwester hinterher nur Ärger, die Ärmste, nicht einmal geheiratet hatte sie. Als wäre sie dafür geboren, arbeitete sie für den Patrão, immer für denselben, wer weiß, was man ihr schon alles vorgeworfen hat, schwer zu erraten ist es nicht; undankbar sind sie alle, wenn wir nicht wären, wer gäbe ihnen zu essen, Hungers sterben müßten sie ohne uns, die schlechten Ideen deines Bruders werden ihn noch teuer zu stehen kommen, sie sind gegen uns gerichtet, sieh zu, daß du das verstehst, alle sind gegen uns gerichtet, was zählt, ist, daß wir es gut mit dir meinen, wir werden es dich nicht büßen lassen, daß er so einen störrischen Kopf hat, aber ab sofort ist es besser, wenn er dieses Haus nicht mehr betritt, und du halte dich daran, wir haben dich gewarnt.

Das sind lediglich die Litaneien der Haushälterin und der Patrõa, der Patrão ist weniger gesprächig, er erklärt kategorisch, hierher setzt er seinen Fuß nicht mehr, und nach Monte Lavre werde ich übermitteln lassen, daß er auf unserem Land keine Arbeit mehr findet, soll er doch nach Moskau gehen. Es scheint, daß João Mau-Tempo wieder eingeschlafen ist, er muß sehr müde sein, wenn er bei dieser Kälte schlafen kann, regelrecht erstarrt ist er, seine Füße schlagen auf den Boden, das Geräusch hallt in mehrfachen Echos durch die frostige Luft. Möglich, daß ihn deswegen ein Polizist erneut verhaftet, dieses Mal wegen Störung der öffentlichen Ruhe, so greift João Mau-Tempo nach Beutel und Koffer und zieht die Straße hinunter, die Füße tragen ihn kaum, er hinkt. Die Station muß linker Hand liegen, so glaubt er sich erinnern zu können, doch er will sich nicht verlaufen, deshalb fragt er einen vorübergehenden Mann, und dieser sagt, Sie sind auf dem richtigen Weg; einige Erklärungen fügt er noch hinzu, die für João Mau-Tempo nützlich sind, er rückt den Koffergriff und den Beutel in seinen klammen Händen zurecht und schickt sich an weiterzugehen, doch der andere fragt ihn, wollen Sie, daß ich Ihnen helfe? Hier zittern wir vor Erregung, wer weiß, ob dieser Passant nicht ein Gauner ist, der vorhat, den vom Lande zu bestehlen, leicht wäre es, denn obwohl es Nacht ist, kann man bemerken, daß sein Körper wehrlos ist. Nein, Senhor, vielen Dank, sagt João Mau-Tempo höflich, und der andere drängt ihn nicht, also kann er doch kein Bösewicht sein.

Er fragt lediglich, waren Sie im Gefängnis? Sie sehen ganz danach aus. Wir, die wir die Empfindsamkeit João Mau-Tempos gegenüber guten Worten kennen, wir hören ihn schon, wie er alles erzählt, daß er sechs Monate in Caxias war und jetzt von dort kommt, daß man ihn bis hierher brachte und er nun nach Hause muß, nach Monte Lavre, Kreis Montemor, ja, Alentejaner sei er, ja, Senhor, ein Zug oder ein Schiff ginge wohl nicht zufällig um diese Zeit, vielleicht wisse man auf der Station ... nein, eine Stelle zum Schlafen habe er nicht, eine Schwester hier in Stellung, ja, aber Ungelegenheiten wolle er ihr nicht bereiten, der Herrschaft könnte es mißfallen. Der andere ist ein neugieriger Mensch und fragt, wenn weder Schiff noch Zug fahren, wo werden Sie dann schlafen?; João Mau-Tempos Antwort ist einfach, ich bleibe über Nacht auf dem Bahnhof, eine Bank muß es ja dort geben, die Kälte ist am schlimmsten, aber ich habe mich schon daran gewöhnt, vielen Dank für Ihre Aufmerksamkeit. Nach diesen Worten entfernt er sich, aber der andere sagt, ich komme mit, geben Sie mir den Beutel, ich helfe Ihnen; João Mau-Tempo gibt ihm den Beutel, was Wunder, war er doch sechs Monate mit freundlich gesinnten Menschen zusammengewesen, die sich um ihn gekümmert hatten, ihn lehrten, ihm Tabak und Geld für die Reise gaben, es würde jetzt einfach nicht passend sein, sich mißtrauisch zu zeigen, er übergab also den Beutel den Händen des anderen, manchmal gibt es in der Stadt solche Szenen, dort gehen die zwei die Straße hinunter, dann kommt der große Platz mit den Arkaden und dann gleich die Bahnstation. João Mau-Tempo hat seine Schwierigkeiten mit den Fahrplänen, diese klitzekleinen Nummern, und der Mann hilft wieder, er fährt mit dem Finger die Zeilen entlang, nein, ein Zug fährt nicht, erst morgen früh, João Mau-Tempo sucht schon nach einem Plätzchen, wo er bleiben kann, doch der Mann sagt zu ihm folgendes, Sie sind müde, und Hunger haben Sie auch, kommen Sie mit zu mir, da können Sie ausruhen und einen Teller Suppe essen, wenn Sie hierbleiben, erfrieren Sie; genau so sagte er es, niemand wird glauben, daß so etwas möglich ist, und doch ist es die reinste Wahrheit, João Mau-Tempo vermochte nur zu erwidern, ich bin Ihnen sehr dankbar, es ist sehr freundlich von Ihnen; hier würde Pater Agamedes Hosianna singen, er würde die Güte der Menschen hochleben lassen, recht hat der Pater, dieser Mann mit dem Beutel auf dem Rücken verdiente die Lobgesänge, selbst wenn er nichts mit der Kirche im Sinn hat, das hat er nicht etwa gesagt, aber der Erzähler weiß, daß es so ist, und er weiß noch andere Dinge, die hier nicht erwähnt werden, denn diese Geschichte erzählt vom Latifundium und nicht von der Stadt. Älter als João Mau-Tempo ist der Mann, aber stärker, kräftiger und besser zu Fuß, deshalb muß er sich dem zögernden Schritt des in das Leben Zurückgekehrten anpassen, und um diesen zu ermuntern, erklärt er, ich wohne hier in der Nähe, in der Alfama, schon biegt er in die Rua da Alfândega ein, João Mau-Tempo faßt neuen Mut, dann gehen sie durch einige feuchte und steile Gäßchen, die Feuchtigkeit ist bei diesem Wetter nicht verwunderlich, eine Tür, eine schmale Treppe, eine Wasserrinne, guten Abend, Ermelinda, dieser Senhor schläft diese Nacht hier, morgen fährt er nach Hause, er hat keine Bleibe. Ermelinda ist eine etwas rundliche Frau, sie öffnet die Tür, als würde sie die Arme ausbreiten, treten Sie ein; zarte und empfindsame Seelen und diejenigen, die nur auf große dramatische Effekte reagieren, mögen João Mau-Tempo verzeihen, denn seine erste Empfindung ist die des Geruches nach Essen, einer Gemüsesuppe mit Bohnen, die aufgewärmt wurde, der Mann sagt zu ihm, machen Sie es sich bequem, und gleich darauf, wie heißen Sie? João Mau-Tempo sitzt bereits, eine plötzliche Schwäche erfaßt seinen Körper, doch er beantwortet die Frage und erfährt, daß der andere Ricardo Reis heißt und Ermelinda dessen Frau ist, ihre Namen kennt man nun, und die Teller mit der Suppe auf dem Küchentisch sieht man, mehr weiß man vorläufig nicht; essen Sie nur; die Kälte weicht langsam, Lissabon sieht endlich etwas milder aus, und dieses Fenster da hinten gibt den Ausblick zum Fluß frei, man sieht einige Bootslichter, und weiter hinten, am anderen Ufer fast, werden es weniger, wer könnte sich vorstellen, daß diese Lichter eines Tages ein Fest bedeuteten; trinken Sie noch ein Glas; vielleicht ist es deshalb, wegen des zweiten Glases guten Weines, daß João Mau-Tempo lächelte, selbst als er vom Gefängnis erzählte und wie es dort zuging, es ist schon spät, als er aufhört, weil er sehr müde ist. Ricardo Reis ist sehr ernst, Ermelinda wischt sich über die Augen, ehe sie sagt, gehen Sie jetzt schlafen, es ist schon spät, Sie brauchen den Schlaf; João Mau-Tempo merkt nicht einmal, daß er im Bett der Eheleute liegt, er hört Schritte im Flur, doch es sind nicht die Guardas, und erleichtert schläft er ein.

Sechs Monate der Veränderungen, einmal erscheinen sie kurz, einmal erscheinen sie zu lang. An der Landschaft merkt man es kaum, wenn man von den Veränderungen durch die Jahreszeiten absieht, doch es ist erstaunlich, wie die Menschen altern, wie gealtert sind diejenigen, die aus dem Gefängnis entlassen wurden, wie gealtert sind jene, die nicht aus Monte Lavre herauskamen, und die Kinder, wie sie gewachsen sind, nur João Mau-Tempo und Sigismundo Canastro sehen sich mit denselben Augen an, letzterer ist gestern angekommen und hat bereits verlauten lassen, daß sie sich zu einem Gespräch treffen müßten, hartnäckig und unnachgiebig ist er, man muß ihn zu verstehen suchen. Auf manchen sieht man voller Freude, wie im Fall von Gracinda Mau-Tempo, eine Schönheit von Frau ist sie, die Ehe hat ihr gutgetan, das sagen die wohlgesinnten Nachbarinnen, und auch die neidischen Gänse können nicht anders, doch von diesen soll hier nicht weiter die Rede sein. Noch mehr Veränderungen gibt es, zum Beispiel beim Pater Agamedes, groß und hager schien er vor einem halben Jahr, nun ist er klein und dick, die Schuldliste ist inzwischen ins Endlose gewachsen, das ist nur zu verständlich, wo doch der Mann nicht da war, deshalb zog João Mau-Tempo, als die Zeit gekommen war, mit der Tochter Amélia zu den Reisfeldern in die Grenzgegend von Elvas, in Monte Lavre sagt man, dort sei die spanische Estremadura, da kann man mal sehen, wie diese Leute vom Lande mit der Geographie umgehen, wer weiß, wo sie dieses universelle Wissen herhaben, das Grenzen nicht achtet, doch die Gründe für diese Exkursion sind die üblichen und noch ein besonderer, nämlich der des Mißtrauens und des Vorbehalts des Latifundiums gegenüber den Tricks und Kniffen des João Mau-Tempo, des politischen Gefangenen, zugegeben, Sie sind ohne Prozeß herausgekommen, doch das liegt wohl an der Polizei, die nicht so gut arbeitet, wie sie das müßte. Nach einigen Monaten wird alles wieder seinen alten Gang gehen, aber vorläufig ist es besser, weiter weg zu sein, so fällt kein Schatten auf unsere teure Heimat; und für Sigismundo Canastro, sagen Sie ihm das, gibt es keine Arbeit hier, er soll zusehen, wo er welche findet.

João Mau-Tempo ging also in die Gegend von Elvas und nahm seine Tochter Amélia mit, jene mit den schlechten Zähnen, wenn sie schönere hätte, könnte sie sich mit ihrer Schwester messen. Die Hölle ist nicht weit von hier entfernt. Einhundertfünfzig Männer und Frauen sind in fünf Gruppen aufgeteilt, und diese Verdammnis wird sechzehn Wochen dauern, es ist ein Verdienen unter Krätze und Fieber, eine schreckliche Plackerei, jäten und pflanzen, noch ehe die Sonne aufgeht bis lange nach Sonnenuntergang, und wenn die Nacht beginnt, schleppen sich hundertfünfzig schemenhafte Gestalten bis zum Gut, wo sie ihre Unterkünfte haben, Männer und Frauen getrennt, doch alle kratzen sich gleichsam die Ausschläge an den schweißnassen Stellen, alle werden vom Fieber des Reisfeldes geschüttelt. Mit Zucker, Milch und Reis und einigen Eiern noch dazu bereitet man diese Delikatesse, Maria, und der gekochte Reis, wie oft habe ich es Ihnen schon gesagt, der gekochte Reis muß locker sein, nicht so ein Brei, Korn für Korn muß man essen können, sehen Sie zu, daß Sie das endlich lernen. Die ganze Nacht hindurch hört man in den Unterkünften das gequälte Seufzen und Stöhnen, das hastige Kratzen der schwarzen und harten Fingernägel auf der Haut, die schon blutig ist, bei anderen schlagen die Zähne aufeinander, fiebrige Augen starren an die Decke. Der Unterschied zwischen diesem hier und einem Schlachtfeld ist nicht sehr groß, es gibt hier lediglich weniger Todesfälle, wahrscheinlich liegt das an der großen christlichen Barmherzigkeit und dem entsprechenden Interesse der Patrões, die fast täglich Lastwagen schicken, die die fiebrigen und aussätzigen Elendsgestalten aufnehmen, um sie in das Hospital von Elvas zu schaffen, heute diese, morgen jene, es ist wie ein Abschlagespiel, die Ärmsten kommen hin wie tot, doch allen hilft die wundertätige Medizin, die sie in drei bis vier Tagen wieder wie neu herrichtet, schwach sind die Beine zwar, und sie zittern, doch wer kümmert sich schon um solche Kleinigkeiten, du bist gesund, du auch, und du, und du, so werden wir von den Ärzten behandelt, und der Lastwagen spuckt seine halbgesunde Last am Gut aus, schließlich wird hier im Akkord gearbeitet, es ist keine Zeit zu verlieren; geht es Euch besser, Vater? erkundigte sich Amélia, und er bejahte, so einfach ist das alles.

Letztlich gibt es doch nicht so viele Veränderungen, wie es aussah. Jäten und Pflanzen des Reises geschehen wie zur Zeit meines Großvaters. Das Getier im Wasser hat noch die gleichen Stacheln und ist genauso eklig wie zu der Zeit, als unser Herr sie schuf, und wenn eine versteckte Scherbe in den Finger schneidet, so hat das Blut keine andere Farbe als damals. Man müßte sehr viel Vorstellungskraft haben, um besondere Ereignisse zu erfinden, denn diese Art zu leben besteht aus wiederkehrenden

Worten und sich wiederholenden Gesten, der Bogen der Sichel ist millimetergenau der Länge des Armes angepaßt, und das Absensen der trockenen Weizenhalme erzeugt einen Ton, immer und ewig denselben Ton, wie ist es nur möglich, daß die Ohren dieser Männer und Frauen nicht ermüden, ebenso wie die jenes Vogels nicht, der in den Korkeichen zwischen der Rinde und dem Stamm lebt und die Bäume schreien hört, wenn man ihnen die Haut, oder vielleicht sind es ihre Federn, abreißt, und was man dann sieht, ist das rohe leidende Fleisch, doch das sind wiederum Schwächen des Erzählers, der sich vorstellt, daß die Bäume sich die Blätter raufen können und schreien. Wir tun besser daran, auf Manuel Espada zu achten, der kühn in der Krone einer Korkeiche steht. Er ist barfuß und ein wirklicher Vogel. Von Ast zu Ast springt er, aber er singt nicht, es ist ihm nicht danach, bei dieser Arbeit befiehlt die Axt und nichts weiter, track, track, rundum zieht sich die Linie, oder sie fährt senkrecht den Stamm hinab, dann dient der Stiel der Axt als Hebel, heja und hau ruck, es ist tatsächlich wahr, hier sitzt der heisere Vogel, der in der Korkeiche lebt, ein klagender Schrei, doch niemand hat Mitleid. Von oben regnet es röhrenförmige Rinde, sie fällt auf die abgelösten Korkplatten, keinerlei Poesie ist hierin zu entdekken, das möchten wir sehen, daß dort einer Sonette schmiedet, während einer der Männer die Axt schräg einschlägt und diese den Stamm hinunterzieht, daß Korksplitter abspringen, und wenn sie in den nackten Fuß fährt, der so plump und schmutzig ist, doch so verletzlich, wenn Axt und Haut zusammentreffen, dann gibt es kaum mehr einen Unterschied zwischen dem rosigen Füßchen einer Donzela aus der Stadt und der ledernen Haut des Korkschälers, zumindest benötigt das Blut dieselbe Zeit, bis es hervorschießt.

Von der Arbeit reden wir und dem Tagesgeschehen, und fast hätten wir darüber den Abend vergessen, an dem João Mau-Tempo in Monte Lavre ankam und an dem sich alle in seinem Haus trafen, Freunde und Bekannte mit ihren Frauen, wer noch eine hatte, eine Meute von Kindern dazu und einige Eindringlinge, die mit keinem der Anwesenden verwandt waren, doch wen störte das schon, António Mau-Tempo war da, der den Wehrdienst beendet hatte und nun bei den Korkschälern arbeitete, dann noch dessen Schwestern, Gracinda und Amélia, und sein Schwager Manuel Espada, ein Schwarm von Leuten eben. Faustina weinte die ganze Zeit über vor Freude und vor noch nicht überwundenem Schmerz, es genügte, sich an den Tag zu erinnern, an dem ihr Mann verhaftet wurde, ohne Grund und ohne Erklärung war er nach Vendas Novas und dann nach Lissabon gebracht worden, wer wußte damals schon, wann er zurückkommen würde, wenn überhaupt. Sie erzählte nichts von der traurigen Sache mit den Strümpfen, die durch den Asphalt zerrissen wurden, das blieb für immer ein Geheimnis der Eheleute, die sich beide deswegen ein wenig schämten, denn selbst in Monte Lavre würde sie der eine oder andere verspotten, die Unglückliche mit den festgeklebten Strümpfen, jeder von uns würde sich vor dieser Schande bewahren wollen. João Mau-Tempo erzählte, was ihm widerfahren war, nichts ließ er aus, und so erfuhren alle, was man unter den Händen der Polizeidrachen und der Guardas zu erleiden hat. All das wird später von Sigismundo Canastro bestätigt und wiederholt werden, doch dieser erzählte die schrecklichen Sachen, als ob sie ganz natürlich wären, aus seinem Munde klang alles so einfach, daß nicht einmal die Frauen vor Mitleid weinten und die Halbwüchsigen sich enttäuscht zurückzogen, es war, als würde sich das Gespräch um den Stand der Saat drehen, und warum auch nicht, wer weiß. Aus diesem oder einem anderen Grund wird sich Manuel Espada eines Tages an Sigismundo Canastro richten, um ihm mit allem notwendigen Respekt vor dem Altersunterschied zu sagen, Senhor Sigismundo, wenn man mich wollte, würde ich mitmachen. Doch wir täuschen uns sehr, wenn wir annehmen würden, daß dieser Schritt vom trockenen Bericht Sigismundo Canastros angeregt worden wäre, bei einem Temperament wie dem Manuel Espadas wäre wohl anderes nötig gewesen, um solch eine große Entscheidung herbeizuführen, der Beweis für unseren Irrtum wird offenbar, als Manuel Espada hinzufügte, so behandelt man keinen Menschen, wie man meinen Schwiegervater behandelt hat; die Antwort von Sigismundo Canastro lautete, so behandelt man keine Menschen, wie wir behandelt werden, wir sprechen noch darüber, nach dieser Gefängniszeit wehen die Winde nicht günstig, laß etwas Zeit vergehen, bis sich alles eingepegelt hat, das ist wie bei einem Fischernetz, das Flicken dauert länger als das Zerreißen; Manuel Espada gab zurück, ich werde so lange warten, wie es nötig ist.

Es kommt vor, daß, wenn man in der Geschichte dieser portugiesischen Erde liest, Unstimmigkeiten zu finden sind, die zum Lächeln reizen, ein offenes Lachen wäre oftmals angebrachter, das soll nicht abwertend sein, denn jeder tut, was er kann oder was ihm seine Herkunft gestattet, und wenn es gut und löblich war, daß ehemals Dona Filipa de Vilhena ihre ritterlichen Söhne bewaffnete, um sie für die Restauration des Vaterlandes kämpfen zu lassen, was soll man da erst von Manuel Espada sagen, der mit bloßen Händen erscheint und sagt, hier bin ich. Ihn hat keine Mutter geschickt, denn die lebt nicht mehr, sein eigener Menschenwille war es. An Applaus und Lobgesängen für Dona Filipa fehlte es nicht, sei es von João Pinto Ribeiro, vom Conde da Ericeira, von Vicente Gusmão Soares, von Garrett, selbst Vieira Portuense schmeichelte ihr. Manuel Espada und Sigismundo Canastro haben niemanden, der sie derart bemuttert, sie sind nur zu zweit und sagen sich, was zu sagen ist, und jetzt geht jeder seinem eigenen Tagewerk nach, es wäre alles in bester Ordnung, würde man ihnen die Ehre geben, über sie zu sprechen oder sie zu beschreiben, dafür jedoch ist der Erzähler zuständig.

Er ist es um so mehr, da die innere Logik dieser Geschehnisse es erfordert, nochmals ausgiebig durchs Latifundium zu wandern, ohne festgelegtes Ziel, einfach so, nach Steinen suchend und nach Zweigen fassend, und, sie bei ihrem Namen nennend, festzustellen, welche Tiere es gibt und warum, und weil wir von jener Seite dort Schüsse hören, was ist da wohl los, werden wir dort beginnen, zufällig ist es der Weg, den José Calmedo einschlug, als er João Mau-Tempo verhaftete, man beachte das Aufeinandertreffen, es scheint fast, als wäre das Latifundium ein Minifundium, so leicht ist es, sich dort wiederzufinden, wo man schon einmal war. Wir kamen hier vorbei, als weniger Lärm herrschte, da sind die Ruinen der Wassermühle und weiter oben der den Blicken entzogene Ziegeleiofen, doch vor den Schüssen müssen wir uns nicht fürchten, es sind höhere Ziele, die anvisiert werden, sei es, wie es sei, jedenfalls sind es Kugeln, mit denen geschossen wird, das ist eine andere Sache als dieses Schrotzeug, das nur für die einfache Jagd taugt, das hier geht anders los.

Das Feuer ist eingestellt worden, wir könnten jetzt ohne weiteres vorbeigehen, aber von der Stelle, von der die Kugeln kamen, steigt jetzt ein Mann herab und durchquert das Tal. Nach Art und Schnitt seiner Kleidung gehört er zum einfachen Volk, er überquert diese glatte, tiefdunkle Erde, geht über eine kleine Brücke mit flachem Geländer, die ein Bächlein von nur drei Fuß Breite überspannt, dann steigt er auf der anderen Seite wieder hinauf, wo ein armseliger Fahrweg ins Dickicht eindringt und sich dort verliert, was soll das, was will dieser Mann dort ohne jegliche Hacke, ohne Axt oder Baumschere, setzen wir uns hier zum Ausruhen hin, solange er hinaufgeht, er muß ja wieder zurück, und dann werden wir mehr erfahren. Eine verlassene Ecke ist das; da haben Sie recht, und der Karrenweg, der durch das Gestrüpp führt, wird dem Lakaien auch nicht viel nützen; ein Lakai sagen Sie?; ja, Senhor, es ist ein Lakai; aber er trug doch keine Livree; das war nur früher so, in der Zeit, als die Gräfin ihre ritterlichen Söhne ausrüstete, ich weiß nicht, ob Sie die Geschichte kennen, diese Lakaien hier kleiden sich wie unsereins, nicht wie Sie natürlich, denn Sie sind aus der Stadt, die Leute von hier unterscheidet man nur nach dem, was sie tun; aber weshalb sagten Sie, daß ihm der Karrenweg nicht viel nützen würde?; nun, deshalb, weil das, was er sucht, nicht auf dem Weg zu finden ist, er muß sich rechts halten, so wurde ihm befohlen, er hat einen Stock mit, um sich durch den Busch zu schlagen, aber der nutzt ihm auch nicht viel; warum macht er das?; weil er ein Lakai ist, und der Kratzer Qual erhöht der Lobe Zahl; das Sprichwort ist hier also auch bekannt; so ist es, aber um auf unser Gespräch zurückzukommen, das ist ein verlassener Flecken, aber sehen Sie, das war nicht immer so, das können Sie mir glauben, es gab eine Zeit, da waren dies alles Gärten, bis dort hinten, die Erde ist gut, und an Quellen mangelt es auch nicht, ganz zu schweigen vom Bach; wie konnte es dann aber zu dieser Einöde kommen?; das war so, der Vater der Herren über all das hier, es sind jene, die geschossen haben, ihr Vater also gab nicht eher Ruhe, bis er das ganze Gebiet besaß, so ist es immer, es gab hier einige kleine Bauern, die in Geldschwierigkeiten waren, und er, ich erinnere mich schon nicht mehr genau an seinen Namen, war's Gilberto oder Adalberto oder Norberto, irgendwas in der Richtung, er borgte ihnen, und dann konnten sie nicht zurückzahlen, die Jahre waren dürr, und so kam er in den Besitz des Landes; das kann nicht sein; wieso nicht, so hat man es stets auf dem Latifundium gemacht, das Latifundium ist wie ein Maultier, dem die Tücke eigen ist, diejenigen zu beißen, die sich an seiner Seite befinden; Sie haben viel zu erzählen; nicht doch, wenn ich Ihnen viel erzählen würde, säßen wir hier bis ans Ende unserer Tage und die Geschichte müßte bis zu unseren Enkeln weitergeführt werden, ich weiß nicht, ob Sie welche haben, aber aufgepaßt, dort kommt der Lakai, gehen wir ihm nach.

Er verursachte einen mächtigen Lärm, schlurfte mit den Füßen und rutschte oftmals am Hang ab, einmal war er schon gestürzt und bis nach unten gerollt, es hätte ihn umbringen können. Was trägt er da auf dem Rücken?; das ist ein Kanister, der Kanister und der Lakai sind die Zielscheibe, deren sich die Herren dieser Gegend bedienen; aber die Sklaverei wurde doch abgeschafft; das glauben Sie; aber wie kann sich jemand so erniedrigen; fragen Sie ihn doch; genau das werde ich tun; he, Mann, was tragen Sie da auf dem Rücken?; einen Kanister; aber er ist ja völlig durchlöchert, man kann weder Wasser noch andere Flüssigkeiten darin aufbewahren, sollte er etwa zum Transportieren von Steinen dienen?; das ist die Zielscheibe meiner Patrões Alberto und Angilberto, sie schießen, und dann hole ich den Kanister, damit sie die Treffer zählen können, danach bringe ich ihn wieder an dieselbe Stelle zurück, und wenn der Kanister durchlöchert wie ein Sieb ist, hole ich einen anderen, so ist das; und Sie geben sich dazu her? Die Welt ist so eingerichtet, daß man sich nicht einmal unterhalten kann, auf der anderen Seite beginnen Alberto und Angilberto zu brüllen, sie sind unruhig wegen der überzogenen Pause, es dunkelt bald, und sie haben noch zwei Schachteln voller Kugeln, sie werden den Lakaien anschnauzen, der armselige Knecht durchquert das Tal im kurzen Trab, geht über die Brücke, der Kanister hockt auf ihm wie ein rostfarbener Buckel, und was man jetzt auf der anderen Seite hochkrabbeln sieht, ist kein Mensch, sondern eher ein Kartoffelkäfer. Nun, glauben Sie noch immer, daß die Sklaverei vorbei ist?; es scheint unmöglich zu sein; was wissen Sie von den Unmöglichkeiten; ich versuche aus ihnen zu lernen; gut so, dann hören Sie sich auch das noch an, dort drüben am rechten Ufer des Baches, hinter dem Viadukt, gibt es einige Felder, die bis zu den Hügeln reichen, sehen Sie es, nun passen Sie auf, die Schützen dort hinten verkauften diese an einige Kleinbauern, und wenn sie ehrliche Männer gewesen wären, dann hätten sie bis zum Bach verkauft, aber nein, Senhor, sie behielten zehn, zwanzig Meter, und wenn die Bauern Wasser haben wollten, dann mußten sie Löcher ausschachten und Brunnen bauen, was sagen Sie dazu?; das scheint unmöglich zu sein; das scheint wirklich unmöglich zu sein, genauso unmöglich, als hätten Sie großen Durst und ich stünde hier neben Ihnen mit einem Glas Wasser in der Hand und gäbe es Ihnen nicht, sondern ließe Sie mit bloßen Händen im Boden graben, während ich das Glas umdrehe und interessiert zuschaue, wie das Wasser versickert; selbst ein Hund kann zum Saufen an den Bach gehen, nur die Bauern dürfen es nicht; sehen Sie, Sie beginnen zu begreifen; schauen Sie, da kommt wieder der Lakai und bringt einen neuen Kanister, na, haben Ihre Patrões gut getroffen?; ja, Senhor, doch sie haben nach Ihnen gefragt, wer Sie sind, und ich mußte sagen, daß ich es nicht weiß, und sie haben gesagt, wenn Sie nicht verschwinden, dann lassen sie die Guarda holen. Die beiden Wanderer zogen sich zurück, die Drohung ist gewichtig, und das Argument hat Autorität, Eindringen in fremdes Eigentum, selbst wenn es nicht verboten wäre, bliebe ein schweres Delikt, und erst recht, wenn die Guardas schlecht gelaunt sind, es würde nicht helfen, zu sagen, daß man die Gegend nicht kenne, diese hier zum Beispiel, in der es keinen brauchbaren Weg gebe, Glück hatten sie, daß keine Kugel sie traf, man hätte gedacht, es wäre eine verirrte Kugel gewesen, Bruder Alberto, warum laufen die hier herum.

Doch es gibt Begebenheiten, bei denen es nur zu gerecht wäre, wenn über das Latifundium ein großes Gelächter hallen würde, wenn uns gerade danach zumute sein sollte, ich weiß nicht, ob es uns Nutzen brächte, es ist so alltäglich, zu lachen und gleich darauf den Drang zu verspüren, zu weinen oder vor Wut zu schreien, daß es bis in den Himmel hinein zu hören ist, was soll dieser Mist mit dem Himmel, Pater Agamedes ist uns immer noch näher und hört trotzdem nichts oder stellt sich taub, einen Schrei auszustoßen, der auf dem ganzen Erdenrund zu hören ist, und dann zu lauschen und zu sehen, ob uns die Menschen hören und zu uns eilen, doch vielleicht kämen sie nicht, weil sie selber schreien und uns nicht hören könnten. Jedenfalls kann, während wir darüber nachdenken, erst einmal die Begebenheit erzählt werden, und lache, wer da lachen kann. Die Guarda ist nützlich, nicht etwa, um über sie zu lachen, der Herr bewahre uns vor dieser Versuchung, nein, sie ist da, um gerufen und eingesetzt zu werden, und wenn es wahr ist, daß sie in der Regel vom Zivilgouverneur oder anderen entsprechenden amtlichen Personen eingesetzt oder gerufen wird, so ist es ebenso wahr, daß das Latifundium eine große Macht und Autorität über sie hat, wie man dem exzellenten Bericht Adalbertos entnehmen kann, in dem ein Schäfer, zwei Gehilfen, drei Hunde, sechshundert Schafe, ein Jeep samt Besatzung auf Patrouille mit der üblichen Bewaffnung einer republikanischen Guarda vorkommen, nennen wir sie mal so, um sie nicht übertriebenermaßen Sonderkommando nennen zu müssen.

Es sind Herden, die nicht weit kommen. Sie befinden sich auf Bertos Weiden, und sie gehen zu Bertos Weiden, doch mit solch einer allgemeinen Darstellung ist nicht viel los, letztlich ist es eine unangemessene Art des Erzählens, denn es geht ja um Adalberto und um keinen anderen, und um zu ihm zu gelangen, wird das Land von Norberto durchquert, und während sie es passieren, fressen sie, denn die Schafe sind keine Hundemeute, denen man Maulkörbe anlegen könnte, selbst wenn es so wäre und die Schafe es billigten, der Schäfer würde ihnen wohl keine anlegen, sonst hätten ja die Begrenzungsgräben keinen Sinn, die dem Schäfer in den Fällen dienen, in denen er nicht die Entschuldigung hat, die Weide wechseln zu müssen, um vorzutäuschen, er hätte sich in der Richtung geirrt und dabei die Feldscheide überquert. Dabei besteht die Kunstfertigkeit darin, das Kreuz und Quer der Grenzen zu nutzen und den Ausflügen einen Schein von Natürlichkeit zu geben und sich gegen die ungerechten Verdächtigungen zu wehren, nicht mal gemerkt hab ich es, ich ging so mit dem Vieh, blind will ich sein, wenn's nicht wahr ist, kürzte nach rechts ab und dachte, daß ich noch auf dem Gebiet des Patrão bin, so war's und nicht anders. Der Schäfer wird wohl nicht ganz schuldlos sein, bringen die Voreiligen vor, und das ist nicht ganz unvernünftig, nein, Senhores, obwohl diese Fälle nicht so einfach zu beurteilen sind, und die erste zu untersuchende Sache wäre wohl, ob der Schäfer bei diesem irregulären Vorgang nicht mehr an die Bäuche seiner Schafe als an die Interessen seines Patrão Berto gedacht hat oder an was weiß ich. Und nachdem wir darauf hingewiesen haben, damit keine Möglichkeit außer acht bleibe, kehren wir zur Geschichte zurück, zu den sechshundert Schafen, die heranwogen, zusammengehalten vom Oberhirten, den Gehilfen und den Hunden, und wir aus der Stadt werden es uns in diesem Schatten bequem machen, es ist interessant, anzusehen, wie sich die Tiere am Hang oder in der Ebene ausbreiten, welche Ruhe ist das, weit weg von den ungesunden städtischen Aufregungen, dem hemmungslosen Tumult der Metropole, fangt an, meine Musen, fangt an mit dem Hirtengesang. Wir haben Glück, die Herde nähert sich, so werden wir die Episode von Beginn an genießen können, hoffentlich beißen uns die Hunde nicht.

Das Schicksal wollte es, daß Adalberto an diesem Tag mit seinem Auto ausfuhr, um eine Runde durch Wald, Flur und Besitz zu machen, es ist bekannt, daß die Liebe zur Natur manchmal nach solchen Äußerungen verlangt, und wenn das Fahrzeug über die Fahrwege und das Brachland auch nicht überall hingelangt, so gestattet es doch in jedem Fall ausreichende Bewegungsfreiheit, denn bei einiger Geschicklichkeit im Lenken und bei Dauerhaftigkeit der Federn kommt man auch über die Karrenwege bei solchen Ausflügen, wichtig ist nur, daß man es nicht eilig hat. Adalberto fährt allein, damit er die ländliche Einsamkeit und das Singen der Vögelchen besser genießen kann, wenn auch der Motor die Stille und den Gesang stört, doch das ist das Vermögen, Altes und Modernes zu verbinden, nicht an alten Freuden zu hängen, wie dem leichten Trab des Pferdes, das die Kutsche zieht, und, im Profil gesehen, dem ländlichen Hut des Fahrers unter der federnden Peitsche, die hin und wieder sacht über die Kruppe des Trabers streicht, mehr ist nicht vonnöten gewesen, er verstand es. Das sind Schönheiten des Latifundiums, die man kaum noch antrifft, ein Pferd kostet ein Vermögen, es frißt auch dann, wenn es nicht arbeitet, ohne Zweifel ist ein Pferd stilvoller, es weckt feudale Erinnerungen, doch die Zeiten ändern sich, was soll man machen, und bei Lichte besehen, ist ein Automobil auch eine feine Sache, läßt es doch die Menge erstarren und hilft, Vertraulichkeiten zu vermeiden. Doch weiter geht es, es ist schon spät.

Heute fährt Adalberto zu seinem Vergnügen aus, er zieht langsame Kurven, der Ellenbogen stützt sich auf das geöffnete Fenster, das ganze Land ist mein, seit Lambertos Zeiten, doch Lamberto besaß nicht alles, das wäre eine andere gute Geschichte, die des Teilens und nochmaligen Teilens, des Vereinigens und Hinzufügens, doch uns fehlt schon die Zeit, sie zu erzählen, wir hätten eher daran denken sollen. Adalberto taucht jetzt zwischen den Bäumen auf, Politur und Chrom blitzen in der Sonne, und plötzlich hält er an. Er wird uns gesehen haben, es ist besser, wenn wir dort hinuntergehen, so vermeiden wir Fragen, ich bin ein friedlicher Mensch und respektiere das Eigentum. Als wir uns umdrehen, um zu sehen, ob er uns gefolgt ist, der zornige Adalberto, bemerken wir mit Staunen, wie er aus dem Wagen steigt und mit bösem Gesicht auf die behäbige Herde schaut, die ihn ebensowenig beachtete wie zuvor uns, nicht einmal die Hunde tun dergleichen, sie schnüffeln nach Kaninchen, nach einer drohenden Geste steigt er wieder ins Auto, macht eine halbe Wendung, der Wagen hüpft auf dem buckligen Boden, und er verschwindet in einer Staubwolke, so liest man das gewöhnlich in Romanen. Wir werden uns nicht von hier wegrühren, denn irgend etwas wird geschehen, weshalb wohl wird der Mann weggefahren sein, das dort ist eine Schafherde und kein Löwenrudel, wer es genau weiß, ist Adalberto, und in einer tollen Wettfahrt rast dieser nach Monte Lavre, um Verstärkung zu erbitten, von der Guarda natürlich, die sich just zu dieser Stunde vor Langeweile selbst anödet, so geht es auf dem Latifundium zu, große Aufregungen wechseln mit endloser Langeweile, letztlich ist das das Schicksal dessen, der ein militärisches Leben lebt, deshalb werden auch die Manöver und Übungen durchgeführt, aber Eile mit Weile, meint unser Korporal.

Adalberto bremst bereits vor dem Revier, eine einzige Staubwolke, trotz des vom Alter und von anderen Ausschweifungen schwerfälligen Körpers tritt er leichtfüßig ein, innen ist es nicht sehr geräumig, aber dennoch konnte das bereits beschriebene Verfahren des Ein- und Auslieferns zur Zeit der dreiunddreißig Escudos ohne große Schwierigkeiten durchgeführt werden, Sie werden sich erinnern. Als er wieder herauskommt, ist er nicht allein, der Korporal Tacabo und ein Gemeiner begleiten ihn, sie quetschen sich ins Auto, heilige Mutter Maria, wohin wollen nur die Guardas so eilig, die alten Weiber auf der Steinbrüstung an der Tür wissen es nicht, aber wir wissen es, sie kommen hierher zur Herde, die beim Weiden ist, während der Oberhirt unter einer Steineiche ausruht und die Gehilfen laufen, um die Schafe zusammenzuhalten, sie werden dabei von den Hunden unterstützt, es ist ein Manöver von mäßiger Strategie, aber es hat seine Schwierigkeiten, eine so große weidende Herde zusammenzuhalten, ohne daß zu große Lücken entstehen, selbst ein Schaf atmet gern frei. Und jetzt, während Adalberto noch nicht da ist, beschäftigt mich folgendes, was mag der Grund für dieses gute Einvernehmen zwischen Latifundium und Guarda sein. Entweder Sie sind einfältig oder zerstreut, sonst wüßten Sie an dieser Stelle der Geschichte schon Bescheid, oder aber es ist Böswilligkeit, falls dies ein Charakterzug von Ihnen sein sollte, daß Sie es noch nicht wissen, es sind vielleicht gar die Kunstfertigkeiten der Rhetorik, der Effekt der Wiederholung, doch wie dem auch sei, selbst jedes Kind weiß, daß die Guarda dazu da ist, das Latifundium zu bewachen; bewachen, wozu, es rennt doch nicht davon; gegen Diebstahl, Plünderung und andere Abscheulichkeiten, denn die Leute, von denen wir sprachen, sind Elende, verstehen Sie, die, wie ihre Eltern und Großeltern, in ihrem ganzen Leben nichts hatten, Hunger litten sie allesamt, sollten sie also nicht nach fremdem Eigentum schielen?; es ist schlecht, fremdes Gut zu begehren; es ist das Schlimmste, was es gibt; Sie sprechen nicht im Ernst; natürlich nicht, doch es gibt hier so manchen, der ernsthaft glaubt, daß dieses Landvolk das Land rauben will, das von alters her hochgeheiligte Eigentum, und deshalb wurde die Guarda eingesetzt, um Ordnung zu halten, hier traut man sich keinen falschen Atemzug zu machen; und der Guarda gefällt das?; der Guarda ist's recht, sie erhält ihre Belohnung in Form von Uniformen, Stiefeln, Karabinern, und sie erhält die Macht, diese zu gebrauchen und zu mißbrauchen, dazu noch die Anerkennung durch das Latifundium, zum Beispiel wird Korporal Tacabo etliche Liter Olivenöl und einige Fuhren Brennholz durch diese außerordentliche militärische Operation erhalten, und der Guarda erhält auch etwas, doch weniger, wegen des Rangunterschiedes, wenn der eine siebzig erhält, so bekommt der andere seine dreißig bis vierzig, darin ist das Latifundium sehr genau, niemals bleibt es dem etwas schuldig, der ihm nützlich war, und die Guardas sind noch leicht zufriedenzustellen, ich kann mir vorstellen, wie es in Lissabon hinter verschlossenen Türen zugeht; ein trauriges Thema; nun fangen Sie nicht an zu weinen, was würden Sie erst tun, kämen Sie von weit her mit einem Sack Reisig auf dem Rücken, hinter Ihnen liegt die Arbeit des Ausholzens, und Sie keuchen unter der schweren Last, da stellt sich Ihnen ein Guarda in den Weg und legt die Waffe an, Hände hoch, was tragen Sie da, und Sie antworten, ich komme von da und da, er wird das überprüfen, und schlecht ergeht es Ihnen, ist es nicht die Wahrheit; eher möchte ich es mit José Gato zu tun haben, der ist wenigstens . . .; ja, eher mit José Gato, aber am schlimmsten ist es, weiter vorn einer Fuhre mit sechs- oder siebenhundert oder tausend Kilo gesägtem Brennholz zu begegnen, das für die Guarda bestimmt ist, ein Geschenk des Latifundiums für gute und treue Dienste; die verkaufen sich für wenig; es ist kein Unterschied, ob sie sich für viel oder wenig verkaufen, das Übel ist die Tat und nicht der Preis.

Das Gespräch war, an diesem Punkt angelangt, zu Ende, sein Zweck war erreicht, und der Erzähler könnte machen, was er wollte, das Privileg dazu hätte er, alles weitere wäre von wenig Interesse, doch nun ist auch Adalberto endlich mit seiner Armee da, das Auto hat angehalten, die Türen öffnen sich, es ist wie bei einer Invasion, Landung der Truppen, von oben machen sie dem

Oberhirten irgendwelche Zeichen, doch dieser ist nicht aus der Ruhe zu bringen, die Einsamkeit hat ihn geformt. Er saß, und er bleibt auch weiterhin sitzen, zu guter Letzt steht er doch auf und stellt dabei zur Schau, wie schwer es ihm fällt, er richtet sich auf und ruft, was ist los?; Korporal Tacabo läßt zum Angriff blasen, vorwärts, der Bombenauslöser wird betätigt, achten Sie nicht auf diese kriegerischen Übertreibungen, was sollten sie sonst tun, sie haben so wenig Abwechslung, und der Schäfer hat zu diesem Zeitpunkt begriffen, seinem Vater war einmal die gleiche Sache passiert, sein Inneres droht vor Lachen zu bersten, man sieht es an seinen Augenwinkeln, am liebsten würde er sich auf dem Boden wälzen. Man bittet also schon gar nicht mehr um Erlaubnis, das fragt der wütende Korporal Tacabo, Herr über Gesetz und Karabiner, für jedes Schaf sind das fünf Escudos Strafe, wollen wir das mal ausrechnen, sechshundert Schafe zu fünf Escudos, sechs mal fünf, dreißig, jetzt kommen die Nullen dazu, ist ja ganz leicht, dreitausend Réis Strafe, sehr teuer wird das Weiden; da spricht der Schäfer, hier muß irgendein Irrtum vorliegen, die Schafe gehören dem Patrão, der hier steht, ich bin auf seinem Land; oho, was hast du gesagt, stößt Korporal Tacabo ärgerlich aus; der Gemeine betrachtet indessen die Wolken, Adalberto versucht einzulenken, das sind meine?; ja, Senhor, und ich bin der Oberhirt dieser Schafe, die Schafe gehören Ihnen. Teure Musen, ziehet von dannen, der Gesang ist beendet.

Die Macht zog sich ins Quartier zurück, alle drei Teilnehmer der Expedition schwiegen, und als Adalberto zu Hause ankam, gab er Befehle wegen des Olivenöls, während Korporal Tacabo und der Gemeine die Waffen wegbrachten und sich ihren Gewinn ausrechneten, sie beteten zum Erzengel Sankt Michael um ähnliche Abenteuer mit gleichem Risiko und Gewinn. Die kleinen Episoden des Latifundiums sind wie die kleinen Steine, aus denen auch eine Mauer wird, wie aus einzelnen Ähren die Saat. Was bedeutet dieser Ruf?; das ist ein Kauz, gleich wird der andere antworten, Domingos, der, der dem Nest am nächsten ist.

Nur weil Sigismundo Canastro bei günstiger Gelegenheit die Geschichte von dem Hund Constante und dem Rebhuhn erzählt hat, ist er nicht gleich der einzige ausgewiesene Erzähler von seltenen Jagderlebnissen. Auch António Mau-Tempo hat einige

Abenteuer erlebt, ganz zu schweigen von denen, die er vom Hörensagen kennt, er hat so viele und verschiedene erlebt, daß er gut und gern der Erzähler der folgenden Episode sein könnte, Sigismundo Canastro fiele dann die Aufgabe zu, den Wahrheitsgehalt des Geschehnisses durch die unwiderlegbare Traumprobe zu bestätigen. Wem diese Freiheit des Darstellens, Weglassens und Vertauschens nicht geheuer vorkommt, der sollte nur an die Großzügigkeit des Latifundiums denken, in dem Worte verlorengehen und wiedergefunden werden, gleichgültig, ob nach Tagen oder Jahrhunderten. Wenn man zum Beispiel unter einer Korkeiche sitzt, hört man die angeregte Unterhaltung des Stammes mit seinem Nachbarn, es sind sehr alte und in Wahrheit sehr konfuse Geschichten, mit dem Alter sind auch die Korkeichen etwas verdreht geworden, doch daran trägt niemand die Schuld, es sei denn, wir vielleicht, weil wir diese Art des Sprechens nicht erlernen wollten. Wer an solchen Orten Gefallen findet, der kann irgendwann zwischen der Landschaft und den Worten, die in ihr sind, unterscheiden, und deshalb bemerken wir manchmal, wie ein Mensch mitten auf dem Feld innehält, als hätte ihn plötzlich jemand mit der Hand zurückgehalten, gib acht und hör her, es ist garantiert und sicher, daß er Worte hört, Geschehnisse und Bewegungen wahrnimmt, er ist im rechten Moment hier vorbeigekommen, er ist erwartet worden, die Luft beginnt zu vibrieren, und es kann ebenso das wunderbare Geschehnis mit dem Hund Constante eintreten wie die wahrhafte Demonstration der Hasenneugier, erklärt von António Mau-Tempo und bestätigt durch alle Träume von Sigismundo Canastro, in Ermangelung anderer, die von ihren Träumen hätten sprechen wollen.

Zuerst muß man einen gut abgeplatteten Stein finden, seine Oberfläche muß lang und breit genug sein, so daß eine halbe Zeitungsseite darauf Platz findet. Es darf kein windiger Tag sein, damit sich die Prise Pfeffer nicht verflüchtigt, die im Durcheinander von Titeln und kleiner Kursivschrift der Abzugshahn des Gewehrs sein wird. Jedermann weiß, daß der Hase neugierig ist; noch neugieriger als die Katze?; kein Vergleich, es genügt wohl die Feststellung, daß sich die Katze nicht fürs Weltgeschehen interessiert, es ist ihr schnuppe, der Hase dagegen kann keine heruntergefallene Zeitung sehen, ohne sofort nachzuschauen, was los ist, das ist so typisch für ihn, daß manche Jäger nach einem System vorgehen, sie legen sich auf die Lauer, und wenn der Hase kommt, um das Neueste zu erfahren, peng, wird er abgeschossen, dumm dabei ist nur, daß die Zeitung durch das Schrot zerfetzt wird und man eine neue besorgen muß, welcher Jäger läuft schon mit einem Gurt voller Zeitungen herum, das wäre doch unschön; was ist nun aber mit dem Pfeffer?; im Pfeffer, Senhor, liegt das Geheimnis der Kunst, wichtig ist, daß kein Wind weht, aber das gilt ja auch für den Fall, daß eine Zeitung auf der Straße liegt, wenn der Wind sie packt, dann flattert sie los, nicht ein einziger Hase würde sich um sie kümmern, da er es liebt, die Nachrichten in Ruhe zu lesen; Sie können mir viel erzählen; ich könnte Ihnen bei passender Gelegenheit noch mehr erzählen, wenn also die ganze Apparatur aufgebaut ist, Stein, Zeitung und Pfeffer, dann heißt es nur noch warten, dauert es allzu lange, dann wird der Platz von Hasen gemieden, das kommt manchmal vor, beschweren Sie sich dann nicht, daß es mit der Jagd nicht klappte, es ist allein Ihre Schuld, aber wer das Terrain kennt, bei dem klappt es immer, es dauert nicht lange, und der erste Hase taucht auf, er hoppelt, mümmelt hier, knabbert da, und plötzlich richtet er die Ohren auf, er hat die Zeitung entdeckt; was macht er?; der Ärmste, nicht einmal mißtrauisch ist er, er nähert sich mit der gespannten Aufmerksamkeit dessen, der das Neueste erfahren will, er rennt zur Zeitung und beginnt zu lesen, glücklich und zufrieden ist der Hase, nicht eine Zeile entgeht ihm, bis er mit der Nase an den Pfeffer kommt und ihn einschnüffelt; na, weiter, was passiert nun?; dasselbe, was passieren würde, wenn Sie an seiner Stelle wären, er niest, schlägt mit dem Kopf auf den Stein und stirbt; und dann?; dann muß man ihn nur holen, aber wenn man will, geht man erst einige Stunden später dort vorbei, dann findet man lauter Hasen vor, einer folgt dem anderen, so sind sie eben, sie können keine Zeitung liegen sehen; na, hören Sie mal, das soll alles wahr sein, was Sie da erzählen?; fragen Sie, wen Sie wollen, sogar jedes Schoßkind kennt diese Sachen.

António Mau-Tempo besaß kein Gewehr, zum Glück. Hätte er eins gehabt, dann wäre er ein gewöhnlicher Jäger gewesen und hätte nicht der Erfinder des Sankt-Hubertus-Pfeffers sein können, doch das will nicht besagen, daß er die Schießkunst verachtet hätte, der Beweis ist jener Vorderlader, den er eines Tages einem heruntergekommenen Pächter für zwanzig Escudos abgekauft hatte und mit dem er wahre Wunder vollbrachte. Wer in der Stadt lebt, der steckt voller Mißtrauen, für jedes bißchen verlangt er gleich Beweise und Schwüre, das ist schlecht, wir sollten an die Dinge glauben, wie sie uns überliefert werden. Beim folgenden Geschehnis war António Mau-Tempo schon Besitzer des Vorderladers, Pulver hatte er auch, aber kein Blei. Es war Kaninchenzeit, das soll gleich gesagt sein, damit hier niemand kommt und fragt, warum António Mau-Tempo sich nicht des Stein-Pfeffer-Zeitung-Systems bediente, das er bei den Hasen angewandt hatte. Nur diejenigen, die nichts von der Jagd verstehen, wissen nicht, daß die Kaninchen überhaupt nicht neugierig sind, eine Zeitung am Boden und eine Wolke am Himmel sind für sie das gleiche, abgesehen davon, daß es aus der Wolke regnet und aus der Zeitung nicht, deshalb also geht es nicht ohne Schlinge oder Stock oder Gewehr, und wir sprechen jetzt vom Gewehr.

Es gibt kein größeres Unglück für einen Jäger als das, eine gute Waffe zu besitzen und ausreichend Pulver, aber kein Blei dazu; warum haben Sie denn keins gekauft?; ich hatte kein Geld, daran lag's; was machten Sie da?; zuerst machte ich gar nichts, ich überlegte; und, ist etwas dabei herausgekommen?; das ist es, wenn man nachdenkt, findet man immer etwas; erklären Sie mir, wie Sie mit dem Problem fertiggeworden sind, ich bin ganz Ohr; ich besaß eine Schachtel voller Täkse für die Stiefel, und damit lud ich das Gewehr; was, Sie haben das Gewehr mit Täksen geladen?; so wahr ich hier stehe, und wenn Sie es auch nicht glauben; ich glaub's, obwohl ich so was noch nie gesehen habe; irgendwann müssen Sie lernen, an etwas zu glauben, was Sie zuvor noch nie gesehen haben; erzählen Sie schon weiter; ich war schon in den Feldern, als mir eine Idee kam, die mich fast zum Umkehren bewegt hätte; was Sie nicht sagen; doch, es ist wahr, mir war eingefallen, daß sich ein von einer Ladung Täkse getroffenes Kaninchen in eine blutige Masse verwandeln würde, völlig zerfetzt, das hätte man nicht mehr auf den Tisch bringen können; und dann?; ich dachte wieder nach; und fanden die Lösung; ich fand sie, wenn man nachdenkt, findet man immer etwas: gegenüber einem dicken Baum ging ich in Lauerstellung und wartete; haben Sie lange gewartet?; ich wartete so lange, wie es nötig war, man wartet nie zu lange oder zu kurz; bis das Kaninchen kam; so ist es, als es mich entdeckte, flitzte es sofort in Richtung des Baumes, ich hatte das Terrain gut studiert, und als es angelangt war, peng, schoß ich; und Sie haben es nicht zerfetzt?; wieso denn, wozu hatte ich denn nachgedacht, was denken Sie von mir, die Takse erwischten es bei den Ohren und nagelten es am Baum fest, ich glaube, es war eine Steineiche; das gefällt mir!; mir gefiel es auch, ich brauchte ihm nur einen Schlag in den Nacken zu versetzen und die Nägel herauszuziehen, bis ich das Kaninchen essen konnte, hatte ich auch die Stiefel frisch genagelt.

Die Menschen sind so veranlagt, daß sie, selbst wenn sie lügen, eine andere Wahrheit sagen, und andererseits, wenn sie eine Wahrheit ausdrücken wollen, ist diese immer von einer Art Lüge begleitet, selbst ungewollt. Daher würden wir niemals bis zum Ende kommen, wollten wir diskutieren, wieviel an diesen Jagdgeschichten von António Mau-Tempo wahr und wieviel erlogen ist, uns muß es genügen, sie zu hören und zuzugeben, daß man alles berühren kann, von dem erzählt wird, den Hasen oder das Kaninchen, was gerade gefangen wurde, den Vorderlader, der noch immer da ist, das billige Pulver, die Takse, mit denen die Ärmlichkeit schlechten Schuhwerks verdeckt wird, den Stiefel, der uns Zeuge ist, den wundertätigen Pfeffer Indiens, den Stein, der nicht fehlen darf, die Zeitung, die die Hasen besser lesen können als die Menschen, und den António Mau-Tempo, den Geschichtenerzähler. Geschichten gäbe es nicht, hätten sie nicht ihre Erzähler.

Eine habe ich Ihnen erzählt, eine zweite auch, jetzt sollen Sie die dritte hören, Gottes Zahl war die Drei, Vater, Sohn und der Heilige Geist für das Ohr, durch das jenes Kaninchen gefangen wurde, eine tolle Geschichte, die ich jetzt erzähle; so macht das keinen Spaß, wenn man schon das Ende der Geschichte weiß; was bedeutet das schon, auch die Menschen wissen, daß ihr Ende das Sterben ist, und trotzdem ist das Beste das zählbare und erzählbare Leben; also, nun sagen Sie schon, wie das mit dem Kaninchen war; ich hatte dasselbe Gewehr, an das war ich schon so gewöhnt, daß ich über die mit zwei oder vier Läufen lachte, solche Kriegskanonen, sie müßten verboten werden; warum denn?; na, ist es nicht viel schöner, wenn ein Mann sein Gewehr lädt, zack, zack, in aller Ruhe Pulver aufschüttet, stopft, das Blei abmißt, wenn er welches hat, während er das Wild wechseln sieht und an den Knöpfen abzählt, ja, nein, für dieses Mal bist du entwischt, man ist voller Zuneigung für das fedrige oder fellige Tier, das sich entfernt, es ist eine Frage des Glaubens an die Bestimmung, seine Stunde war noch nicht gekommen; so kann man es auch sehen, und weiter?; danach, nein, eigentlich vorher passierte es, daß ich ebenfalls nicht genug Geld hatte, um Blei zu kaufen; Mann, Sie hatten wohl niemals Geld?; hör dir das an, Ihnen hat es scheinbar nie gefehlt; nun, lassen wir das, ich weiß, was mir fehlt und was nicht, erzählen Sie weiter; ich hatte also kein Geld, um Blei zu kaufen, doch besaß ich eine Stahlkugel, so eine, wie sie in den Kugellagern sind, ich hatte sie unter dem Gerümpel in einer Werkstatt gefunden, und nun handelte ich nach dem gleichen Rezept, dieses Mal allerdings ohne Baum, der Baum war nur für die Täkse gut; das müssen Sie genauer erklären; ich dachte mir, eine gut gezielte Stahlkugel muß wie eine echte Kugel wirken, sie zerstört weder Fleisch noch Haut des Tieres, man muß nur genau zielen, und das konnte ich, ohne mich hervorzutun; und dann?; dann ging ich zu einem Feld, es war eine mir vertraute Gegend, ein sandiger Ort, an dem sich ein Kaninchen, groß wie ein Zicklein, aufzuhalten pflegte, es war der Vater der Kaninchen in der Umgebung, das ist völlig klar, keiner hat je die Kaninchenmutter gesehen, sie verläßt niemals den Bau, der so tief ist wie der Strudel von Ponte Cava, sie steckt in der Erde, und niemand weiß, wo; na gut, aber das ist schon eine andere Geschichte; Sie irren, das ist ein und dieselbe Geschichte, ich habe nur keine Zeit, alles zu erzählen; und dann?; das Kaninchen hatte sich mir schon hin und wieder gezeigt, doch kaum hob ich das Gewehr, da verschwand es immer, damals hatte ich stets Schrot geladen; da hätte es Ihnen also nichts ausgemacht, das Fell zu durchlöchern?; bei einem Kaninchen von solcher Größe hätte das nichts ausgemacht; aber Sie haben eben erst gesagt . . .; wenn Sie immer unterbrechen, kann ich nicht erzählen; schon gut, fahren Sie fort; ich wartete und wartete, es verging eine Stunde, es vergingen zwei Stunden, und auf einmal kommt das Tier angehoppelt, was heißt gehoppelt, es sprang wie ein Zicklein, und so hoch in die Luft, daß ich es für ein Rebhuhn hätte halten können, ich feuerte, peng; haben Sie es erlegt?; ach wo, noch bevor es auf die Erde zurückgefallen war, wackelte es mit den Ohren, vollendete den Sprung, tat noch einen und einen weiteren, so daß ich nichts weiter tun konnte, dann schlug es sich nach rechts in die Büsche, machte noch einen langen Satz, dann schien es über die Hecken fliegen zu wollen, und so blieb es schwebend, was war da passiert, dachte ich; und was war passiert?; das Kaninchen war gefangen und zuckte, es schien, als ob es an den Ohren festgehalten würde, ich ging näher heran, und nun konnte ich alles sehen; Mann, schweigen

Sie nicht so lange, ich platze vor Neugier; sehen Sie, Ihnen geht es wie den Hasen; lassen Sie die Späße, erzählen Sie lieber weiter; es war so, daß man die Hecken hier beschnitten hatte, und einige Reiser, dick wie dieser Finger, hatte man vergessen, und da die Kugel ein Ohr des Kaninchens durchlöchert hatte, war das Tier daran aufgespießt worden, stellen Sie sich das vor!; da haben Sie es herausgezogen und ihm eins in den Nacken gegeben; nicht doch, ich befreite es und ließ es laufen; was Sie nicht sagen!; doch, doch, der Treffer am Ohr war nicht gezielt, sondern nur durch Zufall entstanden, es war Glück, der Vater der Kaninchen sollte nicht durch einen Zufall sterben; das ist eine tolle Geschichte; es ist die reine Wahrheit, genauso wahr wie die Tänze der Kaninchen letzte Nacht bis zum Morgengrauen, es war Vollmond; warum?; sie waren glücklich, weil der Kaninchenvater davongekommen war; haben Sie es gesehen?; ich habe es nicht gesehen, aber geträumt.

So ist es. Der Fisch stirbt durch das Maul, falls ihn der Mensch nicht zurück ins Wasser wirft, weil er so klein am Haken hängt und eine noch traurigere Figur in der Pfanne machen würde, man kann schwer unterscheiden, ob diese Handlung aus Mitleid um das zarte Alter oder mit Rücksicht auf spätere Interessen geschieht, er wächst und taucht irgendwann wieder auf, aber den Vater der Kaninchen, der sich ganz bestimmt nicht mehr im Wachstum befand, ihn hat zum guten Teil António Mau-Tempos Ehrbarkeit gerettet. Obwohl er Geschichten sehr gut erfinden kann, hätte er diese nicht vorteilhafter erfinden können. Es ist natürlich schwieriger, ein Ohr als einen ganzen Körper zu treffen, was er sehr gut wußte, und nachdem er in seiner Geschichte die Echos des Schusses in der Stille des Latifundiums hatte verhallen lassen, mußte er sich eingestehen, daß er keinen Seelenfrieden finden würde, müßte er das ganze Leben hindurch die vor Entsetzen aufgerissenen Augen des Kaninchens vor sich sehen, als er sich der Hecke näherte.

Das Latifundium ist ein einziges Feld dorniger Reiser, und an jedem hängt strampelnd ein Kaninchen mit durchlöchertem Ohr, nicht von einer Kugel kommt das, sondern es ist angeboren. Dort bleiben sie ihr Leben lang, sie pflügen den Boden mit ihren Pfoten, mit den Exkrementen düngen sie ihn, und wenn es etwas Gras gibt, dann fressen sie nur dort, wo die Zähne hinreichen, immer mit dem Schnäuzchen dicht am Boden, während ringsherum die Schritte der Jäger zu hören sind, sterb ich jetzt, oder sterb ich nicht, ja, nein, ja, nein, ja. Eines Tages riß sich António Mau-Tempo von der Hecke los und ging über die Grenze, fünf Jahre lang, jedes Jahr einmal. Er ging nach Frankreich, in die Normandie, doch er wurde am Ohr gezogen, ging aufgespießt am Loch der Notwendigkeiten. Sicher, er hatte weder geheiratet, noch besaß er Kinder, die versorgt sein wollten, doch der Vater war nicht gesund, das waren die Folgen der Haft, die ihn zwar nicht umgebracht hatten, aber doch völlig zermürbt, dazu herrschte in Monte Lavre Arbeitslosigkeit, in Frankreich gab es wenigstens Arbeit, und die wurde gut bezahlt, wenn man die Elle des Latifundiums anlegt. In wenig mehr als einem Monat hatte man einen Verdienst von fünfzehn- oder sechzehntausend zusammen, welch Reichtum. Schön wäre es, wenn er bliebe, doch wenn man nach Monte Lavre zurückkam, ging der größte Teil für die Bezahlung der Schulden drauf, wenig blieb für die Zukunft.

Und Frankreich, was ist das? Frankreich ist ein Rübenfeld ohne Ende, auf dem man sich arbeitend sechzehn oder siebzehn Stunden jeden Tag dreht, wenn man so sagen darf. Da es so viele sind, bedeutet das alle Stunden des Tages und nicht wenige der Nacht. Frankreich ist eine Familie von Normannen, der drei iberische Geschöpfe ins Haus schneien, zwei Portugiesen und ein Spanier aus Andalusien, genauer gesagt, António Mau-Tempo und Carolino da Avó aus Monte Lavre und Miguel Hernández aus Fuente Palmera, dieser kann ein paar Brocken Französisch, Kenntnisse eines Gastarbeiters, und mit diesen teilt er mit, daß die drei Kontraktarbeiter da seien. Frankreich, das sind eine windige Scheune für den wenigen Schlaf und ein Teller Kartoffeln, es ist eine Gegend, wo es seltsamerweise weder Sonn- noch Feiertage gibt. Frankreich, das bedeutet gequälte Lenden, zwei stechende Messer hier und hier, Peinigung schon gemarterter Rücken, Kreuzigung auf einem Stück Erde. Von vier Handbreit über den Stengel der Rüben aus wird Frankreich gesehen, Frankreichs Horizont besteht aus Rüben und Wäldern, außer diesen gibt es dort nichts. Frankreich ist diese Nachlässigkeit, diese gewisse Art, spöttisch zu sprechen und zu schauen. Frankreich ist der Polizist, der die Papiere prüfen kommt, Zeile für Zeile vergleicht er und hält dabei drei Schritte Abstand wegen des Geruches. Frankreich ist ein ständig waches Mißtrauen, ein unaufhörliches Aufpassen, ein Normanne, der die getane Arbeit prüft und so dicht vorübergeht, daß er einem fast auf die

Hände tritt und seinen Spaß dabei hat. Frankreich, das heißt, schlecht ernährt und behandelt zu werden, kein Vergleich mit den Bauernpferden, die sind fett, breithalsig und prächtig. Frankreich ist eine Hecke voller dorniger Reiser mit an den Ohren aufgefädelten Kaninchen, als seien sie Fische an einer Rute, selbst an Luft beginnt es zu fehlen, Carolino da Avó hält es am kürzesten aus, zerschunden das Kreuz und klapperig wie ein Taschenmesser, dem plötzlich die Feder gesprungen ist, das Rückgrat hat es erwischt, und hinzu kommt noch ein Bruch, im nächsten Jahr kehrt Carolino nicht zurück. Frankreich, das sind lange Zugreisen, eine große Traurigkeit, ein Päckchen mit Bindfaden umschnürter Banknoten und die dumme Eifersucht von dem, der blieb und über den Fortgefahrenen murmelt, der ist reich. Es ist der Neid des Besitzlosen, der dem anderen aus Eigensucht Schlechtes wünscht.

Über diese Sachen wissen António Mau-Tempo und Miguel Hernández Bescheid, die sich in Abständen schreiben, Mau-Tempo aus seinem Monte Lavre, Hernández aus seinem Fuente Palmera, es sind einfache Briefe, fast in jedem Wort ist ein Rechtschreibefehler, deshalb ist das, was Hernández liest, kein rechtes Portugiesisch, wie es auch nicht so recht Spanisch ist, was Mau-Tempo liest, es ist mehr eine gemeinsame Sprache der beiden, eine Sprache geringen Wissens und reichen Ausdrucks, sie verstehen einander, es ist so, als würden beide von einer Seite der Grenze zur anderen Signale geben, zum Beispiel Öffnen und Schließen der Arme als unverwechselbares Zeichen des Umarmens oder die Hand auf das Herz legen als Geste des guten Willens oder einfach Schauen als Zeichen des Entdeckens, und beide unterschreiben die Briefe mit gleicher Unbeholfenheit, mit einer Hand, die den Stift wie einen Hackenstiel hält, deshalb sehen die Buchstaben wie Krähenfüße aus, was soll das nur heißen, ach so, Miguel Hernández, und das vielleicht António Mau-Tempo, ja. Eines Tages wird Miguel Hernández nicht mehr schreiben, zwei Briefe von António Mau-Tempo werden ohne Antwort bleiben, selbst wenn man es nicht wahrhaben will, es tut einem weh, es ist nicht gerade ein Unglück, und es vergeht einem auch nicht der Appetit, das sagt man nur zur Beruhigung, doch wer weiß, vielleicht ist Miguel Hernández tot, oder er ist, wie der Vater von António Mau-Tempo, verhaftet worden, wenn man doch nach Fuente Palmera fahren könnte, um Gewißheit zu haben. Viele Jahre lang wird sich António Mau-Tempo an Miguel Hernández erinnern, er wird in Erinnerung an die Zeit in Frankreich sagen, mein Freund Miguel . . ., und ein Nebelschleier wird sich über seine Augen legen, er wird lachen, und um abzulenken, erzählt er eine Geschichte von Kaninchen oder Rebhühnern, nur so, ohne große Einfälle, bis endlich die Woge der Erinnerungen abebbt und vergeht. Nur bei solchen Gelegenheiten hat er Sehnsucht nach Frankreich, nach den nächtlichen Gesprächen in der Scheune, den Geschichten von Andalusien und vom Alentejo, von Jaen und Évora, von José Gato und Pablo de la Carretera und jenen verrückten Nächten gegen Ende der Kontraktzeit, wenn sie die leichten Mädchen aufsuchten, um eilig Freude zu rauben, alê, alê, das Blut protestierte hinterher unbefriedigt, je müder, desto größer war das Verlangen. Sie gingen auf die Straße, umschwirrt von hastigem Stimmengewirr, das sie nicht verstanden, alê, ihr Neger, das passiert allen dunkelhäutigen Rassen, sie sind alle Schwarze für die in der Normandie Geborenen, die zur auserwählten Rasse zählen, selbst wenn es nur Huren sind.

Schließlich kam das Jahr, in dem António Mau-Tempo beschloß, nicht mehr nach Frankreich zu gehen, seine Gesundheit war auch hinüber. Von nun an wurde er ein einfaches Kaninchen des Latifundiums, festgehalten an diesem Reis und mit den Pfoten kratzend, der Ochse kehrt in die Furche zurück, das Wasser fließt wieder in der gewohnten Rinne, an der Seite von Manuel Espada und den anderen schält er Kork, mäht, stutzt, hackt und jätet. Wie ist nur möglich, daß diese Leute dieser Monotonie nicht müde werden, jeder Tag ist dem anderen gleich, wenigstens was das kärgliche Essen betrifft und das Bestreben, ein bißchen Geld für den morgigen Tag zu verdienen, denn er ist die große Bedrohung dieser Gegend, der morgige Tag. Morgen wird ein Tag sein, wie gestern einer war, immer gleich, anstatt etwas Hoffnung zu bringen, und wäre es nur ein Windhauch voll, wenn das ein Leben sein soll.

Frankreich ist überall. Das Gut von Carriça liegt in Frankreich, es ist auf der dortigen Landkarte nicht verzeichnet, und doch ist es so, und liegt es nicht in der Normandie, dann in der Provence, für die Sache ist es unerheblich, und nicht Miguel Hernández ist an António Mau-Tempos Seite, sondern Manuel Espada, sein Schwager und Freund, obwohl sie sehr verschieden voneinander sind, sie mähen im Akkord, wir werden gleich erfahren, was das ist. Auch Gracinda Mau-Tempo ist hierhergekommen, nun ist sie doch noch schwanger geworden, als man schon dachte, sie würde keine Kinder bekommen. Während der Zeit der Mahd leben die drei in einer verlassenen Pächterhütte, Manuel Espada hatte sie für die Frau in Ordnung gebracht, fünf oder sechs Jahre lang hatte hier niemand gewohnt, alles war voller Schmutz, Schlangen und Eidechsen, alle Arten von Ungeziefer gab es, und als alles fertig war, holte Manuel Espada ein Bündel Binsen und breitete sie auf dem Boden aus, um etwas auszuruhen, alles atmete Frische, denn die Behausung war schon gewischt worden. Die Wand bestand aus Lehm und Stechginster, das Dach aus Stroh, und um ein Haar hätte er hier nicht gewohnt, denn plötzlich glitt eine Schlange über ihn hinweg, so dick wie dieses Handgelenk, das nicht gerade das dünnste ist. Gracinda Mau-Tempo hat es nicht erfahren, man kann nie wissen, doch vielleicht hätte es ihr nichts ausgemacht, denn die Frauen dieser Gegend fallen bei so einer Kleinigkeit nicht gleich in Ohnmacht, als sie zur Hütte kam, war alles bereits hergerichtet, einschließlich eines Lagers für die Eheleute und eines anderen, das Manuel Espada für den Schwager vorgesehen hatte, ein Sacktuch diente als Trennwand, das ist die Art des Zusammenlebens auf dem Latifundium, versündigen Sie sich nicht, Pater Agamedes, was haben Sie denn gedacht, diese Menschen, um es genauer zu erklären, diese Menschen kommen hier nicht her, um zu schlafen, denn wenn sie sich auf dem Lager ausstrecken, dann nur, um nicht sofort zu sterben. Und jetzt können wir von den Konditionen sprechen, es gibt eine bestimmte Summe für jeden Tag in der Woche, dazu fünfhundert Escudos bei Beendigung der Ernte, am Samstag muß alles gemäht sein. Das scheint kompliziert, ist aber die einfachste Sache von der Welt. Während einer ganzen Woche werden Manuel Espada und António Mau-Tempo Tag und Nacht mähen, es wäre gut, sich das genau vorzustellen, nach einem vollen Arbeitstag werden sie zerschlagen und müde zur Hütte gehen, um zu essen und danach zum Getreidefeld zurückzukehren und weiterzumähen, die ganze Nacht, und wenn die Sonne aufgeht, werden sie zur Hütte gehen, um etwas zu essen, und wenn sie ausruhen, dann sind es zehn Minuten, jeder mit keuchenden Lungen auf seinem Lager, und dann werden sie aufstehen und den ganzen Tag arbeiten, zwischendurch essen und die Nacht über arbeiten, wie schaffen sie das nur, niemand wird es glauben, das sind keine Menschen, doch, es sind Menschen, jawohl, wären es Tiere, dann wären sie längst umgefallen. Drei Tage sind so vergangen, zwei Schemen bewegen sich dort beim Mondschein auf dem halbabgemähten Feld; glaubst du, daß wir es schaffen?; wir werden es schaffen; währenddessen ist Gracinda Mau-Tempo beim Reisjäten, ihr Bauch ist gewölbt, und wenn sie nicht mehr jäten kann, trägt sie Wasser, und wenn sie nicht mehr Wasser tragen kann, macht sie das Essen für den Trupp, und wenn sie nicht mehr das Essen machen kann für den Trupp, dann geht sie zum Jäten zurück, ihr Bauch taucht ins Wasser, sie wird noch ein Froschkind gebären.

Endlich ist das Feld abgemäht, die vereinbarte Zeit abgelaufen, Gilberto kam und zahlte den zwei gespenstischen Schatten aus, doch von der Sorte hat Gilberto schon viele gesehen. António Mau-Tempo ging in eine andere Gegend des hiesigen Frankreichs und der hiesigen Schinderei arbeiten. In der Pächterhütte verblieben Manuel Espada und seine Frau Gracinda Mau-Tempo, bis die Zeit des Gebärens gekommen war, dann brachte Manuel Espada die Frau nach Hause und begab sich zum Gut von Carriça zurück, glücklicherweise gab es Arbeit. Wer in all dem nichts Neues findet, dem muß man die Binde von den Augen nehmen oder ihm ein Loch ins Ohr bohren, falls er nicht schon eins hat und es nur bei den anderen sieht.

Gracinda Mau-Tempo gebar unter Schmerzen. Um ihr in den Wehen beizustehen, kamen ihre Mutter Faustina und die alte Belisária, eine Wehmutter vom alten Schlag, verantwortlich für einige Todesfälle bei Geburten, das betraf Mütter und auch Kinder, zum Ausgleich sorgte sie für die schönen Näbel von Monte Lavre, eine Geschichte, die lächerlich erscheint, es aber nicht ist, eher müßte sie Gegenstand von Untersuchungen zur Geburtshilfe sein, um herauszufinden, auf welche Weise Belisária die Nabelschnüre schneidet und näht, so daß solche Kelche entstehen wie aus Tausendundeiner Nacht, bei entsprechender Gelegenheit und Kühnheit könnte man das durch einen Vergleich mit den entblößten Leibern der maurischen Tänzerinnen nachweisen, die in zauberhaften Nächten ihre Schleier am Brunnen von Amieiro fallen lassen. Bezüglich der Schmerzen von Gracinda Mau-Tempo ist zu sagen, daß sie weder größer noch kleiner waren als die gewöhnlichen Schmerzen des Weibes seit der glückseligen Sünde Evas, glückselig sagen wir wegen der vorangegangenen Freuden, eine Ansicht, die aus Amtspflicht und vielleicht sogar Überzeugung nicht von Pater Agamedes geteilt wird, dem Verteidiger der ältesten Strafe in der menschlichen Geschichte, wie sie Jehova bezeichnete: Unter Schmerzen sollst du gebären. Und so ist es seitdem tagtäglich allen Frauen geschehen, selbst jenen, die besagten Jehova nicht kennen, nicht einmal dem Namen nach. Man sieht, der Groll der Götter währt länger als der menschliche. Die Menschen sind arme Teufel, die zwar zu schrecklicher Rache fähig sind, doch jedes kleine bißchen kann sie erweichen, und wenn die Stunde recht und das Licht günstig ist, dann umarmen sie selbst den ärgsten Feind. Zum Weinen ist dieser Zustand, ein Mann zu sein, eine Frau, ein Mensch. Gott, sei es nun Jehova oder irgendein anderer, Gott vergißt nie etwas, wer ihm etwas angetan, den straft er, und daher auch die unendliche Zahl bloßliegender Geschlechter, die vulkanisch erbeben und aus denen blutverschmiert und voller Schleim die neuen Männer und Frauen hervorbrechen, alle gleich geboren und doch schon verschieden in dieser Minute, je nach den Armen, die sie halten, je nach dem Atem, der sie erwärmt, der Wäsche, die sie einhüllt, während die Mutter erschöpft von der Flut der Schmerzen Ruhe sucht, während aus dem zerrissenen Fleisch sacht der letzte Faden Blut rinnt, während sich der erschlaffte und entleerte Leib langsam bewegt und in Falten legt, an dieser Stelle beginnt für mich die Jugend zu sterben.

Dort oben ist indessen die Himmelsveranda verlassen, die Engel halten Mittagsschlaf, und von Jehova in seinem immerwährenden Groll kam kein Zeichen, das dem menschlichen Sinn verständlich geworden wäre, nichts deutet darauf hin, daß die himmlischen Feuerwerker angewiesen wurden, irgendeinen neuen glänzenden Stern zu entwerfen oder herzustellen, auf daß er drei Tage und drei Nächte über einem dürftigen Heim scheine, dem, wo Gracinda Mau-Tempo und ihr Mann Manuel Espada leben und nun auch die erste Tochter der beiden, Maria Adelaide, denn diesen Namen wird sie erhalten. Jedenfalls befinden wir uns in einer Gegend, wo es an Hirten nicht mangelt, manche waren es als Kind, und manche blieben es ihr Leben lang, bis zu ihrem Tode. Und die Herden sind groß, wir haben eine mit sechshundert Schafen gesehen, natürlich gibt es auch Schweineherden, doch diese Tiere eignen sich nicht für das Krippenspiel, es fehlt ihnen die Anmut der Lämmer, das Kuschelige, die

Weichheit der Wolle. Das Schwein taugt nicht zur Anbetung, es verliert seine Anmut schon bei seiner Geburt, dieses Ding ähnelt einem rosafarbenen Bonbon, mürrisch und stinkend ist es und die Suhle sein ein und alles, und nur sein Fleisch ist zu schätzen. Was die Ochsen betrifft, die arbeiten, und es gibt auch nicht so viele auf dem Latifundium, daß welche für ausgiebige Anbetungen übrig wären. Und die Esel? Unter den Packsätteln ist alles voller Wunden, die Bremsen surren nur so um sie herum, erregt durch das Blut. Im Hause von Manuel Espada schwirren sie um Gracinda Mau-Tempo mit ihrem Geruch einer Wöchnerin. Verjagen Sie die Fliegen, sollte die alte Belisária sagen, doch sie ist so sehr an den Schwarm geflügelter und summender Engel gewöhnt, die immer auftauchen, wenn sie sommers zu einer Geburt geht.

Trotz allem gibt es Wunder. Das Mädchen liegt auf dem Linnen, man hat sie schon geschlagen, als sie auf die Welt kam, und das wäre gar nicht nötig gewesen, denn in ihrer Kehle hatte sich schon freiwillig der erste Schrei ihres Lebens vorbereitet, noch viele Male wird sie schreien, so sehr, wie man es heute noch nicht für möglich hält, und sie weint ohne Tränen, indem sich die Lider kräuseln, ein Gesichtchen ist das, einen Marsbewohner könnte man damit erschrecken, und uns sollte es hilflos weinen machen, und da der Tag hell und klar ist und die Tür deshalb geöffnet, fällt über die eine Seite des Linnens ein reflektierender Schein, wir wollen jetzt nicht herausfinden, woher er kommt, Faustina Mau-Tempo, die so schwerhörig ist, daß sie die Enkelin nicht weinen hört, ist die erste, die ihre Augen sieht, blau sind sie, wie die von João Mau-Tempo, zwei Wassertropfen aus himmlischen Quellen, zwei runde Blütenblätter der Hortensie, aber all diese Vergleiche sind nur unzureichend und von jenem zitiert, dem nichts Besseres einfällt, kein einziger Vergleich wird treffend sein, auch wenn sich die späteren Bewerber der Herrin dieser blauen Augen darin angestrengt üben werden, weder Quellwasser noch himmlische noch botanische Laune, ein kräftiges und strahlendes Blau ist es, wie die Augen von João Mau-Tempo. Wenn er eintrifft, werden wir sie vergleichen können, und dann werden wir endlich wissen, was es für ein Blau ist. Augenblicklich weiß es nur Faustina Mau-Tempo, und deshalb kann sie ausrufen, sie hat die Augen des Großvaters! Belisária fühlt sich ihrer Vorrechte als Hebamme beraubt, und Gracinda Mau-Tempo ist eifersüchtig wie eine Wölfin auf ihr Wolfsjunges, beide wollen es sehen, aber Belisária drängt sich vor und schaut mit übertriebener Langsamkeit, und so ist Gracinda Mau-Tempo die letzte. Was macht das schon, sie hat Zeit, wenn dieser saugende Mund an den Spitzen ihrer Brüste hängt, sie hat Zeit genug, sich in der Betrachtung dieser tiefblauen Augen zu verlieren, während ihr die Milch aus den Brüsten strömt, hier unter dem leidlich zusammengefügten Dach bei einer Steineiche mitten auf dem Feld, im Stehen, wenn sie nicht sitzen kann, in Eile, wenn es nicht langsam sein kann, während das wenige und das viele aus den Brüsten fließt, das weiße Blut, das Leben, das aus dem roten entsteht.

Inzwischen kamen die Heiligen Drei Könige. Der erste war João Mau-Tempo, er traf zu Fuß ein, als es noch nicht dunkel war, so daß er keines Sternes bedurfte, und wenn er nicht früher gekommen war, dann wegen des männlichen Schamgefühls, denn er hätte gut und gern bei der Geburt dabeisein können, wenn das damals und dort schon so üblich gewesen wäre, was hätte es schon ausgemacht, die eigene Tochter gebären zu sehen, aber es durfte nicht sein, schon des Geredes wegen, so bleiben solche Ideen für die Zukunft. Er kam früh, weil er ohne Arbeit ist. Er hatte ein wenig den Boden gehackt, den man ihm zum Bestellen zugewiesen hatte, und als er ins Haus gekommen war, fand er seine Frau nicht vor, doch die Nachbarin erwartete ihn mit der Mitteilung, er sei Großvater eines Mädchens geworden, er freute sich, doch nicht so sehr, wie man es hätte erwarten können, lieber wäre ihm ein Junge gewesen, im allgemeinen ziehen sie Jungen vor. So ging er wieder aus dem Haus, ging schaukelnd zwischen zwei Schmerzen, hier einer, dort ein anderer, der alte Bruch von den schweren Lasten aus der Köhlerzeit schmerzt, und die dumpfe Mattigkeit, die von der Statue herrührt, macht seinen Gang schaukelnd, er gleicht einem Hochseematrosen, der an Land kommt und sich über die Unbeweglichkeit des Bodens wundert, den er betritt, oder aber einem Reisenden zwischen den Höckern eines Kamels, dem Wüstenschiff, und dieser Vergleich paßt richtig in das Bild, wo doch João Mau-Tempo der erste der Heiligen Könige ist, und es ist nur gerecht, daß er den Umständen und der Tradition entsprechend reist, sollen die anderen kommen, wie sie können. Von den Morgengaben wollen wir nicht weiter reden, es sei denn, daß die Truhe voller Leiden, die João Mau-Tempo in seinem Herzen herumschleppt, als solche anerkannt wird, fünfzig Jahre lang sich ducken müssen, das ist nicht eitel Gold, sagen wir es doch, wie es ist, Schönfärbereien sind was für die Kirche, Pater Agamedes, wir könnten auch von den Knochen der Toten reden, die unterwegs zurückgeblieben sind. Es ist wenig und dürftig, was man einem gerade geborenen Kind mitnehmen könnte, doch diese Menschen des Latifundiums haben nur die Wahl zwischen dem, was ihnen zugebilligt wurde – Schweiß im Überfluß und an Freude nicht mehr als dieses Lächeln mit den restlichen Zähnen, an Erde nur das, was notwendig ist, um die Knochen aufzunehmen, denn ein Mehr könnte der Landwirtschaft fehlen.

João Mau-Tempo geht also mit leeren Händen, doch unterwegs fällt ihm ein, daß es sein erstes Enkelkind ist, das da geboren wurde, aus einem Blumengarten bricht er eine Geranie, voller Knoten ist ihr Stiel, und ihr Geruch erinnert an ärmliches Heim. Wunderlich ist es anzusehen, wie sich der Heilige König von der Höhe seines mit Gold und Karmesin verzierten Kamels herabbeugt, um eine Pelargonie zu pflücken, nicht einen der vielen ihn begleitenden Sklaven hat er dafür bemüht, man nehme sich ein Beispiel. Und als João Mau-Tempo sich der Tür des töchterlichen Hauses nähert, scheint es, als ob das Kamel seine Pflicht kennt, denn das Tier geht in die Knie und erleichtert so den Abstieg dieses Herrn des Latifundiums, während die gesamte republikanische Guardagarnison die Waffen präsentiert, obwohl der Korporal Tacabo seine Zweifel darüber hat, ob solcherart Tier mit solcherart Fracht berechtigt ist, die öffentlichen Wege zu benutzen. Spinnereien sind das, die wohl von der Sonnenglut herrühren, obwohl es bald Nacht sein wird, sind doch alle Steine des Weges noch heiß, als hätte sie die Erde gerade erst geboren. Tochter, sagt João Mau-Tempo, und dann sieht er, daß seine Augen unvergänglich sind, sie sind hier nach einer langen Reise angekommen, deren Ausmaß er selbst nicht kennt, niemand weiß, woher und wie sie kamen, in Monte Lavre gibt es dergleichen nicht noch einmal, weder innerhalb noch außerhalb seiner Familie, die Kinder meiner Tochter müssen meine Enkel sein, von denen des Sohnes weiß es Gott allein, niemand ist vor übler Nachrede sicher, aber hier kann keiner reden, schaut mich doch an, mich und meine blauen Augen, jetzt die meiner Enkelin, die Maria Adelaide heißen wird und das Ebenbild ihrer fünfhundertjährigen Großmutter ist, diese Augen stammen von ihrem fremdländischen jungfernschändenden Großvater. Jede Familie hat ihre Geschichte, nicht alle sind bekannt wie die der Mau-Tempos, die sich dafür beim Erzähler bedanken können.

Der zweite der Heiligen Könige traf ein, als die Nacht schon hereingebrochen war. Als er von der Arbeit nach Hause kam, brannte kein Licht im Hause, und das Feuer war erloschen, keine Spur von einem gefüllten Topf, er spürte einen Stich im Herzen und gleich darauf noch einen durch die Nachbarin, deine Schwester hat ein Mädchen bekommen, dein Vater und die Mutter sind dort. Zu diesem Zeitpunkt ist es bereits bekannt, daß das Neugeborene ein Mädchen ist und blaue Augen hat, solcherart Wissen ist eine Abwechslung für Monte Lavre, aber die Nachbarin sagt ihm nichts von diesem letzten Punkt, sie ist eine gute Frau, die meint, daß die Überraschungen ihres eigenen Platzes und ihres eigenen Moments bedürfen, was hätte es für einen Zweck, António Mau-Tempo zu sagen, daß seine Nichte blaue Augen hat, so wird er es mit seinen braunen selbst sehen können und sich überrascht darüber freuen. Die Guarda hat sich schon zum Revier zurückgezogen, niemand steht hier, um für António Mau-Tempo zu präsentieren, verrückt ist der, der so etwas für möglich gehalten hat, doch der König, der da die Straße herunterkommt, ist von Fleisch und Blut, verschwitzt wie einer sein muß, der von der Arbeit kommt, es war keine Zeit zum Waschen gewesen, doch vergißt er nicht, was sich gehört, und pflückt ein Gänseblümchen aus einer getünchten Blechtonne, die neben einer Tür steht, und damit es nicht zwischen den Fingern welkt, steckt er es zwischen die Lippen, wo es von der Spucke feucht bleibt. Als er endlich ankommt, sagt er, hier, Schwester, und gibt ihr das Tausendschönchen, was ist schon dabei, wenn die Blumen ihre Namen ändern, das geschah bereits bei Geranie und Pelargonie, und eines Tages wird es mit der Nelke auch so sein.

Ein Glück, daß António Mau-Tempo nicht wegen der blauen Augen gekommen ist. Das Mädchen schläft friedlich und hat die Augen fest geschlossen, so wollte sie es, und erst wenn der dritte König kommt, wird sie sie öffnen, doch dieser wird erst viel später eintreffen, in tiefster Nacht, denn er kommt von weit her und macht den ganzen Weg zu Fuß, seit drei Tagen geht das so, oder drei Nächten, für den, der genaue Informationen liebt. Manuel Espada schläft also die dritte Nacht so gut wie gar nicht, er ist schon fast daran gewöhnt, so etwas gehört zum Leben dieser Menschen, aber zum besseren Verständnis soll dies genauer erklärt werden, hören Sie zu. Da Manuel Espada sehr weit weg von zu Hause arbeitet, bleibt er zum Schlafen dort, entweder übernachtet er in einer Baracke der Schäfer oder in einer Schäferhütte am Berg, das spielt jetzt keine Rolle, da sich nun der Tag der Geburt näherte, was tat da Manuel Espada? Jawohl, er verläßt die Arbeit bei Sonnenuntergang, kommt nach Mitternacht zu Hause an, kein Kind, nur die Wölbung des Leibes, er ruht eine Stunde an der Seite von Gracinda Mau-Tempo aus, steht auf und begibt sich zwischen Mitternacht und Morgengrauen zur Arbeit zurück, jetzt ist es das dritte Mal, und da aller guten Dinge drei sind, wird er beim drittenmal seine Frau erlöst und seine Tochter geboren vorfinden, so ist das Leben.

Faustina, João und António Mau-Tempo aßen aus Anlaß der Geburt zu Abend ein Huhn, Gracinda Espada trank eine Hühnerbrühe, sie ist gut für eine Frau, die gerade ein Kind geboren hat, zwischendurch kam weitere Verwandtschaft, keiner blieb lange, Gracinda bedarf wenigstens heute der Ruhe, adeus, bis morgen, hübsch ist das Mädchen, ganz der Großvater. Die Turmuhr hatte schon Mitternacht geschlagen, und wenn sich kein Unglück in das Leben des Pilgerers eingeschlichen hat, wenn er von keinem Abhang geglitten und in keine Dornenhecke gestürzt ist, wenn kein gefühlloser Straßenräuber die Regel verletzt hat, daß kein Armer zu überfallen sei, dann muß auch bald der dritte Heilige König eintreffen, was für Geschenke wird er mit sich führen, welche Begleitung, vielleicht kommt er auf einem arabischen Pferd mit goldenen Hufeisen und korallenbesetztem Silberzaum, es wäre gut möglich, daß anstelle eines bärtigen und bösen Straßenräubers eine wohlmeinende Fee auf den Weg tritt und sagt, dir ist eine Tochter geboren, und weil ihre Augen blau sind, gebe ich dir dieses Pferd, damit du sie sehen kannst, ehe sie durch das Leben an Glanz verlieren. Selbst wenn es so gewesen sein sollte, es ist ja nur Phantasie, dann hätte sich das erschöpfte Pferd auf den besonders nachts beschwerlichen Wegen ein Bein gebrochen, vorbei ist der Traum vom Pferd, Manuel Espada geht weiter zu Fuß, o weite, sternenklare Nacht, finsterste Nacht voller Schrecken und wirrem Geflüster, doch die Heiligen Könige besitzen magische Kräfte von Ur und Babylon, wie sonst wäre es zu erklären, daß vor Manuel Espada zwei Glühwürmchen schweben, er kann sich nicht verirren, er braucht ihnen nur zu folgen, wer hätte gedacht, daß solch ein Zauber möglich ist, ein wegweisendes Tierchen, so geht es bergab und bergauf, durch Reisfelder hindurch und über Plateaus hinweg, da sind die ersten Häuser von Monte Lavre, und nun lassen sich die Glühwürmchen in Kopfhöhe auf den Türbrüstungen nieder, und sie leuchten ein Gloria dem Menschen auf Erden, Manuel Espada geht an ihnen vorbei hinein, wenigstens fehlt es nicht an dieser Art von Ehrenbezeigung für einen, der von schwerer Arbeit kommt und zu ihr zurückkehren muß, noch ehe die Sonne erwacht.

Manuel Espada bringt keine Geschenke mit, weder von hier noch von dort. Er streckt die Hände aus, und jede ist wie eine große Blume, Gracinda, mehr bekommt er nicht heraus, er gibt ihr einen Kuß auf die Wange, nur diesen einen, doch was hat er an sich, daß es uns so den Hals zusammenschnürt, gehörten wir zur Familie und wollten jetzt etwas sagen, wir könnten es nicht, und in diesem Augenblick, voll von Gesten und vereinzeltem Geflüster, öffnet Maria Adelaide die Augen, es scheint wirklich so, als hätte sie auf diesen Moment gewartet, es ist ihre erste eigene Tat als Kind, sie sieht einen großen Schatten und breite geöffnete Hände, es ist ihr Vater, noch weiß sie es nicht, was das bedeutet, Manuel Espada weiß es, er weiß es so sehr, daß sein Herz klopft, als wollte es zerspringen, seine Hände zittern hilflos, wie kann er nur das Kind hochnehmen, seine Tochter, die Männer sind so ungeschickt, da sagt Gracinda Espada auf einmal, sie ist dir ähnlich. Na ja, soll es so sein, bei einem Alter von nur wenigen Stunden ist manches möglich, aber wer ganz bestimmt recht hat, das ist João Mau-Tempo, der verkündet, aber die Augen hat sie von mir. António Mau-Tempo indessen bleibt still, denn er ist nur Onkel, und die so hörschwache Faustina errät alles und sagt, meine Liebe. Sie weiß nicht einmal, warum sie es gesagt hat, es sind Worte, die man auf dem Latifundium kaum hört, sei es aus Schüchternheit oder Zurückhaltung.

Nach zwei Stunden, selbst wenn es länger gedauert hätte, wäre es doch so kurz erschienen, da verließ Manuel Espada das Haus, er muß sich beeilen, wenn er noch vor Sonnenaufgang bei der Arbeit sein will. Die beiden Glühwürmchen hatten gewartet und flogen nun wieder los, dicht über dem Boden verbreiteten sie eine solche Helligkeit, daß die Wachen vor den Ameisenhügeln ins Innere riefen, daß die Sonne aufgehe.

Die Geschichte der Saaten wiederholt sich mit merklicher Beständigkeit, doch sie hat ihre Variationen. Es geht nicht darum, ob der Weizen später oder früher reif zur Mahd ist, denn das hängt davon ab, ob es wenig oder viel Regen gab, ob die Sonne unbarmherzig brannte oder nicht, ob auf hügligen Feldern oder im Tal gesät wurde, ob auf lehmigem oder sandigem Boden. An die Abweichungen der Natur und an die eigenen Irrtümer haben sich die Menschen des Latifundiums schon gewöhnt, wegen solch geringfügiger und unabänderlicher Dinge würden sie nicht die Orientierung verlieren. Falls es zutrifft, daß die erwähnten Variationen, jede für sich und dazu ihr gemeinsames Resultat, mehr Aufmerksamkeit verdienten, ein Beschreiben ohne Hast, ohne daß eine einzige Krume ausgelassen wird, ohne daß man die Ungeduld der Zuhörer fürchten müßte, dann ist es leider ebenso zutreffend, daß solcherart Betrachtungen nicht in Erzählungen üblich sind, auch wenn sie ein Latifundium wie dieses betreffen. Finden wir uns also mit dem Jammer ab, die Unterschiede zwar zu sehen, aber nicht aufzählen zu können, setzen wir zu den kleineren Übeln das große hinzu, indem wir so tun, als sei es auf den Feldern in jedem Jahr gleich, wir wollen lediglich fragen, warum dieses Mal so gezögert wird, weshalb die Schnitter und die Maschinen nicht auf den Feldern erscheinen, wo doch sogar jeder ahnungslose Städter sofort erkennen kann, daß es höchste Zeit ist, denn das trockene Rauschen der Weizenhalme ist rauh wie das Flügelschlagen einer Libelle, welch Schaden wird hier angerichtet und für wen.

Die Geschichte der Saaten wiederholt sich mit Variationen. In diesem Falle geht es nicht darum, daß die Männer in ihrer Dickköpfigkeit um höheren Lohn bitten. Das ist, offen gesagt, in jedem Jahr dieselbe Litanei, zu jeder Jahreszeit und bei jeder Gelegenheit. Es scheint so, als hätten die nichts anderes gelernt, Senhor Pater Agamedes, anstatt sich um das Heil ihrer unsterblichen Seelen zu kümmern, falls sie eine besitzen, sorgen sie sich nur um die Bedürfnisse des Körpers, sie haben sich auch gar nichts von den Asketen abgesehen, nur ans Geld denken sie und nicht daran, wo es herkommen soll und ob ich es überhaupt zahlen will. In solchen Situationen ist die Kirche die große Trösterin, sie schlürft diskret den Likör, noch ein Tröpfchen, wenn es recht ist, und bekümmert hebt sie die Augen himmelwärts, dort werden wir belohnt, wenn es soweit ist, je später, desto besser. Senhor Pater Agamedes, was sagen Sie zu den Strolchen, die hier herumziehen und Hochrufe auf den General ausbringen, wem soll man heutzutage noch trauen, dieser Offizier machte einen so zuverlässigen Eindruck, ein Günstling des Regimes, das ihn hervorgebracht hatte, und nun zigeunert er hier herum und verwirrt die Massen, wie konnte die Regierung nur zulassen, daß sich die Dinge so weit entwickeln. Darauf weiß der Pater Agamedes allerdings keine Antwort, sein Reich ist nicht von dieser Welt, immerhin war er Zeuge und persönliches Opfer des großen nationalen Schrecks gewesen, als ein Überspannter frenetisch schrie, zurücktreten, zurücktreten; gleich darauf wurde auch klar, wer gemeint war, nämlich der Senhor Professor Salazar, das waren keine guten Manieren eines Kandidaten, ein Kandidat muß sich benehmen, aber die Sache ist ihm schlecht bekommen, man sagt, er sei geflohen, wir könnten so ruhig leben, und jetzt diese Unruhe. Unter uns, Senhor Pater Agamedes, niemand hört uns zu, die Sache hätte auch schief ausgehen können, es war sehr viel Geschick nötig, um Ärgeres zu verhüten, es ist angebracht, in Zukunft wachsamer zu sein, zuerst aber muß diesen Halunken eine Lektion erteilt werden, dieses Jahr wird kein einziges Hälmchen Weizen gemäht; damit die es lernen, Senhor Norberto; damit die es lernen, Senhor Pater Agamedes.

Man erfuhr nicht, woher die belehrende Losung gekommen war. Kam sie aus Lissabon, hatte sie sich in Évora, Beja oder Portalegre gebildet, war sie in lustiger Runde in Montemor entstanden, in kognakseliger Tapferkeit, hatte sie Leandro Leandres aus dem Drachenhaus mitgebracht, wie auch immer, sie verbreitete sich in wenigen Tagen über das ganze Latifundium, von Norberto lief sie zu Gilberto, von Berto zu Lamberto, von Alberto zu Angilberto, und da sie überall Zustimmung fand, wurden die Verwalter gerufen, um die Weisung zu erhalten, wo die Mahd schon begonnen hat, wird abgebrochen, nirgends wird sie aufgenommen. Bestimmt ist eine Katastrophe daran schuld, vielleicht ist das Getreide von Lepra befallen, und das Latifundium hat Mitleid mit seinen mähenden Kindern, es will sie nicht verstümmelt sehen, mit verkrüppelten Fingern, ohne Beine und Nasen, es gibt auch so schon genug Unglück. Dieses Brot ist jedenfalls vergiftet, an die Feldraine werden Vogelscheuchen mit Totenköpfen aus Pinienholz gestellt, um auch die mutigsten Seelen zu erschrecken, und wenn sie dann immer noch starrköpfig sind, wird die Guarda gerufen, um Ordnung zu schaffen. Und der Verwalter sagt, das wird nicht nötig sein, niemand ist so töricht, sich an das Getreide ranzumachen, ohne Gefahr zu laufen, sich eins auf den Pelz brennen zu lassen, am schlimmsten ist der Verlust. Und Alberto sagt, rührt keinen Finger, wenn wir den Weizen in diesem Jahr stehenlassen, bringt uns das nicht gleich an den Bettelstab. Und der Verwalter sagt, die wollen höheren Lohn, sie sagen, das Leben werde immer teurer und sie würden Hunger leiden. Und Sigisberto sagt, was geht mich das an, Lohn sollen sie ja bekommen, auch für uns ist das Leben teuer. Und der Verwalter sagt, die sagen, daß sie sich sammeln wollen, um mit dem Patrão zu sprechen. Und Norberto sagt, ich will hier keine kläffenden Hunde.

Überall auf dem Latifundium ist das Bellen der Hunde zu vernehmen. Vom Minho bis zum Algarve, von der Küste bis zur östlichen Grenze mit Spanien hatten sie gebellt, das Volk hatte sich erregt, wenn es den Namen und die Worte des Generals hörte, ein neuer Ton hatte sich in das Bellen gemischt, in der Stimme des Volkes klang er so, willst du mehr Lohn, dann stimm bei der Wahl nur für Delgado, den General. Die Lust zum Reimen ist halt uralt, nichts zu machen, wir sind eben ein Land der Dichter, und sie bellten so lange gemeinsam, bis sie schließlich sogar anfingen, vor den Toren zu bellen. Senhor Pater Agamedes, es wird nicht mehr lange dauern, daß sie beginnen, die Kirchen zu entweihen, immer beleidigen sie zuerst das Gesicht der heiligen Mutter Kirche; erinnern Sie mich nicht daran, Senhora Dona Clemência, erinnern Sie mich nicht daran, ich würde ja das Kreuz des Märtyrers auf mich nehmen, doch unser Herr wird nicht zulassen, daß man sich bei uns solche Übergriffe erlaubt wie in Santiago do Escoural, wo sie aus der Kirche eine Schule gemacht hatten, denken Sie nur, ich habe es zwar nicht selbst erlebt, denn es war vor meiner Zeit, aber so hat man es mir erzählt; genau so war es, Senhor Pater Agamedes, genau so, so wahr, wie wir hier stehen. Auswüchse der Republik, die sich nicht wiederholen dürfen, Gott stehe uns bei, und seien Sie auf der Hut, wenn Sie gehen, daß Sie nicht von diesen Hunden gebissen werden. Als Pater Agamedes vor der Tür des Gutshauses auftaucht, hört man seine hohe Stimme zitternd fragen, sind die Hunde eingesperrt?; und jemand antwortet ihm gleichgültig, diese ja. Nun bleiben wir im ungewissen darüber, welche Hunde frei herumlaufen und welche eingesperrt sind, aber Pater Agamedes meint, daß die Auskunft seine Beine und seinen Bauch schützt, und er geht zum Hof hinaus, die Hunde sind wirklich eingesperrt, aber als er das Tor durchschreitet und auf die Straße tritt, stößt er auf eine Meute, nicht daß sie bellen würde, das fehlte noch, daß Menschen bellen, doch wenn sich dieses Gemurmel nicht wie das Knurren von Hunden anhört, dann will ich Costa heißen, dabei sieht Pater Agamedes nicht einmal die Ameisen, die am Gut entlanglaufen und die Köpfe heben, als wären sie Hunde, vorerst sind sie noch still, doch was wird geschehen, wenn sich eines Tages alle zusammenschließen?

Man hat beschlossen, daß zur Strafe für die wiederholte Frechheit, höheren Lohn zu fordern, und für das außerordentliche Verbrechen, Delgado öffentlich zu feiern und zu unterstützen, dieses Jahr auf dem Latifundium nicht geerntet wird. Mir soll es recht sein, sagt Adalberto, ich will nur das Einverständnis durch die Regierung. Die Regierung ist einverstanden und wir auch, denn wir finden die Idee hervorragend, sagt Leandro Leandres. Und die Verluste, Senhor Zivilgouverneur, es wird Verluste geben, an unserem guten Willen soll es nicht liegen, doch was dem einen recht ist, ist dem andern billig. Das ist eine gerechtfertigte Bemerkung, gesprochen an irgendeinem nicht bekannten Ort des Latifundiums, es wird in der Stadt gewesen sein, denn was sollte der Zivilgouverneur auf dem Lande zu suchen haben, wo doch keinerlei Einweihung angesagt war, doch wo es auch gewesen sein mag, vielleicht auf der Veranda eines Landhauses mit Ausblick auf die schöne Landschaft, auf jeden Fall erfolgte eine Antwort dieser Art, seien Sie beruhigt, Senhor Berto, zu dieser Stunde schon werden Maßnahmen zur Unterstützung der Landwirtschaft geprüft, die Regierung kennt die Sorgen des Landmanns und vergißt patriotische Dienste wie diese hier nicht. Um ein Haar wären bei diesen Worten die Fahnen gehißt worden, doch das lohnte sich bereits nicht mehr, der Wahltag war vorüber, der Präsident heißt Tomás, was half es, daß man schöne Reime geschmiedet hatte, das kann ich auch, darin bin ich nicht schlechter als andere, was glauben Sie denn, zum Beispiel, oft war mein Magen leer, ob Winter, Sommer oder Lenz, und in der Höll spricht Luzifer, auf dich wart ich mit meiner Sens. Und nachdem dieser Reim im Chor gesungen ist, tritt eine große Stille auf dem Latifundium ein, was wird nun geschehen, während wir sehnsüchtig mit zu Boden gerichteten Augen warten. Ein Schatten zieht schnell vorbei, wir heben den Blick und sehen den großen Milan, der plötzlich über uns kreist, mein tiefer Seufzer war sein Schrei.

In dieser Nacht ging Sigismundo Canastro zu João Mau-Tempo, um mit ihm und António Mau-Tempo zu sprechen, und von dort ging er weiter zu Manuel Espada, wo er länger verweilte. Er suchte noch drei andere Häuser auf, zwei von ihnen standen einsam im Feld, er redete auf diese oder jene Weise, benutzte die einen oder die anderen Worte, denn man kann nicht mit allen auf die gleiche Art sprechen, und wenn man es täte, so wäre doch das Verstehen verschieden, je nachdem wie die Kunde im Hirn ankommt, sie werden in zwei Tagen nach Montemor gehen, um vor dem Rathaus zu demonstrieren, es sollen so viele werden, wie man nur irgend im Kreis zusammenbringen kann, Arbeit wollen sie fordern, die zwar vorhanden ist, aber nicht gewährt wird. Unterwegs wird man erfahren, was das Volk des Latifundiums von den betrügerischen Machenschaften hält, die den schwammigen Katzbuckler und Jasager zum Präsidenten der miserablen Republik gemacht haben, nun reicht's, wie lange soll das noch so weitergehen. Die Bitterkeit im Munde rührt nicht vom häufigen Trinken oder ausgiebigen Kauen her, beides ist auf dem Latifundium selten, obwohl es vorkommt, daß der eine oder andere einmal zu tief ins Glas schaut, doch dafür gibt es eine Erklärung, das ganze Leben lang ist man angepflockt, Rauchen und Trinken sind eine andere Art von Flucht, am besten jedoch flieht es sich beim Trinken, aber man stirbt dabei jedesmal ein wenig. Wenn Bitternis in diese Münder kam, dann war es vom Reden und von der Hoffnung, die verflogen war, einmal noch freier reden zu können, von einer Freiheit, die dann doch nicht gekommen war, hat hier jemand die Freiheit gesehen, man hat so viel von ihr gesprochen, aber die Freiheit ist keine Frau, die des Weges daherkommt, sie sitzt auf keinem Stein, um zu warten, daß man sie zum Abendessen einlädt oder zum gemeinsamen Schlaf bis zum Lebensende. Männer und Frauen waren zusammengeströmt und hatten Hochrufe ausgebracht, geblieben war nur ein bitterer Geschmack im Munde, so als hätten wir zuviel getrunken, Asche sehen unsere Augen und wenig mehr, mahdreifes Getreide. Was sollen wir tun, Sigismundo Canastro, du bist der Älteste und Erfahrenste; am Montag gehen wir nach Montemor, um Brot für Kinder und Eltern zu fordern; aber das haben wir doch schon immer gemacht, und was hat es geholfen?; wir haben es gemacht, wir machen es, und wir werden es machen, solange es sein muß; wird denn das Elend niemals ein Ende haben?; eines Tages wird es vorbei sein; ja, wenn wir alle schon gestorben sind und die Hunde unsere Knochen ans Tageslicht scharren; es werden noch viele am Leben sein, wenn dieser Tag kommt, deine Tochter wird immer hübscher; sie hat die Augen meines Vaters, sagte jetzt Gracinda Mau-Tempo, denn vorher war nur ihr Mann Manuel Espada am Gespräch beteiligt. Der sagte jetzt, ich gäbe dem Teufel meine Seele zum Tausch für diesen Tag und dafür, daß es kein Morgen gibt, sondern nur ein Heute. Gracinda Mau-Tempo hebt die Tochter hoch, die schon drei Jahre alt ist, und sagt, um Himmels willen, Manuel, so etwas sagt man nicht, und Sigismundo Canastro, der älter an Jahren und Erfahrung ist, lächelt, es gibt keinen Teufel, er macht keine Verträge, es ist vergeblich, zu beschwören und zu versprechen, was nicht durch Arbeit erreicht wird, wird nie erreicht, und jetzt ist es unsere Arbeit, am Montag nach Montemor zu gehen, von überallher werden sie kommen.

Schön sind diese Juninächte. Wenn der Mond scheint, kann man von dieser Anhöhe Monte Lavres aus die ganze Welt sehen, natürlich sind wir nicht so unwissend, daß wir nicht wüßten, daß die Welt viel größer ist. Ich war in Frankreich, würde António Mau-Tempo sagen, und Frankreich ist weit. Aber in dieser Abgeschiedenheit würde jedermann es glauben, wenn man sagte, die Welt ist hier, es existiert höchstens noch Montemor, wo wir am Montag Arbeit fordern werden. Und wenn der Mond nicht scheint, dann ist die Welt nur dort, wohin ich meine Füße setze, der Rest sind Sterne, wer weiß, ob es nicht auch auf ihnen das Latifundium gibt, sonst wäre es nicht möglich, daß ein Flußadmiral Präsident wird, der mit vier Assen und noch vier im Ärmel spielte, nichts geht doch über einen Freimaurer und Falschspieler. Würde Sigismundo solch maliziöse und bittere Gedanken hegen, müßten wir uns ehrfürchtig mit dem Hut in der Hand an den Wegesrand zurückziehen, vor lauter Verblüffung über die Wortgewandtheit des Latifundiums, doch das, was er denkt, hat er schon allen mitgeteilt, die es wissen müssen, es war richtiger gewesen, dies heute getan zu haben, als es bis morgen aufzuheben. Deshalb wissen wir nicht, was wir nun mit dem Hut anfangen sollen, wir dürften ihn eigentlich nicht in den Händen halten, Sigismundo Canastro erfüllt seine Pflicht und weiter nichts. Er hat etwas Verschlagenes und Fröhliches zugleich an sich, wie hier schon mehr als einmal demonstriert wurde, und so ging er trotz der Bedeutung der kommenden Ereignisse an der Tür des Guardareviers vorbei, und da er diese verschlossen und alle

Fenster dunkel fand, näherte er sich der Mauer und pinkelte voller Genuß und Freude, als würde er auf die ganze Korporation pissen. Das sind so Kindereien eines alten Mannes, für sehr viel mehr wird ihm das Geschütz nicht mehr nützen, aber dafür ist es noch gut, ach, flösse doch nur der Urin literweise, um die ganze Nacht hier pissen zu können, wie das Wehr von Ponte Cava, alle müßten wir zur gleichen Zeit pissen, das ganze Latifundium würden wir unter Wasser setzen, da möchte ich sehen, wer sich retten könnte. Wunderschön ist diese Nacht, voller Sterne ist der Himmel. Sigismundo Canastro knöpfte die Hose zu, genug der Späße, er ging nach Hause, wer weiß, manchmal erwacht das Blut.

Zur Zeit der Völkerwanderung sagte man, daß alle Wege nach Rom führten, man müsse nur gehen und fragen, auf diese Art entstehen Sprichwörter, und dann werden sie zerstreut wiederholt, wie das beim folgenden der Fall ist: Wer einen Mund hat, kommt nach Rom. Das ist nicht wahr, hierzulande gibt es viele Wege, und alle führen nach Montemor, jeder dieser Männer ist still, und nur ein Tauber würde das laute Gespräch nicht hören, das über das Latifundium hallt. Einige kommen zu Fuß, welche, die näher wohnen, und andere, die weiter weg leben und kein besseres Transportmittel fanden. Manche kommen auf alten Fahrrädern, die wie Maultierkarren schwanken und knarren, wer konnte, der nahm einen Autobus, auf diese Weise nähern sie sich aus allen Richtungen der Windrose, stark ist der Wind, der sie bringt. Die Burgwachen sehen, wie sich die maurischen Heerscharen nähern, die Fahne des Propheten tragen sie gefaltet über dem Herzen, Heilige Mutter Gottes, die Ungläubigen, Senhores, warnt Eure Töchter und Ehefrauen, schließt die Tore und zieht die Zugbrücken hoch, denn ich sage euch im Ernst, heut ist der Tag des Jüngsten Gerichts. Das sind Übertreibungen des Erzählers, Folgen einer mittelalterlichen Erziehung, Armeen bewaffneten Fußvolkes und wehende Standarten der Kavallerie tauchen in der Einbildung auf, obwohl es sich lediglich um einen versprengten Trupp von Landvolk handelt, insgesamt sind es vielleicht nicht einmal tausend, aber für jene Zeit wird die Ansammlung beträchtlich sein. Nun gut, jedes Ding zu seiner Zeit, es fehlen noch zwei Stunden, und vorläufig ist Montemor nichts weiter als ein Ort mit mehr Leuten auf den Straßen als gewöhnlich, sie laufen zerstreut auf dem Marktplatz herum, wer es sich leisten kann, der trinkt ein Gläschen, und leise unterhalten sie sich, sind die aus Escoural schon da?; ich weiß es nicht, wir sind aus Monte Lavre. Es sind wirklich nicht viele, aber sie sind gekommen, und eine Frau ist dabei, Gracinda Mau-Tempo wollte auch mitgehen, die Frauen sind auch schon nicht mehr zu halten, denken die Ältesten und die Ewiggestrigen, doch sie sagen nichts, was hätten sie erst gedacht, wenn sie das folgende Gespräch gehört hätten. Manuel, ich gehe mit dir; und selbst Manuel Espada nahm an, die Frau würde spaßen, und er antwortete, oder besser gesagt, durch seinen Mund antworteten was weiß ich wieviel Manuels, das ist keine Frauensache. Was hast du da gesagt, ein Mann muß darauf achten, was er spricht, man kann nicht einfach Worte herausschleudern, danach wird man klein und verliert an Achtung, nur gut, daß sie einander sehr mögen, Gracinda und Manuel, trotzdem ist es nicht so einfach. Sie sprachen am späten Feierabend darüber, sie hatten sich schon hingelegt, und das Gespräch war bereits fortgeschritten. Die Kleine bleibt bei meiner Mutter, und wir gehen zusammen, wir schlafen nicht nur gemeinsam in einem Bett. Manuel Espada gab endlich nach und war zufrieden darüber, er legte den Arm um seine Frau und zog sie an sich, Männergeste und Hingabe der Frau, die Kleine schläft und hört nichts, auch Sigismundo Canastro schläft schon, er wollte heute, und es gelang, vielleicht geht es beim nächstenmal noch besser, man hört nicht so mir nichts, dir nichts auf, ein Mann zu sein, verdammt noch mal.

Das sind Dinge, über die man in Montemor nicht spricht, was sie mit ihren Frauen oder die Frauen mit ihren Männern diese oder vergangene Nacht gemacht haben und was sie in der nächsten machen werden, man spricht über diesen Tag, was wird sein, wenn er vorbei ist. Aus dem Guardarevier kommt die Kavallerie, das ist normal, und drinnen unterhalten sich Leutnant Contente und Leandro Leandres, die Befehle zur Mobilisierung sind schon gegeben worden, jetzt heißt es, darauf zu warten, was geschehen wird, allerdings gibt es welche, die sich dafür entschieden haben, woanders zu warten, es sind die in Montemor wohnhaften Latifundienbesitzer, und es sind nicht wenige, zu guter Letzt ist es doch wahr, wir hatten in erzählerischer Übertreibung von Burgwachen gesprochen, und da haben wir tatsächlich eine richtige Tribüne auf den Mauern des Kastells, die tapfersten Infanten sitzen auf den restaurierten Zinnen, wie die Perlen eines Rosenkranzes sind Väter und Mütter aufgereiht, die Herren im Kavaliersrock, die Damen hell gekleidet. Die Chronisten würden boshaft schreiben, daß sie sich aus Angst vor der Invasion des Landpöbels dorthin zurückgezogen hatten, das wäre immerhin möglich, aber doch leicht anzuzweifeln, wir dürfen nämlich nicht vergessen, daß es in dieser Gegend außer Stierkampf und Kino kaum eine Abwechslung gibt, daher könnte es auch ein Picknick auf dem Lande sein, sogar die Sonnenschirme wurden mitgebracht, und wenn es nötig sein sollte, dann bietet auch das Kloster Unserer Senhora da Anunciada Schutz und Schirm, Gott sei Dank. Und doch kann man Brief und Siegel darauf geben, daß sie ihre Häuser in einer nie zuvor verspürten Angst verlassen haben. Nur die Hausangestellten waren zur Aufsicht zurückgeblieben, wer lange dient, ist ewig treu, so ist es auch bei Amélia Mau-Tempo, die ja ebenfalls als Hausmagd in Montemor ist, so widersprüchlich ist die Welt und voller Not, besonders in diesen schlechten Zeiten, in denen man keinem trauen kann, nicht etwa wegen dieser Ansammlung von Bittstellern des Latifundiums, es geht nicht um die heute nach Arbeit flehend ausgestreckte Hand, aber wie man sehen kann, ballen sich diese Hände allzuleicht zur Faust, da ist viel Zorn im Spiel. Und Verschwörung, Tante, Verschwörung. Von hier oben kann man beobachten, wie sie durch die Gassen zum Rathausplatz strömen. Wie die Ameisen, sagt ein einfallsreiches Kind der Herrschaft. Der Vater belehrt es, es scheinen Ameisen zu sein, aber es sind Hunde. Aufgepaßt, in diesem kurzen und klaren Satz ist alles gesagt und erklärt, nun ist alles reglos, nur nichts von dem verpassen, was jetzt kommt, seht, vor dem Rathaus ist schon eine Abteilung Soldaten aufgezogen, es lebe die Guarda, da ist der Sergeant, was hat er denn in der Hand, eine Maschinenpistole ist es, das gleiche dachte auch Gracinda Mau-Tempo, und als sie nach oben sah, bemerkte sie die vielen Leute auf dem Kastell, wer die wohl sein mögen.

Der Platz füllte sich weiter. Die aus Monte Lavre stehen zusammen, Gracinda, die einzige Frau unter ihnen, ihr Mann, Manuel Espada, ihr Bruder und ihr Vater, António und João Mau-Tempo, sowie Sigismundo Canastro, der sagt, wir bleiben zusammen. Da sind noch zwei, die José heißen, der eine ist José Picanço, ein Urenkel der Müllersleute von Ponte Cava, der andere ist José Medronho, von dem bisher noch nichts zu berichten war. Sie sind von einer Menschenmenge umgeben, die Sonne knallt auf die Menge und brennt wie Nesselumschläge, auf dem Kastell werden die Sonnenschirme geöffnet, für jene ist es ein

Schauspiel. Die Gewehre sind geladen, man sieht es den Gesichtern der Guardas an, ein Mann mit geladener Waffe macht sofort einen ganz anderen Eindruck, er strahlt Kälte aus, die Lippen sind zusammengepreßt, so schaut er uns grimmig an. Manch einer mag Pferde, hin und wieder gibt man ihnen Menschennamen, denken wir an das Fohlen, das Bom-Tempo genannt worden war, ich bin mir nicht sicher, ob jene Pferde dort, die an der Straßenmündung stehen, ebenfalls Namen haben, vielleicht hat man ihnen Nummern gegeben, bei der Guarda ist alles numeriert, man ruft siebenundzwanzig, und ein Pferd mit einem Reiter tritt vor, was es nicht alles gibt.

Schon erschallen die ersten Rufe, wir wollen Arbeit, wir wollen Arbeit. Viel mehr als diese Worte rufen sie nicht, nur vereinzelt wird geschimpft, Diebespack. Doch es ist so leise, als ob der Rufer sich schämt, daß es Diebe gibt. Man hörte auch den Ruf, voran zu freien Wahlen. Aber die Hauptlosung schwillt an und übertönt alles andere, wir wollen Arbeit, wir wollen Arbeit. Was ist das für eine Welt, in der Müßiggang zum Beruf einiger wird und in der andere ohne Arbeit sind, selbst wenn sie arbeiten wollen. Jemand gab das Signal, entweder war abgemacht worden, nach soundso viel Minuten einzugreifen, oder aber Leandro Leandres hatte telefoniert, vielleicht hatte auch der Leutnant Contente oder der Ratspräsident aus dem Fenster gespäht und gesagt, da sind ja die Hunde. Sei es, wie es sei, die berittenen Guardas zückten die Säbel, ach, lieb Mütterlein, eine Gänsehaut kriegt man beim Anblick dieser Tapferkeit, dieses Heldentums, fast hätte ich die Sonne vergessen, sie strahlte auf die polierten Klingen und erzeugte ein göttliches Strahlen, die patriotische Erregung läßt einen noch mehr erschauern, wer könnte hier widerstehen.

Die Pferde rücken im Trott vor, für schnellere Manöver ist nicht genug Platz, binnen kurzem wälzt sich ein Menschenschwarm am Boden, man versucht, den Pferdehufen und Säbelhieben zu entgehen. Es ist genug Unglück, um einen Menschen niederzuwerfen, aber manchmal will er es nicht mehr ertragen, oder es wird ihm plötzlich wie schwarz vor den Augen, das Meer von Menschen erhebt sich, Arme recken sich, Hände fallen in die Zügel oder greifen nach Steinen, die entweder auf dem Boden liegen oder in Taschen stecken, wer keine Waffen weiter hat als diese, nutzt sie mit Recht, sie kamen von hinten geflogen, getroffen wurde mit Sicherheit niemand, weder Pferd noch Reiter, so ein Stein fällt matt zu Boden, falls es überhaupt welche gegeben haben sollte. Die Schlachtszene war würdig genug, um einen Platz im Kommandeurszimmer oder in der Offiziersmesse zu finden, die sich aufbäumenden Pferde, die stolze Guarda mit gezückten Säbeln, mit dem Blatt oder der Schneide schlagend, wie es gerade kam, das aufständische Fußvolk, das zurückwogte und sofort wieder vorrückte, verflucht seien sie. Das war das Gefecht vom dreiundzwanzigsten Juni, merket euch wohl den Tag, Kinder, obwohl noch manch anderer in die Geschichte des Latifundiums eingegangen ist, ebenso glorios und aus gleichen oder ähnlichen Gründen. Hier hat sich auch die Infanterie bewiesen und besonders ihr Sergeant Armamento, ein Mann mit blindem Glauben an falsche Gesetze, die erste Garbe aus der Maschinenpistole und noch eine gingen zur Warnung in die Luft, und wie sie auf dem Kastell die Schüsse hören, schreien alle vivat und spenden Beifall, die sanften, von der Hitze und der Erregung geröteten Fräuleins des Latifundiums, die Väter, die Mütter und der Schwarm der jugendlichen Bewerber, die vor Verlangen brüllen, einen Ausfall zu wagen, durch das Tor des Städtchens werden sie mit Degen und Lanze hinausziehen und die begonnene Arbeit beenden, tötet sie alle! Die dritte Garbe ist nach unten gezielt, jetzt kann man den Nutzen der Schießübungen erkennen, man läßt den Rauch abziehen, nicht schlecht getroffen, obwohl, es hätte besser sein können, drei liegen am Boden, einer erhebt sich und hält seinen Arm, er hat Glück, ein anderer kriecht hastig davon, er zieht ein Bein nach, und dieser dort bewegt sich nicht. Es ist José Adelino dos Santos, es ist José Adelino, sagt einer aus Montemor, der ihn kennt. José Adelino dos Santos ist tot, eine Kugel traf ihn am Kopf, zuerst hatte er es nicht wahrhaben wollen, er hatte den Kopf geschüttelt, als hätte ihn ein Insekt gestochen, aber dann verstand er, aaah, ihr Verfluchten, ihr habt mich umgebracht, und er war hilflos zu Boden gesunken, seine Frau war nicht da, um ihm zu helfen, das Blut ein Kissen unter seinem Kopf, ein rotes Kissen, Dank dir, Blut, vielen Dank. Auf dem Kastell klatschen sie wieder, sie erraten, daß es diesmal ernst war, und die Kavallerie rückt vor, sie zerstreut den Pöbel. Man muß den Körper bergen, doch niemand nähert sich.

Die aus Monte Lavre hören die Kugeln pfeifen, und José Medronho blutet im Gesicht, er hat Glück, es ist ein Kratzer, aber für den Rest des Lebens wird er eine Narbe behalten, Gracinda

Mau-Tempo hält sich an ihrem Mann fest und weint, zusammen mit anderen wird sie in die Seitengassen gedrängt, welch ein Elend, man hört das triumphierende Geschrei der Guardas, sie verhaften Leute, und plötzlich taucht Leandro Leandres mit anderen Drachen von der PIDE auf, ein halbes Dutzend, João Mau-Tempo sieht sie und wird blaß, da begeht er eine Verrücktheit, er stellt sich dem Feind in den Weg, zitternd, doch nicht aus Angst, Senhores, man muß solche Handlungen zu verstehen wissen, doch der andere übersieht oder erkennt ihn nicht, obwohl man solche Augen nicht so leicht vergißt, und als die Drachen an João Mau-Tempo einfach vorbeigehen, kann er die Tränen nicht zurückhalten, Tränen der Wut sind es und auch einer großen Traurigkeit, wann wird unser Leid ein Ende haben? José Medronhos Wunde blutet schon nicht mehr, nicht auszudenken, daß er um einen Zentimeter davor bewahrt blieb, mit zerschmettertem Gesicht dazuliegen. Sigismundo Canastro atmet schwer, den anderen ist nichts passiert, und Gracinda Mau-Tempo schluchzt ohne Unterlaß, ich habe es genau gesehen, er ist auf dem Boden liegengeblieben, er war tot; das sagt sie, aber andere schwören, daß er nicht tot war, sie haben ihn ins Hospital gebracht, man weiß nicht, wie, an den Armen oder mit der Trage, sie haben es nicht gewagt, ihn zu schleifen, obwohl sie es gern getan hätten. Tötet sie alle! hört man vom Kastell schreien, jedoch, es ist notwendig, einige Formalitäten einzuhalten, ein Mensch ist so lange nicht tot, bis es ein Arzt bestätigt hat. Da kommt Doktor Cordo, er hat seinen weißen Kittel an, hoffen wir, daß seine Seele von gleicher Farbe ist, und wie er sich dem Körper nähert, schneidet ihm Leandro Leandres den Weg ab und sagt mit fordernder autoritärer Stimme, Senhor Doktor, dieser Mann ist verletzt, er muß nach Lissabon gebracht werden, und es wäre gut, wenn Sie ihn dorthin begleiten, damit sein Leben nicht in Gefahr gerät. Wir, die wir in dieser Runde versammelt sind, um die Berichte über das Latifundium zu hören, wir sind verblüfft, daß der Drache Leandro Leandres Mitleid mit dem Opfer fühlt und es retten will. Nehmen Sie ihn, Senhor Doktor, gleich kommt eine Ambulanz, ein Auto, schnell, es ist keine Zeit zu verlieren, je eher er weggebracht wird, desto besser. Wenn wir ihn so reden hören, so eindringlich und beschwörend, wie sollten wir daran glauben, was João Mau-Tempo passiert ist, als er vor acht Jahren in Haft war, letztlich läuft er ja immer noch hier herum, so schlecht kann es ihm also nicht ergangen sein, geblieben ist ihm vom Statuestehen lediglich eine gewisse Mattigkeit, und der Beweis dafür ist, daß er von Monte Lavre zu dieser Kundgebung kam, er hat keine Lehre angenommen, Glück hatte er, daß ihn keine Kugel traf.

Doktor Cordo begibt sich zu José Adelino dos Santos und sagt, dieser Mann ist tot. Das sind Worte, denen niemand widersprechen kann, schließlich hat so ein Arzt jahrelang studiert, er wird doch wohl gelernt haben, einen Toten von einem Lebenden zu unterscheiden, Leandro Leandres folgt aber keineswegs dieser Weisheit, er hat sein Wissen über Lebende und Tote auf andere Art erworben, und auf dem Fundament seiner Wissenschaft, und weil es ihm genehm ist, beharrt er, Senhor Doktor, schauen Sie richtig hin, dieser Mann ist verletzt, Sie müssen ihn nach Lissabon schaffen. Selbst jedes Kind würde den drohenden Unterton dieser Worte bemerken, doch der Arzt antwortet, ich bin für die Verletzten zuständig, Tote begleite ich nicht. Er hat also wahrhaftig eine Seele, die weiß ist wie der Kittel, den er trägt, und wenn Blut an ihm sein sollte, dann ändert das nichts an der Aussage, auch die Seele kann bluten. Leandro Leandres verliert die Beherrschung, er zerrt ihn in einen Raum, in dem sie allein sind. Überlegen Sie gut, was Sie tun, wenn Sie ihn nicht mitnehmen, geht es böse für Sie aus; und der Arzt antwortet, machen Sie, was Sie wollen, ich schaffe keine Toten weg; und nachdem er das gesagt hatte, ging er, um die Verletzten zu behandeln, und es waren nicht wenige, einige kamen gleich ins Gefängnis, mehr als hundert waren es zusammen mit den Unverletzten, und falls José Adelino dos Santos wirklich nach Lissabon gebracht worden ist, so war es eine Komödie der PIDE, ein Täuschungsmanöver, um glauben zu machen, man hätte alles unternommen, ihn zu retten, eine Form der Verhöhnung mehr, was sie bei José Adelino dos Santos nur vortäuschten, das machten sie mit anderen tatsächlich, sie wurden abtransportiert und kamen später in die Gefängnisse, wo sie das gleiche Schicksal erwartete, das João Mau-Tempo widerfahren war, wir haben darüber berichtet.

Die aus Monte Lavre entgingen den Patrouillen, die das Städtchen durchkämmten, einer war nicht mit zurückgegangen, António Mau-Tempo, er hatte zum Vater gesagt, ich bleibe in Montemor, morgen komme ich zurück. Sosehr sie auch auf ihn einredeten, es half nichts, er antwortete auf alles, es ist nicht gefährlich, ihr könnt beruhigt gehen. Er wußte selbst nicht, was er wollte, er verspürte nur einen Drang, dort zu bleiben, und so gingen die anderen auf den ausgetretenen Pfaden durch die Felder, müde werden sie sein, wenn sie ankommen, vielleicht werden sie auch weiter vorn an der Mündung zur Straße jemanden finden, der sie mit nach Monte Lavre nimmt, die Nachricht von den Schüssen ist schon vorausgeeilt, jetzt wird man gleich erfahren, was doch alles im Leben möglich ist, Faustina vernahm das Klopfen an der Tür, und sie verstand alles, so als besäße sie das schärfste Gehör der ganzen Welt, obwohl sie doch fast taub war, man wird noch sagen, daß sie sich nur verstellt.

Auch in dieser Nacht war es Neumond und sternenklar, und während in Montemor viele Frauen weinten, einige mehr als andere, da herrschte im Revier helle Aufregung. Mehr als einmal zogen Streifen aus, um die Umgebung zu durchkämmen, sie drangen in Wohnungen ein, weckten Leute auf, sie untersuchten das Geheimnis der auf ihr Dach polternden Steine, es waren schon einige Dachziegel zerbrochen und ein paar Fensterscheiben gesplittert, was für ein Schaden für diese Fazenda der Nation, mittelgroße Kieselsteine waren es, wer weiß, womöglich rächten sich die Engel, oder es war nur ein einfacher Lausbubenstreich, der von der himmlischen Veranda ausging, schließlich erschöpfen sich die Wunder nicht darin, Blinde sehend und Lahme gehend zu machen, auch Steinwürfe haben ihren Platz in der Welt der Religion, das könnte wenigstens António Mau-Tempo gedacht haben, denn er ist geblieben, um dieses Wunder zu tun, mit seinem kräftigen Arm wirft er die Steine, er steht dort oben am Hang, im pechschwarzen Schatten des Kastells, und wenn eine Streife vorbeikommt, dann verschwindet er in einer Höhlung, aus der er bald wiederauftaucht. Zum Glück sah ihn niemand. Gegen ein Uhr morgens warf er den letzten Stein, sein Arm war schon ganz lahm, und er fühlte sich zum Sterben traurig. Er umging das Kastell nach Süden zu und stieg den Berg hinab, müde und hungrig war er, und die restliche Nacht über ging er neben der Straße einher, aber reichlich von ihr Abstand haltend, wie ein Landstreicher, der sogar sich selbst mißtraut, vier Léguas legte er so bis Monte Lavre zurück, manchmal machte er einen Bogen, wenn reife Saaten ihm den Weg versperrten, er wollte sie nicht niedertreten, und außerdem mußte er sich vor den Flurwächtern des Latifundiums in acht nehmen, die dort Jagd machten, und auch vor den anderen, denen mit Karabiner und in Uniform, den Guardas.

Der Himmel klarte schon auf, nur sichtbar für geübte Augen,

als Monte Lavre in Sicht kam. Er durchquerte den Bach an der Furt, damit ihn niemand auf der Brücke treffen konnte, und dann ging er am Wasser dicht bei den Weiden entlang, bis er hinaufgehen mußte, immer Kreise ziehend, die Guardas konnten ja auch hier herumlaufen und ihn ertappen. Als er in der Nähe des Hauses war, sah er, was er schon erhofft hatte, ein Licht, die Tischlampe brannte, sie war wie ein Leuchtfeuer der Küstenschiffahrt, der Ort, wo die Mutter auf den Jungen von einunddreißig Jahren wartete, der mit Steinen gespielt hatte und nun zu spät nach Hause kam. António Mau-Tempo sprang erleichtert durch den Garten, dieses Mal hörte Faustina nichts, sie war mit Tränen und schweren Gedanken beschäftigt, aber sie bemerkte das Geräusch des Türriegels, oder war es eine Schwingung, die ihr Herz erreichte. Mein Sohn! Die zwei umarmten sich, als wäre er aus einem langen Krieg zurückgekehrt, und da sie die Taubheit ihrer Ohren kannte, wartete sie nicht auf Fragen, sondern sagte in einem Atemzuge, dein Vater ist heil zurückgekommen, auch Gracinda, und dein Schwager, und die anderen, nur du hast mich in Unruhe versetzt. António Mau-Tempo umarmte nochmals seine Mutter, das war die beste und verständlichste Antwort. Später fragte João Mau-Tempo aus dem Dunkel von nebenan, die Stimme klang nicht so, als wäre er eben erst aufgewacht, bist du heil zurück?; und António Mau-Tempo antwortete, ja, Vater. Da es an der Zeit war, etwas zu essen, zündete Faustina Mau-Tempo das Feuer an und stellte den Kaffeetopf auf die Flamme.

Das Latifundium gleicht einem Meer. Es hat die ihm eigenen Schwärme kleiner und eßbarer Fische, seine Barracudas und die einen qualvollen Tod bereitenden Piranhas, Tiefseetiere gibt es, Seeschlangen und riesige Rochen, blindes Getier, das über morastigen Grund schleift und dort auch verendet, dazu die Polypen mit ihren Würgearmen. Es ist ein Binnenmeer, doch es hat Gezeiten und Brandungen sowie milde Meeresströme, die lange Zeit für eine Umrundung brauchen, manchmal wühlen wilde Flutwellen die Oberfläche auf, verursacht werden sie von Windböen, die von außerhalb kommen oder von überraschenden Strudeln, die das Wasser hinabsaugen, während in der pechschwarzen Tiefe die Wogen langsam ausklingen und nährreichen, trüben Schlamm mit sich führen, ewig geht das schon so. Solcherart Vergleiche sind ebenso nützlich wie überflüssig, das Latifundium als Meer, doch es soll zum besseren Verständnis dienen, wenn man nämlich dieses Wasser aufrührt, pflanzt sich die Bewegung in Kreisen fort, manchmal so weit, daß die Augen nicht mehr folgen können, deshalb wäre es falsch, dieses Meer als Sumpf zu bezeichnen, und selbst wenn es so wäre, der irrt sich, der, dem äußeren Schein trauend, alles für leblos hält.

Täglich erheben sich die Menschen von ihren Betten, Nacht für Nacht legen sie sich wieder hin. Wenn hier von Betten gesprochen wird, dann ist es oftmals nur irgendein etwas, was als Lager dient, Tag für Tag setzen sie sich nieder, um zu essen, oder wenigstens mit dem Wunsch, sich satt essen zu können, täglich entzünden und löschen sie ein Licht, nichts Neues gibt es unter der Sonne. Hier ist das weite Latifundienmeer mit seinen Fischherdenwolken und seinem Raubgetier, und wenn es immer so gewesen ist, dann gibt es keine Gründe, weshalb es nicht alle Zeit so bleiben sollte, auch wenn es hier und da einige Veränderungen zu ertragen gibt, es genügt, daß man wachsam bleibt, täglich fahren bewaffnete Barkassen aus, Netze werden ausgeworfen, die den Fischer fangen. Wo hast du diesen Sack mit Eicheln her, wo hast du dieses Bündel Reisig her, was machst du um diese Zeit hier, woher kommst du, wohin gehst du? Nicht einen Fuß darf man außerhalb des vorgezeichneten Weges setzen, wenn es nicht im Auftrag und damit unter Aufsicht ist. Trotzdem, jeder Tag bringt mit seinem Kummer auch Hoffnung, oder sollte es sich hier nur um eine Schwäche des Erzählers handeln, der diese Worte bestimmt irgendwo gelesen oder gehört und sie gutgefunden hat, wenn aber die Hoffnung mit dem Kummer einherginge, dann würde der Kummer niemals ein Ende haben, und die Hoffnung wäre nur ein leeres Wort, Pater Agamedes würde keine anderen Worte benutzen, er lebt ja nahezu von Kummer und Hoffnung, wer das Gegenteil annimmt, ist entweder nicht gescheit oder vom rechten Weg abgekommen. Man sollte also besser sagen, daß jeder Tag durch ihn selbst und den vorhergegangenen bestimmt ist, und beide zusammen machen den nächsten Tag aus, selbst ein Kind könnte diese einfachen Dinge begreifen, aber mancher teilt die Tage ein, als würde er Melonenschalen für die Schweine schneiden, je kleiner die Stücke, desto größer die Illusion von der Ewigkeit, aus diesem

Grund seufzen auch die Schweine, oh, Gott der Schweine, wann wird unser Hunger gestillt sein?

Die Brandung erreicht das Latifundienmeer, Sturzwellen und Wasserbäche, manche würden genügen, um Mauern niederzureißen oder sie einfach zu überspringen, so wie es in Peniche geschehen war, jetzt versteht man, weshalb vom Meer gesprochen wird, denn Peniche hat einen Fischerhafen und ein Fort, das als Gefängnis dient, aber einige sind entflohen, und von dieser Flucht wird man viel auf dem Latifundium sprechen, ein Meer, was für ein Meer denn, Erde ist es, die fast immer trocken ist. Deshalb heißt es, wann wird endlich unser Durst gelöscht werden und der Durst unserer Vorfahren und der unserer Kinder – die wir einmal haben werden –, der möglicherweise unter diesem Stein hier auf sie wartet. Eine Nachricht traf ein, die sich nicht mehr verheimlichen ließ, was die Zeitungen nicht brachten, das wurde auf andere Weise erklärt, laßt uns unter dieser Korkeiche Platz nehmen, ich habe folgende Nachricht für euch. Bei solchen Anlässen fliegen die Milane höher, sie rufen über das weite Land, wer sie verstünde, der könnte so manches erzählen, doch vorläufig genügt uns die Sprache der Menschen. Mit ihrer Hilfe kann Dona Clemência zu Pater Agamedes sagen, vorbei ist es mit der Ruhe, die es niemals gab; das scheint ein Widerspruch zu sein, und doch war die Senhora niemals zuvor der Wahrheit so nahe, es sind die neuen Zeiten, die sich mit Riesenschritten nähern. Es ist wie ein Stein, der einen Berg hinunterrollt, antwortet ihr Pater Agamedes, der gern in Bildern spricht, er ist es halt gewohnt, zu predigen, doch dank unserer biblischen Geduld verstehen wir, was er sagen will, er will auf seine Weise sagen, daß man sich von der Bahn des Steines fernhalten muß, damit nicht Gott wer weiß was passiert, vergeben wir ihm diesen neuerlichen Irrtum, man kann doch genau sehen, daß kein Gott vonnöten ist, um zu erfahren, was dem geschehen wird, der dem Stein im Wege steht, dieser wird weder Moos ansetzen noch Lamberto schonen.

Ein Glück, daß wir unser Gespräch, wie ich es einmal nennen möchte, nicht beendet haben, obwohl inzwischen bereits einige Monate unter schlimmen Vorahnungen vergangen sind, nun gesellt sich auch noch Gotteslästerung zur Schlamperei, denn die Vernachlässigung der Sicherheit im Gefängnis war eine Schlamperei, und eine Gotteslästerung ist es, daß jetzt ein Schiff mit Namen Santa Liberdade auf den Meeren kreuzt, dessen christlicher Name eigentlich Santa Maria ist, wenn Dona Clemência fiebernd und eifernd in der Kapelle ihres Hauses für die Rettung der Kirche und des Vaterlandes betet, wird sie niemals vergessen, die Bestrafung der Ruhestörer zu erflehen, der Verfall der Sitten hat uns zu diesem Unglück geführt, man spielt nicht mit dem Leben der anderen und noch viel weniger mit meinem Hab und Gut. Nun ja, die Senhora verschafft sich in ihrem Hause, inmitten ihrer vier Wände, Luft, und trotzdem müßte es schon ein günstiger Zufall sein, wenn Norberto sie hören würde, wäre nicht Pater Agamedes, wer würde schon der Senhora zuhören, wo sie doch kaum ausgeht, nur dann und wann fährt sie nach Lissabon, um sich über die Mode zu informieren, oder sie fährt, der Familientradition folgend, in die Bäder von Figueira, ja, es scheint schon so, als ob sie wirres Zeug redet, sollte es vom Alter herrühren, sie spricht von ihrem Hab und Gut, obwohl es sich um ein Schiff auf dem Meer handelt, und zwar nicht auf dem Latifundienmeer, sollte die Senhora nicht ganz richtig im Kopf sein? Wer so denkt, der irrt sich gewaltig, sie besitzt nämlich Aktien der kolonialen Schiffahrtsgesellschaft, die sie von ihrem seligen Vater geerbt hat, daher rührt ihr Schmerz.

Es liegt nicht nur am Januar, daß eine große Kälte auf dem Latifundium herrscht. Alle Fenster des Gutshauses sind verschlossen, und wenn es die Burg Lambertos wäre und nicht der Hauspalast Norbertos, könnten wir bewaffnete Männer hinter den Zinnen sehen, wie wir erst vor kurzem furchtsame und blutrünstige Leute auf den Ruinen von Montemor gesehen haben, das ist der Unterschied der Zeiten, jetzt ziehen die Söldner der Guarda, gestiefelt und gespornt, durchs Latifundium, während Norberto die Zeitungen liest und Radio hört und die Dienerschaft anblafft, wenn Männer nervös sind, dann benehmen sie sich so. Doch am empörendsten ist das Gebaren hinterlistiger Befriedigung des Pöbels, es scheint, als ob für ihn der Frühling eher gekommen ist, nicht einmal die Kälte spürt er, zum Glück bleibt ihm der Genuß nicht lange, in zwei Tagen werden die Ideen begraben sein, Gott schläft nicht, und die Strafe wird ohne Zweifel kommen, die Santa Maria ist bereits wieder auferstanden, Gott sei Dank, wir wollen dem Pater Agamedes nichts Böses nachsagen, der endlich von der Sünde des Begehrens heimgesucht wurde, in dieser so heiligen Seele brannte das Begehren, als Dank ein feierliches Te deum laudamus zu zelebrieren, aber in dieser armseligen Gegend von Monte Lavre mit seinem gottlosen Volk legt man auf diese Danksagungen wenig Wert.

Es ist ein schwarzes Jahr für das Latifundium. Die Donzela reitet vornehm aus, es flattern der Rock und die Schabracke des Pferdes wie Schleier im Wind, kein besseres Bild ist vorstellbar, da stolpert plötzlich das Tier, das sind die mittelalterlichen Wege, Senhor, man schlägt die Hände über dem Kopf zusammen, Jesus Maria, da liegt die Donzela auf dem Boden, ihre intimen Stellen liegen bloß, den Blicken ausgesetzt, es scheint, als könnte es nichts Schrecklicheres geben, das schlimmste war der Ruck, mit dem das Tier sich erhob, durch den Schreck verlor es die Beherrschung und trat um sich, die arme Kleine. So entstand das geflügelte Wort, das verspricht, zum Sturz kommt noch der Tritt. Auf Reiterart wurde hier ein anderes, traurigeres variiert, ein Unglück kommt selten allein. Erst gestern sind diese Häftlinge aus Peniche geflohen, die schrecklichen Kommunisten, die Kinder fressen, ach herrje, Nachbarin, haben Sie meine Kinder nicht gesehen? Erst gestern war's, da erregten sich Seelen und Ozeane bei dieser neuen Korsarengeschichte, würde man sie doch alle füsilieren, ein so stolzes Schiff, ganz in Weiß, die Santa Maria, die übers Meer wandert wie ihr göttlicher Sohn, und heute kommen Nachrichten aus Afrika, diesmal sind es die Schwarzen. Ich habe schon immer gesagt, Schwester, wir haben sie zu gut behandelt, ich habe es vorausgesehen, ihr wolltet es nicht glauben, wer dort gelebt hat, der weiß, wie man mit ihnen umgehen muß, sie sind faul, diese Tagediebe, im guten parieren sie nicht, da sieht man das Resultat, daß man christliche Nachsicht übte, aber noch ist nicht alles verloren, Afrika wird unser bleiben, wenn wir die Armee hinschicken, ein echter Krieg ist erforderlich, denken wir an Gugunhana. Gut gesprochen, Senhor Kreispräsident, schnell und mit Nachdruck, was wäre das erst für ein Krieg, wenn Sie auf der Militärakademie studiert hätten, wenigstens haben Sie Ihre Meinung dazu gesagt. Es dauert nicht lange, und der Traum vom Imperium wird ausgeträumt sein, jetzt laufen wir nur noch, um einmal hier recht und schlecht zu flicken und einmal dort, so gut es geht, ein Loch zu stopfen, der Schwarze wird zum Bürger Portugals gemacht, es lebe der Schwarze, der nicht mit Waffen herumläuft, doch muß man ihn beobachten, und nieder mit dem, der bewaffnet ist, und wenn wir eines Tages, nichts Böses ahnend, aufwachen, werden wir sagen müssen, daß die Überseeprovinzen, die einstmals Kolonien waren, zu Staaten geworden sind. Was man der Sache für Namen gibt, ist ja egal, wichtig ist nur, daß sich die Scheiße nicht verändert und daß sie von denen gefressen wird, die wir mit exklusiver Scheiße ernährt haben, seien es nun Schwarze oder Weiße, wer da einen Unterschied feststellt, bekommt eine Prämie.

Allerdings scheint es so, Senhor Pater Agamedes, daß Gott und die Jungfrau ihre gesegneten Augen von der portugiesischen Erde abgewendet haben, sehen Sie nur, wie unlustig und unruhig die Seelen sind, bestimmt hat sich der Böse in die weichen Herzen der Lusitanier eingeschlichen, vielleicht haben wir zu wenig den Rosenkranz gebetet, in den Hirtenbriefen hat man uns ja gewarnt, ich für mein Teil habe getan, was ich konnte, ich habe es auch nicht an gutem Rat fehlen lassen, weder von der Kanzel herab noch im Beichtstuhl, es ist ein Wechselgespräch, einmal spricht dieser, einmal jener, aber was der Pater Agamedes auf dem Heimweg denkt, ist von anderer Art, mehr aufs Diesseits gerichtet oder auf jene Zeit, in der die Seelen noch mit Schwert und Flamme erobert wurden; was sie alle brauchen, das ist eine ordentliche Tracht Prügel; das nenne ich reden.

Man weiß schon nicht mehr, wo man sich zuerst einfinden soll, jetzt sind es die Forts von Indien, trauert, Brüder von Gama, Albuquerque, Almeida und weiteren Noronhas, doch das fehlte noch, daß mannhafte Herzen weinen, laute auch der Befehl, bis zum letzten Mann auszuharren, so werden wir der Welt zeigen, was die Portugiesen wert sind, wer einen Schritt zurückweicht, ist ein Vaterlandsverräter, man verliert lieber die Finger und behält die Ringe, die Regierung vertraut uns und verlangt von allen, die Pflicht zu erfüllen, die uns zukommt. Das Weihnachtsfest im Hause von Alberto ist trist, nicht daß es an Leckerbissen und Segnungen des Herrn gefehlt hätte, die Korkernte war gut, wenigstens etwas, es sind die schwarzen Wolken, die über Land und Latifundium hängen und gewitterschwanger sind. Was wird aus Portugal und aus uns werden, natürlich werden wir beschützt, da ist die Guarda, jedem sein Geschenk, dem Hauptmann, dem Leutnant, dem Sergeanten und dem Korporal, die Ärmsten, es ist nur gerecht, sie verdienen ja so wenig und verteidigen doch unermüdlich unseren Besitz, man stelle sich vor, wir müßten sie selbst bezahlen, das käme uns teuer. Man entdeckt zwischen den Eingeweiden sein Herz, trotzdem man sich nie recht um Goa, Daman und Diu gekümmert hat, und jetzt nimmt man uns diese letzten Säulen portugiesischer Präsenz im Orient,

Soldaten und Seeleute, Präsenz, was für ein Wort, nein, nicht Präsent, von den Präsenten der Hauptleute, Leutnants, Sergeanten und Korporale haben wir schon gesprochen, jeder von ihnen hat sein Teil geholt, oder es wurde ihm aus Taktgefühl und wegen Vermeidung übler Nachrede zugestellt, hier geht es um eine andere Art von Präsent und Präsenz, es geht um die Soldaten und Seeleute, die sich noch in der Todesstunde auf die Ellbogen stützen und kraftlos schwankend auf den Ruf nach ihrer Anwesenheit antworten, nicht mehr anwesend, das ist eine uralte Praktik, wenn es nötig ist, geben sogar die Toten ihre Stimme. Wenigstens haben wir noch das Glück, daß sich diese Dinge in der Ferne abspielen, in Indien, und selbst Afrika ist nicht so nahe, die Feuer brennen weitab von meinen Grenzen, zwischen ihnen und uns liegt das Meer, so viel Meer, hierher kommen sie nicht, und in Portugal wird es nicht an Söhnen mangeln, die in der Ferne das Latifundium hier verteidigen werden, mit seinem Herrn spielt man nicht um die Birnen, denn er nimmt sich die reifen und gibt dir die grünen. Erst glauben sie nicht an Sprichwörter, und hinterher beschweren sie sich.

Morgen ist Neujahrstag, sagte Dona Clemência zu den Kindern und Enkeln, diese Information hatte sie dem Kalender entnommen, die Hoffnungen des vergehenden Jahres werden in die besten Wünsche für das Wohlergehen aller Portugiesen gelegt. Das sind nicht ihre Worte, Dona Clemência hat sich immer schon anders ausgedrückt, aber sie ist jetzt dabei, diese Art zu erlernen, ein jeder sucht sich sein Vorbild, und während ihre Worte noch in der Luft hängen, kommt die Nachricht, daß in Beja der Stützpunkt der 3. Infanterie überfallen worden ist. Beja ist nicht Indien, auch nicht Angola oder gar Guinea, es liegt hier in der Nachbarschaft, auf dem Latifundium, und dort bellt die ganze Hundemeute, auch wenn der Vergleich nicht gelang, in den kommenden Wochen und Monaten wird von nichts anderem gesprochen, also ist es doch möglich, einen Stützpunkt im Überfall zu nehmen, es fehlte nur etwas Glück, es fehlt immer irgend etwas in der letzten Stunde, oder es fehlte schon in der ersten, und niemand hat es bemerkt, das ist Schicksal, doch die Geschichte wäre anders verlaufen, hätte nicht das Pferd des Boten ein Hufeisen verloren, so daß der Kampfbefehl nicht überbracht werden konnte, nun siegen die Feinde wegen eines verlorenen Hufeisens, was für ein Pech. Mit solchen Reden verweigern wir nicht jenen die Achtung, die sich aus der Geborgenheit ihrer Häuser wagten, um die Säulen des Latifundiums zu stürzen, auch wenn es das Leben Simsons und aller anderen kosten würde, aber nachdem sich die Staubwolken verzogen hatten, sah man, daß zwar Simson darniederlag, nicht aber die Säulen, vielleicht sollten wir uns alle unter diese Steineiche setzen, um einander von der Leber weg zu sagen, was jeden bedrückt, beiderseitiges Mißtrauen ist das Schlimmste, was es gibt, gut war das Vorhaben mit der Santa Maria, und weiter, es ist gut, daß man es in Beja versucht, und weiter, uns, die Hunde und Ameisen des Latifundiums, kommt niemand fragen, ob wir mit jener Kreuzfahrt und mit diesem Überfall etwas zu tun haben wollen. Gewiß, uns haben eure Aktionen gefallen, obwohl wir nichts von euch wußten, doch was werden wir Hunde und Ameisen morgen sagen, wenn wir bellen und ihr uns so schlecht hört, wie wir nichts davon auf dem Latifundium gehört haben, wen ihr belagern und stürzen wolltet. Es ist an der Zeit, daß wir alle gemeinsam bellen und zubeißen, Capitão-General, und sorgen Sie inzwischen dafür, daß nicht wieder ein fehlendes Hufeisen dazwischenkommt oder daß nur drei Kugeln vorhanden sind, wo vier gebraucht werden.

Diese Männer und Frauen sind zur Arbeit geboren, gutes oder weniger gutes Vieh, das aus den Mütterleibern kommt oder gezerrt wird, irgendwie zieht man es auf, das ist nicht von Interesse, wichtig ist allein, daß es kräftig wird und geschickte Hände bekommt, und sei es nur für eine einzige Bewegung, was macht es schon, daß sie in kurzer Zeit schwerfällig und ungelenk werden, es sind bewegliche Klötze, die zur Arbeit keiner Wartung bedürfen, aus den kräftigen Körpern ragen zwei Arme und zwei Beine, mit denen sie sich vorwärts und rückwärts bewegen können, man sieht hier, wie weit die Güte und das Können des Schöpfers reichten, indem er so perfekte Geräte des Pflügens, Mähens, Jätens und für andere Dienste erschuf.

Da sie zum Arbeiten geboren sind, wäre es widersinnig, wenn sie Mißbrauch mit der Erholung trieben. Die beste Maschine ist immer noch die, die am längsten ununterbrochen arbeiten kann, sie wird nur so viel geschmiert, daß sie nicht klemmt, ohne Übermaß wird sie gespeist, und wenn es möglich ist, bleibt man innerhalb der Grenzen einfachster Wartung, aber vor allem muß sie leicht ersetzbar sein, falls sie defekt ist oder alt. Die Abladeplätze für diesen Schrott heißen Friedhöfe, oder aber die ganz und gar verrostete und stöhnende Maschine setzt sich vor die Tür, nichts sieht sie, nur die tieftraurigen Hände, wer sah mich je, wer sieht mich jetzt. Die Männer und Frauen des Latifundiums haben gemeinhin ein kurzes Leben, man wundert sich, wie alt einige aussehen, noch mehr verwundert es, wenn man im Vorübergehen jemanden sieht, der ein Greis zu sein scheint, und dann hört man sagen, daß er vierzig Jahre alt ist. Oder diese verwelkte Frau da, mit dem runzligen Gesicht, sie ist noch nicht einmal dreißig, also stimmt es doch nicht, daß das Leben auf dem Lande ein hohes Alter bringt, das sind Sprüche der Städter, so wie folgendes belehrende Sprichwort, früh ins Bett und früh heraus, so wird man kräftig und hält lange aus. Die würde ich gern einmal hier sehen, die Hacke in den Händen und die Augen auf den Horizont gerichtet, in Erwartung der Sonne oder kreuzlahm auf die Abenddämmerung wartend, die nicht kommen will, die Sonne ist ein Unglücksding, sie hat es eilig, morgens zu kommen, und abends will sie nicht gehen. Bei den Menschen ist es ebenso.

Doch die Zeiten des Duldens nähern sich dem Ende. Eine Stimme zieht durchs Latifundium, erreicht die kleinen Städte und Dörfer, ist in Bergen und Wäldern zu hören, eine Stimme mit zwei wichtigen Worten und weiteren, die diese zwei erklären. Acht Stunden. Wenn man das hört, scheint es wenig zu bedeuten, aber wenn wir acht Stunden Arbeit sagen würden, dann begänne man schon besser zu verstehen. So manche werden gegen diesen Skandal wettern. Was wollen die denn noch alles, wenn sie acht Stunden schlafen und acht Stunden arbeiten, was sollen sie dann in den restlichen acht anfangen, ich weiß schon, was das alles bedeuten soll, es ist eine Einladung zur Spitzbüberei, sie wollen nicht arbeiten, diese neumodischen Ideen sind das, der Krieg ist schuld, die Sitten sind verfallen, man stelle sich vor, Indien haben sie uns gestohlen, jetzt wollen sie uns Afrika wegnehmen, ein Schiff verursachte auf den Meeren internationalen Skandal, ein General wendet sich gegen jene, die ihm die Sterne verliehen haben, wem soll man da noch Vertrauen schenken, und jetzt die acht Stunden, so eine Kalamität, das Böse kommt daher, daß man sich nicht nach den Gesetzen Gottes richtet, eine Stunde mehr, eine Stunde weniger, zwölf für den Tag sind es und zwölf für die Nacht, einberechnet die Abenddämmerung und das Morgengrauen, und wenn das kein Gesetz Gottes ist, dann ist es eben Naturgesetz und folglich einzuhalten.

Die Stimme, die durchs Latifundium geht, hört dieses Gerede vielleicht nicht, und wenn sie es hört, dann achtet sie nicht darauf, denn es ist dieses altmodische Gerede, das schon zu Lambertos Zeiten zu hören war, letztlich ist deren Zerstreuung die Arbeit, wenn sie nicht arbeiten, suchen sie die Schenken auf, und danach schlagen sie die unglücklichen Frauen. Doch man soll nicht denken, daß die Wege leicht zu gehen sind. Seit einem Jahr läuft sich die Stimme auf Straßen und Wegen die Absätze schief, acht Stunden, acht Stunden Arbeit, und so mancher glaubt ihr nicht, sondern meint, so etwas gäbe es nur, wenn der Weltuntergang bevorstünde und das Latifundium seine Seele retten wollte, indem es vor dem höchsten Richter sagte und vor Engeln und Erzengeln erklärte, ich hatte Mitgefühl mit meinen Untertanen, die zu viel arbeiteten, und bei der Liebe zu Gott habe ich sie angefleht, nur noch acht Stunden am Tag zu arbeiten und am Sonntag auszuruhen, und weil ich das tat, erhoffte ich, einen Platz im Paradies zu erhalten, zur rechten Hand Gottes, nichts anderes lag mir im Sinn. Die so denken, glauben nicht an eine Veränderung, die nicht zum schlechten wäre, doch die Träger der Stimme gaben das ganze Jahr über keine Ruhe, übers ganze Latifundium verbreiteten sie die Worte, die Guarda und die von der PIDE wackelten währenddessen unruhig mit den Ohren, wie es die Esel zu tun pflegen, wenn sie von Fliegen gequält werden. Dann ergossen sich grimmige und kriegerische Patrouillen übers Land, es fehlte nur noch, daß sie Kornette und Trommeln mit an die Front genommen hätten, gefallen hätte es ihnen schon, aber es paßte nicht in den Schlachtplan, das hätte gerade noch gefehlt, daß die Verschwörer auf einem verlassenen Berg oder in einem Dickicht von weitem das Tätärätä gehört hätten, auf diese Weise würde niemals jemand erwischt werden. Die Guarda wurde verstärkt, die PIDE wurde verstärkt, jedwedes Dorf ohne Arzt konnte mit der Medizin von zwanzig oder dreißig Guardas sowie entsprechender Bewaffnung rechnen, nicht zu vergessen, die konstante Verbindung zu den Drachen, die den Staat verteidigen und einem Übles wollen, die armen wirklichen Drachen, häßlich wie Kröten und Echsen sind sie, doch sie tun kaum nennenswert Böses, der Beweis ist das Paradies, das voll von feuerspeienden Drachen ist, davon gibt's dort genug. Und da es jedem Guarda nicht an Tücke und Gemeinheit fehlt, erfanden sie die hohe Kunst, etwas unter einen Stein zu legen, aber so sichtbar, daß es ein Blinder sehen würde, und zwar Blätter, die bei dem Kommunistenpack beschlagnahmt wurden, das auf dem Latifundium herumläuft und aufrührerische Reden führt, wie solche von den acht Stunden Arbeit, an Moskau wollen sie das Land ausliefern. Nachdem die Sache vorbereitet ist, versteckt man sich in einer Mulde oder hinter einem harmlosen Baum oder hinter einem großen Stein, und wenn der Unschuldige nichts ahnend vorbeikommt, dann bemerkt er vielleicht die Blätter und steckt sie in die Tasche oder hinters Mützenfutter, oder er schiebt sie unter das Hemd, diese weißen Blätter mit kleinen schwarzen Buchstaben, es ist nicht nur, weil man kaum lesen kann, auch die Sehkraft hat nachgelassen, er hat noch keine zehn Schritte getan, da springt ihm die Guarda in den Weg, halt, zeigen Sie mal, was Sie da in den Taschen haben! Wenn das nicht von der Gescheitheit großen Kalibers der Guarda überzeugt, dann muß schon viel schlechter Wille gegen sie im Spiel sein, höchstes Lob verdient sie für eine so hervorragende Anwendung von Scheinheiligkeit und dürftiger Lüge im Verein mit Waffenführung und Überfalltaktik.

Der Finder ist von Karabinern umkreist, ihm bleibt keine andere Wahl, als die Taschen auszuleeren, ein kleines Zigeunermesser, eine halbe Unze Tabakkrümel, eine Packung Zigarettenpapier, ein Bindfaden, ein Stückchen bröckligen Brotes, zehn Tostões, doch alles befriedigt die Guardas nicht, sie hegen andere Absichten, sehen Sie zu, daß Sie gründlicher suchen, es ist nur zu Ihrem Guten, wenn wir Sie durchsuchen, könnten Sie sich weh tun. Und so tauchen unter dem Hemd die Blätter auf, sie sind ganz feucht vom Schweiß, nicht daß die Hitze so groß wäre, ein Mann ist nicht aus Stein, inmitten der Guardas, die sich eins grinsen, jetzt wird es Ernst, Korporal Tacabo oder irgendein Vorgesetzter des Feldzuges tritt vor, er weiß genau, was es für Blätter sind, aber er tut wie neugeboren, er studiert sie und sagt dann hinterlistig, da hast du dir was eingebrockt, wir haben dich mit kommunistischer Propaganda ertappt, auf geht's zum Revier, dein Weg führt nach Montemor oder nach Lissabon, ich möchte nicht in deiner Haut stecken. Der Finder will erklären, daß er die Blätter eben erst gefunden und nicht einmal gelesen habe, er könne nicht einmal lesen, er sei vorbeigekommen, habe sie liegen sehen und aus natürlicher Neugier aufgehoben, jedermann hätte so gehandelt, doch er kommt nicht mehr dazu, das alles zu sagen, ein Kolbenhieb trifft ihn an der Brust oder am Rücken, vielleicht auch noch ein Fußtritt, beweg dich, oder du fängst gleich hier eine Kugel, das sind die Waffen und der Herren erlauchte Scharen.

Erzählen ist wie Kirschenessen, man greift nach einem Wort, und schon hängt ein anderes mit dran, wie Kletten sind sie, es ist schwer, eins vom anderen zu lösen, ein Wort kommt nicht allein, sogar das Wort Einsamkeit nicht, denn es benötigt den, der unter ihr leidet, und so muß es auch sein. Diese Guardas sind unglaublich zuverlässig, das Latifundium ruft, und sie kommen, sie fragen nicht und diskutieren nicht, wie Holzsoldaten sind sie, erinnern wir uns nur an den vorigen Ersten Mai, die Männer und Frauen hatten den Tag der Werktätigen festlich begangen, und als sie am darauffolgenden Tag zur Arbeit zurückkehrten, wurden sie bereits von der Guarda erwartet, hier darf nur der arbeiten, der auch gestern gearbeitet hat, das ist ein Befehl, das sagten sie nur der Form halber, denn alle waren der Arbeit ferngeblieben. Und was nun, die verhinderten Werktätigen warteten ab, wie würde das wohl ausgehen, und da die Guarda nicht abrückte und der in ihrer Mitte versteckte Verwalter kein Wort von Arbeit fallenließ, entschied sich der Trupp dafür, nach Hause zu gehen, es war noch früh am Morgen, das wird ein weiterer Feiertag, und die Guarda hatte nur noch die Ameisen zu bewachen, die ihrem Tagewerk nachgingen und erstaunt die Köpfe hoben, als wären sie Hunde. Der Ranghöchste, der an der Seite des Verwalters oder Vorarbeiters oder Aufsehers oder Beauftragten stand, die Bezeichnungen sind zwar verschieden, aber die Sache ist dieselbe, der Ranghöchste also brachte zuvor noch seine glänzenden Verhörmethoden an den Mann, na warum habt ihr gestern nicht gearbeitet?; was für eine kluge Frage, wir sind nicht gekommen, weil Erster Mai war, und der Erste Mai ist der Tag der Werktätigen, wir sind Werktätige, deshalb. Die Antwort ist frei von Arglist, da stehen sie vor mir, dem Korporal der Guarda, wenn sie denken, daß sie mich übertölpeln können, dann haben sie sich geirrt, ich glaube ihnen kein Wort, mit ernsten Gesichtern schauen sie mich an, das ist diesen Ausgekochten eigen, sie schauen ganz ernst, und niemand kann herausfinden, was sie denken, aber ich werde es ihnen gleich geben, ich werde schon mit ihnen fertig werden. Es ist besser, wenn ihr die Wahrheit gesteht, ihr habt wegen der Politik nicht gearbeitet, ihr glaubt wohl, ihr könnt mich reinlegen; aber die Antwort bleibt die gleiche, nein, Senhor, es war nicht wegen der Politik, der Erste Mai ist der Tag der Werktätigen; bei dieser Antwort lächle ich spöttisch, was versteht ihr schon davon; da sagt einer von hinten, schade, daß man sein Gesicht nicht erkennen kann, überall in der Welt ist es so; und ich rege mich mit Recht darüber auf, hier ist nicht die Welt, es ist Portugal, und es ist der Alentejo, hier herrschen unsere Gesetze. In diesem Moment vertraut mir der Verwalter ein Geheimnis an, eigentlich ist es kein Geheimnis, denn wir hatten die Sache ausgemacht, und ich bestimme mit der mir gegebenen Autorität, hier darf nur arbeiten, wer gestern seinen Dienst verrichtet hat; kaum hatte ich das gesagt, da gingen sie auch schon, alle gemeinsam, so sind sie es gewohnt, sie singen ja selbst nur in der Gemeinsamkeit, sie kehrten also nach wenigen Minuten nach Hause zurück, auf den Schultern trugen sie ihre Hacken, mit denen sie hatten arbeiten wollen, gemeinsam gingen sie, und das nötigt eine Art Respekt ab, ich weiß nicht, warum. Worte hängen aneinander wie Kletten, mit einer Kirsche beginnen wir, im Mai werden sie reifen, und wenn auch das Wort Respekt nicht am Ende steht, so ist es doch wenigstens angebracht.

April, April, ein jeder spricht, soviel er will. Auf dem Lande kommt es zu großen nächtlichen Ansammlungen, die Männer können einander kaum sehen, aber sie hören sich, ihre Stimmen sind gedämpft, wenn der Ort nicht sicher genug ist, gelöster und deutlicher sind sie in der Geborgenheit der unbewohnten Natur, in jedem Falle aber werden Wachen aufgestellt, so wie es die Kunst strategischer Absicherung verlangt, ähnlich verteidigt man ein Camp. Von dieser Seite aus ist es ein gewaltloser Krieg. Wenn sich im Dunkel der Nacht die Guarda nähert, sind es nicht mehr die üblichen einfachen Streifen zu zweit, sie kommen im Dutzend oder halben Dutzend, auf wegsamem Gelände führen sie Jeeps und Mannschaftswagen heran, sie nähern sich in Linie wie bei einer Treibjagd, die Wachen ziehen sich zurück, um zu warnen, nun kann man zwischen zwei Möglichkeiten wählen, wenn die Guarda entfernt vorbeigeht, dann verhält man sich am besten still, wo sie gerade sitzen oder stehen, halten alle Männer den Atem und die Gedanken an, sie sind zu Stein erstarrt, Hünensteine längst vergangener Zeiten, wenn jedoch die Guarda direkt auf die Versammlung zusteuert, dann heißt es, sich über Berg und Tal zu zerstreuen, zum Glück hat die Guarda noch keine Hunde.

In der folgenden Nacht wird das Gespräch an der unterbrochenen Stelle wiederaufgenommen, entweder am gleichen oder an einem anderen Ort, unendlich ist die Geduld. Wenn es möglich ist, treffen sie sich tagsüber in kleinen Gruppen, oder sie suchen eine Wohnung auf, wo sie in der Nähe des Herdes reden, während die Frauen schweigsam das Geschirr spülen und die Kinder in den Ecken einschlummern. Und wenn die Männer nebeneinander am Druschplatz stehen, dann ist jedes gesagte und vernommene Wort wie der Schlag einer Ramme auf einen Pfahl, noch ein Stück tiefer, und zur Essenszeit, wenn die Schüsseln oder Töpfe zwischen den Füßen auf dem Boden stehen und die Löffel auf und nieder gehen, wenn ein kühler Lufthauch die Körper erfrischt, dann knüpfen die Worte an die vorherigen an. Eine ruhige Stimme sagt, wir werden acht Stunden arbeiten, Schluß mit der Arbeit von Sonnenaufgang bis Sonnenuntergang; die Vorsichtigen haben Angst vor der Zukunft, was wird, wenn uns die Patrões keine Arbeit geben; die Frauen, die neben dem brennenden Herdfeuer mit dem Abwasch beschäftigt sind, schämen sich des männlichen Kleinmuts, sie sind mit dem Freund einer Meinung, der an ihre Tür geklopft und gesagt hatte, wir werden acht Stunden arbeiten, Schluß mit der Arbeit von Sonnenaufgang bis Sonnenuntergang. Auch sie müssen so lange arbeiten und noch mehr, schmerzend, blutend und mit schwangerem Leib, später dann mit den milchvollen Brüsten, so daß die Milch verströmt, anstatt gesaugt zu werden, dabei ist es noch ein Glück, wenn sie nicht versiegt, der ist im Irrtum, der da meint, es genüge schon, eine Fahne zu schwenken und zu rufen, vorwärts. Es ist vonnöten, daß der April zum Monat der vielen Worte wird, denn selbst die Festen und Überzeugten haben ihre Augenblicke des Zweifelns, haben ihre Ängste und Tiefpunkte, schließlich sind da noch die Guarda und die Drachen von der PIDE, gibt es den dunklen Schatten, der über dem Latifundium liegt und nicht weichen will, und dieser Schatten bedeutet, daß es keine Arbeit gibt, und da kommen wir, um das schlafende Untier auch noch mit den eigenen Händen zu wecken, wir schütteln es und sagen, morgen werde ich nur acht Stunden arbeiten. Das hier ist nicht der Erste Mai, der ist gar nichts dagegen, niemand kann mich an diesem Tag zur Arbeit zwingen, doch wenn ich sage, acht Stunden und nicht mehr, dann ist es, als ob man einen tollwütigen Hund reizt. Und hier auf dem Schemel sitzend oder neben mir auf dem Druschplatz stehend oder inmitten einer so dunklen

Nacht, daß ich nicht einmal sein Gesicht sehen kann, sagt der Freund, es geht nicht nur um die acht Stunden, wir müssen auch vierzig Escudos Lohn fordern, wenn wir nicht vor Schwäche und Hunger sterben wollen. Es ist gut, so etwas zu fordern und zu haben, aber schwer, es zu erreichen. Nur gut, daß man viele Meinungen hören kann, viele melden sich zu Wort, und aus der Gruppe erhebt sich eine Stimme, das ist nicht nur so dahingesagt, es gibt wirklich Stimmen, die sich auf die Beine stellen, was ist das für ein Leben, in zwei Jahren sind mir zwei Kinder an der Hungerkrankheit gestorben, eines ist mir geblieben, und ich soll es als Lasttier aufziehen, obwohl ich selber auch nicht länger eins sein will. Solche Reden sind nichts für vornehme Ohren, aber hier gibt es solche nicht, trotzdem würde niemand in der Runde gern in den Spiegel blicken und sich mit einem Packsattel sehen oder an eine Deichsel gespannt. So ist es seit unserer Geburt.

Eine andere Stimme kommt daher, ein Schatten tritt aus der nächtlichen Schwärze hervor, niemand weiß, woher er gekommen ist, was ist denn in den gefahren, der spricht ja weder von den acht Stunden noch von den vierzig Escudos Lohn, das ist schließlich das Thema der Versammlung, aber keiner möchte ihn unterbrechen; sie wollten uns schon immer die Würde nehmen; und alle verstehen, was er sagen will, sie, das sind die Guarda und die PIDE, das Latifundium und sein Herr, Alberto oder Dagoberto, die Lakaien der Regierung, das Gespenst des Hungers und der Schrecken bösartiger Krankheiten; sie wollen uns die Würde nehmen, so darf es nicht mehr weitergehen, hört alle, was mir und meinem verstorbenen Vater widerfahren war, es war unser Geheimnis, doch heute kann ich nicht länger schweigen, Camaradas, wen das nicht überzeugt, dem ist nicht mehr zu helfen, der ist ein hoffnungsloser Fall, es geschah vor vielen Jahren, die Nacht war so finster wie die heutige, als ich mit meinem Vater Eicheln für eine Mahlzeit sammeln ging, wir hatten nichts mehr im Hause, ich war schon erwachsen und dachte ans Heiraten, wir hatten einen Sack mitgenommen, groß war er nicht, ein kleiner Weizensack, wir gingen also nicht wegen der Last gemeinsam, sondern aus Gesellschaft, und als wir den Sack schon fast voll hatten, da tauchten die Guardas auf, das ist ja manchem von euch auch schon passiert, das ist keine Schande, und Eichellesen ist kein Diebstahl, und wenn es so wäre, dann ist der Hunger eine gute Entschuldigung, wer stiehlt, um zu leben, dem ist für hundert Jahre vergeben, ich weiß, das

Sprichwort geht anders, aber so müßte es lauten, wenn ich ein Dieb sein soll, nur weil ich Eicheln stehle, dann ist auch ihr Besitzer ein Dieb, denn er hat weder die Erde bestellt noch den Baum gepflanzt, gedüngt und beschnitten, die Guardas kamen also und sagten, es lohnt sich eigentlich nicht, zu wiederholen, was sie sagten, ich weiß es auch nicht mehr so genau, sie beschimpften uns, was wir nicht alles über uns ergehen lassen mußten, mein Vater bat sie bei ihrer Liebe zu Gott, sie mögen uns mit den Eicheln ziehen lassen, da lachten sie und sagten, es ginge in Ordnung, wir dürften die Eicheln behalten, aber unter einer Bedingung, hört alle gut zu, wir sollten beide gegeneinander zu ihrem Vergnügen kämpfen, und da sagte mein Vater, er würde sich nicht mit seinem eigenen Sohn schlagen, und ich wollte das auch nicht, doch sie sagten, in diesem Falle müßten wir mit zum Revier kommen, um Strafe zu zahlen und vielleicht auch eine Abreibung zu erhalten, damit wir endlich lernten, wie man sich im Leben benimmt, und da sagte mein Vater, es wäre gut, wir würden miteinander kämpfen, ich bitte euch um alles in der Welt, Camaradas, denkt nicht schlecht von meinem Vater, gebe Gott, daß er sich jetzt nicht in seinem Grabe herumdrehen muß, der schreckliche Hunger war schuld, und daher tat mein Vater so, als würde er mir einen Puff versetzen, und ich ließ mich zum Schein auf den Boden fallen, vielleicht ließen die sich täuschen, dachten wir, aber sie sagten, wir sollten uns entweder richtig weh tun oder sie würden uns verhaften, ich weiß nicht, welche Worte ich für den Rest finden soll, mein Vater war völlig verzweifelt, irgend etwas trat in seine Augen, und er schlug zu, es schmerzte sehr, und das kam nicht von der Wucht des Schlages, ich gab es ihm auf gleiche Weise zurück, und nach einer Minute wälzten wir uns auf dem Boden, die Guardas lachten wie irre, und als ich mit der Hand an das Gesicht meines Vaters kam, da spürte ich, daß es ganz naß war, das war kein Schweiß, ich geriet außer mir, ich packte ihn bei den Schultern und schüttelte ihn, als wäre er mein ärgster Feind, und er, unter mir liegend, versetzte mir Schläge auf die Brust und wo es gerade traf, die Guardas lachten ohne Unterlaß, die Nacht war so finster wie die heutige, und es war so kalt, daß man bis ins Mark fror, um uns her die Natur, und kein Stein erhob sich, soll denn der Mensch zu so etwas geboren sein, als wir wieder zu uns kamen, waren wir allein, die Guardas waren gegangen, ich glaube aus Verachtung, wir hätten sie verdient, und dann begann mein Vater zu weinen, und ich wiegte ihn, als wäre er ein Kind, ich schwor ihm, niemals darüber zu sprechen, doch heute konnte ich nicht länger schweigen, es ist nicht wegen der acht Stunden oder der vierzig Escudos Lohn, es geht darum, daß wir irgend etwas tun müssen, um nicht noch tiefer zu sinken, denn das ist kein Leben, wenn sich zum Vergnügen der Guardas zwei Männer schlagen müssen, die Vater und Sohn sind, selbst wenn sie es nicht wären, es genügt denen nicht, daß sie Waffen haben und wir keine, wir wären nichts wert, wenn wir uns dieses Mal nicht vom Boden aufrichteten, es ist weniger für mich als für meinen Vater, der Ärmste, wenn ich daran denke, wie ich ihn geschlagen habe und wie die Guardas gelacht haben, sie waren wie betrunken, wenn es einen Gott gäbe, dann wäre er in jener Stunde erschienen. Als die Stimme schwieg, erhoben sich alle Männer, es war kein weiteres Wort mehr nötig, jeder ging seines Weges und war zum Ersten Mai entschlossen, zu den acht Stunden und zum Lohn von vierzig Escudos, und noch heute, nach so vielen Jahren, weiß man nicht, wer von ihnen es war, der mit dem eigenen Vater gekämpft hatte, wenn der Schmerz sehr groß ist, sind es die Augen, die ihn nicht ertragen können.

Diese und andere Worte machten die Runde durchs ganze Latifundium, doch kein Wort fiel über die Schlägerei, es hätte ja doch niemand geglaubt, obwohl es die reine Wahrheit ist, auch in Monte Lavre wurden Versammlungen abgehalten, die der Einigkeit und der Verabredung dienten, und wenn es Ängstliche gab, so gab es auch Mutige, so daß bis zum Ersten Mai alles bereit war, wer ängstlich war, der hielt sich eben an einen mit weniger Angst, auch im Krieg ist es so, wenn man diejenigen hört, die ihn mehr oder weniger tapfer durchgemacht haben. An diesem Tag wurde viel Benzin und Diesel verbraucht, die Frühlingsluft war voll von Auspuffgasen, das war aber nicht das schlimmste, da kam so ein Jeep oder Mannschaftswagen voller Karabiner und maskierter Guardas vorbei, sie benutzten Masken, um ihre Scham zu verstecken, und wenn sie zu einer Ortschaft mit einem Revier kamen, dann kehrten sie zu einer Stabsbesprechung ein, sie gaben Befehle weiter und analysierten die Lage, wie sieht es in der Gegend von Setúbal aus und wie im Baixo Alentejo, was ist im Alto Alentejo los, und wie steht es im Ribatejo, denn dort ist das Latifundium auch zu Hause, vergeßt das nicht. Bewaffnete Patrouillen durchschnüffelten Straßen und Gassen nach dem Geruch von Subversion, und von den Wachtürmen ließen sie

Fischadlerblicke über das Binnenmeer schweifen, um zu sehen, ob nicht schwarze Piratenfahnen oder gar rote entrollt würden, doch wer würde sich jetzt schon auf so etwas einlassen, aber es ist eben eine fixe Idee der Guardas, sie können immer nur an das eine denken, aber das einzige, was sie herausbekamen, war sowieso kein Geheimnis, es gingen nämlich Männer gemessenen Schrittes und in Gespräche vertieft über die Plätze, in ihrer besten Kleidung, die gut geflickt war, denn die Frauen auf dem Latifundium verstehen es ausgezeichnet, die Hosenböden und Knie zu reparieren, man sollte sie sehen, wie sie in den Flickkörben nach einem Fetzen gut erhaltenen Zwillichs kramen, wie sie ihn auf die geplagte Stelle des Hosenbeins legen und ihn dann vorsichtig mit der Schere zuschneiden, man hört das Gewebe knirschen, das ist Präzisionsarbeit, ich sitze an der Schwelle zu meiner Tür und richte die Hosen meines Mannes her, er soll ja nicht nackt zur Arbeit gehen müssen, es genügt, wenn ich ihn so unter der Decke fühle.

Es scheint, als ob das nichts mit dem Ersten Mai, den acht Stunden und den vierzig Escudos zu tun hätte, an unachtsamen Menschen, die so denken, fehlt es nicht, sie gehen mit geschlossenen Augen durch die Welt und meinen, daß sie nur eine Kugel sei, die durchs All rollt, reine Astronomie, mit Blindheit ist der geschlagen, der nicht sieht, daß nichts mehr mit dem Ersten Mai zu tun hat als diese Nadel und dieser Faden in den Händen dieser Frau, die Gracinda Mau-Tempo heißt und für ihren Mann Manuel Espada die Hosen für den Ersten Mai herrichtet, den Tag der Werktätigen. Auf der anderen Straßenseite kommt die Guarda vorbei, es ist ein kriegsmäßiger Jeep, und Gracinda Mau-Tempo zieht ihre einzige Tochter, Maria Adelaide, an sich, das Mädchen, das sieben Jahre alt ist und die blauesten Augen der Welt hat, schaut auf diese Parade, man kann es kaum fassen, daß es Kinder gibt, die sich nicht von dem Glanz der Uniformen begeistern lassen, doch dieses da, mit seinem ernsten Blick, hat schon genug vom Leben gesehen, um zu wissen, von welcher Art diese Guarda ist und was diese Uniformen verheißen.

In später Nacht kehren die Männer nach Hause zurück. Ihr Schlaf wird so unruhig sein wie der der Soldaten am Vorabend einer Schlacht, wer weiß, ob ich mit dem Leben davonkomme, Streiks und Kundgebungen sind eine Sache, das war schon immer üblich, die Reaktionen der Patrões und der Guardas sind bekannt, hier aber geht es um mehr, die Macht des Latifundiums soll angetastet werden, die ihm von Vätersvätern überkommen ist, an allen Werktagen deines Lebens sollst du nach meinem Willen und zu meinem Nutzen von Sonnenaufgang bis Sonnenuntergang arbeiten, an den restlichen Tagen kannst du machen, was du willst. Sigismundo Canastro braucht nun nicht so früh aufzustehen, und João Mau-Tempo, António Mau-Tempo und Manuel Espada auch nicht, ebensowenig wie die anderen Männer und Frauen, die zu dieser Stunde noch wach sind und daran denken, wie es morgen sein wird, acht Stunden Arbeit auf dem Latifundium, das ist eine Revolution. Es ist ein Kampf auf Biegen oder Brechen, in Montargil haben sie ihn gewagt und gewonnen, sollen wir ihnen etwa nachstehen. Mitten in der Nacht hört man, wie der Jeep der Guarda wieder und wieder durch die Straßen von Monte Lavre fährt, sie wollen uns einschüchtern, die werden was erleben.

Dasselbe sagen auch andere, Gilberto und Alberto, die werden was erleben. Es wurde ein großer Augenblick in der Geschichte des Latifundiums, sogar die Landbesitzer standen früh auf, um bei Tagesanbruch dabeizusein, wer nicht sein Hab und Gut bewacht, der wird vom Teufel ausgelacht, die Sonne ist schon aufgegangen, und kein einziger Teufel ist zur Arbeit erschienen, Verwalter, Aufseher und Vorarbeiter sind nervös, die Landschaft ist eine Augenweide, Mai, blühender Mai, und Norberto schaut auf die Uhr, halb acht und keine Seele zu sehen. Das riecht nach Streik, bemerkt ein Lakai, doch Adalberto sagt unwirsch, halt den Mund. Er ist wütend, sein Entschluß ist schon gefaßt, das ist seine Art, man muß nur abwarten können. Da kommen die Männer gemeinsam heran, zu der von ihnen bestimmten Zeit, sie wünschen höflich einen guten Tag, wozu denn auch Gehässigkeiten, und als es acht Uhr ist, beginnen sie zu arbeiten, so haben sie es überall beschlossen, aber Dagoberto brüllt, halt. Alle halten ein und schauen mit unschuldigen Augen, was ist, Patrão? So viel Gelassenheit kann einen zur Weißglut bringen, wer hat befohlen, um diese Zeit mit der Arbeit zu beginnen, will Norberto wissen; in diesem Trupp obliegt es Manuel Espada, die Antwort zu erteilen, wir haben es beschlossen, woanders arbeitet man bereits acht Stunden, und wir sind nicht weniger wert als die Camaradas in anderen Orten. Da geht Berto auf ihn zu, es scheint, als habe er die Absicht, auf ihn einzuschlagen, aber nein, das wagt er nun doch nicht, auf meinem Grund und Boden ist die Arbeitszeit so, wie sie immer war, für den guten Willens geht sie von Sonnenaufgang bis Sonnenuntergang, und jetzt entscheidet euch, entweder ihr bleibt und holt morgen die verlorene Zeit nach, oder ihr verschwindet und laßt euch nicht mehr blicken. Das war wacker gesprochen, wird Dona Clemência sagen, wenn sich ihr Gatte seiner Taten rühmt; und wie ging es weiter?; dann antwortete dieser Manuel Espada, das ist der, der mit der Tochter von Mau-Tempo verheiratet ist, er war der Anführer der Gruppe, gut, Senhor, wir gehen. Und sie gingen alle, und als sie sich Monte Lavre näherten, fragte António Mau-Tempo, und nun, was machen wir nun? Er fragte nicht etwa aus Beunruhigung oder Ängstlichkeit, er wollte dem Schwager mit der Frage helfen, und der antwortete, jetzt machen wir, was wir vereinbart haben, wir versammeln uns auf dem Platz, und wenn die Guarda auftaucht, um Fragen zu stellen, geht jeder nach Hause, und morgen gehen wir wieder zur Arbeit, für acht Stunden, so wie heute. So oder so ähnlich waren auch die Worte, die João Mau-Tempo in einem anderen Trupp gebraucht und Sigismundo Canastro in dem seinen, und so trafen sich alle auf dem Kontraktplatz, wo sie die Guarda herankommen sahen; Korporal Tacabo trat zu ihnen, ihr wollt also nicht arbeiten; wir wollen schon, Senhor, aber nur für acht Stunden, und der Patrão will es nicht zulassen. Es gibt nichts, was wahrer gewesen wäre als das, aber der Korporal will sich vergewissern, es handelt sich also nicht um Streik; nein, Senhor, wir wollen ja arbeiten, der Patrão hat uns weggeschickt, er sagt, den acht Stunden stimmt er nicht zu. Wegen dieser eindeutigen Antwort wird der Korporal Tacabo später sagen, ich weiß nicht, wie ich ihnen beikommen soll, Senhor Dagoberto, die Männer sagen, daß sie zur Arbeit bereit sind, Sie wären derjenige; er kommt nicht mehr dazu, den Satz zu beenden, denn Dagoberto fährt ihm dazwischen, Strolche sind es, entweder sie arbeiten von Sonnenaufgang bis Sonnenuntergang, oder sie sollen vor Hunger krepieren, auf meinem Grund und Boden gibt es keine Arbeit für solche, und soviel ich weiß, hat die Regierung kein Gesetz verabschiedet, das den Achtstundentag einführt, selbst wenn sie es tun würde, auf meinen Ländereien bestimme ich, hier bin ich der Herr. Und damit war das Gespräch mit Korporal Tacabo beendet, und der Tag ging damit zur Neige, daß ein jeder zu Hause blieb, die Frauen wollten wissen, was passiert war, wir kennen das von Dona Clemência, und die anderen haben auch ein Recht darauf.

Die Rechnungen wurden präsentiert, dieser Tag hat keinen

Lohn gebracht, wie viele solcher Tage werden folgen, es war überall verschieden, an jenem Ort gab das Latifundium nach zwei Tagen auf, an einem anderen nach drei, woanders nach vier Tagen, es gab auch Gegenden, in denen Wochen bei der Kraftprobe vergingen, bis festgestellt wurde, wer mehr Kraft und Ausdauer besaß, zuletzt gingen die Männer schon gar nicht mehr zur Arbeit, um zu erfahren, ob man sie zu ihren Bedingungen nehmen würde, sie blieben zu Hause, und jetzt war es wirklich Streik, mehr war nicht nötig, um die Guarda zur Anwendung roher Gewalt zu bringen, auf dem gesamten Latifundium zog die Kriegsmaschinerie auf, es ist nicht nötig, das Ganze zu wiederholen, jeder kennt es nun schon. Dagoberto und Alberto, Humberto und was weiß ich für noch ein Berto widersetzten sich in ihren Burgen, doch die Heilige Allianz begann zu bröckeln, schon trafen Nachrichten von einer Kapitulation ein, was sollen wir tun, laß sie nur, wir werden doch zuletzt lachen; ich weiß sehr wohl, Senhor Pater Agamedes, daß Rachegedanken unchristlich sind, später werde ich beichten; ganz so ist es nicht, Senhor Alberto, im fünften Buch Mose steht geschrieben, die Rache ist mein, ich will vergelten zur Zeit. Unser Pater Agamedes ist ein Leuchtturm der Weisheit, wie hat er nur in diesem dicken Buch, das die Bibel ist, eine so passende Passage herausgefunden, alle weiteren Begründungen sind überflüssig.

Hier in Monte Lavre waren glücklicherweise die Krämer zum Borgen bereit, auch in anderen Orten gab es das, aber in dieser Erzählung hat die Sache einen Haken, denn diese Wege war João Mau-Tempo voller Scham gegangen, da er Schulden hatte und sie nicht begleichen konnte, er war zusammen mit seiner Frau Faustina gegangen, die vor Elend und verzweifelter Traurigkeit geweint hatte, und jetzt geht ausgerechnet er von Geschäft zu Geschäft, um einen Auftrag zu erfüllen, wo er schlecht empfangen wird, da sieht er drüber hinweg, er mußte schon viel mehr erdulden und hat sich eine dickere Haut zugelegt, es geht ja auch nicht um ihn allein, Senhora Graniza, wir stehen im Kampf um den Achtstundentag, die Patrões sind dagegen, deshalb streiken wir, ich bin gekommen, um Sie zu bitten, drei oder vier Wochen Geduld zu haben, wenn wir wieder arbeiten, beginnen wir sofort mit der Abzahlung, niemand wird Ihnen etwas schuldig bleiben, das ist die große Bitte, die wir an Sie haben. Und die Inhaberin dieses Ladens, eine hochgewachsene Frau mit hellen Augen und tiefem Blick, legt die Hände auf den Ladentisch und sagt mit dem Respekt der Jüngeren, Senhor Mau-Tempo, mein Haus steht Ihnen mit derselben Gewißheit zur Verfügung, mit der Sie sich eines Tages an mich erinnern werden. Diese geheimnisvollen Worte entsprechen dem Wesen dieser Frau, die mit ihren Kunden mystische und politische Gespräche zu führen pflegt und die Geschichten und Vorfälle von wundersamen Heilungen und Besprechungen zum besten gibt, es gibt so allerhand auf dem Latifundium, nicht nur in den Städten, João Mau-Tempo ging mit der guten Nachricht weiter, und Maria Graniza bereitete eine neue Schuldenliste vor, hoffentlich werden auch alle bezahlen, das wäre mehr als gerecht.

Das Federvieh erwacht am Morgen und erblickt niemanden bei der Arbeit. Wie ist die Welt verändert, sagt die Kalanderlerche. Aber der Milan, der hoch oben langsam seine Kreise zieht, ruft, daß die Welt viel mehr verändert sei, als die Lerche annehme, es ist nicht allein, weil die Männer genau acht Stunden arbeiten, die Ameisen wissen es ganz genau, sie haben vieles gesehen, und ein gutes Gedächtnis haben sie auch, das ist auch kein Wunder, da sie stets gemeinsam gehen. Was sagen Sie zu all dem, Senhor Pater Agamedes?; ich weiß nicht, was ich Ihnen sagen soll, Senhora Dona Clemência, fahre wohl, du schlimme Welt.

João Mau-Tempo liegt im Bett. Er wird heute sterben. Die Krankheiten der armen Leute sind fast immer undefinierbar, die Ärzte sehen sich der extremen Schwierigkeit gegenüber, die Todesursache genau feststellen zu müssen, oder sie begnügen sich mit einer Vereinfachung, meistens stirbt man an einem Schmerz, irgendeiner Geschwulst, wie soll man das in klare Begriffe der nosologischen Klassifizierung fassen, es hilft ihnen nichts, daß sie jahrelang die Fakultät besucht haben. Zwei Monate hatte João Mau-Tempo im Hospital von Montemor zugebracht, geholfen hatte es ihm wenig, es lag nicht einmal an mangelnder Pflege, es gibt eben rettungslose Fälle, sie entließen ihn, damit er zu Hause sterben konnte, das änderte zwar nichts am Sterben, doch so war es würdevoller, es roch nach dem eigenen Bett, man hörte die Stimmen der Vorübergehenden und den Lärm des Federviehs im Hühnerstall, wenn sich in der Abenddämmerung die Hühner auf den Stangen einrichten und der Hahn kraftvoll mit den Flügeln schlägt, danach kann man in der anderen Welt Sehnsucht haben. Im Hospital hatte sich João Mau-Tempo quälen müssen, er war des Nachts bei Bewußtsein und hörte all das Seufzen und Stöhnen, wie es halt in einem Krankenzimmer zugeht, erst nach Tageseinbruch konnte er einschlafen. Nicht daß er jetzt besser schlafen würde, doch hier braucht er sich nur um seine eigenen Schmerzen zu kümmern, das kann er still mit seinem Körper ausmachen und mit seinem Willen, der ihn noch erträgt, außer der Familie gibt es keine Zeugen, und selbst die Seinen werden nicht verstehen, was es heißt, allein mit seinem Tod zu sein, sie werden es erst zu ihrer Zeit wissen, auch sie sind zum Verlassen dieser Welt vorgesehen, sie sind nicht wie die Saat, er weiß von sich aus, niemand hat es ihm gesagt, daß heute der Tag ist. Das sind Gewißheiten, die ins Bewußtsein dringen, wenn man am Morgen sehr früh erwacht und den Regen fallen hört, er läuft die Traufen hinunter wie die Wasserfäden einer Quelle, als Kinder setzten wir uns auf das innere Türgeländer, lehnten uns auf den Mauervorsprung des kleinen Fensters und streckten die Hand nach dem herabrinnenden Wasser, João hatte das ebenso getan wie alle anderen. Faustina schläft auf der Truhe, sie hatte darauf bestanden, damit es der Mann im Bett bequemer habe, es ist nicht zu befürchten, daß die Frau irgendeine ihrer Pflichten vernachlässigt, die ganze Nacht hindurch glänzen ihre Augen im Flackern des schwachen Herdfeuers oder der Öllampe, vielleicht ist das Glänzen ihrer Augen ein Ausgleich für das mangelnde Gehör. Wenn sie aber doch einschlafen sollte und die Schmerzen João Mau-Tempos so unerträglich werden, daß er sie nicht mehr allein ertragen kann, gibt es immer noch die Schnur, die das rechte Handgelenk des Mannes mit dem linken der Frau verbindet, auch jetzt noch sind sie ungeachtet ihres Alters miteinander verbunden, beim geringsten Ziehen fährt Faustina aus ihrem flüchtigen Dahindämmern auf, erhebt sich in ihren Kleidern und kommt ans Bett, in ihrer unendlichen Stille der Taubheit faßt sie nach der Hand des Mannes, und weil sie nichts weiter tun kann, sagt sie ihm liebe Worte, wer hätte mehr Reichtum.

Heute ist kein Sonntag, aber bei diesem Regen, der die Äcker überschwemmt hat, kann niemand zur Arbeit gehen. João Mau-Tempo wird die ganze Familie um sich haben, es sind nicht sehr viele, denn mit denen von außerhalb kann man nicht rechnen, auch nicht mit seiner Schwester Maria da Conceição, die noch immer in Lissabon Dienstmädchen ist, sie hat die Patrões nicht gewechselt, es gibt auch so eine Treue, Goldkörner könnten sie ihr anvertrauen, sie würden allles wiederfinden, wenn nicht noch mehr, sein Bruder Anselmo wird auch nicht kommen, seit er nach Norden gegangen ist, hat man nichts mehr von ihm gehört, vielleicht ist er auch schon gestorben oder in einem jener Jahre wie Domingos an die Front gegangen, wer erinnert sich, wem ist irgend etwas aufgefallen. Manche Leben verlaufen stiller als andere, aber das erscheint nur so, weil wir an alle möglichen Dinge denken und nur an diese nicht, und eines Tages kommt der Tag, an dem wir es bereuen, das war nicht recht von mir, ich hätte achtsamer sein müssen. So ist es, hättest du früher daran gedacht, na ja, das sind kleine Gewissensbisse, die aufkommen und bald wieder vergehen, das ist unser Glück. Auch seine Tochter Amélia wird nicht kommen, wir wissen alle, daß sie in einem Haushalt in Montemor dient, es war schön, daß sie ihn im Hospital besuchen konnte, das war eine angenehme Abwechslung, und es war auch gut, daß Amélia etwas für künstliche Zähne zurücklegen konnte, das ist ihr Luxus, aber das Lächeln war nicht mehr zu retten. Freunde werden fehlen, der Gevatter Tomás Espada, lange hat er die Abwesenheit seiner Frau, Flor Martinha, ertragen, man hat sie nie mit einer verbindenden Schnur an den Handgelenken gesehen, aber manche Sachen sind nicht sichtbar, obwohl sie existieren, sie selbst könnten es vielleicht auch nicht erklären, Sigismundo Canastro wird kommen, er ist der Älteste von allen, und Joana Canastra wird helfen, wo es nötig ist, sie muß Faustina nicht aufrichten, sie kennen sich so lange, daß sie keiner Worte bedürfen, sie werden einander tränenlos ansehen, Faustina wird nicht weinen können, und Joana hat noch nie geweint, das sind Geheimnisse der Natur, wer weiß schon, weshalb dem einen die Tränen versiegen und weshalb dem anderen die Tränen niemals kamen.

Auch António Mau-Tempo wird dasein, mein Sohn, eben ist er aufgestanden und kommt barfüßig näher; wie fühlt Ihr Euch, Vater?; und ich, der ich weiß, daß heute mein Todestag ist, ich antworte, ich fühle mich gut. Wer weiß, ob er es glaubt, er hat die Ellenbogen auf den Bettgiebel gestützt, so steht er und schaut auf mich, also hat er mir doch nicht geglaubt, niemand überzeugt niemand, wenn er nicht selbst überzeugt ist, wer diesen Burschen gekannt hat, der sollte ihn jetzt sehen, Frankreich hat ihm zugesetzt, alles setzt uns zu, dieser Schmerz, dieses Reißen, aber vielleicht ist es gar nicht das Reißen, sondern ein Schmerz, der darunter liegt, ich kann es nicht recht erklären. Und mein Schwiegersohn Manuel Espada wird kommen, auch meine Tochter Gracinda, hier am Bettrand werden die beiden stehen, an diesem Bett, aus dem man mich noch heute heben wird, es werden die beiden Männer sein, sie haben mehr Kraft, aber gewaschen werde ich von den Frauen, denn die Totenwäsche ist gewöhnlich Frauensache, nur gut, daß ich nicht ihr Weinen hören werde. Auch meine Enkelin Maria Adelaide sollte hier sein, sie, die so blaue Augen hat wie ich, das stimmt nicht ganz, was prahle ich hier herum, meine Augen sind aschfarben im Vergleich zu ihren, in meiner Jugend vielleicht, als ich die Tanzböden aufsuchte und um Faustina warb, die ich dann aus ihrem Elternhaus entführte, damals müssen meine Augen so blau gewesen sein wie diese, die eben jetzt vor mir erscheinen; ich bitte um Euren Segen, Großvater, wie fühlt Ihr Euch, geht es Euch besser? Ich mache eine Bewegung mit der Hand, das ist vom Segnen geblieben, keiner von uns glaubt mehr daran, aber es ist so Brauch, und ich antworte, daß ich mich gut fühle, ich drehe den Kopf zu ihr, will sie besser sehen, ach, Maria Adelaide, meine Enkelin, ich spreche diese Worte nicht etwa aus, aber ich denke sie, ich sehe das Mädchen so gern, sie hat ein Tuch um den Kopf und trägt ein gehäkeltes Täschchen, der Rock ist naß, der Regenschirm hat ihn nicht geschützt, und plötzlich erfüllt mich ein großes Verlangen zu weinen, Maria Adelaide hat meine Hand berührt, es war, als hätten wir die Augen getauscht, was für ein unsinniger Gedanke, doch ein Mann, der beim Sterben ist, darf alle Gedanken haben, das ist sein Recht, es bleiben ihm keine Tage, um weitere zu fassen oder alte zu wiederholen, zu welcher Stunde werde ich sterben? Jetzt nähert sich Faustina mit dem Milchnapf, sie wird mir die Milch löffelweise einflößen, heute könnte ich ruhig hungern, so würde ich leichter davongehen, und jemand anders würde die Milch trinken, ich hätte es so gern, wenn sie mir meine Enkelin reichen würde, aber das kann ich nicht verlangen, Faustina an meinem letzten Tag zu betrüben, niemand könnte sie später trösten, wenn sie sagen würde, ach, mein geliebter Mann, nicht einmal die Milch habe ich ihm an seinem Todestag gereicht. Es wäre Grund genug, daß die Großmutter für den Rest ihres Lebens der Enkelin gram sein würde, aber vielleicht könnte sie mir nachher die Medizin geben, die der Arzt verordnet hatte, eine halbe Stunde vor dem Essen, der

Wunsch ist nicht erfüllbar, Maria Adelaide wird vorher gehen, sie ist ja nur gekommen, um zu sehen, wie es mir geht, und mir geht es gut, ihre Mutter und ihr Vater werden kommen, jetzt ist sie gegangen, sie ist noch zu jung für solche Sachen, ist erst siebzehn und hat blaue Augen so wie ich, ich glaube, ich habe das schon vorhin gesagt.

João Mau-Tempo wacht stöhnend aus dem tiefen Schlaf auf, in den ihn das Medikament versetzt hatte, es war gut für ihn gewesen, so hatte er eine lange Pause von den Schmerzen gehabt, die Medizin hatte ihm fast einen natürlichen Schlaf verschafft, aber jetzt sind die Schmerzen wieder da, als würde hier ein Dorn stochern, als er wieder zu vollem Bewußtsein gekommen ist, sieht er sich von Leuten umgeben, das Zimmer ist voll, Faustina und Gracinda beugen sich über ihn, auch Amélia, so ist sie doch gekommen, ein Stöhnen hat sie herbeigerufen, und Joana Canastra steht weiter hinten, weil sie nicht zur Familie gehört, die Männer halten Abstand, ihr Augenblick ist noch nicht gekommen, sie stehen zusammen an der Tür, die zum Garten führt, und verdecken das Licht, es sind Sigismundo Canastro, Manuel Espada und António Mau-Tempo.

Hätte João Mau-Tempo noch Zweifel gehabt, so wären sie jetzt beseitigt, denn alle wissen, daß er heute stirbt, einer von ihnen hat es erahnt, und dann ging das Wort von Mund zu Mund, aber wenn es so steht, dann werden sie mich nicht stöhnen hören, dachte João Mau-Tempo, und er biß die Zähne zusammen, das ist wieder einmal so dahingesagt, denn es sind kaum noch Zähne da, oben ein paar und unten ein paar, mehr ist nicht geblieben, und sie passen auch nicht aufeinander, da ist nichts mit Zusammenbeißen, sie treffen nur das Zahnfleisch, ach ja, das Alter, und doch ist dieser Mann erst siebenundsechzig Jahre alt, er ist zwar kein junger Bursche mehr, die Zeit ist nicht für ihn stehengeblieben, aber da laufen welche herum, die älter und besser beisammen sind als er, die leben aber nicht auf dem Latifundium. Was soll's, es geht nicht darum, wieviel Zähne noch da sind, das ist nicht der springende Punkt, es geht darum, das Stöhnen zu unterdrücken, wenn es im Entstehen ist, man muß den anschwellenden Schmerz ertragen, wenn er schon nicht abzuwenden ist, doch er will dem Schmerz die Stimme nehmen, verstummen soll er, wie vor zwanzig Jahren, als er in der Haftzeit die Statue durchmachte und als sie blindlings mit zerstörender Wucht auf ihn einschlugen, seine Stirn ist schweißnaß, alle Glieder zittern, zumindest die Arme, aber was ist mit den Beinen, João Mau-Tempo spürt sie nicht, zuerst glaubt er, daß er noch nicht völlig aufgewacht sei, aber dann weiß er, daß er bei vollem Bewußtsein ist, er will die Füße bewegen, wenigstens die Füße, aber sie bleiben reglos, er will die Knie anziehen, und es gelingt nicht, niemand ahnt, was unter diesem Tuch und dieser Decke vor sich geht, es ist der Tod, er hat sich zu mir gelegt, und niemand hat ihn gesehen, man glaubt, daß er durch Tür oder Fenster kommt, aber plötzlich ist er in meinem Bett, wie lange wohl schon. Wie spät ist es? Diese Frage wird dauernd gestellt und stets beantwortet, die Leute lenken sich damit ab, an die Zeit zu denken, an die, die noch fehlt, und an die, die bereits vergangen ist, und wenn die Uhrzeit gesagt worden ist, denkt niemand mehr an sie, es war nur der Wunsch gewesen, irgend etwas zu unterbrechen oder in Gang zu bringen, wenn es stehengeblieben war, jetzt ist nicht der Zeitpunkt, nach ihr zu fragen, wen man erwartet hat, der ist gekommen. João Mau-Tempo schaut kraftlos, seine nächsten Verwandten und Freunde sind hier, drei Männer sind es und vier Frauen, Faustina mit der Schnur am Handgelenk, Gracinda, die den Tod in Montemor sah, Amélia, Dienstmädchen bis wer weiß wann, die herbe Joana, Sigismundo, der Camarada, Manuel mit dem ernsten Gesicht, António, mein Sohn, ach, mein Sohn, sie alle werde ich verlassen, wo ist meine Enkelin?; und Gracinda antwortet, ihre Stimme klingt weinerlich, es ist also wahr, daß João Mau-Tempo sterben wird. Sie holt einige Sachen von zu Hause. Irgendwer hatte den Einfall gehabt, sie wegzuschicken, sie ist noch so jung, und João Mau-Tempo spürt eine große Erleichterung, so kann nichts passieren, es wäre schlimm, wenn alle hier wären, da aber die Enkelin fehlt, kann er nicht sterben, wenn alle das wüßten, dann bliebe immer einer draußen, so einfach ist das.

João Mau-Tempo stützt die Ellenbogen auf die Matratze, er zieht den Körper hoch, sie helfen ihm, er allein weiß, daß sich anders seine Beine nicht bewegen würden, er hat die Gewißheit, daß es angelehnt besser geht, der Druck wird nachlassen, der ihm plötzlich die Brust zuschnürte, er ist nicht erschrocken, er weiß, daß nichts geschehen kann, solange die Enkelin nicht da ist, vielleicht fällt auch einem ein, hinauszugehen, um zu sehen, ob der Himmel sich aufgeheitert hat, im Zimmer ist es stickig, macht die Tür auf!, er meint die Tür, die zum Garten führt, es regnet noch, nur in Romanen lichtet sich der Himmel stets bei solchen Anlässen, weißes Licht strömt herein, und plötzlich nimmt João Mau-Tempo wahr, wie es verlöscht, er begriff nicht mehr den Grund.

Maria Adelaide arbeitet weit außerhalb, in der Gegend von Pegões. Da kann sie nicht jeden Tag hin und zurück, die Entfernung ist zu groß, es sind gut und gerne dreißig Kilometer, ein Blick auf die Karte kann es bestätigen, diese Arbeit ist schwer, das sagen alle, die schon einmal mit der Hacke in der Hand den Fuß auf ein Weinfeld gesetzt haben, eine Plackerei, und diese Arbeit ist nicht in einer Woche beendet, es sind schon mehr als drei Monate vergangen, seitdem Maria Adelaide hier angefangen hat, nur wegen der schönen Augenfarbe wird kein Unterschied gemacht. Nach Hause fahren kann sie nur sonntags alle zwei oder drei Wochen, dann ruht sie sich aus, wie es bei den Frauen auf dem Latifundium üblich ist, die Art der Arbeit wird gewechselt, dann kehrt sie zu Weinfeld und Hacke zurück, dort ebenfalls arbeitende Nachbarn haben ein Auge auf sie, das ist eine gewisse Beruhigung für die Eltern, Manuel Espada muß sich nicht um den Ruf seiner einzigen Tochter sorgen, wer länger in Monte Lavre gelebt hat, der weiß, wie argwöhnisch man hier in Liebesdingen ist, man braucht nur einen Burschen mit einem Mädchen reden zu sehen, und wenn diese Maria oder jene Aurora nicht als Mauerblümchen geboren ist und mit den Burschen ganz natürlich redet und mitlacht, wenn es etwas zu lachen gibt, dann gilt sie in dieser Gegend als leichtfertig und aufsässig. Es war nichts weiter, als daß sie bei hellstem Tageslicht und vor aller Augen zwei Minuten miteinander geschwatzt hatten. Wer weiß, was sie zu bereden haben, flüstern gleich die Alten und die weniger Alten, und wenn das Gerede die väterlichen und mütterlichen Ohren erreicht hat, beginnt das bekannte Ausfragen, wer war der Bursche, was hattet ihr miteinander zu bereden, nimm dich in acht, und selbst wenn ihre eigenen Liebesgeschichten schön gewesen sind, so wie bei Manuel Espada und Gracinda Mau-Tempo, die hier nicht so beschrieben wurde, wie sie es verdient hätte, selbst in solchen Fällen sind die Eltern nicht anders, sie vergessen sehr schnell, und die Sitten ändern sich nur langsam. Maria Adelaide ist erst neunzehn, und bis jetzt hat sie keine Arbeit gemacht, aber verrichtet hat sie welche, diese schreckliche Arbeit mit der Hacke, aber es muß sein, diese Frauen sind nicht als Prinzessinnen geboren, wie schon zur Genüge in diesem Bericht nachgewiesen wurde.

Alle Tage sind gleich, und doch ähnelt keiner dem anderen. Am Nachmittag erreichten Nachrichten das Weinfeld, die alle in Aufregung versetzten, niemand wußte genau, worum es ging. Man sagt, es ist irgend etwas mit der Armee in Lissabon, ich habe es im Radio gehört. Aber das sagte keiner von ihnen, sonst hätte man ja bald alles gewußt, es ist ein Irrtum, zu glauben, daß in diesem Rebstockwald, sieben Hackenstiele von der Hölle entfernt, die Tatsachen so leicht erklärbar wären, sie haben beim Hacken kein Radio um den Hals, als wäre es eine Klapper oder eine Schelle, auch haben sie kein singendes und sprechendes Etwas in der Tasche, das an einer Uhrkette hängt, lassen wir diese Spinnereien, ein Vorübergehender hatte zum Aufseher gesagt, daß man dies und jenes im Radio gehört habe, daher das Durcheinander. In zwei Takten wurde der Arbeitsrhythmus zerstört, die Kadenz der Hacke wurde zur beschämenden Zerstreuung, Maria Adelaide geht es wie allen anderen, neugierig streckt sie die Nase hoch, wie ein Hase, der eine Zeitung gewittert hat, würde ihr Onkel António Mau-Tempo sagen, was ist denn passiert, was ist los, doch der Aufseher spielt hier nicht die Rolle des Herolds, dafür wird er nicht bezahlt, wohl aber dafür, den Trupp zu bewachen und anzuleiten. Heda, an die Arbeit, Leute, und da es keine weiteren Informationen gibt, geht die Hackerei weiter, wer auf solche Geschehnisse achtet, der kann sich mit Hilfe seiner Knöpfe daran erinnern, daß erst vor zwei Monaten das Regiment von Caldas da Rainha revoltiert hatte, und dann war nichts weiter gewesen. Der Nachmittag rückt vor und geht zur Neige, und wenn andere Nachrichten gekommen sein sollten, so ändern sie nichts an der Meinung. In dieser weit vom Lissabonner Carmo entfernten Gegend des Latifundiums waren weder die Schüsse zu hören, noch liefen schreiende Leute auf den Feldern herum, es war nicht so leicht, zu verstehen, was eine Revolution ist und wie man sie macht, und wenn wir es mit Worten erklären wollten, dann würde ganz bestimmt einer ungläubig fragen, aha, das ist also eine Revolution.

Jedenfalls ist tatsächlich die Regierung gestürzt worden. Als sich der Arbeitstrupp in seiner Kaserne versammelte, in seinem zivilen Unterschlupf, es sind ja keine Militärs, da wissen sie schon viel mehr, als man meinen könnte, wenigstens haben sie jetzt ein kleines Radio, so eins mit Batterien, die wie geschnittenes Schilfrohr aussehen, zwei Handbreit vor dem Ohr kommt ein Geplärr heraus, niemand versteht die Worte, aber das ist unwichtig, aus dem einen errät man das andere, und da werden alle vom Fieber erfaßt, sie laufen aufgeregt herum und reden ohne Unterlaß, und jetzt, was machen wir jetzt? Das erregte Warten und die große innere Spannung dessen, der sich hinter den Kulissen zum Auftritt vorbereitet, so wie es Glückliche unter ihnen gibt, so gibt es auch welche, die zwar nicht gerade traurig sind, die aber nicht wissen, was sie denken sollen, wer sich darüber wundern sollte, der stelle sich selbst so ein Latifundium vor, ohne Nachrichten und ohne Gewißheiten, und dann soll er mir seine Meinung sagen. Die Nacht war schon einige Stunden älter geworden, als die Dinge endlich geklärt waren, immer will man alles erklärt haben, das ist auch so eine Redensart, man wußte lediglich, was vorbei war, nicht aber, was begonnen hatte, das ist es. Die Nachbarn, mit denen Maria Adelaide zusammen war, Mann, Frau und eine Tochter, die etwas älter als sie selbst war, die Geraldos, beschlossen, am nächsten Tag nach Monte Lavre zurückzukehren, man könnte es als eine Laune ansehen, wenn man nicht ihre guten Beweggründe teilen würde, sie wollten zu Hause sein und gaben den Lohn von zwei oder drei Tagen dafür auf, aber sie würden mehr erfahren, hier waren sie wie in einer Wüste, die Geraldos fragten, ob sie mitgehen wolle, sie war ihnen immerhin anvertraut, dein Vater würde sich bestimmt freuen, sie sagten das ohne einen doppelten Sinn, von Manuel Espada wußten sie nur, daß er ein guter Mensch und ein guter Arbeiter war, was andere Vermutungen betrifft, so waren es die für einen kleinen Ort typischen, wo man schon seit jeher erahnte, was man nicht wußte. Auch andere beschlossen, in ihre Dörfer zurückzukehren, genauer gesagt, beschlossen, zu gehen und wiederzukommen, und es waren so viele, daß sich der Aufseher damit abfinden mußte. Dumm war, daß mitten bei den Nachrichten, die sehr gut klangen, plötzlich das Radio zu husten anfing, es war ein fürchterlicher Katarrh, der kein einziges Wort verständlich entließ, ausgerechnet heute mußte dieses blöde Ding kaputtgehen. Die ganze Nacht über würde nun die Unterkunft wie eine verlorene Insel im Latifundienmeer sein, und ringsherum will das Land nicht schlafen gehen, es akkumuliert Nachrichten und Gerüchte, Gerüchte und Nachrichten, wie es in solchen Fällen üblich ist, und da von der verklemmten Technik nichts mehr zu erwarten war, begab sich jeder zu seiner Matte und versuchte zu schlafen.

Früh am Morgen gingen sie zur Straße, es ist gut eine Légua bis dorthin, sie flehten die himmlischen Mächte an, ihnen für diesen Sonderfall freie Plätze im Bus zu verschaffen, und als dieser schließlich in Sicht kam, da war der Wunsch erfüllt, wer einige Übung darin hat, kann so etwas schon frühzeitig an der Dichte der Köpfe und einer schwer beschreibbaren Fahrweise erkennen. Es ist der Bus nach Vendas Novas, nur die Geraldos und Maria Adelaide steigen ein, zwei oder drei andere, die auch aus Monte Lavre sind, wollen nicht mit, entweder weil sie schlecht zu Fuß sind oder weil sie nicht auffallen wollen, vielleicht liegt es auch am Geld, sie haben noch weniger als die anderen. Am Straßenrand bleiben diejenigen zurück, die woanders hinwollen, was wird aus ihnen werden, welches sind ihre Hoffnungen, und welche davon erfüllen sich, wir haben es nicht erfahren. Der Busverkehr funktioniert nach dem System, entweder es kommt einer, oder es kommt keiner, die Fahrt vergeht schnell, die größte Neugier wird sogleich befriedigt, Schaffner, Chauffeur und Fahrgäste sind sich einig in der Nachricht, daß die Regierung gestürzt worden ist, es ist vorbei mit Tomás und vorbei mit Marcelo, und wer hat jetzt das Sagen, in diesem Punkt ist es aus mit der Einigkeit, man weiß es nicht genau, jemand sagte etwas von einer Junta, aber die anderen bezweifelten es, Junta sei doch kein Name für eine Regierung, sondern für einen Gemeinderat oder was mit Tierprodukten und mit Weizen, da sei bestimmt etwas verwechselt worden. Der Bus fährt in Vendas Novas ein, die Straßen sind belebt wie an einem Feiertag, die Hupe muß ihre Kehle bemühen, um dem Bus einen Weg in der schmalen Straße zu bahnen, und als wir endlich auf den Platz einbiegen, sehen wir die Soldaten, deren kriegerisches Aussehen einen wer weiß warum erschauern läßt, und Maria Adelaide werden die Knie schwach, das ist ihrem Alter und der Situation zuzuschreiben, sie schaut durch das Busfenster auf die Soldaten, die dort vor der Kaserne stehen, die Kanonen sind mit Eukalyptuszweigen bedeckt, und die Geraldos sagen zu ihr, na, kommst du nicht. Es war ihr so, als hätte sie immer mit geschlossenen Augen gelebt und sie jetzt endlich geöffnet, sie mußte erst lernen, was Licht bedeutet, das sind Dinge, die mehr Zeit zum Erzählen brauchen als zum Erfühlen, genauso wird es sein, wenn sie in Monte Lavre eintreffen wird, in der Umarmung ihres Vaters wird sie dessen Leben erfühlen, obwohl zu Hause höchstens in halben Worten und versteckten Andeutungen davon gesprochen worden war, wo wart Ihr, Vater; ich hatte außerhalb etwas zu erledigen. In dieser Nacht wird er nicht nach Hause kommen, und nach seiner Rückkehr wird es keinen Sinn haben, herumzufragen, erstens, weil Töchter ihre Väter nicht auf diese Weise auszufragen haben, und zweitens, weil Geheimnisse außerhalb der Familie besser da bleiben, wo sie sind. Der Erzähler will die Dinge so erzählen, wie sie ablaufen, aber es gelingt ihm nicht, zum Beispiel hat Maria Adelaide eben noch im Bus gesessen, und plötzlich entdecken wir sie auf dem Platz, sie war als erste ausgestiegen, so ist die Jugend. Sie ist zwar den Geraldos anvertraut, aber deswegen lebt sie noch lange nicht unter deren Fittichen, sie ist genug Herrin ihrer selbst, um die Straße zu überqueren und die Soldaten von nahem zu betrachten, sie winkt ihnen zu, und die Blicke wenden sich ihr zu, sie streifen die nervöse Spannung derer ab, die an Unterhaltungen mit Waffen gewöhnt sind, und da die Schlacht geschlagen und die Disziplin gelockert ist, winken die Soldaten zurück, man sieht ja auch nicht jeden Tag so blaue Augen.

Inzwischen hat Geraldo ein Fahrzeug nach Monte Lavre ausfindig gemacht, an jedem anderen Tag wäre das schwieriger gewesen, aber heute, würde es doch immer so bleiben, heute finden sich überall Freunde, da ist ein kleiner Lieferwagen, eng ist es, aber wer wird an solch kleinen Unbequemlichkeiten Anstoß nehmen, dieses Volk ist daran gewöhnt, auf einem Brett zu schlafen, mit dem Sterz des Pfluges als Kopfkissen, sie brauchen nur den Diesel zu bezahlen, vielleicht nicht einmal das. Trinken Sie ein Gläschen mit uns; ich nehme an, will keinen beleidigen. Wundern Sie sich nicht, wenn Maria Adelaide zu weinen beginnt, sie wird noch in dieser Nacht weinen, wenn sie im Radio hört, es lebe Portugal! Wird es in diesem Moment sein, oder war es schon gestern, als sie die ersten Nachrichten hörte, oder war es, als sie die Straße überquerte, um die Soldaten aus der Nähe zu sehen, vielleicht geschah es, als diese ihr zuwinkten oder als sie den Vater umarmte, sie weiß es selbst nicht, sie begreift, daß sich das Leben verändert hat, und sie wird sagen, ich wünschte so sehr, daß der Großvater . . ., sie kann kein Wort mehr herausbekommen, es ist die Verzweiflung über das Unabänderliche.

Wir können jedoch nicht behaupten, daß alle auf dem Latifundium Lobeshymnen auf die Revolution singen. Erinnern wir uns daran, was der Erzähler über dieses Binnenmeer mit seinen Barracudas und anderen Gefahren gesagt hat, erinnern wir uns auch an die üblichen gesalbten Reden der Mönchsfische. Die gesamte Sippschaft von Lamberto Horques hält Hofrat, stirnrunzelnd sitzen sie an ihren runden Tischen, die Wut steht in ihren grimmigen Gesichtern, die Ruhigeren geben vieldeutige und vorsichtige Sätze von sich, wenn aber, desungeachtet, trotz alledem, vielleicht daß, so sieht die große Einstimmigkeit des Latifundiums aus. Was ist Ihre Meinung, Senhor Pater Agamedes; das ist eine Frage, die im allgemeinen nie ohne eine günstige Antwort geblieben ist, aber die Weisheit der Kirche ist unermeßlich, Pater Agamedes, obwohl untertäniger Diener Gottes und Apostel zur Bekehrung der Seelen auf dem Latifundium, weiß sehr wohl, wann vorsichtige Zurückhaltung der Kirche angebracht ist, unser Reich ist nicht von dieser Welt, und so gebet dem Kaiser, was des Kaisers ist, und Gott, was Gottes ist, es ging ein Sämann aus, zu säen. Machen Sie sich nichts daraus, wenn eine Sache etwas undurchsichtig ist, dann phantasiert Pater Agamedes gern ein wenig, er spricht in Gleichnissen, er will nur Zeit gewinnen, bis er Order vom Bischof erhält, doch man kann auf ihn zählen. Unglücklicherweise ist das bei Leandro Leandres nicht mehr möglich, er ist im vorigen Jahr gestorben, und zwar hatte er in seinem Bett das Zeitliche gesegnet, nachdem er das Sakrament ganz nach seinem Verdienst erhalten hatte, und von seinen zahlreichen Nachfolgern, Partnern, Brüdern und Chefs ist zu berichten, daß man sie überall im Land verhaftet hat, falls sie nicht geflohen waren, in Lissabon war es zu Schüssen gekommen, bevor sie sich ergaben, es gab Tote, ich möchte gern wissen, was man jetzt mit denen macht. Von der Guarda hört man auch nicht viel, außer daß sie sich zurückhält und still auf Befehle wartet, der Korporal Tacabo war zu Norberto gegangen, um ihm das alles verschämt mitzuteilen, er wand sich, als wäre er nackt, und ging, wie er gekommen war, die Blicke auf den Boden gerichtet, auf der Suche nach seinem Gesicht, das er wiederfinden mußte, um Monte Lavre durchqueren zu können, wie ihn diese Leute da anstarren und ihm nachblicken, nicht daß er Angst gehabt hätte, ein Korporal der Guarda hat niemals Angst, es ist die Luft des Latifundiums, die plötzlich nicht mehr zum Atmen taugt, es scheint, daß es Gewitter geben wird.

Man beginnt wieder vom Ersten Mai zu sprechen, das Thema kehrt in jedem Jahr wieder, aber dieses Mal sind alle erregt, wenn man bedenkt, daß man sich im vergangenen Jahr noch verstecken mußte, um Vereinbarungen zu treffen und sich zu organisieren, ständig mußte man von vorn beginnen, die Vertrauenswürdigen einbeziehen, die Unentschlossenen aufrütteln, die Ängstlichen ermutigen, mancher kann es immer noch nicht glauben, daß der Erste Mai öffentlich gefeiert werden darf, wie es die Zeitungen sagen, wenn das Geschenk groß ist, wird der Bettler mißtrauisch. Es ist keine milde Gabe, erklären Sigismundo Canastro und Manuel Espada, eine Lissabonner Zeitung wird entfaltet, hier steht, daß der Erste Mai in Freiheit gefeiert werden wird, es ist ein Feiertag für das ganze Land; und die Guardas? beharren die mit gutem Gedächtnis; die Guardas werden uns vorbeiziehen sehen. Wer hätte das gedacht, daß uns eines Tages so etwas passieren würde, eine reglose und schweigsame Guarda, während du rufst, es lebe der Erste Mai.

Und weil wir uns immer zu dem, was erlaubt ist, noch etwas hinzuwünschen, sonst wären wir keine Menschen, die das tägliche Brot verdienten, begann es sich herumzusprechen, daß jedermann Überdecken aus dem Fenster hängen und es mit Blumen schmücken solle, als wäre es der Tag des Herrn, es fehlte nicht viel, und sie hätten die Straßen gefegt und die Häuser getüncht, so leicht kann die Begeisterung hohe Wellen schlagen. Doch so ist das menschliche Drama, Drama ist sicher eine Übertreibung, auf jeden Fall sind es Zwickmühlen, was soll ich jetzt nur machen, ich habe weder Paradedecken noch einen Garten voller Nelken und Rosen, wer ist nur auf so eine Idee gekommen. Maria Adelaide wird von der allgemeinen Aufregung erfaßt, aber da sie jung und voller Optimismus ist, sagt sie zur Mutter, daß sie nicht nachstehen könnten, da sie nun einmal keine Paradedecken hätten, würde es auch ein Laken tun, ein blendendweißes Laken, das aus dem Türfensterchen gehängt wird, eine friedliche Fahne auf dem Latifundium, jeder Zivilist, der vorbeikäme, würde respektvoll den Hut ziehen, und wenn es ein Guarda oder ein Soldat wäre, dann würde er vor der Tür des ehrbaren Mannes und Arbeiters Manuel Espada stramm grüßen. Macht Euch keine Sorgen um die Blumen, Mutter, ich werde zum Brunnen von Amieiro gehen und wilde Blumen pflücken, von denen es in der Maienzeit in Tälern und auf Hügeln wimmelt, und da auch die Orangen blühen, werde ich einige Zweige mitbringen, dann wird unser Fenster geschmückt sein wie die Veranda eines maurischen Palastes, wir werden nicht schlechter als die anderen dastehen, wir sind auch nicht irgendwer.

Maria Adelaide ging zum Brunnen hinunter, ohne zu wissen, weshalb sie diesen Ort gewählt hatte, sie selbst hatte doch gesagt, daß die Täler und Hügel voller Blumen seien, sie geht den tiefliegenden Weg zwischen den Einfriedungen entlang, und sogar hier würde es genügen, die Hand auszustrecken, aber sie unterläßt es, in ihr spricht die ewige Sprache des Blutes, die Blumen sollen nur an diesem frischen Ort gepflückt werden, wo das Farnkraut üppig wächst, dort hinten, wo die Sonne auf die Ebenen brennt, wachsen Feldtausendschönchen, die diesen Namen tragen, seitdem António Mau-Tempo sie seiner Nichte, eben dieser Maria Adelaide, am Tage ihrer Geburt gebracht hatte. Sie hat schon einen Armvoll gepflückt, mit gelbem Löwenzahn gemischt, jetzt geht sie wieder zum Weg hinauf, sie wird einige Orangenzweige brechen, die über die Mauer ragen, und plötzlich wird sie von einem heftigen Schmerz innerlich erschüttert, ich weiß nicht, wie mir ist, krank bin ich nicht, es ist ein völlig neues Gefühl, ich fühle mich so glücklich, vielleicht kommt es von dem Geruch des Farns an meiner Brust, ich drücke ihn sacht an mich. Maria Adelaide setzte sich auf den Rand des Brunnens, als wenn sie jemanden erwarten würde. In ihrem Schoß lag der Blumenstrauß, doch es kam niemand.

Hübsch sind diese Geschichten von verwunschenen Brunnen mit tanzenden maurischen Mädchen im Mondschein, von überraschten Christenmädchen, die auf dem Farnkraut stöhnen, wem sie nicht gefallen, der hat den Schlüssel zu seinem eigenen Herzen verloren, das ist noch das Geringste, was man dazu sagen kann. Doch nur wenige Zeit nach dem Apriltag und dem Mai kehrten die bekannten Kümmernisse auf das Latifundium zurück, die Guardas und die PIDE zwar nicht, denn mit letzterer ist es vorbei, und die ersteren leben innerhalb ihrer Reviere und schauen durch die geschlossenen Fenster auf die Straße, und wenn sie unbedingt auf die Straße müssen, dann drücken sie sich dicht an den Wänden entlang, ich weiß von nichts und kenne keinen. Es geht um andere übliche Kümmernisse, man fühlt sich versucht, zurückzublättern und bereits gesagte Worte zu wiederholen. Der Weizen war reif, aber er wurde nicht geschnitten. Die Mahd wird verhindert, und wenn die Männer nach Arbeit fragen, heißt es, es ist keine Arbeit da. Was soll denn das bedeuten, sieht so die Freiheit aus, da soll der Krieg in Afrika vor seinem Ende stehen, und hier auf dem Latifundium geht er weiter. Man hatte so viel von Veränderungen und Hoffnungen verkündet, die Soldaten hatten die Kasernen verlassen, mit Eukalyptuszweigen hatten sie die Kanonen geschmückt und mit blutfarbenen Nelken, sagen Sie ruhig rote Nelken, Senhora, sagen Sie rot, jetzt darf man es, im Radio und im Fernsehen reden sie ständig von Demokratie und sonstigen Gerechtigkeiten, ich aber will Arbeit und bekomme sie nicht, wer kann mir erklären, was das für eine Revolution ist. Die Guardas faulenzen schon in der Sonne, sie sind wie Katzen, die ihre Krallen schärfen, letztlich werden also die Gesetze auf dem Latifundium immer noch von denselben gemacht, und es sind dieselben, die sie wie immer einhalten müssen, ich, Manuel Espada, ich, António Mau-Tempo, ich, Sigismundo Canastro, ich, José Medronho mit der Narbe im Gesicht, ich, Gracinda Espada, und meine Tochter Maria Adelaide, die beim Hören des Rufes Es lebe Portugal geweint hatte, ich, Mann, und ich, Frau dieses Latifundiums, Erbe von nichts weiter als von Arbeitsgeräten, falls sie nicht schon vorher abgenutzt waren oder zerbrochen, zerbrochen und abgenutzt komme ich mir vor, die Verzweiflung ist wieder auf die Felder des Alentejo zurückgekehrt, es wird wieder Blut fließen.

Da sieht man doch endlich, wer der Stärkere ist, sagt Norberto zu Clariberto, wenn wir ihnen keine Arbeit geben, brauchen wir nur geduldig die Zeit abzuwarten, bis sie uns wieder aus der Hand fressen. Das sind die abfälligen und gehässigen Worte dessen, der einen großen Schreck bekommen hatte und einige Zeit eingeschlossen und zahm in seiner häuslichen Schale geblieben war, wo er mit Frau und Verwandtschaft gegen die schrecklichen Nachrichten von der Revolution gewettert hatte, die aus Lissabon eintrafen, der Pöbel auf den Straßen, Kundgebungen für alles und nichts, überall Fahnen, und gleich zu Beginn war die Polizei aufgefordert worden, die Waffen abzugeben, welch grobe Verletzung des Ehrgefühls einer Korporation, die so viele Dienste geleistet hatte und noch weitere hätte leisten können, doch es ist wie bei einem Meeresbrecher, man darf sich ihm nicht direkt mit dem Körper entgegenstellen, das sähe mutig aus und wäre doch nur eine Dummheit, ducke dich, so tief du kannst, und er wird vorübergehen und dich kaum bemerken, nun ist er vorbei, nirgendwo konnte er dich packen, endlich hast du den überschlagenden Kamm, den Schaum und die folgende Flut überwunden, es sind Worte aus dem Leben der Fischer, aber es muß doch nicht ständig wiederholt werden, daß dieses Latifundium ein Binnenmeer ist, mit Barracudas, Piranhas, mit gigantischen Kraken, und wenn du Arbeitskräfte hast, dann entlasse sie, behalte nur einen einzigen, der die Schweine und Schafe hütet, und den Flurwächter, damit der Respekt erhalten bleibt.

Man kennt schon die Bestimmung der Saaten, im Boden liegt sie begründet, und die Zeit zur Aussaat ist heran, was wird Gilberto tun, gehen wir zu ihm und fragen, wir leben in einem freien Land, und ein jeder trägt Verantwortung, sagen Sie Ihrem Patrão, daß hier einige Leute sind, die wissen möchten, was er zu tun gedenkt, der erste Regen war schon da, es ist Zeit zu säen. Und während das Hausmädchen geht, um die Antwort einzuholen, bleiben wir an der Tür, denn unsereins wird nicht zum Eintreten aufgefordert, da kommt das Hausmädchen mürrisch zurück, hoffentlich ist es nicht Amélia Mau-Tempo, von der hier schon die Rede war, der Patrão läßt sagen, daß Sie das gar nichts angeht, das Land gehört ihm, und wenn Sie noch einmal herkommen, dann ruft er die Guarda. Kaum hat sie das gesagt, da schlägt sie uns die Tür vor der Nase zu, das würden sie nicht einmal mit Landstreichern machen, denn vor denen und ihren versteckten Messern schlottern ihnen die Knie. Es hat keinen Sinn, weiter herumzufragen, Gilberto läßt nicht säen, Norberto läßt nicht säen, und wenn ein anderer säen läßt, dann nur, weil er noch immer fürchtet, daß die Armee kommt und fragt, was ist denn hier los. Aber es gibt noch andere Möglichkeiten, diese Fliegen zu erschlagen, man tut so als ob, man lächelt und zeigt zum Schein guten Willen, aber selbstverständlich, keine Frage, und man tut das Gegenteil, man schmiedet Intrigen, das Geld wird von der Bank abgehoben und ins Ausland geschickt, es gibt genug Leute, die so etwas für ein entsprechendes Trinkgeld machen, oder man richtet einige Verstecke im Auto ein, an der Grenze drücken sie beide Augen zu, die armen Kerle vertrödeln ihre Zeit, indem sie unter dem Auto herumkriechen, es sind doch keine Kinder mehr, oder sie montieren die Kotflügel ab, es sind ja verdienstvolle Beamte, sie tun nur ihre Pflicht, und auf diese Weise verschwinden fünf Millionen oder zehn oder zwanzig oder der Familienschmuck, Gold und Silber, was Sie wollen, tun Sie sich keinen Zwang an. Roh und ungebildet benahmen sich dagegen jene Werktätigen, die den Ölberg voller dunkler, in ihrer Reife leuchtender Oliven sahen, fast schien es, als müßte das Öl von selbst herausfließen, nach einigem Nachdenken und Diskutieren, was machen wir, und wie machen wir's, begannen sie zu ernten, sie zogen ihren Anteil gemäß der geltenden Lohntabelle ab und brachten den Rest zum Patrão; wer hat euch das erlaubt, schade, daß die Guarda nicht in der Nähe war, die hätte euch mit der Flinte eins aufgebrannt, damit ihr lernt, euch nicht in fremde Angelegenheiten zu mischen; Patrão, die Oliven mußten geerntet werden, man konnte nicht mehr länger warten, ohne alles zu verlieren, hier sind die Oliven, die nach Abzug unseres Lohnes übrigblieben, Ihr Teil ist größer als unserer, das ist leicht nachzuprüfen; aber ihr habt es ohne meine Erlaubnis getan, selbst wenn ihr gefragt hättet, ich hätte sie euch nicht erteilt; wir haben es eben selbst entschieden. Dieses Ergebnis wies darauf hin, daß sich der Wind zu drehen begann, aber wie konnte es gelingen, die Früchte der Erde zu retten, wenn Adalberto befahl, mit den Maschinen über die Saat zu fahren, wenn Angilberto das Vieh mit dem Saatgut fütterte, wenn Ansberto befahl, Feuer an den Weizen zu legen, wieviel Brot ging verloren, wieviel Hunger wurde verschlimmert.

Hoch droben vom Bergfried betrachtet Norberto sein Werk, indem er seine vom Schwert schwieligen Hände eines Kriegers und Eroberers auf die Zinnen stützt, und er findet es gut geraten, und wie er sich in die Bilanz der Tage vertieft, regt er sich auf, diese Teufel in Lissabon können das Erbe unserer Ahnen mit Füßen treten, hier auf dem Latifundium haben wir mehr Achtung für das heilige Vaterland und den heiligen Glauben. Er bittet den Sergeanten Armamento herein, es läuft schon wieder besser für uns; er bittet Pater Agamedes herein, Pater Agamedes, Sie sehen gut aus, es scheint, als seien Sie jünger geworden; das kommt sicher daher, weil ich unermüdlich für die Gesundheit Eurer Exzellenz und für die Errettung unseres Landes gebetet habe; meines Landes, Senhor Pater Agamedes; natürlich, des Landes Eurer Exzellenz, auch der Sergeant von der Guarda wird dieser Meinung sein; das ist richtig, so lautete die Order, die ich vom Senhor Dom João dem Ersten erhalten hatte, und ich habe sie Wort für Wort an alle Generationen von Sergeanten weitergegeben. Und während sie im Gutshaus solche Gespräche führten, kam der Winter und biß das Arbeitsvolk, die Gewöhnung an die Kälte half ihm gar nichts. Was sollen wir machen, das Elend ist wieder zurückgekehrt, wir sind weniger wert als die Hunde aller Gutshäuser, die haben wenigstens immer zu fressen, ihre Näpfe sind voll, niemand will ein Tier Hunger leiden lassen, wer nicht mit Tieren umgehen kann, der sollte sich keine halten, aber die Menschen werden schlechter behandelt, da ich kein Hund bin, habe ich seit zwei Tagen nichts essen können. Die Gruppe von Männern, die hier zusammenkam, um miteinander zu reden, ist wie eine Hundemeute; lange schon laufen wir bellend umher, eines schönen Tages werden wir schweigen und zubeißen, wie es die Ameisen mit den roten Köpfen tun, wir sollten von ihnen lernen, sie sind es, die die Köpfe wie Hunde heben, beachte gut ihre Hartnäckigkeit, wenn meine Haut nicht so fest und schwielig durch den Griff der Sichel wäre, würde sie längst bluten.

Manches ist so dahingesagt, vielleicht erleichtert es, aber es ändert nichts, zum Beispiel wenn es heißt, jetzt ist es mir schon gleich, ob ich arbeitslos bin oder nicht, diese da haben Arbeit, und was nützt es ihnen, der Verwalter kommt mit unverhohlen hämischem Gesicht und sagt, diese Woche gibt es kein Geld, Geduld, Geduld, vielleicht in der nächsten Woche. Aber in seiner eigenen Tasche küssen sich die Konterfeis von Dona Maria der Ersten und Dom João dem Zweiten, und in der nächsten Woche verläuft das Gespräch nicht anders, die Sache ist die, und der Umstand ist der, und wer eine Woche sagt, der meint zwei und drei und sechs, vom Geld kein Schatten und keine Spur, der Patrão hat kein Geld, die Regierung erteilt den Banken keine Erlaubnis. Niemand darf diesem Verwalter glauben, er schöpft aus dem jahrhundertealten Arsenal von Lügen, er braucht sich nichts Neues einfallen zu lassen, aber die Regierung müßte hier Aufklärung schaffen, es genügt nicht, es in den Zeitungen zu drucken, das ist für uns nicht verständlich, und im Fernsehen saust alles viel zu schnell vorbei, noch haben wir das eine Wort nicht verdaut, da sind schon hundert andere gefolgt, was haben sie gesagt, und im Radio kann man die Gesichter nicht sehen, die Wahrheit dessen, was er spricht, erkenne ich sicher an seinem Gesicht.

Es geschah, daß die Landarbeiter in irgendeinem denkwürdigen Ort des Latifundiums die Ländereien besetzten. Es ging ihnen nur um Arbeit, um nichts weiter, meine rechte Hand soll von Lepra befallen werden, wenn das nicht die Wahrheit ist. Dann folgten die Werktätigen eines anderen Gutes, sie traten ein und sagten, wir sind gekommen, um zu arbeiten. So geschah es hier, und so geschah es dort, es war wie das Erblühen eines wilden Tausendschönchens im Frühjahr, wenn es nicht von Maria Adelaide gepflückt worden war, so hatte es an einem Tag Tausende von Geschwistern bekommen, wer sollte da noch wissen, welches das erste gewesen war, alle sind weiß und haben sich der Sonne zugewandt, die Erde hat sich wie eine Braut geschmückt. Doch es handelt sich nicht um dieses Weiß, dunkelhäutig sind diese Leute, ein Ameisenvolk, das auf dem Latifundium wimmelt, die Erde ist voller Zucker, nie zuvor hat man so viele Ameisen mit erhobenen Köpfen gesehen. Schlimme Kunde kam mir von meinen Vettern und anderen Verwandten, Senhor Pater Agamedes, so hat denn Gott Ihre Gebete doch nicht erhört, alt und grau bin ich geworden, um nun ein so großes Unglück zu erleben, darauf habe ich gerade noch gewartet, sehen zu müssen, wie das Land meiner Vorfahren in die Hände von Dieben gelangt, das Ende der Welt ist gekommen, wenn das Eigentum angetastet wird, ist es doch die gottgewollte und profane Grundfeste unserer materiellen und geistigen Zivilisation; konfessionslos, wollen Euer Exzellenz sagen, das ist genauer als profan, entschuldigen Sie, Euer Exzellenz, wenn ich Sie verbessert habe; dann sagen wir eben, daß profan auf jene zutrifft, die alles verweltlichen wollen, warten Sie nur ab, es wird noch das gleiche geschehen wie in Santiago do Escoural, dieses Verbrechen werden sie eines Tages teuer bezahlen; erst kürzlich haben wir darüber gesprochen, was wird nur aus uns werden; wir müssen Geduld haben, Senhora Dona Clemência, unendliche Geduld, wer sind wir denn, daß wir uns in die Absichten des Herrn und seine verschlungenen Wege einmischen könnten, er allein ist imstande, auf schiefen Linien gerade zu schreiben, vielleicht erniedrigt er uns nur, um uns morgen höher als zuvor zu erheben, vielleicht kommt nach dieser Strafe die irdische und himmlische Belohnung, jed Ding braucht seine Zeit und seinen Ort, amen.

Mit anderen Worten, aber im gleichen Sinn verständigte sich Lamberto mit dem Korporal Tacabo, der ein Schatten seiner ehemals martialischen Erscheinung war, es ist nicht zu fassen, daß die Guarda diesen apokalyptischen Vorfällen zuschaut und die Ländereien besetzen läßt, obwohl es doch ihre Pflicht ist, sie für mich zu verteidigen, keinen Finger rührt sie, nicht ein einziger Schuß fällt, kein Tritt, kein Schlag, kein Kolbenhieb, nicht einmal die Hunde werden auf die Hosenböden dieser Strauchdiebe gehetzt, wozu sind denn die teuren Importhunde da, zu welchem Zweck dient denn noch unser schönes Geld, ich bezahle nun nichts mehr, soll doch alles zusammenbrechen, ich gehe sowieso bald ins Ausland, nach Brasilien, nach Spanien, in die angenehm neutrale Schweiz, nur möglichst weit weg von diesem Land, das mich mit Scham erfüllt; Sie haben vollkommen recht, Senhor Lamberto, doch die Guarda, deren Korporal ich bin, steht mit gebundenen Händen da, ohne Befehle können wir nichts machen, wir sind an Befehle gewöhnt, und jetzt kommen welche, an die wir nicht gewöhnt sind, und außerdem, mit Eurer Exzellenz kann ich darüber sprechen, denn ich vertraue Ihnen, der Oberkommandierende hält es mit den Feinden, ich weiß sehr wohl, daß ich mit solchen Reden die Disziplin breche, vielleicht werde ich eines Tages für diese Offenheit zum Sergeanten befördert, und dann werden sie allesamt bezahlen, und zwar mit Zinseszinsen, das schwöre ich Ihnen. Das sind fruchtlose Drohungen, sie ändern nichts, aber sie erleichtern, inzwischen vergessen wir auch die morgendliche Gymnastik nicht, man muß sich fit halten, was sagt mein Herz, Doktor?; nicht viel Gutes; da kann man nichts machen.

Im Binnenmeer des Latifundiums kommen die Wellen nicht zur Ruhe. Manuel Espada begab sich eines Tages zu Sigismundo Canastro, um mit ihm zu reden, zusammen suchten sie António Mau-Tempo auf, zu dritt sprachen sie mit Justo Canelas, und dann kam José Medronho an die Reihe, Pedro Calção wurde der sechste, das war die erste Verständigung von mehreren. Bei der zweiten kamen noch vier Stimmen hinzu, zwei Männerstimmen, Joaquim Caroço und Manuel Martelo, und zwei Frauenstimmen, Emília Profeta und Maria Adelaide Espada, diesen Namen bevorzugte sie, sie sprachen alle im geheimen, da aber irgendeiner für alle sprechen mußte, bestimmten sie Manuel Espada. In den folgenden zwei Wochen gingen die Männer möglichst unauffällig durch die Güter, und nach der geübten Methode ließen sie hier ein Wort fallen und dort eins, sie diskutierten und schmiedeten an ihrem Plan, ein jeder führt seine Kriege, nehmen wir ihnen das Vokabular nicht übel, sagen wir, sie gingen zur zweiten Phase über, in der die Vorarbeiter der Güter zusammengerufen wurden, auf denen noch gearbeitet wurde, und in einer Nacht jenes heißen Sommers sagten sie zu ihnen, morgen früh um acht fahren alle Werktätigen, wo sie auch sein mögen, mit Hängern zum Gut von Mantas, wir werden es besetzen. Nachdem die Vorarbeiter, mit denen man zuvor schon einzeln gesprochen hatte, zugestimmt hatten und die wichtigsten Soldaten in die Schlacht eingewiesen worden waren, legte sich jeder zu seinem letzten Schlaf vor der Freiheit nieder.

Diese Sonne ist gerecht. Sie entzündet und verbrennt bei dieser Dürre die Stoppeln, dieses Gelb gebleichter Knochen oder gegorener alter Saat, die von trockener Hitze und heftigen Wassern doppelt gebrannt. Von allen Orten der Arbeit rollen die Maschinen heran, die große Panzeroffensive, schon wieder diese kriegerische Sprache, könnte man sie doch endlich vergessen, es sind Traktoren, die sich voranbewegen, sie fahren langsam, denn sie müssen auf die anderen warten, da kommen sie, ruft es von einer Seite zur anderen, die Kolonne schwillt an, es kommen immer mehr hinzu, die Hänger sind voll, manche müssen schon zu Fuß gehen, es sind die Jüngeren, für sie ist es ein Fest, schließlich erreichen sie das Gut von Mantas, hier sind hundertfünfzig Männer beim Korkschälen, sie schließen sich den anderen an, auf jedem Gut, das sie dann besetzen, lassen sie einige zur Aufsicht zurück, die Kolonne zählt schon mehr als fünfhundert Männer und Frauen, sechshundert sind es jetzt, bald werden es tausend sein, es ist wie eine Wallfahrt, ein Pilgergang, der wieder auf die Wege des Martyriums führt, jene Schritte bis zum Kreuz.

Nachdem sie in Mantas gewesen sind, gehen sie nach Vale da Canseira, nach Relvas, nach Monte da Areia, nach Fonte Pouca, nach Serralha, nach Pedra Grande, auf allen Landsitzen und Gütern werden die Schlüssel eingezogen, und das Inventar wird verzeichnet, wir sind Werktätige und sind nicht zum Stehlen gekommen, außerdem ist niemand mehr da, der das Gegenteil behaupten wollte, denn nirgendwo, weder auf den Höfen noch in den Sälen, nicht in den Adegas, nicht in den Vieh- und Pferdeställen und auch nicht in den verborgensten Ecken und Winkeln, weder in den Schweinepferchen noch in den Hühnerställen, nicht in den Zisternen und Bewässerungstanks, nirgendwo sind die Norbertos und Gilbertos, kein Mucks und keine Spur von ihnen, wer weiß, wohin sie verschwunden sind, die Guarda rührt sich nicht in den Revieren, die Engel fegen den Himmel, heute ist Revolution, wie viele sind dabei.

Der Milan zieht seine Kreise und zählt, tausend, ohne von den

Nichtsichtbaren zu reden, blind sind die Menschen, daß sie nicht richtig zählen können, wer alles Anteil hatte, tausend Lebende und hunderttausend Tote, zwei Millionen Seufzer, die sich von der Erde erheben, keine Zahlen reichen aus, jede wäre zu niedrig, wenn wir alle zählten, von den Gerüsten kommen die Toten und halten nach Bekannten Ausschau, nach denen, deren Herz und Körper ihnen am vertrautesten sind, und wenn sie nicht finden, wen sie suchen, dann schließen sie sich jenen an, die zu Fuß herankommen, mein Bruder, Mutter, mein Weib und mein Mann, so erkennen wir natürlich auch Sara da Conceição, dort geht sie, mit einer Flasche Wein und einem Tuch in der Hand, und auch Domingos Mau-Tempo ist da, mit dem Mal des Stricks am Hals, und jetzt kommt Joaquim Carranca vorbei, der, an der Haustür sitzend, gestorben war, und Tomás Espada, nun endlich Hand in Hand mit seiner Frau Flor Martinha, lange habe ich auf dich warten müssen, wie ist es nur möglich, daß die Lebenden nichts bemerken, sie glauben sich allein, mit einer Arbeit derer beschäftigt, die am Leben sind, wer gestorben ist, der wird begraben, das ist ihre Meinung, aber die Toten kommen oft, mal diese und mal jene, und nur an einigen wenigen Tagen kommen sie alle, wer könnte sie heute in ihren Gräbern halten, wo Traktoren durch das Latifundium dröhnen und die Worte kein Ende nehmen wollen, Mantas und Pedra Grande, Vale da Canseira, Monte da Areia, Fonte Pouca, Hungerleben, Serralha, keine Rettung wird es geben, über Hügel und durch Täler geht es, und hier an dieser Wegbiegung steht lächelnd João Mau-Tempo, entweder er wartet auf jemanden, oder er kann sich nicht bewegen, er ist mit gelähmten Beinen gestorben, so wird es sein, wir nehmen alle unsere Leiden in den Tod mit, auch die allerletzten, aber es war falsch von uns, so zu denken, João Mau-Tempo hat wieder die Beine eines Jünglings, und jetzt springt er, ein schwebender Tänzer, er setzt sich an die Seite einer tauben Alten, sehr alt ist sie. Faustina, mein Weib, mit mir hast du belegtes Brot in einer Winternacht gegessen, naß war dein Rock danach, was waren das für Zeiten.

João Mau-Tempo legt seinen unsichtbaren, nebelhaften Arm um Faustinas Schulter, sie hört und spürt nichts, aber zögernd beginnt sie, eine alte Weise zu singen, hier ist ihr Einsatz im Chor, sie denkt an die Zeit, als sie mit ihrem Mann João zum Tanze ging, drei Jahre liegt sein Tod zurück, er soll in Frieden ruhen, das wünscht sie in ihrem Irrtum, wie sollte sie auch wissen. Und wenn wir aus der Höhe des Milans schauen, dann können wir auch Augusto Pintéu sehen, der mit seinen Mulis in einer stürmischen Nacht ertrunken ist, dicht hinter ihm, ganz nahe, geht seine Frau Cipriana, und auch der Guarda José Calmedo ist da, von weit her ist er gekommen, er trägt Zivil, noch viele andere sind da, deren Namen wir nicht kennen, aber wir wissen von ihrem Leben. Alle gehen sie dort, die Lebenden und die Toten. An der Spitze läuft und springt, wie es seine Natur ist, der Hund Constante, an diesem einzigartigen und erhebenden Tag durfte er nicht fehlen.

Die Erzählerbibliothek

D. H. Lawrence
Verliebt
Gesammelte Erzählungen
428 Seiten. Gebunden

Sinclair Lewis
Spielen wir König
Gesammelte Erzählungen
255 Seiten. Gebunden

Robert Musil
Frühe Prosa und Aus dem Nachlaß zu Lebzeiten
380 Seiten. Gebunden

Vladimir Nabokov
Der schwere Rauch
Gesammelte Erzählungen
351 Seiten. Gebunden

Jean-Paul Sartre
Die Kindheit eines Chefs
Gesammelte Erzählungen
286 Seiten. Gebunden

John Updike
Werben um die eigene Frau
Gesammelte Erzählungen
319 Seiten. Gebunden

Thomas Wolfe
Tod, der stolze Bruder
Sämtliche Erzählungen
448 Seiten. Gebunden

C 2152/2 a

Isaac Bashevis Singer

Nobelpreisträger

Gimpel der Narr
Ausgewählte Erzählungen.
Deutsch von Wolfgang von Einsiedel
372 Seiten. Gebunden und rororo 5011

Jakob der Knecht
Roman.
Deutsch von Wolfgang von Einsiedel
320 Seiten. Gebunden und rororo 4688

Satan in Goraj
Roman
Deutsch von Ulla Hengst
192 Seiten. Gebunden und rororo 5183

Mein Vater der Rabbi
Deutsch von Otto F. Best
320 Seiten. Gebunden und rororo 5085

Der Zauberer von Lublin
Roman
Deutsch von Susanna Rademacher
232 Seiten. Gebunden und rororo 4436

rororo
C 2172/1